写景篇

一口气读懂诗词名句

人间四季
都是诗

将进酒·黄 主编

SPM
南方传媒

岭南美术出版社
中国·广州

图书在版编目（CIP）数据

人间四季都是诗 / 将进酒·黄主编. —广州：岭南美术
出版社，2023.8
（一口气读懂诗词名句）
ISBN 978-7-5362-7751-9

Ⅰ.①人… Ⅱ.①将… Ⅲ.①古典诗歌—诗歌欣赏—
中国—通俗读物 Ⅳ.①I207.2-49

中国国家版本馆CIP数据核字(2023)第120010号

责任编辑：黄小良　黄海龙
责任技编：许伟群
封面设计：极宇林

一口气读懂诗词名句
YIKOUQI DUDONG SHICI MINGJU

人间四季都是诗
RENJIAN SIJI DOUSHI SHI

出版、总发行：岭南美术出版社（网址：www.lnysw.net）
　　　　　　（广州市天河区海安路19号14楼 邮编：510627）

| 经　　销：全国新华书店 |
| 印　　刷：湛江市新民印刷有限公司 |
| 版　　次：2023年8月第1版 |
| 印　　次：2023年8月第1次印刷 |
| 开　　本：880 mm×1230 mm　1/32 |
| 印　　张：5 |
| 字　　数：99千字 |
| 印　　数：1—10000册 |

ISBN 978-7-5362-7751-9

定　　价：29.80元

风景是会说话的诗

本册以"时光"为主题，是一部写景诗词名句集。内容包括写春夏秋冬四时之景，写大自然里风、花、雪、月、雨、木、山、河，写人间节日节气，以及写看风景的人的心情，看时光流逝时的内心感受。

学习古典诗词，学完了能派上用场才是硬道理。写景诗句在这方面有得天独厚的优势。

春天来了，"忽如一夜春风来"；野鸭在湖上戏水，"春江水暖鸭先知"；花开了，"自是花中第一流"；月升了，"山月不知心里事"；遇黄河，"黄河之水天上来"；到长江，"滚滚长江东逝水"；看瀑布，"飞流直下三千尺"；说雪花，"别有根芽，不是人间富贵花"……

看风景的人的心情更是一部厚厚的书。古人感叹时光飞逝，"逝者如斯夫，不舍昼夜"；感叹青春将暮，"朝如青丝暮成雪"；感叹春光留不住，"无可奈何花落去"；感叹

人在旅途，"夕阳西下，断肠人在天涯"；王维写重阳节，"独在异乡为异客"；苏轼写端午节，"佳人相见一千年"……

也有写欢喜和闲适时光的，李清照写下雨天赖在床上读闲书，"枕上诗书闲处好，门前风景雨来佳"；慧开禅师写人间岁月，"若无闲事挂心头，便是人间好时节"；大雁在天上飞，李白写"雁引愁心去，山衔好月来"；兰花在郊野开放，北宋词人曹组写"着意闻时不肯香，香在无心处"……

对有心人来说，人间四季都是诗，天下处处皆文章，风景是会说话的诗，诗是多彩又多情的风景。

来吧，开启你的时光美景之旅吧！

人间四季

人间四季，春夏秋冬，节日节气，草木荣枯，古人留下了无数美妙诗篇。将日子过成诗，『知否、知否、应是绿肥红瘦』。

树树皆秋色，山山唯落晖

野望

（唐）王绩

东皋薄暮望，徙倚欲何依。

树树皆秋色，山山唯落晖。

牧人驱犊返，猎马带禽归。

相顾无相识，长歌怀采薇。

◎ **诗临其境**

这首诗是王绩在东皋归隐时写下的，时间是在秋季的某个傍晚。当作者在官场漂泊半生，三次入仕又三次退隐后，他终于决定，彻底回归乡间，过着陶渊明般的隐居生活。

于是，在这个萧瑟的秋季，在这夕阳西下的背景下，诗人从东皋山淡淡薄暮下的宁静氛围入笔，将看到的景物都放在了一个安静恬淡的画框中：

树木的秋色、远山的夕阳，牧人与牛犊，猎马与禽鸟，和谐而又统一，牧人和猎人们彼此并不相识，相对无言。此时，诗人不禁想起了气节高尚的伯夷、叔齐兄弟。

◎ 一句钟情

"树树皆秋色，山山唯落晖。"

此二句为我们描写了秋天山林的景色。意思是说，傍晚的时候，"我"站在山上，看到每一棵树都染上了秋天的颜色，每一座山都沐浴在落日的余晖中。

这两句诗纯是写景，摒弃了世俗的喧嚣与骚动，犹如陶渊明笔下的"采菊东篱下，悠然见南山"，带给人宁静的美感。

◎ 诗歌故事

王绩的一生，可以用三个外号来概括。

第一个外号是"神童仙子"。王绩自幼好学，且记忆力惊人，有过目不忘的本领。他在 15 岁时，曾进京干谒，拜访了当时隋朝的宰相杨素，因为应答如流，才气纵横，"一座愕然"，便被大家誉为"神童仙子"。后来，王绩科举登第，任六合县丞，这是一个官小品低的职位，与王绩的期望大相径庭，加上当时天下大乱，王绩心生退意，任官不久便挂冠归家，这是王绩第一次出仕和退隐。

第二个外号是"斗酒学士"。王绩第二次出仕，已经是唐朝了，但他始终没有被实际任用，一直待诏门下省。按照规矩，待诏每日能够给酒三升，王绩的弟弟问他："做待诏快乐吗？"王绩回答说："良酒三升，让人留恋。"侍中陈叔达听说了，便给王绩从三升酒加到了一斗，当时人们称其为"斗酒学士"。但不久，因为躲避宫廷斗争，他又主动退隐了。王绩再一次出仕时，已经年过四十，他对自己一生的仕途也有了明确的认识和看法，因此十分豁达，后来因病退隐，便躬耕东皋山下，给自己取了个"东皋子"的雅号，这首《野望》便是在这时创作的。

第三个外号是"无心子"。王绩晚年归家后，和一位隐士仲长子光结庐相伴，当时的刺史杜之松，想要结交他，他也毫不理睬，同乡的人便笑话他因为喝酒而耽误前途，但他却托名"无心子"，依然我行我素，直到去世都没有再次入仕。

无障碍阅读

东皋（gāo）：地名，是诗人隐居的地方。

徙倚：来来回回地走，徘徊不定。

犊：小牛、小羊，这里代指牛群、羊群。

采薇：薇是一种可以食用的野菜，传说周武王灭亡商朝后，商朝的遗臣伯夷、叔齐不愿意做周朝的臣子，便来到首阳山上，采薇而食，最终饿死在山上。因此，后人便将采薇代指隐居的生活。

作家介绍

王绩（约589—644），字无功，初唐诗人，王绩15岁时，便开始宦游长安，三次做官，又三次退隐，后来躬耕东皋山，自号"东皋子"。王绩的诗句真率朴素，诗风类似东晋时期的陶渊明，他的诗歌深受后世赏识，对唐朝诗坛产生了积极的影响。

佳句背囊

"无边落木萧萧下，不尽长江滚滚来。"
出自杜甫的《登高》，这两句诗集中表现了夔州秋天的典型特征，诗人抬头看到无边无际、萧萧而下的木叶，低头看到奔流不息、滚滚翻腾的江水，生动形象，极具画面感，可谓出神入化之笔。

"斜阳照墟落，穷巷牛羊归。"
出自王维的《渭川田家》，意思是说，在暖暖的夕阳余晖下，牛羊沿着村里的小巷纷纷归来。王维为我们生动地描绘了一幅夕阳斜照下的村落全景图，点染了暮色苍苍的气氛，与王绩的诗句有异曲同工之妙。

本文作者

一位喜欢古典文学却阴错阳差拿了管理学硕士的理工男，大名宋士浩，头条号"诗词曲精品库"，欢迎关注！

草木有本心，何求美人折

感遇十二首（其一）

（唐）张九龄

兰叶春葳蕤，桂华秋皎洁。

欣欣此生意，自尔为佳节。

谁知林栖者，闻风坐相悦。

草木有本心，何求美人折？

◎ 诗临其境

张九龄是汉朝开国功臣张良的后人，唐玄宗时期担任过宰相，是唐朝名相、文学家、诗人。

张九龄祖籍广东曲江，也就是今天的韶关市。他当宰相的时候，因为性情直率，得罪了唐玄宗，加上小人的排挤，被贬出了京城。在被贬的途中，他看到身边的景物，不由感慨万千，想到了高贵的兰花，也想到了曲江遍地的桂花，它们默默地开花，散发出自己的香气，让各自生长的春天和秋天，变得丰富多彩，但这是它们自然而然的天性，压根就不是为了得到人们的赞扬或者宠爱，这样的品性，多像张九龄自己呀。

于是他提笔写下了这首《感遇》诗，向世人诉说着他的情怀：

春天里兰草茂盛，秋天里金桂飘香。

它们都在各自适合的季节里，展现出勃勃生机。

那些隐居在山林里的人，闻到它们的香气，纷纷跑来欣赏。

可他们哪里知道呢？兰桂开得这么香，这么好，这是它们的天性，压根不是为了让别人来欣赏，更不是为了让人来采摘的！

◎ 一句钟情

"草木有本心，何求美人折？"

这一句，掷地有声，是全诗的点睛之笔。没有它，整首诗就是单纯地描写景物，有了它，这首诗就成了张九龄的托物言志。兰和桂代表着张九龄：我只想做我自己，不需要观赏者来欣赏，我更不会为了得到美人的宠爱，趋炎附势，迷失自我。

原本普通的花木，成了张九龄的代言人，诉说着他的失意，也诉说着他的铮铮傲骨。

同时这句诗也提醒我们，当我们看到花草树木，要好好爱惜，不要去胡乱攀折，因为"草木有本心，不求美人折"呵！

◎ 诗歌故事

在官场上，很多人习惯了阿谀奉承，随波逐流，为了往上够选贤任能，不趋炎附势。文学上，对五言古诗的发展贡献尤大。著有《曲江集》，被誉为"岭南第一人"。

"不要人夸好颜色，只留清气满乾坤。"出自元代王冕的《墨梅》，这是一首咏梅的诗。诗句表达的意思是，梅花不需要别人夸奖颜色多么好看，只是要将清香之气弥漫在天地之间。跟"草木有本心，何求美人折"有异曲同工之妙。

本文作者

沂溪风，湖南省益阳人，县级作协会员，中国诗歌网蓝 v 作者。自媒体作者，书评人，今日头条文史领域优质创作者，青云计划获奖者，月度优质账号获得者；微博知名读物博主。

岂不罹凝寒？松柏有本性

赠从弟（其二）

（东汉末年）刘桢

亭亭山上松，瑟瑟谷中风。

风声一何盛，松枝一何劲！

冰霜正惨凄，终岁常端正。

岂不罹凝寒？松柏有本性。

◎ **诗临其境**

东汉末年诗人刘桢，是"建安七子"之一。他生逢乱世，遭遇坎坷，因此对现实生活有很深切的感受。他不畏惧曹操等权贵，不肯折节，积极进取，以傲岸的气节创作了这首诗，以此自勉，同时也勉励堂弟坚贞自守，不因外力压迫而改变本性。

虽然全诗未提及希望堂弟应如何做，但咏物言志，借松柏之刚劲，明志向之坚贞，刘桢的感情由表及里，由此及彼，缓缓而深情。

通过这首诗，我们能感受到松柏的秉性坚贞：

松树挺拔耸立在高山上，迎着山谷间瑟瑟呼啸的狂风。

尽管风声是如此的猛烈，但是松树的枝干仍然是如此的刚劲！

任漫天冰霜凛冽严酷，松树的枝干仍旧终年保持端端正正。

难道是松树没有遭到严寒的侵袭吗？不，松柏青翠如故只因为天生有着耐寒的本性！

◎ 一句钟情

"岂不罹凝寒？松柏有本性。"

这句诗运用了设问的修辞，先是自问：难道松柏不怕严寒的侵袭吗？然后回答：松柏之所以不畏惧寒冷，是因为它本来就有耐寒的本事啊。这一回答奠定了整首诗的基调，强调和升华内容，属于点睛之笔，引发读者的思考。

以"凝寒"比作动荡不安的社会，当时汉末政治腐败黑暗，各地军阀据地称雄，国家陷入分裂和动乱之中。以"松柏"喻为自己，刘桢希望能在乱世中遇到明君，施展自己的政治抱负，同时又能保持坚韧的本性，不畏权贵，平等相处。

整句充满了悲凉壮阔之情，缓缓道出无尽的心酸，同时也借此勉励堂弟。

◎ **诗歌故事**

心理学有一个从众效应，个体受到群体的影响后，很容易改变自己的观点、判断和行为，朝着与大多数人一致的行为发展。面对艰难险恶的环境，又有多少人能坚守本性和初心，而不选择一边倒呢？

古代有刘桢平视曹丕之妻甄氏，陶渊明不为五斗米折腰，近代有朱自清不吃美国救济粮，现有抗疫一线的医护工作者兢兢业业。2020年年初疫情暴发，每天新增确诊和死亡人数令我们胆战心惊，家人尽管再不舍得孩子上前线，仍然含泪祝愿平安归来。这不正是"岂不罹凝寒？松柏有本性"的真实写照吗？医护工作者面对可怕的疫情，没有选择退缩，钟南山爷爷得知消息后连夜乘坐高铁奔赴湖北，与大家一起奋战第一线。

尽管他们怕，他们累，医者仁爱之心从未变过。护目镜的雾水、眼睛上的勒痕令人心疼，夫妻擦肩而过却不能拥抱，甚至有的人奋战了无数个日夜，献出了宝贵的生命。松柏在寒风中经受着风霜的严酷考验，仍然保持常青傲然挺立的姿态，成为天地之间一道独特美丽的风景，为这个世界增添色彩。哪有什么岁月静好，不过是有人负重前行。

不管我们年纪尚轻，还是已饱经风霜，至少心中都需要一个信念：不求为天地立心，为生民立命，为往圣继绝学，为万世开太平，只为活得出彩、活得有价值，面对艰难险阻依然能保持初心，不轻易改变自我。

无障碍阅读

亭亭：耸立的样子。
瑟瑟：形容风声。
一何：多么。
罹（lí）凝寒：遭受严寒。罹，遭受。凝寒，严寒。

作家介绍

刘桢（186—217），汉魏间文学家，字公幹，东平（今属山东）人。与孔融、陈琳、王粲、徐干、阮瑀、应玚并称"建安七子"，又与曹植并称"曹刘"。诗作刚劲挺拔，曹丕称"其五言诗之善者，妙绝时人"。

佳句背囊

"出淤泥而不染，濯清涟而不妖。"
出自宋代周敦颐的《爱莲说》，莲花从淤泥中长出来，却没受到淤泥的污染，在清水里洗涤过但是不显得妖媚。表达了作者在污浊的环境中，保持自己高洁的品格，兢兢业业守着自己的一份志节。

本文作者 ————

晨希煮义：一名"90后"小饕客。厨房与爱暖人心，柴米油盐皆是诗。

落花人独立，微雨燕双飞

临江仙

（北宋）晏几道

梦后楼台高锁，酒醒帘幕低垂。

去年春恨却来时，落花人独立，微雨燕双飞。

记得小蘋初见，两重心字罗衣。

琵琶弦上说相思，当时明月在，曾照彩云归。

◎ **诗临其境**

　　这首词写的是北宋词人晏几道的心爱之人——小蘋。她在词人的心中占有很重要的位置。写这首词的时候，他与小蘋分离已有一年了。人虽分离，相思却阻不断。在看到眼前旧景象之后，瞬时间，时光交替，眼前物尚在，人却已无踪迹。那对美好过往的留恋又一次占据了他的意识，这种怅然若失的感受无计可消，更使他感到分外孤寂。于是在一次酒醒后，他便写下了这首词：

酒后梦醒，楼台仍在，只门上重重地锁着。帘幕低低垂下，一切都了无生趣的样子。去年春时，分离的场景又一次来侵袭我，让我难过。如今只余我独自站在花下，看细雨朦胧，花瓣飘落，燕子双飞。我至今犹记得，第一次见到小蘋时，她穿着两重心字的罗衣，在我面前的样子。她用琵琶弹出的心事，只有我才能明白她的心意。当时的明月如今仍在，它曾经照着小蘋彩云一般的身影归去。

◎ 一句钟情

"落花人独立，微雨燕双飞。"

这是一个十分写意的画面，如果我们能想象出一组动态画，那应当是这样的：细雨朦胧中，他只是站在花下，看着花静静地落着。空中，低飞的燕，结伴而行。

如果不看全词之间的联系，单看这一句，也实在是一幅唯美的画面。似乎什么都没有说，而一切的情绪却都含在其中了。

词人的思念发生在某次酒后初醒时分。醒时发现，楼台还是那个楼台，只是上了一把锁，分离的场景瞬间涌上心头，好一番愁绪降临。他为什么在酒醒之后会有这么深的相思呢？也许他正是因为此事而醉酒，也许是在梦中又见到小蘋。不过，此时已然分别，他还能做什么呢？他什么都不能做。男子只能独自伫立雨中，看着眼前的景象，满怀心事。倘若我们能看见他的样子，想必相思之苦已是溢出了眉眼。

而这里，不得不提一下的是，这一句并非词人原创，他是从唐末五代时人翁宏的《春残》诗中借来的："又是春残也，如何出翠帏。落花人独立，微雨燕双飞。寓目魂将断，经年梦亦非。那堪向愁夕，萧飒暮蝉辉。"原诗中的这一句，若是单独欣赏也很美，放在诗中却显得有些瘦弱了。而晏几道将这句借来在此处留白，却给这句诗赋予了新的生命。

◎ 诗歌故事

小蘋是词人朋友家的歌女，也有说是其父亲朋友的女儿。二人初识那日，正值妙龄的姑娘小蘋穿着绣有两重心字花纹的罗衣站在词人面前。也许是年轻男女情窦初开，也许是小蘋的样子实在是太让词人喜欢，总之，词人对小蘋留下很深的印象，以至于分离之后都还记得初见时的模样。此后，他们每次见面离别之后，都是深深地相思。小蘋是歌女，她将对词人的思念放进琵琶声中，放进自己的歌声里。两人也是心有灵犀，用音乐就能沟通彼此的相思情。

北宋词人晏几道，出自名门，父亲身居相位。这让他自小便见惯了贵族的奢华，父亲去世后，他的命运几经浮沉，在这期间，见多了世情凉薄，却仍对爱情保持了最初的纯粹。他将这些情都写进自己的词里。所以我们会看到，晏几道的词多写儿女之情。

似乎在他的世界里，爱情像一道迈不过去，也不愿迈过的门槛。而通过这些词，我们也可以看到，在他的心里，情是真挚而热烈的，虽多情却不滥。

作家介绍

晏几道（1038—1110），字叔原，号小山，抚州临川（今属江西）人。宰相晏殊的第七子。一生仕途不顺，后来家道中落；为人个性耿介，不肯依附权贵；擅长作词，多写感伤的情绪。与父亲齐名，时称"二晏"。有《小山词》传世。

佳句背囊

"从此伤春伤别，黄昏只对梨花。"
出自清代纳兰性德的小词《清平乐》。意思是，此后到了暮春时节就会伤感、伤离别。黄昏中，我只能对着梨花空自思念。

词人所表达的情绪既在画面内，又在画面外。特别是"黄昏只对梨花"一句，用了两个意象，一个场景就说出自己的孤寂、失落以及对心爱之人的思念，与"落花人独立，微雨燕双飞"描述的场景和相思之情如出一辙。

本文作者 ——————

月山：头条号"月山手卷"；专注国学十余年，曾在上海最大的国学教育机构做国学老师，并获"上海市长宁区优秀教师"称号。

碧云天，黄叶地，
秋色连波，波上寒烟翠

苏幕遮·怀旧

（北宋）范仲淹

碧云天，黄叶地，秋色连波，波上寒烟翠。

山映斜阳天接水，芳草无情，更在斜阳外。

黯乡魂，追旅思，夜夜除非，好梦留人睡。

明月楼高休独倚，酒入愁肠，化作相思泪。

◎ 诗临其境

这首《苏幕遮》词，是北宋名臣范仲淹所作：

湛蓝的天空，点缀着朵朵白云，金黄的落叶，铺满了苍茫的大地。无边的秋色绵延伸展，与江水连成一线。江面上笼罩着泛着秋意的烟雾，一片空蒙，一派青翠。落日的余晖映照着山峰和江面，绵延至天边，形成海天一色。无边无际的芳草，哪里懂得思乡之人的感情，绵延伸展，直达夕阳之外的天际。

默默思念故乡，黯然神伤，缠绕在心头的羁旅愁思，越来越浓烈，每天除非有好梦才能睡得安稳。千万不要一个人在明月照映的高楼上独自凭栏饮酒，因为就着愁绪喝酒，最后，都化成了思乡的眼泪。

◎ 一句钟情

"碧云天，黄叶地，秋色连波，波上寒烟翠。山映斜阳天接水，芳草无情，更在斜阳外。"

词句描绘了一幅塞外秋景苍茫磅礴，又有些许悲凉的景物图。"夕阳"与"秋色"相映，都是暖去寒来、生气渐弱的意象，极易唤起人们的思乡愁绪。

"芳草"不懂人的思乡之情，但延绵到无边无际。似乎也能把诗人的思乡之情传递到家乡。因为，草木无情人有情。

芳草枯黄，来年还会再生，但人世变换，却没有重来的机会。谁知下一次春草萌发时，征人是否还能看得见呢？

◎ 诗歌故事

范仲淹当时主持防御西夏的军事。在边关防务前线，当秋寒肃杀之际，将士们不禁思亲念乡，于是有了这首借秋景来抒发胸怀的绝唱。

当时，宋朝西北边境局势紧张，西夏党项族首领李元昊，原来对大宋称臣，但随着党项势力渐强，大宋军备日益废弛，李元昊看在眼里，野心也渐大，于1038年称帝，定国号为大夏，并把国内15岁以上的男子都征发为兵，纠集了十万人马，向宋挑衅。

宋仁宗让范仲淹出任陕西路永兴军的知军州事，防御西夏，此时，范仲淹已经52岁，但是忠心报国的热忱不减当年。范仲淹通过实地考察地形、了解民生百态、视察边境、听取守边将士的意见等方式，逐渐有了一整套以防守为主的御敌方针。

范仲淹认为：宋军人数虽多，但缺乏精兵强将，战斗力差；西夏军人少，但兵强马壮，战斗力强。另外，西夏境内山川险恶，沙漠广袤，如果宋兵孤军深入，粮草辎重的运输线太长，很容易遭到敌人骑兵的截击，所以不宜采取深入敌境大举进攻的方针。

同时，西夏虽兵强，但国力薄弱，粮食不足，绢帛、瓷器、茶叶等生活必需品短缺。只要宋军进行经济封锁，同时固守城池。时间一长，西夏经济必然崩溃，他们只能求和。

但此主张遭到当时朝中许多人反对。主战派认为宋军二十万重兵，却只守不攻，是怯懦的表现。而且长期屯兵耗资太大，对西夏应速战速决。结果，主帅韩琦贸然出兵，陷入西夏的埋伏圈，死伤一万多人。之后，宋军又与西夏在定川砦遭遇，宋军全军覆没。

交战失利迫使宋仁宗放弃了进攻方针，改用范仲淹的防守策略。《苏幕遮·怀旧》既是写景，也暗含作者忧国忧民之情。

无障碍阅读

苏幕遮：词牌名。

黯（àn）：黯然，形容心情忧郁，悲伤。

旅思：旅途中的愁苦。

作家介绍

范仲淹（989—1052），字希文，苏州吴县（今属江苏）人，北宋杰出的思想家、政治家、文学家；进士，官至枢密副使，参知政事，曾出任陕西四路宣抚使等，守边多年；1043年发起"庆历新政"，不久即失败被贬。谥号"文正"，世称"范文正公"，有《范文正公文集》传世。代表作有《渔家傲·秋思》《岳阳楼记》等。

佳句背囊

"落霞与孤鹜（wù）齐飞，秋水共长天一色。"

此句出自唐朝王勃所作《滕王阁序》。作者以落霞、孤鹜、秋水和长天四个景象勾勒出一幅宁静致远的画面。

本文作者

历史沧澜，中学历史教师，头条号青云潜力新星，喜欢历史和中国传统文化。

年年欲惜春，春去不容惜

寒食帖

(北宋) 苏轼

一

自我来黄州，已过三寒食。年年欲惜春，春去不容惜。

今年又苦雨，两月秋萧瑟。卧闻海棠花，泥污燕脂雪。

暗中偷负去，夜半真有力。何殊病少年，病起头已白。

二

春江欲入户，雨势来不已。小屋如渔舟，蒙蒙水云里。

空庖煮寒菜，破灶烧湿苇。那知是寒食，但见乌衔纸。

君门深九重，坟墓在万里。也拟哭涂穷，死灰吹不起。

◎ 诗临其境

《寒食帖》(又称《寒食雨二首》)是苏轼的一个书法名帖，是他在被贬黄州时写就的。

元丰二年 (1079)，苏轼任湖州知州时，给皇上写了一封《湖州谢表》。不料被对立派"新党"抓了辫子，说他对皇帝不忠、死有余辜。苏轼因此坐牢103天，几次濒临被砍头的境地。幸亏宋太祖赵匡胤曾定下"不杀士大夫"的国策，苏轼得到从轻发落，贬为黄州团练副使。读《寒食帖》，仿佛可以感受到苏轼的愤怒与豪情，他边吟边书：

自从我来到黄州，过寒食节已经第三个年头。年年都盼阳春留步，可东风总不肯眷顾。今年连绵雨下个不停，两月来萧瑟如深秋。愁卧中，听说海棠花凋谢，被泥污沾染。谁暗地里偷了花季，趁半夜撬换了时序。我如久病的少年，病好时已白了头发。

春江水要冲垮门户，紧一阵慢一阵势头十足。住的草屋像条渔舟，在茫茫水云间漂浮。厨房煮一锅冬菜，破灶里塞着潮湿的芦柴。原本不记得寒食节，直到看见乌鸦嘴叼着纸钱。君主的宫门深九重，想要报效朝廷无法实现；祖坟远隔万里，想要回家也无法到达。也想学阮籍为末路痛哭，可是心已如死灰不再燃烧。

◎ 一句钟情

"年年欲惜春，春去不容惜。"

这句诗，是苏轼思想里的感叹和焦灼。

苏轼的感叹是"欲惜春"，是对时光飞逝，一切再也无法挽回的叹息。苏轼的焦灼是"不容惜"，是被贬黄州，治国远大抱负无法实现的焦虑。

如果任时光流走，一切便没有可能。所以他务必在亲近自然中，重整旗鼓，开拓新的人生路。

由于受人监视，为了防止被告黑状，他写《寒食帖》，告诉大家自己生活凄惨。他真实的思想，他的抱负和坚韧，都写到了这句诗里。

这句诗是他对当下人生与命运的感慨。

◎ 诗歌故事

人生难免会有逆境，怎样对待逆境，才是能否成功的决定因素。就像苏轼，即使被降职贬去偏远荒芜的黄州，任一个无权无钱的团练副使，也能自得其乐，奋发图强，这是最值得学习借鉴的地方。苏轼到任黄州后，多次到黄州城外的赤壁游览，写下了著名的《赤壁赋》《后赤壁赋》《念奴娇·赤壁怀古》等，展现了豁达的思想境界。为了解决生活问题，他带领家人开垦坡地，便有了"东坡居士"的别号。他还研究烹饪，又有了美味的"东坡肉"。一个名动京师的大文豪，被贬之后积极应对恶劣的生存环境，解决生活困难，营造生活乐趣，这就是永不言败的精神。

无障碍阅读

黄州：今湖北黄冈。

寒食：寒食节，是清明节的前一天。传说是为纪念春秋的介之推。

乌衔纸：乌鸦嘴叼着纸钱。

作家介绍

苏轼（1037—1101），字子瞻、和仲，号铁冠道人、东坡居士，眉州眉山（今四川眉山）人。北宋著名文学家、书法家、美食家、画家、诗人。宋高宗时追赠太师，宋孝宗时追谥"文忠"。学识渊博，与父苏洵、弟苏辙合称"三苏"；诗与黄庭坚并称"苏黄"；词与辛弃疾同是豪放派代表，并称"苏辛"；散文与欧阳修并称"欧苏"，同为"唐宋八大家"之一。书法与黄庭坚、米芾和蔡襄合称"宋四家"。擅长文人画，尤擅墨竹、怪石、枯木等。作品有《东坡七集》《东坡易传》《东坡书传》《东坡乐府》等传世。

佳句背囊

"一春常是雨和风，风雨晴时春已空。"

出自宋代诗人陆游的《豆叶黄》。"一春常是雨和风"与"风雨晴时春已空"两句，在诗意和时间顺序上形成了呼应和对比，与"年年欲惜春，春去不容惜"有相通之处，都是感慨时光飞逝，在不知不觉中流走，提醒大家珍惜时间。

本文作者 ——————————

牛江梅，女。笔名百合。头条号"百合写作情感"，关注女性，讲述情感故事、情感观点、情感解忧。

更无柳絮因风起，惟有葵花向日倾

客中初夏

（宋）司马光

四月清和雨乍晴，南山当户转分明。

更无柳絮因风起，惟有葵花向日倾。

◎ **诗临其境**

　　司马光是北宋时期著名的史学家，一部浩繁的《资治通鉴》成为后人"以史为鉴"的典范。其实他还是一位吟歌诵词的诗人，笔下的文字优美生动，创作的诗歌多是借景抒情以言志。

　　司马光的诗歌所呈现出的这些特点与他的人生经历有很大关系。他入朝为官，曾经有过一段失意低落人生。而作为诗人，他常用诗歌来表现积极向上的情绪，以弥补政治理想无法实现的缺憾，这首《客中初夏》亦是如此。

　　这首诗所描写的是初夏时刻，由寒逐渐转暖的四月景象。

　　此时，司马光因与朝中重臣政见相左愤然离开汴京，退居洛阳已多年。

这一天，诗人的心情比昨天舒畅。

一场急雨刚过，天气已经逐渐放晴，诗人站在家门口，一场雨拂去烟云朦胧，而他心中多年积攒的愁绪也拨云散去，紧皱的双眉也难得地舒展开来。

抬头望远，山色越发青翠和秀丽，远处的南山显得分外明净。

诗人长舒一口气，那些令人烦忧四处随风飘荡的柳絮终于不见了，只有自己喜爱的葵花正迎着明媚的阳光努力绽放。

此刻，跨越千年，我们似乎能听到诗人低声的喟叹：初夏真是好。

◎ 一句钟情

"更无柳絮因风起，惟有葵花向日倾。"

这是一句很有分量的诗句，是全诗的精华。如果你仔细吟读，就能听到它铿锵有力的声响。

诗"托物言志"，这句诗在质朴的写景中凝聚着积极向上的情感。

诗人运用了对比和比喻两种修辞手法。"葵花"与"柳絮"，一个向阳而生，一个随风飘舞。两物相比，前者被诗人所钟爱，后者为诗人嫌恶。

在诗中，诗人把"葵花"与"柳絮"比喻为两种人的品性。"柳絮"是那些投机取巧、飘摇不定、随波逐流的小人，而"葵花"是那些立场坚定、理想唯一、忠诚无私的君子。

这句诗也是司马光心性与个性自然而不着痕迹的表达。曾经在朝堂为官，面对政见不同，他不言苟同、不趋炎附势，即便是要历经沉浮、饱尝忧患也不曾改变自己的政治理想，诗人用"葵花"自喻与"柳絮"对比，也是在表明自己坚定不移、忠于君主与朝廷的心志。

◎ 诗歌故事

司马光的前半生充满了传奇，后半生充满了失落。孩童时期，司马光就被誉为"神童"，在我们所熟知的"司马光砸缸"故事中，尽显他的机敏与聪慧。二十岁的时候，司马光高中进士，从此步入顺风顺水的仕途。仕途初期，他因为才华横溢、人品刚正，深得皇帝的宠信，担任过朝廷要职，做过谏官，曾为国家建设提出过很多有利的建议。

而一切的改变，从一场变革开始。中年时期，皇帝任用王安石为宰相，实施变法，而司马光选择了站在昔日好友王安石的对立面。五十三岁的司马光，只能远离政坛，退居洛阳，仕途也陷入了低谷。

虽然官场失意，司马光却并没有消磨掉理想追求。他闲居洛阳，专心著史，十几年的苦心编纂，为世人留下了《资治通鉴》

这部 300 多万字的惊世之作。

　　身居现代的我们，并不会像司马光那样卷入政治斗争。但漫长人生，谁也不能保证一辈子都顺风顺水，人生也总会经历起起落落，磕磕绊绊，遇到很多困难与挫折。

　　那么，当自己陷入人生低谷时，我们应该怎么办呢?

　　我们不妨学习司马光，追求做一棵有立场、有信仰、有目标的"葵花"，"更无柳絮因风起，惟有葵花向日倾"，在人生选择中，坚守住自己的初心，携梦奋勇前行。

无障碍阅读

客中：旅居他乡作客，指诗人离开汴京居住在洛阳。

清和：天气清新明朗，气候暖和。

南山当户：家门正对着的南山。

惟有：仅有、只有。

作家介绍　司马光（1019—1086），字君实，号迂叟，陕州夏县（今山西夏县）涑水乡人，世称涑水先生。北宋著名的政治家、史学家、文学家，主持编纂了中国历史上第一部编年体通史《资治通鉴》，在中国官修史书中占有极重要的地位。

"千磨万击还坚劲，任尔东西南北风。"

这一句出自清代诗人郑燮（xiè）的《竹石》，"千磨万击还坚劲，任尔东西南北风"与"更无柳絮因风起，惟有葵花向日倾"都是托物言志的经典妙句，一个是以"竹子"自喻，一个拿"葵花"自比，以此来告诉我们：不管是经历多少次打击与沉浮，做人都要刚正不阿、坚韧顽强，不能忘记自己的初心。

本文作者

刘旭旭，头条号"鲁风遗韵"，弘扬齐鲁民俗非遗，与您分享传统文化知识。

知否，知否？应是绿肥红瘦

如梦令·昨夜雨疏风骤

(宋)李清照

昨夜雨疏风骤，浓睡不消残酒。

试问卷帘人，却道海棠依旧。

知否，知否？应是绿肥红瘦。

◎ 诗临其境

李清照是宋代著名女词人，婉约词派代表。这首词是词人早期作品，语言清新，意味隽永。

李清照与赵明诚夫妻情深，但是新婚不久，赵明诚负笈远游，丢下词人独守空房。词人不忍离别，闺思满怀，又逢满园海棠花开正好，无辜要面临风雨洗劫。她忧思烦闷，惜花爱花，却又无力阻止风雨袭来，只能宿醉一场，酣睡一回，打发这风雨袭来、良人不在的苦闷时光。

在清晨醒来后，词人醉意未消，可是心心念念的却是满园的海棠花。

一夜狂风骤雨后，花残叶乱，词人不忍看顾，遂让卷帘的侍女帮忙探看园中海棠，谁料侍女眼中根本看不到花儿在"雨疏风骤"之后的变化，这让词人心绪难平，遂诘问粗心的侍女。

心思缜密的词人即使不去看花，也已然猜得出窗外的海棠在雨打风吹之后的境况。她伤春远去，叹花凋零，又满怀期待夏天的到来，一颗细腻敏感的心，惜花爱花却又不忍看花凋零的矛盾心理，和深深的闺阁愁绪，在词中表现得淋漓尽致。

这首千古词作，既写出了对春归去的惋惜，又写出了对夏将至的憧憬。既写出了词人对自己青葱年华远逝的嗟叹，又写出了对未来岁月可能会遭遇风雨洗劫的隐忧。

◎ 一句钟情

"知否，知否？应是绿肥红瘦。"

这一句传神生动，又意蕴深刻。

传神生动是因为词人通过对侍女的反问，准确生动地写出了一夜风雨后，海棠花花少叶多的形态颜色变化，又传神地描摹出侍女的无知和自己的惜花爱花，惜春叹春又伤春的无限深情。

句中"绿肥红瘦"四字运用得出神入化，登峰造极，为历代文人所称颂。

绿指叶子，红指花儿，短短四字让我们看到了，花儿在一夜风雨肆虐后色彩的对比，荣衰的对比，更让我们看到了春夏时令的对比，看到了词人惜春归去、惜青葱年华逝去，却又憧憬夏将至，并隐隐担忧未来风雨的微妙心理对比。词人借景抒情、情景相融，以花喻人，人花共命，四字虽短，却语浅意深，奥妙无穷，意蕴深刻，让人叹服。

◎ 诗歌故事

"知否，知否？应是绿肥红瘦"，红硕的花朵再迷人，在春归去，风雨来时，总会红消香残，让人心生怜惜，却无可奈何。

春天的脚步匆匆，任谁也无法挽留。要想留住春天，留住青葱岁月，唯有珍惜美好时光，珍惜当下。

杜秋娘在《金缕衣》中唱道："花开堪折直须折，莫待无花空折枝。"青春年少时，正是一生之中最好的韶华时光，只有珍惜时间，投入学习，才能不辜负这韶华岁月，才能在春归去"绿肥红瘦"时，不枉自嗟叹和伤感。

"知否，知否？应是绿肥红瘦"，这句话，对我的启发除了要珍惜美好时光外，还有如下深刻感悟：能够经风沐雨顽强存活下来的"绿"，只要心怀希望，茁壮成长，最终会像红花一样俏丽可人，让人心生喜爱和敬佩。

"知否，知否？应是绿肥红瘦"这句著名诗词的意蕴，被成功地运用到了 2018 年的热播剧《知否？知否？应是绿肥红瘦》剧中，取得了不俗的成绩。

这部剧里的女主盛明兰，是盛家庶女，聪明伶俐，明媚照人。只可惜她命运多舛，母亲早亡，父亲不爱她，寄人篱下。孤苦无依的明兰，和娇宠尊贵的嫡女相比，就像是用来陪衬红花的绿叶。

然而，花有花的娇宠，叶有叶的葱茏和美好，明兰虽为庶女，置身于钩心斗角的大家族内，遭受着来自姐妹和姨娘的打压，却能够在夹缝中，用聪慧和隐忍顽强地生存下来，不管经历再多风雨，她这片灼灼绿叶始终葳蕤如故。

明兰和小公爷的初恋爱情花朵，虽然明艳如花，红硕可爱，可是在那个等级森严、男尊女卑的时代，始终得不到祝福，得不到永远的绽放，只能在雨疏风骤之后，默默凋谢。

初恋爱情的激情花朵凋谢以后，明兰并没有陷入绝望的深渊，没有了小公爷，明兰却得到了顾廷烨的爱恋，开启了一段堪称盛夏一样的唯美恋情，这场爱，成全了明兰，也让明兰得到了心心念念的幸福。

谁说风狂雨骤后，绿肥红瘦，不是最美的景致？谁说红消香残后，有绿意葱茏相伴，就不是幸福？

季节的变换，无法阻止，人生的风雨，无法预测，命运的多舛，无法想象，可是有了一颗从容淡定、勇敢聪慧、乐观坚忍的心，不管经历多少的风雨，不管遭受多少的挫折磨难，最终都能为自己赢来人生的幸福，赢来美好的明天。

无障碍阅读

雨疏风骤：雨点稀疏，晚风急猛。

试问：试探着询问。

卷帘人：大多数学者认为是侍女。

绿肥红瘦：绿叶繁茂，红花凋零。

作家介绍

李清照（1084—约1155），号易安居士，齐州章丘（今山东济南章丘）人。宋代女词人，婉约词派代表，有"千古第一才女"之称。创作理论上，提出词"别是一家"之说；作品独树一帜，被称为"易安体"；有《漱玉词》。

佳句背囊

"花褪残红青杏小"，出自北宋著名文学家苏东坡之手，其中"花褪残红"和李清照的"绿肥红瘦"有异曲同工之妙，然而李清照的词更显女性天真烂漫气息，丝毫不逊色于苏东坡的词。

本文作者

幽兰公主，中文在线数字出版集团签约作家，郑州市作家协会会员，优质情感领域创作者，已签约上架六本书，纸质出版文集《兰若心香》。

残红尚有三千树，不及初开一朵鲜

题桃树

（清）袁枚

二月春归风雨天，碧桃花下感流年。

残红尚有三千树，不及初开一朵鲜。

◎ **诗临其境**

袁枚倡导灵性写诗，他的文字都非常有个性，主张要直抒胸臆，诗文应表达出诗人个人的性情和际遇来。

袁枚 33 岁时因父亲生病亡故，便毅然决然辞官回乡奉养老母。他为了老母亲居住的舒适，在当时的江宁，即现在的南京市买了隋氏的一处荒废已久的园子，改名为"随园"，足见其生性疏阔洒脱。因此世人称其为随园先生。

某年初春，袁枚一觉醒来到园子里散步，发现这里刚经历过一场风雨，预示着春回大地万象更新，诗人独自站在碧桃树下，一时感慨万千，感叹时光荏苒，昔日少年郎今已白发翁，流年如水。树上还有残留的花朵，被一场春雨打得飘零陨落，虽然还是红彤彤的颜色，但却没有枝头最初开的那一朵桃花鲜艳了。

诗人托物言志，表达了时光一去不复返，人生绝好的岁月还是如同初绽桃花一样的少年时光。

◎ 一句钟情

"残红尚有三千树，不及初开一朵鲜。"

这句诗，用对比的手法，表达了诗人对时光易逝的感叹。

"三千树"是夸张手法，并非确指，用来形容风雨过后落花无数。

其实风雨后的碧桃林也别有一番风景，但是诗人透过碧桃树的花开花落，看到的是其所展示出来的时光流转，"残红"两个字也突出了碧桃花期即将到达尾声的意思。

诗人用"三千树"和"一朵"对比，"残红"和"鲜"对比，突出了后者的魅力。好东西不在于多，所以虽然残红尚有三千树，却不及初开一朵鲜。表达了对于人生短短百年时光，青春逝去就一去不返的感叹。读诗深思后，当珍惜少年时。

◎ 诗歌故事

当年不懂《题桃树》，看懂已非少年人。

我们年轻的时候，总以为人生还长着呢，不急于一时，然而当人到中年时却发现有很多梦想都还没有实现，时间都被浪费在了无所谓的事情上，比如打游戏、逛街、看小说等等。

袁枚年轻时就非常向往山水园林之行，但因遵循古之先贤"父母在，不远游"的教诲，一直到他 67 岁高龄时，母亲的丧期服完后，才开始山长水远的旅行，在旅行中留下颇多佳作传于后世。

67 岁这年，他一路去了天台山、雁荡山、黄龙山等名山。68 岁时，踏足黄山观云海。69 岁，他不觉得自己老了，选择去探秘涉足更远的地方，自正月出发，直到腊月底才回家，一路从江西庐山游玩到广东的罗浮山、丹霞山，后来又辗转到了广西桂林，最后选择经永州顺路游览南岳衡山后，才恋恋不舍地回家。71 岁去攀登武夷山，73 岁游江苏沭阳，77 岁再游天台山，79 岁三游天台山，80 岁仍然不愿意停下脚步，又去游历吴越山水，即便是 81 岁高龄时，还曾出游吴江，当时有人称赞他"八十精神胜少年，登山足健踏云烟"。

从袁枚晚年这些游历山水的经历可以看出来，他心中虽然怀念少年青春，感叹时光易逝，写下了"残红尚有三千树，不及初开一朵鲜"的佳句，但更懂得活在当下的道理，时光一去不复返，人虽然不能永远拥有少年时的身姿和容颜，但是却可以一生保持年轻的心态。

作家介绍

袁枚（1716—1798），字子才，号简斋，晚年自号仓山居士、随园主人、随园老人等。钱塘（今杭州）人，祖籍浙江慈溪。清代乾嘉时期代表诗人、散文家、文学批评家和美食家。与赵翼、蒋士铨合称为"乾嘉三大家"（或江右三大家），又与赵翼、张问陶并称"性灵派三大家"，为"清代骈文八大家"之一，文笔与大学士直隶纪昀齐名，时称"南袁北纪"。

佳句背囊

"花有重开日，人无再少年。"
出自宋代诗人陈著的《续侄溥赏酴醾劝酒二首》其一，与"残红尚有三千树，不及初开一朵鲜"有异曲同工之妙，都是借对于花开花落时光一去不返的感叹，来烘托出对人生少年时光的怀念之情，借此告诉年轻人，当珍惜青春时光。

本文作者

墨久歌，为墨香沉醉的抒写者。

第二辑

岁月悠悠

岁月是一首歌，有人成长，有人老去，有人期待将来，有人留恋过往；有人收获喜悦，有人空自叹息……

南宋慧开禅师的这句诗最有岁月中摸爬滚打出的人生智慧，深得人心："若无闲事挂心头，便是人间好时节"。

雁引愁心去，山衔好月来

与夏十二登岳阳楼

（唐）李白

楼观岳阳尽，川迥洞庭开。

雁引愁心去，山衔好月来。

云间连下榻，天上接行杯。

醉后凉风起，吹人舞袖回。

◎ **诗临其境**

　　这首五言律诗写于唐肃宗乾元二年（759）秋，是李白遇赦由江夏游洞庭湖时登岳阳楼而作。诗人以一种轻快的笔调描绘出登岳阳楼极目远眺天岳山之南所见到的景象和洞庭湖一带的水天一色，表现出遇赦后轻松喜悦的心情以及乐观豁达的胸襟。

　　首联诗人用一个"尽"字将俯瞰岳阳楼，美景尽收眼底所带来的视觉震撼完美地表现出来。洞庭湖北连长江，"迥""开"让人感受到长江磅礴的气势，也侧面体现诗人站在高处，所以才能看得远。

颔联"雁引愁心去，山衔好月来"，意思是大雁展翅高飞，将我的愁绪引去，远处的山峰又衔来一轮好月。

颈联写诗人与朋友宴会的场景，"云间连下榻，天上接行杯"运用夸张的手法，不仅烘托出岳阳楼高耸入云的状态，同时也突出和朋友在一起的喜悦之情。

尾联的意境十分优美，饮酒之后带着醉意起舞，习习凉风吹拂着衣袖，气韵生动，富有生活乐趣。

全诗浑然天成，感情真挚，就像明代徐用吾在《唐诗分类绳尺》中评论的那样："情中含情，飘飘欲举。"

◎ 一句钟情

"雁引愁心去，山衔好月来。"

这句是全诗的点睛之笔，它并不是对客观事实的直接描述，而是写出了诗人自己的主观感受，想象新颖。"引"和"衔"是全诗的诗眼，写得生动传神。除此之外，最重要的是这句诗的内在含义，写这首诗的时候恰逢诗人遇到赦免，站上岳阳楼，看到广阔的世界，自己的烦恼苦闷瞬间就变成了一件小事。这句诗不仅让人感受到意境美，而且可以体会到豁达乐观的心态和纯粹的开心。

◎ 诗歌故事

诗仙李白是旷世奇才，在当时几乎没有人不知道李白的名字，就连玄宗皇帝也十分喜爱李白的诗赋，每有宴乐郊游，必要李白侍其左右。人生如浮萍，飘飘散散，可以说李白的前半生潇洒自由，但是好景不长，没过多久"安史之乱"爆发，李白也不幸入狱。

唐肃宗乾元二年，也就是公元 759 年，因为关中地区遭遇大旱，朝廷宣布大赦，李白经过长期的颠沛流离终于获得了自由。这个时候他与友人夏十二一起登上岳阳楼，尽管经历了世事沧桑，但是面对这湖光美景，他流露出的是纯粹的喜悦和积极的心态。

正如英国作家爱·摩·福斯特所说："一个青年人郁郁寡欢，只因为世事难以适应。"在生活中会有各种各样的难题，这些事情也许会给你带来困扰，让你感到烦闷，但它们却是人生的必经之路，我们要用一颗乐观的心去面对。

像李白那样，"雁引愁心去，山衔好月来"。站在高耸入云的楼阁之上，看着远处的烟波浩渺，把烦心事寄给月亮。

无障碍阅读

夏十二：李白的朋友，排行十二，名字生平皆不详。
岳阳楼：位于湖南省岳阳市，下临洞庭湖，前望君山。
迥（jiǒng）：远。
开：开阔，这里指洞庭湖水广阔无边。

下榻：寄宿。

行杯：传杯而饮。

回：回荡，摆动。

作家介绍

李白（701—762），字太白，号青莲居士，唐代伟大的浪漫主义诗人，被后人誉为"诗仙"。与杜甫并称"李杜"。代表作有《望庐山瀑布》《行路难》《蜀道难》《将进酒》《早发白帝城》等。

佳句背囊

"吴楚东南坼，乾坤日夜浮。"

出自唐代诗人杜甫的《登岳阳楼》，是登楼抒怀之作。浩瀚的湖水像把吴楚东南隔开，天地似在湖面日夜漂荡一般。诗人用短短十个字概括出洞庭湖的辽阔，写景中渗透着家国情怀，意境高远。

本文作者 ———————————————

赵旸："你知我是少年的仙人"，希望你可以在我的文字里找到共鸣。

无可奈何花落去，似曾相识燕归来

浣溪沙

（北宋）晏殊

一曲新词酒一杯，去年天气旧亭台。夕阳西下几时回？

无可奈何花落去，似曾相识燕归来。小园香径独徘徊。

◎ **诗临其境**

晏殊是北宋名臣，也以词闻名文坛。

晏殊是"太平宰相"，他生活的时代，宋王朝整体上政通人和、国泰民安，经济、文化等各方面都得到了发展、繁荣。晏殊在这样一个清平盛世中，仕途得意，日子过得满足惬意、波澜不惊，常常跟好友相聚宴饮，对功名事业也没有强烈追求。因此，他的词中少有关乎家国天下、忧国忧民的沉郁悲愤，也少有抒发雄心壮志、豪情万丈的慷慨激昂，而更多的是对日常生活的描写与思考，对自然和人生的观照：

写一首新词之时，斟一杯美酒，天气还似去年，亭台依然如故。眼看夕阳在西边落下，不知它何时能再升起？

对于花朵的凋谢，我无法阻止，又看到归来的燕子，我却觉得好像曾经认识。眼前的景象让我感触颇深，我只好在充满花香的小径上，独自来回走动，沉思徘徊。

◎ 一句钟情

"无可奈何花落去，似曾相识燕归来。"

"花落去""燕归来"是春天常见的景象，"无可奈何""似曾相识"是词人的主观感受。

暮春花落，跟黄昏日落一样，是人力难以改变的自然现象，令词人不禁惋惜伤痛；燕子飞回，与旧日亭台一般，是往昔历史的重现，又带给词人些许欣慰。

世事变幻，人生无常，恰如花开花落，在时间的流逝中一去不回；四季更迭，历史轮回，还似燕去燕归，在宇宙的长河中循环往复。

美好的事物往往无法永恒，令人惆怅。然而，我们不能沉浸在这种悲伤中消极度日，而是应该坦然接受大自然的这种规律，怜取眼前、珍惜当下，同时展望未来。因为，在美好消逝后，还会有新的美好出现。

经济学中有一个理论叫作"损失厌恶"，大概可以理解为，失去的痛苦会大于得到的快乐。这个理论合理解释了一种现象：人们容易对已经失去或者可能失去的东西抱有一种执念，费尽心思，千方百计，不惜一切都要阻止它的消逝，或者是重新获得。然而，结果往往是徒劳。

正确的做法应该是，不要纠结于"花落去"，并转而将注意力放到"燕归来"上面。

◎ 诗歌故事

关于"无可奈何花落去，似曾相识燕归来"，还有一个故事。

据《复斋漫录》记载，一次，晏殊路过扬州，因闻扬州县尉王琪的才名，便请他共同进餐。饭后，两人一起散步。

晏殊对王琪说："我之前得一句'无可奈何花落去'，想了很久，却至今没有想出对句。"

王琪稍微思索，便说道："何不用'似曾相识燕归来'呢？"

听完王琪的回答，晏殊不禁拍手称赞。就这样，诞生了千古名句。

出于爱才的心态，晏殊后来还举荐王琪在朝廷中担任官职。

由此看出，晏殊不仅自己身怀绝世之才，还知人善任、奖掖后进，对于文坛的发展贡献了自己的一份力量。

晏殊不嫉贤妒能，心胸宽广，可能正是因为如此，他才能写出令人忍不住沉思、回味无穷的千古词作吧。

无障碍阅读

一曲：一首，由于词是配合音乐唱的，故称"曲"。
无可奈何：没办法，不得已。出自《战国策·燕策三》："太子闻之，驰往，伏尸而哭极哀。既已无可奈何，乃遂收盛樊於期之首，函封之。"
似曾相识：好像曾经认识，形容见过的事物再度出现。后用作成语，即出自晏殊此句。
徘徊：来回走。

作家介绍

晏殊（991—1055），字同叔，抚州临川人。北宋著名文学家、政治家。官至宰相，谥号元献，世称晏元献。以词闻名于文坛，与其子晏几道被称为"大晏"和"小晏"，与欧阳修并称"晏欧"。存世有《珠玉词》等。

佳句背囊

"年年岁岁花相似，岁岁年年人不同。"
出自唐代刘希夷《代悲白头翁》，诗句中带着"花有重开日，人无再少年"的无可奈何。与晏殊的"无可奈何花落去，似曾相识燕归来"都揭示人生易逝、宇宙永恒的客观规律。

本文作者

平儿：我不是《红楼梦》里的平儿，我是聊历史的平儿。

泪眼问花花不语，乱红飞过秋千去

蝶恋花

（北宋）欧阳修

庭院深深深几许，杨柳堆烟，帘幕无重数。

玉勒雕鞍游冶处，楼高不见章台路。

雨横风狂三月暮，门掩黄昏，无计留春住。

泪眼问花花不语，乱红飞过秋千去。

◎ **诗临其境**

　　欧阳修是北宋文学家，谥号文忠，世称欧阳文忠公。他是北宋诗文革新运动的领袖，其作品细腻优雅，文风自然。

　　这首《蝶恋花》多被解读为描写深闺少妇寂寞忧伤的词作。但在笔者看来，那只是诗词字句的表象，如果要深度解读一首诗词，除了诗词本身，还应该从当时的历史背景、诗人的人生际遇等方面来深入解析。

　　就这首《蝶恋花》而言，透过欧阳修细腻的笔触，我们仿佛看到一个深闺女子寂寞孤独的立体画面：

她独自守着深深的庭院，在重重叠叠的帐幔后，思考人生的前路，心上人流连花丛，她登高远望却看不到未来。狂风暴雨过后，黄昏将至，春光已逝，她只能流着泪跟落花说话，只可惜花不懂人情世故，随风飘然远去。

古代女子深为"在家从父，出嫁从夫"的思想所累，出嫁后便将自己的未来寄托在了夫君身上，遇到懂得爱和珍惜的男子自然是好，但十有八九都只能在深闺的无尽等待中了却余生。这是对当时的社会环境下，男女不平等的一种抨击，女子没有社会地位，所以不得不成为男人的附庸。

◎ 一句钟情

"泪眼问花花不语，乱红飞过秋千去。"

这句诗虽然看上去意境低沉压抑又无奈，但换个角度恰恰突出了一种隐含的希望。

欧阳修笔下的这个深闺女子，人虽然被封锁在深深的庭院中，于重重帐幔后独自忧伤，却也心知时光易逝，人终究不能永远年轻，所以才有了登高望远，思考人生的举动。只可惜封建社会里的女子，受礼教束缚，思维无法拓展开来，所以才有了"泪眼问花花不语，乱红飞过秋千去"的感慨。

这句感慨背后，是深闺少妇对于花儿的羡慕，对于自由自在生活的向往之情。花儿虽然因为风雨而凋零了，但落下的花瓣至少可以随风远去，飞过秋千，飞过围墙，飞到广天阔地里去，自由自在的，不必被囚禁深闺。

从这一句不难看出这位少妇的反抗意识正在萌芽苏醒，或许下次飞出庭院深深的就不是落花，而是她自己了。

◎ 诗歌故事

像欧阳修的《蝶恋花》这种题材的诗词，被称为闺怨诗词，主要描写女子深闺幽怨情感。又因为创作这一类型诗词的大多是男作者，所以他们又被称为"深闺代言人"。

在传统封建礼教的束缚下，女子大多沦为牺牲品，为了家族乃至国家的兴衰，被父母兄弟许配给完全没有见过的丈夫。有关这个跟自己共度一生的男人，他的脾气秉性、爱好、价值观都不清楚，十有八九在嫁过去后，都会像《蝶恋花》中描写的女子一样，在深深庭院、重重帐幔里，悲春伤秋，感慨人生，然后孤独老去。

好在，在这首词的最后，有了那句"泪眼问花花不语，乱红飞过秋千去"，给人以或许这女子有一天会选择冲破枷锁，走出深深庭院，去自由自在地生活的一种希望。

生在男女平等的现代社会，对于女子来说真的是一种幸福，可以自由恋爱，可以选择嫁给自己所爱的人，可以从事自己喜欢的事，所以更该珍惜拥有，活在当下。

无障碍阅读

作家介绍

欧阳修（1007—1072），字永叔，号醉翁，晚号六一居士，江西庐陵（今江西吉安）人，北宋政治家、文学家，谥号"文忠"，世称欧阳文忠公。他领导了北宋诗文革新运动，继承并发展了韩愈的古文理论，开创了一代文风，与韩愈、柳宗元、苏轼、苏洵、苏辙、王安石、曾巩合称"唐宋八大家"，并与韩愈、柳宗元、苏轼合称"千古文章四大家"；主修《新唐书》，独撰《新五代史》。有《欧阳文忠公集》传世。

佳句背囊

唐代诗人温庭筠所著的《惜春词》中有一句"百舌问花花不语"，严恽的《落花》里也有"尽日问花花不语"，跟欧阳修的这句"泪眼问花花不语"有异曲同工之妙，都是表达对着花讲话，感叹等不到回应的孤独心情。

本文作者

墨久歌，为墨香沉醉的抒写者。

枕上诗书闲处好，门前风景雨来佳

摊破浣溪沙

（宋）李清照

病起萧萧两鬓华，卧看残月上窗纱。豆蔻连梢煎熟水，莫分茶。
枕上诗书闲处好，门前风景雨来佳。终日向人多酝藉，木犀花。

◎ 诗临其境

宋代女词人李清照，为婉约词派代表，有"千古第一才女"之称。

这一首是李清照晚年所作的小词。生逢靖康之难，家国飘零乱世之人，丈夫赵明诚已故，再嫁遇人不淑，经历了离异系狱的不幸。晚年李清照生活很清苦，意志却并未消沉，其诗词创作的热情犹在，只是更趋理性恬淡了。

在一个月残星稀的夜晚，久病方缓的李清照披衣而起，写下了这几行娟秀的文字：

借着月光照影，发现自己两鬓已经稀疏，病后又添了不少白发；卧在床榻上看着残月照在窗纱上。

沏一碗豆蔻煎煮的汤药饮之，便不用强打精神去饮茶了。

半靠在枕上读读书来消磨时光，是多么舒适惬意的事情，门前雨中的景色更有美的意境。

能整日陪伴着我的，只有那深沉含蓄的木犀花了。

◎ 一句钟情

"枕上诗书闲处好，门前风景雨来佳。"

此一句词，平淡而清新，门外风雨添作景，枕上读书闲处雅。读书乐原为寻常自然之情，淡淡推出，却起扣人心弦之效。饱经沧桑的词人，不再有细雨点点滴触不尽的哀愁，大病初愈能安安静静地读书写诗，有"又得浮生半日闲"般淡淡的喜悦。正是词人有随遇而安，处变不惊之心，才能静静地享受这读书的妙处。"闲处好"一是说这样看书只能闲暇无事才能如此；一是说能看点闲书，消遣而已。对一个成天闲散在家的人说来，偶然下一次雨，那雨中的景致，却也较平时别有一种情趣。

这样一首委婉动人的抒情小词，写的不过是病后的生活情状，清新动人之处在于，作者懂得欣赏和珍惜眼前拥有的一切，能观书、写诗、赏景是快乐的，而非言长期卧病在床的痛苦，一味地哀叹与悲愁之绪。此词格调轻快，心境怡然自得，与同时其他作品很不相同。

◎ 诗歌故事

李清照出身于书香门第，其父李格非藏书甚富，她从小爱读书作诗。她婚后与丈夫赵明诚志同道合，长期致力于书画金石的收集和整理。在太学读书的赵明诚，当初一、十五告假回家与妻子团聚时，常先往当铺典当几件衣物换点钱，去相国寺市场买些喜爱的碑文，一起展玩研究为乐。二人先后收集了不少古籍金石文物，可惜"靖康之难"后，家国飘零，颠沛流离中，文物散失大半。

回首向来萧瑟处，李清照晚年以读书为趣，正是人间有味是清欢，感叹世上唯有读书好。可不要小看了这一个"闲"字，古往今来多少帝王将相、王孙公子，或权重一方，或富甲天下，未必有这片刻的清静。悠闲地靠在枕上，随意地阅读诗篇，心情是无比的舒适美好；下雨的时候，门前的风景更加优美了。

一个人一生会遇到各种各样的挫折，从阅读中得到喜悦，是获得精神慰藉的重要途径。

"寒夜读书忘却眠，锦衾（qīn）香烬炉无烟。美人含怒夺灯去，问郎知是几更天。"

出自清代袁枚《寒夜》一诗。意思是说，虽然有美人相伴，莫若读书有趣。

本文作者

王良芬，传统文学爱好者及多平台文化领域优质创作者。头条号"元元的天下"。

和羞走，倚门回首，却把青梅嗅

点绛唇

（宋）李清照

蹴罢秋千，起来慵整纤纤手。

露浓花瘦，薄汗轻衣透。

见客入来，袜划金钗溜。

和羞走，倚门回首，却把青梅嗅。

◎ 诗临其境

李清照，号易安居士，是宋代著名的女词人，其词情思婉转、韵致天成，是婉约派的领军人物。她出身于贵族家庭，父亲李格非文才卓然，母亲亦是名门闺秀，在父母优良基因的孕育下，成为天资不凡的女子。

少时的清照家境优越、父母开明，过着无拘无束、简单快乐的日子，像普通女孩子一样，赏花、品茶、荡秋千……日子安闲而幸福。那一日，阳光正好，微风不燥，她坐在秋千架上享受放飞的自由，忽然有客人闯入，慌乱中写下这样的词句：

荡罢秋千，些微有些倦意，懒懒地揉着酸软的纤纤素手。

花瓣上露珠莹然，汗水打湿了薄薄的衣衫。

忽听家仆引着客人到访，慌乱间青丝散乱，金钗坠地，跑掉了鞋子，只以袜着地。

急行间忍不住好奇，伫立门边，装作抚弄青梅的样子，偷偷回头打量来客。

◎ 一句钟情

"和羞走，倚门回首，却把青梅嗅。"

这句词将少女情态刻画得纤毫毕见：想要大大方方地打量来人又害羞，不看又抵不过好奇之心，于是心生一计，借嗅梅子的动作打掩护，以窥来人面貌。这般情态，非天真无邪、明媚娇憨的少女不可。

◎ 诗歌故事

清照少时已颇有才名，加之品貌端妍、家世清白，想与之缔结姻缘的才俊不在少数，致使李府门庭若市，热闹非凡。好在父亲乃有识之士，一心想要为爱女择一品貌俱佳之婿。

因缘际会、佳偶天成，赵挺之的三子赵明诚早已被清照的才名折服，想一睹佳人芳容。据说一日明诚做了一梦，梦中诵一诗，醒来只记得三句："言与司合，安上已脱，芝芙草拔。"明诚百思不得其解，于是前去请教他的父亲，赵挺之思索片刻，笑道："看来我儿要娶一位能文词妇了。"原来这三句诗正应"词女之夫"四字。看来，这段姻缘果真是命中注定。

一次偶然的机会，明诚得以窥见清照的容颜，一见倾心，终日恳求父亲为他促成这门亲事。父亲感其诚，亲允此事，李格非亦爱重明诚的品貌才华，欣然应允。

于是便有了开篇那一幕：一向淡定从容的清照如此失态，或许就是已感知到那日的来客牵系着自己一生的幸福吧，所以才这般遮遮掩掩、欲见还休。

二人虽是父母之命、媒妁之言，但好在志同道合、两心相许，婚后过着蜜里调油的日子，共研金石、赌书品茶、对酒赏花，好不快活。若世间真有神仙眷侣，就该是他二人的模样吧。

那时的清照，满心满眼都是明诚，字里行间都是满溢的幸福。若时间定格在那时该多好，没有苦涩与别离，没有国难与家变，清照就能一直做一个明媚鲜妍、活泼娇俏的女子。

可"世间好物不坚牢，彩云易散琉璃脆"，命运之手翻云覆雨，眨眼之间便倾覆了清照的生活。元祐祸起，李清照的父亲被牵连，清照被迫归宁，与明诚经历了漫长的分离，相思难遣，只能化为一首首相思之词。时逢国难，夫妻二人随着政治局势的动荡分分合合，颠沛流离，后明诚病亡，二人的故事惨淡收场。

丧夫之后的清照晚景凄凉，孤苦无依，她将自己锁在思念中度日如年，好在还有曾经的回忆陪着她：初遇时的惊鸿一瞥，婚后的琴瑟和鸣，屏居青州时的亲密无间……那段与明诚有关的时光，像粲然绽放的烟花，为她往后的灰暗天空增添了一抹亮色。

佳句背囊

"见客入来和笑走，手搓梅子映中门。"出自唐代诗人韩偓的七绝《偶见》，其中"见客入来和笑走，手搓梅子映中门"与"和羞走，倚门回首，却把青梅嗅"意境相仿，但不如李词含蓄蕴藉。

本文作者

灰灰情感漫漫谈："90后"乡村教师，身处"柴米油盐酱醋茶"，心羡"琴棋书画诗酒花"。

若无闲事挂心头，便是人间好时节

颂平常心是道

（南宋）慧开禅师

春有百花秋有月，夏有凉风冬有雪。

若无闲事挂心头，便是人间好时节。

◎ **诗临其境**

这是一首禅诗，出自《无门关》（又称《禅宗无门关》）第十九则，作者是南宋无门慧开禅师。全诗共 28 个字，大致意思是：

一年四季，每个季节有每个季节的美，春天有百花秋天有明月，夏天有凉风冬天有瑞雪。如果能没有闲事烦心，没有忧思悲恐缠绕心田，那么每年每季每天都将是人间最好的时节。

◎ **一句钟情**

"若无闲事挂心头，便是人间好时节。"

这句诗通俗易懂，于禅理中道尽悠然自得的平常心态。

其实四季的更迭交替如同我们生老病死的一生，若能将生死与宠辱得失看淡看轻，就能感受夏花的绚烂，秋叶的静美。

若是有了超然的平常心态，每时每刻都是人间好时节。真正的道就是平常心，要遵循自然规律，顺其自然，这样才能享受生命之美。

◎ 诗歌故事

诗人中有这样一类特殊群体，他们参禅礼佛又通晓文艺，看透百态人生后作诗聊以寄之，这样的诗人叫诗僧。不论是唐代的书法家怀素和尚，还是因与苏东坡文字应酬较多而被后人传颂的佛印禅师，抑或是写下最美情诗的仓央嘉措，他们都用超然的心态写下顿悟之词。其中，宋代慧开禅师的《颂平常心是道》更是写尽人生超然的态度，最为今人所爱颂。

早年间慧开禅师一直在寻师访道的路上，后来终于在江苏平江府万寿寺遇见月林师观禅师，跟随禅师参"无"字话头。慧开对着"无"字痴痴研究，四季往复已六载。某天，一派丽日高照的气象，慧开看到此情此景高唱偈颂："青天白日一声雷，大地群生眼豁开。万象森罗齐稽首，须弥蹲跳舞三台。"

第二天，慧开迫不及待地将自己的答案告知师父，恳请其印证。两位禅师一答一问之间也展现了禅的智慧：月林看到慧开的偈子，不但没有赞叹，反而高声大喝道："你在何处见到鬼又见到神了？"慧开也当仁不让大喝一声，月林又做狮子吼，慧开面无惧色又大喝。师徒这时才相顾而笑，笑声交织成一片久久回荡。看来，禅有时需要不惧不退的大勇才能承担，大勇方有大智。

开悟后慧开禅师将历代禅宗重要的公案精选汇编，从而便有了《无门关》一书，而《颂平常心是道》是其中一则。

如今来看，年轻时我们很难拥有如此圆满的平常心态：学生时代我们一直在追梦，不停努力着；毕业后开始在各自的岗位上努力绽放，不负青春；成家后背负责任为家庭所爱打拼着。我们一直带着使命在生命的这条单行线上奔跑着，事事若怀揣平常心又谈何容易？

星光不问赶路人，岁月不负有心人。浮生过半后，平常心态最重要。没有实现的梦想可以继续追求，但莫要强求，人生正因为没有一百分的答卷而显得小而盈满。也不要仰望别人，因为你站在桥上看风景，看风景的人在楼上看你，你亦是别人眼里的风景。更不要遗憾"廉颇老矣，尚能饭否"，走过朝朝与暮暮，迎来夕阳的无限好，又何须感慨黄昏来袭，用平常心享受当下的春花秋月，收藏凉风冬雪，人间刻刻是好时节。

如果我们能认真地生活，优雅地老去，那么便能像慧开禅师说的那样，用平常心静享四季、生命各阶段的好时节。"安时而处顺，哀乐不能入"，安于时运而顺应自然，一切哀乐之情就不能进入心怀，这样的淡然从容真是心向往之。

愿正在为烟火打拼、追梦的你在迎接过风霜雨雪的洗礼后，不念过去，不畏将来，于风清日朗时笑谈过往三千事，坐享人间好时节，如此便不负人生！

作家介绍

无门慧开禅师（1183—1260），宋代诗僧，杭州钱塘人，俗姓梁。慧开禅师因为苦参"无"字话头而开悟，因此特别看重"无"字法门，编纂《无门关》一书，并自作序文道："大道无门，千差有路；透得此关，乾坤独步。"

佳句背囊

"宠辱不惊，看庭前花开花落；去留无意，望天上云卷云舒。"

出自明代文人陈继儒的格言小品集《小窗幽记》。意思是：为人做事能视宠爱与屈辱，如花开花落一样平常，才能淡定自若；视官位与爵位如云卷云舒一般，变幻无常，才能够做到潇洒自若、心境平和、淡泊自然。

本文作者 ——————

梁芬霞，笔名书怡，生活中读书最心怡，在阅读中邂逅好文字，细嗅文字清香。

乌啼月落知多少，只记花开不记年

感怀

（清）袁机

草色青青忽自怜，浮生如梦亦如烟。

乌啼月落知多少，只记花开不记年。

◎ **诗临其境**

袁机是清代才女，她是著名文人袁枚的妹妹。袁机一生多坎坷、少福泽。这首名为《感怀》的小诗，忧伤却又优雅，似暗香沉浮。

初读前两句，稀松平常，似乎是闺中女子自怨自怜。看到窗外青青草色，忽然想起自己心中愁绪万千。由青草联想到自己这一生如梦又如一缕轻烟，和一般的感怀诗大同小异。后两句仿佛神来之笔，不仅让诗句升华，还让读者体会到袁机的才情与心胸，能够对生活中的遭遇淡然一笑，说出"只记花开不记年"。

这首小诗也如袁机一生，美丽，却凄惨。

◎ 一句钟情

"乌啼月落知多少，只记花开不记年。"

这两句是诗中最精彩的部分。我们仿佛看到那个带着淡淡愁绪的女子傍晚轻摇团扇，似在说：明月落了几次我也数不清，但我又何必要记得过了多久，我只要记得窗外花开时的姹紫嫣红。

这首诗前两句让你感受到她的忧伤，后两句却又感受到作者的淡然与豁达。想来人生并非一帆风顺，修身不如修心。

◎ 诗歌故事

南京山上有座荒凉墓，墓主人是袁机，她的一生也如同这座墓碑一样荒凉。袁机从小便与哥哥一起熟读诗文，尤其爱听古代女子节义的故事。长大后，袁机才情斐然，容貌昳丽，是一个不可多得的才女。

袁机的父亲在她小时候就为她定了一门亲事，未婚夫是高绎祖。等到袁机长大，这家人来退亲了，说是他们的儿子高绎祖得了不治之症，退了亲让袁机另择好人家。袁机却不同意，她认为女子就要从一而终，高绎祖有病她就照顾，高绎祖死了她就终身不嫁。

高家人见退婚不成只好说出实情，原来高绎祖品性恶劣，难以管教。高家人看自己儿子如此顽劣不堪，不肯误了袁机终身。谁知袁机听了之后依旧坚持嫁过去，高家人苦劝无果，只能作罢。

结婚以后袁机孝顺公婆，照料儿女。她早知高绎祖品性不好，却恪守妇道。高不许她作画，她就放下画笔；高不要她写诗词，她就收起纸笔不再作诗。后来高绎祖不仅花光了她的陪嫁，还对她拳打脚踢。高母来阻止，高竟把母亲牙齿打断，还打算把袁机卖掉偿还赌债。袁机被逼无奈，一面逃到尼姑庵，一面请人通知娘家。她的父亲赶到如皋打官司，最后判决高袁离婚。

1752 年，袁家举家迁徙，袁机随同来到南京随园。这个时期袁机穿素色衣服，吃斋，取别号青琳居士，表示在家修行。平时照料母亲，帮哥哥料理家务，闲暇时写诗。但这个时候她依然牵挂婆母与丈夫："欲寄姑恩曲，盈盈一水长。江流到门口，中有泪双行。"1758 年高绎祖死去，袁机心中仍旧对丈夫留有旧情，"死别今方觉，双飞一梦终"。次年，袁机也得病亡故。

袁枚在《祭妹文》里说："予幼从先生授经，汝差肩而坐，爱听古人节义事；一旦长成，遽躬蹈之。呜呼！使汝不识《诗》《书》，或未必艰贞若是。"袁枚一直认为自己的妹妹是因为读书太多，才一生多坎坷。听了太多节妇故事，自己也效仿节妇，谁知道碰上的人不可托付。

袁机生平，只有惋惜。

作家介绍

袁机 (1720—1759)，字素文，浙江钱塘（今杭州）人。是清代乾嘉时期代表诗人、散文家袁枚的三妹，著名才女。

佳句背囊

"但屈指西风几时来，又不道流年暗中偷换。"
出自宋代文学家苏轼的词作《洞仙歌·冰肌玉骨》：掐着手指计算时间，秋风几时吹来，不知不觉，流年似水，岁月在暗暗变换。表达了对时光流逝的深深惋惜和感叹；与"只记花开不记年"一样，寄寓了作者自身深沉的人生感慨。

本文作者

伽利说：头条作者，热爱书法与文字，害怕自己不是明珠，却又生怕自己是颗明珠。

第三辑

天地有大美

天地山川，大海星辰，飞禽往还，万物皆诗。

非必丝与竹，山水有清音

招隐诗（其一）

（西晋）左思

杖策招隐士，荒涂横古今。

岩穴无结构，丘中有鸣琴。

白云停阴冈，丹葩曜阳林。

石泉漱琼瑶，纤鳞或浮沉。

非必丝与竹，山水有清音。

何事待啸歌？灌木自悲吟。

秋菊兼糇粮，幽兰间重襟。

踌躇足力烦，聊欲投吾簪。

◎ **诗临其境**

左思是西晋著名的文学家，其貌不扬却才华出众，《三都赋》令"洛阳纸贵"。因妹妹左棻入宫，得以为官。后受贾谧政治牵连，退居专心著述。

魏晋南北朝是中国历史上政权更迭频繁的一个时期，人无枝可依的状态，促进了内心的觉醒。左思寄情山水，在天光云影的清新世界中，重新撷取生机。

我们似乎看到左思在人烟寥落的小径上踽踽独行，绿树掩映，红花葳蕤，草木葱茏，置身于如此清新之地，幽美的环境沁人心脾，优雅的古琴声不绝于耳。在大自然的怀抱中，人也回到了本真的状态。

诗人写道：

我拄着拐杖，去荒野寻找隐居者。一条荒芜的小径横亘在眼前。山上天然的洞穴没有房屋结构，但阵阵的古琴声却飘荡在丘岭中。天上悠悠的白云在山坡上投下阴影，红艳艳的山花在阳光的照耀下格外鲜亮。哗哗的清泉洗刷着鹅卵石，鱼儿在水中沉沉浮浮。不一定非要有丝竹管弦，大自然的声响就是天籁。有什么烦恼事要去吟咏呢？风吹灌木发出阵阵悲怆的声音，这是和我的共鸣。吃着干粮欣赏黄灿灿的菊花，幽幽兰花香已经浸入我的衣襟。在险恶的仕途上我踽踽独行，无限烦恼，真想扔掉这顶官帽，隐入山林。

◎ 一句钟情

"非必丝与竹，山水有清音。"

人于山光水色间，清音自来。看天上，白云飘忽，去来无迹；看周遭，绿树蓊郁，丹华吐蕊，清水潺潺，泠然清越。一切都是那么自在自然，这里远离喧闹的人世间，了无烦恼，只有清逸自在的快乐。

所以诗人发出"非必丝与竹，山水有清音"的慨叹，不必有人为的音乐啊，这山水的奏鸣就已经无比动人了，而又有多少人在俗世中奔忙，听不到自然原始的声音呢！

在闹市待久了，为凡俗事物所累，很多人心心念念想回归田园。即便是现在，山居生活也令很多人向往。

◎ 诗歌故事

古有终南山隐逸，现有乡村间另类隐居。

有一个叫作刘娟的前媒体人，在钢筋水泥的城市中生活了很多年之后，人渐渐麻木，突然冒出想要回归田园的想法。于是她辞掉稳定的工作，卖掉城市价值百万的房子，在乡间租了二十多亩地，准备从头开始。

改造窑洞、养鸡逗狗、侍弄田园，回到乡村后，她每天被清晨的第一束阳光唤醒，晚上伴着星光安睡，四季吃食随着季节更迭，随时能领略春日的绿草茵茵、夏季的繁花灼灼、秋季的落叶精美以及冬季的千山暮雪。

早在几千年前的孔子那里，他就已经用睿智之笔勾勒出一幅人在自然中美妙共处的画面了："暮春者，春服既成，冠者五六人，童子六七人，浴乎沂，风乎舞雩，咏而归。"

在春日缱绻的下午，大家换下了臃肿的棉衣，换上了轻盈的单薄衣服，大人孩子一起去沂河洗澡，然后在轻柔的晚风中，结伴唱着歌回家。这是一种多么放逸的状态啊！

当我们被俗世所累，很多人的第一个想法，便是出去旅游，靠近自然。在自然的天光雨露中得到抚慰，得到安憩。

"何必丝与竹，山水有清音。"放下耳麦，关上电脑，当你感觉累了、乏了，就去大自然中走走，听听那来自大自然的美妙乐章吧。

无障碍阅读

策：细的树枝。

荒涂：荒芜的道路。

结构：指房屋。

阴：山北为阴。

丹葩：红花。

阳：山南为阳。

漱：激。

琼瑶：美玉，这里指山石。

纤鳞：小鱼。

丝：弦乐器。

竹：管乐器。

糇（hóu）：干粮。

间：杂。

烦：疲乏。

投簪：弃冠，指放弃官职。簪：古人用它连接冠和发。

作家介绍

左思（约250—305），字太冲，齐国临淄（今山东淄博）人，西晋著名文学家。其《三都赋》颇为当时称颂，一时"洛阳纸贵"。其诗文语言质朴凝练，后人辑有《左太冲集》。

佳句背囊

"我见青山多妩媚，料青山见我应如是。"
出自辛弃疾的《贺新郎·甚矣吾衰矣》，意思是：我看那青山潇洒多姿，料想青山也是这么看我的吧。诗人将深情倾注于自然中，在自然中身心得到宽慰，与"非必丝与竹，山水有清音"有异曲同工之妙。

本文作者 ————————————

陈清轻，喜欢阅读、写作，喜欢亲近大自然，同时努力追求世俗。

日落山水静，为君起松声

咏风

（唐）王勃

肃肃凉景生，加我林壑清。

驱烟寻涧户，卷雾出山楹。

去来固无迹，动息如有情。

日落山水静，为君起松声。

◎ **诗临其境**

轻声吟诵此诗，我们仿佛感觉到：

一阵清凉的山风飒飒吹过，使树影婆婆中的山谷变得更加清爽凉快。

这阵风吹走了山谷中的烟云，我寻找已久的山间农家终于显示了出来，天空中的雾霭也被这阵清风拂去，山间的房屋显得越发清晰。

山间的清风来去自如，毫无踪迹可循，但风起与风歇之间，就好像融入了人的感情一般，十分合人心意。

在落日余晖的照耀下，山水静谧，美成了一幅画卷，而此时，清风再次吹响松涛，宛若一首甜美的夜曲，让人沉醉其中。

◎ 一句钟情

"日落山水静，为君起松声。"

在整首诗中，这句诗第一时间就打动了我，落日的余晖洒落在平静的水面上，就连时间也仿佛静止了，此时，就算一滴水珠掉落水中，你也能听到那清脆的"叮咚"声，远处层峦叠嶂的青山和眼前风平浪静的水面，双双沉醉在这静谧的环境中。不知何时起，一阵清风徐徐吹过，那山间沉醉的松林，渐渐喧闹起来，阵阵的松涛声也将人们从那唯美的、静谧的画卷中拉了回来。这一静一动的自然切换，让人心旷神怡。

◎ 诗歌故事

一直以来很喜欢苏轼点评王维诗歌的那句话"味摩诘之诗，诗中有画；观摩诘之画，画中有诗"，在我看来，王勃这首《咏风》的最后一句，也可以用苏轼的这句话来概括。

一首好诗，是让人读过后能在第一时间发现它的闪光点，并能记住这首诗中最经典的句子。而王勃这首诗的最后一句，在向大家展示动静结合的这幅绝美画面外，其实也是借物抒情。他借助风这种事物，来赞美高尚品格和勤奋精神。

王勃才高八斗，却犯了一个严重的错误。沛王李贤和英王李哲举行了一次斗鸡比赛，当时担任"修撰"（负责王府文字工作的官员）的王勃为沛王写了一篇《檄英王鸡》。这篇骈文后来传到了高宗那里，高宗读完后大怒，因为"檄"字有声讨的意思，这让高宗认为王勃这篇《檄英王鸡》有挑拨离间皇子关系的嫌疑，于是一怒之下将王勃赶出了沛王府。

自此以后，王勃仕途受到了严重的打击。虽然他才华横溢，却壮志难酬，而这首诗正是他通过风这种事物，来寄托他的青云之志。最后这句"日落山水静，为君起松声"不仅在意境上出奇制胜，更是在情感表达上让读者和作者产生了共情。

无障碍阅读

肃肃：形容快速。

加：给予。

林壑：树林和山沟，指有树林的山谷。

驱：驱散，赶走。

卷：卷走，吹散。

山楹：山间的房屋。楹：堂屋前的柱子。

固：本来。

动息：活动与休息。

松声：松树被风吹动发出的声音。

作家介绍

王勃（649或650—676），字子安，绛州龙门（今山西河津）人，唐朝文学家，儒学大家文中子王通之孙，与杨炯、卢照邻、骆宾王齐名，称"初唐四杰"。代表作有《滕王阁序》《送杜少府之任蜀州》等。

佳句背囊

"大漠孤烟直，长河落日圆。"

出自唐代诗人王维的《使至塞上》，这句"大漠孤烟直，长河落日圆"与王勃的"日落山水静，为君起松声"有异曲同工之妙，都给人一种诗中有画，画中有诗的美感。

本文作者 ————————————

大家好，我是星海小子，一个正在努力奋进的人，希望能和大家共同进步。

关塞极天唯鸟道，江湖满地一渔翁

秋兴八首（其七）

（唐）杜甫

昆明池水汉时功，武帝旌旗在眼中。

织女机丝虚月夜，石鲸鳞甲动秋风。

波漂菰米沈云黑，露冷莲房坠粉红。

关塞极天唯鸟道，江湖满地一渔翁。

◎ 诗临其境

杜甫漂泊一生，郁郁不得志，但其忧国忧民的现实主义风格和极高的诗艺在后世备受推崇，影响深远。

诗人在夔（kuí）州（今奉节）滞留的日子里，看到秋风萧瑟，触景生情，感发诗兴，追忆起当年长安盛世，感叹自己的孤寂处境，还京无期，顿感悲壮苍凉：

昆明池水映现着汉代的伟业丰功，武帝训练水军的旌旗飘拂在眼中。

织女织机上的丝线无声空对明月，池中的石鲸在秋风中似跃然欲动。

菰米漂浮在水面如簇簇乌云聚拢，秋露浸湿了莲蓬，花瓣凋零只剩下几许残红。

天高地僻关塞重重，山路险峻只有鸟能飞过，故园难返，我就像漂泊江湖的一个渔翁。

◎ 一句钟情

"关塞极天唯鸟道，江湖满地一渔翁。"

这句诗，以写实的手法，表面描写面前的景色，实际上极尽心情的沉郁与悲凉。

诗人身处荒僻之地，回望长安，"已恨碧山相阻隔，碧山还被暮云遮"。关山万重，家园难返，心情沉重而愁苦。

秋色荒凉，垂暮之身，依然"漂泊西南天地间"，深深地表现出诗人内心的凄凉与悲苦。

诗人目睹国运衰败，繁华落去，却报国无门，感受到的只有入骨的冷落、自身的渺小以及对时局的无力，只能望长安而慨叹，就像江湖漂泊的渔翁，摆脱不了被操纵的命运，看似逍遥自在，实则凄苦孤独！满怀的秋怨与愁思，悲伤与失落，随着文字汩汩流出。

◎ 诗歌故事

公元 766 年秋，杜甫 55 岁，好友严武去世，杜甫在成都生活失去依靠，遂告别草堂，沿江东下，在夔州滞留了两年左右的时间。

在夔州，"杜甫很忙"，他不仅是一位诗人，还是一位稻农、菜农和果农，杜甫自己养鸡、种菜，因为家里的鸡乱飞不卫生，弄得到处又乱又脏，就想了个办法，叫长子给他修个鸡栅圈养，并写了一首《催宗文树鸡栅》。杜甫想出的圈养的办法，人们直到现在都在用。

杜甫特别喜欢吃水果，并在诗里写下对夔州水果的喜爱及吃水果的感受："色好梨胜颊，穰多栗过拳""朱果烂枝繁""破甘霜落爪"，后来甚至买了一个果园，还常常向农家请教果树、庄稼种植管理技术。现在奉节的柚子个大水多、气香味甜，据说就是沾了杜甫的灵气。而久负盛名的"夔柚"就是从他这儿传来的良种。他还买了一块稻田，在稻田附近搭建了草屋。等稻子快收割时，亲自参与稻田收割管理工作。

这两年时间里，他自食其力，不再寄人篱下，过上了较为安定的生活。但是物质生活安定舒适并没有弥补诗人内心的愁苦与孤独。报国无门、壮志难酬以及强烈的思乡之情，依旧时时萦绕在心头。在生命的最后四年，他把一腔悲愤，如杜鹃啼血般，凝练成最壮丽的诗篇，夔州时期，他写了 400 多篇，达到了一生的创作巅峰。

无障碍阅读

昆明池：遗址在今西安市西南斗门镇一带，汉武帝在长安仿昆明滇池而凿昆明池，以习水战。
织女：昆明池西岸的织女石像，俗称石婆。
石鲸：昆明池中的石刻鲸鱼。
菰（gū）：即茭白，浅水中的一种草本植物。秋天结实，皮黑褐色，状如米，故称菰米。
江湖满地：指漂泊江湖，苦无归宿。

作家介绍

杜甫（712—770），字子美，原籍湖北襄阳，生于河南巩县。自号少陵野老，是唐代伟大的现实主义诗人，与诗仙李白合称"李杜"。为了与另两位诗人李商隐与杜牧即"小李杜"区别，杜甫与李白又合称"大李杜"，杜甫也常被称为"老杜"。杜甫在中国古典诗歌中的影响非常深远，被后人称为"诗圣"，他的诗被称为"诗史"。后世称其杜拾遗、杜工部，也称他杜少陵、杜草堂。代表作有《春望》、《北征》、"三吏"、"三别"、《登高》等。

佳句背囊

"飘飘何所似？天地一沙鸥。"
出自杜甫《旅夜抒怀》，这是作者写《秋兴》前一年。53岁的诗圣带着妻儿离开成都草堂，一家人由蜀入巴，进入了他生命中动荡不安、急转直下的最后五年。他比喻自己就像天地间一只疲惫的沙鸥一般，四处漂泊，孤独无依。"飘飘何所似，天地一沙鸥"一语成谶，成为他的真实写照。

杜甫一生悲苦，他用一生的血泪和忧思告诉我们，悲剧亦是人生的一部分，我们必须独自走过那些悲苦的岁月。

本文作者 ————————————————————

浅海深蓝，职场领域优秀创作者，深耕人力资源行业，绩效管理培训师、人才测评师。

草萤有耀终非火，荷露虽团岂是珠

放言五首（其一）

（唐）白居易

朝真暮伪何人辨，古往今来底事无。

但爱臧生能诈圣，可知宁子解佯愚。

草萤有耀终非火，荷露虽团岂是珠。

不取燔柴兼照乘，可怜光彩亦何殊。

◎ **诗临其境**

　　唐宪宗时，宰相武元衡极力主张削除藩镇，并且取得了一定成效。为了阻止中央的削藩举措，淄青节度使李师道派人将武元衡刺杀。作为武元衡的好友兼同僚，白居易对此极为不忿，于是上疏请求追查凶手。因为越职言事，又遭人诽谤，被贬谪为江州（今江西省九江市）司马。

　　当他扬帆南下，赴江州上任时，心中自然抑郁难平。于是便对江自吟，写下了抒发心意的《放言五首》。此诗便是其中第一首。

面对滔滔不绝的江水，回想起历史长河中的纷繁往事，诗人不禁感叹：

白天真，晚上假，又有何人会去分辨，从古至今这样的事无尽无休。众人都喜欢臧武仲那样的假圣人，怎会知道看似呆傻的宁武子其实大智若愚。萤火虫虽也能发光，但却非真正的火光；荷叶上的露珠虽圆，却非珍珠。不用真正火光和照乘珠进行比较，谁又能辨别萤火虫之光非火，露珠非珍珠呢？

◎ 一句钟情

"草萤有耀终非火，荷露虽团岂是珠。"

这句话告诉我们社会纷繁复杂，有各种各样的表象。如果不能破开迷雾，透过现象看本质，只会始终为其他的人和事所左右。

此外，这世上也有人只是萤虫之光与荷叶露珠，却假冒火光和宝珠。就像臧武仲假冒圣人一样，欺世盗名。我们不光要看穿他们的本来面目，还要努力让自己成为真正的火光与宝珠。要始终坚信，萤火之光岂能与皓月争辉。

◎ 诗歌故事

唐宪宗对白居易颇为赏识。而白居易为报赏识之恩，也敢言直谏。这既为他树立了很多政敌，也渐渐被唐宪宗所不喜。

而白居易在武元衡被刺后要求缉拿凶手的奏疏，使他进一步得罪了当权者。

政敌于是趁机上疏诽谤他。他们指出：白居易母亲因赏花而坠井身亡，但他却作有"赏花"诗、"新井"诗。当权者便以此为由，将其贬为江州司马。

白居易的"赏花"诗等并非在其母去世时所写，同样也并非针对其母之事。这明显只是借口。而本质原因则是唐宪宗对他屡次直谏已有不满，且其诉求与当权者利益不符。

此外，白居易也将自己比作火光和宝珠，而将朝中的一些人比作"草萤"与"荷露"。他对这些虚伪之人得到重用，而真正有才德之人却反被贬谪极为不满。

不过白居易却并未因此消沉。到达江州后，与当地文人诗歌唱和，同时也尽量为百姓做一些实事。820 年，白居易便再次受到了朝廷重用。

无障碍阅读

放言：无所顾忌，畅所欲言。

底事：指朝真暮假之事。

臧生：春秋时的臧武仲，鲁国人，曾任鲁司寇。被当时人称为圣人，孔子却认为他是挟制君主的小人。

宁子：春秋时的宁武子，山东菏泽人，曾任卫国大夫。孔子认为他大智若愚。

燔（fán）柴：燃烧的柴火，这里指火光。

照乘：指明亮的宝珠。

作家介绍

白居易（772—846），字乐天，号香山居士，又号醉吟先生。祖籍太原，出生于河南新郑。唐代著名的现实主义诗人，与元稹一起倡导新乐府运动，号称"元白"。曾担任杭州刺史、太子左庶子等官。诗歌题材广泛，形式多样，语言平易通俗，有"诗魔"和"诗王"之称。代表诗作有《长恨歌》《卖炭翁》《琵琶行》等，有《白氏长庆集》传世。

佳句背囊

"不畏浮云遮望眼，只缘身在最高层。"
出自北宋文学家王安石的《登飞来峰》。遮人眼睛的浮云就像白居易笔下的"草萤""荷露"，同样代表了事物的表象。相对于白居易，王安石更进一步提出了如何透过表象看本质，即登上最高层。不管是人的知识、阅历，还是认知，只要达到了一定高度，就会不惧表象的迷惑，从而直指本质。

本文作者

以史为伴，优质历史博主。

晴空一鹤排云上，便引诗情到碧霄

秋词

（唐）刘禹锡

自古逢秋悲寂寥，我言秋日胜春朝。

晴空一鹤排云上，便引诗情到碧霄。

◎ **诗临其境**

中唐诗坛的刘禹锡，自有豪健旷达的独特诗风。他既是文学家，也是哲学家。

永贞元年（805），以王叔文为首的政治集团主持的永贞革新不幸失败，团队中的主要人物之一刘禹锡遭受打压与排挤，由屯田员外郎被贬为连州（今广东连州市）刺史，在上任路途中追贬为朗州（今湖南常德）司马。

刘禹锡人称"有宰相器"，是本可以大有作为的热血之人，可是现在，打击突如其来。还没到人生巅峰便跌落谷底，面对萧瑟可悲的秋天，大概悲苦伤秋才是在朗州的刘禹锡应该怀有的情绪吧。

但是诗人偏偏一反"悲秋"的传统，诗作令人耳目一新：

自古以来，文人骚客每逢秋天都悲叹萧条、空寂、凄凉，我却说秋天远胜过春天。

秋高气爽，晴朗的天空中，一只仙鹤扶摇而上，直冲云霄，也激发我的诗情飞向万里青天。

◎ 一句钟情

"晴空一鹤排云上，便引诗情到碧霄。"

这一句，融诗情与画意于一体。描绘了一幅典型的秋日晴空图，画面感与动态感并存。寥廓高天是整幅画的壮美背景，在蓝加白的清冷色调下，排云直上的鹤打破了静态，带来秋天的生机。

这是一只孤独而非凡的鹤，满载诗人不屈的诗情与志气，冲破秋天的肃杀寂寥，昂扬向上，为实现自我理想而奋斗。诗情之旷远，气概之高扬，抒发得淋漓尽致。

此一句不仅寓情于景，诗人更是融虚入实。

诗情是无形的，它是人的主观意识，而鹤是客观存在的物象。刘禹锡将"虚"与"实"巧妙地结合在一起，使"秋日胜春朝"的内容更具象化，观点更有力度。

我喜欢"晴空一鹤排云上，便引诗情到碧霄"的乐观与豪迈。更欣赏写出这首诗的刘禹锡一身的豪气与一颗赤子之心！

◎ **诗歌故事**

唐顺宗年间，刘禹锡和王叔文、柳宗元等改革派在最高统治者的支持下，进行了大刀阔斧的"永贞革新"：加强中央集权，打击宦官势力。但是一个体弱多病、手无实权的皇帝，又怎么能撼动长期以来的既得利益群体呢？

结果遭到了反动势力的强烈反攻，最终以失败告终。那么，参与此次革新的一众骨干人物，必然要承受来自旧势力的更严重的反扑与迫害。王叔文被赐死，掌握重要职位的刘禹锡被踢出核心政治圈，被放逐到边远的蛮荒小州——朗州。

那是一个落后的南方州郡，雨水多湿气重，极易侵蚀器物。刘禹锡有一把锋利的佩刀，到了朗州后生锈得无法拔出，只得剖开刀鞘。良刀的锋芒，完全被恶黑的鳞状锈斑遮盖住。

有一位来自东方的客人听说这情况，包了一块细密的磨石送给刘禹锡。刘禹锡在上面抹了混合的滑腻草汁和禽鸟油脂，反复磨砺，使佩刀恢复了锐利的本质。刘禹锡微笑着感谢客人的赠送，客人转述了听到的一段话："爵位和俸禄，是治理天下的磨石。"后又以高祖皇帝为例，刘禹锡感而作《砥石赋》，以此表达自己就像生锈的宝刀，但他坚信那只是一时的，终有一天会磨去锈蚀，重露锋芒，自己的才能与抱负得以施展。

刘禹锡在朗州的职位，就是一个没有实权的司马闲职。不过，他始终没有在政治斗争中屈服，也没有在失意时消沉颓唐，仍然保持壮心。

一方面，他尽可能地把自己融入当地的百姓与民俗中，关心人们的生产与生活。整理"民谣俚音"进行再创作民歌体诗。教化朗州百姓，为当地教育的发展做出贡献。

另一方面，刘禹锡坚定信念，初衷不改坚持正确的政见，保持乐观向上的进取精神。以诗、文明志，以励志之作为，不认输、不低头，自我奋起，无所畏惧。

那一只振翅高举的鹤，不正是他的真实写照吗？

无障碍阅读

春朝：春初。亦泛指春天。
排云：推开白云。
诗情：作诗的情绪、兴致。

作家介绍

刘禹锡（772—842），字梦得，河南洛阳人。唐代文学家、哲学家，有"诗豪"之称。与柳宗元并称"刘柳"，与韦应物、白居易合称"三杰"，与白居易合称"刘白"。重要作品如《竹枝词二首》《乌衣巷》《浪淘沙》《望洞庭》《陋室铭》等。

佳句背囊

"九曲黄河万里沙，浪淘风簸自天涯。"
出自唐代诗人刘禹锡的《浪淘沙》。意思是：弯弯曲曲的黄河挟带大量泥沙，经受滚滚风浪的淘卷从天边而来。诗人赞扬了黄河中的万里黄沙，经受风浪，一往无前。

"种桃道士归何处？前度刘郎今又来。"
出自唐代文学家刘禹锡的七言绝句《再游玄都观》。诗句描写玄都观的今昔盛衰，其中暗含着人世变迁与自己的浮沉经历，体现了不向权贵低头的决心。

本文作者 ————————————————————

祝雪晶，浙江金华人。文艺也理性的"90后"，中国古代文学与历史爱好者。

莫道桑榆晚，为霞尚满天

酬乐天咏老见示

（唐）刘禹锡

人谁不顾老，老去有谁怜。

身瘦带频减，发稀冠自偏。

废书缘惜眼，多炙为随年。

经事还谙事，阅人如阅川。

细思皆幸矣，下此便翛然。

莫道桑榆晚，为霞尚满天。

◎ 诗临其境

刘禹锡晚年被朝廷派往洛阳出任闲职，与同在洛阳的至交好友白居易等人交往密切，时常互相赠送诗文。此时刘禹锡与白居易都已是六十多岁的老人，老眼昏花，疾病缠身，身体每况愈下。白居易感叹岁月无情，便写了一首《咏老赠梦得》，向刘禹锡诉说对年老力衰的无奈和消极之感。

刘禹锡读完赠诗，看了眼铜镜里白发苍鬓、容貌消瘦的自己，倏然大笑起来。

他展开一卷宣纸，磨墨提笔，回复白居易道：

哪有人不忧虑变老，老了又有谁会对你表示同情。

身体一天天消瘦，衣带不停在减短，头发稀疏得连帽子都无法戴正。

不再看书是因为要爱惜眼睛，经常用艾灸为的是维持健康。

经历过的事情很多对事情自然就熟悉了，与人交往得多看人也就准了。

仔细一想年老也是一件幸事，领悟了这些心情就倏然开朗了。

不要说日落时分就余时无多，落日的霞光依然洒满了整个天空。

◎ 一句钟情

"莫道桑榆晚，为霞尚满天。"

这句诗没有堆砌华丽的辞藻，却饱含着作者真挚的情感，能够引起读者强烈的共鸣，因而流传千古，为人所称道。

桑榆，指桑榆二星，当太阳达到桑榆二星中间的位置时，表示即将进入夜晚了。所以桑榆常比喻人到了晚年。

我们将少年比作早上八九点钟的朝阳，而用夕阳代指老年。天气晴朗的日子，夕阳的晚霞铺洒西边的天空，让人赞美它的绚丽，又遗憾它的短暂，马上就要转入夜幕。而刘禹锡翻陈出新地说：落日虽短，余晖依然可以铺就满天红霞；虽然衰老无法逆转，我们仍可以发挥余热，再创新的成绩。

◎ 诗歌故事

衰老是自然的规律，没有人能够挣脱规律的束缚，历史上那些期望长生不老的人，除了留下一些荒诞可笑的故事外，就没有更多了。

所有人都有老的那一天，面对身体衰弱，思维迟钝，即使是白居易这样见识高远的大文学家也不免感到沮丧，普通人就更不用说了。

如何正确看待衰老，刘禹锡把答案告诉给了我们，摆正自己的位置，保持积极的心态。

但在当今快节奏社会中，一些二十几岁的年轻人就已经将自己称为大叔和阿姨，虽说有些戏谑的成分，却折射出一种人未老心已老的现象，就如同给自己戴上了一套思想的桎梏，显然是没有摆正心态。

与之相对的，是那些为理想拼搏的中年人和老年人。宗庆后 42 岁时还在蹬着三轮车卖冰棍，三十年后，他一手创立的娃哈哈已经成为一代人童年的记忆；哈兰·山德士 62 岁时还在四处兜售炸鸡配方，所有人都认为他是一个行为怪异的老头，谁又会想到他会成为风靡全球的快餐巨头肯德基的创始人。

法国文学家托马斯·布朗爵士曾说过："你无法延长生命的长度，却可以把握它的宽度。"追求梦想，任何时候开始都不会晚。诗人刘禹锡一生宦海沉浮，几度贬黜，老年却依然保持着积极的人生态度，而正值青春年华的少年们，又有什么理由不为自己的理想拼搏奋斗呢？

 "老骥伏枥，志在千里。"
出自东汉末年曹操《龟虽寿》，其中"老骥伏枥，志在千里"一句与"莫道桑榆晚，为霞尚满天"意思相通，借物抒情，虽然已经年老力衰，但心中志向依然远大。

本文作者 ————————————————

江左，985 理科硕士，文史爱好者。

寒光亭下水如天，飞起沙鸥一片

西江月

（南宋）张孝祥

问讯湖边春色，重来又是三年。

东风吹我过湖船，杨柳丝丝拂面。

世路如今已惯，此心到处悠然。

寒光亭下水如天，飞起沙鸥一片。

◎ **诗临其境**

这首词是作者从建康回宣城途经溧阳（今江苏省溧阳市）时所作。前两句用春色、湖船、东风、杨柳，四个清新之词，表达了作者重访三塔湖的快意感受，后两句用世路与寒光亭作对比，抒发了作者置身大自然时的悠然心情。

这首词的大意是：

再次来到三塔湖寻访春天之色，与前次已经隔了三年之久，东风习习一路吹着小船驶过湖面，丝丝杨柳轻轻拂过面颊。

早已看惯世间百态，一颗随遇而安的心四处悠然。在这寒光亭下碧水如天的湖面上，悠然闲看飞起的一片沙鸥。

◎ 一句钟情

"寒光亭下水如天，飞起沙鸥一片。"

作者用平铺直叙的手法写景，所见即所得，看似浅易平淡，实则意境深厚，耐人品味。

浅易平淡在于，此句看上去，作者在平淡直白地描写湖边的景色：宽广的湖面，飞起的沙鸥。

而仔细品味这里的"水如天"，水是平静的，而沙鸥是动态的"飞起的"，一静一动间充满了勃勃生机，象征着无尽的生命力。

◎ 诗歌故事

"寒光亭下水如天，飞起沙鸥一片。"这两句诗虽是写景，却也是我们小人物的生活写照：生活可以是平淡的没有起伏，但不可以没了热情蓬勃的生命力。简单来说，拒绝平庸的人生。

在我的身边就有这样一群平淡又不平庸的小人物，在应付繁忙工作和为家庭琐碎操劳之余，仍然利用各种零碎时间坚持写作追逐自己的梦想。

他们既不是网络作家大神，每月所得稿费也没有几百万、几十万，有的可能不足自己本身工资的三分之一。

节假日别人或出去旅行，或约上好友逛街喝茶，他们宅在家里对着电脑十指翻飞地码字，不为外界所惑坚持更新。有时就连家人都不理解："就为这么几个钱，何苦来哉？"

只有他们自己心里明白，这根本就不是钱的事。用他们自己的话说："我们纯属是在为爱发电。"虽然有时候也在群里吐槽自己，叫嚣着要封笔，可是下一句就说："啊呀，不聊了，今天还没更新呢，我得去码字了。"没有一个人真正会放弃自己的写作梦想。

人生需要有理想，没有理想的人生与咸鱼没什么两样；人生需要有目标，虽然你可能永远无法达成你的目标，然而在追求目标的过程中，得到了快乐、完善了自己，这本身就是一种收获和人生财富。

就像人们常说的："结果不重要，重要的是你参与其中得到的快乐与满足。"

永远保持一颗平和的心，坚持一分淡定豁然，或许正是"寒光亭下水如天，飞起沙鸥一片"要告诉我们的道理吧。

无障碍阅读

湖：三塔湖。
世路：世俗生活道路。
寒光亭：亭名，在江苏省溧阳市西三塔寺内。
沙鸥：沙洲上的鸥鸟。

张孝祥（1132—1170），南宋著名词人、书法家，是唐代诗人张籍七世孙；字安国，别号于湖居士，祖籍历阳乌江（今安徽和县乌江镇），出生于明州鄞县（今浙江宁波市鄞州区），是宁波历史上第一个状元，被后人称为"甬上第一状元"，为官有政绩。善诗文，尤工于词，是"豪放派"代表作家之一。

**佳句
背囊**

"忽如一夜春风来，千树万树梨花开。"

出自盛唐诗人岑参的《白雪歌送武判官归京》，"忽如一夜春风来，千树万树梨花开"这两句诗与"寒光亭下水如天，飞起沙鸥一片"有共通之处，以春花比喻冬雪，字里行间透露出勃勃的生机。

本文作者 ————————————————

我是"心居在线"，喜欢看书写故事。

第四辑

风花雪月

在状物写景中，风、花、雪、月是最常见的吟咏对象。在诗人眼里，风有信，花解语，雪有心，月多情，描摹它们的诗词妙句很多，读者应用这些诗句的时候也最得心应手。

应知早飘落，故逐上春来

咏早梅

(南朝) 何逊

兔园标物序，惊时最是梅。

衔霜当路发，映雪拟寒开。

枝横却月观，花绕凌风台。

朝洒长门泣，夕驻临邛杯。

应知早飘落，故逐上春来。

◎ **诗临其境**

南朝梁诗人何逊是名门之后，才情卓绝，被爱结交文士的建安王萧伟重用。一日，在与萧伟同游扬州林园时，何逊看到满园凌寒独放的梅花，不禁赋诗一首，咏梅抒志：

园林里的变化最能凸显时节更替，而最让人惊异的，便数这梅花。它最不畏霜寒，在最冷的时候就能随路而开。繁茂的枝叶横斜在却月观外，盛开的花朵环绕着凌风台。梅花盛开之景可以让被弃者伤怀落泪，也能使相悦的人触景开怀举杯。梅花应该是自知会早早飘落，所以赶着正月就将最美的一刻怒放。

◎ 一句钟情

"应知早飘落，故逐上春来。"

一句诗，见天地，见众生，见自己。

从冬梅盛开之势，见天地之万物，皆有灵，皆有格，皆有自己该顺应的周期和规律。

从冬梅拟人自语，见芸芸之众生，知轮回安排的早落之"彼"后，更知早逐生命怒放才是最好的"己"。

从冬梅傲骨之格，见当下之自己，是向内反思，也是向外探索：是否更应不负光阴，不畏前路困苦艰险，含着一股冬梅般不屈的傲气，活出精彩的一生。

◎ 诗歌故事

人生苦短，应当潇洒走一回的道理人人都懂。但真正能听从内心声音，不惧外界环境、舆论、各方压力的质疑和考验，始终如一坚持自己的信念和步伐的人，屈指可数。但也正是这些恶劣境遇中的磨炼，才更能让非凡之人从芸芸众生中凸显而出，用高贵的品格和心性，创造属于自己人生的辉煌模板。

就像诗中所写："应知早飘落，故逐上春来。"这也是知行合一的最佳体现。思维和行动高度统一，心无旁骛，不畏困阻，方能抵达理想彼岸。

　　"如果人生如烟火，最美的时候只有热烈绽放的一小段时光，那就请尽情地将它做到最极致的美。"朋友曾说过的一段话，和诗人笔下的冬梅那股子纵然生命短暂，路途不坦，也无人能阻挡我傲雪绽放、艳照寒冬的倔强，让我想起了一个人：最近超越马云，成为身家仅次于马化腾的中国第二富豪——黄峥。出身于普通家庭的黄峥，有了稳定工作后，始终感觉身体里还有一些能力和能量没有释放，内心有个声音总告诉他有很好的机会能让他做成更大的事业。于是他遵从内心，进行了再创业。他在接受采访时曾说："我只是在很少的方面比很少的人强，比如隔绝外部压力，回归本源理性思考的能力。"深刻的自我认知，并用与众不同的人生价值观和对金钱及商业的理念，做了一个漂亮的"普通人逆袭范本"，将拼多多用不到 3 年时间做成市值千亿的公司。按自己的节奏，遵循内心的认知和声音，把普通的牌面打出了王炸。

无障碍阅读

兔园：本是汉梁孝王的园名，这里借指扬州的林园。

标：标志。

拟：比，对着。

却月观：扬州的台观名。

凌风台：扬州的台观名。

长门：汉宫名。汉武帝曾遗弃陈皇后于长门宫，司马相如为她写过一篇《长门赋》。

临邛（qióng）：汉县名，司马相如曾在临邛饮酒，结识了卓文君。

上春：即孟春正月。

作家介绍

何逊（?—约 518），南朝梁诗人。字仲言，东海郯（今山东郯城）人。出身官宦之家，八岁能诗，弱冠举秀才，官至尚书水部郎。诗风明畅，与阴铿同被杜甫所称赞，世称"阴何"。文与刘孝绰齐名，世称"何刘"。

佳句背囊

"已是悬崖百丈冰，犹有花枝俏。"

出自毛泽东的《卜算子·咏梅》。创作之时，国家面临着内外交困局势，与梅花开放的凌寒环境相呼应，与"应知早飘落，故逐上春来"中描述的梅花知己知彼，极端环境中仍有壮志傲骨，勇争上流的品格有共通之处，画面呼之欲出。

本文作者 ————————————

李文雯，一个喜欢从历史和传统文化中吸取智慧，学古用今，与文字对话，用文字传达，用文字实现自我价值、活出潇洒一生的姑娘。

颠狂柳絮随风舞，轻薄桃花逐水流

漫兴（其五）

（唐）杜甫

肠断春江欲尽头，杖藜徐步立芳洲。

颠狂柳絮随风舞，轻薄桃花逐水流。

◎ **诗临其境**

"安史之乱"爆发后，杜甫一路辗转来到四川，在朋友的帮助下，在成都西郊浣花溪畔住了下来。在此期间，杜甫创作出以"漫兴"为题的这一组共九首诗歌，描写了由春到夏的情景。

此时的杜甫虽然生活暂时安定，远离了战乱，但面对着明媚的春光，他内心则是"肠断"一般的忧愁和"徐步立芳洲"的孤独。

这是因为杜甫是一位忧国忧民的诗人，个人曾经饱受的离乱之苦和对国家未来以及人民命运的担忧，让他的内心久久不能平静，眼中所看到的春光，便也与常人不同了。

诗歌大意如下：

暮春时节，江边的美景一眼望不到头，我独自一人拄着拐杖立在江边，无尽的惆怅让人断肠。

那飞扬的柳絮好像癫狂了一样在随风舞动着，这飞落的桃花也这么轻薄，一点都不自重，顺着水流漂荡而去。

◎ 一句钟情

"颠狂柳絮随风舞，轻薄桃花逐水流。"

柳树和桃花是春天的象征，在很多诗人的笔下，都赋予了美好的寓意。唐代诗人贺知章的《咏柳》用"碧玉"和"丝绦"来赞美柳树。东晋才女谢道韫把漫天飞舞的雪花比作因风而起的柳絮。至于桃花，历代诗人更是不吝笔墨地赞扬歌颂，宋代大文学家苏轼用"竹外桃花三两枝"，让春天的气息迎面扑来。唐代著名诗人崔护则把桃花的美比作姑娘的容颜，写下了流传千古的经典名句"人面不知何处去，桃花依旧笑春风"。

但是，在杜甫的笔下却用"颠狂""轻薄"等贬义十足的词语，描写富有浪漫色彩的柳絮和桃花，的确很有创意。根本原因还是与诗人的经历和心情有关，但同时又抓住了柳絮和桃花的主要特征，恰到好处的拟人手法，让人眼前一亮。

◎ 诗歌故事

"颠狂柳絮随风舞，轻薄桃花逐水流。"杜甫这句诗的本意只是借景抒情，但是这句诗的应用范围绝不仅仅限于景物描写，后人常借用该诗句讽刺那些趋炎附势随波逐流的人，他们得志便猖狂，毫无节操，非常符合这两句诗所描写的意象。

这样的人在历史上并不少见，明代就出现过这样的一幕。明代末年有一个大太监叫魏忠贤，他独断专行，架空皇帝，权势熏天，不择手段排挤和迫害正直的大臣。很多大臣为了自保和升官，抛弃读书人的礼义廉耻，甘愿聚拢在魏忠贤的身旁。有一个官员为了巴结魏忠贤，厚颜无耻地说：我本来想当您的干儿子，担心您嫌我太老，就让我的儿子当您的孙子吧。魏忠贤哈哈大笑，随后这个官员便得到了提拔。几年之后，随着魏忠贤的倒台，这些当年飞扬跋扈、趋炎附势的人也被一一治罪。

唐太宗李世民说："疾风知劲草，板荡识诚臣。"越是在国家危难的时期，越能展现一个人的品行。正如杜甫所生活的年代突然爆发了"安史之乱"，面对残暴的叛军，一些人虽然只是小小的地方官，却以大无畏的精神举起了抗击叛军的大旗，甚至不惜以死殉国。与之形成鲜明对比的则是，很多地位高高在上，深受皇帝恩宠的大臣却向叛军投降。

早在两千多年前孟子就说"富贵不能淫，贫贱不能移，威武不能屈"，这样的人才是时代的榜样，民族的脊梁。"颠狂柳絮随风舞，轻薄桃花逐水流"，虽然在短时间内扬扬得意，但终究会被钉在历史的耻辱柱上。

漫兴：严格说这并不算是题目，而是一种写作手法。本意是"谓率意为诗，并不刻意求工"，可以理解为即兴创作，信笔写来。

佳句背囊

"粉堕百花洲，香残燕子楼。一团团、逐对成毬。飘泊亦如人命薄，空缱绻，说风流。"

出自《红楼梦》第七十回"林黛玉重建桃花社，史湘云偶填柳絮词"，这首《唐多令·柳絮》，抒发了林黛玉寄人篱下的无奈和叹息。同时也是曹雪芹身世浮沉，命运波折的反映，这与杜甫此时的心境和遭遇非常类似。

本文作者 —————————————

南街村夫：想得多一些，看得透一些，从过去的历史中寻找今天的共鸣。

不如种在天池上，犹胜生于野水中

阶下莲

(唐) 白居易

叶展影翻当砌月，花开香散入帘风。

不如种在天池上，犹胜生于野水中。

◎ **诗临其境**

唐代是诗歌的天堂，这个繁荣昌盛的王朝孕育了许多杰出的诗人。

白居易这位诗人，我们再熟悉不过，但你知道他是一位作诗狂魔吗？他一生留下3000多篇诗作，这个数量在唐代诗人中稳居第一。

这首《阶下莲》写于作者被贬江州时：

圆圆的荷叶伸展舞动，将水中的月影一会儿遮挡一会儿显露，与投射在台阶上的月光相互映衬，自成一方美景。盛放的莲花散发着清香，一阵风吹来，香气透过帘子进入到整个屋内。

莲花美丽而高洁，为什么却不能种植在瑶池上呢？总好过默默无闻地生长在寻常水域中。

从荷叶、荷花写到荷香，由视觉到嗅觉的切换，仿佛让人身临其境，诗情画意，尽在其中。

◎ 一句钟情

"不如种在天池上，犹胜生于野水中。"

妇孺皆能读，翁孙皆识意，白居易主张"文章合为时而著，歌诗合为事而作"，发起了新乐府运动。他的诗歌题材多样，语言通俗易懂，这首《阶下莲》就集中表现了这一特点。

尤其是"不如种在天池上，犹胜生于野水中"这两句，尽是寻常的语言，没有更多的渲染，应了李白那句"清水出芙蓉，天然去雕饰"。

夏日的夜晚，在庭院中闲坐，欣赏荷塘月色，这本是赏心乐事，诗人却无心欣赏，为什么呢？

高雅不凡的莲花本是天上客，如今却跌落凡尘，生长在僻静的水域当中，诗人为它们感到惋惜。表面上写的是莲花，实际上是移情于物，借莲花自伤身世。

"天池"借指京城，"野水"暗指江州，二者是云泥之别，隐喻了诗人内心的不满。诗人满腹经纶，有诸多理想抱负尚未实现，却惨遭贬谪，被束缚在江州这块小天地之中。

用最简单的语言，表现最真挚的情感，寥寥14字，让我们看到了一位怀才不遇、渴望赏识的诗人形象。

◎ 诗歌故事

白居易年少成名，一首《赋得古原草送别》让他成为长安城炙手可热的诗人。据说这背后还有段趣味故事：16岁的白居易来到长安，拜谒大名士顾况。顾况看到他的名字，还调侃说"长安米贵，居大不易"。白居易年纪轻轻却十分沉得住气，不作口头回应，而是用作品"说话"。果不其然，顾况在读到"野火烧不尽，春风吹又生"这句诗时，瞬间改变态度，赞叹道"有才如此，居亦何难"。

孟子有云："穷则独善其身，达则兼善天下。"这句话是白居易的真实写照。年轻时候的白居易意气风发，正气凛然，谨记报效家国的抱负。在任左拾遗时，极尽言官之职，以报答皇帝的知遇之恩。他上书直言民间疾苦，揭露官场黑暗，也因此得罪了不少权贵。

43岁那年，白居易因越职言事，被贬谪江州，此时他的心境发生了极大的变化，这首《阶下莲》就创作于这一时期。

虽然他仍心怀天下，但更明显地表露出愤懑不平、怀才不遇的情绪。好在他善于排解自己，逐渐适应江州的生活，开始泰然自处，自得其乐。他既能体察民情，为百姓做实事；又常和友人一起出游，排解苦闷。

白居易早年热心济世，中年在官场遭遇重大挫折，唯一不变的爱好便是赋诗。他的人生经历告诉我们，无论身处顺境还是逆境，都应该秉承不卑不亢的态度，从容面对生活。

无障碍阅读

砌：台阶。
天池：瑶池，神话传说中为西王母的住所。

佳句背囊

　　"弱干可摧残，纤茎易陵忽。何当数千尺，为君覆明月。"
　　出自南朝文学家吴均的《赠王桂阳》。其中"何当数千尺，为君覆明月"二句意思是说，松树长成参天大树，方能御寒遮暑。作者以松树自喻，表明自己的远大抱负，如在合适的位置上，亦能做出一番大事业。同样是托物言志，诗意与"不如种在天池上，犹胜生于野水中"有异曲同工之妙。

本文作者

山悦木兮：山有木兮木有枝，心悦君兮君不知，愿我的文字能够打动你！

耐寒唯有东篱菊，金粟初开晓更清

咏菊

（唐）白居易

一夜新霜著瓦轻，芭蕉新折败荷倾。

耐寒唯有东篱菊，金粟初开晓更清。

◎ 诗临其境

白居易的思想，综合儒、佛、道三家，以儒家思想为主导。"穷则独善其身，达则兼善天下"是他终生遵循的信条。以贬为江州司马为界，之前想要"兼济天下"，施展自己的雄才伟略，被贬后更注重"独善其身"。他的诗通常有感于事，讽喻时政或者借物喻人。这首诗就是自比菊花的坚韧高洁：

气温骤降，夜里寒霜轻轻地附着在瓦上，芭蕉和荷花无法抵挡住严寒，有的干脆被折断，没有折断的看起来也歪歪斜斜，看起来破败不堪。只有篱笆旁边的菊花，在寒冷中依然挺立，金黄色的花朵在清晨开放，更多了一丝清香。

◎ **一句钟情**

"耐寒唯有东篱菊，金粟初开晓更清。"

通过细节描写强调菊花的坚韧高洁。

菊花与芭蕉、百合都是"一夜新霜"后的景色，但是衰败与开放形成鲜明的对比，更突显菊花的难能可贵。

"金粟初开晓更清"具体描写了菊花经过寒霜初开放的景色。"金粟"形容菊花；"晓"指破晓，清晨；"清"指清香，与前文交相呼应。

形容菊花在严寒中傲然而立的难能可贵，也暗示自己境遇艰难。菊花能够在这种环境中开放，散发出清香，人也要在艰难的境遇中，坚守初心，坚忍不拔。

◎ **诗歌故事**

人淡如菊，是君子追求的最高境界。

毕竟顺遂的人生像是一种侥幸，艰难的境遇才是一种常态。在得失中，能不能看清繁华的喧闹与繁华落尽的寂寥，是能否从容淡定面对人生的关键。用超脱的心态面对尘世喧嚣，难能可贵。艰难的境遇中，很多人会放弃，会苟且，也有人像菊一样不同流合污，傲然挺立于世，还能散发出自己的能量，给别人带来希望。自己心中的火种不破灭还能感染到别人，内心一定非常强大。

人淡如菊，是一种平和执着，不是我心已死的无所谓。"我心已死"已然对事物没有任何的期待，心中也是茫然一片，再没有星点火光。而"人淡如菊"指的是洒脱面对外界名利，内心依然有光，有坚守，有为之执着的一片地方。这是一种选择，而不是一种无奈。

生活终将归于平淡，只有看透繁华的人，才更能守得住自己，不在繁华中迷失，不在繁华落尽时承受剧烈落差。平淡通常都意味着平平无奇、随波逐流，刻意追求激情容易出错，有了坚守和执着，让平凡的一切有了新的意义。

不管什么样的境遇都能够坚守自我、不同流合污、从容淡定，才是君子的至高追求。

佳句背囊

"露湿秋香满池岸，由来不羡瓦松高。"出自唐代诗人郑谷的《菊》。这首诗全篇没有一个"菊"字，但通篇没有离开对菊的描写。夸赞菊花虽生长在沼泽低洼之地，却毫不吝惜地把它的芳香献给人们，表达菊不慕荣利的高尚气节。

本文作者

周八的瑶琨，速百读签约撰稿人，文史、泛情感领域作者。

明月好同三径夜，绿杨宜作两家春

欲与元八卜邻，先有是赠

（唐）白居易

平生心迹最相亲，欲隐墙东不为身。

明月好同三径夜，绿杨宜作两家春。

每因暂出犹思伴，岂得安居不择邻。

可独终身数相见，子孙长作隔墙人。

◎ **诗临其境**

"元八"，即元宗简，家中排行第八，和白居易是好朋友，
两人交往二十年，友情不减。

唐宪宗元和十年春，白居易和元八都在朝廷做官，元八在
长安升平坊买了个宅院，作为好朋友的白居易前去祝贺，写了
这首诗赠送，希望能和元八做邻居。

白居易非常热情地写道：

你我的心境最为相通，喜欢自由不愿受拘束。如果我们做了邻居，明月就会照在两家的小路上，绿杨的树荫也会映在两家的院子中。

一个人暂时出去都想着找一个好伙伴，要想安居乐业，哪能不选个好邻居哪？如果我们两人做了邻居，就可以经常见面，子孙后代也可以一直做邻居。

◎ 一句钟情

"明月好同三径夜，绿杨宜作两家春。"

这句诗，写得委婉、隽永，"三径"与"绿杨"虽然是典故，但和景物融合到了一起，浑然天成，展现了诗人高超的语言才能。

在诗人眼中，明月、绿杨、春色，这些美好的景致，不能没有好朋友的相伴。明月下，好朋友可以吟诗作画、赏鱼观花，在美景中，热烈交流，陶冶情操。

我们可以从这句诗中，认识到有个志同道合的朋友是多么宝贵，我们在羡慕诗人的同时，也希望自己能够拥有真诚相待、互相激励的友谊，来滋润我们的心田。

◎ 诗歌故事

西汉末年，兖州刺史蒋诩志向高洁，不满王莽专权篡位，回乡隐居，在庭院中开了三条小径，只和一样避世隐居的羊仲、求仲二人来往。"三径"后为隐居避世之典。

南齐尚书郎陆慧晓和张融两家比邻，中间有一水池，水池中间有杨柳二株。因为二人都是名士，所以有人说：池水甜美如甘泉，杨柳珍贵如楠木。"绿杨"后为高士结交之典。

中国科学院院士、诺贝尔物理学奖获得者杨振宁，和"两弹元勋"邓稼先之间长达半个世纪的友谊，一直是中国科学界的美谈。

中学时代，他俩就读于北京崇德中学，杨振宁的成绩在班里名列前茅，邓稼先非常喜欢和杨振宁交往。在杨振宁的帮助下，邓稼先在数学和物理方面的天赋开始展现。下课后，两人形影不离。

1940年日寇侵袭，邓稼先和姐姐跋涉千里终于到达了云南。当年夏天邓稼先考入了西南联大物理系。此时，杨振宁已经是大三的学生了，在他的悉心指导下，邓稼先的学业进步很大。邓稼先对姐姐说："振宁兄是我的课外老师。"

抗战胜利后，杨振宁到美国芝加哥大学物理系，攻读博士学位。邓稼先毕业后，在北京大学物理系任助教。在杨振宁的帮助下，1948年邓稼先到美国普渡大学攻读博士研究生，两人常常见面，交流学业心得，以及国家的未来。

1950年8月邓稼先获得了博士学位，当时只有26岁，人称"娃娃博士"。同月回国后，邓稼先受命秘密参加中国第一颗原子弹的研制工作，从此隐姓埋名，与世隔绝。原子弹和氢弹的爆炸成功，极大地振奋了民族精神，邓稼先也成了"两弹元勋"。

改革开放后，杨振宁和邓稼先继续着他们的友谊，共同为祖国的核物理事业培养后备人才。

无障碍阅读

心迹：心里真实的想法。
墙东、三径：指隐居之地。
岂得：怎么能。

佳句背囊

"青山一道同云雨，明月何曾是两乡。"
出自唐代诗人王昌龄的《送柴侍御》，意思是：两地的青山同受云雨的滋润，我们同在一轮明月的照耀下，哪有分居两地的说法？

本文作者

马宏生：作家，文史学者，临夏州作家协会会员。

晚来天欲雪，能饮一杯无

问刘十九

（唐）白居易

绿蚁新醅酒，红泥小火炉。

晚来天欲雪，能饮一杯无？

◎ **诗临其境**

人在回忆过往的时候不免想起当时的朋友，如果他们还能够陪在身边当然是一大幸事。诗中的刘十九是白居易在江州时的朋友，那时正是白居易被贬出京的时候，事业受到打击，人生地不熟，这时候的友谊，就显得格外的珍贵吧。

所以即使回到了京城，当起了高官，白居易也依然珍惜这位朋友，在一天傍晚，对刘十九发出了这样的邀请：

家里有新酿的酒，还有一个暖和的小火炉，外边天色已晚，看着还快要下雪了，要不要来我这寒舍喝一杯呀？

◎ 一句钟情

"晚来天欲雪，能饮一杯无？"

朋友之间的问话就是如此的平淡，经过岁月沉淀的友谊，不需要更多的言语。虽然如此，白居易的这首诗，这一句，依旧展现出了非常高的文学水平。

最明显的是诗中意象的运用。主要意象一共有三个，酒，火炉，还有屋外的雪。这三个意象之间，有着屋内和屋外的对比，在酒和火炉之间也存在着鲜明的对比。酒的畅快，火炉的温暖与屋外的严寒形成了对比；与此同时，酒泛着新鲜的淡绿色，火苗却是热烈的红色，彼此之间有着色调上的映衬，红绿一搭配，屋里温馨欢快的气氛就被烘托了出来，诗的第一句也就完成了它的使命。

这样里外都做好了铺垫，屋内的温暖与屋外的恶劣形成了鲜明的对比，请朋友进屋来喝一杯就成为一个不仅合情合理，更是温馨可爱的邀约，由前三句的铺垫到最后的"能饮一杯无"，过渡得非常自然。

最后一句的结尾也很有意味，像是雪中的一缕春风，轻声细语，润物无声，却又充满着温暖的力量，暖人心田。行文在白居易问完之后戛然而止，留下了无尽的想象空间给读者。此时的刘十九正在何方，他会答应白居易的邀请吗，两人之间的把酒言欢又会是怎样的场面呢？一连串的问题都没有答案，答案藏在每一位读者的心中。

◎ 诗歌故事

白居易晚年隐居洛阳，他埋没已久的关于美的嗅觉也在平淡如禅的生活中慢慢复活。这时候的美不再是少年的阳光，不再是中年的迫切，而是经历过一切的沧海横波之后，于晚年沉淀下来的淡然。

"老来多健忘"，将自己毕生的追求放下，人们才终于享受到了真正的宁静。王安石如是，变法失败，老年丧子，心灰意冷的他放弃了变法也放弃了朝政，走向了山水田园之间，在其中找寻到了自己的样子，做着一个文人应该做的事情，饮茶下棋，吟诗作对，与苏轼和解，相谈甚欢。

白居易，可能亦如是。生在盛唐的诗人几乎毫无例外地有着远大的抱负，或者"致君尧舜上，再使风俗淳"，或者"使寰区大定，海县清一"。白居易一开始也一样，少年致力于仕途，高官显贵，写出的作品也美极。经历过繁华之后，他又让自己回归民间，观察着民间的疾苦和喜乐，将这一切写下来，呈给皇上，希望为他们的生活做出一点改善，这阶段的作品不美，却贵在真实。

到了晚年，或许白居易终于在美和真实之间找到了平衡，重新拾回了对美的感知，这时候的作品，平淡，却让人沉醉，正如他笔下的"新醅酒"。

绿蚁：指浮在新酿的没有过滤的米酒上的绿色泡沫。

醅（pēi）：酿造。

雪：下雪，这里作动词用。

无：表示疑问的语气词，相当于"么"或"吗"。

作家介绍

白居易（772—846），字乐天，号香山居士，又号醉吟先生。祖籍山西太原，出生于河南新郑。唐代著名的现实主义诗人，与元稹一起倡导新乐府运动，号称"元白"。曾担任杭州刺史、太子左庶子等官。诗歌题材广泛，形式多样，语言平易通俗，有"诗魔"和"诗王"之称。代表诗作有《长恨歌》《卖炭翁》《琵琶行》等，有《白氏长庆集》传世。

佳句背囊

"柴门闻犬吠，风雪夜归人。"

出自唐代诗人刘长卿《逢雪宿芙蓉山主人》，此句的意境与《问刘十九》极为相似，同样是大雪之夜，同样是独坐寂寥，白居易在呼朋唤友消遣雪夜时光，刘长卿却是在借宿的地方等到了夜归的主人。

"雨中黄叶树，灯下白头人。"

出自唐代诗人司空曙《喜外弟卢纶见宿》，诗作背景是表兄弟之间的拜访，司空曙与卢纶同为"大历十才子"，又兼表兄弟之亲。因此，在司空曙落魄的时候，卢纶的拜访就显得格外的珍贵。萧萧黄叶，雨淅淅沥沥，灯下白发苍苍难掩，构成一幅完整的生活画面，消沉，哀凉。然而"反正相生"，正是这样的悲哀，才越发地凸显出卢纶来访时的喜气。

本文作者 ————————————————————

顾无：一位热爱诗词和写作的大学生。

几岁开花闻喷雪，何人摘实见垂珠

柳州城西北隅种柑树

（唐）柳宗元

手种黄柑二百株，春来新叶遍城隅。

方同楚客怜皇树，不学荆州利木奴。

几岁开花闻喷雪，何人摘实见垂珠。

若教坐待成林日，滋味还堪养老夫。

◎ **诗临其境**

公元815年，柳宗元再次被贬到广西柳州。这一年，他43岁。

被贬蛮荒之地，远离朝堂，让柳宗元的心逐渐冷下来。在柳州城西北角，他种了一大片柑树，借此打发时日。此时，柳宗元写了一首诗，表达不平静的内心，这首诗看似平淡，却暗蕴波澜，细读能够体会到柳宗元"寄至味于淡泊"的诗风，也能窥见他在孤独绝望中自我开解的人生态度。

柳宗元在柳州城西北角，亲手种植了二百株黄柑，春天到来，黄柑树发出新芽，一片青翠，长势茁壮，让诗人倍感欣喜。看到黄柑生长茂盛，他不禁发出幽古之思考：自己像被贬谪的屈原喜欢橘树一样，喜爱黄柑旺盛的生命力和"秉德无私"的高洁情操；三国时候丹阳太守李衡，想给子孙留下大片橘树作为财产，但是柳宗元对这种"利木奴"（以木牟利之人）却嗤之以鼻。等到黄柑开花结果，那洁白的花朵一定会如雪花喷溅，累累果实也一定像珍珠一样饱满圆润，但是他能看到花开结果吗？柳宗元对此报以殷切的希望。虽然返回长安之日，遥不可及，但是能有大片柑林陪伴，靠黄柑聊养残生，或许也是孤独中的些许安慰吧。

柳宗元此时内心是压抑且沉闷的。远离庙堂，独处蛮荒，大好年华在此消磨，虽然借黄柑开解自己，但是其中心酸滋味，却苦涩绵长，久久不能散去……

◎ 一句钟情

"几岁开花闻喷雪，何人摘实见垂珠。"

这一句的妙处，在于两点。

其一，诗中用字极为精到。黄柑花开，以"喷雪"形容，就写出黄柑花开灿烂、蓬蓬勃勃之意，也写出黄柑坚韧顽强的生命力；而结实，用"垂珠"，既写出黄柑果实累累的形，又写出它集天地精华、圆润饱满的神采，同时也渲染出作者充满希望和快乐的期盼。

其二，虽然柳宗元对黄柑的花开与结果抱有殷切的希望，但是作者内心却游移不定，故而"几岁""何人"即点出这种花开灿烂、结实丰硕的场景乃是出于作者的想象。想象的热烈正好反衬他此时的孤独和寂寞，何时能花开如雪，谁能看到果实如珠？自己能等到黄柑开花结果那一天吗？开花结果固然可喜，难道作者真要在此蛮荒之地长久滞留吗？

因此，这一联看似热烈绚烂，其内核却游移悲苦，将柳宗元内心的矛盾和希望一齐写出，值得细细品读。

◎ 诗歌故事

柳宗元是河东柳氏的后裔。他出身豪门，自幼又身负才名，是"人中龙凤"，他又自负甚高，31 岁就担任监察御史里行，可谓是前途一片光明。

因此，从小经历过藩镇割据战火的柳宗元，在长安就与王叔文等一批有志于改革的年轻人团结在一起，图谋改革，是为"永贞革新"。但是在新皇帝的人选上，他们与当时的太子李纯起了激烈冲突。唐宪宗李纯即位后，王叔文改革集团迅速被彻底打压。柳宗元自然也就首当其冲，而被屡次贬谪。

柳宗元为何要种黄柑？首先当然是，此地气候风土适合黄柑生长。但是，应该看到，"橘树"在传统文化中有特别的含义。屈原在《橘颂》中写橘"闭心自慎，终不失过"。橘在屈原心中就像坚贞不渝的国士，虽然地处蛮荒，但是内心高洁自持，保留着坚贞和忠诚的品质。"深固难徙，廓其无求，苏世独立，横而不流"，既是屈原性格的写照，也是柳宗元内心世界的表露。

黄柑蓬勃生长，作者内心非常欣喜。所以结句说"若教坐待成林日，滋味还堪养老夫"。看着亲自种植的黄柑蔚然成林，也能靠它来养老，这何尝不是一种乐趣呢？

作者被贬柳州，不知何日才能够回到长安。而"坐待成林"其实暗含一种担忧，恐怕此生他不能够回到长安了，此中"滋味"或许不是甜蜜，反而是苦涩了。

黄柑生于南国，"受命不迁，深固难徙"；而作者久处蛮荒，也像黄柑一样适应了此地的风土气候，但是作者的内心呢？柳宗元仍然希望能够回到故土，希望能够发挥他的才能，但是他像黄柑一样被弃之南国，还会有出头之日吗？

虽然他内心像屈原一样高洁坚贞，不慕名利，不屑争斗，但是此刻，陪伴他的唯有一片柑林。此中的孤独与压抑，仍然在平淡诗句中郁结不散。因此，这首诗"外枯而中膏，似淡而实美"，就像一枚橄榄，愈品读愈有味。

值得一提的是，四年后，即公元 819 年，柳宗元因病在柳州去世，享年仅仅 47 岁。而那一片柑林，仍然蓬勃茁壮，生生不息……

无障碍阅读

楚客：指屈原。

皇树：《楚辞·九歌·橘颂》："后皇嘉树，橘徕服兮。"后以"皇树"为橘树的代称。

利木奴：木奴是以柑橘树拟人，一棵树就像一个可供驱使聚财的奴仆，且不费衣食。后以木奴指柑橘或果实。

作家介绍

柳宗元（773—819），字子厚，河东（现山西运城永济一带）人，"唐宋八大家"之一，唐代文学家、哲学家、散文家和思想家，世称"柳河东"。

佳句背囊

"桃花浅深处，似匀深浅妆。春风助肠断，吹落白衣裳。"这首诗是唐代诗人元稹的《桃花》。桃花朵朵盛开，那或深或浅的颜色，好似美貌姑娘面容上浓淡相宜的薄妆，让人心怡。可无情的春风却将那美丽的花瓣吹落于我的白衣之上，这让人情何以堪啊！

这首诗写桃花的柔美，与柳宗元写黄柑的开花结实，各有其妙，可以对读。

本文作者

六不和尚，自称"王和尚"，河南郑州人，"85后"诗词爱好者，学诗15年，最喜杜甫诗。自称"看多世态须沉醉，吟入天真或解愁"。个人公众号"六不和尚"。

圆满光华不磨莹，挂在青天是我心

众星罗列夜明深

(唐) 寒山

众星罗列夜明深，岩点孤灯月未沉，

圆满光华不磨莹，挂在青天是我心。

◎ **诗临其境**

这是唐代诗僧寒山的禅诗。大意是：

夜空中，群星闪耀，未沉的月亮在山岩之上，如同一盏明灯。月亮的光明圆满本来具足，无须人工研磨，我的心就像这挂在天上的月亮一样。

月亮在佛教中有特殊意义，《佛说月喻经》中，佛陀借助月亮的殊胜来讲法。因此，很多诗僧通过吟咏月亮来明心见性。

◎ 一句钟情

寒山所说的"圆满光华不磨莹，挂在青天是我心"，是用月亮比喻自己内心的圆满。马祖道一曾说："道不用修，但莫污染。"意思是，我们的佛性，我们真正的心，本就一切具足，只不要再去把它污染就行了。寒山所说的"圆满光华不磨莹，挂在青天是我心"，正是此意。

这句诗用月亮来比喻自己内心的单纯自然，无须添饰，是对本真的追求，让人有豁然开朗之感。最单纯的东西，才是最高贵的。

高僧禅心，正如明月，不为俗尘污染，也难被世人理解。作为一名落魄游僧，寒山能写出这样的诗句，表明了他坦然的自信和超然的智慧。

◎ 诗歌故事

唐朝诗僧寒山，曾是长安城里富家秀才，矮小丑陋，考科举又屡次落第，曾两次结婚，都被妻子抛弃，心灰意懒后，跑到天台山一个称为"寒岩"的地方隐居。

他在天台境内的国清寺里，吃僧人们的剩饭过活。他头戴桦树皮做的帽子，以破衣遮体，脚踩木屐，还时常装疯卖傻，有时在廊下独自踯躅，有时叫嚷着开玩笑，有时又独自望空谩骂，为此常遭到僧人们的欺侮和打骂。

在国清寺隐居期间，寒山不断把自己的感悟转换成文字，随手写在山崖石壁上，这首诗便是其中一首。

虽然他从未得到过出家度牒，算不得是正式的和尚，但是向佛的超然物外之心，已远胜过那些每天勤于念经打坐的人。

寺庙僧众大多是俗眼看人，难以接受他的思想和行为。在凡人看来，无论是世俗追求方面还是出家修行方面，寒山都是个不被认可的另类，是个失败者。

在某个清冷的夜晚，寒山又一次被国清寺的僧人们用棍棒赶出了寺院，独自在山间徘徊，此刻的他，抬头望见了山间的一轮明月。在群星闪耀的夜空中，那唯一的明月是那样光华璀璨、与众不同。

凡尘是污浊的，而明月脱离了凡尘，所以她是如此纯净晶莹。

夜空是黑暗的，闪烁的群星如同心怀叵测的小人，只顾自己那一点微光。唯有明月拒绝与群星为伍，也拒绝沉沦于黑暗，它光华四溢，高挂山岩，如同孤灯，指引着夜行的人。

这让寒山想到了自己，虽然远离了尘嚣，他在出家人中也依旧不被理解、不受欢迎。但是他知道，自己的内心就如同明月一般圆满光华，坦白磊落。

这"不磨莹"，有两重意思：一是自己本具佛心，无须刻意修行，是"不磨而莹"；二是说自己虽然饱经忧患、一生坎坷，却并未因此消磨掉原本的信心和锐气，就如高天明月，依旧圆满完美，"不因磨损而不莹"。

人世间的磨难，怎么能伤害圆月的光华呢？

一念及此，寒山便忘却了自己的饥寒交迫之苦，又像个天真的孩子一样高兴起来。他取出随身携带的秃笔，呵开冻墨，借着莹润如自心的明亮月光，在山岩上信笔写下了这首传诵千古的禅诗。

无障碍阅读

磨：研磨。
莹：发出莹润的光泽。

作家介绍　寒山，生卒年不详，唐代著名诗僧，字、号均不详，长安（今陕西西安）人，寓居浙东天台山。

佳句背囊　"菩萨清凉月，常游毕竟空；众生心垢净，菩提月现前。"这是《华严经》中的一首偈（jì）子，将佛法比喻成圆满清凉的明月，只有当众生的心灵去除了世俗污垢，才能真正了悟佛法。寒山诗中说自己的心如同明月一般圆满晶莹，说明他已经了悟。

本文作者

凭栏翠袖，网络作者，对文学、诗歌、传统文化有较多研究，尤其在《红楼梦》品读方面心得甚多，广受欢迎。在今日头条、一点号和简书都有账号，自创公众号"凭栏望远"。

山月不知心里事，水风空落眼前花

梦江南·千万恨

(唐) 温庭筠

千万恨，恨极在天涯。

山月不知心里事，水风空落眼前花，摇曳碧云斜。

◎ 诗临其境

这首词是晚唐文学家温庭筠的作品，以闺中怨妇之口，展现了少妇苦苦等待久久未归丈夫的失望与痛苦之情。同时也暗藏自己怀才不遇，遭受达官贵族排挤的悲凉无奈之情。

恨意千万，如丝亦如缕，飘散到了遥远的天边。

山间明月，不知我的心事，绿水清风，鲜花独自飘落。

花儿零落时，明月不知不觉移到碧云之外。

◎ 一句钟情

"山月不知心里事，水风空落眼前花。"

此句以物拟人，读者感其情，吟者动其义。

将山中明月、水上清风拟人化，明月无意，不解我心之忧，清风无情，拨乱眼前之花，勾起离情别绪，实属可恨哉。

短短一句话，仅十四个字，便让人看到其所恨、所感、所悲、所伤之事，让读者不经意间与作者产生共情，谓之名句，当之无愧也！

◎ 诗歌故事

温庭筠本是名门之后，到了他父亲那一辈，家道中落，且他自幼丧父，容貌丑陋，幼年日子不好过。

所幸上帝给你关上了一扇门的同时，会为你打开一扇窗，他虽貌丑，可才华横溢，八次叉手，一篇数百字的赋便可完成，考官惊为天人。

才华虽好，可他却始终没有登科及第，与之同期的平庸之辈，都已入仕为官，他却还只是布衣一个，因为他得罪了当朝宰相令狐绹。唐宣宗喜欢《菩萨蛮》，令狐绹为了讨好皇帝，就让温庭筠为他代笔。他帮忙写了十四首《菩萨蛮》，皇帝看了大喜，称赞不已。

令狐绹请温庭筠代笔的时候，千叮咛万嘱咐，不能告诉别人是他帮忙代笔的。如果温庭筠做到了，享不尽的荣华富贵，入朝为官，升职加薪，也轻而易举，唾手可得。

谁知道温庭筠转头就把这些事说了出去。在他心里，纵使你是高高在上的宰相，却不过是徒有其表，外强中干罢了，他打心眼里瞧不上。得罪了当红权贵，自然是入仕无门了，可惜可叹。

或许这个就是文人的孤傲，文人的风骨。温庭筠心中有着自己的一根杠杆，支撑着他骄傲地对抗权贵。他回到长安，连续几年，不断参加科举考试，扰乱考场纪律，免费帮人答题，最多的一次，连着帮了八人考试，别人纷纷中举，唯有他还是名落孙山。

正如他自己词里写到的"山月不知心里事，水风空落眼前花"，尔等权贵，既不懂欣赏我的才华，那就用自己的实力，成为夜空里绚烂的烟花。

所幸的是，后来的他遇到了伯乐，成为国子助教，主持秋试，为了显示公平公正，他把当时入选的文章全部张贴了出来，轰动一时，惹怒宰相杨收，贬为城尉，不久病故。

温庭筠的一生，放浪形骸，不拘一格，瞧不起权贵，看不惯科举考试之中的暗箱操作，得罪了诸多豪门，可他仍旧我行我素，坚持做心中的自己，活成自己想要成为的人。这一点，当真让人佩服，颇有李白"安能摧眉折腰事权贵，使我不得开心颜"的骨气。

我们做人做事，也得有自己心中的一杆秤，这杆秤平衡着善恶美丑，衡量着人性。不管如何，都要坚守心秤的平衡，活成自己想要的样子，少年赤子心，万不可被消磨侵蚀。

恨：离恨。
天涯：天边，指思念的人还在遥远的地方。
摇曳：摇荡、动荡。

作家介绍

温庭筠（约801—866），字飞卿，本名岐，太原祁县（今山西祁县）人，是唐初宰相温彦博后裔，晚唐著名诗人、词人。他文思敏捷，能八叉手而成八韵，所以人称"温八叉""温八吟"。他一生坎坷，又恃才放旷；诗文俱工，诗与李商隐齐名，合称"温李"；词与韦庄并称"温韦"，被后人尊为"花间词派"鼻祖。

佳句背囊

"妆罢低声问夫婿，画眉深浅入时无。"
出自唐代诗人朱庆馀的《闺意上张水部》，作者以新妇自比，以新郎比张大人，公婆比主考官，同样是借闺中妇人的内心情绪与渴望，来表达自己的才华是否得到朝中贵人认可的期待，与"山月不知心里事，水风空落眼前花"有异曲同工之妙。

本文作者

朴玄，山中布衣，愿以字为马，驰骋文场，盼一壶酒，一支笔，说世间英雄，论千古风流人物，道百味人生。

着意闻时不肯香，香在无心处

卜算子·兰

（北宋）曹组

松竹翠萝寒，迟日江山暮。幽径无人独自芳，此恨凭谁诉。
似共梅花语，尚有寻芳侣。着意闻时不肯香，香在无心处。

◎ **诗临其境**

曹组是北宋词人，他的词并非高雅之风，俚俗浅近的表象下，是看破虚妄的存在，曾被传唱一时，却因"侧艳"和"滑稽下俚"，被世人诟病。

明珠蒙尘，曹组不禁发出感慨：

松竹和翠萝浸没在春日黄昏的寒气之中，幽静的小路上，兰花独自开放，却难以诉说无人欣赏的遗憾，似乎只有梅花才可共语，也许会有探寻芬芳的同路人吧？幽兰花香刻意闻是闻不到的，不经意间才会沁人心脾。

北宋灭亡后，南宋词坛兴起了复雅浪潮，曹组的词遭到了摒弃，留存下来的36首收录于《全宋词》，这或许不是他最具代表性的作品，却是其思想性和艺术性的见证，即便不被欣赏，他仍专注、执着耕耘，不以外界的变化为转移。

◎ 一句钟情

"着意闻时不肯香，香在无心处。"

这句词在笔调、情韵上，与柳永词有异曲同工之处，让人感受到曹组的潇洒不羁，随性自然，又隐隐透出一种顾影自怜、知己难寻的苦闷。幽兰的芳香只能被无心领略，托花言志，抒其高洁之怀，隐喻曹组对出世的向往。

◎ 诗歌故事

据《碧鸡漫志》记载："政和间，曹组元宠……每出长短句，脍炙人口……闻者绝倒，滑稽无赖之冠也。"宋徽宗赏识曹组，是因他们有共通之处。宋徽宗生活奢靡，在艺术上却有很高的造诣，不仅擅长绘画，还开创了"瘦金体"，笔法凌厉，独具风骨。而曹组获称"文章之士"，其作品新颖别致，浑然天成，将词风从凝重死板的束缚中解放出来，境界非常人所能体悟。

让人想起株式会社山月夜社长、资深技术专家郭宇，28岁实现财务自由，过起了"退休旅居"的生活，致力于打造品牌温泉旅社，朝着职业作家的梦想行进。很多人都跑来打探他赚了多少钱，讨教如何拥有前瞻性眼光，他都一笑而过，淡然处之。

其实，素心人就会注意到，他一直在砥砺前行，手握锉刀打磨自我，才得以绽放异彩。高考之后，他便开启了编程的大门，在同学们睡觉、追剧、打游戏时，他在默默学习写代码，熬过了太多自我动摇、焦头烂额的夜晚，终于在大三时拿到了阿里的 offer，又辗转进入字节跳动，工作六年，在项目中吸取失败的教训，也体味着成功的喜悦，靠着认知与技能，换来了广阔的自由，他的每一步都踩在时代的节点上，长风破浪，伤痕累累也在所不惜。

那些蜂拥而至的人终将散去，他们只钦羡于世俗的所得，却忽略了取安心之道者，不在于反对名利，而在于欲望的止息，见及生命的丰盈，会选择悠闲雅致的生活。

向内认知，探寻真实的自我，向外行走，建立深层的连接，清醒看到两者的边界和融合，而后在瞬息万变的时代里，波澜不惊，永葆热忱。

无障碍阅读

迟日：和煦的春日。

芳：香气。

作家介绍

曹组，北宋词人，生卒年不详，字元宠。颍昌（今河南许昌）人。深得宋徽宗宠幸，奉诏作《艮岳百咏》诗。约徽宗末年去世。

佳句背囊

"且夫芷兰生于深林，非以无人而不芳。"

出自《荀子·宥坐》，与"着意闻时不肯香，香在无心处"气质相近，香草和兰花虽生长在茂密的深林中，却不会因无人欣赏不再开放，失去馨香，赞誉一种坚守，面对人生沉浮时，能够博学笃志，不忘初心。

本文作者 ——————————————————————

舒容说：我们要了解人间，先要看清众生的眼睛。

何须浅碧轻红色，自是花中第一流

鹧鸪天·桂花

（宋）李清照

暗淡轻黄体性柔，情疏迹远只香留。

何须浅碧轻红色，自是花中第一流。

梅定妒，菊应羞，画阑开处冠中秋。

骚人可煞无情思，何事当年不见收。

◎ **诗临其境**

因为政治原因，女词人李清照与丈夫赵明诚离开首都汴京，来到山东青州，在这里居住了十多年。

这段时间，是李清照最顺遂、幸福的时光。他们远离功名利禄，在山清水秀、民风淳朴的青州过起隐居生活。

这段幽静的时光里，我们仿佛看到了女词人在归来堂烹茶、看书。金秋时节，飘来阵阵花香，于是她看着院中的明黄色身影低语着：

淡黄色的桂花体态轻盈，在幽静处不惹人注意，只留下香味。不需要名花的红碧颜色，桂花已经是花里最好的了。

梅花都要妒忌它，菊花迟迟未开也要感到羞涩。在院子的护栏里，桂花悄然绽放，飘香数里，它就是中秋里的群芳之冠。

可叹屈原对桂花一点情思都没有，不然为什么在《离骚》里赞美了那么多的芳草、鲜花，独独没有提到桂花呢？

◎ 一句钟情

"何须浅碧轻红色，自是花中第一流。"

这一句夸赞桂花的美是独特的、最好的。在百花之中，有许多花都以娇艳的颜色取胜。唯独桂花一副娴雅姿态，不争不抢。它虽没有浅碧轻红的颜色，但它内在的香气袭人，令人赏心。

"何须"二字如此果决，"自"又如此肯定。桂花的美，在词人心中毫无疑问是第一流的。正是词人寄托了如此大的情感，才让这句词尤为美丽，也让人读起来就被桂花的品性所打动。

这种美丽，不是停留在表面，而是深入到其内里特质。

这样的夸赞，是桂花应得的赞美。

◎ 诗歌故事

据宋代王灼的《碧鸡漫志》记载："易安……自少年便有诗名，才力华赡，逼近前辈。在士大夫中已不多得。若本朝妇人，当推文采第一。"

李清照少年时期，便是有名的才女。她的父亲李格非，是当时的礼部员外郎。据传李清照曾参加过宋徽宗时期的选秀，但落选了。所以传言她的外表，不是当时宋朝时期的"美"的标准。

但她的才华打动了一个人，就是她后来的丈夫赵明诚。据说两人还未婚配时，曾见过一面，对彼此都有好感。

元代的《琅嬛记》里记载了这么一个故事，是说有一日赵明诚做了一个梦，去向父亲禀报。他说他梦到了一本书，书里有三句话："言与司合，安上已脱，芝芙草拔。"他不知其意，想请父亲为他解答。

父亲告诉他："言与司合"是"词"字；"安上已脱"是"女"字；"芝芙草拔"是"之夫"；意思是"词女之夫"，说他将娶一个才女。

不知是赵明诚暗示父亲为他安排娶李清照，还是其他原因。但无须怀疑，赵明诚是非常欣赏李清照的才气的。

李清照就如这"花中第一流"一样，被她的丈夫所赏识。

我想每个人都像"桂花"一样有其独特的地方，一旦遇到一个人，像李清照对桂花，像赵明诚对李清照那样，你就是那个人心中的"花中第一流"。

我们在成长的过程中不应随波逐流，大众的审美观如何，不是我们应该考虑的，每个人应该将属于自己的特性保留。

如果"桂花"也学其他花那样"浅碧轻红",注重悦目,那么,它便不是那个让人心中无法放下的存在了。

做好你自己,也许就是桂花想要告诉我们的道理。

无障碍阅读

鹧鸪天:词牌名。

画阑开处冠中秋:化用李贺《金铜仙人辞汉歌》的"画栏桂树悬秋香"之句意,谓桂花为中秋时节首屈一指的花木。

骚人:指屈原。

可煞:疑问词,犹可是。

佳句背囊 "西风寒露深林下,任是无人也自香。"出自明代薛纲《题徐明德墨兰》,这句诗歌咏兰花不争奇斗艳,纯洁高傲的品性。在寒风凛冽的深山里,没有人欣赏也能自己散发芬芳。

本文作者 ———————————————

年锦瑟,爱好写文,向往诗意的田园生活。欢迎大家关注我的今日头条号"年锦瑟"。

千片万片无数片，飞入梅花都不见

咏雪

（清）郑燮

一片两片三四片，五六七八九十片。

千片万片无数片，飞入梅花都不见。

◎ **诗临其境**

郑燮即郑板桥，是清代著名的文人，以诗文、书法、绘画"三绝"闻名于世。他把绘画、诗文、书法结合在一起，达到了"诗是无形画，画是有形诗"的境界。比如这首《咏雪》，可以说用词遣句极为简单，没有一个生僻字也没有用一个典故，哪怕读给三岁孩童也能完全听懂本诗的含义，许多人甚至直接把这首诗当作打油诗这种不上大雅之堂的诗词类型。

但是这首咏雪诗又是绝妙好诗，妙就妙在全诗没有一个"雪"字，读完全诗每个人脑海中都能呈现出一片大雪茫茫，雪中一枝寒梅傲然凌雪的画面来。

本诗可以说是"诗是无形画，画是有形诗"这一境界的绝好验证。

◎ 一句钟情

"千片万片无数片，飞入梅花都不见。"

这首诗极为简单，开篇就从数雪花开始，从一片两片三四片一直数到九片十片，千片万片无数片……可以说前三句如同一个懵懂幼儿初见雪，在牙牙学语之时的呓语。如果一个普通人写出这样的诗词来，肯定要贻笑大方了。

但是妙就妙在最后一句"飞入梅花都不见"。

这一句堪称点睛之笔，马上让重复啰唆的前三句打油诗活了过来，直接把诗词的意境都提高了一个境界，真可以说是妙笔生花。

诗中没有一个"雪"字，但是每一个字又说的全是雪。而且全诗先抑后扬，最后点睛之笔意境悠远，只一句便进入咏雪佳作之列。

◎ 诗歌故事

关于这首诗，还有一个有趣的故事。

传说一生写诗四万首的乾隆皇帝一日看到大雪纷飞，于是诗兴大发，口占咏雪诗一首，前三句分别是：

一片两片三四片，

五六七八九十片。

千片万片无数片……

然后到第四句卡壳了，乾隆哪怕品位再差，也知道这三句根本不能算一首诗，于是沉吟许久。

而恰好旁边跟着著名的大才子纪晓岚。纪晓岚一看，马上灵机一动，替乾隆皇帝续上了第四句："飞入芦花都不见"。

正在苦思的乾隆听到这一佳句顿时圣心大悦。

但是故事归故事，这首诗的作者并不是纪晓岚或者是别的什么大才子，而是扬州八怪之一的郑燮。

作品虽然开始时以简单、诙谐、有趣的成分居多，却在诗词结尾处出人意料却符合逻辑地提炼出点睛之笔，升华全诗的意境，达到了"诗是无形画，画是有形诗"的水准。

正如王国维在《人间词话》中所说的："文学之工不工，亦视其意境之有无与其深浅而已。"

郑燮（1693—1766），字克柔，号理庵，又号板桥，人称板桥先生，江苏兴化人，祖籍苏州。清代书画家、文学家。进士，做过县令，政绩显著；后客居扬州，以卖画为生，为"扬州八怪"重要代表人物。郑板桥诗、书、画世称"三绝"，是清代比较有代表性的文人画家。代表作品有《修竹新篁图》《难得糊涂》《兰竹芳馨图》等，著有《郑板桥集》。徐悲鸿评价郑板桥："板桥先生为中国近三百年最卓绝的人物之一。其思想奇，文奇，书画尤奇。观其诗文及书画，不但想见高致，而其寓仁悲于奇妙，尤为古今天才之难得者。"

佳句背囊

"一窝两窝三四窝，五窝六窝七八窝。食尽皇王千钟粟，凤凰何少尔何多？"

这首诗据说是清代乾隆年间著名的蜀中才子李调元的《麻雀诗》。从刚开始的顽童数数，直接升华到一个忧国忧民的高尚文人境界。并且直斥其他官吏跟麻雀一般，吃了无数的民脂民膏，却没有一个凤凰一般的人才替国家、百姓考虑。

这一系列的打油诗故事实在太过有名，而且符合老百姓心目中的才子、清官对于贪官污吏的智商上的降维打击，因此各种改编版本极多。

比如这首诗的一个变种就是传说乾隆皇帝和纪晓岚的《百鹅图》的故事。传说乾隆得到了一件《百鹅图》，高兴之下就让群臣欣赏然后作诗留念，结果纪晓岚大才子抢先一步，作了一首《咏鹅诗》："鹅鹅鹅鹅鹅鹅鹅，一鹅一鹅又一鹅。食尽皇家千钟粟，凤凰何少尔何多？"

本文作者 ——————————————————

以史为鉴，资深媒体人，专栏作者，文史领域创作者。全网粉丝一百余万，单平台阅读过亿，央视嘉宾。

想象篇

一口气读懂诗词名句·

超凡脱俗造神奇

将进酒·黄 主编

SPM
南方传媒

岭南美术出版社

中国·广州

图书在版编目（CIP）数据

超凡脱俗造神奇 / 将进酒·黄主编. —广州：岭南美术
出版社，2023.8
（一口气读懂诗词名句）
ISBN 978-7-5362-7753-3

Ⅰ.①超… Ⅱ.①将… Ⅲ.①古典诗歌—诗歌欣赏—
中国—通俗读物 Ⅳ.①I207.2-49

中国国家版本馆CIP数据核字(2023)第120006号

责任编辑：黄小良　黄海龙
责任技编：许伟群
封面设计：极宇林

一口气读懂诗词名句
YIKOUQI DUDONG SHICI MINGJU

超凡脱俗造神奇
CHAOFANTUOSU ZAO SHENQI

出版、总发行：岭南美术出版社（网址：www.lnysw.net）
　　　　　　　（广州市天河区海安路19号14楼 邮编：510627）
经　　销：全国新华书店
印　　刷：湛江市新民印刷有限公司
版　　次：2023年8月第1版
印　　次：2023年8月第1次印刷
开　　本：880 mm×1230 mm　1/32
印　　张：5
字　　数：99千字
印　　数：1—10000册
ISBN 978-7-5362-7753-3

定　　价：29.80元

一场奇特的脑洞之旅

想象力是世间最神奇的能力。这一册，主题是"想象"。

人类没有翅膀，但是诗人会飞；人类没有千里眼、顺风耳，但是诗人的探知无远弗届，小至地下蚁穴，大到天外太空。

李白看夜空，"河汉挂户牖，欲济无轻舟"：星河就挂在我的窗户外边，我想去到星河那边看你，可是我还没有造出来飞船。李贺站在银河之巅看人间："遥望齐州九点烟，一泓海水杯中泻。"九州大陆，如九点轻烟；汪洋大海，如水一杯。太渺小了，不堪细看！南宋方岳感叹太阳和月亮，"日月笼中双鸟"，就像笼子里关着的两只大鸟，怎么也飞不出这天地大世界。同样是南宋的词人张孝祥，宣称"尽挹西江，细斟北斗，万象为宾客"：以北斗星为杯，以西江水为酒，邀请天地万物来做客，与我同醉……

以上或者是写未知世界，以无中生有的奇特见长，或者是写已知事物，换个角度，以夸张、大气的比喻取胜。

但有时候，想象力更像是一种生活态度。拥有丰富的想象力，只需要保持对生活拥有不一样的期盼，愿意用一种不同寻常的方式去观察世界就行。比如热爱、好奇，和适度的反抗。

因为有所热爱和好奇，所以能有新奇发现；因为适度的反抗，不肯因循常规，所以能跳出旧的窠巢。

杜牧在自家院里挖出一个小小水池，池水映出天上白云、明月，诗人称自己是"偷他一片天"：从老天那里偷了一小片回来，藏啊就藏在我家的水池里。明代诗人解缙吃饭，嫌粥太稀，说是"晨间不用青铜镜，眉目分明在里头"：早上梳洗时，连镜子都省了，直接端着一碗粥，照一照即可。宋朝诗人王令，苦于夏日炎热，听说昆仑山上常年冰雪，于是感叹"不能手提天下往，何忍身去游其间"——若不是我没有办法把天下百姓一块拎走，我早就跑去山上躲清凉了！

李白看到了雪，便猜测："应是天仙狂醉，乱把白云揉碎。"估计是天上仙人喝醉了，抓起一把白云乱揉一通，扔下来便成了人间一场飞雪。陆游热爱梅花，便问："何方可化身千亿，一树梅花一放翁。"有什么办法可以把一个"我"变成无数个"我"呢？我想要每一株梅花前面都站着一个我，细细看，赏尽风流……

这么多奇特的脑洞！来吧，开启你的想象力之旅吧！

第一辑　人间多奇思

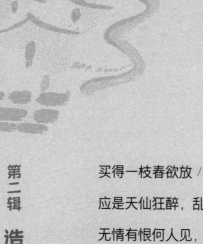

人间多奇思

想象力并不完全是凭空捏造，而是诗人用了一种奇特的角度去看世界。不循常规，不落俗套，他手指轻拨，点石成金，化寻常为异常，化腐朽为神奇。

凿破苍苔地，偷他一片天

盆池

（唐）杜牧

凿破苍苔地，偷他一片天。

白云生镜里，明月落阶前。

◎ **诗临其境**

杜牧是晚唐大诗人，晚年隐居在樊川别墅，以文会友。某天，他在修葺屋子的时候忽然心血来潮，想在院子里长满苍苔的空地凿一个池子，给自己造一个舒心畅意的天地。

说干就干，他真的动手凿出了一个干净的池子，然后往里面灌入泉水，水池清净澄澈，犹如镜子，就这样，他"偷"来了一片天。

天空同样澄明，但太单调，他又拨弄白云明月于其间，让它们看起来就仿佛在池水中生出的一样。

诗人坐在台阶前，蓝天白云相绕，明月相伴，顿感无限的快活得意。于是，我们似乎能看见他像个任性调皮的孩子一样，用泥巴造了个城堡，然后又着腰在那儿自鸣得意。

◎ 一句钟情

"凿破苍苔地，偷他一片天。"

苍苔满地，绿意盎然，可见诗人所居之地清静幽雅，在这里凿地成池，正是诗人纯粹内心的写照。池引泉水，清净澄澈，一如诗人的心灵，唯有如此，方容得下无垠碧空。

于是，他要偷天。一个"偷"字，让诗人化身成了小偷，但这是个可爱得像个孩子般的小偷，他的举动充满了情趣。青天高远，万古寂寥，诗人无法与之对话，无从向它借，于是只好偷。他偷得也不多，"一片"足矣，只要这片天里，能生来白云明月，他立于阶前，触手可及，那就有了最大的生活乐趣。

◎ 诗歌故事

同样是唐代的诗人李涉也曾说过："因过竹院逢僧话，偷得浮生半日闲。"俗世尘事多而烦扰，这"半日闲"也是非"偷"不能得的。这种纯真语的背后，正是诗人情感发于无端的自然真趣，是赤子之心的再现。

所谓赤子之心，就是脱却了一切世故而纯任天然。所以清人袁枚与近人王国维都认为：诗词人都应该是不失赤子之心者。

《世说新语》里记载，徐孺子九岁时与小伙伴玩耍，小伙伴就很天真地问他："假如月亮里没有别的东西，它会不会更加明亮呢？"小伙伴把月光看成一面镜子，不够明亮是因为镜子上有了杂质，纯真若此！

人心何尝不是如此？阅世越多，越难脱却世故，所以赤子之心就越是显得珍贵难得。杜牧到了晚年，看尽了官场的复杂多变、腐败黑暗，他的灵魂抗拒着不堪的现实，所以他需要一片纯净的天，澄澈的水，洁白的云，皎洁的月。这一刻，他要做个纯真的好孩子。

民国时期著名漫画家丰子恺先生，极其推崇杜牧这首诗。他认为此诗绝妙，可以作画，于是画了一幅漫画送给友人，并且在日记中写道："偷天高于偷花、偷酒、偷书、偷画，又胜于偷闲，是贼中最高尚者。"他在对自己孩子的教育上，总是把"童真、纯真、真趣"放在第一位，大抵便是希望不论孩子成长到哪个阶段，心中还能如诗人这般存着一分"天机真趣"。

人的本性都是一尘不染的，世故是纯真的天敌，现实里的种种不堪会让诗人们堕落，也会让诗人们情致反弹，返璞归真。一旦诗人们变成了孩子，这份回归了本性的真趣就会生出无形的保护罩，抵御侵蚀而来的世俗污浊。所以我们可以看到，当苏轼发现那朵开得灿烂绝艳的海棠将要陷入如同自己那般的处境时，他点起了蜡烛，像个孩子保护自己心爱的玩具那样，保护陪伴了海棠一夜。（"只恐夜深花睡去，故烧高烛照红妆。"）

因此，非心灵纯真如稚童，难有如杜牧这"偷"般天马行空的奇思妙想；非心存纯真，不能领略世间诸般美好，得自然真趣。

无障碍阅读

盆池：挖地成池或者埋盆于地，引水灌注成小池。
苍苔：青色的苔藓。

作家介绍

杜牧（803—853），字牧之，京兆万年（今陕西西安）人，宰相杜佑之孙；唐代诗人、散文家；诗歌以七言绝句著称，与李商隐并称"小李杜"；因晚年居长安南樊川别墅，故后世称"杜樊川"，著有《樊川文集》。

佳句背囊

"摩挲青莓苔，莫嗔惊著汝。"
出自唐代诗人卢仝的《村醉》。诗人酒醉仆倒在地，竟然轻抚着地上的莓苔，说自己惊扰了它们。这种"孩提语"与杜牧的"偷天"一样，诗人变成了纯真的孩子，会心疼一草一木，哪怕是莓苔。

本文作者 ————————

孤灯点文化：点一盏孤灯，让文字发光。

晨间不用青铜镜，眉目分明在里头

感咏诗

（明）解缙

水旱年来稻不收，至今煮粥未曾稠。

人言箸插东西倒，我道匙挑前后流。

捧出堂前风起浪，将来庭下月沉钩。

晨间不用青铜镜，眉目分明在里头。

◎ 诗临其境

明代，解缙在朝为官，他刚正不阿，视为民请愿为己任。遭遇灾荒之年，百姓苦不堪言。他虽为朝中重臣，却两袖清风，甘愿清贫，同老百姓一般吃粥度日，体会百姓之不易。

几日后，看到碗中稀薄的粥，解缙感慨万分，于是便写下此诗：

连年的大旱让水稻颗粒无收，碗里的粥从来没有稠过。

别人说筷子插在粥碗里不往东边倒，也往西边倒；要我说勺子放在粥碗里，不是往前流，就是往后淌。

端着粥碗去前堂，一阵风吹过，碗里也起了波浪；端着粥碗来后院，碗里能映出天上一轮弯弯如钩的月亮。

清晨起床梳洗，再也不用青铜镜；这眉啊，眼啊，在这粥碗里分明清晰可见。

◎ 一句钟情

"晨间不用青铜镜，眉目分明在里头。"

这句诗，想象奇特，诗人巧妙地将幽默与讽刺融为一体。读来，让人感受到诗人的风趣幽默，又引人深思。

全句不见一个稀字，却描绘出了灾年的"至稀之粥"，本该充饥果腹的粥，却清澈似水，可映明月，可照眉目。

诗人看似讽刺粥的稀，其实也讽刺朝廷的不作为，明明灾情摆在眼前，赈灾却困难重重。

字面上是在夸张修饰粥的稀薄，更深层的却是在表达诗人内心忧国忧民之情。

"眉目分明在里头"，是他心怀百姓的真实写照：每每早上醒来，都会想到水深火热之中的老百姓，心怀百姓却无可奈何的愁思也就萦绕心头。

◎ 诗歌故事

明朝时期，数次出现连年大旱的情况，有史料记载，明朝的衰败与连年大旱有直接关系。

据说有一回，江西吉水遭受水灾，水灾之后又有蝗虫灾害，百姓流离失所，苦不堪言。灾情被报到京城，皇帝便命钦差下来查看。

钦差到达灾区时，遇上两个醉汉。钦差就以此为由，认为当时百姓还有余粮造酒，可见不需要开仓赈灾。

县令苦苦哀求，钦差无法推托，就提了个要求："要开仓，可以，但须对出我的上联。"说完，便出上联："红绿交加，醉汉不知南北。"

众人皆对不上来，有人把此事告诉了解缙，他火急火燎地跑到县衙，往钦差面前一站，大声说道："下联早已有了：青黄不接，穷人卖尽东西。"

钦差见下联对得工整且又是实情，只好立即开仓赈灾。当时，解缙无官无职，却体察民情，将关乎百姓生计的旱涝问题、税收问题，视作自己不可推卸的责任。

明太祖朱元璋对解缙很看重，曾经对他说："我和你道义上是君臣，恩情上如父子。"

到了崇祯时期，也就是解缙去世200年后，同样是大旱和蝗虫灾害，但因为朝廷日渐衰败，敢于为民请命的官员少了，便引发了完全不同的结局。崇祯三年，李自成、张献忠相继起义，最终导致明朝灭亡。

无障碍阅读

箸（zhù）：筷子。

堂前：正房前面。

庭：院子。

作家介绍

解缙（1369—1415），字大绅，一字缙绅，号春雨、喜易，江西吉安府吉水（今江西吉水）人，明代大臣、文学家。与徐渭、杨慎一起被称为明朝三大才子，主持编纂旷世大典——《永乐大典》，英国人将它誉为人类有史以来最大的百科全书。

佳句背囊

"莫言淡薄少滋味，淡薄之中滋味长。"

出自明代诗人张方贤的《煮粥诗》，这一句同样描绘了那个年代的困苦生活，诗人以一种积极乐观的生活态度解读：薄粥滋味虽然清淡，却是人一生所要面对的；与其抱怨淡薄的物质生活，不如将其升华至长久的精神生活中去。

本文作者

胖子三叔：颓废小叔爱写作，用最朴实的语言讲述生活那点事。

不能手提天下往，何忍身去游其间

暑旱苦热

（北宋）王令

清风无力屠得热，落日着翅飞上山。

人固已惧江海竭，天岂不惜河汉干？

昆仑之高有积雪，蓬莱之远常遗寒。

不能手提天下往，何忍身去游其间？

◎ 诗临其境

北宋诗人王令有治国安民之志，王安石对其文章和为人皆甚推重。王令短暂的一生是在贫困中度过的，他自称志在贫贱而不愿屈就科举功名。也是由于这种特殊的生活经历，王令对当时社会的观察与认识极为深刻，这首《暑旱苦热》，写得气势磅礴，充满了对人世间的同情。

清风无力驱赶这炎炎暑热，西坠的太阳像长了翅膀的鸟儿，盘旋山头，不肯离去。

人们担心这样下去，江河湖海都要枯竭，难道老天就不怕连银河都要被晒干了吗？高高的昆仑之巅倒是有常年不化的积雪，遥远的蓬莱仙岛上有永不消失的清凉。

但我既然不能够携带天下人一起前往，又怎忍心独自一个跑去逍遥自在躲暑旱呢？

◎ 一句钟情

"不能手提天下往，何忍身去游其间？"

这句诗表现了作者对天下疾苦的同情和与天下人一起承受的决心。知道有清凉的地方，但是没有能力携带天下人一起去避暑，那就干脆自己也不去了，留下来和天下人共同忍受这份煎熬吧！而作者"手提天下往"的异想天开，尤其令人惊奇，让人不禁感叹这脑洞开得可真够大的！

◎ 诗歌故事

由这句"不能手提天下往，何忍身去游其间"，想到很多为国为民的仁人志士。他们那种为天下百姓奋斗不息的精神，值得我们铭记并发扬。可能大多数的人，在遇到苦难时，首先想的是让自己如何摆脱，是从自己的出发点考虑问题，趋利避害，这是人性的一大特点。我们不能站在道德的制高点去批评。

但是，有一种人，他们考虑问题从来不是从自身出发，首先想到的是别人，这种境界，就值得我们为其歌颂。这样的人是心怀天下的人，是精神高洁的人。

比如我国以毛主席为首的第一代无产阶级革命家，他们在革命年代与人民同甘共苦，艰苦奋斗，用不屈不挠的斗争建立了新中国。新中国成立后，他们仍旧以人民的公仆自居，艰苦朴素，从来不会让自己和家人有一点点特权。

以毛主席为例，他的两个女儿姓李，就是不想让她们以毛主席的子女自居。他的孩子读普通的学校，自己上学，自己回家，一样挨饿，一样要上山下乡。毛主席自己从来不占国家一分钱的便宜，连住在中南海都要交房租。他的内衣，都是补丁摞补丁，他吃的饭菜是最普通的两菜一饭。在困难时期，毛主席甚至不肯吃米饭，仅以苋菜充饥，因为，他知道百姓在挨饿，他就要和百姓一起挨饿。

毛主席，怀着一颗全心全意为人民的赤诚之心，带领人民走出了困境，走向更美好的明天。

无障碍阅读

屠：屠杀，这里是消除的意思。

着翅："着"是安装的意思。这里指太阳好像安装了翅膀，迟迟不落。

昆仑：昆仑山，传说是东王公、西王母居住的地方。

蓬莱：传说海中有三座神山，蓬莱、方丈、瀛洲。

作家介绍 　王令（1032—1059），北宋诗人。今河北大名人。很小的时候父母去世，随其叔祖生活在广陵（今江苏扬州）。长大后以教学为生，很受王安石赏识，不幸早逝。

佳句背囊 　"但得暑光如寇退，不辞老景似潮来。"
出自南宋诗人范成大的《秋前风雨顿凉》，也表现了诗人对暑热煎熬的无奈，渴望暑期早退的坚决。诗人说：只要暑热可以像盗寇逃跑一样飞快离去，就算让我早点衰老也甘心（老年光景像浪头打来一样快速）。

本文作者 ───────────────

历史沧澜：中学历史教师，头条号青云潜力新星，喜欢历史和中国传统文化。

只可自怡悦，不堪持赠君

诏问山中何所有，赋诗以答

（南朝）陶弘景

山中何所有，岭上多白云。

只可自怡悦，不堪持赠君。

◎ **诗临其境**

陶弘景，南朝时期人，著名的医药家、炼丹家、文学家，人称"山中宰相"。

陶弘景自幼聪明，才华出众。梁武帝早年与其相识，称帝后多次向隐居在华阳洞的陶弘景表达希望其能够出仕的意愿，但陶弘景不为所动。

梁武帝就下诏问他："'山中有何物'，以至于不愿出山为官？"

陶弘景就以此诗回答梁武帝，同时表明了自己的志向。

诗中说：

你问我山中有什么，这山中只有白云悠悠。

只要看到它，我就会有好的心情；但可惜我无法把它赠送您，让您也理解其中乐趣。

◎ 一句钟情

"只可自怡悦，不堪持赠君。"

这句诗并不深奥，但是作者的想法很奇特，令人忍俊不禁：这里的白云很对我的胃口，但是我没法把白云摘下来转送给你呀！

同时，在一种轻淡自然的语气下，却表明了诗人高尚的精神追求。诗人所向往的是白云、青山，虽然山林之中没有钟鸣鼎食，没有荣华富贵，但是这种悠然自得正是诗人追求的，只要拥有就会快乐。然而，这种快乐只有诗人自己能够欣赏，无法转赠他人，隐隐也有"这样的快乐您不懂"的意思，同时以这种委婉的方式谢绝了皇帝的召唤。

诗人的志向和品格也由此可见。白云，随处可见，却只有诗人会因为白云而感到快乐，朝堂上的高官厚禄受世人追捧，诗人却无法从中感到快乐。

◎ 诗歌故事

陶弘景是中国道教史上的重要人物，是炼丹士、医学家，也是文学家。

陶弘景小时候十分聪明，也很勤奋。四五岁时常以芦荻为笔，在细沙上学习写字。十岁时读了道教名人葛洪的《神仙传》等著作，深受影响，后来也走上了钻研道教学问的人生。

长大以后，陶弘景有了名气，很多人都邀请他去做官。但他隐居山中，潜心修道，研究学问，所以都拒绝了。

梁武帝对他也是"屡加礼聘"，陶弘景仍是拒绝。

梁武帝问他："山中到底有什么，让你如此不舍，不肯出山呢？"

陶弘景写了一首诗，又画了一幅画，作为回答。诗就是这首《诏问山中何所有，赋诗以答》。画则是一张纸上画了两头牛，一头散放水草之间，自由自在；一头锁着金笼头，被人用牛绳牵着，并用牛鞭驱赶。

梁武帝看了诗和画，领会他的用意，就不再强迫他出来做官了。

无障碍阅读

诏：帝王所发的文书命令。
怡悦：取悦，喜悦。

 作家介绍　陶弘景（456—536），字通明，自号华阳隐居，谥"贞白先生"。南朝齐、梁时期的道教茅山派代表人物之一，同时也是著名的医学家。丹阳秣陵（今江苏南京）人。

自幼聪明异常，十五岁著《寻山志》。二十岁被引为诸王侍读，后拜左卫殿中将军。后来隐居句曲山（茅山）。梁武帝礼聘不出，但朝中大事无不咨询并与之商讨，时人称为"山中宰相"。

佳句背囊

"桃花仙人种桃树，又摘桃花卖酒钱。"
出自明代唐寅的《桃花庵歌》，诗人借桃花隐喻隐士，鲜明地刻画了一位优游林下、洒脱风流、热爱人生、快活似神仙的隐者形象，与"只可自怡悦，不堪持赠君"有共通之处，都表达乐于归隐、淡泊功名的生活态度。

本文作者 ————

右耳大仙：输出内容这么痛苦的事情，还是要坚持下去啊。

天上有行云，人在行云里

生查子·独游雨岩

（南宋）辛弃疾

溪边照影行，天在清溪底。

天上有行云，人在行云里。

高歌谁和余？空谷清音起。

非鬼亦非仙，一曲桃花水。

◎ **诗临其境**

　　爱国诗人辛弃疾为官期间遭到排挤被罢官，壮志难酬，一直处于闲居状态。但他人虽在山野，却依然心系国家。一日早读罢，想到自己忠心耿耿，一心抗金，却少同道之人，如今被贬至此，报国之志无处施展，不免黯然。抬头看天气晴好，索性出去走走，漫步雨岩，心境顿时开阔许多。

　　蓝天白云、青山绿水，如此美好的景致就该有知音同赏，可是，此刻竟然只有自己，想到此，诗人的心中不免感慨：

一个人走在雨岩，眼前溪水澄澈见底。阳光把我的影子映照在溪水中，还有那瓦蓝的天空、洁白的云朵一并倒映水底，人仿佛就在云间行走。

不由放声高歌，是谁在唱和？那空谷回音，余音袅袅。这声音不是来自天上的神仙，也不是来自地狱的鬼怪，而是伴随着点点桃花的潺潺流水声，清脆悦耳。

◎ 一句钟情

"天上有行云，人在行云里。"

这句诗描写传神，语言平常，想象自然，意趣横生。

诗人在溪边行走，影子连同蔚蓝的天空和天上的行云倒映在清澈溪底，水中的云影连着人影，白云飘飘。人行走在蓝天白云之中那种飘然若仙的独特感受跃然纸上。清新自然的景色，恬淡又有些孤单的味道也传达出来。

如此清新淡雅的画面，陪伴诗人的只有蓝天、白云、溪水、影子，怎一个寂寥了得？为接下来诗句中"高歌谁和余"做了自然的铺垫。诗人内心特别期待有与他"相和"之人，然而，只有桃花水。

这里也借景致抒发作者力主抗金却和者甚寡，甚至因此受到迫害打击，此刻只能在山水中慨叹自己壮志不得施展的心绪。可谓意味深长！

◎ 诗歌故事

借景抒情是古诗常用的写法，这首诗虚实结合，笔法自然朴实却又婉转曲折，既为我们展示出一个清新自然的清雅之境，又暗含孤独惆怅之心境。就算孤独惆怅，诗人也不是戚戚然，反倒是一种恬淡之美。

这首诗让我想到诗人陶渊明的那句"采菊东篱下，悠然见南山"，人在遭遇挫折，身处逆境之时，不纠结其中，需要走进大自然，感受"天上有行云，人在行云里"与大自然融为一体的美妙，也需要有"悠然见南山"顺应自然、享受其中而悠然自得的心态。

人生的路千万条，锲而不舍、坚韧不拔固然让人肃然起敬，然而当此路不通时也不必硬撞南墙，及时拐弯、另辟蹊径，也不失为明智之举。

《聊斋志异》作者蒲松龄，四次应试举人，由于当时科场贿赂盛行，舞弊成风，他虽然满腹才华也没有逃脱落第的命运。但他并没有因此悲观失望，他立志要写一部"孤愤之书"，于是撰写了一副对联：

有志者，事竟成，破釜沉舟，百二秦关终属楚；
苦心人，天不负，卧薪尝胆，三千越甲可吞吴。

他以此自勉，终于完成文学巨著《聊斋志异》。

挫折、磨难、坎坷是人生的常态，要有"宠辱莫惊，闲看庭前花开花落；去留无意，漫随天外云卷云舒"的心态，正如辛弃疾在罢官之后还能感受到"天上有行云，人在行云里"的妙趣横生的画面。

无障碍阅读

雨岩：辛弃疾闲居之地的一处风景，在今江西省上饶市博山附近。

清音：清脆、轻柔的声音，这里是指流水声。

一曲："曲"的本义是形容水面的形状弯弯曲曲，这里作量词用，一曲就是一条。类似的用法如"一汪"潭水。

桃花水：桃花汛。农历二三月桃花盛开时节，雨水增多，河流由枯水期转丰水期，称为桃花汛。

作家介绍　辛弃疾（1140—1207），字幼安，号稼轩，济南府历城县（今山东济南历城）人。南宋豪放派词人，有"词中之龙"之称。与苏轼合称"苏辛"，与李清照并称"济南二安"。著有《稼轩长短句》。

佳句背囊　"明月松间照，清泉石上流。"

出自唐朝诗人王维《山居秋暝》，明月映照着幽静的松林，清澈的泉水在山石上淙淙流淌。这一句的清新明快与"天上有行云，人在行云里"的唯美清新类似。

"天光云影共徘徊。"
出自南宋学者朱熹的《观书有感二首》其一，整首诗为："半亩方塘一鉴开，天光云影共徘徊。问渠那得清如许？为有源头活水来。"描绘诗人"观书"的感受。这一句是说，天的光和云的影子倒映在塘水中，不停变幻移动，像人在徘徊一样。这其实是一首哲理诗，比喻要不断接受新事物，才能保持思想的活跃与进步。

本文作者 ————————————

宫晓慧，小学语文高级教师，自幼喜欢文学，热爱艺术。花草和音乐、手工和美食、诗和远方都是我所爱，因为有爱，从不孤独。

何方可化身千亿，一树梅花一放翁

梅花绝句二首（其一）

（南宋）陆游

闻道梅花坼晓风，雪堆遍满四山中。

何方可化身千亿，一树梅花一放翁。

◎ **诗临其境**

陆游是南宋时期著名的爱国诗人，身逢家国飘摇之际，他一直想着抗金报国。但在朝堂上却一直受到以宰臣秦桧为首的主和派排挤。

陆游创作此诗时，已经七十八岁，闲居在家。但正如他在另一篇作品中说到的，"鬓虽残，心未死"，对未来，对抗金事业，他仍然有所期待。在严寒的冬天，他看到屋外一树树傲然绽放的梅花，不禁有感而发：

听说山上梅花已经迎着晨风绽放，远远望去，就像一堆堆白雪一样漫山遍谷。

有没有一种分身术，可以变化出成千上亿个"我"呢？这样每一棵梅花树前，就都有一个陆游在欣赏梅花。

◎ 一句钟情

"何方可化身千亿，一树梅花一放翁。"

谁能想到这样一句充满童真的话，是出自一位年近八十的老人之口呢？

这是再简单不过的想象，可能我们每个人孩提时代都曾经有过"分身术"这种想法，只是随着年纪渐长而渐渐失却了这份童心。而陆游这样一位经受过家国飘摇、宦海沉浮、人间冷暖的老人，却仍然有这样一份天真在，多么可贵。

面对梅花盛开的奇丽景象，诗人明知不可能有"化身千亿"的法子，却还要去问，则更显示出他对于这一树树梅花的喜爱之情。这一丰富而大胆的想象中，是诗人与梅花灵魂的共振，傲立枝头严寒绽放的梅花，与不改初心品行高洁的诗人，一树一人，相得益彰。能够惊艳到世人的言辞，不需太华丽的辞藻，真心而发，更为动人。

◎ 诗歌故事

陆游爱梅，千古流传。在其八十余年的生命中，仅咏梅诗就达一百多首。他对梅花，是观其形而爱其性，赏其神而慕其气。在陆游的心中，梅花的品格与自己高度相似，所以他咏梅，也是在写自己的志向和境遇。

我们最为熟知的陆游的咏梅诗词，可能就是那首《卜算子·咏梅》了。

驿外断桥边，寂寞开无主。已是黄昏独自愁，更著风和雨。

无意苦争春，一任群芳妒。零落成泥碾作尘，只有香如故。

全篇无一个"梅"字，却句句都是在写梅花。写出了梅花的神韵，也显示出了自己的志向——忠贞爱国，心忧天下。

在中国文学史上，痴爱梅花的诗人不止陆游一个。其中最为出名的，就是"梅妻鹤子"的林逋。这位宋代诗人隐居在西湖孤山，终身不娶，将梅花当作自己心爱的妻子一般对待，也是一段千古佳话了。他的咏梅诗句"疏影横斜水清浅，暗香浮动月黄昏"写尽了梅的神态与风姿，也为后世留下了他永恒的隐逸风姿。

梅作为"梅兰竹菊"四君子之首，剪雪裁冰，一身傲骨，寄托了人们对于孤傲、坚持的志向，也无怪乎古往今来那么多文人墨客爱梅、咏梅、惜梅了。

坼（chè）：开放。坼晓风，即在东风中开放。

何方：有什么办法。

放翁：陆游号放翁，指陆游自己。

作家介绍

陆游（1125—1210），字务观，号放翁。越州山阴（今浙江绍兴）人，南宋著名诗人。陆游生逢北宋灭亡之际，一生都在主战抗金，具有强烈的爱国情怀。诗歌今存九千多首，内容极为丰富。著有《剑南诗稿》《老学庵笔记》等。

佳句背囊

"若为化得身千亿，散上峰头望故乡。"

出自唐代文学家柳宗元的《与浩初上人同看山寄京华亲故》。陆游"何方可化身千亿，一树梅花一放翁"实际上是化用了柳宗元的这首诗，柳诗是希望自己能够化作千亿个身影，可以望见故乡，充分表现了其思乡之心切，之浓厚。

本文作者

月酿酒，非典型中文系女硕士。月光酿酒，味辛而甘，犹如其文，绕口回香。

吴楚东南坼，乾坤日夜浮

登岳阳楼

（唐）杜甫

昔闻洞庭水，今上岳阳楼。

吴楚东南坼，乾坤日夜浮。

亲朋无一字，老病有孤舟。

戎马关山北，凭轩涕泗流。

◎ **诗临其境**

"诗圣"杜甫大家都不陌生，是唐朝最伟大的现实主义诗人，和"诗仙"李白合称"大李杜"，后世也习惯称其为杜工部、杜少陵，或者亲切地称其一声"老杜"。

本诗乃是杜诗中的一首五律名篇。众所周知，杜甫在律诗上的造诣可以说是登峰造极，而有些人盛赞这一首为盛唐五律第一，也可见此诗的地位。诗中意思是说：

我很早就听说过了洞庭湖和岳阳楼的盛名，但直到今天一把年纪了才有机会登楼观湖。从楼上放眼望去，洞庭湖宛如一把巨剑，从东南方向把吴楚两国劈开，而其波澜壮阔，广阔无垠，日升月落和白天黑夜的交替仿佛也都在湖水之中进行着。

再想到自己年老体衰，又经常生病，一个人四处漂流，就像是这湖面上一艘孤零零的小舟一样，连亲朋好友的一封信都接不到。如今国家又出现了种种隐患和动荡，但自己却报国无门，只能凭轩流泪伤感。

整首诗由洞庭湖的壮美景色写起，又联想到了自己的艰难现状，最后又升华到对国家的关怀和忧虑，体现了杜甫一向的爱国主义精神，无论何时何地都心怀黎民和国家，虽然他政治上从未得志过。也正因如此，杜甫的这种情怀更加难能可贵，无愧于一位伟大的爱国诗人。

◎ 一句钟情

"吴楚东南坼，乾坤日夜浮。"

颔联这两句，将杜甫胸中的那种庞大的格局和气魄尽数展露。

这里需要注意一点，坼的读音是 chè，可不要误以为是拆迁的"拆"。吴国曾是"春秋五霸"之一，楚国更是先后进入过"春秋五霸"和"战国七雄"名单。这两个国家要是都拆了，恐怕半个中国都不够安置的。

"坼"的意思是裂开，形容洞庭湖气势宏大，宛如冲天一剑把吴楚两国从东南方向直接劈开一般。杜甫胸襟之广阔可见一斑，虽然他从未做过高官，但那种气吞天下的气概，并不在古往今来那些帝王将相之下。在作诗这个领域，他同样也是君王，当仁不让，就像李白在喝酒的时候连唐玄宗的召唤都懒得理会一样。

而"乾坤"两字，来源于《易经》，乾卦代表天，阳，日，男——天行健，君子以自强不息；而坤卦代表地，阴，月，女——地势坤，君子以厚德载物。

这里的乾坤其实代表日月，意思是整个日月交替都仿佛蕴含在一望无垠的洞庭湖中。这和一代雄主曹操的《观沧海》中的"日月之行，若出其中，星汉灿烂，若出其里"颇有几分相似之处，都是豪情万丈，气吞山河。

◎ 诗歌故事

大家都知道杜甫是大诗人，更是有着"诗圣"的绝高赞誉，但是大家可能不知道，杜甫的爷爷杜审言同样也是初唐一位优秀的诗人，只不过为人比较狂妄——用现在的话来说就是情商比较低。

有一次他生病了，同僚们来探望，他就叹了口气说道："抱歉了诸位，我活着的时候一直压着你们，让你们不能出头，我现在快要病死了，最大的遗憾就是没有看到能够有能力接替我的人。"

　　而且杜审言对于杜甫的要求也是极为严格的，杜甫小时候贪玩不努力读书，杜审言就对他严加管教，最后杜甫练习写诗的纸张多得都要用麻袋来装。

　　而这也为杜甫打下了良好的基础，后来他自豪地说自己"读书破万卷，下笔如有神"，这里面其实也离不开爷爷杜审言的一份功劳。毕竟再好的美玉，不琢也是不成器的啊。

无障碍阅读

岳阳楼：在今湖南省岳阳市。下瞰洞庭，前望君山，自古有"洞庭天下水，岳阳天下楼"之美誉，与湖北武汉黄鹤楼、江西南昌滕王阁并称为"江南三大名楼"。

洞庭水：洞庭湖，处于长江中游，号称"八百里洞庭"，是著名的战略要地和中华文明的发源地之一。

作家介绍　杜甫（712—770），字子美，原籍湖北襄阳，生于河南巩县。自号少陵野老，是唐代伟大的现实主义诗人，与诗仙李白合称"李杜"。为了与另两位诗人李商隐与杜牧即"小李杜"区别，杜甫与李白又合称"大李杜"，杜甫也常被称为"老杜"。杜甫在中国古典诗歌中的影响非常深远，被后人称为"诗圣"，他的诗被称为"诗史"。后世称其杜拾遗、杜工部，也称其杜少陵、杜草堂。

佳句背囊

关于岳阳楼的名作，自然不能不提北宋范仲淹的《岳阳楼记》。

这是一篇借景抒情和明志的散文，通过写岳阳楼的美景，范文正公表达了自己那种"不以物喜，不以己悲"的超脱情怀，以及"先天下之忧而忧，后天下之乐而乐"的广阔胸襟，一个爱国爱民的古代贤良士大夫的形象跃然纸上，和杜甫这首《登岳阳楼》同为描写岳阳楼的千古名作。

本文作者 ————————

红尘如镜。

况是青春日将暮，桃花乱落如红雨

将进酒

（唐）李贺

琉璃钟，琥珀浓，小槽酒滴真珠红。

烹龙炮凤玉脂泣，罗帏绣幕围香风。

吹龙笛，击鼍鼓；皓齿歌，细腰舞。

况是青春日将暮，桃花乱落如红雨。

劝君终日酩酊醉，酒不到刘伶坟上土！

◎ 诗临其境

李贺的诗风空灵而诡异，常以神话传说借古寓今，后人喜欢把他和李白相比较，有"太白仙才，长吉鬼才"之说。

事实上，两人都写过《将进酒》这个题目，但表达的情感却有差异。李白先悲后乐，中间夹杂狂放、豪迈、忧愁和孤独等情绪。再看李贺的诗，前八句让我们看了一场盛宴，后四句突然由喜入悲，表达出作者对人生的深刻感悟。

在"罗帏绣幕"围绕的酒宴上，宾客们端着名贵酒杯——"琉璃钟"，喝着美酒——"琥珀浓"和"真珠红"，吃着美食——龙肝凤髓，听的更是"龙笛""鼍鼓"演奏出的音乐，再配上歌女唱曲、美人起舞，真是赏心悦目，其乐无穷。

当酒宴散去，疾风吹过，满树桃花飘落，犹如"红雨"，美丽又惹人惋惜。诗人触景生情，感慨道：

青春易逝、人生易老，当喝个酩酊大醉才好。即使"嗜酒如命"的刘伶，死后也再难喝一杯美酒，唯有"坟上土"相伴，真是"凄凄惨惨戚戚"。

◎ 一句钟情

"况是青春日将暮，桃花乱落如红雨。"

该句有承上启下作用，在意境上引喜入悲，恰到好处地转换诗人的内心情感，进一步升华了全诗主题。

春光虽好，容易催人老。人生太匆匆，酒绿灯红，到头来也不过镜花水月一场梦。梦醒时分，美味佳肴也是苦涩的，美人舞曲也没了兴致欣赏。

那"红雨"般飘落的桃花，以生命为代价，只为了瞬间绽放美丽。此时此景，诗人心中的忧愁和悲痛，被无限放大。印证了那句话："热闹是属于他们的，而我什么都没有。"

◎ 诗歌故事

李贺祖上与唐高祖李渊有关系，属于边缘的"大唐宗亲"，可惜到父亲李晋肃这一代，家道中落。但他年少聪颖，7岁就能作诗，妥妥的"学霸"。他还喜欢骑毛驴到处逛，有了灵感就马上记下来，写完丢到自己的背囊里。

可惜李贺一生怀才不遇，因病离世时仅27岁。本有两次功成名就的机会，皆因父亲而遗憾错过。十八九岁时，受韩愈和皇甫湜赏识，他挑灯苦读，准备科举考试。可父亲突然病故，按礼制要在家守孝三年。

丁忧差不多结束，韩愈写信给李贺，说一切已经准备妥当，让他再次参加考试。万万没想到，有妒才的人散布流言蜚语，说其父"李晋肃"和"进士"谐音，应该"避讳"，不能参加考试。

所以，有多少希望，就有多少失望。李贺无法出仕振兴家族，更难以实现理想抱负，这才有了《将进酒》中"由喜入悲"的感触，不如借酒消愁。当然，李贺也当过从九品的奉礼郎，以及幕僚等职，可见他心中的"梦"一直还在。

所以此诗或有另一层境界：人生虐我千百遍，我待人生如初恋。美酒、美食、美人，都不过是考验，更要珍惜当下，永不放弃，为梦想而努力，幸福一直都是奋斗出来的！

无障碍阅读

琥珀浓、真珠红：都是指名贵的酒。

烹（pēng）龙炮（páo）凤：烹制龙肉凤肉，指珍稀佳肴。

鼍（tuó）鼓：鼍皮做成的鼓。

皓（hào）齿：洁白的牙齿，这里指歌女。

细腰：纤细的腰肢，诗中指舞女。

刘伶：魏晋名人，"竹林七贤"之一，嗜酒。

作家介绍

李贺（790—约816），字长吉，中唐浪漫主义诗人，有"诗鬼"之称。与李白、李商隐合称为"唐代三李"。由于李贺父亲的名字与"进士"谐音，为避讳，李贺无法参加进士考试。年纪轻轻壮志难酬，令李贺长年忧思苦闷，27 岁就英年早逝。他的诗想象奇特瑰丽，在唐诗中稳占一席，代表作有《雁门太守行》《李凭箜篌引》《梦天》等。

佳句背囊

"无可奈何花落去，似曾相识燕归来。"出自北宋词人晏殊《浣溪沙》，该句感叹春光易逝，年华不再，和"况是青春日将暮，桃花乱落如红雨"意境相似，二者都在借物抒情，表达内心的惆怅和哀怨。

本文作者

陈文琦，"90 后"理工男，仗剑走天涯，执笔写芳华。

看君走马去，直上天山云

醉里送裴子赴镇西

（唐）岑参

醉后未能别，待醒方送君。

看君走马去，直上天山云。

◎ **诗临其境**

岑参是唐代著名的边塞诗人。边塞诗通常都是描写塞外风情的壮美，但这首诗却独辟蹊径，着重描写了诗人自己的心理感受。

面对好朋友的离别，诗人心中升起无限不舍，或许是自己喝醉了，或许是把要走的人灌醉，总之离别之人又多待了一个晚上，这对于将要分别的人来说，是非常难得的时光。毕竟古代交通不发达，一旦别离就像杜甫所说的，"人生不相见，动如参与商"，再见面那都是非常困难的事情。所以"醉后未能别，待醒方送君"，表面上看是作者喝多了，实际上则是作者依依不舍的一种体现。

◎ 一句钟情

"看君走马去，直上天山云。"

这是作者目送友人离开的情景，无论如何不舍，但终究还是有别离的时刻。作者在这里充分展现了天马行空的想象力，好像作者的目光一直伴随着友人，先是一点点消失在天际，最后又慢慢出现在天山上，出现在那茫茫的云朵之中。

友人骑马远去的背影由实到虚，写出了作者的深情。

◎ 诗歌故事

文武分途是到宋朝才开始的事情，在唐之前，文人从军非常普遍。诗人岑参是典型文人，26 岁进士及第，三年后获授率府兵曹参军，后两次从军边塞。

岑参原本出身显赫的官宦世家，在《感旧赋》中他曾说过："国家六叶，吾门三相。"也就是说，他们家族先后出过三位宰相，曾祖、伯祖、伯父都因文墨不凡而名动朝野，父亲也两任州刺史，家世显赫得很。但到了岑参这一代，因为父亲的早亡，他们的家族遭遇了灭顶之灾，这样的孩子心中往往都有一种中兴家族的愿望，身上所背负的重担也比普通人要重一些。

最终通过岑参自己的努力，写就了一份丰富多彩的人生答卷，他一生多地游历做官，并在西北边疆做过实际的军事工作，最终在成都落脚，可以说从塞外到江南都留下了岑参的足迹。正是有了这样复杂的经历，在唐代诗人竞争如此激烈的情况下，岑参的边塞诗依然独树一帜，成了唐代边塞诗的代表，让后来无数的人都能领略到唐代边塞风光那种独有的美。

无障碍阅读

天山：中国新疆地区主要山脉，诗歌中常用来代指边疆地区。

作家介绍

岑参（约715—约770），荆州江陵（今湖北江陵县）人，或说南阳棘阳（今河南南阳市）人，盛唐边塞诗代表人物，与高适并称"高岑"；曾任嘉州（今四川乐山市）刺史，故世称"岑嘉州"。诗文以意境新奇、气势磅礴、风格奇峭著称，边塞诗尤多，代表作有《白雪歌送武判官归京》，陆游曾称赞"以为太白、子美之后一人而已"。

佳句背囊

"我寄愁心与明月，随风直到夜郎西。"
出自李白《闻王昌龄左迁龙标遥有此寄》，同样表达了作者对朋友的那种不舍与思念，尤其是同样运用了想象和夸张的手法，仿佛作者亲自跟随朋友去了遥远的地方一样。

本文作者

头条号"昭烈名臣"，一个热爱生活的非典型中年不油腻大叔。

日暮酒醒人已远，满天风雨下西楼

谢亭送别

（唐）许浑

劳歌一曲解行舟，红叶青山水急流。

日暮酒醒人已远，满天风雨下西楼。

◎ **诗临其境**

许浑是晚唐诗人，这首送别诗历来为人所称道。

"送君千里，终须一别。"从"送别"二字来看，无论相送多少路程，总是难免一别的。此时此刻正值深秋，看着两岸青山，霜林尽染的红叶丹枫，映衬着一江碧绿的秋水，诗人对友人说：

唱完送别之歌，你就解开行舟远去，两岸是青山红叶，江水急急向东流。

等到太阳落山的时候，我从酒醉中醒来，而你已走远，只有满天风雨送我离开西楼。

◎ 一句钟情

"日暮酒醒人已远，满天风雨下西楼。"

写送别之意的诗句，在古代诗歌中不胜枚举，其中不乏千古流传的名句，比如初唐诗人王勃的"海内存知己，天涯若比邻"。可是笔者独独喜欢这一句，因为这句诗着重写出了送别之人将友人送走之后的独特心绪。

朋友乘舟走远后，诗人在原地小憩了一会儿。别前喝了点酒，微有醉意，朋友走后，心绪不佳，竟不胜酒力，睡着了。一觉醒来，已是薄暮时分。

举目四望，不知从什么时候开始下起了雨，两岸的青山红叶都已经笼罩在蒙蒙雨雾和沉沉暮色之中。而朋友的船，此刻更不知道随着急流驶到云山雾嶂之外的什么地方去了。

暮色的苍茫黯淡，风雨的迷蒙凄清，酒醒后的蒙眬恍惚，诗人感到无法承受这种环境气氛的包围，于是默默无言地独自从风雨笼罩的西楼上走了下来。

友人出门远行，还有诗人前来相送。可是送走友人之后，诗人却无人相伴，只能独自一人，在漫天风雨中落寞地离开这令人伤心的送别之地。

◎ 诗歌故事

许浑在后世名声不显，其实才华很突出。《唐才子传》中说他"乐林泉，亦慷慨悲歌之士……至今慕者极多"。这从"日暮酒醒人已远，满天风雨下西楼"一句就可见出。他的一些诗经常被误入杜牧作品中，也可见其诗作水平。

关于许浑，还有一个有趣的故事。许浑在襄州的时候碰见了他的老朋友房千里，他们虽然很早就认识了，关系也非同一般，但是种种原因，两人很多年都没有机会见面。此时路遇，喜何如之！

两人相坐而谈，喝了几杯酒之后，房千里对许浑说："我喜欢上了一个姓赵的姑娘，她不仅年轻貌美，楚楚动人，而且多才多艺，尤其是写得一手好诗。我这次出来办事的时候，她赠给我一首诗，其中两句是'只应霜月明君意，缓抚瑶琴送我愁'。这么多天以来，我一直在惦记着给她回两句诗，可是想来想去，却怎么也想不出比较完美的一句来。"

听到这里，许浑算是明白了房千里的苦恼，哈哈大笑，当即要来纸笔，写下两句诗送给房千里："为报西游减离恨，阮郎才去嫁刘郎。"

这两句以女子的口吻向房千里赌气地说："既然你要扔下我而自己去远游，为了减轻我心中的离别之恨，我决定等你一离开，我就嫁给别人！"语气贴切而不失幽默。

从这个故事也可看出许浑的才华确实非同一般。

无障碍阅读

谢亭：又叫谢公亭，为南齐诗人谢朓任宣城太守时所建，在今安徽宣城。谢亭是著名的送别之地。

劳歌：原本指在劳劳亭（旧址在今江苏南京，著名的送别之地）送客时唱的歌，后来成为送别歌的代称。

作家介绍

许浑（约791—约858），字用晦（一作仲晦），唐代诗人，润州丹阳（今江苏丹阳）人。晚唐最具影响力的诗人之一。

佳句背囊

"孤帆远影碧空尽，唯见长江天际流。"

出自李白的《黄鹤楼送孟浩然之广陵》。这句诗以绚丽斑驳的烟花春色和浩瀚无边的长江为背景，描绘了一幅意境开阔、色彩明快的送别画面。与"满天风雨下西楼"的惆怅形成了鲜明的对比，却一样极富感染力。

"英雄一去豪华尽，惟有青山似洛中。"

出自许浑《金陵怀古》。诗句深刻地慨叹了六朝古都金陵的兴亡故事，可谓一句惊人，传名于世。

本文作者

旧人旧事历史说：文史爱好者，连载有长篇历史架空小说《千秋帝业》。

离恨恰如春草，更行更远还生

清平乐

（五代）李煜

别来春半，触目愁肠断。砌下落梅如雪乱，拂了一身还满。

雁来音信无凭，路遥归梦难成。离恨恰如春草，更行更远还生。

◎ **诗临其境**

作为帝王，李煜的身份很特殊。因为他是南唐的亡国之君。

他本来以为自己不会亡国，因为他每年都派人给宋朝献很多礼物。

有一年，他派他的弟弟去宋朝献礼，没想到因此就被扣留在北方。李煜非常思念他的弟弟，想必也很后悔为什么要派弟弟去送礼。于是，在一个春天的日子里，词人触景生情：

自从我们分别以来，春天已经过去了一大半，映入眼帘的景物使我感受到断肠一般的痛苦。台阶下白梅花飘落，如同雪花飞舞，纷乱地掉在我身上。我用手掸去它们，但不知不觉间又落满了一身。

大雁虽然飞回来了，可是没有信，不知道你那边到底发生了什么事。回家的路那么远，很想做个美梦回到江南，可是因为常常失眠，常常惊醒，仿佛连做梦都有点难了。

这种离别的恨，就像春天的草一样，你走得越远，它越是生长得茂密。

◎ 一句钟情

"离恨恰如春草，更行更远还生。"

这句诗，既含蓄，又形象。

离恨，是一种心理感受，它是看不见又摸不着的。但是，春草就不同了。它是一种植物，这种植物的特点是"春风吹又生"。春草有着旺盛的生命力，它是那么生机勃勃，也常常给人一种充满希望的感觉。

为什么说"更行更远还生"？因为不管在天涯海角，春草总是长满路边，它连绵不断地向远处生长，处处都能够扎根繁衍。作者将离恨比作春草之蔓延滋生，绵绵不绝，永无尽期，消除不了。同时，茂盛的春草总是催人早日归家。这也是作者希望亲人早日归来的深意。

这两句，手法新颖，情深意长，蕴含丰富，意味隽永，历来受人称赞。

◎ 诗歌故事

李后主是富贵的第三代——他的祖父是皇帝，父亲也是皇帝，到他做皇帝的时候，就有一点不耐烦了。祖父那一代要北伐中原，到了父亲那一代，已经不太想了，再到孙子辈，连想也不想了，就是玩。江南又非常富有，于是他们在皇宫里天天吃喝玩乐。

虽然我们常常说"富不过三代"，但是从另一个方面来看，富贵的第三代，也可以说是最幸运的人。祖父打天下，父亲守成，孙子干什么呢？当然就是挥霍。富贵到了第三代，常常出现类似的情况：他们过着华贵、富丽，又有点糜烂的生活。

作为一个偏安江南的皇室的第三代，忽然有一天，北方赵匡胤建立的宋朝要统一天下，他们发兵南下，李煜就变成了俘虏，被抓到北方的汴京，宋太祖封他为"违命侯"。

当听说宋朝大军南下的时候，李后主吓了一跳：怎么打仗了？亡国让这个聪明绝顶的人突然体验到了从繁华到幻灭的过程。

从大繁华到大幻灭，对李煜来说，是天上人间。作为国君，李煜无疑是失败的；作为词人，他却取得了巨大的成功，给后人留下了众多深沉而伤感的词作。

无障碍阅读

雁来：古人视大雁为信使，可以传递书信。

作家介绍

李煜（937—978），南唐元宗李璟第六子，初名从嘉，字重光，号锺隐、莲峰居士，徐州彭城县（今江苏徐州）人，南唐末代国君。精书法、工绘画、通音律，诗文均有一定造诣，尤以词的成就最高，对后世词坛影响深远。

佳句背囊

"已是黄昏独自愁，更著风和雨。"
出自陆游《卜算子 · 咏梅》：黄昏里独处已够愁苦，又遭到风吹雨淋，真是愁上加愁。

本文作者

徐沈逸，上海大学附属中学语文教师，上海市科普作家协会会员。

第二辑

造化有神奇

大自然中有神奇，只是需要诗人用一双慧眼去发现。充分联想，适当夸张，妙句天成。

买得一枝春欲放

减字木兰花

（宋）李清照

卖花担上，买得一枝春欲放。泪染轻匀，犹带彤霞晓露痕。
怕郎猜道、奴面不如花面好。云鬟斜簪，徒要教郎比并看。

◎ 诗临其境

李清照，宋代女词人，是婉约词派代表，有"千古第一才女"之称。此词作于李清照和丈夫赵明诚新婚燕尔之际，夫妻俩情投意合，生活中处处都充满着浓情蜜意，宛如热恋中的人儿。那个"寻寻觅觅，冷冷清清"的李清照，原来还有娇嗔可爱的一面。

关于婚后日常，词人是这样说的：

清早起来，买了一枝含苞待放的花，花瓣上还残留着露水的痕迹，花枝摇曳，楚楚动人，真是我见犹怜。

既然花儿这么漂亮，若是夫君见了，会不会觉得我的容貌不如花呢？于是我就将花插在云鬟间，定要让他比一比，到底哪个更漂亮。

◎ 一句钟情

"买得一枝春欲放"，这一句读来特别生动。

词中的李清照，俏皮可爱，尽显小女儿姿态，又带着一点初为人妇的娇羞。明明是花儿含苞待放，词人偏偏要说"春欲放"，这里的"春"，既可以是花儿，也可以是春天、春意，还可以理解成青春的意思。

花儿积攒了半生的努力，想要在那个爱花的人手中肆意绽放，这花儿的心思，不正是词人的心声吗？

百年修得同船渡，千年修得共枕眠。所嫁之人正是心中所爱，在那个"父母之命、媒妁之言"的年代实属难得。李清照是多么幸运，恰好在最美的年华里遇见了夫君赵明诚。

所以，词中的"春欲放"看似写花，实则是写自己得遇良人的欢欣，以及对未来生活充满期待的喜悦。

◎ 诗歌故事

李清照和赵明诚的爱情故事，一直为后人津津乐道。

据说，赵明诚年少时曾梦到一个字谜，字谜的谜底就是"词女之夫"，放眼整个宋朝，能称为"词女"的唯有李清照一人而已。

缘分来的时候，真是挡也挡不住。

有一天，少女李清照在院子里荡秋千，恰好撞见了那个前来商议婚事的少年。她慌忙躲藏，却不小心遗落了珠钗。"和羞走，倚门回首，却把青梅嗅。"她一边忙着躲，一边又忍不住回头张望。一缕情思，也悄悄在心底蔓延开来。

　　公元 1101 年，这一年，李清照 18 岁，赵明诚 21 岁，二人喜结连理。在家世上，两人的父亲都是朝廷重臣；在文才上，李清照早已凭借"知否，知否，应是绿肥红瘦"闻名词坛，赵明诚则是前途无量的太学生，并且在金石字画鉴赏方面已小有成就。这一对璧人家世相当、志趣相同，一段传奇佳话由此开始。

　　婚后的李清照，依旧如少女时期一样机灵俏皮，夫妻俩时而泛舟湖上，采花露烹茶，时而抱着新酿的美酒，举杯邀明月，时而共赏金石字画，补录整理古籍，倒也是优哉游哉。

　　不管身处哪个时代，所有女子都有一个共同心愿，那就是嫁给所爱的男子，和他笑，和他闹，和他白头偕老，李清照也不例外。只是天不遂人愿，身处两宋之交，战乱频繁，又时常受到政治上的牵连，李清照夫妇总是聚少离多。"莫道不销魂，帘卷西风，人比黄花瘦"，难怪李清照留下了那么多相思词，原来梧桐细雨，点滴都是相思泪。

　　公元 1129 年，李清照 46 岁，49 岁的赵明诚因病去世。

　　生命虽然消逝了，他的神魂却活在了李清照的词作里，流传千古。比起梁鸿孟光的"举案齐眉"，或许李清照夫妇这样的"烟火夫妻"才更让人羡慕吧。

无障碍阅读

减字木兰花：词牌名。
奴：女子自称。
云鬓（bìn）：鬓发多而美，蓬软如云。
郎：在古代是妇女对丈夫的称呼。

作家介绍

李清照（1084—约1155），号易安居士，齐州济南（今山东省济南市章丘区）人。宋代女词人，婉约词派代表，有"千古第一才女"之称。创作理论上，提出词"别是一家"之说；作品独树一帜，被称为"易安体"；有《漱玉词》。代表作品如《一剪梅·红藕香残玉簟秋》《如梦令·昨夜雨疏风骤》《如梦令·常记溪亭日暮》《声声慢·寻寻觅觅》《武陵春·春晚》《渔家傲·天接云涛连晓雾》等。

佳句背囊

"江南无所有，聊赠一枝春。"
出自南北朝陆凯的《赠范晔诗》，江南没啥好东西可以表达我的情感，姑且送给你一枝报春的梅花以表祝福。"一枝春"，是借代的手法，以一代全，象征春天的来临，也隐含着对相聚时刻的期待。

本文作者

我是书谜，一个热爱诗词国学的"90后"。

应是天仙狂醉，乱把白云揉碎

清平乐

（唐）李白

画堂晨起，来报雪花坠。

高卷帘栊看佳瑞，皓色远迷庭砌。

盛气光引炉烟，素草寒生玉佩。

应是天仙狂醉，乱把白云揉碎。

◎ 诗临其境

这是李白以"清平乐"这个词牌写的一首词。当然也有人说这首其实是后人读李白《清平乐》后，有感而作的。这里我们不追究真实的作者是谁，而是单纯地来欣赏这首富有想象力的《清平乐》吧。

清晨，在堂上睡醒起来，听人来报，说外面下了很大的雪。

遂起身，高高卷起帘子，向外望去。大地苍茫一片，皑皑白雪由远及近，攀上庭阶。

雪花漫天飞舞，如同炉烟蒸腾，地上银装素裹，花草如挂满了一身玉佩。

莫不是天仙醉了酒，把白云揉碎撒落凡间，才有了这般景象吧？

◎ 一句钟情

"应是天仙狂醉，乱把白云揉碎。"

这句诗妙在有趣，妙在浪漫。

有趣之处在于，将雪比作揉碎了的云，很难得、很新奇。

古人对雪的比喻很多，杨花、柳絮、鹅毛、梨花……还有比作撒盐的。而在这里，由白云到雪，有一个"揉碎"的动态过程，诗人通过大胆地想象雪的"起源"，为诗句增加了一层趣味性。

浪漫在哪里呢？天上的仙人喝醉了酒，抓起白云揉着玩，随手一丢，成了凡间的一场大雪。仙人不经意的一个动作，将天上与凡间联结在了一起，这样的缘起很微妙。

一个"醉"字和一个"揉"字，把仙人慵懒、闲适、安逸的醉态都展现出来了。身体的自然舒展，心灵的自由放松，成就了这一份浪漫。

假如仙人没喝醉，造雪是他的工作，那就没有这般意境了吧。

◎ 诗歌故事

有人说，"应是天仙狂醉，乱把白云揉碎"里的"天仙"就是李白，原因有二：

首先，李白正好有"谪仙人"的称号，是诗人贺知章起的，意思是说，李白原本是天上的仙人，因为犯了错，被贬下凡间，所以成了"谪仙人"。李白很喜欢这个称号，在《答湖州迦叶司马问白是何人》里写道："青莲居士谪仙人，酒肆藏名三十春。"你看，又是酒，又是仙，不是刚好跟"天仙狂醉"相呼应了吗？

其次，李白爱喝酒是出了名的。杜甫的《饮中八仙歌》中写道："李白一斗诗百篇，长安市上酒家眠。天子呼来不上船，自称臣是酒中仙。"意思是说，李白饮酒一斗，就能赋诗百篇，常常在长安酒肆中喝醉酣眠。天子找他写诗，他也不肯去，还自称是酒中仙人。

我特别喜欢李白的饮酒诗，有种独特的艺术感。"我醉欲眠卿且去，明朝有意抱琴来"，无拘无束，快活洒脱；"将进酒，杯莫停。与君歌一曲，请君为我侧耳听"，豪纵狂放，酣畅淋漓；"举杯邀明月，对影成三人"，超脱飘逸，超然物外。倘若没有酒，世间大概会少许多好诗吧。

我想，倘若李白真成了天上的仙人，大概真的会终日抱着酒坛，跷着二郎腿，梦里念着句什么诗，时不时地，为人间造一场白色的雪吧。

佳句背囊

"我疑天仙织素练，素练脱轴垂青天。"

出自元末明初诗人杨维桢《庐山瀑布谣》，这首诗描写的是庐山瀑布之景。"我疑天仙织素练，素练脱轴垂青天"，意思是说，瀑布从天上飞流直下，仿佛是仙人织就的白练一般。与"应是天仙狂醉，乱把白云揉碎"相比，都是诗人被奇异的自然景色震撼，赞之是天仙杰作，且都用了比喻的手法，极富想象力。

本文作者

小新：浙江杭州人，喜读书作文。

无情有恨何人见，露压烟啼千万枝

昌谷北园新笋四首

（唐）李贺

其一

箨落长竿削玉开，君看母笋是龙材。

更容一夜抽千尺，别却池园数寸泥。

其二

斫取青光写楚辞，腻香春粉黑离离。

无情有恨何人见，露压烟啼千万枝。

其三

家泉石眼两三茎，晓看阴根紫脉生。

今年水曲春沙上，笛管新篁拔玉青。

其四

古竹老梢惹碧云，茂陵归卧叹清贫。

风吹千亩迎雨啸，鸟重一枝入酒尊。

◎ 诗临其境

李贺素以"鬼才"闻名，与"诗仙"李白、"诗圣"杜甫、"诗佛"王维齐名。

短短 27 载年华，李贺经历了中唐德、顺、宪三朝皇帝。虽然一生命途多舛，但是李贺内心的雄心壮志从未熄灭过。他一直胸怀兼济天下之心，建功立业之志，这一组咏笋诗正是他这种心情的真实写照。

笋壳片片脱落，新竹节节拔高，晶莹透碧，堪作龙材。倘使纵情生长，便可夜抽千尺，脱却尘泥，直上青云。

青皮剥落，题诗竹上，却只见白粉光洁，墨汁淋漓。新竹无情，却愁恨满怀，谁人能够看见？积露滴落，压低竹枝竹叶，恍若雾里哀啼。

穿过庭院的泉水石缝，新长出两三茎竹枝，清晨的野郊路旁，新笋刚刚探出头来。想必今年的水湾沙岸，新竹会像青玉般苍翠挺拔。

老竹虽老，依然挺拔，而我年纪尚轻，却如病归茂陵的司马相如一般，甘守清贫。千亩之竹，风吹竹声，仿佛雨啸；风和景明之时，鸟栖枝头，其景映入酒樽之中，格外静谧安闲。

◎ 一句钟情

"无情有恨何人见，露压烟啼千万枝。"

这句诗，虚虚实实，仿佛道尽了李贺一生的故事。

李贺喜竹爱笋，常以青竹玉笋自比。从表面上看，竹的形态是实，人的感情是虚，实际上恰恰相反。竹本"无情"，一经题诗，也就沾染了人的情绪，翻作有情了。竹的形象也因此丰满起来，成为情的载体，情的契合。看似写竹的愁苦，实际是写李贺自己的怨情。但他怨而不丧，虽然坎坷无数，却从未放弃前进的希望。

◎ **诗歌故事**

李贺生于中唐时期，唐宗室郑王后裔，7岁能诗，8岁能文，十来岁就赢得"鬼才"的称号。然而，他这一生总是事与愿违，与梦想擦肩而过，想金榜题名、出人头地，却被剥夺了考试资格；想拜相封侯、报效国家，却只能当个九品小官；想征战沙场、建功立业，却连部队都被遣散。

世俗意义上的李贺，完全是一出悲剧，可在文学世界，他凭借精巧的构思，无穷的想象，将才华付诸笔端，用手中的笔为自己建造了一座瑰丽的诗歌殿堂。

在他的诗里，上至仙宫，下到幽冥，皆可作为素材，然后在奇诡的想象中编织成一段美妙的篇章。

他用奇峭的修辞逐字雕琢，写下"塞上燕脂凝夜紫"；以奇特的想象达成通感，拟出"昆山玉碎凤凰叫"等名句。

虽然李贺的一生被失意裹挟，过着庸碌、凄苦的生活，但他从未在坎坷中放弃希望，反而迸发出更大的激情与热情，给生活予诗意。古往今来，诗人怀才不遇、壮志难酬的现象已屡见不鲜，李贺的悲剧就是一个典型。他们并不是不优秀，只是在政治、文化等多重因素影响下惨遭压迫。

清人赵翼的解释是"国家不幸诗家幸，赋到沧桑句便工"，命运为你关上一道门，就会为你打开一扇窗。

无障碍阅读

箨（tuò）落：笋壳落掉。
腻香春粉：新竹散发出浓郁的芳香，竹节上布满白色粉末。
斫（zhuó）：用刀斧砍。
新篁（huáng）：新生的竹子，指嫩竹、新笋。
古竹：老竹，与新笋相对。

佳句背囊

"无情有恨何人觉，月晓风清欲堕时。"
出自晚唐诗人陆龟蒙《白莲》，巧妙地化用李贺的"无情有恨何人见，露压烟啼千万枝"，从冷艳肃杀的咏竹诗改咏温柔敦厚的白莲。诗人笔下的白莲凌波独立，无情却有恨，在晓月清风的陪伴下寂寞地自开自落。

本文作者

冬月，认认真真码字，踏踏实实生活，身体与灵魂总有一个在路上。

杨花榆荚无才思，惟解漫天作雪飞

晚春二首（其一）

（唐）韩愈

草树知春不久归，百般红紫斗芳菲。

杨花榆荚无才思，惟解漫天作雪飞。

◎ **诗临其境**

韩愈在文学方面的主要贡献，就是对中唐文风的改变，即他提倡的古文运动。他的为文观点，就是要"文以明道"。

韩愈终其一生，政治抱负远大，他的为文观点，亦反映在坚守古圣先贤之道的政治生涯里。元和十年（815）正月，韩愈任中书舍人，赐服绯鱼；但是，就在当年五月，因赞同对淮西与蔡州用兵，得罪了宰相李逢吉、韦贯之，被借故改任为太子右庶子。

虽然太子右庶子的官阶看起来比中书舍人还高，但因为没有实权，不能直接参与机要政务，所以实际上是被降职了。这首《晚春》，正是作于这一年。

看诗人是如何借晚春时节草木的奋发争先，来抒发自己内心激昂情感的：

大地上自由生长的花草树木，已然知道这个短暂的春天即将归去，纷纷展示出最美丽的色彩，用这种争奇斗艳的方式想要留住春去的脚步。

杨花和榆荚哪有什么美姿，就像心无才思笔无佳句的人，却也想在春光里争当主角，只能将片片乱絮化作漫天的雪飞。

◎ 一句钟情

"杨花榆荚无才思，惟解漫天作雪飞。"

本是平常物，却在这一句诗里有了回味无穷的意境。

且不论诗人想借杨花榆荚来表达怎样的情绪，单单是以"才思"赋予此般寻常物情感，这种新意令人意想不到。

如纷纷乱雪，那些乱絮漫天飞舞的姿态，恰如不知道自己该寻求什么的迷茫之人一样，此情此景，如在眼前，引发多少人的情感共鸣。

联想到这一幕发生在晚春时节，很多人都会因美好春天的即将逝去而倍增伤感，也有人会在易逝的光阴里迷失自己，就如不知所止的如雪飞絮。

◎ 诗歌故事

苏轼评韩愈"是皆有以参天地之化，关盛衰之运"，赞其所作之文中充塞着天地之豪气。

韩愈坚守自己的为文之道、为人之道，面对来自世俗的阻力，他的内心是孤愤的，但他又不是消极地悲伤，而是以积极阳光的心态去奋争，所以在他的诗中蕴含着呼之欲出的蓬勃力量。

韩愈身处朝堂，最大特点就是敢说真话，别人不敢说的话他敢据理直言。

韩愈曾任监察御使，他在查访关中地区后发现，大旱导致灾民四处乞讨，当地饿殍遍野。而京兆尹李实却封锁灾情消息，向上谎报关中丰收，百姓生活富足。韩愈非常愤怒，写了《论天旱人饥状》上疏，没想到反而遭李实等人诬陷，被贬为官职卑微的县令。

虽因直言而遭贬谪，但韩愈据理力争、无所畏惧的性格始终未变。李贺年少即有才名，但因为其父亲名字中的"晋"与"进"同音，犯了"嫌名"，故而李贺不能举进士。韩愈爱才，专门引经据典，大胆写就《讳辩》一文，为李贺鸣不平，其真率敢为之性情可见一斑。

苏轼还盛赞韩愈"文起八代之衰"。这样高的评价，不只是指韩愈之文章，还应代表了韩愈的非凡人格魅力。

无障碍阅读

榆荚：也称榆钱。
才思：才华与妙思。
惟解：只知道。

作家介绍

韩愈（768—824），字退之，河南河阳（今河南省孟州市）人，自称"郡望昌黎"，世称"韩昌黎""昌黎先生"。唐代古文运动倡导者，"唐宋八大家"之首，有《韩昌黎集》传世。

佳句背囊

"未若柳絮因风起。"
出自东晋才女谢道韫笔下。谢道韫将漫天飞雪比作春风里的纷扬柳絮，与韩愈的比拟妙思有着异曲同工之妙。也因这一佳句，谢道韫之才名天下尽知，后人常以"咏絮之才"来称赞女子有非常才能。

本文作者

王福利，出版《〈诗经〉是一本故事书》《〈楚辞〉是一本故事书》等著作，获冰心散文奖等奖项。

别有根芽，不是人间富贵花

采桑子·塞上咏雪花

（清）纳兰性德

非关癖爱轻模样，冷处偏佳。别有根芽，不是人间富贵花。

谢娘别后谁能惜，飘泊天涯。寒月悲笳，万里西风瀚海沙。

◎ 诗临其境

作者纳兰性德是康熙身边的御前侍卫，曾多次随皇帝南巡北狩，游历四方。

那一天，当他行至塞外之时，适逢大雪天气，被那壮观的雪景所惊艳。

作者写道：

雪花纷纷扬扬地飘洒下来，而我喜欢的不是雪花那轻盈飘逸的身姿，而是因为它那冰清玉洁的精神。它们不像人间的富贵名花那样娇气，她别有来处，独自生长在这寒冷之地。

谢道韫才貌双全，因著名咏雪篇而为人所知，但是在她死后，还有谁怜惜这雪花呢，它只能落得在这寒风和悲笳声中，任西风席卷着，在浩瀚的沙漠间漂泊。

◎ 一句钟情

"别有根芽，不是人间富贵花。"

作者这一句是咏雪，也是借物言志。

雪花似花却不是花，无根却又似有根，与世间的牡丹、海棠等不同，人间的富贵花需要阳光、雨露、和风、细雨，争芳斗艳希望得到人们的观赏。

而雪花不一样，它们自有风骨，不怕寒冷，耐得寂寞，即使无人观赏，也开得异常美丽。

这里也表达了作者自己的心境，纳兰性德虽出身名门，身处富贵，但是他淡泊名利，待人真诚，品格高尚，十分厌倦官场中的庸俗虚伪。

他希望自己能像雪花一样至情至性，至清至洁，同时也希望能像雪花一样，在天地间无拘无束，自由洒脱。

◎ 诗歌故事

词中的"谢娘"，是指晋代王凝之的妻子谢道韫，因咏雪而出名。

《世说新语》中记载，一天谢安与子侄们一起讨论诗文。看着外面下的大雪，谢安问大家："这纷纷扬扬的大雪像什么啊？"侄子说："撒盐空中差可拟。"跟把盐撒在空中差不多。谢道韫则回答说："未若柳絮因风起。"不如比作风把柳絮吹得漫天飞。

谢安十分高兴，夸谢道韫比喻得精妙。

也因为这个著名的故事，谢道韫与汉代的班昭、蔡琰等人成为中国古代才女的代表人，而"咏絮之才"也因此流传下来，成为后来人们称赞有文才女性的常用的词。

无障碍阅读

癖（pǐ）爱：对某事物特别喜爱，称为"癖"。
根芽：事物的来源、出处。
富贵花：指牡丹、海棠等名贵花种。
悲笳（jiā）：悲凉的笳声。笳，即胡笳，北方民族的一种乐器，多用于古代边军中。
瀚海：指沙漠。

作家介绍 纳兰性德（1655—1685），满洲正黄旗人，叶赫那拉氏，字容若，号楞伽山人，大学士明珠长子，母为英亲王阿济格第五女爱新觉罗氏。深受康熙皇帝赏识，授一等侍卫衔，多次随驾出巡。是清代最著名的词人之一。"纳兰词"题材涵盖爱情、边塞、悼亡，等等，其中爱情、悼亡和乡思的题材最为凄婉动人，在清代以至整个中国词坛上都享有很高的声誉，在中国文学史上也留下了浓墨重彩的一笔。著有《通志堂集》《侧帽集》《饮水词》等。

"驿外断桥边，寂寞开无主。已是黄昏独自愁，更著风和雨。无意苦争春，一任群芳妒。零落成泥碾作尘，只有香如故。"

这是陆游的《卜算子·咏梅》，与本篇的《塞上咏雪花》有异曲同工之处，都是借物言志，描写了它们与世俗的繁花不同，而是选择在严峻寒冷的环境中顽强盛开的高洁精神。

我们无论学习还是处世也一样，不能遇到困难就退缩，而是应该坚强勇敢，迎难而上，只有经历了苦寒的磨难，才能取得让人欣慰的成就。

本文作者

采風姑娘，原名王采风，"80后"，现居山东济南，喜欢读书，尤爱诗词。

燕山雪花大如席，片片吹落轩辕台

北风行

（唐）李白

烛龙栖寒门，光曜犹旦开。日月照之何不及此？惟有北风号怒天上来。

燕山雪花大如席，片片吹落轩辕台。幽州思妇十二月，停歌罢笑双蛾摧。

倚门望行人，念君长城苦寒良可哀。别时提剑救边去，遗此虎纹金鞞靫。

中有一双白羽箭，蜘蛛结网生尘埃。箭空在，人今战死不复回。

不忍见此物，焚之已成灰。黄河捧土尚可塞，北风雨雪恨难裁。

◎ 诗临其境

李白被奉为"诗仙"，作诗多喜用神话传说和夸张的手法，素材大多取自民间的所见所闻，大气洒脱，诗风豪迈奔放，是浪漫主义的代表，与"诗圣"杜甫堪称唐代文学界的"双子星座"。

51 岁那年，李白游幽州，见一妇人倚门思念打仗牺牲的丈夫，于是他有感而发：

传说烛龙常年生活在极寒之地，睁眼为昼，闭眼为夜，一睁一闭间犹有光照。为何日月之光却独独照不到燕山来呢？我只见到北风呼啸，仿佛老天降下的怒罚。雪花大得像竹席，一片一片使劲往轩辕台上降落。

幽州妇人整日紧锁眉头，倚靠门槛无言地望着来往的行人，想着丈夫在边关的苦寒，心中充满了哀愁。记得当时丈夫提着剑去边关抗敌的样子，只留下一个金色带虎纹的箭袋，里面装着白羽箭，挂在家中墙上，早已布满了尘埃与蜘蛛网。箭虽在，人却战死在沙场永远无法回来了。真不忍再见此物，徒添哀伤，把它烧成灰随风飘散吧。

黄河尚且捧土去填塞，可妇人心中的生死离恨，就像这漫天的风呀雪呀，凄凉得无边无际。

◎ 一句钟情

"燕山雪花大如席，片片吹落轩辕台。"

这一句以夸张的手法来表达凄婉的心情。雪花像席子一样大，铺天盖地，让人躲无可躲。全诗没有一个"冷"字，却句句让读者感受到，无论是外在的环境还是内心的感受都处处体现出"极冷"之境。

诗中另外一句"北风号怒天上来",也气势夸张,让人想起李白的另一句"黄河之水天上来"。

◎ 诗歌故事

李白笔下的"雪花"常常给人以无限的遐想,正如李白的《清平乐》中同样写雪花的这句"应是天仙狂醉,乱把白云揉碎",李白把雪花看作天仙狂醉之后揉碎的白云撒落凡间,再一次将神话与夸张相结合,这是李白式的独特写作手法,既神秘又不失美的意境,引人入胜,浮想联翩。

李白尤其喜爱饮酒,酒是他作诗的灵感源泉。李白最终离世的原因里,有一种传说便是,他饮酒过度,伸手向江中捞月,结果落水,醉死于江中。可谓是为酒而生,因酒而亡。

李白的一生充满了传奇的色彩,写下众多脍炙人口的诗句,莫非真是"酒仙"下凡,醉了人间,让无数佳作流芳百世,让后世之人景仰。难怪贺知章当年看过李白的《蜀道难》之后,对李白欣赏有加,一见面便称李白为"谪仙人",这件事李白作诗写道:"四明有狂客,风流贺季真。长安一相见,呼我谪仙人。"

佳句背囊

"危楼高百尺，手可摘星辰。不敢高声语，恐惊天上人。"

出自李白的《夜宿山寺》，其中的"手可摘星辰""恐惊天上人"也是用了夸张手法，也同样用鬼神之说来比喻当下的心情与人生的境遇。

本文作者

聚光灯娃娃，爱好哲学与国学。

疑是天边十二峰，飞入君家彩屏里

观元丹丘坐巫山屏风

（唐）李白

昔游三峡见巫山，见画巫山宛相似。

疑是天边十二峰，飞入君家彩屏里。

寒松萧瑟如有声，阳台微茫如有情。

锦衾瑶席何寂寂，楚王神女徒盈盈。

高咫尺，如千里，翠屏丹崖粲如绮。

苍苍远树围荆门，历历行舟泛巴水。

水石潺湲万壑分，烟光草色俱氛氲。

溪花笑日何年发，江客听猿几岁闻。

使人对此心缅邈，疑入嵩丘梦彩云。

◎ 诗临其境

  李白是浪漫主义诗人，在仕途遇阻后，李白把更多精力放在了作诗和云游上。他的诗里多次提到三峡，比如著名的《早发白帝城》，就是李白描写三峡的经典名篇。而写这首诗时，李白却没有在三峡，而是在友人家里看到一扇屏风，有感而发所作。

开篇，李白由屏风上的画风切入，看画是画：

我当年游三峡时见过巫山，如今看见这扇屏风画上的巫山，又仿佛回到了那个时候。

中段，李白沉迷于画中的风景，仿佛走入画中，身在画中，带人畅想着远游，每一个人都感受到了鲜活的景观：

寒松摇曳仿佛发出声响，依稀可见的阳台山如有感情一般。那锦衣瑶席看起来很寂寞，楚王和神女当年的热恋也不能使其温暖。

接下来，我们随着诗人视线的转移，由远而近，从大到小，有层次地欣赏到了一幅别开生面的美丽画景：

巴水上的行舟近在眼前，万壑间水漫石滩，烟光里草色新鲜……

行舟，万壑，石滩，烟光草色，三峡的景色，充斥着我们的脑海，让人流连于久久的回味中难以忘怀。

◎ 一句钟情

"疑是天边十二峰，飞入君家彩屏里。"

我心疑是天边的巫山十二峰，飞到了你家里的屏风上。

李白看到屏风上的画作，没有直接赞美画作如何美，而是巧妙地说：不是你把巫山十二峰画得多么传神，而明明是巫山十二峰飞进了你的画里。这种别出心裁的表达，真是夸人夸到了骨子里，写作中值得学习。

李白的浪漫主义情怀，在这首诗里也展现得淋漓尽致，一扇简单的屏风，在李白笔下，似乎活了过来。

◎ 诗歌故事

元丹丘是一个道士，造诣颇深，李白二十岁时，就认识了元丹丘。他们曾一起在河南嵩山隐居，李白把元丹丘看作长生不死的仙人，称他为"逸人"。他们一生共同出游有 22 年，元丹丘算是李白最铁杆的好友。

这个时期，李白还有走上仕途的想法，多次前往长安，但与元丹丘的交情没有因此生疏，例如，"云台阁道连窈冥，中有不死丹丘生。明星玉女备洒扫，麻姑搔背指爪轻"（《西岳云台歌送丹丘子》）。李白还因为元丹丘结识了道教中的"女杰"玉真公主，并与元丹丘、元演先后在随州著名道士胡紫阳处"谈玄"。比李白稍晚的诗人魏颢在《李翰林集序》中说："白久居峨眉，与丹丘因持盈法师达，白亦因之入翰林"，透露出推荐李白入长安的关键人物，就是元丹丘与玉真公主。

李白写的诗中，提及元丹丘的，有十多首。在代表作《将进酒》中，李白说道："岑夫子，丹丘生，将进酒，杯莫停。"其中"丹丘生"就是元丹丘。

唐朝是一个尊崇道教的朝代，因为统治者姓李，又尊老子为始祖，有唐一代，道教的地位都比较高。

受环境影响，李白也信奉道家。李白和道教的渊源很深，他云游的时候，曾经去过很多道观，拜访了很多道士，李白也受过道箓，读过很多道家的经典著作，并且与当时一些有影响力的道教人士交往密切。

李白20岁时接受了道教的灌顶仪式，正式成为一名小道士。他写道："天上白玉京，十二楼五城，仙人抚我顶，结发受长生。"

崇道也是李白终生为求其生活非同凡响而努力从事的一件重要事情。

无障碍阅读

元丹丘：李白友人。

楚王神女：战国宋玉的名作《高唐赋》，曾虚构了巫山神女与楚王梦中相遇、欢会的故事。

盈盈：美好的样子。

咫尺：形容距离近，如"咫尺天涯"。

氤氲（yūn）：多用来形容云雾、烟气之类，浓郁、茂盛。

缅邈（miǎn miǎo）：遥远。

佳句背囊

"飞流直下三千尺，疑是银河落九天。"

出自李白的《望庐山瀑布》，其中的"疑是天边十二峰"与"疑是银河落九天"有相似之处，一个是怀疑天边十二峰，飞到了屏风里，一个是看到瀑布从高处流下，仿佛银河从九天之上落下。其实都是作者的一种想象，眼前的景色事物太过迷人，远远超过了它们本身的意境，作者类比了另一种情境。

本文作者

孟溪笔谈：怀有一颗武侠梦的高科技工程师，酷爱历史。

连峰去天不盈尺，枯松倒挂倚绝壁

《蜀道难》（节选）

（唐）李白

蜀道之难，难于上青天，使人听此凋朱颜！

连峰去天不盈尺，枯松倒挂倚绝壁。

飞湍瀑流争喧豗，砯崖转石万壑雷。

其险也如此，嗟尔远道之人胡为乎来哉！

◎ 诗临其境

天宝元年至天宝三年间，李白听闻好友王炎准备入蜀，内心有些惴惴不安。人们常说蜀地人杰地灵，可有谁知道其中艰险？为了规劝友人不要留恋蜀地，盼他早日归来，李白铺平宣纸，将一路的艰险尽述纸上：

进蜀道的路多么艰险，比那上青天还要难！人们听到这些，都会脸色突变。

你看那高耸的青山峰峰相连，离青天还不到一尺；枯松的老枝，就倒挂在陡峭的绝壁上呀！

瀑布飞溅，漩涡流转，轰隆声响彻云霄；巨大的水流推着万吨巨石在山谷中左击右撞，那撞击声比千雷同响还要震耳欲聋啊！

唉！如此险要之地，你这个远方而来的客人，为何非来这里不可呢！

◎ 一句钟情

"连峰去天不盈尺，枯松倒挂倚绝壁。"

这一句具体描写蜀道难，极致的高与险，极度的苍劲与荒凉，既夸张到玄奇，又细微至动人。

问山有多高？离天不足一尺而已。然而正是这不足一尺的距离，将想象的空间最大化地空留出来——青天有多高，蜀地的山就有多高，彼长此长、无穷无尽。从未见"高"字，却深觉高不可攀。

问山有多险？不过一枝枯松倒悬，任凭再强大的根系，也摆脱不了绝壁的束缚。白居易曾写《涧底松》："涧深山险人路绝，老死不逢工度之。"千年之松，孤长于绝壁，老死于悬崖，毕生不见人迹所至。从未见"险"字，却令人望而生畏。

◎ 诗歌故事

这首《蜀道难》，典故颇多，作者描写蜀地历史，写道："蚕丛及鱼凫，开国何茫然。尔来四万八千岁，不与秦塞通人烟。"

自远古以来，蜀地偏安一隅，依着重重山嶂、断崖深涧，便叫秦王也奈何不了。然而秦王野心勃勃，心心念念想要吞灭蜀国，无奈蜀地地势险峻，一夫当关万夫莫开，军队难以深入蜀地。

秦王狡猾，他得知当时的蜀王贪婪，便想出了一个妙计：叫人做了五只石牛，每天在石牛的屁股后面摆上一堆金子，对外谎称石牛是金牛，每天都会拉出金子来。金牛的消息传到了蜀王的耳朵里，贪婪的蜀王便派出使臣，向秦王求取金牛。秦王当然欣然应允，可蜀王又犯了难：这么大、这么重的金牛，要怎么运回蜀国去呢？

巧合的是，当时蜀国有五位大力士，人称"五丁力士"。他们力大无穷，蜀王便迫不及待地派他们去凿山开路，一路拖着金牛往回走，从而生生辟出了一条"金牛路"来。

金牛运到了蜀国，蜀王才发现，这牛本来就是石牛，哪可能拉出金子来呢？蜀王既生气又无奈，只得遣人将金牛送了回去，并嘲讽秦国人是"东方放牛儿"！

秦国的人听了，只笑笑说："我虽然是放牛儿，却要得到你们蜀国才甘心呢！"秦军正是借着蜀国人用石牛开出的道路，前往攻打并灭了蜀国。

其实，无论是"五丁开山"的神话，还是李白玄奇浪漫的想象，无一不是祖国壮丽山河的一句颂歌——"奇之又奇"，所以引人入胜。秀丽温婉也是美，峥嵘崎岖也是美，而赞颂美的方式也是多样的。

山与河，总是亘古不变，唯有想象力变幻无穷。不如就此敞开心胸，用内心最浪漫的情怀去拥抱山川河流，发掘万物别样的美丽。

无障碍阅读

湍（tuān）：指水流很急，或流得很急的水。

喧豗（huī）：豗是撞击或撞击声；这里指急流和瀑布发出的巨大响声。

砯（pīng）崖：砯本是指撞击声，用作动词，表示撞击、冲击。

佳句背囊

"欲渡黄河冰塞川，将登太行雪满山。"

出自李白的《行路难三首》。想要渡过黄河，坚冰却堵塞了大川；想要登上太行，大雪却覆盖了满山。诗人用"冰塞川""雪满山"来象征人生道路上的艰难险阻，形象生动，令人回味无穷。

本文作者

羽川（头条号：爬格子的羽川），出版作者，已出版作品《林徽因：做一个有才情的女子》，参与出版《小青春美文》《疫情期间的爱情》等数部作品。

巴陵无限酒，醉杀洞庭秋

陪侍郎叔游洞庭醉后三首（其三）

（唐）李白

刬却君山好，平铺湘水流。

巴陵无限酒，醉杀洞庭秋。

◎ **诗临其境**

唐肃宗乾元二年（759），李白因牵涉永王案，被流放夜郎。但途经夔州白帝城时遇到大赦，兴奋之下轻舟返归。朝辞白帝，夕至江陵，以为自己的仕途又有了新的转机。可惜一番活动之后，他的理想再次落空，只得悻悻离开。当行到岳阳的时候，碰上了自己的族叔李晔（李晔也被贬官，流放岭南）。叔侄二人同游洞庭湖，李白酒酣兴至，大笔一挥，写下了《陪侍郎叔游洞庭醉后三首》。

李白好酒，虽然狂放不羁，却也多少有借酒浇愁的味道。他向来自诩有宰执之才，却一直得不到重用。今日族叔两人把酒忆旧，情到浓处，诗情四溢：

（如果能把）君山削去该有多好，可让洞庭湖平铺开去肆意而流。

巴陵的美酒饮不尽，（我们）共同醉倒于洞庭湖的秋天。

◎ 一句钟情

"巴陵无限酒，醉杀洞庭秋。"

乍一看这句似乎有点语病，酒怎么能杀掉秋天呢？但细细品味，就会发现诗人运用了极度浪漫的想象力，巧妙嵌入了各种各样的"颠倒"，从而使得诗句具备了多层美感：

第一层。正常的写法，应该是秋天里诗人醉酒，但诗句的表达却是诗人用酒"杀"了秋天。这样一来，原本苦闷的借酒浇愁就增添了一层豪迈之情：我不是在喝酒，而是在用酒"杀掉"这无边的萧瑟的秋天！

第二层。"无限酒""洞庭秋"是一组颠倒了的夸张。杯中的酒是有限的，而秋天则是无限的。可是在诗人笔下，秋天只是此刻洞庭的一角，但酒却是无穷无尽。如果秋天会给人愁苦的负面情绪，而酒则是情绪的抒怀与释放，通过这种颠倒，诗人似乎看到了负面情绪的消失，而在展望未来的可能。

这样一来，整体的情绪就有了起伏和变化：最初是因为秋天的萧瑟和贬官而显得凄清沉郁，然后"醉杀"流露出了毫无顾忌的情绪释放，而细细品味，则又在秋的短暂与酒的无限里，看到了一些希望，整首诗歌的风格，就在阴暗中透出了光明。

　　李白一生的悲剧,就在于理想和现实的落差始终未能填平。在别人眼里,他是个潇洒自如、浪漫不羁的诗人;但在他自己看来,却是个有济世救国才能而不得赏识的人。因此,李白诗歌的一个非常关键的主题,就是抒发理想不得实现的苦闷。这首《陪侍郎叔游洞庭醉后三首》也一样,尽管叔侄同游,诗人好像十分畅快,但千回百转之后,还是落到了未能实现政治抱负的低沉情绪上。

　　很遗憾,我们到现在,也没能看到李白身上到底有没有他所宣称的政治才能。但毫无疑问,这一点并不影响李白诗歌的伟大,甚至可以说,正是历史的局限,才让李白的诗歌读起来更加飘逸豪迈。

　　更进一步的是,如果后来人都能像李白一样,即便在追求理想的道路上历经坎坷,虽不能实现,却始终坚持不渝、情绪昂扬、积极乐观,那也是一件非常值得骄傲的事情。

无障碍阅读

侍郎叔:李白的族叔李晔,原本官职为刑部侍郎,后被贬谪。
划(chǎn)却:划,同"铲";削去,削掉。
君山:洞庭湖中的小岛。
湘水:湘江。

杀：这里可以理解为"倒"，醉倒在洞庭湖的秋天里。

佳句背囊

"气蒸云梦泽，波撼岳阳城。"

出自唐代诗人孟浩然的《望洞庭湖赠张丞相》。"云梦泽"是古称，洞庭湖是云梦泽的一部分；"波撼"是指水波摇动。这句的意思是：茫茫水汽蒸腾着云梦泽，湖水的波涛撼动着岳阳。和李白"巴陵无限酒，醉杀洞庭秋"一样，都嵌入了地名，但整体情绪却有天壤之别，气势宏大，震撼人心。

本文作者

王久衔，文学评论的蹒跚学步者，影视评论的隔山打牛者。临风曲短，杨柳岸长。

且就洞庭赊月色，将船买酒白云边

陪族叔刑部侍郎晔及中书贾舍人至游洞庭五首（其二）

（唐）李白

南湖秋水夜无烟，耐可乘流直上天。

且就洞庭赊月色，将船买酒白云边。

◎ **诗临其境**

　　这是李白游洞庭五首组诗中的第二首，时为肃宗乾元二年。李白的族叔，原刑部侍郎李晔被贬往岭南，在赴岭南途中逗留洞庭湖。李白被流放突遇大赦后自蜀地返归，另外还有一位原中书舍人、现被贬为岳州司马的贾至。三人一起泛舟洞庭湖，于是就有了这关于洞庭湖的传世名篇。

　　作为一首绝句，这首诗已经做到了所能做到的极致：三个失意之人（或者说两个人比较好，毕竟李白这次遇赦死里逃生，心情应该还是大好的），在夜色笼罩下的洞庭湖上，做了人们一直向往的惬意神仙般的人物。

　　前两句中，诗人对今夜的洞庭湖夜色不太满意：秋夜的洞庭湖上，此时的湖水没有那么多的水汽烟雾，这就不对了啊，想要做那仙境中人，得有一团一团、一股一股的烟雾啊，要不然又怎么乘着这水流去往天上呢！

诗人的落笔，随意而任性，他希望看到的是湖面、水汽烟雾和那天空能够融为一体，让自己，让所有人都仿佛生活在人间仙境之中。不过，这里的创想倒还没有那么"离谱"，真正让人瞠目结舌的是后面两句。

◎ **一句钟情**

"且就洞庭赊月色，将船买酒白云边。"

这两句的意思大概就是：今夜的湖上月色正好，我便暂且跟洞庭湖打个商量，跟他赊上些湖面的月色，也好乘着船去那白云边的酒家换来些美酒。

比之前两句，诗人在这里显得更是任性，跟别人赊点酒倒也罢了，现在居然要跟洞庭湖神商量，将湖面上的月色都赊了走。我实在想不出，也想不明白，这样的想法到底是如何出现在一千多年前的诗人的脑海中的。

"赊月色"既然都出现了，诗人自然不愿空手而归，于是就有了"买酒白云边"的句子，那"白云边"也许就在洞庭湖岸边，那里有一个供人消费的"湖景"酒家。这么来看，这本来只是"有一点"浪漫的句子，但是这一句跟前一句连读之后，立刻就变得奇幻起来：诗人是要去往天上白云的尽头向仙家买酒吗？

此句一出，许多关于洞庭湖的诗作从此黯然失色。

◎ 诗歌故事

李白的传奇和他的故事人们听过不少，"谪仙人"这个称号，正是他因天马行空的诗作风格，以及任侠的性格所得来。在这首诗里，诗人的性格与创作风格体现得淋漓尽致。

作为李白来说，创作这首诗的时候刚刚遇上大赦，心情和同游的另两人李晔和贾至相比，恐怕算是三位失意之人中最痛快的一个。

从诗题中就可以看到，三人一起游洞庭湖，李白写了一组诗作，共计五首，这只是其中的一首。只需要读完这五首诗，就能清晰地读到李白等人游洞庭的故事，更能从他的诗句中以李白的视角看洞庭之上的景色。比如组诗的第一首中就有这样的句子，同样也能体现这一点：

洞庭西望楚江分，水尽南天不见云。

信手拈来的佳作，仿佛没有经过一丝锤炼，就这么呈现在我们眼前。读起来就已经与今天的这一首"赊月色"截然不同，分明让人感觉到诗人眼前水阔天高的景象，事实也正是如此，后两句"日落长沙秋色远，不知何处吊湘君"，意境深远。

其他三首诗同样如此。每一首诗都像在讲一个故事，或者讲述李白眼前的景象和他的心情，读其诗作的获得感，要远远强于我们在史书上读李白生平所带来的感受。诗歌所带来的犹如近在眼前的真切体验，是冰冷的文字陈述所无法替代的。

无障碍阅读

耐可：怎可，如何。

且就：暂且，姑且。

佳句背囊

"淡扫明湖开玉镜，丹青画出是君山。"出自李白的《陪族叔刑部侍郎晔及中书贾舍人至游洞庭五首》其五，全诗为："帝子潇湘去不还，空馀秋草洞庭间。淡扫明湖开玉镜，丹青画出是君山。"这两句的意思是：洞庭湖明净如一面拂去灰尘的玉镜；君山耸立在湖中，宛如一幅图画。想象生动，写景传神。

本文作者

十日读书闲话，自媒体作者。

词源倒流三峡水，笔阵独扫千人军

醉歌行

(唐) 杜甫

陆机二十作文赋，汝更小年能缀文。

总角草书又神速，世上儿子徒纷纷。

骅骝作驹已汗血，鸷鸟举翮连青云。

词源倒流三峡水，笔阵独扫千人军。

只今年才十六七，射策君门期第一。

旧穿杨叶真自知，暂蹶霜蹄未为失。

偶然擢秀非难取，会是排风有毛质。

汝身已见唾成珠，汝伯何由发如漆。

春光潭沱秦东亭，渚蒲牙白水荇青。

风吹客衣日杲杲，树搅离思花冥冥。

酒尽沙头双玉瓶，众宾皆醉我独醒。

乃知贫贱别更苦，吞声踯躅涕泪零。

◎ 诗临其境

杜甫出身于官宦世家，远祖杜预是西晋时期赫赫有名的大将；祖父杜审言是膳部员外郎，同时也是唐朝很有名的诗人；父亲杜闲曾任兖州司马，后来又任乾县县令。可以说杜甫成长于"奉儒守官，未坠素业"的家世之中。

杜甫的侄子杜勤，小小年纪时就表现出不凡，长大后颇有才华。

天宝十四年春，杜勤在京城参加科举考试落第，杜甫给他送行时，写下了这首诗。

诗人从赞美杜勤的才华写起，到怜其怀才不遇，为其落第鸣不平，再到最后离别的惆怅与无奈。

此诗共分三段，每段八句。第一段是说侄子杜勤"少有奇才，文章冠世"，将其与西晋著名诗人陆机相比，又称赞他儿童时学书法进步神速，很有天赋。如今马驹儿已经长成汗血宝马，凶猛的鸟儿展翅高飞入云霄。

接下来"词源倒倾三峡水，笔阵独扫千人军"两句，具体称赞侄子的文章和书法：

佳词妙句如泉涌，那滚滚而来的磅礴气势，能让长江三峡之水为之倒流；用笔雄健如有万钧之力，可以独自扫荡千军万马。

第二段杜甫继续鼓励侄子：

你今年不过才十六七岁，原本对京城科举期望很高，自信满满，如今暂时马失前蹄也算不得什么。你如此才华出众，崭露头角并不难，羽翼丰满的时候，必然会迎风而起。又说你已成年，而伯父自然也就老了。

第三段开始抒情，在这春光融融的时节里，送落第的侄子归去，杜甫心中满是离别的思绪和难以诉说的惆怅之情：

客人都醉了，我却还醒着，"举世皆醉我独醒"，贫贱之人更伤离别，诗人不禁唔咽流泪。

◎ 一句钟情

"词源倒流三峡水，笔阵独扫千人军。"

这句是赞美人的文章和书法，用了夸张的手法，而显得特别有气势。让人想起《水浒》中武林高手"拳打南山猛虎，脚踢北海苍龙"的说法。

好的文章，会将我们带入作者的意象当中，读起来气势贯穿，作者笔下的文辞滔滔不绝，才思敏捷，文势磅礴，这正是"词源倒流三峡水"之感。

书法的妙处在气在力在势在韵，挥洒之处，不犹豫，不阻塞，上下贯通、气势天成，有形有神。正所谓"笔阵独扫千人军"。

◎ 诗歌故事

中国人向来爱讲天时地利人和。《孟子·公孙丑下》："天时不如地利，地利不如人和。"《孙膑兵法·月战》"："天时、地利、人和，三者不得，虽胜有殃。"

"词源倒流三峡水，笔阵独扫千人军。"虽然有笔扫千军的气势，但若置身于一个黑暗的朝代之中，依然会遭遇一些不公平的对待。虽然愤愤不平，最终也只能化为一声深深的叹息。

在唐朝由盛转衰的节点当中，有相当多的文人志士都无法展露一身才华和满腔抱负。

杜甫原本是一个家世好，文化背景和起点都好的人，年轻的时候不愁吃穿，一心只想做个潇洒的文艺青年，四处游走结交好友。可是不承想却遭遇了中年危机，在宰相李林甫的暗箱操作之下，杜甫及所有才子纷纷落榜。杜甫终身未曾考中进士。

这些都是在特定历史时期当中，无法回避的。但所幸的是，流传下来的这些诗句，足够我们传唱千古，也能感知到一个朝代的历史兴衰。

无障碍阅读

陆机：西晋诗人，曾作《文赋》。
总角：指儿童时代。
骅骝（huá liú）：赤色的骏马。
鸷（zhì）鸟举翮（hé）：凶猛的鸟儿展翅而飞。

射策：一种汉代的考试取士的方法，代指科举。

旧穿杨叶：用了"百步穿杨"的典故。

唾成珠：唾沫如同珍珠，比喻有文采。

发如漆：黑色头发。

潭沱：也作"淡沱"，形容春光荡漾。

杲杲（gǎo）：阳光明亮。

吞声：声音哽咽。

踯躅（zhí zhú）：行走缓慢、不前。

佳句背囊

"笔落惊风雨，诗成泣鬼神。"

出自杜甫《寄李白二十韵》，是杜甫在思念李白时所作。意思是李白落笔，风雨为之感叹；每成一首诗，鬼神都为之感动哭泣。称赞李白才华横溢。

本文作者

洛子画，原名龚琬婷，在阅读中找到心灵的避难所，在写作中遇见另外的自己。烹字为肴，暖心暖胃，成长治愈。心最安然处，淡淡墨清香。

第三辑

如天外飞仙

诗人是长了翅膀的人，他们时刻都想飞，他们的思绪时不时地飘飞到银河星汉。如天外飞仙，天地、古今、人间，只作寻常看。

遥望齐州九点烟，一泓海水杯中泻

梦天

（唐）李贺

老兔寒蟾泣天色，云楼半开壁斜白。

玉轮轧露湿团光，鸾珮相逢桂香陌。

黄尘清水三山下，更变千年如走马。

遥望齐州九点烟，一泓海水杯中泻。

◎ 诗临其境

李贺天赋卓越，年纪轻轻就有很高的诗歌成就，所以他极度自信；李贺的一生，始终没考中进士，只做过奉礼郎（从九品），所以他又极度自卑。现实中的李贺壮志难酬，只好寄情诗歌。他的诗别具一格，拥有常人难以企及的奇特想象力，似乎超越了现实，但字里行间却饱含现实的悲哀和无奈。

《梦天》就是这样一首作品，它记述了一个梦，还是一个纯然浪漫主义的梦境：

长空中一轮明月孤悬啊，冷雨四处飘零。

莫不是月中的玉兔寒蟾在低声哭泣？

眼前云层半开之处啊，幻为琼楼玉宇。

月光斜照云壁，更显银白。

那圆月如轮倾轧雨露啊，月华朦胧湿润。

行走在丹桂飘香的月宫小路上啊，远远听到环佩叮当。

原来是美丽的瑶池仙女啊，热情地与我攀谈。

你看那东海三山下沧海桑田，世间千年犹如急奔骏马。

遥望九州大地，渺如九点烟尘；

浩瀚东海，仿佛清水从杯中倾泻。

◎ 一句钟情

"遥望齐州九点烟，一泓海水杯中泻。"

这里"齐州"指中国，中国古代分为九州，所以是"齐州九点烟"。

这句诗，不仅有浪漫主义的想象，更有基于现实的哲理，值得我们细细品读。

浪漫，是诗人以诗的形式，表达出他在梦中的所见。他任凭想象驰骋，带领我们翱翔九天，飞入月宫，见到时光的飞速流逝和世间景物的渺小。

当我们跟随诗人的脚步，我们与诗人就站在了同一高度——那是天地之巅、月亮之上，超越时空的所在，永恒而不可撼动。

此时超凡脱俗的诗人，并未满足于奇幻瑰丽的天外奇景，而是"回头下望尘寰处"，仅仅这一个回望，足以表明他的内心始终牵挂人间红尘。

现实，则是诗人在诗中并未明确表达的所思所想。九州大地，一望无垠；浩浩东海，波澜壮阔。但站在月亮上向下看，不过是九点烟尘、一杯清水罢了。九州东海尚且如此，尘世中的功名利禄，自然与浮云无异。那些蝇营狗苟之人，那些追名逐利之事，难道不是可笑至极吗？

◎ 诗歌故事

这句诗展现出深刻的哲理：站在不同的高度，看待世界的视角也不同。

当我们站在人间的地平线上，自然为九州的广袤、东海的浩瀚骄傲，以为天下之美尽归于己，而诗人立足于月亮之上，见识了更宽广的天地，才意识到尘世视野的狭隘。

曾国藩早期凭着报国的满腔热血，以道义感召他人，满以为振臂一呼，应者云集。但他慢慢发现，最初投奔他的人都去了胡林翼那里。究其原因，是胡林翼给了民众更实际的利益。

这就体现了领导者和普通群众视角上的差异。普通群众站得低，考虑的是柴米油盐的蝇头小利；领导者站得高，看到的则是国家大义、天下太平。

这句哲理，同样能够体现在人生的不同阶段上。

近年来，本科生、研究生因毕业论文未通过，或在校内表现不及预期等情况，而选择轻生的事例屡见不鲜。这些生命的消逝，固然存在教育制度不够完善的外因，而对世界和人生的认识不足才是更为深刻的内因。

我们或多或少都有这样的经历：回首往事时，对曾经被困于迷局的自己，往往感到惊讶甚至可笑。因为随着成长，我们站得更高、天地更广、视野更宽，看待问题自然就更成熟、全面、理性。

这句哲理，还能体现在阅读上。

我们常说，阅读成就人生。但阅读也有"浅阅读"和"深阅读"之分，前者只能获取皮毛，后者才能领悟精华。记得我刚踏入大学校门，读专业书籍常常力不从心，阅读效率低，甚至对所学产生怀疑。等经过数年的专业训练，重新再读这本书时，才领悟到其中妙处，从而感受到深度阅读的魅力。对于作者而言，要想写出一本好书，只有通过长年的积累，掌握足够的知识含量，才能熔炼出简要而精当的文字。而作为读者，也只有在此领域达到某一高度，才能汲取文字精华，实现与作者思想、灵魂上的互通，从而达到阅读真正的意义。

我相信，将来再重读这句诗，你也能读出与当前迥异的况味。

无障碍阅读

老兔寒蟾（chán）：神话传说中住在月宫里的玉兔和蟾蜍。

云楼：云层裂开，幻化为一座高耸的楼阁。

玉轮：月亮。

团光：月亮从雨点上碾过，圆圆的光看起来像被打湿了。

鸾珮（luán pèi）：雕着鸾凤的玉佩，指代戴着鸾佩的仙女。

三山：原指蓬莱、方丈、瀛洲三座神山。诗中指东海上的三座山。

泓（hóng）：这里作量词。

佳句背囊

"不畏浮云遮望眼，只缘身在最高层。"

出自北宋王安石的《登飞来峰》，是千古传诵的名句。这句诗同样体现出"登高望远"的人生哲理，作者立身的高度和看淡世间纷杂的开阔胸襟，与"遥望齐州九点烟，一泓海水杯中泻"有异曲同工之妙。

本文作者 ——————————————————

情茧：左手诗词，右手琴筝。

天河夜转漂回星，银浦流云学水声

天上谣

（唐）李贺

天河夜转漂回星，银浦流云学水声。

玉宫桂树花未落，仙妾采香垂珮缨。

秦妃卷帘北窗晓，窗前植桐青凤小。

王子吹笙鹅管长，呼龙耕烟种瑶草。

粉霞红绶藕丝裙，青洲步拾兰苕春。

东指羲和能走马，海尘新生石山下。

◎ 诗临其境

  李贺的诗充满了天马行空的想象力。他善于结合神话故事，创造出一个个新奇瑰丽的幻想世界，清冷之中不失浪漫，悲凉之中又充满了对信仰的坚持，对理想的渴望。

  李贺的一生命途多舛，才华横溢却郁郁不得志，体弱多病却依然心系天下。从这首诗中我们仿佛可以看到，深夜，他独自仰望天空，不知不觉被璀璨的星空所吸引，结合自己的命运有感而发：

　　天河夜里还潺潺流动着，星星就像在河上来回漂转的小船，两岸的流云，调皮地模仿着水流动的声音。

　　月宫的桂花树从来不凋谢，仙女们一边吟唱一边娴熟地采摘着桂花，身上环佩叮当，发出悦耳动听的声音。

　　天宫的弄玉清晨卷起窗帘，窗前梧桐依旧，带他们夫妻飞天的小青凤还是从前模样。

　　王子乔（周王室的公子）又吹起他那长长的玉笙，呋喝着神龙，种下万顷仙草。

　　仙女们用粉霞做的绶带来装饰自己的藕丝仙裙，飞到南海青洲采仙草，赏春景。快看呀，是羲和驾着天马，载着太阳从东边奔来了。人间的石山扬起了灰尘，是海水又一次退去变成了陆地。

◎ 一句钟情

　　"天河夜转漂回星，银浦流云学水声。"

　　传说中的天河是流动的，自天柱倾塌之后便与人间大海相通，一直流到归墟。星星就像是在河上回转漂浮、泛着缕缕银光的小船。星云似水，顺着"河床"流淌，凝神谛听，还有潺潺水声呢。

　　科举梦断、身体欠佳、所做的工作又不能实现理想，如果能在天上，是否自己又会是另一番景象？若是天河真能与人间相通，那么自己是否能乘上流星的小船，抛却凡尘琐事，来畅游一下天上人间呢？

读到此句，我们也不由自主地沉入诗人的想象中去。

◎ 诗歌故事

李商隐曾写过一篇《李贺小传》，里面有一则小故事里说道，一个绯衣人带走了李贺，因为天帝想让李贺给新建的白玉楼写一篇赞文，而且天上的生活没有苦难，只有潇洒快乐。李贺大哭一场之后，便气绝了。

结合李商隐的故事与李贺的生平，可以想象得到郁郁不得志的李贺，更渴望能拥有自己的一片自由天空：那些仙子的惬意生活，又何尝不是李贺所向往的生活状态，在那里他不用去做那个烦琐枯燥的奉礼郎工作，也不用担心自己的身体状况。

历史上，同样赋予美好理想寄托的还有陶渊明的《桃花源记》：

一个捕鱼为生的武陵人，意外发现了一片桃花林，他被美景迷住，一直走到了桃林深处，在那里发现了一个山洞，里面隐隐约约有亮光。

山洞口很狭窄，只够一个人通行，很快，突然变得开阔敞亮了。

映入眼帘的是整齐的房子、肥沃的田地、美丽的池塘和桑树竹子之类。人们在田里耕田劳作，老人和孩子则在一旁自得其乐。

原来，这里是一个世外桃源，当地居民的先祖为了躲避秦朝的祸乱带着家人隐居于此，与世隔绝至今，他们不知道秦朝早已被汉朝取代，更不必说魏晋了。

桃源人非常好客，留渔人在这里住了几天，盛情款待，过了几天，渔人便告辞离去了。临走的时候，这里的人还叮嘱他不要把桃源的事告诉外人。

渔人出来之后却违背了自己的承诺，一路上处处做标记，回到郡里还把桃源的事告诉了太守，可是他们再也找不到通往桃源的路了。

后来南阳的名士刘子骥，也想探访桃花源，可惜还没实行计划就病死了，从此桃花源也就成了一个梦。

桃花源虽然是个梦，可是有梦总比无梦好，梦是心之所向，有梦的人内心总是不缺乏爱的寄托与追求理想的勇气。

无障碍阅读

银浦（pǔ）：浦，水边或河流入海的地方，这里指天河。

秦妃：指秦穆公的女儿弄玉，传说她嫁给了仙人萧史，两人随凤升天。这里借指仙女。

王子：周王朝的太子，名晋，字子乔，擅长吹笙。

羲（xī）和：神话中给太阳驾车的神。

佳句背囊

"桂子月中落，天香云外飘。"
出自唐代诗人宋之问《灵隐寺》。此句与"天河夜转漂回星，银浦流云学水声"有共通之处，都引用了传说，让灵隐寺和天河的形象更加空灵神奇，引人入胜。

本文作者

林钰轲：写作是欢喜的，写的人欢喜，读的人也欢喜。

尽挹西江，细斟北斗，万象为宾客

念奴娇·过洞庭

（南宋）张孝祥

洞庭青草，近中秋、更无一点风色。

玉鉴琼田三万顷，着我扁舟一叶。

素月分辉，明河共影，表里俱澄澈。

悠然心会，妙处难与君说。

应念岭海经年，孤光自照，肝胆皆冰雪。

短发萧骚襟袖冷，稳泛沧浪空阔。

尽挹西江，细斟北斗，万象为宾客。

扣舷独啸，不知今夕何夕。

◎ 诗临其境

张孝祥是南宋著名词人、书法家，也是一位有才华、有抱负、有器识的爱国人士。

宋孝宗乾道二年，在岭南任职的张孝祥因政敌攻击而被免，从南往北回去的路途中，经过湖南洞庭湖，当时正值仲秋，词人有感而发，挥笔写下了这首词。

洞庭湖和青草湖连在一起，在临近中秋的时候，辽阔的湖面就像是洁白如玉的原野。三万顷的湖面如明镜，只有我乘着一叶扁舟徜徉其中。月光皎洁，星河灿烂，星月倒映在这碧波中，水面与天色都变得清莹澄澈。那种天人合一的微妙感觉，难以与君言说。

想起在岭南的这些年，唯有这一轮明月照耀着我，见证了我的忠肝义胆，高洁品质。

此刻的我，须发萧瑟、衣袂单薄，心志坚定地稳坐于小船，在这沧浪旷海之间泛舟。

我要以西江的江水当作美酒，用北斗当勺，请世间万事万物来做宾客，一饮而尽。拍打着船舷，独自引吭高歌，心情欢畅，以至于忘记了今夕是何年！

◎ 一句钟情

"尽挹西江，细斟北斗，万象为宾客。"

尽管头发稀疏，两袖清风，仕途不顺，词人却没有哀叹感怀"举世皆浊我独清，众人皆醉我独醒"，也没有顾影自怜"举杯邀明月，对影成三人"，反而兴致高涨，想象浪漫。

词人要把天上的北斗七星当作勺器，舀起西江的浩荡之水，而且邀请这天地之间的万物作陪，物我两忘，睥睨世人。

这反映出词人旷达高远的胸襟，也是一种超尘物外、物我交游的至高境界。

◎ 诗歌故事

绍兴二十四年（1154），张孝祥参加廷试，原本考官内定的第一名是秦桧的孙子秦埙，但是宋高宗被张孝祥的惊人才气所折服，亲自擢取为状元。

宋代有"榜下择婿"的传统，就是在发榜之日京中权贵全家出动，争相挑选登第士子做女婿，坊间称之为"捉婿"。当时户部侍郎曹咏，就向张孝祥抛出了橄榄枝，想要择其为婿。

但因曹咏是秦桧一党，张孝祥以沉默拒绝了请婚，也表明了个人的政治立场，由此得罪了秦党。

不久之后，他还为受害的岳飞鸣冤，坚定地反对主和派，秦桧党羽不好污蔑"词翰俱美"的状元郎，遂诬告他的父亲张祁谋反，致使张祁入狱，受尽酷刑，张孝祥亦受到牵连入狱。

直到秦桧死后，张孝祥被授秘书省正字，历任秘书郎、著作郎、集英殿修撰、中书舍人等职。还出任过抚州、平江府、静江府、潭州等地，这首词就作于离任静江府时。

无情的政治斗争，令其在官场上浮浮沉沉，打击不断，但是他仍然坚持主战的政治立场，始终怀有一颗拳拳的爱国之心。

"应念岭海经年，孤光自照，肝肺皆冰雪。"回想自己的仕途生涯，人格和品行是高洁如玉的，高洁到连肝肺都如冰雪般晶莹，没有丝毫杂质，但此种心迹却不易被人所晓，反而屡屡蒙谗，唯有寒月的孤光来洞鉴自己的纯洁肺腑。

"我欲乘风去，击楫誓中流！"及至隐退，他依然渴望建功立业，收复河山。

无障碍阅读

洞庭青草：湖名。二湖相连，在湖南省岳阳市西南，总称为洞庭湖。
岭海：也作岭表，即岭南，两广之地北有五岭，南有南海，故称岭海。
孤光：指月亮。
萧骚：萧条稀少貌。
尽挹（yì）：舀尽。
北斗：北斗七星，排列形似长勺。
扣舷：拍打船边。

作家介绍
张孝祥（1132—1170），字安国，号于湖居士，汉族，简州（今属四川）人，生于明州（今宁波）鄞县。善诗文，尤工于词，其风格宏伟豪放，为"豪放派"代表词人之一，有《于湖居士文集》《于湖词》等传世。为唐代诗人张籍的后代。

佳句背囊
"气蒸云梦泽，波撼岳阳城。"
出自唐朝诗人孟浩然的《望洞庭湖赠张丞相》，水汽蒸腾，风云激荡，笼罩着古老的云梦泽，而汹涌的波涛，气势磅礴，震撼着雄伟的岳阳城。

"青山欲共高人语，联翩万马来无数。"
出自宋朝词人辛弃疾的《菩萨蛮·金陵赏心亭为叶丞相赋》，青翠的群山似万马奔腾而来，想要与人倾心交谈，与"尽挹西江，细斟北斗，万象为宾客"有异曲同工之妙，写出了词人与自然两相观照的状态。

本文作者 ————————

采薇：企业人力资源师、内训师，左手诗与远方，右手笔耕不辍。

天接云涛连晓雾，星河欲转千帆舞

渔家傲

（宋）李清照

天接云涛连晓雾，星河欲转千帆舞。

仿佛梦魂归帝所。闻天语，殷勤问我归何处。

我报路长嗟日暮，学诗谩有惊人句。

九万里风鹏正举。风休住，蓬舟吹取三山去！

◎ 诗临其境

这首词是李清照后期的一首记梦之作，词风浪漫豁达，词中壮阔的景象、磅礴的气势、奇丽的幻想，彰显了作者性格中豪情和洒脱的一面。

《李清照简明年表》记载，此词作于公元 1130 年（建炎四年）。正是李清照南渡之后不久，其时宋朝国土在金国的铁蹄之下，处于水深火热之中，人民流离失所，而统治阶级仓皇逃难、无力回天；前一年丈夫赵明诚去世，李清照只身漂泊，一路颠沛流离，十分凄苦。

在这首词中，你看不出李清照去国离乡的愁，看不出与丈夫赵明诚天人永隔的痛，看不出尝尽世情凉薄的苦，看不出现实生活中的种种不如意。李清照在人世间的孤独和苦闷无处诉说，只有在梦境中向殷勤的天帝倾诉。

在词中，李清照用浪漫主义的手法，描绘了一个清朗奇丽的天上世界和一位和蔼的天帝，与现实世界中的颠沛流离的漂泊和不问世事的皇帝形成了鲜明的对比：

蒙蒙晨雾与滔滔云海，在海天一色处相连，天上银河中的星星，也随着晓风与数千条风帆起舞。我的梦魂乘着晓风，好像又回到了天帝所居住的地方。听到天帝对我说话，他和善热情地问我要去向哪里。

我回答说天色已经不早而又路途遥远，就算我作诗的时候，经常有妙语佳句被别人称赞，又有什么用呢？九万里长风，送着大鹏鸟扶摇直上，这好风且不要停，也将我的这一叶扁舟，直吹到蓬莱仙山上去，那里就是我最后的归宿。

◎ 一句钟情

"天接云涛连晓雾，星河欲转千帆舞。"

晨雾蒙蒙，天色欲晓，云海茫茫，星河流转，海天一色，星朗风清，好像有无数条帆船在缀满星星的银河里起舞。

多么迷人的景象啊，我的梦魂也好像是在银河中徜徉，不经意间就回到了天帝所居之处。

奇幻的景象，缥缈的意境，浓郁的浪漫主义气息，引人入胜。

诗人在这一句中，用天、云、雾、星、帆等意象，描绘出了一幅奇丽而又壮阔的画卷，让人不禁心生向往，恨不得也化作那在星河中流转的千帆中的一叶，在晨风晓雾的云海中穿行，那样，就会忘记尘世间的一切羁绊和烦忧。

◎ 诗歌故事

李清照是宋代女词人，号易安居士，婉约派的代表人物，有"千古第一才女"之称。

李清照所生活的年代，随着金兵入侵中原，高宗皇帝仓皇南渡，形成了泾渭分明的两个时期，她的诗词创作也由于生活际遇的不同，而呈现出不同的特点。

李清照前期的诗词作品，主要反映了她的闺阁生活，其间也多有描写对大自然的热爱和感情生活的篇章，题材也多集中于描写自然风光和离情别思，词风清丽、明快。李清照后期的诗词作品，则主要抒发怀念故乡、追悼故人以及伤时感怀，常常流露出孤独哀愁的情感，词风也转为低沉、凄楚。

李清照少年的时候家庭条件十分优越，她出身于书香门第，家中有很多藏书，父母亲都是很有文学修养的人。少年时生活在汴京，便已在词坛上崭露头角。18岁的时候，李清照嫁给了比她大三岁的赵明诚，夫妻二人琴瑟和鸣，致力于金石书画的搜集和整理。后来，金兵南下，北宋灭亡，接着赵明诚去世，李清照为了躲避金兵南渡，过着背井离乡、天涯漂泊的生活，她所携带的夫妻二人毕生收藏的金石书画，也在辗转各地的时候流失殆尽，现实境遇可谓十分凄苦。

李清照虽然是婉约词派的代表人物，但是这首词的风格却与苏轼、辛弃疾等豪放派词人近似，显露出了她心性中豁达豪放的一面。这首词中，既有李清照对于自己艰辛流离的生活的描写，也流露着满腹才华无处施展的郁郁之情，更有着词人欲寻觅蓬莱仙山离这尘世而去的美好向往。

在清丽的词句、奇幻的想象、大气磅礴的豪迈背后，隐隐透出词人对于现实的不满和无奈之情。

无障碍阅读

帝所：天帝所住的地方。
路长：路途遥远，有屈原《离骚》中"路漫漫其修远兮，吾将上下而求索"之意。
嗟（jiē）：感叹、慨叹。
日暮：天色已晚。
谩有：空有的意思。

佳句背囊

"黑云压城城欲摧，甲光向日金鳞开。"
出自唐朝诗人李贺《雁门太守行》。这句诗用奇异的画面和浓艳的色彩，既描写了大漠边塞的独特风光，也渲染出了兵临城下的紧张的战争气氛和守城军士的威武与雄壮。与"天接云涛连晓雾，星河欲转千帆舞"在写景寄情上，有异曲同工之妙。

"河汉挂户牖，欲济无轻舠。"
出自李白的诗《酬张卿夜宿南陵见赠》。月圆之夜，诗人想念朋友，于是望着窗外，发出感叹："天上的银河就挂在窗外，我多么想从天河里乘船去看望你啊，可惜没有能在天河中飞行的小船。" 户牖（yǒu），门和窗。舠（dāo），是形状像刀一样的小船。诗人如此奇特而夸张的想象力，读来真是令人惊喜不已。

本文作者 ————————————

子玄，女，本名何宣颖，甘肃成县人。爱诗文，爱旅行，爱花，爱酒，爱茶。甘肃省诗词学会会员，女工委委员；《诗刊》子曰诗社成员。长年从事诗歌和散文创作。

醉后不知天在水，满船清梦压星河

题龙阳县青草湖

（元）唐珙

西风吹老洞庭波，一夜湘君白发多。

醉后不知天在水，满船清梦压星河。

◎ 诗临其境

唐珙，字温如，关于其生平，史书上笔墨寥寥，他仅凭一首七绝垂诗名于千古。

夜半读诗，最适于温如这首七绝，久久地意难平……

晚风习习，吹皱了洞庭湖面，湖竟仿若增了几岁；愁思几何，使得湘君一夜便添了几缕白发。一壶酒，一叶舟，人在舟上卧，酒下九曲肠。天河倒转，星辰在水，舟上人已入梦，而梦也在星河上摇。

◎ 一句钟情

"醉后不知天在水，满船清梦压星河。"

唐代诗人王昌龄将诗中之境分为"物境"、"情境"和"意境"。千年之后，近代学者王国维又以"境界"一词来品评诗词，《人间词话》开篇就写道，诗词"有境界则自成高格"。而温如的这句"醉后不知天在水，满船清梦压星河"，正是境界绝妙。

一舟一人，头顶星辰，脚踏星河（星辰倒映水中），上下都是无垠，人在其中便显得渺小。然而渺小中却又不见其小，酒醉入梦，有仙人之超脱感，清梦压倒星河，满天星辰倒是都及不上一船清梦的重量。

此句"境界"也深邃，洞庭波老，湘君白发，失意愁思又怎会没有？但酒后清梦，而非惆怅，诗人显然并没有为此所困。即使天地倒转又怎样，只是换了清梦在上，星河在下，展现的是诗人融于自然、物我两忘的超然和洒脱。

◎ 诗歌故事

常在星河灿烂、碧月湖海的梦里，兀自悠闲地踱步。在岁月的河岸上拾壳捡贝，有时也只静静立着，倾听那飞越时光而来的袅袅清音，它们常与清风为伴，流于湖风之中。

依旧记得，那夜的星河格外地灿烂，湖水清澈如练，水纹荡漾着星光。也就是在那夜，我遇见了你，也遇见了这世上最美的光景。

温文尔雅，如是君子，便是唐温如其人也。

缘起一言，君于星河中醉卧

"醉后不知天在水，满船清梦压星河"……

湖面上有声音断断续续传来，是一个男子，醉意中还带着些疏狂。恰在其时，有月自东方升起，将银辉洒下。风吹月桂叶流银，影动清河波粼粼，一叶扁舟正摇于湖面之上，舟楫凌乱，其上还卧着一醉之人。

"唐珙，字温如，豪于诗。"一阵风来，吹离了湖岸上的沙，露出这些字来。

舟上的那人，"豪于诗"，初见，这便是我于你仅有的所知。以字构筑桥梁，可以连通历史此岸与彼岸的距离，然而三字显然不够。即便我心中已知，知己只需一面，这一次的相遇，乃是久别重逢。

温如，你是一个神秘的前人。

翻遍泛黄的青史书页，所能找到的不过只言片语，外加八首仅传于世的诗作。其中那首传世最广的七绝《题龙阳县青草湖》，还阴错阳差地被误收入《全唐诗》，误会了许多年。大唐是诗的时代，但不是只有唐人才写得出流传千古的七绝。

温如，你还是一个纯粹的书生。

从骨子里散发着一种浪漫，却有一股英雄的豪气时时萦绕周身。那浪漫，浸润在你的思维与意识里，穿梭在现实的天地万物之间，凡经过的所有，都能被创造，都可相言语，都变得轻灵，变得通透，变得洁净。难以想象，一个思维没有翅膀，意识没有力量，灵魂不够洁净的人，能写出那样的诗句——"醉后不知天在水，满船清梦压星河"。还有那豪气，它似一把风刀，雕刻着躯体的线条，似一副铠甲，装点着志士的风度。

你漫步在历史的风陵渡口，不至于混入文弱书生一流。

苦叹半生，谁懂竹里的泪痕

山月遥挂西桥岸，春风不遇楼上阁。古今遗憾，如是者多。

月过中天，夜已过半，到了夜露凝结、霜华争艳的时候，也就是人该醒的时辰。我看着你坐起身来，双眸闪着星光，望向辽远的夜空。流星飞逝，群星闪耀，陶醉之余，一缕无法掩饰的落寞分明还是从眼角的余光中闪过。

读你的诗作，只感觉笔锋之中流淌的尽是涓涓的灵气。寄情自然，洒脱自在，喜书画，工诗文，任外界风云如何变幻，世道如何轮转，在你胸中自有一方天地，青天通湖海，自是澄澈如练，通明如镜，广博一如世界。这是你处世的通明，但我也看到了你未曾施展的雄心，在心灵的墙角被蒙了尘，凡一触及，便尘土飞扬，直呛得人泪眼婆娑。

你的父亲唐钰乃南宋义士，当年收拾宋陵遗骸，埋骨植青，不可谓不忠义。能有父如此，悉听教诲，耳濡目染，自是胸中有志。

太平此马惜遗弃，往往驽骀归天闲。区区刍粟岂足豢，忠节所尽人尤难。摩挲图画不忍看，万古志士空长叹。

——唐珙《韩左军马图卷》（节选）。驽骀（nú tái），劣马；

刍粟（chú sù），马吃的饲料；豢（huàn），喂养。

诗人以马喻人，太平时日，军中良马无用武之地，只能像劣马一样混日子。马如此，人也一样，即便是"万古志士"，在元朝，所有梦想都只能是镜花水月。且不说你自诩为"南宋遗民"，谁又能想到，统治者将人分为十等，"八娼九儒十丐"，士人竟会沦落到连娼妓也不如的地步。怪什么呢？时运不济？最无奈的废话罢了。

壮志于胸，却生不逢时，是千里马遇不见伯乐的悲凉，是恪守忠节之余，守节之人的无奈和凄叹。飒飒林中风，奇竹高且清；竹中空泪痕，岁月难为，又有谁人能知？

灿烂星河，因君一言而常凝望

无法选择生逢之世，境遇如何，总是喜。藏志于内，向外求索，求而不得，失意否？然于志之外，另有世间万般景致，皆有神灵，美不胜收，无须求索，但有心便得，赏即可得乐，入则是妙无穷。

天上的星河，亘古不变，无论何人，抬头便可望见；泛舟于水上者，自古便不乏雅趣之文人。为何那一刻的星河，以及其中闪耀的星辰，河中的流水，水中的倒影，再加上一叶扁舟，那扁舟上睡卧的人，就是那般恬静自适，温馨而浪漫，好像生命的所有时刻，都只是为了倾听那一刻的寂静，做一宵浅浅的清梦。

作家介绍

唐珙，字温如，元末明初诗人。生平不详，仅知其"豪于诗"，现只存八首流于后世。其父唐钰为南宋义士，曾收拾宋陵遗骨，植冬青以为记。

佳句背囊

"天下三分明月夜，二分无赖是扬州。"

出自唐朝诗人徐凝的《忆扬州》，"无赖"是可爱之意。若将这天下明月之夜的美景看作三分，独独扬州的可爱就占去了其中的两分。诗人巧妙借用量化明月夜景的方式，表达了自己对扬州月夜的无限喜爱。

"疏影横斜水清浅，暗香浮动月黄昏。"

出自北宋诗人林逋（bū）的《山园小梅》。林逋，才高性孤，独自隐居于西湖孤山，终生不仕不娶，唯喜植梅养鹤，自谓"以梅为妻，以鹤为子"，人称"梅妻鹤子"。此句营造出了一种恬适、清丽的黄昏意境，给人以艺术之美的享受的同时，表现了诗人淡泊安逸的隐居生活与充实满足的心灵之乐。

本文作者

常豁。深谷常豁，常德不离。爱文字，读历史，在存在中寻觅归属，执笔耕耘，但求灵魂常静。

梦中不识路，何以慰相思

别范安成

（南朝）沈约

生平少年日，分手易前期。

及尔同衰暮，非复别离时。

勿言一樽酒，明日难重持。

梦中不识路，何以慰相思。

◎ **诗临其境**

公元 482 年，南朝齐高帝萧道成驾崩，太子萧赜即位，是为齐武帝，年号永明。而与此同时，在南朝文坛上，有一颗新星也将随着新帝的登基而冉冉升空，他便是沈约。

齐武帝即位后，长子萧长懋被立为太子，即文惠太子。文惠太子入主东宫后，齐武帝下令在全国为东宫遴选人才，沈约由此得以进入东宫。初入东宫的沈约志得意满，而更令他感到意外的是，在这里，他遇到了一位极具才情的友人——范安成。

此时两人意气风发，他们笃定二人携手定会在未来朝堂上开创一番事业，即便将来不得已要分别，那也必定是短暂的。然而乱世之中，一切皆是变数。江南王朝的风云变幻如此之快，两人亦在朝代的更迭之中辗转流离，不得机遇。匆匆十余载，再见面，两人不禁对望长叹，叹岁月的流转，叹曾经的年少气盛与无知。

最终沈约以酒和诗，将所有的感叹与不舍写进了这首《别范安成》，诗中他说：

回想起曾经的初次离别，以为再相见是很容易的事情，谁能想到再见面竟是两鬓斑白，今日之相遇已不是昔日离别之时。

请喝下这杯酒吧，恐怕以后很难再有重逢的时候了，甚至在梦中都不知你会身在何方，如此又怎样来慰藉我对你的思念呢？

◎ 一句钟情

"梦中不识路，何以慰相思。"

这一句是沈约积蓄已久的情感的爆发，是对命运如此弄人的哀号，如今我们很难想象到沈约当时究竟有多么不舍与绝望，才会吟诵出如此决绝悲痛的诗句，连梦中都会迷失方向，那现实中又如何能寻到自己的好友？

人非草木，孰能无情？一句"梦中不识路，何以慰相思"，相信没有人不会被沈约的真情流露所感染，好似沈约在幽幽地诉说着哀思，如细水长流般绵延无绝，平静缓和而又充满了无限的凄惨与悲怆。

从诗艺上来说，这句也给人以惊喜：相思入梦很常见，但诗人更进一层，梦中相思却不识路，又让我如何去找你？

正因为作者把诗意往前更推进了一层，这两句读来新意盎然。

◎ 诗歌故事

千年已过，虽然沈约与范安成早已作古，但两人深厚的友情却因为沈约的这首诗而为后人所津津乐道。事实上，自先秦时代以来，"友情"这个主题一直贯穿着历史，不管是伯牙、子期的知音之交，还是廉颇、蔺相如的刎颈之交，抑或是羊角哀与左伯桃的舍命之交……这些都是我国五千年灿烂文化中的重要组成部分，而这些古人留下的动人事迹也无不教育着我们，为人行事要光明磊落，胸怀坦荡，待人更是要真诚。

所以，当我们再读沈约的"梦中不识路，何以慰相思"时，就不能单单地局限在诗人对友人离去的不舍与低迷，更要看到沈约与范安成真挚的友情是因何而来，这种友情多么难得，多么令人动容。

沈约与范安成早在刘宋时期就已结识，两人同在郢州刺史蔡兴宗府中任职，他们都是博学多才之人，互相引为知己，时而坐论天下大势，时而畅游郢州境内的山川河流。他们吟诗作赋，把酒言志，似乎忘记了时间，更忘记了这世间的一切悲欢离合。

不过南北朝时期是我国历史上有名的乱世，那是一个英雄辈出、乱世纷争的时代，就在沈约与范安成郢州一别后十余年，曾经强盛一时的刘宋王朝轰然崩塌，取而代之的是萧道成建立的萧齐王朝。

萧齐王朝建立后，沈约与范安成再次相聚于文惠太子萧长懋府中，二人同为太子谋士，但萧齐王朝却是南朝四个朝代中最短命的王朝，犹如昙花一现，太子萧长懋更如流星一般转瞬即逝，萧长懋的早逝给两人短暂相聚的喜悦蒙上了一层阴影，更为两人的再次分别埋下了伏笔。

萧长懋去世后，二人虽继续同朝为官，但再也没有相见的机会。没多久，萧齐王朝在内忧外患下濒临灭亡，而最终促成其灭亡的，除了野心膨胀的萧衍外，便是沈约。沈约与萧衍也是旧相识，两人当年同为竟陵王萧子良效力，与他们一起的还有谢朓、王融等六人，这八人便是历史上有名的"竟陵八友"。

当野心勃勃的萧衍趁萧齐王朝内乱之时，举兵讨伐萧齐，在称帝一事上犹豫不决时，沈约及时站了出来，力劝萧衍称帝，萧衍这才下定决心称帝建国，即萧梁王朝。

此时沈约虽年过花甲，但因从龙有功而备受梁武帝萧衍的信任与重用，最终沈约以这种方式完成了他年轻时的抱负——封侯拜相，大权在握，荣宠一时。

虽然史书没有记载，但想必沈约掌握朝政后，并没有忘记曾经的好友范安成，因为《梁书》记载了范安成在梁武帝即位后也是一路升迁，公元 510 年更是入朝做到了祠部尚书兼右骁骑将军加紫金光禄大夫。而这时候，沈约依旧位居朝堂之上，所以范安成的升迁是否有沈约在为其助力，也未可知。

但不管怎样，自文惠太子府上那一绝望的哀号之后，两人终于再次相见，只不过相较于前一次，此次相见少了太多年轻时的锐气，更多的是在宦海中浮沉多年而磨炼出的老成与深沉。或许这并非二人当年所期盼的样子，但这一定是当下最适合二人的生存法则，身处乱世的他们别无选择，唯有拼尽全力才能赢得生存之机。只不过此时的二人已然老去，留给他们的时间又能剩下多少呢？

当"梦中不识路，何以慰相思"成为过往的时候，他们是否会感慨"岁月不待人"？

罢了，罢了，终究已成过往……

无障碍阅读

易：以为容易，看得轻易。
前期：来日重见之时。
及尔：与你。
衰暮：衰老之时。
非复：不再是，不再像。

作家介绍

沈约（441—513），字休文，吴兴郡武康县（今浙江省德清县）人，南朝著名文学家、史学家、政治家，南朝齐、梁时期重臣，与梁朝开国皇帝梁武帝萧衍同为"竟陵八友"，是当时南朝的文坛领袖。精通音律，学识渊博，与周颙（yóng）共同开创了一种新体诗，即"永明体"，影响深远。

佳句背囊

"梦魂惯得无拘检，又踏杨花过谢桥。"

出自北宋词人晏几道的《鹧鸪天·小令尊前见玉箫》。词人夜宴归来后，思念宴会上认识的美丽女子，思而不得见，只好说：空间可以阻隔我的身体去见你，却阻隔不了我的魂灵，在梦中我可以无拘无束，踩着满地杨花，走过谢娘桥，再次与你相聚！

这句与"梦中不识路，何以慰相思"很相似，只不过一个梦中有路，一个梦中无路（不识路）。但两者因相思而展开的想象却是一样的奇特。据说北宋大学问家程颐读到晏几道这句时，评价为"鬼语也"。

本文作者 ———————————————

张鹏，头条号"咸鱼闲聊"，我在这里等你一起学中华诗词，品百味人生。

愿我如星君如月，夜夜流光相皎洁

车遥遥篇

（南宋）范成大

车遥遥，马憧憧。

君游东山东复东，安得奋飞逐西风。

愿我如星君如月，夜夜流光相皎洁。

月暂晦，星常明。

留明待月复，三五共盈盈。

◎ **诗临其境**

南宋名臣、文学家范成大身处家国动荡的时代，为国事伏案操劳、举政上疏是他生活的常态。但人非草木，又岂会没有情之所至的时候呢？这首诗便是范成大赋诗寄情的经典之作。

《车遥遥篇》是乐府诗体，全诗简洁，个中情思却已流至人心，千古不衰。

去相送的人望着离人随马车而去，渐行渐远，直到彻底不见，马儿的身影却仿佛还在眼前晃动，这是送别的人内心牵绊不舍的最直接表达。从此，望着天涯，断了心肠。

范成大望着妻子或恋人送离不舍，倍觉伤感，于是他以对方的口吻说：

你的马车距离我越来越远，那马儿的身影尚在眼前晃动。

君此去了泰山之东，而我只有奋力追上那秋风才有可能相伴与你。

多希望我如星来君如月，彼此的光彩相映成辉。

月亮有时会暂时晦暗，而星星则是常常明朗的。

将美好的期望留给月圆的时候，待十五月满之时，星月相映，又是满天星月闪耀的样子。

◎ 一句钟情

"愿我如星君如月，夜夜流光相皎洁。"

这两句是颇有人气的经典诗句，许多人一见倾之，许多人驻足叹之。时光虽过了千年，但诗中带着的唯美思怀，今人引用，也无不妥帖。

清风朗月的夜晚，送别的人不能成寐，月光洒了一地清辉，星空也闪着微芒。这样的星月相映，令孤寂的人不禁万分感慨。

其实星与月之于相思，也并非推陈出新的写法，不过这一句词句搭配的意境语感之美，却是难得的。就好比年少时激烈而又纯粹的情感和期望，一切是那样自然天成，一切又是那样美好纯洁。深蓝的夜幕，白月光洒在身上，一闪一闪的星空，想想就很美好。而这两句诗，将这份美好展示得淋漓尽致。

◎ 诗歌故事

范成大一生为国忙碌，还曾出使金国，也曾多次远去外地任职。后世多猜测这首《车遥遥篇》很可能是他某一次为国事而离家远去的时候，妻子或恋人挥泪相送，这令他伤感不已，故以女子口吻写下的相思诗。

他虽是股肱之臣，也会有儿女情长。范成大在泪眼蒙眬中，看着愈来愈远、遥遥挥手的女子，写下了这首佳句流传的好诗。

在那个山水很远，车马很慢的古时代里，"别时容易见时难"是多么残酷的现实，又是多么无奈的哀伤。

思念之下，何来欣喜，可是范成大没有将一腔思愁宣泄到底，而是在最后往回拽了拽，他说："留明待月复，三五共盈盈。"将相逢的憧憬留给月满之时，到时星月相映，你我也相伴相随。这又呼应了"夜夜流光相皎洁"的美好情境，整首诗在女子满怀浪漫的期待中结束，心中的情思流转，已让读诗的人深受其感，那朗朗上口的名句也就此留在了心间。

离别虽苦，好在还有相聚可期。那一年，范成大的伤怀思泪洒落在望不到尽头的驿道上，他居庙堂之高，同时也身在红尘樊笼。"天涯地角有穷时，只有相思无尽处"，那挥别的人终隐没在他的泪光里，也隐没在马蹄踏起的尘土里。

一生很长，当一个人渐渐成长了，总会不可避免地面对一些离别，承担那份孤独和凄惘。天涯虽远，离别虽苦，不要忘了要始终抱有美好的祈愿，对未来的期望，对相逢的期待，都会给自己和等待自己的人们莫大的鼓舞。

"愿我如星君如月，夜夜流光相皎洁"，之于亲人，之于朋友，之于所有想念的人，有了这份期盼，多美，多好。

无障碍阅读

憧（chōng）憧：晃动，摇曳不定。
东山：泰山顶东侧。
晦（huì）：这里是昏暗的意思。
三五：十五日。

作家介绍

范成大（1126—1193），字致能，一字幼元，早年自号此山居士，晚号石湖居士。平江府吴县（今江苏省苏州市）人，南宋名臣、文学家，与杨万里、陆游、尤袤（mào）合称南宋"中兴四大诗人"（又称南宋四大家）。有《石湖词》《吴船录》《吴郡志》《桂海虞衡志》等著作传世，代表诗作有组诗《四时田园杂兴》等。

佳句背囊

"此时相望不相闻，愿逐月华流照君。"
出自唐代诗人张若虚的《春江花月夜》，这两句诗将相隔天涯的人，把相思离苦寄托给了明月，同时心怀美好期望和憧憬的情感生动地表达了出来。与"愿我如星君如月，夜夜流光相皎洁"有异曲同工之妙：如今我们望着同样的月亮，却听不到彼此的声音，我希望随着月光而去将你照耀，与你相伴。

本文作者

听雪，一个甘愿多年沉浸在古诗词里行走江湖的工科小姐姐，头条号"听雪话诗文"。

天上浮云如白衣，斯须改变如苍狗

可叹

(唐) 杜甫

天上浮云如白衣，斯须改变如苍狗。

古往今来共一时，人生万事无不有。

近者抉眼去其夫，河东女儿身姓柳。

丈夫正色动引经，酆城客子王季友。

群书万卷常暗诵，孝经一通看在手。

贫穷老瘦家卖屐，好事就之为携酒。

豫章太守高帝孙，引为宾客敬颇久。

闻道三年未曾语，小心恐惧闭其口。

太守得之更不疑，人生反覆看亦丑。

明月无瑕岂容易，紫气郁郁犹冲斗。

时危可仗真豪俊，二人得置君侧否。

太守顷者领山南，邦人思之比父母。

王生早曾拜颜色，高山之外皆培塿，

用为羲和天为成，用平水土地为厚。

王也论道阻江湖，李也丞疑旷前后。

死为星辰终不灭，致君尧舜焉肯朽。

吾辈碌碌饱饭行，风后力牧长回首。

◎ 诗临其境

这是一首长篇叙事诗，内容是说：

你看那天上的浮云啊，像白色的衣服那样悠然地飘浮着，可是转瞬之间就变成了灰黑色的乌云，如苍狗一般。恰似这人世间古往今来形形色色的故事，瞬息万变，无奇不有。

而我的身边，亦有这样一个故事。在黄河以东，有一个姓柳的女子，与自己的丈夫反目成仇，分道扬镳。虽然她的丈夫是个非常正派的人，引经据典来说服她，但是她哪里听得进去呢！这个女子的丈夫就是旅居鄞城的才子——王季友。

王季友好学不倦，博览群书，尤其对《孝经》一书爱不释手。由于家境贫穷，只好靠卖草鞋为生。因为他博学多才，引得一些好事的人常常携带着美酒来找他探讨学问。

江西南昌太守李勉是皇室后代，他将王季友敬为上宾。三年之间他们俩人的所有对话，王季友都守口如瓶，小心谨慎。太守李勉因此对王季友耿直守信的人品更坚信不疑，而将一些反复无常、没有操守的人视为丑类。

虽说明珠亦难无瑕，人亦无完人，但是金子总会发光的。

有才华的人自是英气难掩。传说鄞城剑深埋于地下四丈多，因剑气冲天而被发现，挖掘后发现一个石匣，光气非常，石匣中有双剑，剑上都刻有字，一把名叫龙泉，另一把名叫太阿。可见人才不该被埋没。越是局势艰难的时候，越要选拔真正的英才俊杰，而王李二人都是良相之才，可否辅佐君王于左右呢？太守李勉很快被提升为梁州刺史、山南西道观察使，那里的人民将他视为父母官。

王和李早就相识相知，如果将王季友比作高山，其他的人与之相比不过是小土丘罢了。王和李就如同古代的羲氏和氏，堪当重用。（舜治水有功，尧称赞他的功绩，任他为司空。《尚书》中有"汝平水土"之句。此处引用大禹治水之事，称赞王季友的能力堪当重任。）

可惜，王季友由于妻子的背叛，外界人不明真相，偏执地以为是他的错，致使社会上的流言蜚语对他造成了负面影响，虽然他与李勉有着同样的才干，却没有得到重用。王李二人本应是顺应天象，死而不灭的人才，去辅佐天子。不应该如吾辈这般饱食终日，碌碌无为。当年的黄帝得风后于海隅，封为丞相，得力牧于大泽，封为大将。吾朝也应该学习古人，善用贤才才是啊！

此诗为唐代宗大历二年（767）杜甫在夔州时作。清代学者浦起龙对此诗主旨有很好的解读："详细理解其诗意，王季友虽然清贫被妻子抛弃、被流言蜚语所伤害，但是终究不该因此被埋没。题目为《可叹》，并非因为夫妇乖违而叹，也并非因为怀才不遇而叹，而是叹息这样一位栋梁之材毁于悠悠众口而不能得到重用之事啊！"

◎ 一句钟情

"天上浮云如白衣，斯须改变如苍狗。"

这句是说人间百态，变化无常且迅捷，如天上的云朵。成语"白衣苍狗"（也作"白云苍狗"）便从这一句来。

古往今来，人生风雨，谁也无法预料将来的自己会经历怎样一段故事。今天的忧虑，明天也许就是庆幸，此刻觉得缺憾的也许下一刻正是得意之处，所以，人生不妨多些豁达，且随遇而安，坦然前行吧！

◎ 诗歌故事

他——才华横溢，品行端正，一个官宦人家的公子。

她——娇美动人，温文尔雅，一个名门望族的小姐。

我们脑海中浮现着一对郎才女貌、夫唱妇随的甜蜜场景！

然而，人生亦起伏多变化，世事难料总无常。这一年男子父亲突然遭遇官场变故，家道中落，顷刻之间就变得一贫如洗，从此只能靠卖鞋为生。俗语中的"患难夫妻见真情"同时也可能见证无情。过惯了锦衣玉食的柳家小姐哪受得了这般苦日子，毅然决然地离他而去，只留下了那孤独的身影在风中凌乱。

鄱城株山脚下，简陋的茅草屋旁，经历了家庭和婚姻双重变故的公子，迁居到了这里，农耕之余勤苦读书。这一日，突然见那喜鹊飞落枝头，叽叽喳喳叫个不停。果然，喜事临门了。他高中头名状元，也是江西省历史上有记载的第一位状元，随后受职御史台治书。

　　官场人心复杂，各种猜测算计更是令人烦恼。再加上一个被妻子抛弃的过去，令他成了官场的笑柄。当时的李林甫权倾一时，蔽塞言路，排斥贤才，朝纲紊乱。刚直不阿的他不愿与他们同流合污，毅然决然辞官而去，回到故乡，过起了平静悠然的隐居生活。

　　不久，"安史之乱"爆发了，唐玄宗出逃，国家陷入了战乱。而此时的鄱城株山脚下，倒成了一片净土。一日，茅屋外来了一个熟悉的身影，她风韵依旧，美貌犹存，大概只是躲避战火的缘故，脸上略带着几分疲惫。不是别人，正是曾经抛弃他的前妻柳氏。此时此刻，该如何面对呢？

　　这些年的往事如梦幻一般一件一件地闪现，与其说恨，不如说要感谢她当年的抛弃之恩，才有了后来的功名，才有了后来的退隐，才有现在的安然无恙。缘分来了，挡是挡不住的，也许破镜重圆会让彼此更懂得珍惜吧！

　　十几年后，在杜甫、岑参等人的大力举荐下，男子重新被朝廷起用，开始了他的官宦生涯。这个人就是《可叹》诗中的主人公王季友。

王季友的一生起起落落，分分合合。他的才华与遭遇让杜甫叹息。而杜甫胸怀一腔正气，为国荐贤，不避风险，此等家国情怀正是值得我们学习和敬仰的。

无障碍阅读

抉（jué）眼：挖出眼珠，这里暗讽妻子有眼无珠，离弃丈夫。

冲斗：气冲斗牛之意，斗星和牛星之间有紫气盘旋，形容人的志气或才华超迈群伦。

培塿（lǒu）：小土山。

丞疑：《尚书大传》中说："古者天子必有四邻：前曰疑，后曰丞，左曰辅，右曰弼。"丞和疑是四个辅佐大臣之一，这里是指李勉有着旷世才干。

风后力牧：传说风后是黄帝的大臣，精于《易》数，还发明了指南车和八阵图；传说力牧是黄帝手下的大将军，大力士，在涿鹿之战中战胜蚩尤。

佳句背囊

"等闲变却故人心，却道故人心易变。"出自清代词人纳兰性德《木兰词·拟古决绝词柬友》，词人以此来倾诉人生的起伏，感叹人心的变化。

本文作者 ————

绣心樱诗词：千秋美景，落墨入笔。人情冷暖，蕴藏于文。爱喜剧，爱诗词。

日月笼中双鸟，今古人间一马

水调歌头（癸丑生日）

（南宋）方岳

老子兴不浅，归矣复言归。不知归又何处，知我者何希。

幸有青山一片，付与白云千载，便可乐渔矶。

且尽一杯酒，春瓮晓生肥。

倩梅花，邀涧叟，醉林扉。五年今已如此，莫倚健於飞。

日月笼中双鸟，今古人间一马，五十五年非。

归去不归去，未了比山薇。

◎ 诗临其境

方岳出身于一个世代耕读之家，七岁能赋诗，时人称为神童，后来中了进士。因他刚直不阿，不畏权贵，多次遭到权奸贪吏的诬陷和打击，仕途十分坎坷。

方岳在自己五十五岁生日时，回想自己的一生沉浮不定，有感而发，写下此词。

词中大意是：

我在心里反复念叨着，回去呀回去呀，可是要回到哪里去呢？与我知心者又有谁？幸好这里还有青山一片、白云悠悠相陪伴，钓几尾鱼，开一坛酒，邀山中老叟，坐在梅花树下，且得一时欢畅。

时光飞快，又是五年过去了。看天上日月，也如同笼中双鸟，怎么也飞不出天地的束缚；词人如今五十五岁了，仍如人间一马，飘零而找不到归处。别再说什么归与不归了，就和这山中薇草相伴吧。

◎ 一句钟情

"日月笼中双鸟，今古人间一马，五十五年非。"

每当读到这句诗，仿佛看见一老翁仰望天空，看那日月，就像被桎梏于樊笼中的两只困鸟，精力疲惫，神情颓然，哀鸣久绝，想如今，自己已年过半百，孤单飘零，一马任浮生，寂寞悲苦油然而生。

同时为诗人大胆的想象而惊奇。能把天地看作一个大牢笼，把太阳和月亮看作两只笼中鸟，这得是多高远辽阔的视野！

◎ 诗歌故事

"不如意事常八九，可与语人无二三。"人生在世不如意的事十有八九，可与人倾诉的事却不到二三。

方岳是南宋诗人，小时候就有"神童"之名，三十三岁时中进士，却一生仕途坎坷，怀才不遇。

方岳生活的时期，正是南宋政权的多事之秋，外有蒙古崛起，内有奸臣当道。早先，方岳因为反对朝廷与新崛起的蒙古联合抗金，从而得罪权臣，不久被罢官。

四年后，方岳复出，这次方岳更是摊上了大事。方岳所在的鄱阳湖修有水闸，用来方便船只停泊，而权臣贾似道的亲信却把持水道，敲诈民船，民船不缴万钱则不得入闸停泊，从而造成许多民船沉没湖中。方岳大怒，将贾似道的亲信痛打一顿，因此得罪贾似道，再次被贬罢官。

后来，方岳第三次即将复出，最终又因为与时任宰相的旧嫌，而被罢职。

方岳的一生，恰如词中所写"日月笼中双鸟，今古人间一马，五十五年非"。"笼中鸟"体现了作者难解的抑郁心情，"五十五年非"是对自己一生的徒然感慨，读来令人无限感伤和同情。

无障碍阅读

渔矶：可供垂钓的水边岩石。

春瓮：指酒瓮，亦指酒。

涧叟：涧，山涧；叟，老头。

林扉：建在山林中的屋舍。

作家介绍

方岳 (1199—1262)，字巨山，号秋崖，又号菊田。徽州祁门（今属安徽）人，一说台州宁海（今属浙江）人。南宋诗人、词人，一生仕途坎坷，以诗名世。著有《秋崖集》《深雪偶谈》。

佳句背囊

"日月笼中鸟，乾坤水上萍。"

出自唐代诗人杜甫的《衡州送李大夫七丈勉赴广州》，诗句意思为：日月苍生仿佛笼中的小鸟，乾坤天地犹如水上浮萍。"日月笼中鸟"和"乾坤水上萍"前后呼应，通过鲜明的对比和比喻表现出相对于日夜流逝的岁月、浩瀚的宇宙，人生显得如此短暂和渺小。诗人借此表达出人生短暂无常、自身渺小无依的感悟！

本文作者 ———

妙眼看历史：拨开历史的云雾，寻觅历史的真谛！

兴亡千古繁华梦，诗眼倦天涯

人月圆·山中书事

（元）张可久

兴亡千古繁华梦，诗眼倦天涯。

孔林乔木，吴宫蔓草，楚庙寒鸦。

数间茅舍，藏书万卷，投老村家。

山中何事？松花酿酒，春水煎茶。

◎ 诗临其境

　　散曲盛行于元代，又被称为"乐府"或"今乐府"，小令、套数都算作散曲。和唐诗宋词一样，元曲是中国古代文学体裁之一。元代200多位作家中，有散曲集传世的不过寥寥数人，张可久便是其中之一。作为著名的散曲作家，其个人传世作品是元代诗人中最多的（小令855首，套数9套），与元代散曲作家乔吉并称为"曲中李杜"。

　　张可久一生仕途坎坷，只做过些底层官吏，仕途无望，便干脆寄情于诗，于山水间做一个清雅的旅客。这一首小令就是他遍游江南各地，居住在西湖山下时所作，作者忆古颂今，用历史的兴衰起伏来表达自己勘破世情的人生态度：

兴亡更替就像是千古以来最繁华的梦境，转瞬即逝，诗人只能用疲倦的眼神遥望天涯。

君可见，孔子的家族墓地已经长满了乔木，吴国的华美宫殿早是荒草萋萋，曾盛极一时的楚庙，也只剩下乌鸦飞来飞去。

虽然只有几间茅草屋，却也能藏有诗书万卷，我最终还是回到了老村生活。

在山中能有什么事呢？不过是松花酿酒，春水煮茶；不过是诗酒同乐，自在逍遥。

◎ 一句钟情

"兴亡千古繁华梦，诗眼倦天涯。"

初读此句，实在是惊艳，气势之阔，就好像是穿越历史时空看到了那个失意的张可久，看到他喝着酒，摇着头，慨叹不已。

一个"倦"字用得妙极，既是为古往今来的繁华落尽做了最好的总结，又为诗人后面所选择的隐居生活埋下了伏笔。

世事兴衰乃是必然，放眼历史与现实，再多的得失荣辱，也不过转瞬即逝，不如珍惜眼前真实的生活，把握当下的机会。

◎ **诗歌故事**

张可久的一生，是俗套的，也是浪漫的。渴望建功立业却怀才不遇的是他，蹉跎一生不得志却著作等身的也是他。他负责过地方税务，做过桐庐典史，走过大半河山，可惜"半纸虚名，万里修程"（《上小楼春思》）。大概还是不甘心，便辗转一生，时而出仕，时而归隐。

人生不到最后，很难说是得到更多，还是失去更多。际遇的不顺，确实让张可久吃了不少苦头，心生抱怨，"文章糊了盛钱囤，门庭改做迷魂阵，清廉贬入睡馄饨"（《醉太平·无题》）。

可也是因为不顺，纵情山水的他才会写出"山中何事？松花酿酒，春水煎茶"这样的佳句，才能让他在六百多年后的今天，依旧被历史铭记。

人生茫然又如何，若能够如张可久一样把人生过成诗，远离世俗，烹茶饮酒，也足够快活了。

无障碍阅读

人月圆：曲牌名，出自北宋诗人王诜的"年年此夜，华灯盛照，人月圆时"（《人月圆·元夜》）。
孔林：指孔子及其后裔的墓地，在今山东曲阜。
吴宫：指吴王夫差为西施扩建的宫殿。也可指三国东吴建业（今南京）故宫。

楚庙：指楚国的宗庙。

投老：临老，到老。

作家介绍

张可久（约1280—约1352），字伯远，号小山。浙江庆元路（今浙江宁波）人。元代散曲作家、剧作家，与乔吉齐名，和散曲大家张养浩并称为"二张"。明朝朱权称他为"羽林之宗匠"。主要作品有《小山乐府》。

佳句背囊

"休对故人思故国，且将新火试新茶。诗酒趁年华。"出自北宋文学家苏轼的《望江南·超然台作》，"兴亡千古繁华梦，诗眼倦天涯"意境悠远却难免落寞，倒不如"诗酒趁年华"，点上一把新火，煮上一杯新茶，趁着年华尚在，春日里风光秀美，将目光都放在当下。

本文作者

历史小板凳凳：上下五千年，一切历史都是当代史。

人生到处知何似，应似飞鸿踏雪泥

和子由渑池怀旧

（北宋）苏轼

人生到处知何似，应似飞鸿踏雪泥。

泥上偶然留指爪，鸿飞那复计东西。

老僧已死成新塔，坏壁无由见旧题。

往日崎岖还记否，路长人困蹇驴嘶。

◎ 诗临其境

苏轼是北宋文坛的领袖人物之一，他在诗、词、散文、书、画等各个方面都有很高的成就，是著名的文学家、书法家、画家。

渑池对于苏轼和苏辙兄弟来说是一个非常特殊的地方。宋仁宗嘉祐元年（1056），兄弟二人赴京参加科举考试经过渑池，一起住在僧舍中，一起在壁上题诗；嘉祐五年（1060），苏辙又被任命为河南府渑池县主簿，但是并没有赴任；嘉祐六年（1061），24岁的苏轼去陕西凤翔做官，又一次经过渑池。

这次是苏辙送苏轼，到了郑州的时候分别，就作了《怀渑池寄子瞻兄》，其中有"曾为县吏民知否？旧宿僧房壁共题。遥想独游佳味少，无方骓马但鸣嘶"等句。苏辙在诗中借着怀旧和回忆，表达了自己对哥哥的惜别，同时还有一些对人生的感叹。

苏轼便作了《和子由渑池怀旧》一诗回应。他说道：

人生在世，到处奔走，像什么呢？应该像是飞来飞去的鸿雁，偶然在雪泥踏上一脚吧。

在雪泥上留下爪印实在是偶然，因为飞鸿根本没有一定的方向。

我们曾经遇到的那位老僧已经去世，只有骨灰留在新建的小塔，坏掉的墙壁也无法看到过去的题诗了。

当年赶考时的崎岖路程你还记得吗？遥远的道路不仅人受不了，跛脚的驴子也累得直叫。

◎ **一句钟情**

"人生到处知何似，应似飞鸿踏雪泥。"

这句诗颇有禅意，又很唯美。"雪泥鸿爪"的成语就是由此而来。

我们可以展开想象：鸿雁落在雪泥上，留下爪印，然后就飞走了；爪印很快就会消失，后人还能知道鸿雁曾经来过这里吗？它在来这里之前，又曾经去过哪些地方……

诗人用鸿雁在雪泥上落下的爪印，比喻人生往事遗留的痕迹。这些痕迹是来过的证明，也是离去的证据；这一点痕迹不仅牵连着往昔，更是让人对不可捉摸的未来产生期待。

人生也正是如此，人在每一个阶段留下的痕迹，不断被覆盖、消失，但是又神秘地串联起人的一生：过去，现在，未来。

◎ 诗歌故事

人的一生看似短暂，实则也很漫长。人生所到之处，就像万里飞鸿偶然在雪泥上留下爪痕，接着就又飞走了。但过去即便已经消逝，却不意味着就不存在了；未来固然不知，却也不必感叹往昔。顺其自然地对待人生中各种偶然的痕迹，怀旧也就会少很多感伤，成长也能少些烦恼。正是因为无物常住，我们才更不应该执着于往昔，而更需要坚定当下，这才是成长的可贵啊！

"人生到处知何似，应似飞鸿踏雪泥"表达了对人生来去无定的思考，和不沉湎于过去，从对往昔的眷恋中展望未来的乐观态度。

过去无论美好还是痛苦，我们都不应该一味沉湎，只要坚定当下，你会发现过去逝去的美好会重新回到你身边，过去流泪的瞬间也可以笑着讲述！这或许就是苏轼想要告诉弟弟苏辙和我们的道理吧！

渑（miǎn）池：今河南省渑池县，苏轼苏辙兄弟曾多次经过这里。

老僧：指曾经接待过苏轼兄弟的老和尚奉闲。

坏壁：指僧舍中的墙壁，苏轼兄弟曾在此题诗。

蹇（jiǎn）驴：跛脚的驴子。

佳句背囊

"沉舟侧畔千帆过，病树前头万木春。"

出自唐代诗人刘禹锡的《酬乐天扬州初逢席上见赠》。大江中翻覆的船只旁边，有无数小船扬帆起航；已经枯萎的树木，重新发出了嫩芽。诗人通过这两句告诉我们，人生没有必要计较一时的得失，河流不会因为沉船就干涸，春天也不会因为枯树而离开，不管过去多么悲伤，我们都要坦然面对，希望才会来临。这种豁达，和"人生到处知何似，应似飞鸿踏雪泥"中的人生态度是很相似的。

本文作者

李方敏，笔名血羽剑客，自媒体人，动漫作者。

抒情篇

不要人夸颜色好

一口气读懂诗词名句 ·

将进酒 · 黄 主编

SPM
南方传媒

岭南美术出版社

中国 · 广州

图书在版编目（CIP）数据

　　不要人夸颜色好 / 将进酒·黄主编. —广州：岭南美术
出版社，2023.8
　　（一口气读懂诗词名句）
　　ISBN 978-7-5362-7755-7

　　Ⅰ.①不⋯　Ⅱ.①将⋯　Ⅲ.①古典诗歌—诗歌欣赏—
中国—通俗读物　Ⅳ.①I207.2-49

　　中国国家版本馆CIP数据核字(2023)第120003号

责任编辑：黄小良　黄海龙
责任技编：许伟群
封面设计：极宇林

一口气读懂诗词名句
YIKOUQI DUDONG SHICI MINGJU

不要人夸颜色好
BUYAO REN KUA YANSE HAO

出版、总发行：岭南美术出版社（网址：www.lnysw.net）
　　　　　　　（广州市天河区海安路19号14楼 邮编：510627）

经　　销：全国新华书店
印　　刷：湛江市新民印刷有限公司
版　　次：2023年8月第1版
印　　次：2023年8月第1次印刷
开　　本：880 mm×1230 mm　1/32
印　　张：5
字　　数：99千字
印　　数：1—10000册
ISBN 978-7-5362-7755-7

定　　价：29.80元

把世间事和人生滋味都摊开来体会

人各有志，每对翅膀都有飞翔的梦想，每颗心都有想去的远方。

所以这一册，或议论或抒情，都以"志趣"为主题。

历代咏史诗，最见诗人的真性情。读历史、说往事，有人夜不能寐、拍案而起，有人掩面叹息、黯然销魂，也有人慷慨高歌、"浮一大白"（满饮一大杯酒）……

咏史诗，多是咏人或者咏事，有感而发，不平则鸣，以古人之酒杯，浇自己心中之块垒。李白仰慕古侠客，咏叹"纵死侠骨香，不惭世上英"；李商隐不平于人生困局，嘲讽"可怜夜半虚前席，不问苍生问鬼神"；李清照于逃亡路上，内心充满失望与悲哀，高唱"生当作人杰，死亦为鬼雄"；刘禹锡贬官多年归来，触景生情，感慨世事变迁，"旧时王谢堂前燕，飞入寻常百姓家"；花蕊夫人作为历史的参与者、当事人，写下"十四万人齐解甲，更无一个是男儿"的诗句，尤显沉痛……

世事浸淫久，难免多感慨，就像今天人们爱说的"目之所及，皆是回忆；心之所想，皆是过往"。书读得多了，读到一个诗句就能联想到其他诗句；人生阅历也一样，经历得多了，遇到今天的事，却想起从前的事。因为有了积累，于是就有了联想，有了感慨。

古人视世间为一个大名利场，"天下熙熙，皆为利来；天下攘攘，

第一辑

史海临风

历史大浪淘沙、大江东去，冕旒朱衣与金银珠玉终会随风逝去，而那些风流人物，那些江湖侠骨，却会在后世流传……

独立天地间，清风洒兰雪

别鲁颂

（唐）李白

谁道泰山高，下却鲁连节。谁云秦军众，摧却鲁连舌。

独立天地间，清风洒兰雪。夫子还倜傥，攻文继前烈。

错落石上松，无为秋霜折。赠言镂宝刀，千岁庶不灭。

◎ 诗临其境

40多岁的李白游历山东的时候，写了这首称赞鲁仲连的诗：

都说泰山很高，但高不过鲁仲连的气节。都说大秦虎狼之师锐不可当，但抵不过鲁仲连的三寸不烂之舌。鲁仲连，你的气节屹立于天地之间，你的气度犹如清风洒香雪。

夫子（指诗人的朋友）你风流倜傥，勤攻文学，继承了鲁仲连的遗风。你的品格好比那石上松柏，秋霜也不能折损分毫。我赠你这些话和宝刀，让我们的友谊千秋万代，永不磨灭。

◎ 一句钟情

"独立天地间，清风洒兰雪。"

试问，李白是谁？李白是个狂人，他曾说："我本楚狂人，凤歌笑孔丘"，"仰天大笑出门去，我辈岂是蓬蒿人"。这么狂的一个人，居然毫不保留去赞美鲁仲连，尤其是那两句"独立天地间，清风洒兰雪"。

荀子曾说："天下不知之，则傀然独立天地之间而不畏，是上勇也。"

我傀然独立于天地之间，面对非正义，表现出大无畏的勇气来，这是勇的最高境界。

像春风一样潇洒，高尚的情操如同那洁净的白雪。这句诗写出了鲁仲连的潇洒风度。

◎ 诗歌故事

那么，大诗人李白为何如此推崇鲁仲连？与其说李白是推崇鲁仲连，倒不如说他是欣赏鲁仲连背后的侠义精神和高超的智慧。

鲁仲连，战国齐国人，纵横家，自幼勤奋好学，博闻强记，思维敏捷，口若悬河，胸藏甲兵，腹有奇谋。不过此人性格孤傲，恃才傲物，连孟尝君都不放眼里。

孟尝君是战国四公子之一，最喜欢养士，门客三千，士人无不趋之若鹜，但鲁仲连例外，他曾三次拒绝了孟尝君的邀请。

他说：我性格豪逸，崇尚自由，并不喜欢当个寄人篱下受人管束的食客，我不愿意与您门下那些个鸡鸣狗盗之徒为伍。

孟尝君只能自讨没趣。

鲁仲连虽然很狂妄，但他却从不追求私利，而且是哪里有危难就到哪里。《战国策》《史记》中都记载了鲁仲连"义不帝秦"的故事。

长平之战后，赵国损失惨重，元气大伤，秦国兵临邯郸城下。邯郸岌岌可危，赵国存亡只在朝夕之间。赵王向自己的盟国魏国求救。

魏王不能不义，兄弟有难，肯定不能见死不救，但秦国强大，魏王也害怕。于是魏王耍了个手段，他虽然派兵了，但只走到半路就停了下来，还派了一个叫新垣衍的潜入邯郸，劝说赵王归附秦国。

鲁仲连听说此事后非常震惊，他岂能容忍魏国这样的两面派行为，不仁不义，岂是大丈夫所为？于是，鲁仲连就去找新垣衍，开门见山地说：魏王只顾个人安危而不顾大局，将来也不会有好下场；能救魏国和赵国的唯一办法就是战场上击败秦兵，如果秦国灭了赵国，你魏国被秦国消灭也是迟早的事，而到时候你新垣衍也会一无所有。新垣衍被说服了，回国劝说魏王继续出兵。之后魏国公子无忌带魏国援兵赶到赵国，秦军退去。

事后，赵国平原君要送给鲁仲连一座城池，鲁仲连坚决不要。于是平原君又说给鲁仲连千斤黄金，也被他拒绝了。他说：

人世间最贵重的莫过于士人的气节，我又不是生意人，做点事情就收钱，那跟追名逐利的商人有什么区别？你这不是看不起我吗？然后不辞而别。

后来鲁仲连又帮助齐国劝退了燕国大将，齐国田单也要重谢鲁仲连，但依然遭到他的拒绝。鲁仲连说："吾与富贵而诎于人，宁贫贱而轻世肆志焉！"与其为了富贵而受人管制，我宁愿贫穷而卑微，却按自己的心意自在地活着。

多么高尚的情操，多么高尚的人格。不图荣华富贵，不为达官显贵。鲁仲连有着战国时代侠客的高贵人格、侠义的精神和自由的灵魂。这种独立人格和自由意志，与李白的追求和气质完全相符，难怪李白如此推崇他。

无障碍阅读

鲁连：即鲁仲连，战国时期齐国人。纵横家，有谋略但不愿任官职，气节高尚。

前烈：前人的功业。

兰雪：白雪。

 作家介绍　李白 (701—762)，字太白，号青莲居士，唐朝浪漫主义诗人，被后人誉为"诗仙"。蜀郡绵州昌隆县（今四川江油青莲乡）人。李白存世诗文千余篇，有《李太白集》传世。

佳句背囊

"明月出海底，一朝开光曜。"

出自李白的《古风》："齐有倜傥生，鲁连特高妙。明月出海底，一朝开光曜。却秦振英声，后世仰末照。意轻千金赠，顾向平原笑。吾亦澹荡人，拂衣可同调。"

其中"明月出海底，一朝开光曜"，跟"独立天地间，清风洒兰雪"有异曲同工之妙，都是赞美鲁仲连的，说鲁仲连的人格如同明月刚从海底升出来，一下子就可以用万丈光芒照耀人世间。

本文作者

颜威，历史爱好者，活跃于多家自媒体平台；头条号"颜威说历史"。

纵死侠骨香，不惭世上英

侠客行

(唐）李白

赵客缦胡缨，吴钩霜雪明。银鞍照白马，飒沓如流星。

十步杀一人，千里不留行。事了拂衣去，深藏身与名。

闲过信陵饮，脱剑膝前横。将炙啖朱亥，持觞劝侯嬴。

三杯吐然诺，五岳倒为轻。眼花耳热后，意气素霓生。

救赵挥金锤，邯郸先震惊。千秋二壮士，烜赫大梁城。

纵死侠骨香，不惭世上英。谁能书阁下，白首太玄经。

◎ 诗临其境

天宝三年，李白结束为期三年的翰林生涯，被唐玄宗李隆基"赐金放还"。他一路游历，先到洛阳遇见杜甫，后与杜甫同到大梁（今河南开封）遇到高适。三人志趣相投，各抒胸臆，纵谈天下大势。

大梁城有战国时期信陵君"窃符救赵"的传说。赵国都城邯郸被秦军围攻，危在旦夕，赵王向魏国求救。魏王慑于秦国淫威，踌躇不救。魏公子信陵君在闾巷游侠朱亥和侯嬴的帮助下，偷走魏王兵符，击杀魏将晋鄙，率领魏军精锐击败秦军，救了赵国。

李白"喜剑术，好游侠"，对朱亥和侯嬴两位游侠非常推崇，希望自己也能像两位侠客一样，辅佐明主，立不世之功。于是在游齐州时写下了脍炙人口的《侠客行》：

燕赵侠客，头系胡缨，腰佩宝剑，银鞍白马，疾若流星。十步之内可杀人，行走千里无人可挡。事成之后，拍拍身上的灰尘走人，连个姓名都不肯留下。

想当年，侯嬴、朱亥与信陵君结交，脱剑横膝，交相欢饮。三杯热酒下肚，一诺重于泰山。喝得眼花耳热，胸中意气纵横。

朱亥挥起金锤击杀晋鄙，消息传到邯郸，秦军人人震惊。二位壮士的豪举，千秋之后仍在大梁城传颂。纵然死去多年，侠骨犹香，不愧"盖世英豪"之美誉。

大丈夫生于世间，就要像他们一样轰轰烈烈，流芳千古。谁愿像扬雄那样，皓首穷经，老死窗下呢？

◎ 一句钟情

"纵死侠骨香，不惭世上英。"

燕赵自古多慷慨悲歌之士，前有侯嬴、朱亥帮助信陵君窃符救赵，后有荆轲、高渐离易水送别，提一匕首赴不测之强秦刺杀秦王嬴政。他们履行"士为知己者死"的承诺，不愿苟全性命于乱世，唯求流传英名于千古。

太史公司马迁说：游侠，言必信，行必果，已诺必诚，不爱其躯，不矜其能，羞伐其德。大意是说，游侠们答应别人的事，就是舍了性命也要办到。办成之后，不吹嘘自己的能力，不谋图对方的感恩，挥挥手飘然而去，不带走一片云彩。这种"超然"的做法令许多人向往。

今天，这一句诗常用来赞美那种为了理想而不怕牺牲的人，即便付出的代价很大，但为了追求理想，一切都是值得的。

◎ 诗歌故事

李白写《侠客行》，跟他四十年来的遭遇密切相关。李白出身于商人世家，其父李客是西域大商人，李白五岁时迁入四川江油定居。李白的几个兄弟都子承父业，在九江和三峡做生意。但是李白从小"不事产业"，他对经商不感兴趣，他的志向远大，要经世济民，也就是走仕途，做官。

当时大唐王朝的取士制度"科举制"已经成熟，想做官，就得考科举。只可惜根据大唐律法，商人和罪人之后是不能参加科举考试的，一旦被发现，轻则充军发配，重则满门抄斩。李白走"正道"当不了官，只能另辟蹊径，便是参军。

参军之前先要练一身武艺，方能投笔从戎，在边疆效力，像《水浒传》中杨志说的那样："用一刀一枪博个封妻荫子。"

当时很多有志青年都走了这条路，李贺就说"男儿何不带吴钩，收取关山五十州"。跟李白、杜甫一起喝酒的高适，三人分别之后就参了军，投靠河西节度使哥舒翰，担任掌书记，在安史之乱平定叛军的战争中屡立战功，官至节度使，死后封侯。

李白也想过从军，他从小喜欢剑术，还想跟大唐第一剑术高手裴旻学习。只可惜李白虽然仰慕前贤的行为，但是纯属"叶公好龙"，并没有效法前贤"士为知己者死"的想法。他写完《侠客行》之后，并未投笔从戎，而是出家当了道士。

他终归是个诗人，而不是侠客。

佳句背囊 "侠客不怕死，怕在事不成，事成不肯藏姓名。"出自唐代元稹的《侠客行》。这首诗称赞了西汉时的一位刺客。袁盎是西汉大臣，深得汉景帝信任。但在立储问题上得罪了梁王刘武，刘武就派刺客来刺杀他。第一个刺客不忍心，主动告诉袁盎说自己是梁王派来的刺客，因为敬佩他的人品，所以放弃行动，但后面还会有刺客，要他小心。袁盎于是加强戒备，但后来仍然被刺杀了。

本文作者

唐风宋月：文史作家，专注唐宋史多年，出版有《历史真有故事／大唐盛世》一书。

可怜夜半虚前席，不问苍生问鬼神

贾生

(唐) 李商隐

宣室求贤访逐臣，贾生才调更无伦。

可怜夜半虚前席，不问苍生问鬼神。

◎ **诗临其境**

这是一首咏史绝句，约作于唐宣宗大中二年（848）：

汉文帝求取贤才，在未央宫的前殿正室隆重地接待贾谊，要向这位曾被放逐的臣子征求意见，贾谊才华出众，应该可以不负皇帝所望。

可惜的是两人谈到夜半时分，汉文帝空自留神倾听，移座向前，询问的不是苍生大计，却是有关鬼神的事。

◎ **一句钟情**

"可怜夜半虚前席，不问苍生问鬼神。"

贾谊，生于西汉初年，少有才名，21 岁被举荐，汉文帝征召并授予他博士的职位。贾谊是当时年纪最小的博士，人生仿佛就此开挂。后又因言辞出众，见解独到，被破格提拔，一年之内便升任太中大夫。

可是年少得志、意气风发的贾谊遭到朝廷大臣周勃、灌婴等人的嫉妒，他们在汉文帝面前进谗言，诽谤贾谊"年少初学，专欲擅权"，于是贾谊被逐，流放长沙。

后来贾谊又被汉文帝召回，皇帝在宣室接见了他。那一夜，皇帝向贾谊询问"鬼神之本"，贾谊说得头头是道，皇帝听得如醉如痴，最后皇帝盛赞了贾谊。

但是汉文帝这一声迟到的赞赏对于贾谊又有何用？皇帝终究问的是鬼神之道，而非苍生大计，不能施展政治抱负的贾谊在 33 岁那年郁郁而终。

写下这首诗歌的李商隐，同样面临少有才名、苦于仕途不顺的人生困局。

◎ 诗歌故事

这一年，37 岁的李商隐历经漂泊，终于又回到了长安。只是离开十年，他又回到了起点，还是做那个职位低微的小官，仕途只有"伏"而没有"起"。屋里灯光昏暗，往事在摇曳的烛光中一段一段涌来。

他九岁丧父，作为长子，小小年纪便担起奉养母亲的责任。

少年时他给别人抄书挣钱，补贴家用。16岁时著《才论》《圣论》，凭借文章为自己赢得了声誉。

17岁时他遇到了生命中的贵人——天平军节度使令狐楚。令狐楚欣赏他的才华，聘他入幕为巡官，并教授他骈文，让自己的儿子与他一起学习。

此后几年，除了短暂的出游，李商隐一直在令狐楚的幕中，努力学文，积极应试。令狐楚调任后，他曾赴玉阳山、王屋山一带隐居学道。开成二年（837），也就是李商隐25岁那一年，他再次参加科举考试，经令狐楚引荐而登进士第。

次年，他到泾原节度使王茂元幕中任职，王茂元同样欣赏他的才华，并且把女儿嫁给了他。

一个贵人助他实现金榜题名的梦想，另一个贵人让他有了洞房花烛的惊喜。但是当时朝廷牛李党争激烈，令狐楚属牛党，而王茂元属李党，所以当李商隐娶了王茂元的女儿后，牛党诟病他"背恩"，他被挤在两党相争的夹缝里一直无法抬头。

人到中年，绕了一圈，他又回到长安。白天，故友来访，谈论起当今的天子，据说当今皇上还是像死于修道的先皇一样，热衷于服药修仙，对于政事很少过问。李商隐有感于自己的人生，提笔写下《贾生》，写历史，也讽喻现实。

无障碍阅读

贾生：指贾谊，西汉著名的政论家和辞赋家。

宣室：西汉未央宫前殿正室，汉文帝接见贾谊的地方。

可怜：可惜。

前席：在席上移膝向前。古人席地而坐，当听得聚精会神时，不知不觉膝盖往前，向对方靠近。

作家介绍

李商隐（813—858），字义山，号玉谿生，怀州河内（今河南沁阳）人，是晚唐最杰出的诗人之一，与杜牧齐名，并称"小李杜"；与温庭筠齐名，并称"温李"；又与李白、李贺合称"三李"，现存诗歌约六百首。代表作有《夜雨寄北》《乐游原》《锦瑟》等。

佳句背囊

"桐花万里丹山路，雏凤清于老凤声。"

出自李商隐的《韩冬郎即席为诗相送·其一》，意思是说：丹山绵延万里，桐花盛开，凤凰鸣叫，"雏凤"的声音比"老凤"的要清脆悦耳。"雏凤"指晚唐著名诗人韩偓，李商隐称赞韩偓的诗歌要比父亲韩瞻的言语清丽。这两句诗后来指青出于蓝而胜于蓝。

本文作者

邓月莲：爱读书，喜写作，有多篇文章发表在国家级报纸期刊上。

青山依旧在，几度夕阳红

临江仙·滚滚长江东逝水

（明）杨慎

滚滚长江东逝水，浪花淘尽英雄。是非成败转头空。青山依旧在，几度夕阳红。

白发渔樵江渚上，惯看秋月春风。一壶浊酒喜相逢。古今多少事，都付笑谈中。

◎ 诗临其境

这首《临江仙》是明代文学家杨慎所作，清初毛宗岗父子在对罗贯中《三国志通俗演义》重新修订时，将此词列为全书卷头词；这首作品被大家熟知，还是缘于电视剧《三国演义》的播出，《临江仙》作为片头曲，慷慨悲壮的内容，经杨洪基老师浑厚的嗓音演唱，给人以苍凉悲壮感受的同时，又有一种激昂和豁达的情绪在其中。

开篇两句"滚滚长江东逝水，浪花淘尽英雄"，让人想到苏轼的词"大江东去，浪淘尽，千古风流人物"，以江水一去不复返的客观存在告诉世人，无论人生如何伟大，在历史的长河中，也不过是浪花一朵，滚滚流逝东去。

"是非成败转头空。青山依旧在，几度夕阳红"，"是非成败转头空"所表现出来的是作者豁达超然的人生感悟，同时也不乏悲凉的意味。通过"青山""夕阳"这亘古不变的现象和"东逝水"作对比，来告诉人们，在永恒的宇宙自然面前，在飞逝的岁月中，人类的个体生命是多么短暂和虚幻。面对永恒的天地、自然和无尽的岁月的时空背景，个体生命的短暂和死亡带来的虚无，世俗的名利追求是多么的没有意义和价值！成为英雄又怎样？成就了功业又如何？和宇宙间的永恒比起来，英雄人物只会随着流逝的江水消失得不见踪影。

"白发渔樵江渚上，惯看秋月春风"，"白发"指年岁已高，"渔樵"表示平民身份；"秋""春"指的是岁月。杨慎以一个冷眼看世事的"白发渔樵"的形象，表达了自己的超然人生态度。"惯看秋月春风"说的是历经世事沧桑；有过远大的理想，也曾有过成功的荣耀，有过显赫的地位，也经受了失败的屈辱和生命的磨难，继而能够从容面对。

"一壶浊酒喜相逢。古今多少事，都付笑谈中"，作者用"浊酒"来表现与朋友相聚，看重的是共同的志趣，意不在酒。古往今来多少事，也都在把酒笑谈中，即使像曹操、周瑜这样的英雄豪杰，又算得了什么，也只不过是历史过客，是人们茶余饭后的谈资罢了。

滚滚长江向东流，不再回头，多少英雄像翻飞的浪花般消逝，是与非、成功与失败，都是短暂不长久的，只有青山依然存在，依然日升日落。

江上白发渔翁，早已习惯于四时的变化。和朋友难得见了面，痛快地畅饮一杯酒，古往今来的纷纷扰扰，都成为下酒闲谈的材料。

◎ 一句钟情

"青山依旧在，几度夕阳红。"

今天我们再来读杨慎的这首诗，仍会被他作品中的情绪深深感染。特别是这句"青山依旧在，几度夕阳红"，告诫我们必须直视人生，要明白人无论平庸还是伟大，富贵或者贫贱，生活中都会存在喜怒哀乐，我们不应因逆境而悲观。

人需要建功立业，也要具备英雄气概，但要正确看待是非成败，不能过多计较个人名利得失，要用乐观的心态去过生活，放眼大自然，仰望青山，醉看夕阳，就会觉得人如尘埃一般渺小，何必对那些功名利禄苦苦执着呢？

一切繁华都是过眼云烟，只有青山依旧，夕阳如故，我们还是来好好享受大自然带给我们的美妙感受吧。

◎ 诗歌故事

这首词，没有丰富的阅历是写不出来的。词中的意境来源于作者的心境，创作《临江仙》时，杨慎已经人至暮年，回忆就似滚滚东去的长江水，让他心中感慨万千，慷慨悲壮之情油然而生。其中有旷达，也有悲凉。

杨慎，四川新都人。父亲杨廷和是明朝著名宰相。杨慎7岁时便已经很有名气了，23岁状元及第，做了翰林院修撰。但这时，他遇上了政治生涯中的一次转折——

明武宗没有儿子，他死后，由堂弟朱厚熜继位，也就是嘉靖皇帝。事情出在嘉靖身上，他一登上宝座，就想追认他的生父为皇帝，这种举动在今天看来没什么，但在当时的文化背景下，违背了封建宗法。杨廷和父子和许多大臣都反对他的做法，以致杨廷和辞官，杨慎联合二百多人在左顺门"撼门大哭"，说"国家养士一百五十年，仗节死义，正在今日"。

但嘉靖皇帝毫不让步，他将参与者全部廷杖后贬谪。这就是明朝著名的"大礼议"事件。事件的首要分子杨慎两次遭廷杖后，被削籍贬戍云南永昌卫。

嘉靖对杨廷和父子的怨恨极深，以至于杨慎此后都没能重回京城，后半生都是在云南度过，72岁卒于云南。

杨慎生于富贵之家，状元出身，志向高远，却因为"大礼议"事件被流放，地位一落千丈，这样的严重后果估计杨慎也没有料到。在三十多年的流放生涯中，杨慎受尽了屈辱和磨难，一生抱负化为泡影。但杨慎并没有因此沉沦，他仍是勤读诗书，笔耕不辍，和当地文人交流，从书籍中总结出人生哲理，《临江仙》就是在这样的背景下创作出来的。

在这首《临江仙》中，杨慎以一个置身事外的"渔樵"形象，用一种超然的态度看待古往今来的历史英雄人物，视功成名就为过眼云烟。但即便如此，杨慎也没有失去理想和人生的目标，仍然以敬畏生命的姿态笑对生活。杨慎的这种自信、平和都源于他对大自然的客观感知，他认识到人作为个体生命，不过是宇宙里的一颗尘埃，但也有其存在的价值和意义，能够在自然中被巍巍青山、绚烂夕阳、浩浩荡荡的江水所感动，本身就是一种美好的体验。

无障碍阅读

临江仙：词牌名，原为唐代教坊曲名。
淘尽：荡涤一空。
渔樵：渔翁、樵夫，代指隐居不问世事的人。
渚（zhǔ）：原意为水中的小块陆地，此处意为江岸边。

作家
介绍

杨慎（1488—1559），字用修，号升庵，四川新都（今四川成都新都区）人，祖籍江西庐陵。明代文学家，被公认为明代三大才子之一，陈寅恪称"杨用修为人，才高学博，有明一代，罕有其匹"。

一片醉生梦死、麻木不仁，诗人竭力想做点什么。

于是诗人说：

陶渊明的诗作中喜欢写荆轲的故事；想象他写《停云》诗的情景，忍不住发出浩然的歌叹。

读到古人报恩复仇的事迹，禁不住心潮翻涌；因为江湖上能够锄强扶弱、仗义行侠的英雄豪杰已经不多了。

◎ 一句钟情

"吟到恩仇心事涌，江湖侠骨恐无多。"

每个人心中都有一个侠客梦：剑走江湖，行侠仗义。

《史记》有云："（侠者）其言必信，其行必果，已诺必诚，不爱其躯，赴士之厄困。"张潮在《幽梦影》里说："胸中小不平，可以酒消之；世间大不平，非剑不能消也。"

从某种意义上说，侠者是我们对社会的一种美好寄托：锄强扶弱是侠肠，磊落正直是侠气，英雄豪杰是侠骨。

侠之大者，为国为民。

◎ 诗歌故事

在很多人印象中，谭嗣同是一个典型的文人形象，但其实，谭嗣同是个武术技击高手，他有过许多授业老师，曾跟随通臂拳胡七学过铜、太极拳、形意拳，跟大刀王五学过单刀，跟父亲的部属刘云田学过骑马射猎，能"矢飞雁落，刀起犬亡"。

在二十多岁时，谭嗣同携剑出塞，并作诗云："笔携上国文光去，剑带单于颈血来。"当时西北天气恶劣，遇西北风大作，沙石击人，如中强弩，他却偏好"臂鹰腰弓矢，从百十健儿，与凹目凸鼻黄须雕题诸胡，大呼疾驰，争先逐猛兽"。也正是这种江湖气质，才让谭嗣同产生反清的民族主义思想。可惜的是，轰轰烈烈的戊戌变法，最终只热闹了百日，便以失败告终。

当维新党人收到消息后，纷纷开始逃亡，谭嗣同却不肯逃。日本使馆有门路让他跑，梁启超等人也劝他，他却死也不跑。他觉得这个国家急需拯救，如果这次脱逃，以后可能一生就不会再有什么机会。于是他说："各国变法，无不从流血而成，今中国未闻有因变法而流血者，此国之所以不昌。有之，请自嗣同始！"

在临死前，他在牢狱中题诗："望门投止思张俭，忍死须臾待杜根。我自横刀向天笑，去留肝胆两昆仑。"随后慨然赴死，享年33岁。

斯人若彩虹，遇上方知有。如果不是有谭嗣同这样活生生的例子，我们可能很难相信，这个世界竟然真的会有为纯粹的信念而慨然赴死的勇士。有道是"我不入地狱，谁入地狱"，"虽千万人吾往矣"，谭嗣同，足以称得上是一名真正的侠者！

1904年6月，谭嗣同棺木辗转运回湖南原籍，归葬于浏阳市城南嗣同村石山下，墓前华表有一副对联：

亘古不磨，片石苍茫立天地；

一峦挺秀，群山奔赴若波涛。

无障碍阅读

陶潜：陶渊明，名潜，字渊明，自号"五柳先生"，东晋著名田园诗人，作有《咏荆轲》一诗，又有《停云》诗。

荆轲：也称庆卿、荆卿、庆轲，战国时期著名刺客，战国末期卫国朝歌（今河南淇县）人，好读书击剑，受燕太子丹所遣，入秦刺秦王嬴政。

作家介绍

龚自珍（1792—1841），字璱人，号定盦（一作定庵），浙江临安（今浙江杭州）人。晚年居住在昆山羽琌山馆，又号羽琌山民。清代思想家、诗人、文学家和改良主义的先驱者。主张革除弊政，抵制外国侵略，曾全力支持林则徐禁除鸦片。48 岁辞官南归，途中写成著名的《己亥杂诗》，共 315 首。被近代文人柳亚子誉为"三百年来第一流"。著有《定盦文集》。

佳句背囊

"千古江山，英雄无觅，孙仲谋处。"

出自南宋词人辛弃疾《永遇乐·京口北固亭怀古》，其中"千古江山，英雄无觅，孙仲谋处"句，词意上与"吟到恩仇心事涌，江湖侠骨恐无多"有共通之处。在这句词中，辛弃疾登临怀古，眺望河山，想起三国时那年纪轻轻就据守一方的孙权，再看看现如今的南宋朝廷，只能感慨像孙权这样的英雄人物越来越少。但是，辛弃疾却并没有因此悲观，而是依然希望自己能为国家效力！

"一身转战三千里，一剑曾当百万师。"
出自王维《老将行》。在诗中，诗人刻画了一位军中老将，他青壮年时武艺高强，身经百战，却因年老而被弃，在种田卖瓜中蹉跎岁月，令人叹惋。所引这句诗的意思是：将军曾在沙场上转战三千里，无惧生死，一人一剑，威力可当百万雄师。

本文作者

本名赵国栋，今日头条优质历史领域创作者。

十四万人齐解甲，更无一个是男儿

述国亡诗

（五代）花蕊夫人

君王城上竖降旗，妾在深宫那得知？

十四万人齐解甲，更无一个是男儿。

◎ **诗临其境**

这首诗的作者花蕊夫人，是五代十国时期后蜀国君孟昶的妃子。诗的意思不难懂，表达了作者身为深宫女子，遭受国破家亡时的心酸、无奈与激愤之情：

君王在城上竖起了降旗，做了俘虏；我一介女流，生活在深宫之中，哪里晓得这些战场拼杀的事情？敌人打来，十四万军队都卸下甲衣、扔下武器，束手投降，就没有一个是热血男儿，愿意保家卫国、血战到底！

◎ 一句钟情

"十四万人齐解甲，更无一个是男儿。"

从这句中，我们分明读出了一种无奈和恨铁不成钢。"十四万人"不战而降，居然没有一个为国家献身的志士，没有一点男儿气概。诗人以女子身份痛斥不战而降的十四万人枉为"男儿"。

诗人已经忍无可忍，紧接着一句"更无一个是男儿"酣畅淋漓！诗人恨不能上战场保家卫国，只可惜自己是个弱女子无能为力；而那甘做阶下囚没有血性的"十四万男儿"，还不如一介女流有羞愧之心。

此诗写得很有激情，表现出诗人对亡国的沉痛和十四万人不战而降的痛切之情。诗词写得极富有个性，一个泼辣的女子形象跃然纸上，呼之欲出。前三句作为铺垫，虽泼辣而不失委婉，但最后一句突然爆发，有一种鞭打入骨的特殊效果。每次读这首《述国亡诗》，似乎都能感觉到花蕊夫人脸上的那种不屑与轻视，心中陡然生出一股豪气，大丈夫气概油然而生，堂堂须眉男儿应该金戈铁马，马革裹尸，方能显出英雄本色。

◎ 诗歌故事

公元 960 年，赵匡胤发动"陈桥兵变"，建立宋朝，即北宋。随后，北宋不断地征讨剿灭五代十国乱世中的割据小政权。964 年，北宋发动灭后蜀的战争，四十几天内就兵临成都城下，后蜀国君孟昶惊慌失措，开城投降。

孟昶及花蕊夫人被押解到了汴京（今河南开封），宋太祖赵匡胤早就听说过花蕊夫人的大名，如今一见更是羡叹不已，惊为天人。他令花蕊夫人当场作诗，花蕊夫人思考片刻，便吟出了这首《述国亡诗》。

事实上，宋军兵临成都城下时只有六万人马，而城内后蜀军队还有十四万人马，但都被宋军的声势吓破了胆。六神无主的孟昶也感慨叹息地说："我父子温衣美食，养士四十年，如今大敌当前，连个肯为我向敌人阵营里放一箭的人都没有，更不要说可以为我固守江山的人了！"

花蕊夫人身为女性，心中更是有着万般的心酸和不愿，她在诗中愤慨地质问：国家兴亡关头，本应该挺身而出为国家为妻儿而战的人都哪去了，"十四万人齐解甲，更无一个是男儿"！

宋太祖赵匡胤听了这首诗后，不仅不生气，反而对花蕊夫人更加爱慕不已。后来他将花蕊夫人纳为妃子，一度还想立为皇后，但遭到宰相赵普的反对，认为花蕊夫人是亡国妃子，立之不祥，赵匡胤考虑再三，听从了赵普的意见。

花蕊夫人的另一首词《采桑子》相传是在被押往汴京的路上所作，反映后蜀灭亡以后她内心的痛苦无助及对故国的思念：

初离蜀道心将碎，离恨绵绵，春日如年，马上时时闻杜鹃。

三千宫女皆花貌，共斗婵娟，髻学朝天，今日谁知是谶言。

离开家乡，心都要碎了，这种背井离乡的怨恨时时刻刻萦绕在我的心间。一路上明媚的春天却让人感觉到度日如年，骑在马上不时就能听见杜鹃鸟思念家乡的啼鸣。蜀国宫中的宫女们都有闭月羞花之貌，那时候大家在一起游玩，争奇斗艳，婀娜美貌赛过天仙。君王谱写万里朝天曲，大家梳高髻以示朝天，没承想朝天不是朝蜀而是投降宋朝的预言！

花蕊夫人和孟昶的感情非常好，花蕊夫人被迫成为赵匡胤的妃子以后，也念念不忘旧主孟昶，私下里还画孟昶的画像祭拜。后来她因介入宋廷权力之争，在立太子的问题上触犯了太祖弟弟、后来的宋太宗赵光义的利益。在一次打猎时，被赵光义于混乱中一箭射死。太祖虽然英明，也无从追究。

无障碍阅读

君王：指五代十国时期的后蜀国主孟昶（chǎng）。

妾：花蕊夫人的自称。

解甲：脱下盔甲，这里指投降。

 作家介绍 花蕊夫人，姓徐（一说姓费），青城（今四川成都都江堰）人，被后蜀国主昶封为慧妃，因貌美如花蕊，故称"花蕊夫人"。

佳句
背囊

"无言独上西楼，月如钩，寂寞梧桐深院锁清秋。剪不断，理还乱，是离愁。别是一般滋味在心头。"

南唐后主李煜和花蕊夫人一样有国破家亡的惆怅和无奈，他的《相见欢·无言独上西楼》中就深含亡国之痛、故国之思。这首词把李煜那种亡国的凄苦愁意和孤独无助的心理表现得淋漓尽致。李煜的内心是极度痛苦和凄凉的，李煜的愁苦悲愤和花蕊夫人的婉转凄凉如出一辙，唯一不同的是李煜为亡国之君，花蕊夫人为亡国之妾。花蕊夫人的无奈中多了一些悲愤和不甘。

本文作者 ————————————————————

智者无疆风清扬：本名毛万青，喜欢摄影、读书，尤其喜欢读历史。

第二辑

世间滋味

人生世间，会经历各种各样的事情，遇到各种各样的人。谁不是风霜在途，努力前行呢？品尝百味，看淡挫折，笑对生活……

宿昔青云志，蹉跎白发年

照镜见白发

（唐）张九龄

宿昔青云志，蹉跎白发年。

谁知明镜里，形影自相怜。

◎ **诗临其境**

唐朝开元年间，张九龄任宰相，但后来奸相李林甫得势，张九龄受到排挤，罢相，被贬到荆州，这首诗便写于被贬后。

我们仿佛看到，暮年的诗人站在镜前，注视铜镜，心里有理不清的忧思。尽管年岁渐长，但诗人仍然心怀壮志，渴望能够为百姓做些什么。

无奈之际，诗人说：

以前做宰相时，报效国家，日理万机，志向远大。现在做了长史，无事可做，蹉跎岁月，虚度年华。

谁知道照镜子时，才看到自己头发白了，老了。我深深地感慨，只有形体和影子相互同情。

◎ 一句钟情

"宿昔青云志，蹉跎白发年。"

诗人曾经豪情满怀，只是岁月蹉跎，经历过颠沛流离后，诗人看到镜中的自己，乌黑的头发被岁月洗礼，变得发白了，饱经风霜的面容也变得憔悴了。时光易逝，诗人却对此无能为力，心中有无限的壮志也难以施展，只能对着镜子顾影自怜。

诗人感慨时光匆匆，壮志难酬，实际上暗藏着对现状的不甘心。

庄子说："人生天地间，若白驹过隙，忽然而已。"人生于天地之间，就像一匹骏马驰过狭窄的缝隙，一瞬间就闪过了。

我们虽然无法延展生命的长度，但可以靠自己拓展生命的宽度。不过，人要如何在有限的生命里，做出无限的事情，这是值得我们深思的问题。

◎ 诗歌故事

人一旦遭遇失败，心态和情绪就容易陷入低谷，甚至出现自暴自弃的状态。殊不知，失败是一场考验，若能经受得住考验，便会见到不一样的风景，体味不一样的人生。

公元737年，张九龄被贬到荆州后，心里虽有诸多不甘心，但他并不像一般的士大夫那样痛不欲生，终日借酒消愁。

与此相反，张九龄将自己放任于山水之间，有时潜心研究经史子集，有时以诗会友，彻底展现出一种"穷则独善其身，达则兼济天下"的胸怀。

　　在荆州期间，张九龄多出许多空闲的时间，他便借着欣赏山水树木之际，创作了十二首《感遇》诗，诗句均是托物言志，体现出诗人高尚、理想的情操。在蘅塘退士选编的《唐诗三百首》里，张九龄的《感遇》诗被列为开篇之作，可见这一组诗的地位。

　　除此之外，张九龄有一首《望月怀远》，借助天上的明月，思念远方的亲人和好友。诗中，"海上生明月，天涯共此时"这两句与苏轼《水调歌头》里的"但愿人长久，千里共婵娟"有着异曲同工之妙，同样被后人铭记于心，流芳百世。

　　张九龄的诗集《曲江集》，内容是他对自己人生轨迹的回顾与整合，有些是诗人春风得意时的作品，有些是诗人落魄被贬时的作品，他将自己的思想情感融入诗集当中。因此，《曲江集》成为唐代诗文的精华之一，流传于世。

　　"宿昔青云志，蹉跎白发年。"表面是感叹岁月已逝，实际上深藏着一颗对现状不满的心，既然如此，不如沉下心来，做自己喜欢的事情，才不会辜负那颗躁动不安的心。这大概是这首诗中诗人真正想说的话吧！

无障碍阅读

宿昔：宿是怀有，昔是曾经、以前。

青云志：壮志凌云，志向远大。

形影：形体和影子。

作家介绍

张九龄（673—740），字子寿，号博物，韶州曲江（今广东韶关）人。唐朝开元名相、政治家、文学家、诗人。为人有远见卓识，敢于直言进谏，能够选贤任能，不趋炎附势。文学上，对五言古诗的发展贡献尤大。著有《曲江集》，被誉为"岭南第一人"。

佳句背囊

"塞上长城空自许，镜中衰鬓已先斑。"

出自南宋诗人陆游的《书愤》，其中"塞上长城空自许，镜中衰鬓已先斑"这两句抒发的是时光蹉跎、壮志未酬的悲愤之情，与"谁知明镜里，形影自相怜"有着共通之处：不知不觉时光已经逝去，无法追回，让人感慨。

本文作者 ————————————————

橙橙：今日头条原创黄 V 作者，曾获得青云计划奖励；微博认证读物博主；网易原创黄 V 作者。

白发悲明镜，青春换敝裘

武威春暮闻宇文判官西使还已到晋昌

（唐）岑参

岸雨过城头，黄鹂上戍楼。

塞花飘客泪，边柳挂乡愁。

白发悲明镜，青春换敝裘。

君从万里使，闻已到瓜州。

◎ **诗临其境**

　　岑参是盛唐真正的边塞诗人，先后两次出塞，整整在边疆军中生活六年，自唐以来的诗人中，再也找不出第二位。

　　岑参的曾祖父、伯祖父、伯父都曾官至宰相，"国家六叶，吾门三相"，家史显赫，因此自幼就有重振家业报国立功的抱负，只可惜屡不得志，直至三十多岁才谋得机会跟随大将高仙芝出塞，欲以军功建功立业。

　　出使西域路途漫漫，到陇山头时初遇宇文判官，彼时岑参仅有一腔报国壮志以及对西域风光的向往。然而两年过去，在安西四镇走马东来西往，白发多了，衣服破旧了，而功业并未建立，此时传来宇文判官出使顺利返回瓜州的消息，诗人感慨万千：

雨过城头，黄鹂飞上了戍楼。

塞花飘落客子的泪水，边柳牵挂行人的乡愁。

长了白发对着明镜悲叹，可惜青春只换来了破裘。

此次您又承担了远行万里的使命，听说现在已经到了瓜州。

◎ 一句钟情

"白发悲明镜，青春换敝裘。"

这句诗直抒胸臆，诗人抒发着青春易逝、岁月空老而功业未成的感怀。生老病死虽是人生的规律，然大好的青春年华匆匆流逝却没有建功立业实现自己的政治理想，多少有些壮志未酬的悲叹。

盛唐的读书人皆以天下为己任，诗人亦然，政治清明与否、仕途是否顺利都不影响诗人为国效劳报国建功的雄心壮志，为国为民之心一片赤诚，读来振聋发聩：我们活在当下这个时代，青春年华一样也在流逝，是否有远大的抱负，是否有清晰的目标，是否能不畏艰险地为着理想去跋涉？去奔袭？

◎ 诗歌故事

古人读书"学成文武艺，货与帝王家"，既有对自身学问的要求，更有辅佐帝王成就盛世的雄心壮志。新中国成立后完成扫盲，再到九年义务教育，几乎人人要读书，能读书。今人个个都可以是读书人，只是不知对个人的人生，对家，对国，还有多少雄心壮志？

岑参年二十不甘于隐居嵩山，自问：大丈夫生在世间，不能为国尽心尽力，只会写写诗，又有何用？友人提及当朝宰相李林甫把持朝政、排挤异己，不是出仕的好时机，岑参却道："朝廷什么时候都有忠臣奸臣，难道因此就不出去为国效劳了吗？"随即收拾行囊，作别友人，为了出仕的理想和自己的抱负出入二郡。

今人的 20 岁，多数还在大学校园求学，与古人比，哪怕曾经家世显赫、才情了得的岑参都出仕无门，蹉跎到 30 岁进士及第后才谋个闲缺难展抱负，今人的通道和选择其实要多得多，也广得多，只要目标清晰且为此不懈努力和奋斗，多能一偿夙愿，实现自己的理想和抱负。

"白发悲明镜，青春换敝裘"，青春和年华真的经不起虚度和蹉跎，每个人都仅此一生，我们来到这世间，我们要去经历最好的人生，我们要让整个世界因为我们的存在好上那么一点点，我们的寒窗苦读不仅是为了一纸文凭，我们的所作所为也不是为了买房买车再换房换车，我们值得拥有各自的理想，并为此去努力去实现，才不至于年华虚度，不至于大好青春换了件人生的破衣裳。

无障碍阅读

裳：名贵的皮大衣，是达官贵人才穿得起的，在这里暗指功业。

瓜州：即晋昌（今甘肃敦煌）。

作家介绍

岑参（约715—770），荆州江陵（今湖北荆州）人或南阳棘阳（今河南南阳）人，盛唐边塞诗代表人物，与高适并称"高岑"；曾任嘉州（今四川乐山市）刺史，故世称"岑嘉州"。诗文以意境新奇、气势磅礴、风格奇峭著称，边塞诗尤多，代表作有《白雪歌送武判官归京》，陆游曾称赞"以为太白、子美之后一人而已"。

佳句背囊

"君不见，高堂明镜悲白发，朝如青丝暮成雪。"出自诗仙李白的名篇《将进酒》，"你难道没有看见，在高堂上面对明镜，深沉悲叹那一头白发？早晨还是青丝到了傍晚却变得如雪一般。"与"白发悲明镜"情感是相似的，皆是在抒发年华已去的伤感。

本文作者

二级心理咨询师陈妥：看世界美好，写人间值得。

空名束壮士，薄俗弃高贤

留别广陵诸公

（唐）李白

忆昔作少年，结交赵与燕。金羁络骏马，锦带横龙泉。

寸心无疑事，所向非徒然。晚节觉此疏，猎精草太玄。

空名束壮士，薄俗弃高贤。中回圣明顾，挥翰凌云烟。

骑虎不敢下，攀龙忽堕天。还家守清真，孤洁励秋蝉。

炼丹费火石，采药穷山川。卧海不关人，租税辽东田。

乘兴忽复起，棹歌溪中船。临醉谢葛强，山公欲倒鞭。

狂歌自此别，垂钓沧浪前。

◎ 诗临其境

此诗又名《留别邯郸故人》。

詹锳《李白诗文系年》根据诗中内容，认为是李白从长安供奉翰林任上放还后南游之作，并系年于天宝六载（747），当时李白 47 岁。

可以说，李白的一生颠沛流离，时刻都在路上，不停奔走，不停游历，不停与人相聚，不停与友告别。这首诗是他又一次要告别朋友，踏上征途时所作。大意是：

回想年轻的时候，结识的都是燕赵豪杰。那时候骏马配的是金笼头，腰间斜挂的是青泉剑。信念坚定不移，想做的事没有白干的。现在年纪大了，在这方面有所懈怠，闲来练练书法。虚名浮利总是束缚有志之士，庸俗的世道往往抛弃高明贤才。中年时深受天子隆恩，进入翰林院舞弄笔墨。伴君如伴虎，骑虎难下，攀龙附凤忽然又登高跌重。还不如回家潜心道学，洁身自好韬光养晦。找来火石炼丹药，历尽山川去采药。隐居海边不问人事，租块田地聊以度日。兴致突然来了，就去湖海泛舟。快喝醉时跟朋友辞别，像当年山简一样准备往回走了。高歌一曲，自此作别，到沧海边打鱼垂钓。

◎ 一句钟情

"空名束壮士，薄俗弃高贤。"

"空名"就是虚名，虚名最能束缚人，任你是芸芸庸众，还是仁人志士，都很难摆脱它的桎梏。"薄俗"是浅浅的世道、世俗，这样的世道让高人贤士因难以适应而被边缘化。

总而言之，这两句诗更像是一种警世格言，读来给人振聋发聩之感。

◎ 诗歌故事

每次听香港摇滚乐队 Beyond 演唱《海阔天空》时，有这样一句歌词"原谅我这一生不羁放纵爱自由，也会怕有一天会跌倒，背弃了理想谁人都可以，哪会怕有一天只你共我"，都让我第一时间想起李白这个人。

他的一生，完全配得上"不羁放纵爱自由"这几个字。

正是由于这样的性情，他对为官做宰和金银钱财其实并不感兴趣，他只是想通过做官来展现自己的才华，实现他的政治抱负。

也是由于这种思想，他恃才放旷，又狂傲不羁，这就注定了他即便有幸做了官，起点就站在别人的终点上，其仕途也无法一路顺遂。

用世俗的眼光来看，李白的一生不算成功。爱写诗，爱喝酒，爱舞剑，爱交友，爱游历，但除诗歌之外，终没有在政治上建奇功，立伟业。可他身上最让我喜欢的是，中国古代文人的那种气质。

他与同时代的杜甫等人不一样，杜甫是很谦逊的，踏踏实实做事，可李白不一样。他稍稍有点自以为是，有点狂妄自大。凡事不做则已，要做就要做到最好，必须拔尖，这是李白的性情，也是他的锋芒。

正如他的诗歌《上李邕》里所写："大鹏一日同风起，扶摇直上九万里。假令风歇时下来，犹能簸却沧溟水。"意思是：

人生得意须尽欢，能飞多高飞多高，如果风停了，不能借力，飞不起来了，那也要落入海里，溅起滔天巨浪，甚至要让大海也颠簸震颤。

这是他的狂妄之处，也是他作为文人的浪漫情怀和亭亭风骨所在。

进也好，退也好，都要搞出一番动静，绝不可庸庸碌碌，默默无闻。

这无疑是一种积极乐观的生活态度，也不乏豪迈激昂，让我想起了之前在一本书里读到的一段话："一个人真的不能轻易对生活妥协，你以为是妥协一次，很可能就妥协了一生。而你退缩得越多，能让你喘息的空间就越有限；你表现得越将就，一些幸福的东西就会离你越远。有些时候退一步可以海阔天空，有些时候退一步可能就是万丈深渊。"

总之，就是要把目标定高，要对自己狠，要敢想敢干，要有天不怕地不怕的精神气概。

细想，还挺有侵略性和破坏力的，都是正能量，值得一赞。

无障碍阅读

龙泉：指龙泉剑，又名龙渊剑，始于春秋战国时期，距今有二千六百多年，是中国古代名剑，诚信高洁之剑。传说是由欧冶子和干将两大剑师联手所铸。

葛强：山简的爱将。

山公：即山简，魏晋时"竹林七贤"之一山涛的儿子，曾任镇西将军等。

佳句背囊

"贤豪赞经纶，功成空名垂。"
出自唐代诗人杜甫《奉送魏六丈佑少府之交广》，其中"贤豪赞经纶，功成空名垂"这两句，在诗意上与"空名束壮士，薄俗弃高贤"有异曲同工之妙，都有人生一世，虚名累人的感慨。

本文作者 ——————

思想碎碎念（柳雪敏）：心里有小追求，脑中有小想法，热爱生活，喜欢文字。

共谁争岁月，赢得鬓边丝

归家

（唐）杜牧

稚子牵衣问，归来何太迟。

共谁争岁月，赢得鬓边丝。

◎ **诗临其境**

杜牧，唐代杰出的诗人，这位文武双全的才子，梦想着在政治上也能有所建树。杜牧的成名篇就是著名的《阿房宫赋》。

而在《归家》一诗中，曾经的翩翩公子已过不惑之年，我们听到诗人感叹道：

年幼的孩子牵着我的衣襟，他扑闪着眼睛问我："您怎么才回家呀？"他稚嫩的话语敲打着我的心。

是啊，宦海浮沉，争名逐利，我是在和谁争这无穷岁月呢，最终却只换回了双鬓染霜！

◎ 一句钟情

"共谁争岁月，赢得鬓边丝。"

这句诗深邃且凝练，一个"争"和一个"赢"让人无限感慨。这是经年累月的思想积淀，是人过中年的迷茫困惑。总之，我们看到了一个不一样的杜牧，没有年少时"折戟沉沙铁未销，自将磨洗认前朝"的豪放不羁，也失去了"远上寒山石径斜，白云生处有人家"的淡然洒脱，亦没有"多情却似总无情，唯觉樽前笑不成"的哀婉离情，有的只是无限悔意和绵绵遗憾。

这一个"争"不禁让人想起陆游的一句"无意苦争春，一任群芳妒"。陆游是淡泊的，杜牧是苦涩的。

这一个"赢"又不免忆起辛弃疾的"了却君王天下事，赢得生前身后名"。辛弃疾笔下衰败的宋王朝、杜牧心中的大唐，都是壮志难酬的感叹。

岁月无痕，年轮渐增，一代名家也有难解的思绪，这首诗正是杜牧诗歌去除文字雕琢的朴实风格体现。

◎ 诗歌故事

杜牧的为官之路并非一帆风顺，他因卷入朝中两位重臣：牛僧孺和李德裕之间的朋党之争，而被外放到黄州任刺史，以致报国建功无门。虽然从政之路看似被堵，但是创作之门豁然打开，脱离朝政核心的杜牧自此开启了诗歌高产的时代。

《归家》创作于杜牧外放江西任职之时，他感怀于离家太久的思念心绪，感念于常年客居的凄凉心境，创作了这首羁旅怀乡的诗作。

有一种说法是："共谁争岁月，赢得鬓边丝"这句诗出自唐代诗人赵嘏的《到家》。赵嘏（约806—约853），字承祐，年轻时喜欢四处游历，留下诗篇二百余首，其中尤以七律和七绝最为出众。《到家》全诗如下："童稚苦相问，归来何太迟？共谁争岁月，赢得鬓边丝？"

通过对比不难发现，杜牧的《归家》和赵嘏的《到家》仅有首句不同，但整首诗的词意却无甚差别。没有近乡情更怯的思情，却是疏于陪伴家人的自责。

无障碍阅读

稚子：小孩子，诗中特指杜牧的儿子。
鬓边丝：鬓角两边的白头发。

佳句背囊
"白发催年老，青阳逼岁除。"
出自孟浩然的《岁暮归南山》，"白发催年老，青阳逼岁除"与"共谁争岁月，赢得鬓边丝"有异曲同工之妙，都是对岁月无情流逝的一时感叹。

本文作者

雪忆柔，自媒体创作者，一个喜欢在书海和光影世界感知世间美好的文学爱好者。

时来天地皆同力，运去英雄不自由

筹笔驿

（唐）罗隐

抛掷南阳为主忧，北征东讨尽良筹。

时来天地皆同力，运去英雄不自由。

千里山河轻孺子，两朝冠剑恨谯周。

唯余岩下多情水，犹解年年傍驿流。

◎ **诗临其境**

罗隐是晚唐著名诗人，文学家。大中十三年（859），罗隐
到达京师，准备参加进士考试，结果没考中。不仅如此，后面
接连考了七年都不曾中第。关于这段经历，罗隐自己是这样说
的："十二三年就试期。"而历史上的记载也十分直白，谓之"十
上不第"。

铩羽而归的罗隐回家途中顺便游览了位于蜀道上的筹笔驿。
据闻当年诸葛亮北伐曾在此驻军，运筹策于帷帐之中，决胜负
于千里之外，故名"筹笔驿"。

罗隐漫游川蜀来到此处，回想往日诸葛亮于此运筹帷幄，何等英雄气概，奈何天意弄人，出师未捷身先死。今日我罗隐满腔热血，却同样命途多舛，时运不济。

于是诗人感叹道：

诸葛亮告别南阳的隐居生活，出山为先主刘备排忧解难，北征东讨四处征伐竭尽全力出谋划策。

当时机到来，时势顺利的时候，连天地仿佛都与他同心协力，可是一旦时运不济，就算英雄也身不由己。

蜀汉千里江山被后主刘禅轻易抛弃，若他泉下有知，一定会恨劝降的谯周。

现如今只剩下山岩旁多情的一江春水，仍然懂得他，陪着他，年复一年绕驿奔流。

◎ 一句钟情

"时来天地皆同力，运去英雄不自由。"

这句诗是流传千古的名句。这一句看似是在怪命运不济，在为诸葛亮北伐失败找理由，实际上是诗人内心的自我宽慰，是诗人内心与那个不甘的自己逐步和解。

"时来天地皆同力"，当运势到来，天地仿佛都在帮诸葛亮，当年赤壁之战，既有长江天险可依，又有东风相助，火烧曹操战船，大败曹军，何等雄姿英发，可谓天时地利尽占。

但运势不是一直都在的，一旦运势过去，当张飞、关羽等虎将接连殒命，身边无可用之人时，英雄也难尽展所长，身不由己。

正如雷军所说：站在风口，猪都能飞起来。运势来了，挡都挡不住，但是一旦风过去了，运势机会都过去了，该怎么办，这才是我们应该思考的问题。

这世界总有一些事我们是做不成的，这不关乎能力，是真的时运不济。也即"谋事在人，成事在天"。

◎ 诗歌故事

世界是复杂的，一方面我们要努力拼搏，另一方面，努力之后如果还是失败了，也要学会"和自己和解"。生活中很多人很容易学会与自己为敌，却可能一辈子也学不会与自己和解。所以老是搞得自己愁肠百结，愁眉不展。

而罗隐这首诗，尤其是"时来天地皆同力，运去英雄不自由"一句，实际上就是在教会我们认清现实，学会与自己和解。

纵观诸葛亮一生，多智近妖，屡献良谋。发明木牛流马、诸葛连弩等器械。二十七岁隆中对策，察天下大势，献三分之计。而后取西蜀，定南蛮，东和孙吴，北拒曹魏，火烧赤壁，六出祁山，七擒孟获。在先主刘备去世后，自公元 228 年春至 234 年冬，先后五次北伐曹魏，为匡扶汉室呕心沥血，鞠躬尽瘁。无奈时运不济，均以失败告终，最后一次直接病逝于五丈原，终年 54

岁，徒留后世泪湿沾襟。

反观罗隐一生，虽然"十上不第"，但是能认清现实，懂得与自己和解，保持乐观心态。所以罗隐活了77岁。

"得即高歌失即休""今朝有酒今朝醉"，这才是真实酣畅的人生。纵然再多智谋，时运不济，依然英雄末路，壮志难酬。

命中有时终须有，命中无时莫强求。得之我幸，失之我命。

开心点，时来天地皆同力；看开点，运去英雄不自由。

无障碍阅读

筹笔驿：在四川广元，相传诸葛亮出兵北伐，曾驻军筹划于此。

抛掷：抛下、投掷，这里指离开、告别。

南阳：诸葛亮隐居的隆中属南阳郡。

北征：指北伐攻打曹魏。

东讨：指向东攻打孙吴。

时来：时机到来。

运去：时运过去。

孺子：小子，指蜀后主刘禅。

两朝：指蜀汉刘备、刘禅两朝。

冠剑：冠指文臣、剑指武将。此处指诸葛亮。

谯周：蜀臣，魏将邓艾率军攻蜀，他力劝后主投降。

作家介绍 罗隐（833—910），字昭谏，杭州新城（今浙江杭州富阳区）人，晚唐诗人、文学家。一生参加了十多次考试，均未考中，史称"十上不第"。黄巢起义后，避乱隐居九华山；后归乡依吴越王钱镠，历任钱塘令、司勋郎中、给事中等职。其讽刺小品文成就较高，著有《两同书》《谗书》等。

佳句
背囊

"东风不与周郎便，铜雀春深锁二乔。"
出自唐代诗人杜牧《赤壁》，"东风不与周郎便"与"铜雀春深锁二乔"形成因果关系，正是因为有东风相助，所以周瑜才能取得赤壁之战的胜利，此即是本诗中的"时来天地皆同力"。而如果没有东风相助，火烧赤壁的计划便不能成功，如此，曹操渡过长江，直指东吴，即便英姿勃发的周瑜也无可奈何，只能任由二乔被曹操掳走，便是此诗中的"运去英雄不自由"了。

本文作者

丁十二：喜诗词，偶有拙作；好读书，不求甚解；苏轼的众多仰慕追随者之一。

天衢名利场，尘泥继朝昏

闻景仁迁居计昌为诗寄之（节选）

（北宋）司马光

天衢名利场，尘泥继朝昏。况兹辞荣久，厌苦车马喧。
慨然忽高举，翩若黄鹄翻。朝卖西城宅，暮理南行辕。
回首岂无怀，眷眷望国门。想象解装初，完美未可论。

◎ 诗临其境

北宋神宗熙宁至元丰年间，王安石发起了变法，一时间朝廷官员因支持或反对变法，形成了两大阵营。作者司马光的好友范镇（字景仁）正是在此背景下，因直言反对变法而被排挤出朝廷。两人曾经相约，退休后同到洛阳居住，不料范镇出了此事，提前迁居计昌。司马光想到这里，顿感孤独，也为好友的遭遇牵肠挂肚，写下了一番感慨：

宫廷的波谲云诡不过是追名逐利之所，化作尘泥亦不过朝夕之间。你我很久前已远离了皇帝的眷顾，对车马喧嚣的京华烟云早已厌倦。感慨突然间的离别，你我像翻飞的黄秸。早上卖掉西城的住宅，晚上踏上南行的路途。回望岂能没有感怀？只能依依不舍地望着京都。设想到达目的地解下行囊之时，说不定又是另一番美好……

接下来，诗人想象老友到达许昌后的情景，怎么安置新家，怎么安顿新的生活，期待老友在畅享欢乐的时候，要时时给自己写信，以慰藉独守京城的诗人。

◎ 一句钟情

"天衢名利场，尘泥继朝昏。"

一句话，道尽了宦海沉浮的无常。

诗人感怀人生命运身不由己的苦楚，虽时常心怀社稷、胸有丘壑，有志于铁肩担道义，亦不能阻止朝廷中假借变法追名逐利之辈。

诗人又喟叹朝夕之间人生剧变的无奈，转眼间，自己与好友同被贬谪出京，理想抱负化为尘泥，曾经的经天纬地之才再难施展。

天衢雄伟，何其高远！尘泥渺小，何其卑微！

司马迁说："天下熙熙，皆为利来；天下攘攘，皆为利往。"司马光与好友范镇却一反世俗，拒绝与变法派朋比为奸、结党营私，这既是对个人主张的坚定，又是对皇帝的善意提醒。

"尘泥"，又何尝忘却过忧国忧民！

◎ **诗歌故事**

历经沧桑，才知道真情的可贵。人性习惯在乱花迷人处沉醉，于狂澜既倒前沉沦，没有谁的人生自始至终一帆风顺，逆境中你会选择同流合污？还是洁身自好？人生的成色就在此刻分际、显现。

"天衢名利场，尘泥继朝昏。"这句分量沉重的诗句，让我感慨万千的还是三起三落的唐代中兴名将郭子仪。

我们知道，郭子仪平定了安史之乱，立下不世功勋。然而在真实历史上，郭子仪承受着皇帝猜忌、宦官进谗、下属背叛等方方面面的压力，但是郭子仪身处名利场旋涡中心，被排挤后，不因个人得失而生怨；被征召平乱，元气满满再上征途。郭子仪的心态，也正是在"沉浮"淬炼中显得愈发豁达。

一次，郭子仪手下部将出征临行前来拜望，竟发现这位曾经威震天下、如今赋闲在家的大元帅正在"伺候"妻女梳妆打扮，部将不知所措，郭子仪却丝毫不以为意。在他看来，社稷危机时，自当有战死沙场、马革裹尸的气魄；鸟尽弓藏时，也要有含饴弄孙、恬静自守的襟怀。

很多人奔波于富贵显达，得意时忘乎所以，失意时妄自菲薄，困境中更是戚戚于贫贱，汲汲于富贵，人生格局始终难以"更上一层楼"，外在物质与内在精神一无所获，白白虚度一生。

当你感伤于"人生不如意事十之八九"时，请你记得，还有一个精神世界可以挖掘，那里有山、有水、有朋友、有家人……

庸常俗世之外，还有更为迷人的精神之家，恰似夜空中的月，不耀眼、不灼热，却始终散发着温存、宁静的光。

无障碍阅读

天衢：天空广阔，任意通行，如世之广衢，故称天衢。这里应该指京都的主街道。

作家介绍

司马光（1019—1086），字君实，号迂叟，陕州夏县（今山西运城夏县）涑水乡人，世称涑水先生。北宋著名的政治家、史学家、文学家，主持编纂了中国历史上第一部编年体通史《资治通鉴》，在中国官修史书中占有极重要的地位。

佳句背囊

"一封朝奏九重天，夕贬潮州路八千。"出自唐代韩愈的《左迁至蓝关示侄孙湘》，诗人早晨把一篇谏书上奏给朝廷，晚上就被贬离京八千里路程的潮州。韩愈写作此诗，同样是因为直言进谏而遭贬谪，相似的际遇，令两首作品的感情也很相似。

本文作者

爱读行动派：别具一格读历史，追问帝王将相荣枯背后的深层逻辑！

江头未是风波恶，别有人间行路难

鹧鸪天·送人

(南宋) 辛弃疾

唱彻《阳关》泪未干，功名馀事且加餐。

浮天水送无穷树，带雨云埋一半山。

今古恨，几千般，只应离合是悲欢？

江头未是风波恶，别有人间行路难！

◎ **诗临其境**

辛弃疾，一个满腔热血，一心报国，且又文武双全的豪放派词人，有着"词中之龙"之称，他所写的诗词，字里行间充满了家国情怀。

宋孝宗淳熙五年（1178）春天，原本担任江西安抚使的辛弃疾被朝廷任命为大理少卿。在从豫章赶回临安（今杭州）的途中，送别友人时，他写下了这首离别之作《鹧鸪天·送人》。

词的上片讲的是离别之情，已经唱完了离别的曲子眼泪还没有干，功名利禄变得不重要了，应当努力加餐才是；紧接着下一句是景色描写，衬托当时作者目送友人远去时的压抑心情。

值得注意的是这里的"且加餐"化用了《古诗十九首》中的"弃捐勿复道，努力加餐饭"，且这里的"阳关"也并非关隘，而是琴歌《阳关三叠》。

词的下片讲述了作者从离情别恨中看到了人生道路之艰难，先是用了反问句，古往今来多少事，难道只有离别才最悲伤吗？接着便道出了作者的心声，江头风浪虽然险恶，但远远比不上在人生道路上遇到的"人心"险恶，相比离别之情，因为人心而导致自己无法成事，才是最艰难、最可悲的。

◎ 一句钟情

"江头未是风波恶，别有人间行路难！"

这句词表达了作者对世间成事之难的感叹。它也可以说是辛弃疾人生遭遇的总结。辛弃疾一直极力主张收复失地，完成统一，因此得罪了朝中的大臣，不仅没有得到重用，还数次被贬官。

所以，在辛弃疾的眼中，江头的风浪虽然是恶的，但远远比不上人间道路的艰难，再结合辛弃疾的人生经历来看，比江头风浪更险恶的就是存在于人们心中的无形"风波"。他想要做大事，却一直被一些人阻挠，所以他才会感叹最险恶的其实就是人心。

◎ 诗歌故事

人生道路虽艰难，但辛弃疾依旧为朝廷担忧，在这首词写完的两年后，辛弃疾不顾大臣们的阻挠，毅然上奏朝廷建立了"飞虎军"。

淳熙七年（1180），南方盗贼猖獗，朝廷剿匪有心无力，在听从辛弃疾的建议后，开始筹建"飞虎军"，用来剿灭盗贼。辛弃疾的出发点是为了国家，但人心叵测，世事难料。

当时主管政权的枢密院官员数次阻挠辛弃疾，在建立"飞虎军"的问题上一直给他拖后腿，甚至建立飞虎军所产生的巨额军费都是辛弃疾自己筹措的，有人也因此状告辛弃疾借此机会搜刮钱财。于是，皇帝不分青红皂白下令让辛弃疾停止筹建"飞虎军"，"别有人间行路难"这句话正是辛弃疾的人生写照。他一心报国，没想到却处处受阻，按照当时的情况来说，他想要完成人生的理想抱负，难上加难。

不过，辛弃疾并没有因此放弃，那些大臣越是阻挠他，他就越有干劲，但是可惜的是"飞虎军"建成之日，辛弃疾就离开了此地，之后他更是被人弹劾罢官，赋闲在家。

无障碍阅读

鹧鸪天：词牌名。

唱彻《阳关》：唱完送别的歌曲。彻，完;《阳关》,

琴歌《阳关三叠》。

只应：只以为，此处意为"岂只"。

佳句背囊

"瞿塘嘈嘈十二滩，人言道路古来难；长恨人心不如水，等闲平地起波澜。"

此句诗出自唐朝诗人刘禹锡的《竹枝词》，诗中的这两句所表达的情感其实和"江头未是风波恶，别有人间行路难"相近：江河浪急看似凶猛，但远远比不上人生道路的险恶。

本文作者

话说史记：用心品味沉淀千年的历史。

我是人间惆怅客

浣溪沙

(清)纳兰性德

残雪凝辉冷画屏,落梅横笛已三更,更无人处月胧明。

我是人间惆怅客,知君何事泪纵横,断肠声里忆平生。

◎ **诗临其境**

纳兰性德是清初著名词人,父亲是大学士纳兰明珠,母亲是英亲王阿济格的五女爱新觉罗氏,可谓是含着金汤匙出生的"官二代"。他不光出身好,还有才,做了皇帝身边的红人。可财富、地位并非他心之所向,他想要的是同所爱之人携手过宁静祥和的生活。可就是这么简单的愿望,现实也不给他实现的机会。这首词写于他人生的后半程,纳兰性德在残雪之夜顾影自怜,听着远处的凄冷笛声,回忆平生的酸甜苦辣,不由得感慨道:

残雪凝住光辉,在画屏上映出一层冷光;夜半三更时分,一曲《梅花落》，笛音袅袅却颇为清冷，四下无人，更显月色朦胧。

我是这世间哀愁的过客，知道你为何而泪流满面，笛声断肠，你是记起了一生的愁苦滋味啊。

◎ 一句钟情

"我是人间惆怅客。"

这句诗是诗人的内心独白，惆怅之中又藏着心灵的桃花源。

惆怅是因为诗人追求闲云野鹤的淡泊人生，却偏偏囿于富贵之地；追求执子之手与子偕老的爱情，却偏偏多次与之擦肩而过。

"我是人间惆怅客"，他说我来人间一遭，只不过是个过客，从未真正融入这个世界。他的心里总有一片净土，"十里湖光载酒游"的闲适生活，"一生一世一双人"的理想爱情，他憧憬着这世间最纯洁的美好。

然而这个世界没有绝对的美好，诗人在现实中苦苦挣扎，找不到理想的依托，终是惆怅着过完了一生。

当代的文艺青年亦是如此，在现实的夹缝里求理想，撕裂了自己，却始终无法真正拥有理想的世界。

但他们却是真正遵从本心而活着的一批人，现实中他们或许没能获得幸福，但他们创造了真正意义上的美好，不管是"十里湖光载酒游"，还是"一生一世一双人"，多年之后，依然会成为人们心目中的桃花源。

◎ 诗歌故事

"生而为人，我很抱歉。"太宰治的《人间失格》一度成了失意青年的避风港，理想的空间被现实狠狠地压榨，越来越多的人向现实妥协，放弃向往的远方。执着留下的文艺青年们，不得不将自己分成两半，一半留给现实，一半留给理想。而这样一分为二的生活，带来的是内心的苦闷与煎熬。

纳兰性德也是个不折不扣的文艺青年，他身处政治权力中心，却无心于功名利禄，只想过无拘无束的自在生活。可他承蒙圣恩，难以辞官归隐，更何况他的家族还需要他光耀门楣。

而他的爱情同样是求而不得，三个女子三段情，每一段都没扛过现实的打击。

第一个是他的表妹，他们心意互通，过了一段神仙眷侣的日子。可是表妹被选为秀女，两人只能分道扬镳。他说"人生若只如初见"，一切若都如初见那般美好又怎会惆怅满怀，可惜生活向来喜欢摧残美好，理想的爱情抵不过现实。

第二个是父母之命媒妁之言的卢氏。新婚之夜，他弃卢氏而去，可卢氏不卑不亢，用一腔柔情融化了他心里的冰。只是爱情拥有的时间太短，卢氏很快因为产子而亡故。"被酒莫惊春睡重，赌书消得泼茶香。当时只道是寻常。"婚姻里最为平淡幸福的日子，却不能长久拥有。正如李清照与赵明诚，才子佳人，却难逃阴阳两隔的命运。

第三个则是富贵人家最不能接受的歌伎沈宛，两人自以为真心相爱就能抵挡一切风雨，可沈宛踏不进纳兰家门，又饱受流言蜚语，终是受不住而选择了离去。

理想难以成为现实，惆怅就是想止也止不住，"我是人间惆怅客"，是他的独白，也是他的生命底色。

无障碍阅读

画屏：绘有彩画的屏风。
落梅：古代羌族乐曲名，又名《梅花落》，以横笛吹奏。
月胧明：指月色朦胧，不甚分明。

作家介绍

纳兰性德（1655—1685），满族正黄旗人，叶赫那拉氏，字容若，号楞伽山人，大学士纳兰明珠长子，母为英亲王阿济格第五女爱新觉罗氏。深受康熙皇帝赏识，授一等侍卫衔，多次随驾出巡。是清代最著名的词人之一。"纳兰词"题材涵盖爱情、边塞、悼亡等，其中爱情、悼亡和思乡的题材最为凄婉动人，在清代以至整个中国词坛上都享有很高的声誉，在中国文学史上也留下了浓墨重彩的一笔。著有《通志堂集》《侧帽集》《饮水词》等。

"别有根芽，不是人间富贵花。"

出自纳兰性德《采桑子 · 塞上咏雪花》，其中"不是人间富贵花"与"我是人间惆怅客"一句肯定一句否定，句式不一样，表达的意思却是一致的。别有根芽的雪花在降落的那一刻，便有惊艳世人的魅力，可它注定与世人格格不入，一触碰便会消去形魂，于是它再高洁再素雅，也没办法成为人间的富贵花。雪花不是人间富贵花，正如纳兰性德不是人间的主人，而是客人，注定不属于人间。他们同样守着内心的纯粹理想，创造出最美的冰雪世界，酝酿出最美的诗句。

本文作者 ——————————————————

夕艾依：夕阳西下，依依我心，用最好的姿态，细细品读文字的力量。

志存高远

人可以平凡，但不能没有志向。无志之人，万千美景也会觉得平淡无奇，有志之士，一枝梅花也能参透人生真谛。

虽无壮士节，与世亦殊伦

咏史

（西晋）左思

荆轲饮燕市，酒酣气益震。哀歌和渐离，谓若傍无人。

虽无壮士节，与世亦殊伦。高眄邈四海，豪右何足陈。

贵者虽自贵，视之若埃尘。贱者虽自贱，重之若千钧。

◎ 诗临其境

左思，西晋著名文学家。"洛阳纸贵"故事的主角。

此诗为左思传世名作《咏史》组诗里的第六首，约写于左思渴望政治舞台又郁郁不得志的青葱岁月。左思把自己谋求仕途所遭遇的种种坎坷、艰难，以及对晋朝政治腐败的感喟，都记录在《咏史》组诗中。在诗里，他以独特的笔法、犀利的语言、悲壮的气息，借历史的人物和史实，表达了内心世界的仕途诉求和理想抱负。

一天午后，阳光穿透了窗棂，偶有凉风吹散炽热的暑气，左思心中出现了一幕幕荡气回肠的场景，他想到了荆轲：

燕国，街边酒肆，荆轲已醉，英豪之气，摄人心魄。好友高渐离为他打着拍子，眼里饱含泪水，他旁若无人地唱着忧伤的民谣。

虽然刺秦未成，他却有着与世间普通人不同的品行。他器宇轩昂，放眼四海，那些豪门大族，不值一提。

即便是富贵的人，但是在他眼里，不过轻若尘埃。而那些和自己一样贫苦卑微的人，在他心中的分量却重逾千斤。

◎ 一句钟情

"虽无壮士节，与世亦殊伦。"

一个人的一生，总有光芒万丈的高峰时刻，也可能会有落魄潦倒的人生低谷。一件事，不足以论平生，但对于一件事的态度，可以看出一个人的操守和价值观。

荆轲刺秦发生在非常特殊的历史大背景下，秦兵压境，燕国危在旦夕，燕太子丹要荆轲"劫秦王使悉返诸侯侵地"，如不成，使"因而刺杀之"。荆轲受太子丹的厚遇重托，明知身入秦国虎穴狼窝无法全身而退，还是毅然前行。

荆轲刺秦王的真正意义并不是挽救燕国的危亡，也不能真正改变当时的大版图，而是在于他身上的侠义精神，在于他站在了抗争的最前列，塑造了反对秦国这个战争机器和挽救燕国危亡的勇者无惧形象。因此，荆轲敢于扶危济困、助弱御强、有勇有谋、视死如归的精神历来为人们称颂。

不以成败论英雄，我们也不可能每一件事都取得成功，而我们的起心动念，我们的初心不改，我们的为民请命，我们的契约精神，却是每一个时代都难能可贵的精神财富。

"虽无壮士节，与世亦殊伦"，哪怕做不了大英雄，但是我们在平凡的岗位上，用心耕耘，做一行爱一行，也会取得令人尊敬的成就、为社会认可的殊荣。哪怕一辈子默默无闻，但我们无怨无悔。因为我们的职业操守，我们的人生价值观，足以证明我们奋斗着的每一天的价值。

◎ 诗歌故事

"十步杀一人，千里不留行"，衣袂飘飘的侠士荆轲就在易水边伫立着。荆轲刺秦，是燕太子丹为了阻止秦国对燕国的吞并而实行的绝地反击。为此，燕国做了精心的准备，为了筹备与秦王的见面礼，被秦王视为"清除目标"的樊於期甘愿献上头颅；参与谋划的田光为防泄密，自刎而死。付出的巨大代价，只为刺秦行动能顺利进行，让秦王放松警惕。

荆轲临行时，燕国朝野寄予了厚望。众人集聚到易水送别，荆轲的好友高渐离含泪击筑，荆轲旁若无人地唱起了乡村的古老民谣："风萧萧兮易水寒，壮士一去兮不复还！"又一次刻画了英雄的视死如归和强大的自信力。

荆轲相对一般的杀手是有自我创新精神的，行刺的灵感来自专诸。专诸为杀王僚，把匕首藏在鱼腹中，献菜时，拿出匕首一击而中。所以，荆轲刺秦王前也充分考虑秦王心理，把匕首藏在秦王最渴望的督亢地区的地图内，想等秦王展图而观、忘乎所以的时候下手。

荆轲见到秦王，一切进展顺利，但是队友秦舞阳出了差错。秦舞阳，倒也是年少成名的侠客，十三岁杀人，十五岁学剑，十七岁有成。秦舞阳杀人的时候，被杀者都不敢和他对视，而且燕国人都称秦舞阳是勇士。可就是这样一个勇士，他看见秦王政高坐在几案之后，威武严厉；殿下武士又都是彪形大汉，执戟者甚众，就吓得脸色苍白、牙关紧咬、嘴唇发紫、浑身战栗。

秦舞阳的失态直接导致了刺杀行动的失败。秦王展图，"图穷匕首现"，荆轲一手抓秦王袖，一手用匕首刺，但没有成功。最后"秦王复击轲，被八创"，荆轲含笑而死。对荆轲的英雄气概，左思给予了极高的评价，"虽无壮士节，与世亦殊伦""贱者虽自贱，重之若千钧"。

无障碍阅读

豪右：世家大族。古时以右为尊，所以称世家大族为右族。

贵者：指豪右。贱者：指荆轲。

自贵：自以为贵。自贱：自以为贱。

钧：量名，三十斤为一钧。

作家介绍

左思（约250—305），字太冲，临淄（今山东淄博）人，西晋著名文学家。其《三都赋》颇为当时称颂，一时"洛阳纸贵"。其诗文语言质朴凝练，后人辑有《左太冲集》。

佳句背囊

"举世皆浊我独清，众人皆醉我独醒。"

出自屈原《渔父》，意思为：世界上的人都是污浊的，唯独我干净、清白；众人都已醉倒，唯独我一人清醒。形容一个人操守高洁。

本文作者 ——————————

傅相标：来自浙江天台山，做好一名行走在历史最深处，呈现给天下游客最美画卷的全国高级导游。

相思无因见，怅望凉风前

折荷有赠

（唐）李白

涉江玩秋水，爱此红蕖鲜。

攀荷弄其珠，荡漾不成圆。

佳人彩云里，欲赠隔远天。

相思无因见，怅望凉风前。

◎ **诗临其境**

729 年，李白刚刚与许氏女子成亲，居住在安陆。

古代人生有四大喜事：久旱逢甘霖，他乡遇故知，洞房花烛夜，金榜题名时。然而刚刚经历洞房花烛夜的李白并没有太高兴，原因在于他的理想还没有实现。在他还没有踏上梦想中的仕途之路之前，心心念念的都是理想，于是写下这首拟古诗：

划着小船，摆着渡，荡漾着秋天的江水，更喜爱这娇艳的荷花。

划船到一朵荷花前，手指轻轻拨弄荷叶上面的水珠，却不知为什么，那水珠总是不成圆。

令人神往的美好女子像是藏在天上的云里，想要赠予她荷花，却和她隔着一片广阔而遥远的蓝天。

虽然久久相思，但是不知道相见的日子，只得伫立在这萧瑟的秋风中，继续惆怅、仰望。

◎ 一句钟情

"相思无因见，怅望凉风前。"

短短十字，颠覆了李白在我心中的印象，原来那个豪放不羁的李白也会有忧愁，原来那个豪气十足的青莲居士也会怅然，原来那个才华横溢的诗仙也会忧伤。

世上的大多数人都会有所忧愁，不是为名，就是为利，偏偏李白的追求那样高尚，他为的是理想。

百思不得其解，名扬四海的李白会有着如同俗人一般的壮志难酬。

李白把自己的理想比作在天边的美好女子，可望而不可即。想他李白学富五车，桀骜不驯，落笔惊风，却没有伯乐赏识他。

求之不得的李白，寤寐思服，辗转反侧，无心欣赏美丽的风景，迎风长叹。人生的不得意有多种，在李白的一世中，却只有壮志难酬这一桩。

◎ 诗歌故事

理想是一个人一生中最明亮的闪光点。多少人一生追逐，奉献所有的光阴，但是总会有一些不如意羁绊着你，阻拦着你。没有遗憾怎么能叫人生呢？

李白年少时就表现出卓越的才华，长大后，他希望通过官员的举荐而成就事业，可一直没有遇见能够赏识自己的伯乐。

李白惆怅之际想到，不能被别人举荐就学习毛遂自荐，他给当朝的名士韩朝宗写了一篇《与韩荆州书》，可是最后也没能得到举荐。

转眼到了天宝元年，李白终于等来了机会，因为道士吴筠的推荐，李白被召往长安，待诏翰林院。李白以为实现了自己的理想，但是在看到官场的黑暗之后十分失望，他又无力改变，所以在长安待了三年之后，就离开了。

忧国忧民的李白一直关注着朝政，安史之乱的第二年，李白自告奋勇加入幕府，却因卷入了永王和肃宗的斗争受到了牵连，被贬夜郎。

往后李白一直漂泊，一心文学创作。

上天没有让你实现自己的梦想是有原因的，不要难过，不要抱怨，积极生活，向前看，失之东隅，必将收之桑榆。即使李白没有做到宰相，但是他成了诗仙，名垂千古。

无障碍阅读

涉：原意步行渡水，此处指泛舟游湖。

红蕖（qú）：荷花盛开。蕖：指芙蕖，荷花的别称。

无因：没有途径，没有办法。

佳句背囊

"念天地之悠悠，独怆然而涕下。"

这句诗出自唐朝诗人陈子昂的《登幽州台歌》，其中"念天地之悠悠"和"相思无因见"相似，都体现了作者无法改变现状，只得望天望地。"独怆然而涕下"和"怅望凉风前"写出作者壮志难酬的悲伤，知道自己报国无望，所以眼泪流下来。

本文作者 ——————————————————

赵悦辉，一名来自长春的"95后"作者。

浩歌待明月，曲尽已忘情

春日醉起言志

（唐）李白

处世若大梦，胡为劳其生？所以终日醉，颓然卧前楹。

觉来眄庭前，一鸟花间鸣。借问此何时，春风语流莺。

感之欲叹息，对酒还自倾。浩歌待明月，曲尽已忘情。

◎ **诗临其境**

　　仕途上的不顺，让性格不羁、恃才傲物的李白感到心中苦闷，时常独坐家中借酒消愁，这首诗也是作者酒后有感而发：

　　人生在世就像一场大梦，干吗要活得这么心累呢？我终日借酒解忧，化解那仕途不顺所带来的心中苦闷，喝多了就依偎在庭前睡上一觉。一觉醒来，斜望着庭前的景象，忽然间感受到春意盎然，让我觉得悠然自得，仿佛大彻大悟了一样，仕途上的荣辱得失早已看淡。本想问问是什么时辰了，奈何春风正忙着与莺鸟交谈，无意回答。正在感慨万千之际，忽然害怕自己从顿悟中走出来，又回到令人苦闷的现实当中，所以赶紧拿起酒壶自饮了起来，借着醉意维持这美好的感觉。我一边饮酒高歌，一边等待明月的出现，我要向世人证明，自己的志向像明月一样迟早会到来，不知不觉中明月已起，歌声渐息，我心中早已进入了那悠然自得的境界，世俗的困难无法阻止我前进的步伐。

◎ 一句钟情

"浩歌待明月，曲尽已忘情。"

"浩歌"一词表现出诗人狂放不羁的性格，以及对待人生的那种豪迈而又积极乐观的生活态度。"待明月"表达此时诗人那种孤寂冷清的处境。再者"明月"在诗人心目中一直是高尚品质人格的代表，加上一个"待"字表达出诗人还会以积极乐观的心态继续坚持自己的志向。

"曲尽"与"浩歌"相呼应。"已忘情"是说诗人抛弃了世俗的烦恼后，开始享受那悠然自得的境界。

整个句子衔接连贯，文字意象表达浪漫大气，感情上积极乐观，读后令人心情愉悦，思想也豁然开朗。

◎ 诗歌故事

入仕为官是李白一生都在追求的理想，他虽然年少成名，但直到过了不惑之年，才得到皇帝的赏识。然而由于李白的恃才傲物，不肯阿谀当时的权贵，他很快便受到了排挤，来之不易的机会就这样失去了。对于如此的际遇，李白开始感到十分的苦闷，只好一醉解千愁。但是有着积极乐观态度的李白并没有因此就放弃了理想，本着"天生我材必有用"的信念，反而以豁达的胸襟来面对现实的困难，故而写下"浩歌待明月，曲尽已忘情"这样的诗句。

其实古人也好，今人也罢，我们在实现理想的过程中必然会遇见一些困难，但不能因此就退缩了，要时刻以积极乐观的心态来面对困难，要相信困难终将会被克服，我们的理想也终将会实现，就像李白那样虽然郁郁不得志，但依旧秉持着积极乐观的心态，坚信那轮心中的"明月"终将会出现。

无障碍阅读

胡为：胡，疑问词，为何，何故。

颓然：形容醉酒后倒下的样子。

前楹：庭前的柱子。

眄：斜视，一作"盼"

流莺：莺鸟，其音流丽婉转。

浩歌：放声高歌。

忘情：忘却世事俗情，形容无忧无虑的样子。

"长风破浪会有时，直挂云帆济沧海。"

这句诗同样是李白的手笔，是《行路难·其一》的最后一句。诗句大意是：不惧眼前的风浪，等冲破这道风浪，就会在这大海中遨游。"会有时"代表相信困难会过去，这与"待明月"表达的含义有着异曲同工之妙。两句诗都是通过浪漫主义的手法，表达了诗人以一种积极乐观的心态来看待眼前的困难，相信困难会过去，自己的理想一定会实现，到那时心情自然会豁然开朗。

本文作者 ———————————————————

哔哔巫：自由文史撰稿人。

多才自劳苦，无用只因循

酬裴十六功曹巡府西驿途中见寄

（唐）韩愈

相公罢论道，聿至活东人。御史坐言事，作吏府中尘。

遂令河南治，今古无俦伦。四海日富庶，道途临蹄轮。

府西三百里，候馆同鱼鳞。相公谓御史，劳子去自巡。

是时山水秋，光景何鲜新。哀鸿鸣清耳，宿雾塞高旻。

遗我行旅诗，轩轩有风神。譬如黄金盘，照耀荆璞真。

我来亦已幸，事贤友其仁。持竿洛水侧，孤坐屡穷辰。

多才自劳苦，无用只因循。辞免期匪远，行行及山春。

◎ 诗临其境

公元 807 年，韩愈调职回京途经河南，当时郑馀庆与裴度主理河南政务。刚好赶上裴度巡视府西驿站，于是韩愈与他途中相遇。为了颂扬裴、郑二人的政绩，韩愈写下这首诗：

去年底，郑公罢相被贬来河南，经过努力让当地人民富足快活起来。裴公从监察御史被贬至此以后，尽心尽力辅佐郑公，积极建言献策，做事亲力亲为，却很少顾家，以至于让府中落满尘土。

二位先生虽然被贬于此地，却没有因事生恨，就像庄子一样无为，独钓洛水边，一坐就是一整天，想来应该是在为国事烦心吧？像您（裴公）这样有德才的人，一定是非常劳苦的吧，既要以身作则，还要身体力行，为国分忧。像我这种无用的人，就是因为懒散怠慢，相比之下，让人惭愧。

不过我相信您（裴公）现在被贬谪的困境只是暂时的，是不会长远的，那重新起用的诏书或许已经在路上了，到了来年春天就会抵达这里的。

◎ 一句钟情

"多才自劳苦，无用只因循。"

意指天下那些有才德的人，都经历了苦难挫折；那些获得成功人，都经历了不为人知、常人难以理解的磨难。相对而言，那些整天把梦想挂在嘴边的人、那些总是抱怨怀才不遇的人，不过是为自己的不上进、不努力找借口罢了。

这句诗在现今常用来勉励年轻人，人生中不管遇到什么样的挫折，都不要颓废丧气，而是要奋发振作起来。同时也告诉我们，不要只看到别人成功后光鲜的表面，而是要透过表面，去看他在背后为此所付出的努力。在这里多才和无用形成强烈对比。多才泛指那些刻苦努力之人，而无用指那些碌碌无为、不思进取的人。

◎ 诗歌故事

作为年轻人在遇到困难的时候，不要轻易放弃，更不要轻言放弃，要认识到天下所有的成功乃绝非偶然。

"多才自劳苦，无用只因循。"这句诗表面看起来虽然是韩愈在贬低自己抬高裴度，实际上韩愈也看出自己与裴度两人在受挫时，各自表现出来的态度的不同。

韩愈仕途坎坷，早年四度应试，才中进士。三次参加博学鸿词科考试，均落选。多方投书求官，亦未成功，后才找到幕僚的职位。又因上书获罪被贬，后得赦。

自认为是一个多才多能之人，内心抱负却得不到施展，这让他耿耿于怀。他看到被贬的裴度并没有因为自己的处境而怨愤郁躁，情激调变，而是以行动来说话，在职工作做得很到位，把河南治理得井然有序，上下一片祥和景致。

韩愈见后深有感触，自叹不如，然后发出了"多才自劳苦，无用只因循"的感慨。他虽然才华过人，但有着所有文人"自视过高"的通病。他虽然有一身正气，但官场并不是那么简单，想要为国效力并不是凭着一腔热血就行，而是要不断修炼。

"多才自劳苦，无用只因循"这句诗告诉我们：在面对困难与挫折时，不要萎靡不振，应怀着积极向上的心态，去砥砺自我，知难而上，并且奋然前行；同时也让我们知道：一个人的成功，其背后所付出的努力与他所得到的成正比，甚至更多。天下那些有才德的人都是经历了苦难挫折，才获得的成功。

无障碍阅读

贤：指郑馀庆。

仁：指裴度。

持竿：执持钓竿，指钓鱼。用庄子典故，《庄子·秋水》："庄子钓于濮水，楚王使大夫二人往先焉，曰：'愿以境内累矣！'庄子持竿不顾。"

作家介绍　韩愈（768—824），字退之，河南河阳（今河南孟州）人，自称"郡望昌黎"，世称"韩昌黎""昌黎先生"。唐代文学家、思想家、哲学家。进士，晚年官至吏部侍郎，所以又称"韩吏部"；谥号"文"，故又称"韩文公"。韩愈是唐代古文运动的倡导者，"唐宋八大家"之首，与柳宗元并称"韩柳"，有"文章巨公"和"百代文宗"之名。后人将其与柳宗元、欧阳修和苏轼合称"千古文章四大家"。他提出的"文道合一""气盛言宜""务去陈言""文从字顺"等散文的写作理论，对后人很有指导意义。有《韩昌黎集》传世。

佳句背囊

"宝剑锋从磨砺出，梅花香自苦寒来。" 与"多才自劳苦，无用只因循"有异曲同工之妙。只有不断磨砺才能磨出宝剑的锐利刀锋，经过了寒冷的冬季梅花自会香气袭人。喻义人唯有不断地努力，磨炼自己，克服困难，才能得到自己想要的才能。

本文作者 ——————————

防弹玻璃猫，一个爱文字的人，愿在清浅的时光里，安守一颗纯净的心！

拣尽寒枝不肯栖，寂寞沙洲冷

卜算子·黄州定慧院寓居作
（宋）苏轼

缺月挂疏桐，漏断人初静。谁见幽人独往来，缥缈孤鸿影。

惊起却回头，有恨无人省。拣尽寒枝不肯栖，寂寞沙洲冷。

【诗临其境】

宋神宗元丰三年（1080），苏轼因"乌台诗案"被贬为黄州团练副使，此后他在黄州居住了大约四年的时间。这首词便是苏轼初贬黄州，寓居定慧院时所作。

虽然被贬至偏僻之地，但苏轼仍然可以乐观面对。他甚至带着家人开始了在名为东坡的一块田中的务农生活，并且自称"东坡居士"。但苏轼毕竟是被贬至黄州的，他的内心不可能完全没有痛苦。这首词即是他在月夜独行时内心苦闷的写照。

所以词人说：

月牙挂在稀疏的梧桐树上，更漏已断，夜深人静。有谁看见幽居之人独自往来，就如那缥缈孤单的大雁一般。

突然间惊起但又回过头来，心中的怨恨却无人知晓。孤单的大雁挑遍了寒枝也不肯栖息，宁愿在沙洲上忍受着寂寞和寒冷。

◎ 一句钟情

"拣尽寒枝不肯栖，寂寞沙洲冷。"

词人以一只孤单的大雁不肯随意栖息在枝头，宁愿忍受沙洲上的寂寞和寒冷来象征自己当时的处境和心境。

孤鸿尚且如此，更何况无辜被贬的词人。东坡居士本就天赋异禀、品行高洁，不愿与小人同流合污。正是因此得罪了朝廷里的当权派，才被贬至黄州，"乌台诗案"仅仅是一个借口和幌子而已。

词人笔下的孤鸿只是到处飞翔、徘徊，没有固定的栖息之地，即使面临着孤单、寂寞与寒冷。恰如一再被贬谪的他自己，不仅生活上颠沛流离，更是空有一身才华，毫无报国、安民之路，所以只能在乡野之地的月夜里寂寞地徘徊。但纵然如此，词人也并不想向任何恶势力低头以换取高官厚禄，他孤独、倔强地坚守着自己的底线，始终不忘初心。

【诗歌故事】

第一次读到苏东坡的这首词时我刚上大学不久。从一个偏僻的小县城去到一个完全陌生的大都市，我实在难以适应。更加让我觉得为难的是如何与室友、同学的相处问题，"我本将心向明月，奈何明月照沟渠"。后来，我索性放弃了对任何人的幻想和讨好，一个人独来独往，做我该做的、想做的事，不看任何人的脸色。

但那如影随形的孤独、寂寞时常也让我难以忍受，所以当我读到苏东坡的这首词时真的感觉自己找到了知音。几乎只是读了一遍，我就记住了这首词，然后就经常边走边在心中默念或者在稿纸上默写这首词。正是这首词陪我度过了那段最艰难的时光，所以即使后来读过了更多、更好的古诗词，但我最爱的始终是它。

时至今日，我也如同词中的孤鸿一般，去过很多地方，见过很多人，但却从未找到一个可以安居的地方或者一个可以托付终身的人。当然，我也从未想过随意去将就、认命、凑合，即使面临着许多的孤独、苦楚和压力。

一千年前的苏东坡大半生都是在被贬谪的颠沛流离中度过的，但自始至终，他都没有向生活投降。他也因此成为垂范千古的楷模，即使到了今天，依然让我们怀念和学习。

无障碍阅读

漏：指更漏，古人用来计时的漏壶。

幽人：幽居的人。

缥缈：形容隐隐约约、若有若无的样子。

作家介绍

苏轼（1037—1101），字子瞻、和仲，号铁冠道人、东坡居士，眉州眉山（今四川眉山）人。北宋著名文学家、书法家、画家、诗人。宋高宗时追赠太师，宋孝宗时追谥"文忠"。学识渊博，与父苏洵、弟苏辙合称"三苏"；诗与黄庭坚并称"苏黄"；词与辛弃疾同是豪放派代表，并称"苏辛"；散文与欧阳修并称"欧苏"，同为"唐宋八大家"之一。书法与黄庭坚、米芾和蔡襄合称"宋四家"。擅长文人画，尤擅墨竹、怪石、枯木等。作品有《东坡七集》《东坡易传》《东坡书传》《东坡乐府》等传世。

佳句背囊

"过尽千帆皆不是，斜晖脉脉水悠悠。肠断白蘋洲。"出自唐代词人温庭筠的《望江南》，与"拣尽寒枝不肯栖，寂寞沙洲冷"在词义上有一定的相似之处，达到了异曲同工的效果。无数船只从词人眼前过去，但词人心中所期盼的人却都没有出现。夕阳的余晖静静地洒在江面上，江水也在静静地流淌。但词人千回百转的愁肠仿佛要断在那片白蘋洲上了。

本文作者 ———

海蓝：渴望自在行走的文艺青年。

但得众生皆得饱，不辞羸病卧残阳

病牛

(宋) 李纲

耕犁千亩实千箱，力尽筋疲谁复伤？
但得众生皆得饱，不辞羸病卧残阳。

◎ **诗临其境**

李纲生活在两宋之际，官至宰相，却因性格耿直，几度被贬。

北宋时期，李纲曾经主持东京保卫战，击退金兵，却被投降派排挤，离开京城。宋室南渡之后，李纲又重新任相，他殚精竭虑，重振朝纲，积极组织抗金，后又被投降派弹劾，不久被贬至武昌。第二年，李纲再被贬至澧州，遂作此诗。

在这首诗中，诗人说：

耕耘千亩良田，换来千仓余粮；为此筋疲力尽，可又有谁同情怜悯？

要是能够使天下苍生都能吃饱，即使病倒在残阳之下，也在所不辞。

诗人托物言志，以病牛自喻，诗句中饱含着对病牛深深的同情，同时也表达了自己虽像病牛一样疲惫不堪，但仍胸怀社稷，心系苍生，时刻不忘抗金报国的远大志向。

◎ 一句钟情

"但得众生皆得饱，不辞羸病卧残阳。"

在古代农耕社会，牛是一种比较常见的家畜，是农民最好的帮手，农忙时节帮忙耕地，闲时用作交通工具。古代人对牛有着特殊的感情。对普通百姓来说，牛不仅仅是财产，更是最要好的朋友。

在中国数千年的文化中，牛已不仅仅是牛，而且是代表着一种任劳任怨、无私奉献的精神。

诗人的这两句诗，将牛的高度进一步升华，病牛并不在乎同情和怜悯，而是在乎苍生能否吃饱。为此，它不惜负重前行。

诗人李纲不仅是一位爱国诗人，更是一位真正的英雄。他鞠躬尽瘁，为社稷做出了突出贡献，却屡次遭陷害被罢免，他内心的苦楚可想而知，这和"耕犁千亩实千箱"，却得不到任何同情的病牛非常吻合。尽管如此，诗人并没有抱怨，而是借这一句诗表达了自己默默付出，不求回报的高尚情操。

◎ 诗歌故事

李纲一心报国,却数次遭人陷害被贬官,但他却仍不改初心,心系社稷苍生,胸怀天下。这首《病牛》不仅写出了诗人自己的心声,诗歌中所蕴含的"达则兼济天下"的家国情怀,更是引起无数仁人志士的共鸣。

于谦是明朝著名的忠臣,从小就志存高远。相传他12岁那年,在一座窑前观看师傅们煅烧石灰。一堆堆黑色的山石,经过熊熊烈火煅烧之后,变成了洁白的石灰。少年于谦看到后有感而发,写下了著名的《石灰吟》:

千锤万凿出深山,烈火焚烧若等闲。

粉骨碎身浑不怕,要留清白在人间。

这首诗是石灰的真实写照,更是诗人的人生追求,他从小给自己立下一个志向,长大要做一位为国为民的好官。后来的于谦,无论身在何处、无论官职多大,始终没有忘记自己的初心。

于谦在做巡抚时,经常骑着一匹瘦马视察民情,将百姓遇到的实际困难上报给朝廷,为百姓排忧解难。看到百姓生活好了,他开心得像个孩子。

面对苦难,于谦始终保持着积极乐观的心态。有一年春节,他只身一人在北方过冬。夜里,于谦被寒冷冻醒,联想到漂泊在外的游子,他写了一首诗,在诗中他鼓励游子,说尽管天气很冷，但这点寒冷不算什么，春天很快就会到来。

在国家需要时，于谦义无反顾，挺身而出。公元 1449 年，瓦剌大军兵临城下，明朝岌岌可危。大臣们都在商量着逃跑，于谦却力排众议，坚持守卫京城。最后他凭一己之力，扶大厦之将倾，救社稷于危亡之中，也使百姓免于战争之苦。

于谦比李纲晚了几百年，但他却用实际行动，践行着李纲诗中表达的内涵。这首《病牛》告诉我们：做人要有远大的志向、崇高的品格；逆境时，要保持积极乐观的心态，不要自怨自艾；处于顺境时，要不忘初心，胸怀天下。

于谦最终和李纲、岳飞等人一起名垂青史！

无障碍阅读

实千箱：指生产的粮食多。实：充实。箱：装粮的容器，又指官府的仓房。

伤：哀怜，同情，怜悯。

羸（léi）病：瘦弱有病。

李纲（1083—1140），字伯纪，号梁溪先生，常州无锡人，祖籍福建邵武。两宋之际抗金名臣。李纲能诗文，写有不少爱国篇章。亦能词，其咏史之作，形象鲜明生动，风格沉雄劲健。著有《梁溪先生文集》《靖康传信录》《梁溪词》等。

"但愿苍生俱饱暖，不辞辛苦出山林。"
出自明朝诗人于谦《咏煤炭》。这两首诗可谓非常相似，
都是托物言志，一个是"咏病牛"，一个是"咏煤炭"，
两首诗所表达的含义也十分接近，都表达了诗人胸怀
天下、忧国忧民的远大志向，甘愿为理想献身的高尚
情操。

本文作者

张香豫：头条号"豫荐你"，北京师范大学文学学士，喜
欢历史和文学，致力于传播传统文化！

天地寂寥山雨歇，几生修得到梅花

武夷山中

（南宋）谢枋得

十年无梦得还家，独立青峰野水涯。

天地寂寥山雨歇，几生修得到梅花？

◎ 诗临其境

南宋亡国时，谢枋得以江东制置使身份再次召集义兵，在信州和元军展开殊死搏斗，但终因朝廷内部主要官员纷纷投降，他孤立无援寡不敌众而失败，后因元军追杀，他逃入武夷山抗节隐居，流浪于山区十二年之久。这首诗就是谢枋得将近60岁，在武夷山中颠沛流离时所作，诗人写道：

十年了，就是在梦里也不曾回到过我深深眷恋的故乡，此时此刻我独自站立在这青峰绿水之间，天地之间孤寂苍凉，山雨骤然而止。看到对面那悬崖峭壁间刚毅挺立、傲然绽放的梅花，我不禁想问问自己，到底要经历多少岁月才能修炼成梅花那样的品格呢?

◎ 一句钟情

"天地寂寥山雨歇,几生修得到梅花?"

那年初春,去拜访国父中山陵,春寒料峭中下起了中雨,游人稀少。从中山陵到明孝陵,沿着神道来到了梅花山。雨渐渐停了下来,远远地看到山下几株红梅悄然开放,不由得心中暗喜,快步走过去。枝头的红梅晶莹剔透,挂满雨滴的梅花更加冰清玉洁了。此时天地之间一片寂寥,并且是刚刚下过了一场雨,这时脑海中突然就蹦出来谢枋得的这句"天地寂寥山雨歇,几生修得到梅花"。

这南京梅花山的梅花最早种于六朝时期,到现在已有1500多年的历史了。这里既有东吴大帝孙权之墓,也有近代汉奸汪精卫葬于此地(后被平坟掘墓)。一个名垂青史,一个遗臭万年,但谁又能真正如谢枋得一样百般修炼达到梅花那种高洁坚贞的高尚品德?

◎ 诗歌故事

30岁的时候,谢枋得与小他10岁的文天祥一起考中了进士。1283年文天祥从容就义,而这时谢枋得已经在武夷山中逃亡隐居数载。元朝统一中原初期,开始拉拢汉族士大夫以巩固统治,由于谢枋得的名声远扬,元朝曾先后五次派人来诱降,都被他严词拒绝。1289 年，朝廷命官魏天祐亲自出马劝降谢枋得以邀功。

谢枋得"傲岸不为礼"，他根本不搭理魏天祐那威逼利诱的一套，淡然一笑说："人莫不有一死，或重于泰山，或轻于鸿毛，若逼我降元，我必慷慨赴死，决不失志。"

魏天祐恼羞成怒，拘禁谢枋得，把他强行押往大都，古有伯夷叔齐不食周粟以采薇为生而保守节操，谢枋得一路之上拒食米面只食果蔬饮水开始绝食准备。

至元二十六年（1289）五月，抵达大都的谢枋得已经虚弱至极。元朝方面派已经入朝为元官的赵孟頫等人前来劝降，谢枋得皆闭目不见。在大都的悯忠寺（今法源寺）绝食五天后，谢枋得以死殉国，宁死不辱，至死未降。

无障碍阅读

十年：诗人抗元失败，至作此诗时将近十年。
青峰：苍翠的山峰。
几生：何年何月、几时。

作家介绍

谢枋得（1226—1289），字君直，号叠山，别号依斋，信州弋阳（今江西上饶弋阳县）人。宋理宗宝祐四年进士，南宋末年著名的爱国诗人，担任六部侍郎，带领义军抵抗元军，被俘后至死不屈，身死殉国，著有《叠山集》《文章轨范》。

"零落成泥碾作尘，只有香如故。"

出自南宋著名爱国诗人陆游的《卜算子·咏梅》。陆游一生爱梅花如痴、如狂、如醉，一生写了一百多首有关梅花的诗词。这句"零落成泥碾作尘，只有香如故"写的是梅花虽然凋零飘落，被碾压粉碎成泥成尘，但仍散发出幽幽的清香。陆游的这句乃千古佳句，他以花喻人，描写出了梅花的不屈，任环境摧残依然香如故的铮铮铁骨和高洁品质，把梅之风骨和作者本人的傲骨完美结合，是历代描写梅花作品中的上佳之作。

本文作者

花拾间：河南省收藏家协会会员，今日头条、百家号优秀文博作者。

浮云看富贵，流水淡须眉

题太公钓渭图

（明）刘基

璇室群酣夜，璜溪独钓时。浮云看富贵，流水淡须眉。

偶应非熊兆，尊为帝者师。轩裳如固有，千载起人思。

◎ 诗临其境

刘基以神机妙算、运筹帷幄著称于世，是元末明初杰出的军事谋略家、政治家、思想家，同时也是一位出色的文学家。

"姜太公钓鱼——愿者上钩"的故事流传已久：商朝末年，纣王昏庸，民不聊生，周文王姬昌遍访天下，寻求贤才帮助自己筹划灭商大计。一天文王外出打猎，见一位白发老人在渭水璜溪边钓鱼，嘴里念叨着："鱼儿啊鱼儿，愿意上钩的快来上钩！"再一看，这位老人钓鱼的鱼钩离水面竟然有三尺高，除了钓鱼的高度奇怪，文王还发现鱼钩上并没有钓饵，鱼钩还是直的，这样怎么能钓到鱼呢？万般好奇之下，文王过去和老人攀谈。细谈之下，文王发现这位叫姜子牙的老人学识渊博、智慧超群，正是自己要找的罕见能人，便力邀他加入自己麾下，共商国是。姜子牙最终也不负众望，帮助文王和他的儿子武王推翻商纣统治，建立周朝，开启了生机勃勃的新时代。

刘基正是在鉴赏《太公钓渭图》时，触画生情，写下了这首诗。看着图中怡然自得、独特自荐的姜太公，想到他与周文王的君臣际遇，初入仕途而不顺的刘基，越发觉得自己怀才不遇。在《题太公钓渭图》的诗中，刘基字里行间都在渴望有贤明的君王，能像周文王一样赏识乡野间的自己，从而能够一展抱负，实现人生追求。

于是诗人说：

商朝的朝堂上纣王在寻欢作乐，渭水的璜溪边姜太公却在钓鱼自得；

许多人苦苦追求的金钱和地位就像天上的浮云般来去无踪，无法永恒拥有，随着时光逝去，真正能为自己所有的，除了逐渐变白的眉毛，便是个人历练出来的心境和智慧了；

遥想当年周文王打猎前，曾占卜说会遇到一位贤人，之后果然见到了直钩垂钓的姜太公，还拜他为师，向他学习帝王之道，最终名垂千古；

如果我也和太公一样，注定会遇见明君，建功立业，那千载之下，应该也会有人记得我曾经的贡献吧！

◎ 一句钟情

"浮云看富贵，流水淡须眉。"

浮云时卷时舒，聚散无常，流水更是一年四季永不停歇地向前奔腾。世事捉摸不定，金钱和地位等的身外之物便也是过眼云烟，不必强求；人生在世更应该追求的，是如水般兼收并蓄的境界。

老子曾说："天下莫柔弱于水，而攻坚强者莫之能胜。"没有比水更柔弱的东西，它没有一定的形状和颜色，但当它凝结成冰，又或者是汇聚成海，就变成了天下最强大的力量之源。

流水里有着超脱自然的力量，在流水中倒映的太公发白的双眉，也凝聚了他一生的智慧。所谓君子当如是，画外的刘基，看着画中的姜太公，惺惺相惜。心境淡如水，心胸宽似海，唯有如此，才能不被俗物困扰，真正做到胸有抱负，心忧天下，造福人民。

◎ 诗歌故事

智慧其实像水一样，随着时间的流逝，会一直在生活各处历练和流淌。

很多人忙碌终年，只是为了混一个温饱，追求一个安身立命之所。却有一些人，在时代大势前，挺身而出，迎难而上，用实际行动成为"最可爱的人"。

2020年初，一场突然的疫情，让所有人的生活计划都被影响。疫情到底有多严重，日常需要如何防控，过年还能不能正常聚会，人们迫切想寻找一位信得过的专家得到答案。

复旦大学附属华山医院感染科主任张文宏，在几次疫情采访中，因为多次向公众准确传递防控信息，语言又亲民，迅速走红网络，成为一名"网红"医生。

他号召大家相信专业人士："专家们都很自信，也会经常吵架，但每个人都是抱着对患者极端负责的态度工作。"

他呼吁要更多地关心医护人员："都在歌颂医生，医生有多重要，护理姐妹们就有多重要，医护团队是一体的。"

他为职场人士防疫支招："防火防盗防同事，减少面对面沟通和聚餐，随时戴口罩，既保护自己也保护别人。"

他给那些坚守家门的人打气："每个人都是'战士'，你在家里不是隔离，是在战斗！如果全社会都动员起来，'闷'住病毒，就是为社会做贡献，我们离战胜疫情的节点就更近一步！"

在危机面前，有人高价囤积售卖防控物资，有人却毅然奔赴一线，用专业和敬业凝成了防疫最坚实的一道屏障，保卫了家国，也捍卫了医生职责。

对于自己因采访走红，张文宏医生也没有欣喜若狂，坦言自己只是做了该做的事，"年近半百，被别人欺负得多了，会明白不能欺负老实人，疫情来了，医务工作者必须讲话（传播正确知识），但当事情一过，大家也就不会再看我了，我会非常安静走开，躲在角落里看书。"

著名诗人木心曾有诗云：

万头攒动火树银花处

不必找我

如欲相见

我在各种悲喜交集处

能做的

只是长途跋涉的归真返璞

繁华落尽，幻影和虚妄都将消失，会被大众铭记的，都是心系天下、真抓实干的人。

淡泊名利，永远清醒，恪尽职守，将心比心，或许就是"浮云看富贵，流水淡须眉"要告诉我们的道理吧。

无障碍阅读

璇 (xuán) 室：美玉装饰的房子。此处指商纣王的荒淫奢靡。

璜 (huáng) 溪：在今宝鸡市渭水之滨。相传太公望在此垂钓而得璜玉，故又称璜溪。

非熊兆：相传周文王将出猎，使人占卜曰："将大获，非熊非罴，天遣汝师以佐昌。"果然出猎时遇吕尚于渭水之滨。

轩裳：轩为车，裳为衣。轩裳指卿大夫所用的车与衣。

刘基（1311—1375），字伯温，浙江青田（今浙江文成）人。元末明初政治家、文学家，明朝开国元勋。精通天文、兵法、数理等，尤以诗文见长。诗文古朴雄放，不乏抨击统治者腐朽、同情民间疾苦之作。与宋濂、高启并称"明初诗文三大家"。著作均收入《诚意伯文集》。刘基辅佐朱元璋平天下。朱元璋多次称他为"吾之子房"。在中国民间，也流传着"三分天下诸葛亮，一统江山刘伯温；前朝军师诸葛亮，后朝军师刘伯温"的说法。

"三十功名尘与土，八千里路云和月。"
出自南宋抗金名将岳飞《满江红》，其中"三十功名尘与土，八千里路云和月"两句，对仗工整，朗朗上口，与"浮云看富贵，流水淡须眉"有共通之处：功与名，得与失，对人生大局而言，就像"尘与土"，都是短暂而微不足道的，要想实现人生理想，还需要更大的努力和更执着的决心。

本文作者

松蝴蝶：自媒体发表多篇10w+爆文，今日头条青云计划获得者，文化领域优质创作者。

休言女子非英物，夜夜龙泉壁上鸣

鹧鸪天

（近代）秋瑾

祖国沉沦感不禁，闲来海外觅知音。

金瓯已缺总须补，为国牺牲敢惜身！

嗟险阻，叹飘零，关山万里作雄行。

休言女子非英物，夜夜龙泉壁上鸣。

◎ **诗临其境**

秋瑾是近代著名的革命志士，同时也是中国女权运动的先驱。

中日甲午战争时，清朝风雨飘摇，岌岌可危。救亡图存的念头在每个爱国英雄的心间涌起，仁人志士们抗争意志日益强烈，其中不乏红装英雄，秋瑾就是其中的典型代表。

在这多灾多难之际，我们似乎可以感应到词人的救国心切，革命救国不仅仅是男子的事情，女儿身也有爱国志！

这首词就写在秋瑾赴日留学前，为了寻找革命道路，她在

30多岁时远渡海外。

作者说：

眼下祖国沉沦，山河破碎，东渡日本只为了寻找革命同志。国土已被列强占据，为了国家牺牲自己又何妨！只是感叹前路艰辛，孤身一人前往海外；但是为了救国也要不远万里留学。人人都说女子不能成为英雄，可是就连我那挂在墙上的龙泉宝剑，都夜夜在剑鞘中龙吟。

◎ 一句钟情

"休言女子非英物，夜夜龙泉壁上鸣。"

这句诗不仅直抒胸臆，豪气冲天，更是中国女性意识的崛起。

自古宝剑配英雄，只是这英雄多为男儿身。词人在这里用龙泉剑代指自己想要革命报国的一番决心，哪怕风雨兼程，也义无反顾；纵使身为女子，却也不怕前路艰辛。

常人多觉得女子该宜室宜家，革命是男人的事。但是随着国破山河碎，中国女性的意识开始觉醒。她们开始意识到：家国天下不仅是男人的责任，也是自己的责任。越来越多的女性投身于救国事业，为革命奉献自己的力量。

所以"休言女子非英物"，这里的女子不单单是秋瑾，更是千千万万的勇敢女性！毕竟覆巢之下无完卵，这国也是女子的国。

◎ 诗歌故事

女人似乎天生就有一股韧劲，她们温柔似水，和平时期为小家；危难之际也敢于上前为大家！浩瀚的中国历史中，虽然能如武则天一样，在史书中留下浓墨重彩的女性不多，但这并不意味着她们就是靠别人保护的人。

"休言女子非英物，夜夜龙泉壁上鸣。"

秋瑾远赴日本留学，寻找革命志士时，手里常常握着一把胁差，就是日本武士剖腹自尽用的短刀，以此来表明自己为革命不惜生命的决心。

留日学生的革命活动，让清朝政府十分恐慌。他们向日本政府提出镇压留学生革命活动的请求。

秋瑾知道后，就带领留日学生举行罢课活动进行抗议，同时组织一批敢死队员前去大使馆交涉，表示自己革命到底的决心。

回国之前，秋瑾又发表演说，号召大家罢课回国，以表抗争。但现场有的留学生主张妥协，忍辱负重以继续求学。

秋瑾听闻后，就从靴筒里抽出短刀，插在台上，指着台下人说："投降满虏，卖友求荣；欺压汉人，吃我一刀。"

"鉴湖女侠"秋瑾，用生命为誓，捍卫革命的道路。女性不是谁的附庸，更不是拖累，她们心中也有自己的国和家！

作家介绍

秋瑾（1875—1907），字璇卿，号旦吾。东渡后字竞雄，自号"鉴湖女侠"。她是中国女权和女学思想的倡导者，也是近代民主革命志士。孙中山称她为"最好的同志秋女侠"。

佳句背囊

"弯弓征战作男儿，梦里曾经与画眉。几度思归还把酒，拂云堆上祝明妃。"

出自唐代诗人杜牧的《题木兰庙》，其中"弯弓征战作男儿，梦里曾经与画眉"这两句诗和"休言女子非英物，夜夜龙泉壁上鸣"有异曲同工之处：虽然是女子，但是也愿意为国出战，如同男子般报效祖国！

本文作者

小豫说：凭兴趣和三观遨游文史长河。

家园故国

最温暖的，是家的灯火；最美味的，是家的饭蔬。家园与故国，总是远行人一心牵系的地方……

丛菊两开他日泪，孤舟一系故园心

秋兴八首（其一）

（唐）杜甫

玉露凋伤枫树林，巫山巫峡气萧森。

江间波浪兼天涌，塞上风云接地阴。

丛菊两开他日泪，孤舟一系故园心。

寒衣处处催刀尺，白帝城高急暮砧。

◎ **诗临其境**

这是杜甫的名作《秋兴八首》的第一首。让我们走进诗圣眼中的秋天——

首联开门见山写"秋"。美丽的枫树林饱受寒霜的摧残，巫山巫峡笼罩在浓郁的雾气之中，一派萧索阴沉的深秋景象，压得人透不过气来。

颔联，诗人的目光投向长江水面。江面上波涛翻滚咆哮，天空中乌云密布，连天接地。

"塞上风云"，既是自然界的风雨，也是笼罩在广大百姓头顶上的战争阴影。当时吐蕃入侵，边关吃紧，战乱中百姓们流离失所，苦不堪言。饱经颠沛之苦的杜甫好不容易在夔州暂时安定下来，痛定思痛，更能深刻地体会其中的艰辛。推己及人，怎能不悲伤感怀。

颈联，去年秋天离开了成都，在云安赏菊。今年的菊花又开了，我已经身在夔州。

盛开的菊花依然绚烂无比，对家乡的思念也越发深沉。离开长安、离开洛阳已经七年了，系在江边的那一叶小舟，时时刻刻都在准备着启程返乡。

尾联，不知不觉间日落西山，东边高高的白帝城内传来阵阵急促的捣衣声。

哦！又到了连夜赶制冬衣时候啦，一年马上就要结束了。

落日的余晖里，诗人孤寂的背影写满了惆怅和萧索。

◎ 一句钟情

"丛菊两开他日泪，孤舟一系故园心。"

此句一出，诗人的情绪压抑到了极点。

路旁独自怒放的菊花闯入视野，与江边一叶孤单的小舟遥遥相对。想着远方的故乡，忧思如潮水般汹涌而来。诗人再也忍不住，泪流满面，仰天自问：

究竟要等到什么时候，战乱才能平息，百姓才能过上安定幸福的生活呢？

只有到那时，我才能回到心爱的故园，同老朋友们重聚，开心地赏菊饮酒啊！

一山一水总含情，一花一草皆是泪，一心一意念故园。一颗无处安放的心，一个永远回不去的家，一副忧国忧民、感人至深的宽广胸襟，一场无法付诸实践的报国梦。

半生颠沛流离，一世报国无门，饱受命运的捉弄。苦难中备受煎熬的灵魂，苦透了伤透了，依然心系故园胸怀天下，这是怎样的情怀？

◎ 诗歌故事

唐肃宗乾元元年（758），杜甫从左拾遗被贬为华州司功参军，一个工作量很大、事务很烦琐的小官。次年七月，杜甫回洛阳探望妻儿，随后举家搬迁到华州。时逢关东大旱，一家人的生活陷入了困境。加上政局动荡，一腔报国热情无法施展，杜甫毅然辞官，携家小一路向西逃往秦州，后又辗转同谷、成都，公元 766 年到达夔州。

到了夔州之后，杜甫在朋友的帮助下置办了一些田产，生活暂时安定下来。此时的杜甫已经是五十多岁的老人，七年颠沛流离的漂泊生涯摧毁了他的身体，却始终改变不了一颗忧国忧民的心。

无休止的战乱带给黎民百姓无尽的苦难，这始终是杜甫无法释怀的心病。

在夔州，杜甫把所有的忧思和情怀融入文字诗篇里，创作了大量的优秀作品。其中就包括令人荡气回肠的组律《秋兴八首》。

苦涩的灵魂，伟大的灵魂，这就是我们的诗圣，杜甫。

无障碍阅读

玉露：秋天的霜露，因其白，被比作玉。

凋伤：使草木凋落衰败。

萧森：萧瑟阴森。

接地阴：风云盖地。

催刀尺：指赶制冬衣。

白帝城：古城名，在今重庆奉节东白帝山上。

急暮砧：黄昏时急促的捣衣声。砧，捣衣石。

作家介绍

杜甫（712—770），字子美，原籍湖北襄阳，生于河南巩县。自号少陵野老，是唐代伟大的现实主义诗人，与诗仙李白合称"李杜"。为了与另两位诗人李商隐与杜牧即"小李杜"区别，杜甫与李白又合称"大李杜"，杜甫也常被称为"老杜"。杜甫在中国古典诗歌中的影响非常深远，被后人称为"诗圣"，他的诗被称为"诗史"。后世称其杜拾遗、杜工部，也称他杜少陵、杜草堂。

佳句背囊

"遥怜故园菊，应傍战场开。"

出自唐代边塞诗人岑参的《行军九日思长安故园》："强欲登高去，无人送酒来。遥怜故园菊，应傍战场开。"同样是战乱中思乡抒怀，以菊花寄托情思，"故园菊"与"丛菊两开"有异曲同工之妙，读来感人肺腑、心潮澎湃。

本文作者 ————————————————

头条号"诗心痴语"，热爱文字的"70后"，爱读书，爱诗词。

柴门鸟雀噪，归客千里至

羌村三首（其一）

（唐）杜甫

峥嵘赤云西，日脚下平地。

柴门鸟雀噪，归客千里至。

妻孥怪我在，惊定还拭泪。

世乱遭飘荡，生还偶然遂。

邻人满墙头，感叹亦歔欷。

夜阑更秉烛，相对如梦寐。

◎ **诗临其境**

　　杜甫是唐代伟大的现实主义诗人，对中国古典诗歌影响深远，其诗"读之可以知其世"，因此诗作有"诗史"的美誉。《羌村三首》就是他用笔墨描绘亲身经历而折射出历史面目的代表诗篇，是他在战乱中饱经忧患的生命与历史相随的深沉歌唱。

　　在这首诗中，杜甫以白描的手法刻画出在乱世中回到阔别已久的家园，与妻儿团聚的感人场面。那一刻感慨万千，涕泪横流，唯有用诗来抒怀：

西天布满重峦叠嶂似的红云，阳光透过云脚斜射在地面上。经过千里跋涉终于到了家门口，目睹萧瑟的柴门和鸟雀的聒噪，竟如此萧条荒芜！妻儿怎料到我还活着，惊定平复后喜极而泣。在这兵荒马乱的时候，能够活着回来，确实有些偶然。邻居闻讯而来，围观的人在矮墙后挤得满满的，无不感慨叹息。夜很深了，夫妻相对而坐，仿佛在梦中一般。

◎ 一句钟情

"柴门鸟雀噪，归客千里至。"

"柴门鸟雀噪"是黄昏时分乡村的独特景致，鸟雀叽叽喳喳欢叫仿佛喜迎故人归来，以动写静的同时也反衬出战乱年代乡村的萧条荒芜，于写景中夹杂着悲凉之感。

"归客千里至"写出诗人既有"近乡情更怯"的忐忑，又有历经艰险长途跋涉，乱世飘零还能平安归家的欣喜。巧景衬情，将诗人归家那一刻的喜悦、心酸及安史之乱给人民带来的灾难都呈现出来。

◎ 诗歌故事

唐玄宗天宝五年，伟大的现实主义诗人杜甫来到长安，潦倒十年，终于在44岁时做了一个看管兵甲器仗的小官。可惜公元 755 年"安史之乱"爆发了，杜甫只能携妻带女辗转到羌村（今陕西富县北）这个偏远乡野避难。后听闻肃宗在灵武即位，于是决定只身一人北上，到灵武投奔肃宗。可惜天不遂人愿，途中不幸被叛军俘获，押至长安，直到郭子仪率兵到长安附近，诗人才得以摆脱叛军的监控，潜出长安投奔肃宗。

公元 757 年好不容易担任八品小官左拾遗，世称"杜拾遗"的杜甫又因上书援救房琯而触怒唐肃宗，被放还鄜州羌村探家。塞翁失马焉知非福，杜甫离家许久，那个年代"家书抵万金"，更何况又遇战火纷飞，时局动荡，诗人早与家人断了联系，杳无音信，对家人既是愧疚、担心又是牵肠挂肚，巴不得早早回到家乡，与妻儿团聚了。

归家心切，为了早日回家团圆，杜甫曾试图向一个官员借马，可惜没有借到，但这并没有难倒归心似箭的杜甫，于是他跋山涉水，千里迢迢走路回家，所谓"白头拾遗徒步归"，"千里至"三字，道出杜甫行路的艰难，又说明他只有一个信念就是回家，那是他唯一要去的方向。如今自己"千里至"活着回来，又发现家人老小幸存，悲喜交加，个中滋味，可想而知。

纵观全诗，前四句描述杜甫在家门口的情景，后半部分写与妻子久别重逢悲喜交加的场面，中间夹杂着目睹这一切的邻里街坊的唉声叹气。这叹息声也反衬了诗人在兵荒马乱中如愿与家人团聚"生还偶然遂"的心酸与喜悦。

杜甫把乱世普通人的生离死别的环境、情景、心境描绘得细致入微，极具画面感，一字一句中把乱世生聚的悲喜之情写得淋漓尽致。写作上也达到思想内容与艺术的完美统一，也赋予了这首诗史诗般的意义，难怪明代胡震亨曾这样评价杜甫的《羌村三首》："以时事入诗，自杜少陵始。"

此诗让我恍然醒悟，最美的词语叫回家，最向往的路是归家的路。

无障碍阅读

峥嵘：山高峻的样子，这里形容云峰。
日脚：古人不知地球在转，以为太阳在走，故谓日有"脚"。
嘘欷：哽咽，抽泣。

佳句背囊

"露从今夜白，月是故乡明。"

出自杜甫《月夜忆舍弟》，这首诗道尽了杜甫对在战乱中音信全无的弟弟们的担忧和思念。其中"露从今夜白，月是故乡明"既写了实景，又寄托了自己的思乡的情感，在诗人心中，家乡那轮圆月是普天之下最为明亮的。这与"柴门鸟雀噪，归客千里至"在写法及表达情感上相近。这句也成为思乡怀远的千古名句。

本文作者

梁芬霞，笔名书怡，生活中读书最心怡，在阅读中邂逅好文字，细嗅文字清香。

烽火连三月，家书抵万金

春望

（唐）杜甫

国破山河在，城春草木深。

感时花溅泪，恨别鸟惊心。

烽火连三月，家书抵万金。

白头搔更短，浑欲不胜簪。

◎ 诗临其境

　　写作这首诗时，杜甫身陷叛军之手，经过了安史之乱，早先繁华的长安已经变得满目疮痍：山河虽在，可是国家却已经支离破碎。春天到来，因为人烟稀少，草木抓住机会放肆生长，美丽的池苑现在变成了一片荒草地。

　　我们都说杜甫是一名深沉的、充满赤子之心的诗人，这在他的诗中也能够看出来。在他的眼中，哪怕动物、植物都是有着充沛的感情的。面对如此破败的时局和如此萧条的景象，花儿都是痛心的，再也没有了往日的娇艳欲滴，而是像我一样泪流满面；战火纷飞，百姓陷于水深火热之中，鸟儿都变得惊恐不安，而诗人自己看到鸟儿更是感慨万千。

战火连绵不断，已经持续了数月，在这样恶劣的环境下给家人寄一封家书都是极难的，纵有万金，也无法传递对妻儿的挂念。

自己一年多来受了无尽的苦难，本就斑白的头发愈加稀疏，简直连束发的簪子都无法插上。若非自己亲身受了一遭苦，哪能得知战争之残酷！

◎ 一句钟情

"烽火连三月，家书抵万金。"

与现代不同，现代人的离别可能就是短暂的离别，而古代人的离别就是"生离死别"。古代人没有"一小时行千里"的高铁，也没有随时随地可以看到亲人的手机，江湖险恶，离别，就意味着自己的亲人将会像蒲公英离开母体一样四处漂泊、无依无靠。最好的结果是几个月、几年后亲人团聚，最坏的结果可能就是阴阳相隔，永无再见之日。

在太平之日尚且如此，更别说战争之时。战火纷飞，社会更加不安，你便看杜甫的"三吏三别"就能知道，普通的人家尚且会被官差掳走，那些漂泊的流民只会更加危险。在这样的环境中，家书，更是成为连接家乡与亲人的唯一纽带。一封家书，甚至一个口信都包含着浓浓的情感。马上相逢，没有纸笔，只能"凭君传语报平安"，这短短的口信中既有无奈，又有思念。秋风袭来，情难自已，取来纸笔，修家书一封以表思念，但却"行人临发又开封"，对家人的思念，又怎能说得完呢！

此时的杜甫，离家已一年有余，自从被叛军抓获后就没有再与家人通信，家中的妻儿该是多么地想念自己啊，这乱世中唯一的纽带就这样彻底地断绝了。对于思家急切的杜甫来说，此时的一封家书，便比那万两黄金还要珍贵。在他的心中，除了报效朝廷便是思念家乡，他写"何时倚虚幌，双照泪痕干"，便是对家乡无尽的思念。

这句诗之所以能够流传千古，一方面是因为它包含了诗人真挚的思想感情，战争环境下的思家之情，这在任何朝代都是相通的。另一方面，它又表达了对战争的控诉，因为连年烽火，才造成亲人分离，甚至造成"可怜无定河边骨，犹是春闺梦里人"的悲剧。这种控诉同样对任何时代、地区的人们都是一样的，可以让人产生强烈的情感共鸣！

◎ 诗歌故事

一封家书，千年来都是连接亲人、爱人之间情感的纽带；一封家书，千年来同样包含着无数仁人志士的家国情感。对杜甫来说，山河破碎，身陷贼人之手，脱困后虽思家至极，然而他还是选择奔赴朝廷，为国出力，这种家与国之间的选择，更加让人动容。

读这首诗，让我想到了革命烈士林觉民，很多人也是因为一封家书才认识他。作为新民主革命的先行者，林觉民胸怀国家，立志通过革命来改变中国落后的面貌，彻底摆脱被列强欺辱的命运。黄花岗起义前夕，林觉民在一块白布上写下自己的绝笔家书《与妻书》。

文辞中处处有真情，处处有不舍，整篇文字荡气回肠，慷慨激昂。国家混乱，"遍地腥云，满街狼犬"，为了整个国家的未来，他只能选择放弃自己的未来，放弃自己日思夜想的妻子。当时正处于革命准备的关键时期，可谓"烽火连天"；这一封家书，同样也承载了一名烈士无尽的情感，这样的英雄，值得我们永远铭记！

是啊，杜甫和林觉民的选择都是正确的，只有有了安定的大家，才有美满的小家，这些为了国家的未来而选择牺牲自己的人，都是我们这个民族的英雄！

无障碍阅读

国：国都，指长安（今陕西西安）。

浑：简直。

欲：将要，就要。

"洛阳城里见秋风，欲作家书意万重。"

这句诗出自唐代诗人张籍的《秋思》，与"烽火连三月，家书抵万金"所表达的主题相同，也是在表达自己对家乡的思念。"意万重"表明作者心绪杂乱，这正是一个羁旅之人的正常心态。下一句是"复恐匆匆说不尽，行人临发又开封"，"又开封"这一细节更是传神地描绘出作者对家乡的挂念和他作为远行之人的无奈。

本文作者

森屿，致力于传播好玩儿的传统文化知识的青年！

坐观垂钓者，徒有羡鱼情

望洞庭湖赠张丞相

（唐）孟浩然

八月湖水平，涵虚混太清。

气蒸云梦泽，波撼岳阳城。

欲济无舟楫，端居耻圣明。

坐观垂钓者，徒有羡鱼情。

◎ 诗临其境

《望洞庭湖赠张丞相》是盛唐时期著名山水田园诗人孟浩然的作品。他为了踏上仕途，实现自己的政治理想，在科举考试前，写了这首投赠诗，希望得到时任丞相的张九龄的引荐和录用。

秋高气爽，八月的洞庭湖水面宽阔而平展。高远的天空倒映在水面，互相包蕴。湖水与天空相连接，混为一体，站在岳阳楼上极目远眺，看不到轮廓和边际。

洞庭湖水面宽阔，朝晖夕阴，气象万千。湖水不但荡涤着每一个登楼览胜的文人骚客，而且还包蕴日月星辰，哺育了世代生存于斯的子民。

太阳升起，照耀在湖面上，波澜壮阔，水汽蒸腾，整个洞庭湖笼罩在一派白茫茫之中。就是古时的云梦二泽，都被这云烟遮盖，分辨不出边界在哪里。

西南风起来时，更是有一番非常的景象。那一阵又一阵的波涛呼啸着，摇晃着扑向岳阳城，整个城池好像漂浮依靠在洞庭湖面，不停地摇动着身姿。

那么宽阔的湖面，也只能站在岸边望望而已，想横渡过去，哪里去得到船只呢？在大唐这个盛世，坐着不做事，不为国家出一份力，作为一名读书人，多么羞愧，也于心不忍啊。

但是怎么办呢，就这么一旁坐着，看着你们垂竿钓鱼，这不是空有一腔热血，空有一副羡慕的心情吗？古人说"临渊羡鱼，不如退而结网"，可是要结网，总得给一个机会呀。

◎ 一句钟情

"坐观垂钓者，徒有羡鱼情。"

这句诗是从"临渊羡鱼，不如退而结网"化用而来。

表面看有点消极，实际上是不甘心无所作为，表达了想做一番事业的强烈愿望。

在那个时代知识分子要实现自己的愿望，做一番事业，必须入朝为官。

丞相张九龄就是那些执竿垂钓的人中的一个，他们掌握着权力，治理着国家，一生功成名就，可以说是名垂千古了。可怜孟浩然一事无成，现在还是一介布衣，只能坐在岸边，白白地看着他们垂钓。

孟浩然的这句诗，向张丞相自荐自己，分寸把握得当。既没有过分地夸大对方，显出阿谀之嫌；又没有过分地贬低自己，露出一副乞讨相。

◎ 诗歌故事

说起孟浩然求仕，还有一个有趣的故事。那是他在长安的时候，一天去王维的家里拜访，突然听到外头一声通报，说唐玄宗驾到。过去一般人是不能随便见皇上的，即使在金銮殿上接见都不许抬头正视龙颜。

孟浩然急中生智，就躲到床底下。但是王维害怕得欺君之罪，万一床底下有响声那可是要杀头的。于是只有如实相告。说有孟浩然在此，已经来不及避让。皇上说他的诗我听说过，让他出来。

孟浩然连忙出来拜见皇上。皇上说，听说你的诗写得不错，近来有什么好的新作，念来听听。王维也连忙示意孟浩然读一首，在皇上面前展示一下自己的才干。孟浩然便遵命念了那首《岁暮归南山》：

北阙休上书，南山归敝庐。不才明主弃，多病故人疏。

白发催年老，青阳逼岁除。永怀愁不寐，松月夜窗虚。

皇上听到第四句，就来气了。你自己不求上进，还要埋怨什么"明主弃"，我从来都没有埋没人才，把谁弃之不用，你还是回南山去吧。说完皇上气愤地离开了王维的家。

孟浩然再也无法待在长安找门路了，他对皇上和权贵很失望，对自己的仕途之路完全失去了信心，他归隐山水田园的心思已决。于是写了一首《留别王维》而去。

无障碍阅读

张丞相：指张九龄，唐玄宗时宰相。
涵虚：包孕天空，指天空倒映在水中。涵：包容。
虚：虚空。
混太清：与天混为一体。太清，指天空。
云梦泽：指云泽和梦泽，即湖北南部、湖南北部一带低洼地区。洞庭湖是它南部的一部分。

 作家介绍

孟浩然（689—740），襄州襄阳（今湖北襄阳）人，世称"孟襄阳"，唐代山水田园派诗人；诗作语淡味浓，与王维合称"王孟"。

"临渊羡鱼，不如退而结网。"

出自《淮南子·说林训》："临河而羡鱼，不如归家织网。"《汉书·董仲舒传》有："临渊羡鱼，不如退而结网。"意思是羡慕水里的鱼儿，那是白浪费时间，还不如去织张网捕鱼。泛指空空地羡慕，那是徒有愿望，不如动手去干来得实在。也是告诫人们，再好的想法，也要付诸行动，否则毫无意义。

本文作者

读书工，笔名西凉，原名黄大本，头条号、微信公众号、百家号等优质创作者，有作品发表于多种文学杂志。

家在梦中何日到，春生江上几人还

长安春望

（唐）卢纶

东风吹雨过青山，却望千门草色闲。

家在梦中何日到，春生江上几人还。

川原缭绕浮云外，宫阙参差落照间。

谁念为儒逢世难，独将衰鬓客秦关。

◎ **诗临其境**

　　拥有"大历十才子"冠冕的卢纶，才情满腹，却屡试不第。不过他交友甚广，是一个活跃的社交家，最终通过朋友圈步入仕途，结交了一些权贵友人。他先是受到宰相元载和王缙的赏识，谋得了一官半职，只可惜不久，元载和王缙获罪入狱，卢纶也因此受到牵连。

　　身在长安，仕途不顺的卢纶，更是无比思念家乡。他是河中蒲州（今山西永济）人，家乡刚好位于长安的东面。当他心情烦闷地登上高山，感受着从家乡吹来的东风，思乡之情溢满心间，只恨自己不能回去。所以诗人说：

东风吹来阵阵春雨，微微洒过青山，登高远望，望见长安城中层峦叠嶂的房舍，还有大片闲闲的春草。

家乡时常出现在梦中，可是不知何时才能归还，春天的江面上船来船往，可又有几个人能得以还家。

登高极目远望，家乡就在浮云之外，渺不可见，远不可及，只见长安的宫殿，错落有致，笼罩在一片夕阳之中。

又有谁理解我这位读书人，生逢乱世，独自客居长安，已满头白发，神情憔悴，还漂泊流荡在这荒远的秦关。

◎ 一句钟情

"家在梦中何日到，春生江上几人还。"

虽然这两句诗是诗人春望时产生的联想，但从中我们依然可以感受到一种深深的思乡之情。家乡时常在梦中出现，可恨就是回不去，看到他人能乘船返乡，多么令人羡慕啊！

孤身一人远在他乡，深深地思念家乡的亲人，无法实现的愿望只能在梦中寄托一份情感，这份深情读来令人既觉心酸又觉温暖。诗人一生多次应举不第，仕途也不顺利，又感时代动乱，浮生若梦，想在梦中找回一些因战乱丢失的美好事物，带着这种感时伤乱的情绪，写下了这首寓情于景，情景交融，具有"阴柔之美"的千古名诗。

◎ 诗歌故事

生活在现代的我们，生活相对安稳，不必像卢纶那样经历家国动乱，终身郁郁不得志。但我们思念家乡、思念亲人的心情却是一样的。

我十六岁就离开家乡去往外省求学，一个人在一个完全陌生的城市，和一群来自五湖四海完全陌生的同学居住于一室。

开始那段时间，经常从梦中哭醒，梦里回到那座从小生长的熟悉村庄，享受与亲人一起谈天说地的温馨情形。可梦醒后看到的仍然是陌生的环境和陌生的人群。那种孤独的感觉真不好受。

那时手机还不流行，与家人联系除了座机电话，就是手写书信，写信收信成了一种情感上的寄托。现在翻阅那些保留下来的信件，忆起那份思乡之情，倒成了一份美好的回忆。

后来毕业又去了别的城市工作，离家乡依然遥远，虽然思乡之情不再像学校时那般浓烈了，但午夜梦回，家乡仍时不时在梦中出现，只因家乡有我们思念的亲人。

想有多少人如我这般，为了梦想，为了生活，远离家乡，远离亲人，去往他乡求学、工作，然后结婚生子，定居他乡。家乡就成了梦中那个无法忘记，却又不能常回去的儿时记忆。

千百年来，乡愁早成了很多人一生的主题，不管是那些名垂千古的大诗人，还是我们这些寻常小平民，都有着一样深的乡愁。

千门：层层叠嶂的房舍。

宫阙：长安城中的宫殿。

秦关：古代要塞，今洛川县秦关乡。

作家介绍

卢纶（约742—约799），字允言，河中蒲县（今山西永济）人，祖籍范阳涿县（今河北涿州），唐代诗人，"大历十才子"之一。

佳句背囊

"春风又绿江南岸，明月何时照我还。"

出自北宋文学家王安石的《泊船瓜洲》，其中"明月何时照我还"与"家在梦中何日到"有着异曲同工之妙，时时盼望着能回到那远方的家乡。诗人都借想象抒发内心深处绵绵不绝的思乡之情。

本文作者 ————

米俪米：不忘初心，坚持读书写字。

无端更渡桑干水，却望并州是故乡

旅次朔方

(唐) 刘皂

客舍并州已十霜，归心日夜忆咸阳。

无端更渡桑干水，却望并州是故乡。

◎ **诗临其境**

从刘皂开始读书时，金榜题名就是他的梦想。为了实现这个梦想，找到出路，改变命运，刘皂在并州旅居了十年。但是令人惋惜的是，他付出了时间和努力，却没有得到什么好结果。

长时间的一事无成，让他不好意思再在并州待下去，所以他决定回到家乡。

刘皂乘坐小船渡过桑干河到了朔方。在船上，刘皂看着波涛，忍不住回头一望，依依不舍，还没等离开并州就已经开始追忆在并州的时光。愁苦之际，刘皂创作了这首诗：

自从离开家乡来到并州已经有十年的时间了。每一天，我都在思念着我的家乡——咸阳。

当年，我是为了考取功名，找到一个新的出路，才不远千里，孤身一人渡桑干河。如今，并州和咸阳一样，都是我心中的故乡。

◎ 一句钟情

"无端更渡桑干水，却望并州是故乡。"

这两句话让我看到了作者的难堪、矛盾和不舍。

每个人的心里都有一段伤痕，一段不愿提起的秘密。在刘皂看来，这段时光不仅是伤痕，是秘密，还是一段不堪回首的往事。他是一个男人，一个要尊严的男人，表面上作者说是没有来由地想要回到故乡咸阳，让人猜测是思念亲人和家乡。事实上，回到故乡是作者别无选择、无可奈何的决定。

十年之前，他为了考取功名，谋求出路，远走他乡，但是十年里他却没有像预想的那样衣锦还乡。在并州，他难堪，回到家乡，也是难堪。刘皂心中的负担是沉重的，心情也是极度悲伤的。从前离开咸阳，依依不舍，如今离开并州，屡屡回头。

虽然矛盾，但是无论选择哪个，内心都会怀念，都会不舍，作者的忧郁显而易见，他对两个家乡都想念，自己却在路上，两边遥望。

◎ 诗歌故事

从"客舍并州已十霜"到"却望并州是故乡"，其中的矛盾没有经历怎么体会？

不离乡，便不知道什么是思乡。没有失去，便不会去怀念。

一次离家，我才知道思乡和怀念是什么。

我第一次离开家是初一军训。因为我的脚小，学校通知的时间紧，我没有买到合脚的鞋子。军训辛苦，才第一天，我的脚就磨破了，没有带创可贴，就带着伤训练。

军训不会因为我的脚受伤而停止，教官也没有同意让我休息，我就一直跟着。

那是我第一次无声流泪，正步不敢停，眼泪停不下来。我当时就想着回家，家里多么温暖，有爸爸的关怀，有妈妈的体贴，在家里从来都没有受过这样的罪。

在军营里的我就像最初来到并州的刘皂，无时无刻不想回去。但是当十天的军训结束，坐在大巴上，我又屡屡回头望。十天的时间，我已经对这军营里的一草一木都熟悉了，想到和同学们一起合唱，一起踢正步，听教官讲他服役、参加任务，多么有趣。

离开军营之前，我从未想过会对军营有不舍。

一方水土养一方人，十天的光景，我对军营也有了感情。

积累了十天的乡愁，刚刚放下又燃起新火。

刘皂坐在船上，我坐在大巴上，都对即将离开的地方和将要到达的地方不舍。

后来，我也明白了，有情、不舍、矛盾，这便是人生。

无障碍阅读

旅次：旅行中临时居住。

朔方：古都的名字，在西汉时建立。桑干河的北方叫作朔方。

并州：地名。

十霜：一年有一次霜，在并州待十年，所以称为十霜。

咸阳：地名，作者的出生地。

无端：没有理由，不知道为什么。

桑干水：指桑干河。

作家介绍　刘皂，生卒年不详，祖籍咸阳，唐代诗人，约德宗贞元年间在世，《全唐诗》中收录刘皂诗歌五首。

佳句背囊　"行人无限秋风思，隔水青山似故乡。"
出自唐代诗人戴叔伦的《题稚川山水》。戴叔伦和刘皂一样，为了前途背井离乡，跋山涉水，行走异地，在路上，走到稚川，在松下茅亭休息，想到了家乡，看到周围的青山绿水和故乡的风景十分相似，仿佛回到了故乡，于是作诗表达对家乡的思念。

本文作者

赵悦辉，一名来自长春的"95后"作者。

但使情亲千里近，
须信：无情对面是山河

定风波·席上送范廓之游建康

（南宋）辛弃疾

听我尊前醉后歌，人生无奈别离何。

但使情亲千里近，须信：无情对面是山河。

寄语石头城下水：居士，而今浑不怕风波。

借使未如鸥鸟伴，经惯，也应学得老渔蓑。

◎ **诗临其境**

这是南宋词人辛弃疾的作品。辛弃疾，何许人也？

公元 1140 年，辛弃疾出生于山东东路济南府历城县（今济南市历城区），当时宋室已经南渡。他的出生地已经被金兵占领，也就是说他生于金国。

受祖父教导，辛弃疾从小立志报国，一心一意要收复中原失地。23 岁时，他率领 50 名勇士生擒害死抗金农民起义军首领的叛徒，一路南下交由朝廷处置。直到那时，辛弃疾才得以归附朝廷。他以为他终于可以沙场点兵了，没想到却被南宋朝廷在弃与用之间反复掂量……

朝廷欲用之时，也曾被给予过希望，调任抗金前线建康（今江苏南京）；

朝廷欲弃之时，便将他不停转官、罢官。

宋光宗绍熙元年（1190），辛弃疾闲居带湖（今江西省上饶市城外），可是一颗滚烫的报国心如何闲得下来？

这不，听说朋友范廓之要游建康，于是便写了一阕《定风波》。词人借着酒意与友人倾吐心声：

浊酒一杯人已醉，举杯与君话别情：如果情深义重，一别千里又何妨？如若无情，即使对面而坐也像隔着千山万水。

请帮我告诉石头城的山和水，不要记挂着我。我现在不沾政事远离是非。即使不能像鸥鸟般自由自在，做个闲情逸趣的老渔翁总还是可以的吧……

◎ 一句钟情

"但使情亲千里近，须信：无情对面是山河。"

这句起于道别，但并没有止步于友情，是在写对建康的挂念，是在表达对中原的念念不忘。诗句不可割裂来读，上片收尾处这句"情亲千里近"必须跟下片开头的"寄语石头城下水"联系起来解读。

词人挂念建康却不直接说，他只寄语石头城的山水，让它们不要挂念自己。这就奇怪了，山水有情吗？它们会挂念词人吗？

这其实是一种很有趣的写法，叫作"对写"。词人把自己的情感赋予到了山水之上：词人挂念着建康的山山水水，但是他不说，他非要说建康挂念着他。

词人有意，山水便有情了，这也算一种心意相通吧？"有缘千里来相会，无缘对面不相逢"，词人身在带湖，却依然是客；词人与建康相隔甚远，但心中有情就不觉得远了。

◎ 诗歌故事

用对写法写感情，总能显得特别真切感人，读着辛弃疾的这首词，我的脑海里就自动浮现出了一个美好的画面……

"今夜鄜州月，闺中只独看。遥怜小儿女，未解忆长安。香雾云鬟湿，清辉玉臂寒。何时倚虚幌，双照泪痕干。"杜甫《月夜》曾经用这种手法写过思念之情。当年，杜甫客居长安，夜晚望着天上明月思念远在家乡的妻子儿女。可是他偏偏要说是妻子站在窗前长久地望着长安，还嗔怪一双小儿女不懂母亲对远在长安的那个人的思念之情……

这不是矫情，这是信任，两个人心意相通自然能够感同身受，这种距离和思念既苦且甜。亲爱的朋友，你们曾体验过吗？

你是否也曾离家数年，每到饭点就尤为想念妈妈做的饭菜？

在那些家常菜前，所有的山珍海味都显得寡淡？

你是否也曾在异乡街头行走，忽然追着一个熟悉的背影走了几条街？那些儿时的玩伴，不论分开多少年，他们的样子依然印在心里。

你是否也曾在一个意想不到的瞬间偶遇老友，两人执手相看总有说不完的话题？

这就是亲人、朋友！纵使相隔千山万水多年不见，再见时依然觉得亲密无间……

无障碍阅读

定风波：词牌名。

居士：古代称有德才而隐居不仕或未仕的人。这里是诗人自称。

佳句背囊

"有缘千里来相会，无缘对面不相逢。"

最早出自宋代无名氏的《张协状元》，后多被化用。这句话常被用来形容缘分的微妙。意思是说，人与人之间如果有缘就算是远隔千里也有机会相见，如果无缘就是对面相逢也互不相识。

本文作者

倪小七，读书走江湖，修身与谋生两不误。

玉颜自古为身累，肉食何人与国谋

唐崇徽公主手痕和韩内翰

（北宋）欧阳修

故乡飞鸟尚啁呼，何况悲笳出塞愁。

青冢埋魂知不返，翠崖遗迹为谁留。

玉颜自古为身累，肉食何人与国谋。

行路至今空叹息，岩花涧草自春秋。

◎ **诗临其境**

欧阳修是北宋著名文学家和政治家，官至翰林学士，也是唐宋八大家之一。

欧阳修生活的年代，北宋国运已由盛转衰。内有数量冗余的无能官员；外有东北部的契丹和西北部的西夏不断寻衅滋事。面对内忧外患的局面，身为人臣的欧阳修既想改变内忧，也希望拯救外患。

忧国忧民的诗人由国运联想到唐代为了维护国内安定出塞和亲的崇徽公主，公主抛弃家国远嫁，而国内的官员们却没有做出一点牺牲。

想到这里，欧阳修忍不住感慨；

飞鸟还在眷恋故乡鸣叫不止，公主却在悲切的胡笳声中出塞远嫁。

坟茔之下掩埋的孤魂再也无法返乡，苍翠山崖上的字迹又是为谁留下。

美丽的女子自古就被容貌牵累，高官厚禄的人又有几个为国家谋生计。

今时走到公主手迹这里的人只能空叹息，崖涧的花草兀自走过了冬夏春秋。

◎ 一句钟情

"玉颜自古为身累，肉食何人与国谋。"

美丽成为女子悲剧命运的负累，而身居高位拿着厚禄的"肉食者"，明明有能力，却从不为国出力。

在封建社会，女子无法掌控自己的命运，在社会分工中也是弱势的存在，相对弱势的一方需要为了两国和平背井离乡，而有权有势的达官贵人却从不考虑为国运出力。

为国牺牲的弱女子与不"为国谋"的"肉食者"形象形成了鲜明的对比，通过二者的形象对比，也反映出诗人对和亲政策的不满与愤懑。

◎ 诗歌故事

崇徽公主并不是真正意义上的公主，她不是皇室之后。拥有公主的头衔，只是为了成为政治的牺牲品。

崇徽公主本是著名将领仆固怀恩的女儿。早在崇徽之前，她的两位姑姑就先后远嫁回纥，其中一位嫁给了牟羽可汗移地建，被封为光钦可敦。光钦可敦去世后，牟羽可汗又指定要仆固家的女儿来续弦。于是，仆固家的幼女被皇帝封为崇徽公主，嫁与牟羽可汗。

姑侄俩先后和亲，并没有换来长久的和平。崇徽嫁给牟羽可汗的 21 年后，牟羽可汗打算进犯唐朝，却被自己的宰相阻止并杀死。老可汗下台，新可汗上任又请求唐朝送去新的公主和亲。回纥素来有继承前任可汗妻子的传统，新可汗请求新人和亲，这就说明，早年嫁去的崇徽已经不在了。

在历史上，崇徽公主出生年月与名字都没有留下来，可也正是这个只留下仆固氏这一姓氏的弱女子，换来了唐朝 20 年的和平。

为了短暂的和平，送豆蔻年华的女子远嫁塞外是合理的吗？女子远嫁换取家国安定，朝堂之上的男子又做了什么呢？

"玉颜自古为身累，肉食何人与国谋"，女子因为美丽成为客死异乡的孤魂，位高权重的"肉食者"又有几人真心为国家出谋划策呢？这是欧阳修替历史上诸多和亲公主发出的反问，也是对和亲政策的提出者们最有力的质问。

身为有话语权的政策制定者，就只能靠牺牲年轻的女子换取国家安定吗？这些"肉食者"做出了哪怕一点点的牺牲吗？诗人想到自己所处的朝堂之上，众多平庸的朝廷命官，是不是又如同崇徽公主所处时代的"肉食者"们一般无用呢？

无人应答。

欧阳修忍不住一声叹息，任由花草见证历史更替。

无障碍阅读

啁啾：鸟鸣声。

手痕：指崇徽公主手痕碑，在今山西灵石县。相传公主嫁回纥时，道经灵石，以手掌托石壁，遂留下手迹，后世称为手痕碑，碑上有唐人李山甫《阴地关崇徽公主手迹》诗刻石。

肉食：身居官位拿俸禄的人，指代官员。

作家介绍 欧阳修（1007—1072），字永叔，号醉翁，晚号六一居士，江西庐陵（今江西吉安）人，北宋政治家、文学家，谥号"文忠"，世称欧阳文忠公。他领导了北宋诗文革新运动，继承并发展了韩愈的古文理论，开创了一代文风，与韩愈、柳宗元、苏轼、苏洵、苏辙、王安石、曾巩合称"唐宋八大家"，并与韩愈、柳宗元、苏轼合称"千古文章四大家"；主修《新唐书》，独撰《新五代史》。有《欧阳文忠集》传世。

佳句背囊

"遣妾一身安社稷，不知何处用将军。"

出自唐代诗人李山甫《代崇徽公主意》，"遣妾安社稷"与"何处用将军"形成对比，与"玉颜自古为身累，肉食何人与国谋"同样是借崇徽公主出塞和亲的故事讽刺和亲政策：女子远嫁安邦定国，将军和官员却不需要有用武之地。

本文作者

不香：码字为生的资深少女，八级闲书爱好者。

惨惨柴门风雪夜，此时有子不如无

别老母

(清) 黄景仁

搴帏拜母河梁去，白发愁看泪眼枯。

惨惨柴门风雪夜，此时有子不如无。

◎ 诗临其境

黄景仁家境贫寒，迫于生计，不得不常年在外漂泊，足迹遍至苏、浙、皖、直、鲁、湘等地，他虽然极有才气，却一直没有合适的机会，所以久而久之，难免会形成一种多愁善感的气质。

这首《别老母》写于乾隆三十六年（1771），当时黄景仁为生活所迫，要外出办事，在一个风雪交加的晚上，他辞别妻子、拜别老母，踏上了去往远方的道路，在这种背景下，他写下了这首令人无限伤感的诗。

诗人说：

我即将前往外地办事，掀起门帘，与老母亲告别。

母亲依依不舍，悲凉凄切，欲哭无泪，我看到她的头发，早已经愁白了。

在这个风雪交加的夜晚，不能在母亲身边尽孝，却要狠心掩闭柴门远去。

这个时候，我不禁发出感叹：养子又有何用呢？倒不如没有啊！

◎ 一句钟情

"惨惨柴门风雪夜，此时有子不如无。"

"惨惨柴门风雪夜"描绘了一幅离别时的画面，情景交融，充满着强烈的悲情气氛。一个"柴门"足见家庭的穷苦，而在风雪夜离开，更表现了生活的无情和人生的身不由己。

诗人从心底里发出了"此时有子不如无"哀叹，这是诗人集愧疚、自责、痛苦于一身的悲鸣，是诗人感情步步加深、层层蓄积，凝聚到饱和状态时迸发出来的呐喊，因此非常具有感染力。

这两句诗，表现了对天下所有无依、无靠、无助母亲的深切同情，同时也是对天下不孝子女的严厉谴责，养子不能尽孝，不如不养，何其让人心痛！

◎ 诗歌故事

黄景仁 4 岁丧父，不久，祖父、祖母、哥哥也相继去世，只有黄景仁和老母亲孤单地生活着。家庭的不幸，给这位少年增添了无限忧伤，但是，黄景仁的诗才，却犹如夜空中的明星，丝毫掩盖不住。

他少年时，在私塾读的多是八股文，一次偶然，他翻阅了一卷古诗集，如获至宝，大呼："这才是好东西呢！"从此便开始学习写诗。

黄景仁 9 岁到江阴应学使考试，寓居在江阴小楼中。临考这天，黄景仁却仍然蒙着头窝在被子里，同试者催他起来，他却说："我刚才觅得'江头一夜雨，楼上五更寒'的诗句，正想凑成全诗，却被你给打扰了思路！"一个 9 岁的儿童，居然能写出这样的好句，着实令人赞叹！

乾隆三十六年春，在"太白楼诗会"上，黄景仁也为我们留下了一段诗坛佳话。

这天，风和日暖，许多诗人都聚集在采石矶的太白楼上，喝酒聊天，十分热闹！大家轮流赋诗助兴，等到年纪最小的黄景仁时，只见他身穿白色的大衣，站在日影之下，朗诵了自己刚才所写的一首《笥河先生偕宴太白歌醉中作歌》。顿时，拍案叫绝之声不绝于耳，大家纷纷搁笔赞叹，这首诗也被竞相传抄，据说一夜之间，连纸价都翻了好几倍！

无障碍阅读

搴（qiān）帷：指掀起门帘，出门、离开。
河梁：桥，此处代指送别之地。
柴门：树枝编成的门，此处代指贫苦的人家。

作家介绍

黄景仁（1749—1783），清代著名诗人，字汉镛（yōng），一字仲则，号鹿菲子，是北宋大家黄庭坚的后裔。少年时便极有诗名，后来为谋生计，不得不四处奔波。黄景仁一生怀才不遇，到35岁时才得以授县丞之职，但未及补官，便在贫病交加中客死他乡。黄景仁诗学李白，内容多抒发穷愁不遇、寂寞凄怆之情，也有愤世嫉俗的篇章，是"毗陵七子"之一，他的七言诗极具特色，有《两当轩集》传世。

佳句背囊

"暗中时滴思亲泪，只恐思儿泪更多。"
出自清代倪瑞璿的《忆母》，意思是说，我常常暗地里因为思念母亲而流泪，但是恐怕母亲会因为思念我而流泪更多啊！儿子思念母亲，但母亲更加思念儿子，母爱的伟大，令人感动，这两句诗，同样表现了母子间感人至深的美好亲情。

本文作者

一位喜欢古典文学却阴错阳差拿了管理学硕士的理工男，大名宋士浩，头条号"诗词曲精品库"，欢迎关注！

励志篇

一口气读懂诗词名句·

曾许人间第一流

将进酒·黄 主编

SPM
南方传媒

岭南美术出版社

中国·广州

图书在版编目（CIP）数据

曾许人间第一流 / 将进酒·黄主编. —广州：岭南美术
出版社，2023.8
（一口气读懂诗词名句）
ISBN 978-7-5362-7754-0

Ⅰ.①曾… Ⅱ.①将… Ⅲ.①古典诗歌—诗歌欣赏—
中国—通俗读物 Ⅳ.①I207.2-49

中国国家版本馆CIP数据核字(2023)第120004号

责任编辑： 黄小良　黄海龙
责任技编： 许伟群
封面设计： 极宇林

一口气读懂诗词名句
YIKOUQI DUDONG SHICI MINGJU

曾许人间第一流
CENG XU RENJIAN DIYI LIU

出版、总发行：岭南美术出版社（网址：www.lnysw.net）
　　　　　　　（广州市天河区海安路19号14楼 邮编：510627）
经　　销：全国新华书店
印　　刷：湛江市新民印刷有限公司
版　　次：2023年8月第1版
印　　次：2023年8月第1次印刷
开　　本：880 mm×1230 mm　1/32
印　　张：5
字　　数：99千字
印　　数：1—10000册
ISBN 978-7-5362-7754-0

定　　价：29.80元

那些激励心灵的诗

　　本册以"励志"为主题，汇聚了古人那些激励人心、自省自警、奋发振作的诗词名句。内容包括珍惜年华、勤奋学习，及时建功立业、度过无悔人生的态度，也包括不同流俗、卓然不群，不管条件如何艰难，始终积极振作、豁达面对的心态。

　　古人的生存环境限制更多，所以比今人更容易感受到时间的力量，对珍惜时光也有更深的感受。年纪老大还没有什么成就，有人说"青春须早为，岂能长少年"，有人却说"老骥伏枥，志在千里。烈士暮年，壮心不已"。谁不想有所作为呢？"江山代有才人出，各领风骚数百年"啊！时间是平等的，给每个人开通了一条赛道，"花开堪折直须折，莫待无花空折枝"呀！

　　珍惜时间，用来做什么呢？王禹偁说："昨日邻家乞新火，晓窗分与读书灯。"最美的年华，是微微晨曦与读书的灯火辉映。因为，"粗缯大布裹生涯，腹有诗书气自华"。

　　光鲜的外表很容易达到，可能只需廉价的装扮；富足的内心

却很难速成，多半需要日复一日、年复一年的累积。所以，颜真卿说："黑发不知勤学早，白首方悔读书迟。"陆游说："纸上得来终觉浅，绝知此事要躬行。"

起步之初，我们都默默无闻。可袁枚说："苔花如米小，也学牡丹开。"即便是一棵不起眼的小草，也要有冲向云天的志向。所以杜荀鹤说："时人不识凌云木，直待凌云始道高。"李白说："大鹏一日同风起，扶摇直上九万里。"

人生在途，也会坎坷随身。古人恰好是我们的榜样。苏轼被贬，却能在逆境中潇洒地说："一点浩然气，千里快哉风。"辛弃疾报国无门、满心苦闷，却仍然慷慨而歌："男儿到死心如铁。看试手，补天裂。"

读一句诗词，就是和一双眼睛对视。那目光，经过时光之流的淘洗，愈加圆融睿智。

下面，就让我们开启励志之旅吧！

勤学早

如果说世上有一把万能钥匙，那就是知识。书到用时方恨少，腹有诗书气自华。最能照彻人心的，便是读书灯。

黑发不知勤学早，白首方悔读书迟

劝学

（唐）颜真卿

三更灯火五更鸡，正是男儿读书时。

黑发不知勤学早，白首方悔读书迟。

◎ **诗临其境**

这首诗既是颜真卿为勉励后人所写，又是自身勤学苦读的精华感悟。他三岁丧父，家道中落，但母亲殷氏为人坚毅，有孟母三迁的教育风范，对其寄予厚望，实行严格的家庭教育。

颜真卿能体会母亲的一片苦心，格外自律，日夜苦读，正如诗中所讲。《劝学》以"劝"字统领全文，以自己的亲身感受，告诫年轻人需早知勤奋学习：

每天三更半夜到鸡鸣之时，正是男儿们读书的最好时间。

少年时只知道玩耍，却不知道好好学习，待到老年、头发花白之时，才后悔当初为什么不知道勤学苦读，但是悔之已晚。

◎ 一句钟情

"黑发不知勤学早，白首方悔读书迟。"

这首诗深入浅出，自然流畅，如一老者谆谆教导后人，富含哲理，核心就在于"黑发早勤学，白首读书迟"。

金融学上有一个术语叫"复利"，号称世界第八大奇迹，其中蕴含的道理很简单：每天努力一点点、积累一点点、进步一点点，这正如 1.01 的 365 次方是 37.78，而 0.99 的 365 次方却是 0.03，虽然每天仅仅差别一点点，但长此以往，结果将差距巨大。

读书最具复利特点，经年累月之后，读书的人将累积巨大优势，轻松碾轧多数同龄人。年轻人只需每天比别人更努力一点点：当别人在玩游戏，你要读书；当别人睡懒觉，你要读书；当别人去旅游，你要读书……

记住，莫问收获，但问耕耘。即使已经虚度一段光阴，但也无须气馁放弃，因为种一棵树最好的时间是十年前，其次是现在，只管把握当下，每天努力向上，必不会有负于将来的自己。

◎ 诗歌故事

颜真卿自幼喜爱习字，但练字需要耗费很多纸张，家境清贫的他，为减轻家庭负担，自创"黄泥习字"的方法，用笔蘸着黄泥水在墙上写字。

26 岁时，他考中进士，但为了进一步学习书法，他拜在名师褚遂良门下，后因两度辞官，无法留在褚遂良身边学习，改拜张旭为师。

张旭是唐代首屈一指的大书法家，各种字体都会，尤其擅长草书。颜真卿希望能在名师的指点下，很快学到写字的窍门。

但拜师后，张旭却没有透露半点书法秘诀。他只是给颜真卿介绍了一些名家字帖，简单地指点一下字帖的特点，让颜真卿临摹。

甚至有时候，他带着颜真卿去爬山，去游水，去赶集、看戏，回家后又让颜真卿练字，或看他挥毫疾书。

转眼过去了几个月，颜真卿得不到书法秘诀，心里非常着急，他决定直接向老师提出要求。颜真卿壮着胆子，红着脸说道："学生有一事相求，恳请老师传授我书法秘诀。"

张旭却回答说："学习书法，一要'工'学，也就是勤学苦练；二要'领悟'，也就是从自然万象中接受启发。这些我不是多次告诉过你了吗？"

颜真卿听完，还以为老师不愿意传授秘诀，又向前一步，再次施礼恳求道："刚刚老师所说的这些道理，我都知道，我现在最需要的是老师行笔落墨的绝技秘方，烦请老师指教。"

这时，张旭继续耐着性子开导道："我是见公主担夫争路而察笔法之意，见公孙大娘舞剑而得落笔神韵，除了苦练就是观察自然。学习书法要说有什么'秘诀'的话，那肯定是勤学苦练。要记住，不下苦功的人，不会有任何成就。"

颜真卿听完老师的教诲，大受启发，终于明白真正的为学之道。自此，他勤学苦练，从生活中领悟运笔神韵，终成一代大书法家，创"颜体"楷书，对后世影响很大。

勤学苦读、勤学苦练是颜真卿的成功之道，更是为学的根本之道。事实上，真正的读书是件极需毅力、极为辛苦的事情，年轻吃不下读书的苦，将来便要吃生活的苦。

无障碍阅读

更：古时夜间计算时间的单位，一夜分五更，每更为两小时。午夜 11 点到凌晨 1 点为三更。

五更鸡：天快亮时，鸡啼叫。

黑发：年少时期，指少年。

白首：头发白了，这里指老年。

方：才。

作家介绍

颜真卿（709—784），字清臣，别号应方，京兆万年（今陕西西安）人，祖籍琅玡临沂（今山东临沂）。唐朝名臣、书法家。曾任平原太守，世称"颜平原"；封鲁郡公，人称"颜鲁公"。后被叛将李希烈杀害。其书法精妙，创"颜体"楷书，对后世影响很大。与赵孟頫、柳公权、欧阳询并称为"楷书四大家"。又与柳公权并称"颜柳"，被称为"颜筋柳骨"。

佳句背囊

"人生一世，草生一春。黑发不知勤学早，转眼便是白头翁。月过十五光明少，人到中年万事休。"

出自《增广贤文》，人生短暂，青少年是最美好的时光，人们应在风华正茂之时，勤学不辍，否则转眼间成为老人，没什么事业成就，人生一天比一天黯淡，却悔之已晚。

本文作者 ————————————

洞论文史，暨南大学硕士研究生，喜爱文史知识，因为古往今来人事相似，道理相同，读史可鉴人、可汲智，古为今用。

富贵必从勤苦得，男儿须读五车书

柏学士茅屋

（唐）杜甫

碧山学士焚银鱼，白马却走深岩居。

古人已用三冬足，年少今开万卷余。

晴云满户团倾盖，秋水浮阶溜决渠。

富贵必从勤苦得，男儿须读五车书。

◎ 诗临其境

公元 765 年，杜甫离蜀南下，到达夔州（今重庆奉节）。在此次暮年时光的漂泊之旅中，杜甫时常处于孤独寂寞之中，拥有大量的闲暇时间来进行自省和回忆。于 56 岁之时，杜甫写下了这样一首《柏学士茅屋》，借古思今，追忆往昔。

正如诗中所感慨的那样：

纷纷扰扰的安史之乱，使得柏学士丢失了官职。昔日经常参议朝政、直言相谏的他，选择了将茅屋搭建在险峻的碧山之中。

他虽然选择了一种隐居的生活，但是依旧像汉代的东方朔那样勤奋苦读，如今已经读书万卷。眺望茅屋之外，漫天的祥云如同车盖一样密密地堆积在一起，绵长的秋水顺着道路湍急地向远方流去。自古以来，所谓的富贵荣华必定是从勤奋苦读中获得的，如今有识的男儿也应该像这位柏学士一样，博览群书，赢取功名。

这里，杜甫形容云如倾盖之团，是说云层浓密；水似决渠之溜，是说水流湍急。

◎ 一句钟情

"富贵必从勤苦得，男儿须读五车书。"

这是一句铿锵有力的宣言！坚信笃定，掷地有声。确实，做学问注定是一场漫长的旅途，需要在少年时代就勤奋苦读，打下扎实的基础。

时光如流水一样易逝，但是人生功名的真理却始终未变。"古人已用三冬足，年少今开万卷余"，既然古人都可以在恶劣的环境中饱读诗书，我们今人又何尝不可以呢？

斗转星移，今夕何夕，与其说这是杜甫深情地赞颂古人和柏学士的艰苦求学精神，不如说这是他对于自身以及后世子孙的一种劝勉与鼓励。

◎ 诗歌故事

若想朱门贵，必定苦读书。书籍不仅仅是个人向上攀登的阶梯，更是提升自身气质的基石。"唯有书香能致远，腹有诗书气自华"，央视主持人董卿便是最好的例子。白发戴花君莫笑，岁月从不败美人，花容月貌虽然易逝，但是从骨子中散发出来的芬芳气质，萦绕于身，从不褪色。

在不少节目中，董卿那种饱读诗书的气质流露于一颦一笑之间，让人为之动容。在繁忙的工作之余，她都会用心地品读一些古典诗词文学。因为读书，可以帮助她的内心平复浮躁，更加清晰自己努力的方向。不乱于心，不困于情，不畏将来，不念过去。在云聚云散，日出日落之时，笑看世间百态。

确实，命运从不会辜负一直追求进步的人，如今的董卿已经成为央视舞台的当家花旦。

董卿也曾经说过："我始终相信我读过的所有书都不会白读，它总会在未来的某一个场合帮助我表现得更出色。"

或许，有时候读书之"用"不在眼前，不在当下，而是像一场默默滋润万物的细雨，在不知不觉中改变着你的人生轨迹。让我们在美好的青春年华中，静下心来多读一些好书，多一分人生的精彩，少一分平庸的困扰。

无障碍阅读

碧山：指柏学士隐居山中，泛指青山。

银鱼：指唐朝五品以上官员佩戴的银质鱼章。

五车书：出自《庄子·天下》，"惠施多方，其书五车"。成语"学富五车"即来自此，喻指读书多，学问深。

作家介绍

杜甫（712—770），字子美，原籍湖北襄阳，生于河南巩县。自号少陵野老，是唐代伟大的现实主义诗人，与诗仙李白合称"李杜"。为了与另两位诗人李商隐与杜牧即"小李杜"区别，杜甫与李白又合称"大李杜"，杜甫也常被称为"老杜"。杜甫在中国古典诗歌中的影响非常深远，被后人称为"诗圣"，他的诗被称为"诗史"。后世称其杜拾遗、杜工部，也称他杜少陵、杜草堂。

佳句背囊

"读书破万卷，下笔如有神。"出自唐代诗人杜甫的《奉赠韦左丞丈二十二韵》，这句诗与"富贵必从勤苦得，男儿须读五车书"有异曲同工之妙。敏而好学，不耻下问，读万卷书，行万里路，心中脱去尘浊，胸中自成丘壑。

本文作者

董帅，中央美术学院艺术管理与教育学院学生。

为人性僻耽佳句，语不惊人死不休

江上值水如海势聊短述

（唐）杜甫

为人性僻耽佳句，语不惊人死不休。

老去诗篇浑漫兴，春来花鸟莫深愁。

新添水槛供垂钓，故着浮槎替入舟。

焉得思如陶谢手，令渠述作与同游。

◎ **诗临其境**

唐朝上元二年（761），已经持续 6 年的安史之乱，仍然没有被平息的迹象，政府军和叛军在各地反复交战，生灵涂炭。由于唐肃宗李亨信任宦官和张皇后，吏治大坏。

杜甫对时局痛心疾首，但他得不到唐肃宗的信任，无法改变前线胶着的战争和后方腐朽的官场，只能选择弃官离去。辗转多地，杜甫在成都定居下来，在城西浣花溪畔建成了一座草堂，世称"杜甫草堂"，也称"浣花草堂"。

时年 50 岁的杜甫虽然身处江湖之远，但他一直关注着社稷黎民，一次观锦江时，发现"水如海势"，触景生情，无限感慨，写下了这首诗。

虽然时间过去了1200多年，但穿越时空，我们仍然可以想象，一个干瘦老人独自站在锦江之畔，他有万千句话想跟旁人交流，却一句也说不出口，只能书诸笔端，让后人去评说。

杜甫这样写道：

老夫平生就喜欢细细琢磨，苦苦寻觅好的诗句，如果达不到惊人的地步，我就决不罢休。

现在人已经越来越老，写诗也就随意多了，对着春天的花鸟树木，没有了过去那种深深的忧愁。

锦江边新装了栏杆，可以让人悠闲地垂钓，我又备了一只小木筏，可代替游船出入江河的小舟。

希望有陶渊明、谢灵运这样的诗坛高手相伴，跟他们一起作诗畅谈，漫游锦江。

◎ 一句钟情

"为人性僻耽佳句，语不惊人死不休。"

这句诗写出了杜甫严谨认真的写作态度，同时也是对诗题"水如海势"的一种呼应。

江和海完全是两个概念，海的气势要比江磅礴汹涌得多，但杜甫却看到了"江上值水如海势"的奇观，就想说道说道。

这句诗表面上是杜甫在自说自话，实际上这"惊人"二字，加上后面的"死不休"，足以看得出诗人在看到江水如海后的震惊与激情。

正是有了这样的基础，诗人在对江水轻轻带过后，又发挥了浪漫的想象，让陶渊明、谢灵运两位大诗人穿越时空，来跟他相会于这"如海势"的江上，使得大家对这句诗有了更深刻的印象。

◎ 诗歌故事

杜甫出身于官宦世家，少时生活富足惬意，七岁的时候就可以写诗赋文："七龄思即壮，开口咏凤凰。"志向也是积极入仕："致君尧舜上，再使风俗淳。"

当时正值开元盛世，杜甫在经过二十年左右的书斋生活后，也开始了十多年的"壮游山河"，这一阶段杜甫的诗歌都是非常浪漫积极的，最典型的就是"会当凌绝顶，一览众山小"。

唐朝天宝六载（747），杜甫结束四处游历的生活，来到长安寻求机会，但在奸相李林甫、杨国忠当权的大背景下，无论是参加考试还是走权贵的门路，杜甫都无法实现自己的抱负，他写下"丈夫四方志，安可辞固穷"来自勉，更写出了《兵车行》《丽人行》等反映劳苦大众生活的作品。困守长安期间，杜甫没有被残酷的现实击倒，而是成为一名忧国忧民的诗人。

唐朝天宝十四载（755），安史之乱爆发，第二年长安就被叛军攻破，唐玄宗逃到了四川，皇太子李亨则跑到灵武即位，杜甫带着一家老小四处逃难，后来在投奔唐肃宗的路上，被叛军俘虏，押到长安看管。在自身难保的情况下，他还在时刻关注着唐军的平叛进展："还闻献士卒，足以静风尘。"

唐朝至德二载（757），杜甫冒险逃出长安，投奔唐肃宗，虽然被授为左拾遗，但很快就因帮大臣房琯说话，得罪了唐肃宗，第二年就被贬为华州司功参军。仕途不顺让杜甫看到了更多的人间疾苦，写下了"三吏""三别"这样的不朽诗篇。

唐朝乾元二年（759），杜甫弃官辗转来到成都，在生命最后的十一年里，他已经放弃了入仕的念头："不爱入州府，畏人嫌我真。及乎归茅宇，旁舍未曾嗔。"转而跟普通百姓有了更多的接触，诗作风格更加多元，肆意洒脱。

"为人性僻耽佳句，语不惊人死不休"，杜甫用这一非常醒目的诗句告诉世人，那个积极上进、胸怀天下的杜少陵从未远去，他的热血，在这自信满满的字句间传扬。

无障碍阅读

性僻（pì）：性情有所偏执、古怪。这里是诗人自谦。
新添：初做成的。
陶谢：陶渊明、谢灵运，皆工于描写景物。

作家介绍

杜甫（712—770），字子美，原籍湖北襄阳，生于河南巩县。自号少陵野老，是唐代伟大的现实主义诗人，与诗仙李白合称"李杜"。为了与另两位诗人李商隐与杜牧即"小李杜"区别，杜甫与李白又合称"大李杜"，杜甫也常被称为"老杜"。杜甫在中国古典诗歌中的影响非常深远，被后人称为"诗圣"，他的诗被称为"诗史"。后世称其杜拾遗、杜工部，也称他杜少陵、杜草堂。

佳句背囊

"会当凌绝顶，一览众山小。"
出自杜甫的五言古诗《望岳》，表达了诗人不怕困难、敢攀顶峰、俯视一切的雄心和气概，与"为人性僻耽佳句，语不惊人死不休"一样，把作者那种卓然独立、兼济天下的豪情壮志表现得淋漓尽致。

本文作者 ————————————

王彦观止、王世东，爱读书爱分享，热爱一切有趣的事物。

粗缯大布裹生涯，腹有诗书气自华

和董传留别

(北宋) 苏轼

粗缯大布裹生涯，腹有诗书气自华。

厌伴老儒烹瓠叶，强随举子踏槐花。

囊空不办寻春马，眼乱行看择婿车。

得意犹堪夸世俗，诏黄新湿字如鸦。

◎ 诗临其境

苏轼出身书香门第，与其父苏洵、其弟苏辙合称"三苏"。北宋嘉祐二年（1057），苏轼考中进士，四年后出任凤翔签判，这是他步入仕途的第一站。在凤翔，他认识了出身贫寒、生活困顿却饱读诗书的董传，苏轼很欣赏他的才华，在离任返京时，赋诗相赠。诗中既有对董传贫而乐学、不坠青云之志的赞美，也有对董传科考入仕的殷殷期许：

糙丝束发、粗布加身，难掩饱读诗书的人的神韵气质；厌倦与老儒烹瓠清谈的苦日子，决意和举子们一同参加科考求取功名；虽然无钱置办马匹"一日看尽长安花"，却可在眼花缭乱的"择婿"车流中且行且看；值得世俗夸耀称美的是，新科诏书黄纸上那将干未干的墨迹。

◎ 一句钟情

"粗缯大布裹生涯，腹有诗书气自华。"

"粗缯大布"和"腹有诗书"的强烈对比，是对读书人的最高赞许，相比于"书中自有黄金屋，书中自有颜如玉，书中自有千钟粟"少了世俗与功利，多了清高与自持。

在寒微的境遇中，不惮清贫，不慕浮华，沉得下心，耐得住寂寞，用诗书来丰富和充盈自己的精神世界。此处的"气自华"，不仅指人的气质面貌，更指人的思想境界和处事格局：不汲汲于功名，不营营于利禄，在浮华中坚守，在坚守中修为。

◎ 诗歌故事

"粗缯大布裹生涯，腹有诗书气自华。"这句诗是苏轼对董传的赞美，也是苏轼自己一生的写照。

"乌台诗案"后，苏轼被贬为黄州团练副使，从廊庙之器、"宰相之材"沦为戴罪之身，非但没有实权，"不得签书公事"，连起居行踪都要受到限制和监视。微薄的俸禄，一家二十多口的柴米之需，更是捉襟见肘，难以为继。

初到黄州的苏轼是惶恐、低落和困顿的，如他在《寒食雨二首》中所描写的一样："小屋如渔舟，濛濛水云里。空庖煮寒菜，破灶烧湿苇。……也拟哭途穷，死灰吹不起。"苦雨凄风，漏屋空厨，破灶湿柴，满满的穷愁与失意。好在苏轼又是乐天和务实的，在朋友的帮助下，他开始寄身乡野，躬耕于黄州东坡的一块军营荒地上。他虚心向农人请教，俨然从一个饱读诗书、名动京城的才子变成了朴实勤劳的农夫；他乐在其中，自号"东坡居士"。"投种未逾月，覆块已苍苍。"不到一个月，先前播种的麦苗已成青青一片，苏轼喜悦之余不忘对农人的感激："得饱不敢忘。"

生活的困顿相对来说易于解决，人生的危机、愤懑和失意更需要超脱和排遣。贬谪和遭遇的打击需要排解，需要突围，他开始在佛、道思想中寻找慰藉和突破的力量。在黄州的这段时间里，苏轼隔三岔五地就去安国寺焚香诵经，静坐禅悟，了悟人生的无我、无常、无住；他喜读《庄子》，受道家"道法自然""逍遥无为"的影响，感悟到了"人生如寄""人生如梦"……他的人生观大为改变，内心变得强大自适、旷达自足，终于从政治打击的绝望与惶恐中解脱了出来："回首向来萧瑟处"，那些"穿林打叶声"，于他而言，已是"归去，也无风雨也无晴"。所有的起落得失、荣辱毁誉皆无须挂怀，无住我心。

黄州时的苏轼，才情纵横，诗词书画无不臻于妙境。苏轼受佛道思想的影响变得旷达超脱，但毕竟自幼受儒家思想的浸润，"处江湖之远"，虽无法为国谋解君忧，却仍可以造福一方百姓。了解到当地人因为贫困有溺死新生婴儿的野蛮风俗，他一边上书谏言严惩溺毙婴儿者，革除恶习，一边募捐成立了中国第一所孤儿院——东坡雪堂救儿会。凡是贫困孕妇，只要答应养育婴儿，就赠予钱物救助，他在自己都吃不饱饭的情况下，每年拿出大部分薪俸带头捐赠。

苏轼一生三起三落，艰难的际遇磨炼了他，也使他"穷且益坚"，不管顺境逆境，都能泰然处之，永葆赤子之心。只要于百姓有利，便不计得失，仗义执言，任狂风暴雨穿林打叶，我自吟啸徐行，"一蓑烟雨任平生"，因为苏轼不只是个"腹有诗书"的文学家，更是个心怀天下，以民为本的理想主义者，是个真正的精神贵族。

无障碍阅读

粗缯（zēng）：粗糙衣物。缯，丝织物。

瓠（hù）叶：瓠瓜的叶，味苦，这里指菜肴粗陋、简单。

踏槐花："槐花黄，举子忙。"秋天科举考试的时候，正值槐花盛开，所以用"踏槐花"来指代科举考试。

择婿车：宋代重文轻武，有科考功名的文士最受欢迎。进士放榜之日，京城富贵之家乘车而来，争抢中榜士子为女婿。后来就以"择婿车"比喻科举高中。

作家介绍

苏轼（1037—1101），字子瞻、和仲，号铁冠道人、东坡居士，眉州眉山（今四川眉山）人。北宋著名文学家、书法家、画家、诗人。宋高宗时追赠太师，宋孝宗时追谥"文忠"。学识渊博，与父苏洵、弟苏辙合称"三苏"；诗与黄庭坚并称"苏黄"；词与辛弃疾同是豪放派代表，并称"苏辛"；散文与欧阳修并称"欧苏"，同为"唐宋八大家"之一。书法与黄庭坚、米芾和蔡襄合称"宋四家"。擅长文人画，尤擅墨竹、怪石、枯木等。作品有《东坡七集》《东坡易传》《东坡书传》《东坡乐府》等传世。

佳句背囊

"贫者，因书而富；富者，因书而贵。"
出自北宋王安石《劝学文》，贫穷的人因为读书而变得富有，富有的人因为读书而变得高贵。读书能够获取知识，改变人的命运，也能充实人的精神世界，完善人格，提高人的气质和修养。

本文作者

邱明珍，头条号"文史阅微"。

纸上得来终觉浅，绝知此事要躬行

冬夜读书示子聿

（南宋）陆游

古人学问无遗力，少壮工夫老始成。

纸上得来终觉浅，绝知此事要躬行。

◎ 诗临其境

陆游，南宋著名爱国诗人，一生笔耕不辍，把自己拳拳的爱国之情、殷殷的爱子之意诉诸笔端，留下一篇篇千古绝唱。

公元 1199 年（庆元五年），在一个寒冷的冬夜，时年已经 74 岁的陆游依然在书房读书，如醉如痴。冬夜如此静谧，而陆游却思潮起伏，有太多的话要对儿子说，于是落笔写下他对子聿的殷殷嘱托：

古人在学习上不遗余力，年轻时下功夫，到老年才有所成就。从书本上得来的知识毕竟不够完善，要透彻地认识事物还必须亲自实践。

◎ 一句钟情

"纸上得来终觉浅，绝知此事要躬行。"

这一句实乃真理，提出了做学问的要义。专心致志、孜孜不倦地做学问，固然很重要，但还不够，还要"亲身躬行"。

"实践出真知"，"实践是检验真理的唯一标准"。

一个既有书本知识，又有实践经验的人，才是真正有学问的人。书本知识是前人实践经验的总结，能否符合现实的情况，必须用实践去检验。经过亲身实践，领悟得才更深刻，从而把书本上的知识变成自己的实际本领，这才谓之"学会"。

诗人从书本知识和社会实践的关系着笔，强调实践的重要性，凸显其真知灼见。"要躬行"包含两层意思：一是学习书本知识的过程中要"躬行"。读书的方法，必须把注意力集中到三点：心到、眼到、口到。对于圣贤的教诲，照着去做是很重要的。二是获取知识后还要"躬行"，通过亲身实践化为己有，转为己用。

诗人的用意很清楚，旨在教育儿子不要仅仅满足于书本知识，还要重视应用，要在实践中夯实并升华。

陆游经常和子聿同读经文，他认为父子情带来的趣味，阅读所得可谓铭记一生。

"经中固多趣，我老未能忘。似获连城璧，如倾九酝觞。"读书是和品下酒坛佳酿，获得价值连城的和氏璧一样的快乐。

"努力晨昏事，躬行味始长。"从白昼到夜晚，一切事务最好亲力亲为。诗人还对子聿劝解道：读"六经"必须要端正，对其中真意，历经磨砺才可得。他鼓励孩子们读书，就和孩子们一起读书；他也鼓励孩子们和他一起创作，在"躬行"中，父子情更深，子女自然也收益颇丰。

教育者应该知道，学习的渠道一是来自书本或者别人现成的经验，再就是亲自实践。而后者往往更直观、更有说服力。

犹记得我经常对学生讲说楼道内要稳步行走，不得疯闹，更不要从扶手上往下滑。相信很多老师都对学生做过这样的教育，但总有人愿意"以身试法"。

某日，一个"调皮蛋儿"下课就坐着扶手从三楼往下滑，但很不幸，他直接从三楼的扶手上摔了下去，半天动弹不得，听到学生报告，下去查看的时候，"调皮蛋儿"还在地上歪坐着，一脸痛苦的神色，根本站不起来。从此后，不用我再多言，班里再没有人这么做了。这是多么痛的领悟啊！

实践，也要"因事而异"。师长关于安全的告诫还是不要去实践了，就认真听取了吧。

《庖丁解牛》的故事形象地说明了实践获得真知的道理。道理都懂，但实际生活中又往往一叶障目。很多做家长的生怕孩子磕了、累了、伤了、受委屈了，生活中大包大揽，聪明的家长给孩子实践的机会，包括挫折和失败，孩子在挫折和失败中的收获绝对不是书本能给到的。

西汉史学家、文学家刘向说，"耳闻之不如目见之，目见之不如足践之"。把书本知识、现成的经验和实践结合起来，如是，学习就是有用的，做事就是高效的。

无障碍阅读

绝知：深入、透彻地理解。
躬（gōng）行：亲身实践。

作家介绍

陆游（1125—1210），字务观，号放翁。越州山阴（今浙江绍兴）人，南宋著名诗人。诗歌今存 9000 多首，内容极为丰富。著有《剑南诗稿》《渭南文集》《南唐书》《老学庵笔记》等。

佳句背囊

"操千曲而后晓声，观千剑而后识器。"
出自南朝刘勰《文心雕龙·知音》，意思是：只有弹过千百个曲调的人才能懂得音乐，看过千百口宝剑的人才能懂得武器。说明实践的意义所在，与"绝知此事要躬行"有异曲同工之处。

本文作者

宫晓慧，小学语文高级教师，花草和音乐、手工和美食、诗和远方都是我所爱，因为有爱，从不孤独。

文章本天成，妙手偶得之

文章

（南宋）陆游

文章本天成，妙手偶得之。

粹然无疵瑕，岂复须人为？

君看古彝器，巧拙两无施。

汉最近先秦，固已殊淳漓。

胡部何为者，豪竹杂哀丝。

后夔不复作，千载谁与期？

◎ **诗临其境**

陆游是一位高产的诗人，流传下来的诗有9000多首。这首诗是陆游对创作诗歌的切身体会，值得我们细品。

头两句是整首诗的"诗眼"，陆游说文章本是浑然天成的，是技艺高超的人在偶然间所得到的。就好似无瑕的美玉一样，天然就是那样，不需要人力去刻意追求。

为了更进一步说明好的东西不需要人为，陆游紧接着举了个例子，他说你看看上古的彝器，无论巧拙，都不是匠人刻意为之，而到了汉代，虽然它离先秦最近，可是人为的因素多了，汉代的文章读起来反而不如先秦的文章让人觉得淳朴敦厚了。

说完了秦汉，作者的思绪又到了唐，他说"胡部新声"，不过就是一些丝竹和管弦混在一起的声音，舜的乐官后夔早就死了，后世去哪里听他写的那些纯粹而无瑕疵的音乐呢？

◎ 一句钟情

"文章本天成，妙手偶得之。"

这是全诗中我最喜欢的一句，写文章求工整、求精巧还是求朴拙、求自然，是一直争论不休的问题，比如我们都知道的"推敲"的例子，就是贾岛苦苦思索，到底用"推"字还是"敲"字更好，贾岛想得入神，甚至连冲撞了韩愈仪仗都浑然不觉。

可见"文章本天成"，并不是说你做个梦，老天爷就把好句子好文章告诉你了，所谓文章天成，是作者苦心经营、匠心独运的结果，是看起来像"天成"，没有人为加工的痕迹而已。

"本章本天成"还有另外一层意思，就是说，好的文章让人读起来有一种平淡而近自然的感觉，而不是让人感觉装腔作势，拿腔拿调。

好文章，结构精巧自然；行文流畅自然；用语妥帖自然。看似天然去雕饰，其实一切都是匠心独运，正如美玉，是历经千年雨雪风霜，自然"打磨"的结果。

要做到"文章本天成"，必须是"众里寻他千百度"在先，然后才能"得来全不费功夫""妙手偶得之"在后。写文章和做人一样，都要记住"梅花香自苦寒来"。

◎ 诗歌故事

陆游在这诗中阐述了自己的创作主张。

这里的"天成"并不单纯是大自然的恩赐，也来自创作者长期积累得来的思考。这些思考一直积淀，借由偶然机会得到灵感生发，从而创作出好的文章。

陆游说："我初学诗日，但欲工藻绘；中年始少悟，渐若窥弘大……汝果欲学诗，功夫在诗外。"

为了进一步说明功夫在诗外，陆游说："法不孤生自古同，痴人乃欲镂虚空，君诗妙处吾能识，正在山程水驿中。"这就说得很明白了，要想作好诗，绝不是关起门来空想就能做到的，应该多和外边的世界接触，和自然亲近，而不是在故纸堆里翻找。

其实写文章如此，做人也一样，为什么呢？因为如果我们做人太刻意，太人为，就会让别人感觉虚伪。而葆有一颗赤子之心，反而会令人感觉到亲切自然。

先做人，后作文。文如其人，讲的就是这个道理。

无障碍阅读

粹然无疵瑕：粹（cuì）然，纯粹的样子；疵瑕（cī xiá），缺点。

彝（yí）器：也称"尊彝"，是古代青铜器中礼器的一种通用叫法。

无施：没有施加人力的影响。

淳漓（chún lí）：指风俗、世情的厚与薄。淳，质朴、敦厚；漓，浅浮、浇薄。

胡部：唐代掌管胡乐的机构，亦指胡乐。胡乐从西凉一带传入，当时称"胡部新声"。

豪竹杂哀丝：豪竹，管乐器；哀丝，弦乐器。"豪竹哀丝"现在是成语，意思和"丝竹"一样，都是指管弦乐，有时也泛指音乐。

后夔（kuí）：人名，相传为舜的乐官。

佳句背囊

"挥毫当得江山助，不到潇湘岂有诗。"

出自陆游《读旧稿有感》，说的也是文章天成的意思。

"陶谢文章造化侔，篇成能使鬼神愁。君看夏木扶疏句，还许诗家更道不？"

这首陆游的《读陶诗》同样强调的是好文章出自"天然"。苏东坡也表达过类似的意思，比如《和陶归园田居》"春江有佳句，我醉堕渺茫"。

本文作者

吴公子燎，金融从业者，爱好文史，业余时间喜欢写写文章。

繁霜尽是心头血，洒向千峰秋叶丹

望阙台

（明）戚继光

十年驱驰海色寒，孤臣于此望宸銮。

繁霜尽是心头血，洒向千峰秋叶丹。

◎ **诗临其境**

戚继光是明朝的抗倭名将。

嘉靖年间，我国东南沿海一带倭寇侵扰，当地百姓苦不堪言。于是，戚继光被调往浙江都司金事，担任参将一职。

匆匆十年，戚继光仍然在茫茫海域中过着东征西伐的日子。然而，朝廷一直以来对海上抗战的支持甚少，甚至加以责难。

在霜叶尽红的深秋，诗人远眺京城，感慨万千。他浴血奋战，却孤立无援，忆起十年征战生活，不禁泪眼婆娑。

于是，诗人叹道：

在泛着蓝色冷光的海上，我与倭寇周旋已有十年之久。

秋风里，孤独的我登上阙台，遥望着京城宫阙。

十年抗倭，心血就如洒在千山万岭上的浓霜，染红了漫山秋叶。

◎ 一句钟情

"繁霜尽是心头血，洒向千峰秋叶丹。"

诗人登上望阙台，千峰万壑，秋叶流丹。这一片如霞似火的生命之色，令他想起沧桑岁月，更令他激情满怀，鼓荡起想象的风帆。

以"繁霜""秋叶"自喻，诗人向皇帝表达自己忠贞不渝的报国之心。虽然在长达十年的抗倭战争中，朝廷对自己不闻不问，但是诗人却对国家怀有强烈责任感和使命感。

诗人把爱国忠君的赤诚心血，喻为繁霜。全句意为保家卫国的一腔热血凝如繁霜，直把漫山遍野的秋叶染红，既形象又生动地表达了高尚的爱国情怀。

繁霜红，秋叶红，漫山红，也不如他坚贞报国的赤子之心红得火热，红得彻底，红得震撼。

◎ 诗歌故事

长期以来，我国涌现了一批又一批怀着深厚的爱国主义情怀的科学家。凭借深厚的学术造诣、宽广的科学视角，他们为祖国做出了方方面面的重大贡献。

物理学家钱学森，排除万难一心回国，将我国导弹、原子弹的发射向前推进至少20年；

核物理学家邓稼先，隐姓埋名工作28年，为核武器的原理突破和研制做出了重大贡献……

在谈到我国科学家的爱国主义情怀时，习近平总书记使用了"繁霜尽是心头血，洒向千峰秋叶丹"这句诗句。

科学家们几十年如一日地奋战在科研前线，不是从零到一，就是从一到百，含蓄低调地干着惊天动地的大事。

正是他们强烈的民族使命感和责任感，不断推动我国科技事业的向前发展。

每一位科学家不计得失，呕心沥血，鞠躬尽瘁，坚守岗位，发光发热。不是为了获得荣誉功勋，而是为了国家兴旺，为了我们这个民族能在漫长的岁月长河中越走越远。

在今年的抗疫一战中，许多以前默默无闻的白衣天使因为事业上的奉献，成了全国称赞的楷模，更成了国人铭记一生的大英雄。

即使是在你我身边，也有千千万万个平凡却不普通的工作者。或许没有特别耀眼的成绩，没有让社会为之惊叹的壮举，可是他们一样具有"匠人精神"，在工作岗位上奉献了自己的才华、青春、心血。

在自己的能力范围里，尽心尽力，实现自我价值，便是"繁霜尽是心头血，洒向千峰秋叶丹"在现代普通人身上最好的体现。

无障碍阅读

望阙台：在今福建省福清市。阙，多音字，诗中读 què，宫阙，指皇帝居处。

孤臣：远离京师，孤立无援的臣子，此处指诗人自己。

宸銮（chén luán）：皇帝的住处。

作家介绍

戚继光（1528—1588），字元敬，号南塘，晚号孟诸，卒谥武毅；山东登州（今山东蓬莱）人，明朝抗倭名将，杰出的军事家、书法家、诗人、兵器专家和军事工程家。曾在东南沿海抗击倭寇十余年，扫平倭患；后又在北方抗击蒙古部族内犯十余年。著有《纪效新书》《练兵实纪》等著名兵书，还有《止止堂集》等。

佳句背囊

"只解沙场为国死，何须马革裹尸还。"

出自清代诗人徐锡麟《出塞》。诗人只知要为国家奋战至死，何曾想过用马的毛皮把自己的尸体裹住运回。此句表达了诗人一心为国的赤诚、热血，在战场上无暇顾及生死，与《望阙台》里的"繁霜尽是心头血，洒向千峰秋叶丹"有异曲同工之妙。

本文作者

头条号"一周一本书"，立志当一名有文化的当代青年。

第二辑

惜华年

青春易老，事事须早为；时光易散，华年须珍惜；莫做强说愁的少年郎，莫待无花空折枝。

烈士暮年，壮心不已

龟虽寿

（东汉）曹操

神龟虽寿，犹有竟时。

腾蛇乘雾，终为土灰。

老骥伏枥，志在千里。

烈士暮年，壮心不已。

盈缩之期，不但在天；

养怡之福，可得永年。

幸甚至哉，歌以咏志。

◎ **诗临其境**

建安五年（200），曹操于官渡之战以少胜多，摧毁袁绍的主力。后来袁绍之子袁熙、袁尚向北逃到乌桓。七年后，曹操统领大军北征乌桓，大获全胜。在回师途中，曹操写下了《步出夏门行》组诗，充满豪情壮志的《龟虽寿》为组诗中第四首。

这一年，曹操已 52 岁。

后世，杜甫慨叹"晚岁迫偷生"时，不过 45 岁；苏轼自叹"老夫聊发少年狂"时，不过 40 岁。而此时 52 岁的曹操，在这个江山支离破碎、战乱纷争不息的时代,无疑是名副其实的老人了。

暮年了，梦想还能实现吗？曹操自然是不消极、不屈于天命的。

于是曹操说：

哪怕是长寿的神龟和腾蛇，也终有灰飞烟灭的时候，何况凡人？我有限的生命，应当建功立业，至死方休！

年老的千里马，卧伏在马槽边，心中志向仍欲驰骋一日千里。胸怀大志的好男儿，纵使两鬓苍苍，依然心中有火，眼里有光！

人的寿命长短绝不是完全由上天定的。精神饱满调养好，仍有希望益寿延年。

这是响当当的"我命由我不由天"！

◎ 一句钟情

"老骥伏枥，志在千里。烈士暮年，壮心不已。"

我曾认为，英雄暮年就如同美人迟暮，"惟草木之零落兮，恐美人之迟暮"，都是令人扼腕叹息的。谁人不爱鲜衣怒马的少年？新丰美酒斗十千纵情恣意，清歌漫语谈笑间文采飞扬，书生意气指点江山……茫茫世间，可歌可咏可爱的少年豪杰知多少！

小时候背李白"蓬莱文章建安骨"，并不明白何为"建安骨"。当人到中年，突然感觉时光真是握不住的流沙，梦想需要快马加鞭地去追赶了。此时轻声吟诵出"老骥伏枥，志在千里。烈士暮年，壮心不已"，竟然被这份豪情壮志激荡得心潮起伏。曹操，鞍马为文、横槊赋诗，诗句中激情慷慨、爽朗刚健，震烁古今，文字中透出的正是铮铮的"建安风骨"。

◎ 诗歌故事

《世说新语》里有个王敦的故事。

东晋大将军王敦，是个豪爽之人，曾经沉迷于女色，有人规劝他。他便打开家中小门，把几十个婢妾放出，任凭她们离去。世人赞他品行高尚。王敦最爱曹操的《龟虽寿》，每次饮酒之后，就会大声吟唱"老骥伏枥，志在千里。烈士暮年，壮心不已"。一边唱一边用如意敲打玉壶作拍子，家里所有的玉壶都被敲缺了口儿。酒后的豪迈将军，吟唱的、敲打的，无非就是心中的不甘、不屈、不服和进取，老当益壮，宁移白首之心？

人们历来喜欢吟咏"一日之计在于晨""黑发不知勤学早，白首方悔读书迟"，都知道青少年时期是最好的奋进时期。那么，人至中年、人生半坡时，面对人生的下半场，是得过且过，还是继续振翅飞翔呢？

成年人的艰辛中，更能彰显拼搏者的勇毅。历经青年的青涩与探索，年长之时沉淀了生存智慧、积累了人生阅历，这是继续展翅的优势。"谁道人生无再少？门前流水尚能西！"内有不老的灵魂和昂扬的斗志，就算华发生、鬓霜白——

我还是从前那个少年，没有一丝丝改变。

时间只不过是考验，种在心中信念丝毫未减。

作家介绍

曹操（155—220），字孟德，小名阿瞒，东汉末年杰出的政治家、军事家、文学家、书法家。曹魏政权的奠基人，建安文学的代表。

佳句背囊

"老当益壮，宁移白首之心？穷且益坚，不坠青云之志。"出自唐代王勃《滕王阁序》，意思是：年纪越老越应该斗志昂扬，怎能在白头时改变曾经的心志？境遇虽然困苦，但节操应当更加坚定，决不能抛弃自己的凌云壮志。

"谁道人生无再少？门前流水尚能西！休将白发唱黄鸡。"出自宋代苏轼《浣溪沙·游蕲水清泉寺》，意思是：谁说人生就不能再回到少年时期？门前的溪水都还能向西边流淌！不要在老年感叹时光的飞逝啊！

本文作者

有女如玉书中寻，今日头条文化领域优质创作者。

青春须早为，岂能长少年

劝学

（唐）孟郊

击石乃有火，不击元无烟。

人学始知道，不学非自然。

万事须己运，他得非我贤。

青春须早为，岂能长少年。

◎ **诗临其境**

唐代诗人孟郊以一首《游子吟》闻名于世，其现存诗作有五百多首，这首《劝学》说出了他多年学习的感悟。时不我待，抓紧青春的美好时光，好好学习实践吧！

诗歌大意为：

石头要经过敲击才会出现火花，要是不进行敲击、碰撞，这石头一点烟也不会有。

人不也是这样吗？只有通过学习才能掌握知识，了解这个世界，如果不学习就什么也不知道。

不仅是学习，任何事情都需要自己去多多实践，别人学到的东西并不会成为我的知识。

尤其是少年时期更要趁早学习，毕竟我们总是会长大，谁也不能一直停留在少年时期。

◎ 一句钟情

"青春须早为，岂能长少年。"

在考中进士之前，孟郊已经两次进京参加考试，几十年的学习生涯，孟郊心中感慨万千，即使已到不惑之年，他也从未停止学习。他想向同他一样沉浸于学习，实践于生活的学子们，说一声加油，道一声共勉。

同时也有劝诫之意。时光的流逝总是在眨眼间就让人与人的差距越拉越大，青春少年时期又是最为聪慧、最为纯粹的学习时光，若不及早趁着这少年时光，抓紧学习，年长时一定会增添几分遗憾和失落。

这一句是青春在召唤：学习读书要趁早，美好时光不再来。

◎ 诗歌故事

"青春须早为，岂能长少年。"像一记重锤，敲响了警钟。是啊，少年的青春时期是多么短暂和珍贵啊，错过这珍贵的学习时间，就再也回不去了！

宋代朱熹在《劝学诗》中说道："少年易老学难成，一寸光阴不可轻。"智者们历经岁月的洗礼，都留下了相似的感悟，表达了最真的情感：学习读书要趁早，流逝光阴不可追。

纵观历史长河，西汉名将霍去病17岁时已经成为校尉，抗击匈奴，戍守边疆；唐代诗人王勃6岁可写文，16岁时应试及第，成为朝廷最年少的官员；贝多芬4岁就开始作曲。他们是少年早成的代表，用自己的经历证明抓住少年时期勤奋学习的重要性。成功不是偶然，是一点点的厚积薄发，是抓住时间，珍惜时光，追求上进的回报。

主持人撒贝宁曾说过："如果当你一天到晚拿着手机，刷着微博，坐在家里，宅着看电视，天天上着网，做着那些连80岁以后都能干的事，你要青春干什么呢？"

是呀，青春的意义不就在于奋斗吗？如果现在做着老年人都能做的事，那青春于我们而言还有什么意义呢？我们又如何在少年成长这条不可复制的旅途中，构建属于自己的独一无二的青春回忆呢？那就是用奋斗、用学习、用读书来装点这段最闪亮的日子，而不是挥霍、荒度、后悔。只有这样，当我们回首和少年时代告别的时候，才能充满自信地挥一挥手，和过去坦然地说一声"再见"！

只要我们能意识到时间和学习的重要性，把握当下，即刻出发，一切都不算晚。珍惜时光、勤学多练正是"青春须早为，岂能长少年"之中蕴含的殷殷期盼。

无障碍阅读

乃：才。

知道："知"是动词，知道、懂得、掌握；"道"是名词，事物的法则、规律，这里指各种知识。

自然：天然。

运：运用、实践。

作家介绍

孟郊（751—814），字东野，湖州武康（今浙江德清）人，唐代著名诗人，苦吟诗人的代表。他的诗大多展现世态炎凉和民间疾苦，被称为"诗囚"；与贾岛一起，被苏轼称为"郊寒岛瘦"。代表作有《游子吟》《劝学》《登科后》等。有《孟东野诗集》。

佳句背囊

"黑发不知勤学早，白首方悔读书迟。"出自唐代著名书法家颜真卿诗作《劝学》，颜真卿认为少年不知道早起勤奋学习，到老了后悔读书少就太迟了。与"青春须早为，岂能长少年"类似，都是勉励人们抓紧时间，好好读书学习。

本文作者

竹一，于浩瀚书海，寻一丝畅快。

花开堪折直须折，莫待无花空折枝

金缕衣

（唐）杜秋娘

劝君莫惜金缕衣，劝君惜取少年时。

花开堪折直须折，莫待无花空折枝。

◎ 诗临其境

据说，这首《金缕衣》是杜秋娘在为镇海节度使李锜（qí）表演时创作的，大意是说：

我劝你啊，不要顾惜那华丽贵重的缀有金线的衣服；我劝你啊，一定要珍惜年少时最好的青春时光。

花开宜折的时候就要抓紧去折；不要等到花儿凋落的时候，只折了个空枝。

诗虽短小，却极有道理——"一定要珍惜时间"。李锜听懂了杜秋娘诗中的意思，甚至因此纳杜秋娘为妾。

◎ 一句钟情

"花开堪折直须折，莫待无花空折枝。"

或许，这是一位饱经风霜的老者在劝告后来的年轻人要珍惜时间；又或许，这是一个有头脑的年轻人在总结自己的生活经验。如果是功名，它教我们要珍惜少年时光，努力上进；如果是感情，它告诉我们，要勇敢。张爱玲曾说：出名要趁早。无论是什么，只要合法、合理，作为新时代的青年，何不在最好的光阴努力追求呢？

◎ 诗歌故事

杜秋娘本是唐朝一位才华横溢的歌姬，一天，她要为年过半百的李锜表演取乐，凭借这首她自己写的《金缕衣》，杜秋娘成为李锜的小妾，嫁入"豪门"，过了一段"好日子"。

但是好景不长，李锜因参与叛乱被处死，杜秋娘一夜间成为阶下囚。继唐德宗驾崩、顺宗让位之后，唐宪宗李纯在一个偶然间看到杜秋娘表演《金缕衣》，于是被深深地感染，从而释放了杜秋娘，封为秋妃。杜秋娘也算是因祸得福了。

杜秋娘在唐宪宗身边，既是爱妃、玩伴，又是机要秘书，深得宪宗的喜爱。可是宪宗去世，杜秋娘又一次失去了靠山，被赶出皇宫。此时的杜秋娘，已然没有了当年的风华绝代。容颜老去、孤苦伶仃的杜秋娘，只能在梦里回忆曾经的美好时光。

所幸她又遇到了杜牧，虽不能给她荣华富贵，但能够作为蓝颜知己倾听她的故事，也未尝不是人生中的一大幸事。杜牧给她写了一首《杜秋娘诗》，记录她的人生，同时表达对杜秋娘的同情。

这首《金缕衣》词浅意深，连同杜秋娘的故事，千百年来一直为人传唱。

无障碍阅读

金缕衣：缀有金线的衣服，比喻荣华富贵。

堪：可以，能够。

直须：不必犹豫。

作家介绍

杜秋娘，唐代金陵人。杜牧有《杜秋娘诗》简述她的身世。

佳句背囊

"人面不知何处去，桃花依旧笑春风。"

出自唐代诗人崔护的《题都城南庄》，同样是脍炙人口的诗篇。桃花美艳，但不及美人万一，可惜重寻不遇。虽然桃花依然在春风中摇曳，但是当年的人已经错过，不再回来。

本文作者

无明者，漫漫医学路上追求光明的一员，爱星辰大海，也爱眼前的一切。

春日游，杏花吹满头。
陌上谁家年少，足风流

思帝乡·春日游

（唐）韦庄

春日游，杏花吹满头。陌上谁家年少，足风流。

妾拟将身嫁与，一生休。纵被无情弃，不能羞。

◎ **诗临其境**

韦庄这首《思帝乡·春日游》，以白描手法勾勒出一名少女对美好感情的向往。

那是一个明媚的春日，她和女伴一起去郊外游玩。有微风拂过，在树下的人儿，就落了满头杏花瓣。

和女伴正嬉笑玩闹着，她无意中一瞥，留意到了一位正在赶路的少年郎，风流俊美，宛若天人下凡。

"如果我能嫁给这样的人，这一生再无所求。"她看着少年郎渐渐远去的身影，痴痴地想。"纵然有朝一日，会被冷落，会被休弃，也无怨无悔。"

◎ 一句钟情

"春日游，杏花吹满头。陌上谁家年少，足风流。"

这句词描绘了一种极美的春日场景。春日，正是生命觉醒之时，万物萌发，朝气蓬勃。一个"游"字，更是联动着这一片盎然生气。杏花，点明是早春时节。吹满头，表现花开极盛，缤纷飞舞的景象。同时，"吹"字还给人一种活泼欢快的感觉。"陌上谁家年少"，点明地点、人物及其关系。"足风流"三个字，将美好与爱慕表现得淋漓尽致。人与景相衬托，表现出了一种清新明快的生活气息。

◎ 诗歌故事

唐末，群雄纷争。韦庄作为一个读书人，屡试不第，又逢黄巢起义。战乱中，他从长安逃到了洛阳。在洛阳，他写下了《秦妇吟》，一首迄今为止发现的唐朝最长的叙事诗。他借一名秦妇之口，为人们描绘了战乱中的长安，以及普通百姓在战乱中所遭遇到的苦难。

《秦妇吟》在当时引起了很大的轰动，韦庄从此名声大噪，再次参加科举，中了进士，后在节度使王建手下做事。

在朱温自立为帝，唐朝灭亡后，王建也在成都称帝，国号"大蜀"，史称"前蜀"，并任命韦庄为宰相。而《秦妇吟》因为立意和当政者有些冲突之处，自此被韦庄本人下令封禁。

从此以后，韦庄的词里就少了些铁马金戈和百姓悲声，多了些风花雪月、闺怨闲愁。这其实也不该怪他，身处乱世，即使为一国宰相，也是常常要担心朝不保夕的。他要考虑自己的身份地位，因此很多话不能说，不敢说，更不得将之付诸笔端。

在他另一首作品《菩萨蛮》中，"人人尽说江南好，游人只合江南老"的最后，竟然是"未老莫还乡，还乡须断肠"。

是江南真的好吗，竟让他如此乐不思蜀？不过是，再也回不去了，那里哀号满地，遗尸遍野，想想已让人肝肠寸断。

在这首词中，面对乱世，面对昨日生今日死的世事无常，韦庄借女儿家之口，表达自己的人生追求："妾拟将身嫁与，一生休。纵被无情弃，不能羞。"如果能实现心中的理想抱负，他的一生再无所求，即使最后下场惨淡，也绝不后悔。这是中国文人中常有的一种报国理想。

在担任王建宰相的三年之后，75 岁的韦庄与世长辞。他也确实使得前蜀成为当时实力最强的割据势力之一，只不过好景不长，前蜀也如秦一般，二世而亡。

无障碍阅读

思帝乡：又名《万斯年曲》，唐玄宗时教坊曲名，后用作词牌。

陌（mò）：田间东西方向的道路，这里泛指道路。

作家介绍

韦庄（约836—910），字端己，京兆杜陵（今陕西西安）人，晚唐诗人、词人、五代时前蜀宰相。苏州刺史、诗人韦应物四世孙。进士，出任校书郎。后入蜀为王建掌书记，自此终身仕蜀。王建称帝后升任宰相。官终吏部侍郎兼平章事。韦庄工诗，"花间派"代表作家，与温庭筠并称"温韦"。所著长诗《秦妇吟》与《孔雀东南飞》《木兰诗》并称"乐府三绝"。有《浣花集》《浣花词》。

佳句背囊

"暮春者，春服既成，冠者五六人，童子六七人，浴乎沂，风乎舞雩，咏而归。"

出自《论语》。有一天，孔子和弟子们谈论志向，他说人生最高兴的事，是经历了寒冬，来到温暖的四月，把厚重沉闷的冬服换下，穿上鲜艳的春装，老老少少一起去河里游泳，一起在风中跳舞，最后一路唱着歌回到家中。

孔子并不是一个只讲修身治国的人，他对生活本身也有一种热爱。这种热爱与功名利禄无关，爱的是友人相聚，爱的是山河湖海，爱眼前的生命。

本文作者

两块方糖，一名立志把学习、健身和做蛋糕不放糖当成终身事业的女玩家。

少年不识愁滋味，为赋新词强说愁

丑奴儿·书博山道中壁

(南宋) 辛弃疾

少年不识愁滋味，爱上层楼。爱上层楼，为赋新词强说愁。
而今识尽愁滋味，欲说还休。欲说还休，却道天凉好个秋。

◎ 诗临其境

读辛弃疾的作品，就像品一杯清茶，初读时虽然清冽，却总觉得少了点精气神；微微咋舌后稍显唇齿留香，只是依旧不得要领；只有闭上眼睛细细品味，才忽觉通体舒泰，酣畅淋漓；等到渐渐尝过人生百味，再回想方知大音希声，最让人叹服。

正如词中所言：

少年时期根本不知愁为何物，只是喜欢像前辈们一样登高望远，甚至为了新写一篇华丽的文章而无病呻吟；后来饱经沧桑见惯了愁，却想说说不出，只能感叹一句好个寒凉的秋天。

好一幅愁肠百结欲哭无泪的画卷，经词人用平淡克制的手法勾勒后，初读只觉得说愁而已，等到领悟其中一二时才惊觉已是词中之人，想说说不得只能顾左右而言他。

当代历史学家、文学家邓广铭先生曾评价，辛弃疾是一个"胸怀中燃烧着炎炎的烈火轰雷，表面上却必须装扮成一个淡泊冷静、不关心时事和世局的人"。辛弃疾的词最擅长用平淡的语言诉说壮阔的情感，就像是一块裹着石皮的顽金，越是经历风吹雨打、岁月洗刷，就越是珍贵耀眼。

◎ 一句钟情

第一次读到这首《丑奴儿》时，被一句"爱上层楼，为赋新词强说愁"直击本心，觉得词人把少年的心思抓得很准。少年人认为所有被人们津津乐道的作品不外乎"远"和"愁"，远是远望、远见、远景……愁是离愁、情愁、国愁……

没有经历时间的磨砺，没有太多阅历可供挖掘，就只能为写一首或华丽或深沉的新词效颦学步般"上层楼""强说愁"，以为这样的文章才会有深度有广度，才是好文章。出发点和手段都那样纯粹，当真是"不识愁滋味"。

等到多年以后某个夜晚再偶然想起，方懂"欲说还休"味道之一二，始觉这秋凉的透骨。诗人略带克制的一句感慨，一声叹息，休了呆板的"苦"，却说了灵动的"愁"，让这萧瑟的秋天如同炫技一般巧夺天工妙不可言。

从文学层面来说，在"少年愁"衬托之下的"而今愁"更显刻骨。

少年时候意气风发，就连愁都只是用来酝酿情绪的手段；如今饱尝辛酸无奈，浓愁深悲——落在肩头逃不脱挣不开。想要与人诉说，却早已知道任何人用任何宽慰的话都只能是隔靴止痒。没有亲历的人又哪里晓得这痛苦远比想象中更加凶猛浓烈，说出来只是让对方徒增烦恼而已。

想说不能说，只有咬牙咽下所有苦水、抿紧嘴唇扛起所有愁苦，轻轻道一句"今天天好凉"。联想辛弃疾的一生，猛然发现这句"天凉好个秋"更是点睛之笔，看似平淡至极的一句，居然装下了整个风雨飘摇的南宋江山里所有惆怅和悲凉。

◎ 诗歌故事

当时的南宋内忧外困，金人在北方虎视眈眈，随时准备南下，满朝文武早已被金人打破了胆一心求和。唯一善战敢战的辛弃疾，又因多年主战被弹劾罢官。

创作这首《丑奴儿》时，辛弃疾正隐居带湖，过去"壮岁旌旗拥万夫，锦襜突骑渡江初"的峥嵘岁月在回忆中一遍遍回放，曾经"看试手，补天裂"的满腔热血却被现实的牢笼困在"稼轩"之中。心中"万卷平戎策"都换成了"东家种树书"，除日日北望外什么都做不了，其中愁苦可想而知。

正如鲁迅先生所言："真的勇士，敢于直面惨淡的人生，敢于正视淋漓的鲜血。"

辛弃疾就是这样一个勇士。

虽然屡次被朝廷抛弃，尽管不满"元嘉草草，封狼居胥，赢得仓皇北顾"，却还要问一句"廉颇老矣，尚能饭否"。

只有这样敢于面对生活，敢于面对迫害，看遍风起云涌却始终初心不变的勇士，才能说出"男儿到死心如铁"，才能这样写出历久弥香回味无穷的诗句吧。

作家介绍　辛弃疾（1140—1207），字幼安，号稼轩，济南府历城县（今山东济南历城）人。南宋豪放派词人，有"词中之龙"之称。与苏轼合称"苏辛"，与李清照并称"济南二安"。著有《稼轩长短句》。

佳句背囊　"近乡情更怯，不敢问来人。"

出自唐代诗人宋之问的《渡汉江》，全诗描写了诗人长年离家在外，关于故乡音讯全无，眼看着渡过江就回家了，内心迫切地想知道故乡的情形，却犹豫踌躇不敢问路上来自故乡的人。

明明是思乡，却只字未提"思"，反而用"情更怯""不敢问"这种似是而非的词来形容思念，实在是妙不可言。

本文作者

闻仁：好读书不能甚解的文盲青年。

一川烟草，满城风絮，梅子黄时雨

青玉案

（北宋）贺铸

凌波不过横塘路。但目送、芳尘去。

锦瑟华年谁与度？

月桥花院，琐窗朱户，只有春知处。

碧云冉冉蘅皋暮。彩笔新题断肠句。

试问闲愁都几许？

一川烟草，满城风絮，梅子黄时雨。

◎ **诗临其境**

  北宋词人贺铸一生怀才不遇，只做过些芝麻绿豆的小官，干脆就把毕生郁郁都寄托在诗中，与历史长河中各代不得志的"同病相怜"者们隔空抚慰。贺铸写词总能将截然对立的事物用堪比神迹的手法做到和谐统一，就像他本人，明明长相奇丑，面色青黑犹如"鬼头"，却总能写出"雍容妙丽，极幽闲思怨之情"。

  这首《青玉案》亦然：

一位美丽的女子轻移莲步从横塘轻轻走过，我只能呆呆目送她带着芬芳离开。是谁这样幸运能和你共度这锦绣年华？是在月下桥边种满鲜花的院落里？还是带有琐窗的朱门大户？怕只有春才能知道吧。

天上云彩翻飞日薄西山，我用手中可以生花的妙笔准备新题一首相思断肠小诗。要是问我愁情究竟有多少？你看这一望无际的烟草地，你看这满城翻飞的飘絮，你看这梅子黄时的漫天绵绵细雨。

◎ 一句钟情

"一川烟草，满城风絮，梅子黄时雨。"

这句景色描写若是单看，只能看出诗人深厚的功底，却少了几分灵魂，略显干瘪。可是别忘了还有"试问闲愁都几许"，若两句一起品读，便马上豁然开朗惊为天人。

"闲愁"，不是离愁不是穷愁，是因为漫无目的才生出的相思。那这闲愁到底有多少？诗人自问自答又似答非答。

南宋著名词人张炎说："词中一个生硬字用不得，须是深加锻炼，字字敲打得响，歌诵妥溜，方为本色语。如贺方回、吴梦窗，皆善于炼字面，多于温庭筠、李长吉诗中来。"这里的方回便是贺铸，可见其对用词造词的精练准确。

用飘摇的烟草、翻飞的风絮和连绵的细雨这种弱小繁多的事物形容闲愁，让只可意会的抽象之物变得可以言传，让原本无迹可寻的情绪变得有形有质。

"一川""满城"到漫天风雨，层层递进无穷无尽，给人无限遐想又意犹未尽。

同时不论"烟草"还是"风絮"，都乃随风飘摇不可长久之物，至于梅雨季节的绵绵细雨更是来也快去也快。既描绘出虚无缥缈的愁情，也表达出诗人不肯屈服于多情，不甘困于外物的韧性。

就像早已年过花甲的诗人万万不可能真对一个妙龄女子动心，他只是用"香草""美人"象征高洁，这闲愁也像那无根之物般终不得长久。

◎ 诗歌故事

贺铸这首《青玉案》在当时引起极大的反响，大家读到这句"梅子黄时雨"时皆拍案叫绝。

其中有一位叫郭功父的人和贺铸私交甚好，两人经常互相戏谑。一次郭功父到贺家做客，看到头发早已稀疏的贺铸头上绾了一小小发髻，便打趣道："这个就是'贺梅子'了！"

贺铸反唇相讥，指着郭功父雪白的络腮胡子说："你这就是'郭训狐'了吧？"原来郭功父诗中有"庙前古木藏训狐，豪气英风亦何有"句，"训狐"是一种鸟，羽毛为花白色，与郭功父的胡子倒也相似。

自此之后，"贺梅子"的大名便像乘风驾云一般传遍天下，一时间无人不知"梅子黄时雨"，后世便也出现了无数贺铸的粉丝。

1986年，胡适先生出版《胡适选注的词选》中没有收录贺铸词，就引起著名词学家龙榆生的不满。他专门撰文《论贺方回词质胡适之先生》，认为贺铸"在（苏）东坡、（周）美成间，特能自开户牖，有两派之长而无其短"。

由此可见贺铸影响力之一斑。

无障碍阅读

凌波：形容女子步态轻盈。

横塘：在苏州城外，是作者隐居之所。

琐窗：雕绘连环花纹的窗子。

朱户：朱红的大门。

蘅（héng）皋（gāo）：长着香草的沼泽中的高地。

一川：遍地，一片。

梅子黄时雨：江南一带初夏梅熟时多连绵之雨，俗称"梅雨"。

作家介绍

贺铸（1052—1125），字方回，人称"贺梅子"，自号"庆湖遗老"。出生于卫州（今河南卫辉）。北宋词人，宋太祖贺皇后族孙。相貌奇丑，有才气，词作风格多样，兼有豪放、婉约二派之长，能够锤炼语言，并善于融化前人成句。代表作有《青玉案·凌波不过横塘路》《鹧鸪天·重过阊门万事非》等。

佳句背囊

"问君能有几多愁，恰似一江春水向东流。"

出自南唐后主李煜的《虞美人》，是其代表作，也是绝命词。全词不加粉饰不用辞藻、典故，纯以意境取胜，其中又以此句最为经典。"问我能有多少哀愁，就好像整整一江春水浩浩荡荡地向东流去。"李煜笔下的愁不再是一种情绪，而是成了波涛汹涌奔流不息的江水，让人一眼便能体会词人那泛滥的愁绪。

"只恐双溪舴艋舟，载不动、许多愁。"

出自宋代女词人李清照《武陵春·风住尘香花已尽》，意为：怕的是双溪上那舴艋般的小船载不动自己内心沉重的哀愁。词人一样化无形为有形，浓浓的哀愁竟似有了分量，可以想象连溪上的小船都载不动的哀愁到底有多么愁。

本文作者 ——————————————————

闻仁：好读书不能甚解的文盲青年。

流光容易把人抛，红了樱桃，绿了芭蕉

一剪梅·舟过吴江

（南宋）蒋捷

一片春愁待酒浇，江上舟摇，楼上帘招。

秋娘渡与泰娘桥，风又飘飘，雨又萧萧。

何日归家洗客袍，银字笙调，心字香烧。

流光容易把人抛，红了樱桃，绿了芭蕉。

◎ 诗临其境

蒋捷是南宋进士，南宋灭亡后，他深怀家国之痛，隐居不仕，人们尊他为"竹山先生""樱桃进士"，他的高尚气节尤其为人们所敬重。

蒋捷的这首词写客中离愁，上阕多用景物衬托，下阕则任想象飞驰，虽以感慨结尾，却又营造出一个极美的意境，令人心生暖意：

船在吴江上漂荡，我满怀羁旅的春愁，看到岸上酒帘子飘摇揽客，便想借酒消愁。

船经过令文人骚客遐想不尽的胜景秋娘渡与泰娘桥，眼前一片风雨令人烦恼，没有好心情欣赏景致。

哪一天才能回到家，洗净客袍风尘，结束客游劳顿的生活呢？哪一天能和家人团聚在一起，调弄镶有银字的笙，点燃熏炉里心字形的盘香？

时光容易流逝，使人追赶不上，樱桃才红熟，芭蕉又绿了，春去夏又到。

"何日归家洗客袍，银字笙调，心字香烧"，这意境像极了李商隐的"何当共剪西窗烛，却话巴山夜雨时"。

久别的人儿盼重逢。离家越久，思念越深，归家的心情就越迫切。因为，风雨人生，只有家才是温馨的港湾。

◎ 一句钟情

"流光容易把人抛，红了樱桃，绿了芭蕉。"

少年时读蒋捷的这首词，特别喜欢词尾这一句"流光容易把人抛，红了樱桃，绿了芭蕉。"

这是多么美好的意境，樱桃红，芭蕉绿，时光安然，岁月静好。

忽而人到中年，回头再读这首词，不由得胆战心惊。才发现少年的我忽视了那句"流光容易把人抛"。

年少时，欣赏和喜欢的往往都流于事物的表面——红了樱桃，绿了芭蕉；而今，人到中年的我看到的却是词的本义——流光容易把人抛。

流年似水，韶华易逝。时间都去哪了？匆匆就是这么多年。

小时候，日子过得总是很慢，等一朵花开要挨过好多个白天黑夜，盼一个年节要掰着指头数很多天，就连礼拜天都觉得遥遥无期。

当岁月的年轮在流年里一圈一圈漾开，一切忽然都成了光阴的故事，时间它长了腿和脚，从未为谁稍作片刻停留，唯有且行且珍惜。

◎ 诗歌故事

"流光容易把人抛，红了樱桃，绿了芭蕉。"年华似水，光阴易逝，这是一句警醒世人珍惜时间的词。

人生行至暮年，蒋捷又写了一首《虞美人·听雨》，极好地概括了人生的三个重要阶段，再次提醒人们要珍惜倏忽即逝的大好时光：

少年听雨歌楼上，红烛昏罗帐。

壮年听雨客舟中，江阔云低，断雁叫西风。

而今听雨僧庐下，鬓已星星也。

悲欢离合总无情，一任阶前，点滴到天明。

蒋捷通过这首《虞美人·听雨》，以三幅象征性的画面，概括了从少年到老年在环境、生活、心情各方面所发生的巨大变化，写尽了一生的况味。

少年，壮年，暮年，人生的三个不同时期，完全是三种截然不同的心境，读来使人倍增感慨。

整首词，就像电影的三个蒙太奇画面，展示出三种不同的人生境遇，拼起来便是词人漫长而曲折的一生。

白驹过隙，光阴荏苒。原来，人生真的没有那么多的来日方长，从青春到皓首也不过花开花落几十载春夏秋冬而已。

流光容易把人抛，红了樱桃，绿了芭蕉。无他，人生唯有"珍惜"二字。

无障碍阅读

秋娘渡：吴江渡。
银字笙：管乐器的一种。
心字香：点熏炉里心字形的香。
断雁：失群的孤雁。
星星：形容白发很多。
无情：无动于衷。
一任：听凭。

 作家介绍

蒋捷（约1245—1305后），字胜欲，号竹山，阳羡（今江苏宜兴）人；南宋词人，进士；南宋灭亡后，隐居不仕，人们尊称他为"竹山先生""樱桃进士"；他擅长填词，与周密、王沂孙、张炎并称"宋末四大家"。

"今年花胜去年红，可惜明年花更好，知与谁同？"
出自欧阳修的《浪淘沙·把酒祝东风》，意思是今年
的花红胜过去年，明年的花儿肯定会更加美好，可惜
不知那时将和谁一起游览？
这句词和"流光容易把人抛，红了樱桃，绿了芭蕉"
有异曲同工之妙，时光易逝，珍惜眼前人，珍惜时间。

本文作者 ———

掩卷茶当酒，隔帘雨打窗，我是刘玲子 Candy，期待在文
字中遇见更好的自己。

第三辑

金石质

生活不可能一帆风顺，有志者总能不畏浮云；愿你将那些突袭的风雨，都读成一点浩然气。

时人不识凌云木，直待凌云始道高

小松

（唐）杜荀鹤

自小刺头深草里，而今渐觉出蓬蒿。

时人不识凌云木，直待凌云始道高。

◎ 诗临其境

杜荀鹤是晚唐著名现实主义诗人。他提倡诗歌要继承风雅传统，反对浮华诗风，他的诗作语言平易自然，文风朴实明畅，内涵入理深刻。因他身处晚唐乱世，其诗作多以反映乱世之中人民的悲苦生活为主。

杜荀鹤出身寒微，却饱读诗书，满腹才华。他最大的不幸就是生错了年代，生逢藩镇混战的唐末乱世，即便满怀救国安民的伟大抱负，也无法实现。因为等他历经十年寒窗，准备进京考取功名时，却赶上了黄巢起义军席卷中原大地。不得已，他从长安回到老家，过着"一入烟萝十五年"的隐居生活。等到黄巢起义平息，杜荀鹤再次进京参加应试，终于考取了进士第八名，正准备一展自己的才华抱负时，又赶上了朱温、李克用等藩镇军阀大混战，不得已他又回老家继续种地放牛去了。

后来，这位乱世才子在各路枭雄的威逼利诱下，做起了军阀们的文书，依附过杨行密、田頵、朱温等军阀。最后，在"混世魔王"朱温手下战战兢兢度过余生。我们想想，面对这么一群"杀人不眨眼"的乱世枭雄，诗人的伟大抱负能实现吗？

我们仿佛看到，诗人身处乱世，举目四望，看到的是"千里无人烟，白骨露于野"的凄惨画面。面对生活在水深火热中的广大人民，诗人救国安民的一腔抱负始终无法实现。即便自己满腹才华又有什么用呢？在这个有兵就是"草头王"的时代，这些军阀能发掘自己的治世才华吗？

诗人报国无门，于是作《小松》以自慰：

松树小的时候长在深草中，被杂草埋没得看不出来。

直到现在才发现小松苗已经长得比蓬蒿高出了许多。

世上的一般人哪里认识这是将来可以长大的松树。

一直要等到它已经长得高耸入云了，才认识到了它的伟岸。

◎ 一句钟情

"时人不识凌云木，直待凌云始道高。"

这句诗，托物言志，富含哲理。

我们都知道，松树是林木中的英雄和壮士。在数九寒天，万木凋零的时节，唯独松树苍翠挺拔，傲然面对雨雪风霜。但是这凌云的巨松却是由刚出土的小松苗成长起来的。而一般人却认识不到它的将来，直到它长成参天巨树，人们才发现了它的高大伟岸。

大松凌云，已经成才，称赞它高，也是凡人之见。只有在它尚幼小，和小草一样貌不惊人时，如果能识别它就是将来的伟岸大树，而加以爱护、培养，那才是有见识，识才用才的明主。然而世俗之人（朱温之流的军阀）所缺少的正是这个见识，所以诗人感叹说：眼光短浅的人，是不会把小松看作栋梁之材的，有多少小松苗由于时人不识，而被摧残啊！

在这两句诗中，杜荀鹤以埋没深草里的"小松"自比，面对唐末乱世，庙堂之上的唐懿宗昏聩无能，不理朝政，致使奸佞横行，忠良被埋没；地方上藩镇割据、军阀混战，致使民不聊生。又有谁能识得自己的才干呢？由于诗人观察敏锐，体验深切，诗中对小松的描写，在情感和形象，象征与言志方面得到有机的统一，字里行间，充满哲理。

◎ 诗歌故事

普通人性的特点是：当看到一个人功成名就时，就马上顶礼膜拜，给予鲜花和掌声；却看不起当下正在平凡的岗位上，默默无闻工作的草根们。却不知，在这些凡夫草根中，也可能蕴含着未来的超级英雄。

1995 年，一个其貌不扬的老师从他就职的学院辞职，拿出自己辛苦积攒的六七千元，和借来的一万多元，在众人的鄙夷目光中，创建了一个不起眼的电脑服务公司，公司只有三名员工，分别是他、他的妻子和一名落魄青年。

谁能想到，短短十余年的时间，他的这家毫不起眼的公司却能在香港联交所主板挂牌上市。如今，他更成为中国富豪榜的 Number One，他的名字叫马云。

"时人不识凌云木，直待凌云始道高"告诉我们，不要轻视身边每一个平凡的你我他，要善于从细微、平凡的"小苗子"中发现未来能长成"参天巨树"的"好苗子"。要在日常工作生活中善于发现人才，培养和锻炼人才，为人才的成长提供良好的社会环境。同时，年轻一代也不要好高骛远，总抱怨自己"输在起跑线上"，而要脚踏实地，实实在在干事业，要知道，高耸凌云的参天巨木也成长自平凡微小的小树苗。

无障碍阅读

蓬蒿（ péng hāo ）：飞蓬和蒿子，可理解为杂草丛。比喻草野民间。

作家介绍

杜荀鹤（846—904），字彦之，自号九华山人，池州石埭（今安徽石台）人，晚唐著名的现实主义诗人，他的诗，多反映晚唐时期的混乱黑暗，以及劳动人民由此而深受的战乱之苦。

佳句背囊

"千里马常有，而伯乐不常有。故虽有名马，祇辱于奴隶人之手，骈死于槽枥之间。"

出自唐代韩愈的《马说》。杜荀鹤笔下的小松，和韩愈笔下的千里马，有着同样的命运遭遇，"小松"和"千里马"都是因为缺乏能识别它们的"伯乐"而被终身埋没。二位作者托物言志，表达了他们怀才不遇的感慨和对封建统治者不能识别人才、致使人才埋没的愤慨。

本文作者 ——————————

蔚峰，男，"80后"，山西省文水县人氏，现在省直机关下属单位工作。

秀干终成栋，精钢不作钩

书端州郡斋壁

（北宋）包拯

清心为治本，直道是身谋。

秀干终成栋，精钢不作钩。

仓充鼠雀喜，草尽兔狐愁。

史册有遗训，毋贻来者羞。

◎ **诗临其境**

包拯以刚正不阿、清正廉洁流芳后世。

北宋时期，物质的充裕，勾起了私欲，让很多别有用心的人蠢蠢欲动，贪腐之风日益盛行。

面对周遭弥漫的这种不良风气，包拯在端州任知州时，特地写下此诗，以表明自己志向，同时也是为了劝诫世人。

透过诗句，我们仿佛看到，当时的包拯，虽处偏远之地，却仍心忧天下，于诗句中发出自己心底的呐喊：

清除自己的私心是治理事情的根本，刚直的品性道德是立身的宗旨。

优秀的大树终成栋梁之材（人才），精选的好钢材不愿做弯曲的钩子（变坏）。

仓廪丰实那些鼠雀兔狐之辈可高兴了，但如果没什么粮草（好处）就发愁。

在这方面史书上留下了许多的教训，希望我们这辈人不要做出使后人蒙羞的事情。

◎ 一句钟情

"秀干终成栋，精钢不作钩。"

这句诗，仅从字表面来看，朴实无华。

论文采，不如李白的"飞流直下三千尺，疑是银河落九天"般恢宏大气；论思辨，也不如张若虚的"人生代代无穷已，江月年年望相似"般蕴含哲理。

但这短短十个字，却是包拯一生真实的写照。

终成栋，关键在"终"。大多官员初入仕途时，都有为国为民的信念，可难的是，从始至终。不作钩，关键在"不"。人的一生，面对诱惑要敢于说不。一步踏错，步步错，开弓没有回头箭。

坚持几年不难，很多人都能做到。但坚持一辈子，很难。包拯他是这样说的，也是这样做的。

这两句诗论文采和思辨比不上其他诗句，但却有着非常重要的现实意义，所以能够一直以来被后人所传颂。

◎ 诗歌故事

提到包拯，大家第一印象都是黑脸。

但实际上包拯脸的颜色并不黑，只是因为他不管面对谁，不露笑容，都黑着脸。

后来这个形象被引入戏曲中，传到大街小巷，最后还给包拯的额头上加了个月亮。

包拯在人们的心目中，已非凡人之体，早已羽化登仙。

那么，包拯到底做了些什么事情，能在人们心目中有如此高的地位？

端州以产砚闻名于世，历朝历代都被作为贡品。

北宋的官员，大多是文人。他们看到好砚，对此自是垂涎。

于是许多非典型腐败滋生。

包拯之前的许多知府，都有雁过拔毛的行为，趁着自己经手，便以权谋私。他们命令制造工匠，不分昼夜地制造砚台。除了进贡给皇室的外，多的就用来办自己的事情。一是自己留着，写字时可以享用，二来也可以作为贵重礼品赠送上司，搞好关系，以求提拔。

包拯到任后，发现了这一问题。他命令制造的砚台只要满足上贡的就够了，没必要日夜加工，来加重劳动人民的负担。

有人为讨好包拯，特地留出多的砚台来赠送给他，说这仅仅是特产，又不是钱，收下没事的。

包拯对此是深恶痛绝，大声呵斥此种言论。收了砚台就能收书画，收了书画下一步就能收钱。

相比其他人离任时的收获满满，包拯却两手空空，留下"不持一砚归"的佳话。

"秀干终成栋，精钢不作钩。"既然坚定了信念，就要做到有始有终，绝不能有一点点的动摇。否则一个污点，就能毁坏你之前付出的所有努力。这大抵是包拯的这两句诗所要告诫我们的道理吧。

无障碍阅读

斋壁：郡守的府第。

直道：正直之道。

不作钩：不做弯曲的钩子。

毋贻（wú yí）：毋，不要；贻，有赠送和遗留两种意思，诗中作遗留、留给。

作家介绍 包拯（999—1062），字希仁，庐州合肥（今安徽合肥肥东）人，北宋名臣。进士，累迁监察御史，知开封府，升任枢密副使。曾任天章阁待制、龙图阁直学士，故世称"包待制""包龙图"；谥号"孝肃"，后世称其为"包孝肃"。有《包孝肃公奏议》传世。包拯公正廉明、铁面无私、英明决断，故世人尊称"包公"。
又由于民间传其黑面形象，亦被称为"包青天"。

"清风两袖朝天去，免得闾阎话短长。"

出自明朝清官于谦的《入京》，其中的"清风两袖朝天去"与"秀干终成栋"有相似之处，皆以物寓意，前者用"清风两袖"表明自己的清白，后者用"秀干"表明自己的信念，都表达了作者不愿和其他人同流合污，而是一心为国为民，要给后人留下好的榜样。

本文作者

没人要的洋芋，湖南益阳人。身无半职，仍心忧天下的文史爱好者。

衣带渐宽终不悔，为伊消得人憔悴

蝶恋花

（北宋）柳永

伫倚危楼风细细，望极春愁，黯黯生天际。

草色烟光残照里，无言谁会凭阑意。

拟把疏狂图一醉。对酒当歌，强乐还无味。

衣带渐宽终不悔，为伊消得人憔悴。

◎ **诗临其境**

在这首词中，柳永把漂泊中的孤单、落寞和思念紧紧联系在一起，通过写景，以景带情，利用细风、草色、烟光、残照等具体意象，充分抒发了即使身处劣境，依然坚持着自己的理想，对人和事也有着自己的执着，哪怕付出全部，也丝毫不后悔。

这首词的大致意思是说：

我伫立在高楼上，细细的春风迎面吹来，极目远望，不尽的愁思，黯黯然弥漫天际。夕阳斜照，草色蒙蒙，谁能理解我默默凭倚栏杆的心意?

本想尽情放纵喝个一醉方休。在歌声中举起酒杯时,才感到勉强求乐反而毫无趣味。我日渐消瘦也不觉得懊悔,为了你我情愿一身憔悴。

◎ 一句钟情

"衣带渐宽终不悔,为伊消得人憔悴。"

此句是柳永《蝶恋花》中最经典的一句。

这里有两点需要特别注意:"消得"不是消瘦,而是"值得"。因为上一句中已经用"衣带渐宽"形容了消瘦,下一句再写"消瘦"极不恰当。柳永高明的用词技巧就在于,他用衣服宽来形容消瘦,而不是直接点出人瘦。"伊"并不仅仅指爱慕的人,有时也指目标和梦想。

人生漫漫长路,如果没有一个明确的目标,就不知道为什么而奋斗。没有目标的人生,就如一只无头苍蝇般四处乱撞。

有梦想和目标的人是幸福的,而实现目标的路径,很简单,用心过好每一天,不虚度光阴。

每天早上起来就知道自己要干什么,因为前一天晚上已经做好了规划。把当天的事情一件件完成时,那种成就感时时充盈着内心,让人更有力量坚定地走下去。

◎ 诗歌故事

柳永是北宋第一个专力作词的词人，由他开始，丰富了词的内容和风格，使词进一步通俗化、口语化，对词的后来发展起了决定性作用。

他幽默风趣，几次参加科举考试，却屡试不第。那首著名的《鹤冲天》中，"忍把浮名，换了浅斟低唱"最为人熟知。第三次考试明明可以中举，却被宋仁宗用笔勾掉名字，并说"且去浅斟低唱，何要浮名？"

失败后的柳永没有颓废，他直接扎根到民间，开启了词的创作。由于长期和市井接触，创作的词通俗易懂，易于传唱，并且把科举不顺、男欢女爱、游子离家等情绪都付诸词中，还自我解嘲"我是奉旨填词"。

这种不屈服于权贵和势力的处事态度，虽然是迫不得已，却也是他的一种反抗精神。每个人的一生中，都会有困难、挫折、迷茫、无助的时候，每个人面对逆境的不同态度，决定了每个人不同的人生。

当代作家梁衡在《读柳永》中说，柳永政道不通后，转而投向民间，在市井中成就了他的文名，在市井中充分发挥了创作才能。

柳永是北宋前期成就最高的词人，尤其擅长填写慢词。他是个全才，不光是创意之才，还是创调之才。在中国词史上能够像柳永这样，同时在创意和创调两个方面做出贡献的词人，都是少有的。苏轼、秦观等人都受到柳永的影响。难怪纪昀在《四库全书总目提要》中倍加推崇："诗当学杜诗，词当学柳词。"

柳永的出现为宋词的发展做出了巨大的贡献，给宋词的创作开辟了更广阔的天地，直到今天，《蝶恋花》《破阵乐》《采莲令》等词朗朗上口，让人回味无穷，这恐怕就是柳永的词带给我们的清新雅致的感受吧。

无障碍阅读

蝶恋花：原为唐教坊曲名，后用为词牌名。

伫：长时间地站立。

望极：极目远望。

黯黯（àn）：神情沮丧，情绪低落。

会：理解。

拟把：打算。

疏狂：狂放不羁。

强乐：勉强欢笑。强，勉强。

衣带渐宽：衣带是束衣服的带子，可理解为腰带。衣带显得宽裕，表明腰身瘦了。

消得：值得。

 作家 介绍

柳永（约984—约1053），原名柳三变，字景庄，后改名柳永，字耆卿，因晚年担任屯田员外郎，又称柳屯田；原籍崇安（今福建武夷山），北宋著名词人，婉约派的代表。有《乐章集》。代表作有《雨霖铃·寒蝉凄切》《蝶恋花·伫倚危楼风细细》《鹤冲天·黄金榜上》《八声甘州·对潇潇暮雨洒江天》等。

佳句背囊

"相去日已远，衣带日已缓。"

出自《古诗十九首·行行重行行》，这首诗作来源于民间，特点就是接地气，用"衣带日已缓"来形容人的消瘦，没有用直白的语言说明人的消瘦，可谓高明。柳永的词作，语意与此一脉相承。

本文作者

郑爱玲，爱读书，好奇心重，想逼自己更优秀，然后骄傲地生活。

一点浩然气，千里快哉风

水调歌头

（北宋）苏轼

落日绣帘卷，亭下水连空。知君为我新作，窗户湿青红。

长记平山堂上，歌枕江南烟雨，杳杳没孤鸿。

认得醉翁语，山色有无中。

一千顷，都镜静，倒碧峰。忽然浪起，掀舞一叶白头翁。

堪笑兰台公子，未解庄生天籁，刚道有雌雄。

一点浩然气，千里快哉风。

◎ 诗临其境

　　苏轼被贬黄州时，认识了同遭贬谪的张怀民，二人一见如故。元丰六年（1083），张怀民筑亭观景，苏轼为之取名"快哉亭"，以表对好友的钦佩，并写下这首词相赠。

　　黄昏的光芒洒在亭中，挑起绣帘，将其卷在一旁，只见落日悬江，水面映着的红霞，在波光中碎开来，一直荡漾到了天边，水天就这样连成一片。

知道你这亭楼是为我而建造，窗户新涂的青红漆色，尚自流溢。透过余晖随着水，似乎流转到了当年的平山堂上，我们倚枕江南烟雨，望着孤鸿被朦胧淹没。此刻，我才体会到恩师欧阳修那句"山色有无中"。

江水似无边际，清如明镜，映照着四围碧山，忽然风吹浪起，掀舞着一叶孤舟，舟中白头老翁却于浪中从容。可笑那兰台令宋玉，不解庄周为何称风为"天籁"，非说风有雌雄。

其实，只要心存浩然之气，无论处于何种境界，任江湖波浪滔天，亦能坦然自若，感受到无穷快适之风。

◎ 一句钟情

"一点浩然气，千里快哉风。"

短短的十个字，却蕴藏着崇高的精神和积极的人生态度。这既是对张怀民的称赞，也是对自己的勉励。浩然之气，在"一点"与"千里"的对比中更显宏大。

孟子曾说自己"善养浩然之气"，而所谓浩然之气，是仁、是义、是忠、是勇，更是刚正之心，是驱散黑暗的光明。

苏轼便是怀着这种浩然之气，行走在世间，面对排挤、贬谪，他始终没有违背自己的初心。在众人看来的不公与艰险，在苏轼眼中，皆是快哉之风，他竹杖芒鞋，踏过泥泞，在风雨中微笑前行。

◎ 诗歌故事

很多人，都曾是苏轼。

他们心怀正义和光明，想要驱散世间的不公与黑暗，他们曾勇敢地和奸邪搏斗，想秉持自己的原则。可是，当黑暗侵蚀，当邪恶难以招架，当苦难加于身时，他们开始害怕、怀疑、动摇。

然后，他们退缩妥协、独善其身，学会了圆滑世故，甚至变得和那些讨厌的人一样。

譬如元稹，年轻时也曾刚正不阿，即便受到排挤和贬谪，他依然耿介忠直，然自元和五年（810）的贬谪，他被排挤在偏远州郡十年之久，在无数个孤灯冷雨的煎熬之中，他对那些曾经坚持的东西产生了动摇。

十年之后，元稹奉诏还朝，只是，那个意气风发、直言进谏的书生早已不见，取而代之的，是一个善于权谋的大臣。

我们也曾是那个激扬文字的少年，怀揣着理想和信念，嗤笑权贵与金钱。我们如一股清泉，从青山幽谷流向世俗，可最后都染成了五颜六色。

最终，我们都没有像苏轼那般，怀着一点浩然之气，穿过人生中那片风雨。自然，也无法领略那千里快哉之风。正因为如此，我们才对苏轼怀着无尽敬佩之情。

当然，我相信，也有许许多多的人，他们没能像苏轼一般，为世人瞩目，可是他们也善养自己的浩然之气。因为我们的世界是光明而美好的，所以心存浩然之气的人，也是占绝大多数的。

他们或是张怀民，或是那江上从容驾着扁舟的老翁，或是你，或是我。浩然之气，永远不会消散，永远不会断绝，他们在芸芸众生间，照耀着这方世界。

无障碍阅读

湿青红：指所涂的青油朱漆未干。

欹（yī）枕：靠着枕头，诗中指躺卧着看。欹通"倚"。

兰台公子：指战国楚辞赋家宋玉，相传曾作兰台令。

天籁（lài）：籁是一种乐器。天籁指大自然发出的声音。

佳句背囊

"天地有正气，杂然赋流形。"

出自文天祥《正气歌》，意思天地之间有正气，它赋予万物而变化为各种形态，赋予人的，是浩然之气。文天祥和苏轼一样，都是怀着浩然之气行走于世间，所以他们都被青史铭记。

本文作者

程昌雄，头条号"国风美诗文"，专注于古典诗歌赏析与理论的创作，现为新国风诗社社员。

宁可枝头抱香死，何曾吹落北风中

寒菊

（南宋）郑思肖

花开不并百花丛，独立疏篱趣未穷。

宁可枝头抱香死，何曾吹落北风中。

◎ 诗临其境

郑思肖，宋末诗人、画家，以墨兰画闻名。

郑思肖原名郑因之，20 岁成为太学（中国古代的国立最高学府）优等生，参加过博学宏词考试，担任过和靖书院山长（讲学者）。

南宋灭亡后，为了表示思念故国之心，作者郑因之改名郑思肖，因肖是宋朝国姓"赵（趙）"的组成部分。

郑思肖擅长作画，某日，在画完一幅菊花图后，写了这首诗。

读此诗，仿佛看到郑思肖学习伯夷、叔齐不食周粟的精神，不愿向蒙古统治者臣服：

菊花盛开在秋天，从不与百花为伍。独立长在稀疏的篱笆旁，意趣并未减少。宁可在枝头枯萎而死，也绝不会被凛冽的北风吹落。

◎ 一句钟情

"宁可枝头抱香死，何曾吹落北风中。"

这句诗，壮烈激昂，大气磅礴。

"北风"是一语双关，百花凋零，只有菊花勇于直面凛冽的北风；虽然南宋降将众多，即便已经亡国，郑思肖都不会屈服于来自北方的蒙古统治者。

这句诗托物言志，表达了诗人至死不渝的爱国情怀。

坚韧不拔，傲然不屈，又何止是郑思肖独有的精神，还有"怒发冲冠"的岳飞，"尚思为国戍轮台"的陆游，"男儿到死心如铁"的辛弃疾，"人生自古谁无死"的文天祥……

◎ 诗歌故事

"宁可枝头抱香死，何曾吹落北风中。"

这首诗，初看是在写菊花，实际就是作者郑思肖在比喻自己。

公元13世纪，蒙古军横扫欧亚各国，战无不胜。1241年，蒙古西征军队击败波兰联军，郑思肖也就出生在这一年。

1267年，蒙古开始攻打襄阳，历时6年，襄阳保卫战以襄阳失陷而告终，此后，南宋已毫无抵抗之力。

郑思肖来到临安，向皇帝上疏，痛斥朝廷官员尸位素餐，误国误民，请求革除弊政，重振国威。

而此时的南宋，皇帝荒淫无度、懦弱无能，朝廷奸佞当道、政治腐败，衰颓国势没有因为一个诗人的奏折而改变。

1279年，崖山海战宋军彻底战败，左丞相陆秀夫背着8岁的皇帝跳海而亡，南宋覆灭。

南宋灭亡后，郑思肖不承认蒙古统治者的统治，生活中处处表达自己的思国之情以及对大宋的忠诚。不仅改名思肖，连书斋也改名"本穴世家"，因为将"本"字的笔画"十"移入"穴"字下面，即为"大宋"两字。

平日里，郑思肖不管是坐着还是躺着，都是向南背北；逢年过节，都要面对南方祭拜；出门会友，听到蒙古语就掩耳离开；所有的兰花画作也无土无根，寓意南宋失去国土根基。

他曾在自己的画像上题赞曰："不忠可诛，不孝可斩，可悬此头于洪洪荒荒之表，以为不忠不孝之榜样。"

临死前，嘱咐朋友在自己的牌位上写上"大宋不忠不孝郑思肖"。

明朝末年，有人在苏州承天寺的深井内发现了一个铁盒子，里面是一本书稿，外著《大宋铁函经》五字，内题"大宋孤臣郑思肖再拜书"，这便是郑思肖的作品集《心史》，里面记录了南宋爱国者的英勇斗争和卖国者的种种丑行，字里行间无不透露郑思肖眷念故国的深情和傲然挺立的民族气节。

无障碍阅读

抱香死：菊花凋谢后不落，仍系枝头而枯萎，所以说"抱香死"。喻指作者自己不屈的情操。
何曾：哪曾、不曾。
北风：此处一语双关，既指自然界的北风，也指来自北方的蒙古统治者。

作家介绍

郑思肖（1241—1318），本名因之，别名郑所南、菊山后人、三外野人，南宋诗人、画家，连江（今福建福州连江）人。郑思肖擅长作墨兰，花叶萧疏而不画根土，寓意南宋失去国土根基。著有《心史》《郑所南先生文集》《一百二十图诗集》等。

佳句背囊

"土花能白又能红，晚节犹能爱此工。宁可抱香枝上老，不随黄叶舞秋风。"
出自南宋女诗人朱淑真《黄花》，"宁可抱香枝上老，不随黄叶舞秋风"与"宁可枝头抱香死，何曾吹落北风中"有共通之处，同为典型的借物言志，朱淑真借此表达自己内心的一种坚定的品格。

本文作者

黄俊，系北京大成（武汉）律师事务所律师。

忽然一夜清香发，散作乾坤万里春

白梅

（元）王冕

冰雪林中着此身，不同桃李混芳尘。

忽然一夜清香发，散作乾坤万里春。

◎ **诗临其境**

  课文《少年王冕》中被称作"画荷花高手"的主人公原型就是本诗的作者王冕，只不过历史上的王冕是"梅花创作高手"。王冕是元朝的著名画家、诗人、篆刻家，正如其号煮石山农、梅花屋主等一样，王冕屡试不第后的隐居生活都与山农、梅花有关，也因此赋予了他的梅花诗画作品以质朴的生活气息，一句话来说就是比较接地气。

  本诗是一首七言绝句。诗的前两句名义上是在写冰雪林中的高洁白梅不愿与混迹世俗尘埃中的普通桃李为伍，实际上是诗人以梅自况，恰与其拒绝做官隐居山林相像。

  然而，诗文的后两句则又描述了白梅的报春，即使白梅生活在冰冷的树林中，也会忽然一夜之间花香四溢，让那传遍天下的芳香为人们带来春的消息。

整首诗虽然寥寥数语，但是这个甘于做山野村夫的大诗人用白梅报春这种最朴实无华的比喻，完美地表达了自己坚贞不屈却又愿以默默无闻的奉献造福于民的品格。

◎ **一句钟情**

"忽然一夜清香发，散作乾坤万里春。"

本诗的亮点在于"前后矛盾"，而矛盾点就在于后两句"忽然一夜清香发，散作乾坤万里春"。

前两句是实实在在的托物言志，抒发了诗人坚守情操，不愿与世俗同流合污的高尚品德，此类写法在诗文中较为常见，如梅兰竹菊等都是常用的言志之物。

关键在于后两句体现的"白梅报春"的情景转折以及"乾坤万里"的无限胸襟，它恰如其分地表达了诗人虽然自甘寂寞，却又心系天下的无私奉献精神，表现了中国古代知识分子普遍存在的一种出世与入世的精神矛盾。

简单来说，后两句真切表达了王冕是一个思想矛盾的人，他给人以高洁脱俗的形象但又胸怀大志，明明厌弃尘俗拒绝做官，却又深切关怀祖国的命运以及人民的疾苦，也就是既心心念念这又牵肠挂肚那，做诗人有时候真的很难！

◎ 诗歌故事

王冕对梅花的钟情非一般人所能达到，他种梅花、咏梅花、画梅花，对梅花的喜爱已经融进了骨子里。王冕在梅花诗画创作上的成就来源于他对梅花的痴情，但也离不开王冕少时的刻苦研读。

西汉时有少年匡衡因家中买不起灯的燃油而凿开墙缝借用邻居家的微弱灯光读书，而家境贫寒的王冕年少时也遇到了一样的问题。

相传，王冕的远祖曾是朝廷大官，但传到王冕父亲这辈时已经一贫如洗，少年王冕只能替他人放牛补贴家用，但"漫不经心"的放牛娃王冕却将牛独自留在了田野里。

原来不甘愿做放牛郎的王冕偷偷地跑去了学堂蹭课，放学后的他免不了父亲的一顿毒打，毕竟要是丢了牛可赔不起，好在王冕的母亲很有远见地劝说丈夫让儿子做他喜欢做的事情。

虽然父母默许了少年王冕离家求学，但是住在寺庙旁的他却苦于夜晚的漆黑。晚上无法读书的困境自然是无法阻挡少年王冕对知识的痴迷，年纪轻轻的他神色安然地坐在面目狰狞的泥塑佛像膝盖上，照着佛像前的长明灯灯光刻苦读书。

而王冕夜以继日的苦读不仅让他打下了良好的基础，也让他得遇良师韩性，真正地得到培养。王冕的一生虽然不如匡衡那样因通晓经学而官至丞相，但他在艺术创作的造诣上也算得上是无冕之王。

作家介绍

王冕（1287—1359），字元章，号煮石山农，亦号食中翁、梅花屋主等，浙江绍兴诸暨枫桥人，元朝著名画家、诗人、篆刻家。性格孤傲，鄙视权贵，诗作多同情人民苦难、谴责豪门权贵、轻视功名利禄、描写田园隐逸生活。一生爱好梅花，种梅、咏梅，又攻画梅。所画梅花对后世影响较大。

佳句背囊

"安得广厦千万间，大庇天下寒士俱欢颜，风雨不动安如山。"

出自唐朝诗人杜甫的《茅屋为秋风所破歌》，此时的"诗圣"杜甫与王冕一样都面临着社会动荡腐败、生活窘迫不堪的局面。杜甫的"安得广厦千万间，大庇天下寒士俱欢颜"两句诗在意境上和"忽然一夜清香发，散作乾坤万里春"有着心灵共通之处，二者都体现了诗人在关怀人民疾苦上的无限胸襟。

隐居山林的王冕与栖身草堂的杜甫即使有如此惨苦的境遇，却用豪迈不屈的诗作来表达自己的那份忧民之情，诗人们的胸襟与理想被表现得淋漓尽致。

本文作者

涨知史：关注创作者张世中，头条号"涨知史"，带你一起长知识。

莫嫌举世无知己，未有庸人不忌才

三闾祠

（清）查慎行

平远江山极目回，古祠漠漠背城开。

莫嫌举世无知己，未有庸人不忌才。

放逐肯消亡国恨，岁时犹动楚人哀。

湘兰沅芷年年绿，想见吟魂自往来。

◎ 诗临其境

1680 年，三藩之乱迫在眉睫，贵州巡抚杨雍建招贤纳士，招兵买马，而立之年的查慎行虽然只是一个书生，地位不高，仍有一腔热血，爱国之心从未泯没，因此毫不犹豫应征，加入幕府，和贵州巡抚一同去平定"三藩之乱"。路上经过湖南屈原祠时，查慎行暂停脚步，前来凭吊屈原，写下了这首诗：

我站在高处四下眺望，看着河流绵绵、高山逶迤，一派风景秀丽，但是低头可见的三闾祠却无人打理。这座祠堂建在古城的后方，萧条荒老，无人问津。

屈原前辈，不要去嗔怪当初没有人知道你的忠心，从古至今，庸俗小人一直都嫉妒贤能的人。

驱逐流放又怎么能消除你心中的亡国之恨呢？千年之后的今天，每当到了端午节，忆起往事，楚人还会感到悲哀，同时纪念你、表达对你的哀思。

在你祠堂的周边，蕙兰花和白芷花年年娇艳盛开，让这湘江和沅江的两岸都布满一望无际的翠绿，充满着生机，我想你的英灵一定还对故乡依依不舍，时常回到眷恋的湘江一望。

◎ 一句钟情

"莫嫌举世无知己，未有庸人不忌才。"

一个人的言谈之中可以看出他的格局。人生最可怕的不是孤独，而是格局小。面对别人的不理解，不必抱怨，不必孤独。心要放宽，即使是面对别人的妒忌和闲言碎语也不要在意，人生哪有那么多的顺心如意，英雄、贤士被庸俗小人嫉妒是任何一个时代都有的事情。从中可以看出作者乐观、宽广的胸怀。

◎ 诗歌故事

屈原刚刚入仕时楚怀王非常信任他，很多事情都会和他一起商议，例如制定法律，还让他参与外交事务。屈原曾经向楚怀王提出与齐国联合，一起抗衡秦国。经过屈原的努力，楚国的国力增强了许多。

然而树大招风，屈原的才干遭到了楚国朝廷内其他人的妒忌，这些庸俗之人向楚怀王屡进谗言，一起排挤屈原，渐渐地，楚怀王就疏远了屈原。

公元前305年，屈原坚决反对楚怀王和秦国结盟，但是楚怀王没有采取屈原的建议，还将屈原逐出郢都。随后屈原先后流落到了汉北和沅湘，无法参与朝政，无法为国效忠，让他感到十分心痛和压抑，于是开始创作诗歌、文章等。

公元前278年，秦国的军队攻破了郢都，屈原得知十分悲痛、绝望，于是投江自尽。

后来，人们就在农历五月初五这一天用赛龙舟、吃粽子来纪念屈原。

屈原的爱国精神值得学习。同时我们也要认识到，不要被其他人的言论左右，贤能之人被庸俗小人妒忌是常有的事。

无障碍阅读

三闾祠：为纪念屈原而建的祠堂，位于湖南汨罗，因为屈原曾任三闾大夫，所以祠堂命名为"三闾祠"。

极目：纵目远眺。

漠漠：荒凉，人烟稀少。

放逐：此处指屈原曾被流放。

岁时：一年中的一个节令。

湘兰沅芷（yuán zhǐ）："湘""沅"，指湖南境内的湘江和沅江。"兰""芷"是芳草的名字，代指正人君子。

吟魂：此处指诗人屈原的灵魂。

作家介绍

查慎行（1650—1727），初名嗣琏，字夏重，号查田，后改名慎行，字悔余，号他山，晚年居于初白庵，故又称查初白；杭州府海宁花溪（今袁花镇）人，清代诗人、文学家，"清初六家"之一，在清初诗坛有重要影响。著有《敬业堂诗集》《查初白诗评十二种》等。

佳句背囊

"莫愁前路无知己，天下谁人不识君。"

出自唐代诗人高适的《别董大》。"莫愁前路无知己"和"莫嫌举世无知己"有异曲同工之处，都表示对对方的宽慰和鼓励，不要担心前方的路没有知己，没有人懂你，你的事迹已经广为流传，得到许多人的敬佩和仰慕。两句话虽然简单朴实，但是十分有力量。

本文作者

赵悦辉，一名来自长春的"95后"作者。

虚心竹有低头叶，傲骨梅无仰面花

虚心竹有低头叶

傲骨梅无仰面花

——（清）郑板桥

◎ 诗临其境

郑板桥是清代的文人画家，一生只爱画兰、竹、石，他的诗书画有"三绝"之美誉。

郑板桥对竹的喜爱，不仅仅是因为竹的外形，更是因为竹的品性精神。郑板桥一生坎坷，饱尝了生活的酸甜苦辣，把自己对世界的体悟都糅进了画中、诗中，所以他的题画诗中留下的不只是艺术表现，还有现实生活的深刻思考。

这副对联是郑板桥为自己仰慕之人梅岩先生而写。相传梅岩先生参加考试，文采飞扬，获得了主考官的赞赏，所以考官特意将他的文卷挑选了出来，谁知道放榜时主考官竟然忘记了放在一旁的梅岩先生答卷，发现后又连忙补上。梅岩先生知道了这个乌龙事件后，认为自己既然已经落榜，就没有必要再补了，之后便投身于教书育人的事业之中。

郑板桥寄情于笔下的竹子和梅花之中，他说：

因为竹子内心谦虚有节，所以会向人虚心低头。
梅花高傲不屈，自有风骨，从不会仰面拍马逢迎。

这一对联写的不仅是我们所见到的竹子与梅花，更是喜爱竹子的郑板桥写给梅岩先生的赞美之句，梅岩正如这有气节的竹、梅一样，令人喜爱与敬佩。

◎ 一句钟情

"虚心竹有低头叶，傲骨梅无仰面花。"

这副对联，既写了物，又写了情。

挺拔俊秀的青葱翠竹微微颔首，岁寒不凋；映雪梅花自在肆意地绽放，愈是寒冷开得愈是娇艳。在这严寒的冬日，竹子与梅花相互交错，有礼有节。

在这不争不抢的翠竹背后，可以看到竹子的虚心，不畏逆境的生命力。那是一种心无杂念、不卑不亢、立于天地之间的自信谦逊，这样的竹怎能不惹人喜爱？在物欲横流的社会之中，这样一份清风朗月般的虚竹之心更显珍贵。

与竹子相似的还有那迎着风雪在寒冬绽放的梅花，不畏风吹雪压，一身傲骨毅然挺立。从这寒冬里的一抹亮色，看见那面对困境傲然挺立的身影，那坚毅的品格，那不屈服、不逢迎拍马、超凡脱俗的品性。

在这里，竹与梅的气节在碰撞交互中更显高雅，托物言志之中更显精神可贵。

◎ 诗歌故事

爱竹爱梅之人，自会有一颗向往高洁之心，而郑板桥本人正是"虚心竹有低头叶，傲骨梅无仰面花"的代言人。

在郑板桥的众多趣事之中，有这样一个"奉旨革职"的故事。

郑板桥在做县令期间，清廉节俭，尽职尽责。不幸遇到灾荒之年，他开官仓放粮救济百姓，后来被皇上撤职，便乘坐小船优哉地回扬州老家。

途中，郑板桥看到一条官船停在码头上，这船的桅杆上挂了一面旗子，写着"奉旨上任"四个大字。

郑板桥一看，不禁自言自语地说："你奉皇上的旨意上任，我奉皇上的旨意革职。不都是'奉旨'吗？你神气什么？"然后，他在一块布上写了"奉旨革职"四个大字挂在自己的小船桅杆上。

那官船上任之人是朝中奸臣之子，名叫姚有财。他依仗着父亲的势力，混了个官职。他看见挂着"奉旨革职"的小船有些好奇，打听之下发现原来是才子郑板桥，就派人向郑板桥索要字画。

郑板桥就作了一首藏头诗送给姚有财："有钱难买竹一根，

财多不得绿花盆，缺枝少叶没多笋，德少休要充斯文。"把每一句的开头连起来读，恰好是"有财缺德"这四个字。

姚有财开心地接过一看，差点气昏过去。

从这个故事中我们看到郑板桥一身正气，不逢迎拍马，这或许就是"虚心竹有低头叶，傲骨梅无仰面花"要展现给我们的吧。

作家介绍

郑板桥（1693—1766），原名郑燮，字克柔，号理庵，又号板桥，人称板桥先生，江苏兴化人，祖籍苏州。清代书画家、文学家。进士出身，做过县令，政绩显著；后客居扬州，以卖画为生，为"扬州八怪"重要代表人物。郑板桥诗、书、画世称"三绝"，是清代比较有代表性的文人画家。

佳句背囊

"未出土时先有节，已到凌云仍虚心。"
这一句也是爱竹之人郑板桥所作。竹子还没长出土就已经是一节一节的了，即使长得再高，也是中空虚心的。这一句的"节"又指人的气节，"虚心"也指接纳万物的态度。这一句与"虚心竹有低头叶，傲骨梅无仰面花"都道出了竹子谦逊有节的绰约风度，与人共通的高洁品格。

本文作者

竹一，于浩瀚书海，寻一丝畅快。

青山尚且直如弦，人生孤立何伤焉

独秀峰

（清）袁枚

来龙去脉绝无有，突然一峰插南斗。

桂林山水奇八九，独秀峰尤冠其首。

三百六级登其巅，一城烟水来眼前。

青山尚且直如弦，人生孤立何伤焉。

◎ 诗临其境

乾隆元年（1736），21 岁的袁枚前往广西看望叔父，从而开始了人生第一次远行。到达桂林时，他惊叹于山水之秀，写了许多诗篇。四十八年后，他应从弟之邀，远赴岭南，再度重游桂林，曾经的风景，在他眼中又有了不一样的魅力，这首《独秀峰》便作于此时。

看不见山脉的走势和去向，本以为是处平地，然而抬眼望去，一座高峰似横空出现，高耸入云，像是一把锐不可当的巨大神剑，直插入南斗六星之中，立在天地之间。这，便是独秀峰了。

　　桂林的山水，奇秀清丽者十有八九，独秀峰更是冠绝其他风景，雄伟不凡。山路上的台阶净无尘土，偶然一抹绿色侵染至石板，更平添几分雅趣。拾级而上，登上山巅，只见一城烟水在眼前浩渺，无限风光在云间迷离。

　　青山尚且可以劲直如琴弦，矗立世间，人生中因为正直而被孤立排斥，又有什么妨碍呢！

◎ 一句钟情

　　"青山尚且直如弦，人生孤立何伤焉。"

　　袁枚的山水诗不同于其他诗人的借景抒情，在他笔下，自然景物也有自己的个性情感，是和人一样的生命体，可以和人交流对话。

　　此诗或许相比其他写景的千古名作，笔法字词都不甚出彩，然而最后一句，陡然从山转至人生，似乎从中读出了一种"虽千万人吾往矣"的无畏孤勇。

◎ 诗歌故事

　　袁枚 24 岁时便进士及第，选中翰林院庶吉士，后辗转多地任官。然而 34 岁，正值壮年之际，袁枚却选择辞官奉养母亲，在清幽怡人的随园市隐近五十年，直至去世。辞官的背后，有对生活和自由的热爱，也是因为无法习惯清代官场迎来送往的虚伪和世故。

正直本是人们应有的良好品质，可在复杂的官场，这种品质，却被看成故作清高。即便知道是非，却也不敢道出是非，去承认自己的堕落。相反，他们会去排挤正直之士，以此来证明自己才是正确的处世之道。

行高于人，众必非之，既然无法融入，袁枚便选择了远离。

官场如此，社会也是如此。天下攘攘，皆为利往，在利益、欲望的支配下，很多人迷失了自己的本心，他们会借口是环境如此，是迫于生活。此时正直耿介的坚守者，自然令他们感到自惭形秽，为了让自己的迷失顺理成章，坚守者自然会被孤立。

然而这又"何伤焉"。钻石之可贵，在于它的坚硬和稀少，良好的品性之所以可贵，是因为坚守者寥寥无几，我们不能害怕被排挤和孤立就选择放弃，那可是散发光明的源头。

斥责不公，拒绝同流合污，也不是为了标榜自己，得到别人的赞叹，而是知道这是对的，是应该去做的。坚守本心，即便被世人孤立，而历史所镌刻的姓名，也会道出最后的对错，时间终究会证明一切。

苍天之下，大地之上，连绵起伏的山峰纵横交错时，总有人像袁枚笔下的独秀峰一般，独自矗立在坦荡的平地之上，因为这样，山峰才能立得更直、更高，才能气冲南斗，势入青云。

来龙去脉：旧时堪舆（风水先生）以山势为龙，以山势起伏连绵为龙脉。

南斗：星宿名。

伤：妨碍。

作家介绍

袁枚（1716—1798），字子才，号简斋，晚年自号苍山居士、随园主人、随园老人等。钱塘（今杭州）人，祖籍浙江慈溪。清朝乾嘉时期代表诗人、散文家、文学批评家和美食家。与赵翼、蒋士铨合称为"乾嘉三大家"（或江右三大家），又与赵翼、张问陶并称"性灵派三大家"，为"清代骈文八大家"之一，文笔与大学士直隶纪昀齐名，时称"南袁北纪"。著有《小仓山房集》《随园诗话》《子不语》等。

佳句背囊

"宁可枝头抱香死，何曾吹落北风中。"

出自南宋诗人郑思肖的《寒菊》。菊花宁可在枝头怀抱着清香死去，也不愿让自己的花瓣被北风吹落于地上。这种高尚节操的孤芳自赏，和袁枚笔下的"独秀"是同样的坚守。

本文作者

程昌雄，头条号"国风美诗文"，专注于古典诗歌赏析与理论的创作，现为新国风诗社社员。

苔花如米小，也学牡丹开

苔

（清）袁枚

白日不到处，青春恰自来。

苔花如米小，也学牡丹开。

◎ **诗临其境**

从古至今，无论是李白《长干行二首》"门前迟行迹，一一生绿苔"中的落寞青苔，还是叶绍翁《游园不值》"应怜屐齿印苍苔，小扣柴扉久不开"中的弱小苍苔，抑或是刘禹锡《陋室铭》"苔痕上阶绿，草色入帘青"中的平凡阶苔，苔一直是以那样卑微又渺小的姿态存在于诗句中。

只有袁枚，这位随性的清朝才子，为我们带来了不一样的苔。

他笔下的苔，一改往日作为背景可有可无的形象，展现出独一无二的魅力。变得那么的顽强，那么的富有生命力，仿佛是芸芸众生中极其普通的我们，又像是与命运抗争的勇士：

春日里温暖和煦的阳光照不到背阴处，生命如常萌动，苔藓仍旧长出绿意来。苔花虽然如米粒般微小，却并不影响它依然如牡丹般热烈绽放的心态。

◎ 一句钟情

"苔花如米小，也学牡丹开。"

小小的青苔是凝固的水，温柔中带着力量，不断前行，不断蔓延，不断生长。因为苔有着一切苦难终将会被战胜的信仰！苔用它小小的身躯撑起自己的骄傲，在"白日不到处"开出一朵生命之花，一朵信念之花，一朵梦想之花。

虽然小如米粒，却是穷尽所有积蓄能量绽放出的生命之花。就在一刹那，谁又能说这份希望的力量不如绚丽的牡丹花呢？虽然花朵如米粒般微小，却靠着拼搏的力量，想与被精心栽种的牡丹同样拥有自由的青春韶光。

这是苔的故事，是不断成长的新一代的故事，是每个在逆境中努力拼搏的普通人的故事，也是这位清代才子袁枚的故事。

◎ 诗歌故事

袁枚性喜园林，就自己动手修筑林苑。他改隋园为随园，自号随园主人。在这座用他毕生精力建筑的园林中，却没有修筑一个围墙，而是任行人自由来去，参观玩耍，毫不阻拦。从中可以看到，他真正想做的其实就是这随缘之人。但他的随缘不是随波逐流的浪迹，而是即使身处逆境中看破一切后，还愿坚守本心的执着。

2018年春节，大年初一晚上八点，央视一套《经典咏流传》节目第一期，支教梁老师带着他在乌蒙山里的学生们，一起唱袁枚的诗歌《苔》，其中有几句歌词这样唱道："风一来，花自然会盛开。梦是指路牌，为你亮起来，所有黑暗为天亮铺排，未来已打开，勇敢的小孩，你是拼图不可缺的那一块。"

孩子们干净的嗓音配合着梁老师的娓娓述说，让我们仿佛看到了光明之神挥舞着金色的翅膀，缓缓招手，带我们迈入崭新的时代。

年轻一代总是面对挑战，生命的流转给我们以启迪，命运的齿轮总是那么的相似，智慧之门开启的背后伴随着困难挫折和迷茫，但若不行动站在原地，那与尘埃又有何不同？

人类的发展史永远伴随着灾难，疾病，战争。各种痛苦随时降临人间，毫无预兆，没有退路，但人类每次都会用坚忍、果敢、智慧将它们一一化解，这是人类的宿命，也是人类前进的动力。

"所有随风而逝的都属于昨天，所有历经风雨留下来的才是面向未来。"

我们每个人，每个普通人，都应该坚守希望，直面艰难，尽情绽放。

无障碍阅读

白日：太阳。

佳句背囊

"几年风雨迹，叠在石屏颜。生处景长静，看来情尽闲。"出自唐代李咸用的《苔》，虽是明写苔的生长环境，但结合李咸用自身一心向学却久试不第，又生逢唐末乱世的经历，应是自怜身世，以苔自比。

本文作者

人鱼薇沫，多平台原创作者，以学习和写作保持自我的精神成长！

人生豪情

凤凰非甘泉不饮，大鹏直上九万里云霄；一剑霜寒，一蓑烟雨，一歌一咏皆豪情。

大贤虎变愚不测，当年颇似寻常人

梁甫吟（节选）

（唐）李白

长啸梁甫吟，何日见阳春？

君不见，朝歌屠叟辞棘津，八十西来钓渭滨。

宁羞白发照清水，逢时壮气思经纶。

广张三千六百钓，风期暗与文王亲。

大贤虎变愚不测，当年颇似寻常人。

◎ **诗临其境**

唐代开元二十一年（733），33岁的诗仙李白应好友元丹丘邀请，赴嵩山一同隐居。想起两年前入长安求取功业，遇奸佞小人阻碍终而未成，还有那些在长安市上酒家眠的日子，而今又退隐山林，颇似当年诸葛孔明躬耕于南阳，又想起孔明所作《梁甫吟》，于是李白长啸而吟：

梁甫吟啊，自从孔明唱响以来，多少仁人志士吟诵过你。

我事业的春天，何时才能到来啊？你可知道西周吕望姜太公，长期埋没在民间，五十岁在棘津做小贩和屠夫，七十岁了还在渭水垂钓，清清的河水映照着苍苍白发，他的心在隐隐作痛。而这一钓就是十年，八十岁才得遇文王，当风云际会之时，他那察天地之和命，励精图治的经纬大略，深深地打动了求贤若渴的文王，方遂平生之志。像姜子牙一样拥有雄才大略，非常贤德之人，若时机来临，他的变化将是非常巨大的，如同换了毛色的老虎一样绚丽，是常人所不能想象的。你看发迹之前的姜太公，当年就是普通的人啊！

◎ 一句钟情

"大贤虎变愚不测，当年颇似寻常人。"

李白用换了毛色的猛虎，比喻姜子牙得遇文王前后的巨大变化，寄寓了自己的感慨和抱负，也是对自己才能的高度肯定。李白坚信自己不会被长期埋没，现在的受挫只是暂时的，因为他明白，即使像姜子牙一样的大贤大才者，在没有得到时机施展才能之时，看上去和普通人没有什么两样。

喜欢这句诗文，是因为其中蕴含了李白对自己才能的自信、对一展平生抱负的渴求。每当读到这句，不由得会想起尼采一针见血地说："是金子总会发光。"也会想到阿基米德豪放霸气地说："给我一个支点，我能撬动地球。"这和李白自己说的"天生我才必有用"一样，充满了自信和期待！

◎ 诗歌故事

李白以不世之才自居，渴望建功立业，以实现"奋其智能，愿为辅弼，使寰区大定，海县清一"的理想。在荐举失意后，潦倒苦闷地离开长安，东出潼关，游历会友于开封、洛阳之间，后隐居于嵩山好友元丹丘处。《梁甫吟》就是李白在这个时期的作品。诗中流露出李白希望像姜尚一样得遇明主、像孔明一样兴复汉室的雄心壮志。"大贤虎变愚不测"等句，说明了他急切渴望得到重用，以及对实现经世治国理想的期盼。

李白满腹经纶，却不通过科举谋取仕途，这是因为李白对自己的身世讳莫如深，只示远祖而不示近宗。《新唐书》记载李白为凉武昭王李暠九世孙，如此算来，李白就是唐高祖李渊五世孙，太子李建成玄孙。玄武门之变后，有太子建成后裔逃落民间。有人说李白是正统的李唐皇室宗亲。而唐朝科举制度规定，参试者都要示其祖宗，验明正身。皇室子弟，商贾和戴罪之人不能参加科举。所以留给李白的就只有荐举入仕这一条路。这才有了他后来的献赋谋仕，以及贺知章和玉真公主的荐举，入宫得见玄宗，供奉翰林。

因为身世、桀骜不驯的性格和不愿同流合污的清高，李白终未得志。历史没有选择他出将入相，治国平天下，却神奇地造就了举世无双、千古不二的诗仙李白。

无障碍阅读

梁甫吟：乐府楚调曲名，一作梁父吟，梁父即梁甫，泰山下小山名。

朝歌屠叟：指吕尚，即姜太公。

风期：风度和谋略。

大贤虎变：大贤，有才能的贤德之人，这里指姜太公；虎变，《易经·革卦》中有"大人虎变"的典故，指老虎在更换皮毛后色彩斑斓绚丽，比喻贤能者骤然得志。

作家介绍　李白（701—762），字太白，号青莲居士，唐代伟大的浪漫主义诗人，被后人誉为"诗仙"。与杜甫并称"李杜"。代表作有《望庐山瀑布》《行路难》《蜀道难》《将进酒》《早发白帝城》等。

佳句背囊　"塞上长城空自许，镜中衰鬓已先斑。"
出自陆游《书愤》，意思是：壮志未酬，已然鬓发如霜。

本文作者

曹永科，头条优质文化领域创作者，文学，书法爱好者；头条号"头号书法"。

大鹏一日同风起，扶摇直上九万里

上李邕

（唐）李白

大鹏一日同风起，扶摇直上九万里。

假令风歇时下来，犹能簸却沧溟水。

世人见我恒殊调，闻余大言皆冷笑。

宣父犹能畏后生，丈夫未可轻年少。

◎ **诗临其境**

李邕是唐朝大臣，还是著名的书法家，这首诗是李白写给李邕的。据说，二十多岁的李白在游历渝州时，前去拜访渝州刺史李邕，他在李邕面前高谈阔论，不拘礼节，李邕对李白的狂傲感到有些不悦，告辞时，李白则不客气地作此诗回敬李邕，讥讽李邕不懂"后生可畏"的道理：

大鹏鸟总有一天会乘风而起，凭借着大旋风直冲九霄云外。

假使风停了大鹏鸟落下来，它的力量也能够激起大风大浪。

世人见我总是论调奇特，听见我的豪言壮语也都冷笑。

即使是孔圣人当年都说过后生可畏，一介大丈夫怎能轻视年轻人。

◎ 一句钟情

"大鹏一日同风起，扶摇直上九万里。"

"大鹏"出自庄子的《逍遥游》，传说是一只巨鸟，由鲲演变而来。

李白曾在江陵遇到名道士司马承祯，司马承祯称李白"有仙风道骨"，李白于是作《大鹏赋》，将自己比作大鹏鸟，此后"大鹏"就经常出现在李白的诗赋中，用"大鹏"自比，以示自己齐天的志向。

李白此时年少气盛，壮志凌云，他用大鹏鸟自比，表达自己有朝一日定会腾飞而起直冲青云，以此讥讽李邕对他的不屑。

◎ 诗歌故事

庄子著《逍遥游》曰："北冥有鱼，其名为鲲。鲲之大，不知其几千里也。化而为鸟，其名为鹏。鹏之背，不知其几千里也，怒而飞，其翼若垂天之云。是鸟也，海运则将徙于南冥。"

大鹏鸟是大鱼鲲化成，它的背不知道有几千里，它飞起来的时候，翅膀就像天边云彩。它在宇宙间都是显赫的，能压过昆仑山。它扇动一下翅膀，尘土飞扬，烟雾迷蒙，天昏地暗，五岳因它的振翅而震荡，百川因它的振翅而决堤。每当大风在北海刮起，大鹏鸟就要乘着风飞到南方的大海去。

庄子《逍遥游》里面讲，沼泽芦苇里的小斑鸠和蝉讥笑大鹏鸟说："我们奋力起飞，碰到榆树和檀树就停在上面，飞不上去的话，落在地上就是了。何必要飞九万里到南海去呢？"

庄子说："小知不及大知"，小斑鸠和蝉又怎么知道大鹏鸟向往青天和远方的大抱负呢？

李白说"大鹏一日同风起，扶摇直上九万里"，他将自己比作志向高远的大鹏鸟，只要有大风刮起，就可以扶摇直上，以此来预示自己的未来一定能鳌里夺尊，而暗暗讥讽李邕燕雀安知鸿鹄之志。

《旧唐书·李邕传》中描述李邕"颇自矜"，就是说李邕这个人比较自负，又追求名声，对年轻后进的态度颇为矜持，然而68岁的李邕却曾邀33岁的杜甫一起东游，并且早早预见了杜甫将来能名震诗坛。杜甫当时也是年轻后生，因此有人怀疑这首诗不是李白的作品，比如元人萧士赟就曾说"此篇似非太白之作"。

无障碍阅读

上：呈上。

扶摇：盘旋而上，腾飞。《庄子·逍遥游》：

"鹏之徙于南冥也，水击三千里，抟扶摇而上者九万里。"

假令：假使，即使。

籔却：激起。

沧溟：沧海，大海。

殊调：特殊的论调。

宣父：孔子。唐太宗贞观十一年诏尊孔子为"宣父"，"宣"为谥号，"父"同"甫"。

佳句背囊

　　"大鹏飞兮振八裔，中天摧兮力不济。"

出自李白的《临终歌》（又叫《临路歌》），作于李白逝世当年。李白在逝世前，仍以"大鹏"自比，只是这一次似乎多了些对命运的无可奈何，"大鹏鸟飞啊振翅八方，在飞天的途中被摧折翅膀啊余力不足"。这一句也是李白坎坷一生的概括，是李白为自己亲撰的墓志铭。

本文作者

葵花子籽籽：挣扎在幸福和痛苦的边缘，一边读书一边自我救赎的独行侠。

今日把示君，谁有不平事

剑客

（唐）贾岛

十年磨一剑，霜刃未曾试。

今日把示君，谁有不平事。

◎ 诗临其境

贾岛家庭贫寒，一生穷愁，清苦的生活只剩下写诗歌了，他的诗大多描述荒凉枯寂之境，最擅长五言绝句，世间流传很多脍炙人口的诗篇。

贾岛心高气傲，在科举考试中，抨击朝政，因而落第。我们仿佛看到，贾岛在中榜名单中未找到自己的名字，内心不平、郁郁寡欢的样子。他认为不是自己才华不够，而是科举制度有失公平。所以他说道：

我是一个剑客，花了十年时间，打磨自己的剑。

剑刃寒光四射，锋利无比，只是还没有用过。

今天，我把这把剑拿出来给你看看，是不是很锋利。

我想知道，天下可有什么不公平的事情，我可以去平复。

◎ 一句钟情

"今日把示君，谁有不平事。"

这一句很有意思，既有宝剑在手、豪情万丈的自信和傲气，又有怀才不遇的苦涩和愤慨。

诗中的"剑"，既可指诗人的才华，也可以指诗人自身。诗人十年寒窗苦读，正如剑客十年打磨一把宝剑，心中充满自信，等的就是一朝科举（试剑），得到赏识，天下知名。然而事与愿违，诗人才华不得伸展，正如宝剑没有用武之力，所以诗人发出愤慨之语："谁有什么不平之事，我可以持宝剑来帮你！"

◎ 诗歌故事

纵观历史，有不少人怀才不遇，到老了仍一事无成。但是，面对困境我们所要做的不是沉吟自苦，而是应该寻找出路。毕竟"天生我材必有用"，千里马不一定会遇到伯乐，所以要多次亮剑，总能遇到伯乐的。

蒙牛的老总牛根生，出生不久就被生父母卖给了养父母，他自述当时自己值50块，从基础的养牛工人到伊利的生产经营副总裁，之后因为和董事长郑俊怀的矛盾被迫离开了伊利。那是1999年，他已经41岁，在这个节骨眼儿上失业再找工作是很难的。和贾岛的处境何其相似，虽然才华和经历全有了，就是没有人雇用。

然而，牛根生却走了另一条路，自己创业，创立乳业品牌蒙牛，用了短短8年的时间，使蒙牛成为全球液态奶冠军、中国乳业总冠军，因此蒙牛集团被全世界视作中国企业顽强崛起的标杆。

这一点说明，怀才不遇只是一种现状，人要学会破而后立，自我崛起，创造机会展示自己的才华。贾岛的科举失利，空有才华不得施展，原因在于心中认为寒门学子的出路只有一条，科举入仕途。但是他忽略了一个问题，那就是三百六十行，行行出状元，这条路不行换一条就是了。

而牛根生知道，这么大岁数了曾在高位上待过，难以找到与之相匹配的工作和待遇，认清此路不通，所以选择了创业这一条路，苦是苦了点，但是往往是先苦后甜。

年轻人更是如此，不要认为人生的出路只有一条，遇到失败就认为自己一无是处。年轻时好好学习本领，丰富和发展自己的长处，磨砺自己成为一把利剑，那么未来一定有机会创下一番事业。

剑客：用剑高手，行侠仗义的人。

霜刃：形容剑的锋利，寒光闪闪。

把示君：省略了"之"，代指剑，就是把剑拿给你看。

作家介绍

贾岛（779—843），字阆（làng）仙，幽州范阳（今河北涿州）人，早年出家为僧，号无本，自号"碣石山人"，唐代诗人，人称"诗奴"；与孟郊齐名，苏轼称他们为"郊寒岛瘦"。

佳句背囊

"虽复沉埋无所用，犹能夜夜气冲天。"

出自唐代大臣郭震的诗作《古剑篇》，这两句诗表达了自己的理想和抱负，抒发不遇的感慨，但是相信自己是金子，迟早会发光的。和贾岛的诗篇一样借物言志，表达了自己面临困境，但是自信"天生我材必有用"，比贾岛诗作意境更深远一些。

本文作者

麦初齐，曾留学法国获得企业管理硕士学位，喜欢中国的传统文化，涉猎太极和书法领域，读书写文章是人生一大乐趣。

满堂花醉三千客，一剑霜寒十四州

献钱尚父

（唐）贯休

贵逼人来不自由，龙骧凤翥势难收。

满堂花醉三千客，一剑霜寒十四州。

鼓角揭天嘉气冷，风涛动地海山秋。

东南永作金天柱，谁羡当时万户侯。

◎ **诗临其境**

贯休是唐末五代著名诗僧，也是有名的画家和书法家，游历过许多地方。在杭州灵隐寺期间，吴越王钱镠治理两浙一带，采取了安民之策，当地经济繁荣，渔盐桑蚕之利甲于江南。同时，他大力发展文化教育，两浙文士荟萃，人才济济。

贯休写了这首《献钱尚父》，写钱镠的逼人富贵、伟大功绩和滔天的权势，同时也希望钱镠永作东南天柱，保天下太平：

无边富贵逼人而来，人也不由自主；当一个人奋发向上，他的成就无法遏制。

满堂花香芬芳馥郁，熏醉了无数宾客；一剑横空出世，寒光映照两浙十四州。

战鼓和号角声冲入云霄，连天气都变得寒冷，风浪震撼大地，让人间好像进入了深秋。

顶天立地傲踞东南，您就是祥瑞天象的巨柱，这样的滔天权势，谁还羡慕旧时的万户侯呢。

◎ 一句钟情

"满堂花醉三千客，一剑霜寒十四州。"

这一联对仗工整，气势磅礴，而且夸人夸到了点子上。

"满堂花醉三千客"，写出了酒宴的繁华热闹，呼应首句中的"贵逼人来"，同时也从侧面反映出钱镠宾客众多，人脉丰富。"一剑霜寒十四州"写钱镠功勋卓著，为国家平定很多地方。"十四州"即两浙所辖的十四个州。"霜寒"二字，带有一股凛然杀气，将钱镠挥兵平叛的威势刻画得十分到位。

已故著名武侠小说作家古龙非常喜欢这一句"一剑霜寒十四州"，他的小说《三少爷的剑》，便以"剑气纵横三万里，一剑光寒十九州"作为开头。

◎ 诗歌故事

据传，贯休拿着诗到钱镠府上祝贺，钱镠读完诗后非常高兴，感觉每一句都说到了自己的心坎里去,唯一觉得意犹未尽的是,他此时的胃口已经很大,两浙十四州已经无法让他满足了。他想进一步扩大领地,成为雄踞一方的霸主,甚至取得天下。

唐朝安史之乱以后,外地将领拥兵自重,逐渐在军事、财政、人事方面不受中央政府控制的藩镇割据局面,一直持续一百多年直至唐朝灭亡。而后来浩浩荡荡的黄巢起义,更是极大地冲击了唐朝中央政权。

贯休作这首诗的时候,距黄巢起义被镇压不过十年左右的时间。而再过十年,就是朱温灭唐称帝,开启五代十国的混乱局面。在这种形势下,坐拥两浙十四州,兵强粮足的钱镠有些想法,不足为奇。于是,钱镠暂时不见贯休,而是派人传令给他,要他将"十四州"改为"四十州",然后才答应见他。

贯休一开始对钱镠的印象是很好的,但没想到他这么傲慢,而且野心如此之大,感到非常气愤。本来,诗文中夸张是很常用的修辞手法,比如李白的《望庐山瀑布》:"飞流直下三千尺,疑是银河落九天。"还有《夜宿山寺》:"危楼高百尺,手可摘星辰。""三千尺""百尺"都是用数字进行夸张。但钱镠的意思却是想利用贯休的诗名,为他进一步扩张地盘造势。

贯休心想,天下已经风雨飘摇,百姓饱受战乱之苦,这些全都是拜一些野心家所赐。我就算不能挽狂澜于既倒,也绝不会为虎作伥。于是他拂袖而去,离开之前,他留下几句掷地有声的宣言:"州既难添,诗亦难改。孤云野鹤,何天不可飞?"

意思是说，州是不可能给你添的，诗也绝不可能改。我本是孤云野鹤，此处不留人，自有留人处！

无障碍阅读

钱尚父：即钱镠，五代十国时期吴越国的创建者。
龙骧（xiāng）凤翥（zhù）：龙骧也作"龙襄"，昂举腾跃的样子。凤翥，凤鸟高飞，形容发奋有为。
揭天：指声音高入天际。

作家介绍

贯休（832—912），俗姓姜，字德隐，婺州兰溪（今浙江兰溪）人。唐末五代画僧、诗僧。被前蜀主王建封为"禅月大师"，赐以紫衣。贯休能诗，并以高风亮节的诗闻名天下。最著名的诗句是"一瓶一钵垂垂老，万水千山得得来"，时称"得得和尚"。

佳句背囊

"一身转战三千里，一剑曾当百万师。"出自王维《老将行》，"一剑曾当百万师"与"一剑霜寒十四州"有相近之处，前句说老将曾以一剑抵挡了百万雄师，后句说钱镠一剑平定了两浙十四州，两者都是用夸张的手法，来表现显著的功勋。

本文作者

磊落故人，今日头条优质文化领域创作者。平生感意气，少小爱文辞。

莫嫌荦确坡头路，自爱铿然曳杖声

东坡

（北宋）苏轼

雨洗东坡月色清，市人行尽野人行。

莫嫌荦确坡头路，自爱铿然曳杖声。

◎ **诗临其境**

苏东坡，一个活成了神话的中国文人。但正如国学大师钱穆所说：苏东坡诗之伟大，因他一辈子没有在政治上得意过。他一生奔走潦倒，波澜曲折都在诗里见。

这首诗也是如此，宋神宗元丰六年（1083），这是他因"乌台诗案"被贬黄州的第三个年头。

在创作这首诗时，苏轼已然完成了由苏轼向苏东坡的进化，在黄州东坡自耕自种不仅让他实现了物质上自给自足，从自号"东坡居士"那一刻开始，"东坡"也成为他精神上的归宿。

所以对苏轼而言，东坡不只是一块可以营生的坡地，更是心中的桃花源：

雨水冲洗过后的东坡显得格外澄净，月光也分外清澈；此时，蝇营狗苟、追名逐利的人早已没了踪迹，只有山野闲人缓步徐行。

　　不要嫌弃这凹凸不平、坎坷崎岖的坡路，我就喜欢拄着竹杖敲击山石发出的铿然之声。

◎ 一句钟情

　　"莫嫌荦确坡头路，自爱铿然曳杖声。"

　　这句诗看似平平无奇，却是鼓舞了我们千年的苏东坡精神的高度概括。一千个读者就有一千个哈姆雷特。但一千个读者可能只有一个苏东坡——他乐观从容、随缘自适；他达观自在、超然洒脱。而如果把这一切具象化，凝练成一句，那便是"莫嫌荦确坡头路，自爱铿然曳杖声"。一个"莫嫌"，一个"自爱"，两相对比，将苏轼达观自在、随缘自适的人生态度表现得淋漓尽致。"荦确坡头路"不仅实指东坡的小路崎岖难行，更代表了苏轼仕途上的坎坷崎岖。

　　苏轼一生命运多舛，仕途几经沉浮，不是被贬就是在被贬的路上，后来更是一步步被贬谪到了海南之地。但不管怎样，他始终不改对生活的热爱，始终以乐观从容的生活态度面对人生的风风雨雨。如果没有"荦确坡头路"，又何来"铿然曳杖声"！

　　我们的人生，又何尝不是如此，人生不如意十之八九，学会如何度过低谷，面对逆境学会如何自处，才是我们人生必修的重要课题。

◎ 诗歌故事

公元 1079 年，北宋历史上著名的"乌台诗案"，主人公就是苏轼，其他被牵连者达数十人。一些奸佞之臣挖空心思从苏轼的诗词文章中搜寻只言片语，罗织各项罪名，欲置苏轼于死地。好在有曹太后出面干预，又有退居江陵的王安石上书求情，苏轼终于在入狱一百零三日后被判从轻发落，贬谪黄州。

初到黄州的苏轼没有住所，寓居在黄州的定惠院，后来又辗转搬进了江边的临皋亭。但这些都终非长久之计。

直到后来苏轼的朋友马正卿想办法在黄州城东门外为苏轼批得一片废旧的营地。因营地在东门外的小山坡上，而当年白居易也曾在忠州东坡垦地，于是苏轼援引白居易的故事，将其命名为"东坡"，他亦自号"东坡居士"。

在贬谪黄州期间，苏轼的仕途虽然陷入低谷，却迎来创作的巅峰，《赤壁赋》《念奴娇·赤壁怀古》《定风波·莫听穿林打叶声》等脍炙人口的千古名篇均创作于这一时期。

这首《东坡》亦是，所以通过这首诗也可以窥见苏轼对田园躬耕生活的热爱和高洁的心性以及坚毅的精神。在这首诗里，诗人始终昂扬着乐观积极的人生态度，不管生活如何艰难，绝不颓丧气馁。

"莫嫌荦确坡头路，自爱铿然曳杖声。"这就是苏东坡，这就是给我们力量、鼓舞我们千年的东坡精神。

无障碍阅读

东坡：黄州东门外的一块废旧的地。

市人：指蝇营狗苟、追名逐利的人。

野人：指乡野、山野之人。这里指苏轼。

荦（luò）确：指险峻不平的山石。

铿（kēng）：拟声词，指手杖敲击山石所发出的声音。

**佳句
背囊**

"竹杖芒鞋轻胜马，谁怕？一蓑烟雨任平生。"
出自苏轼的《定风波·莫听穿林打叶声》，这首词与《东坡》属相同意境，其中"竹杖芒鞋轻胜马，谁怕？"一句是"莫嫌荦确坡头路，自爱铿然曳杖声"的另一种表达：我拄着竹杖，穿着草鞋，轻便得胜过骑马，这有什么可怕的？在后一句，苏轼直接表达了内心的豁达乐观：一蓑烟雨任平生。两首诗词对照阅读，更可见诗人风采神韵。

本文作者

丁十二：喜诗词，偶有拙作；好读书，不求甚解；苏轼的众多仰慕追随者之一。

千古风流今在此，万里功名莫放休

破阵子·掷地刘郎玉斗

（南宋）辛弃疾

为范南伯寿。时南伯为张南轩辟宰泸溪，南伯迟迟未行。因作此词以勉之。

掷地刘郎玉斗，挂帆西子扁舟。千古风流今在此，万里功名莫放休。君王三百州。

燕雀岂知鸿鹄，貂蝉元出兜鍪。却笑泸溪如斗大，肯把牛刀试手不？寿君双玉瓯。

◎ 诗临其境

淳熙五年，范如山得到赏识，被聘做辰州泸溪县令。可范如山嫌此职务官小势微，不足以实现自己的鸿鹄之志，迟迟不肯赴任。就在这个时候，辛弃疾调任荆湖北路转运使，在范如山的寿宴上写下这首词，劝导他以大局为重，不要计较个人名利的得失。

作者借范增撞碎玉斗和范蠡不受越国封赏两个典故，阐述英雄之所以能名垂青史，是因为国效命，建功立业，劝导范如山当以大局为重。

　　燕雀如何了解鸿鹄的志向，公侯将相本就出身于普通士卒。笑看泸溪地如斗这般小得很，不知范兄愿不愿意到此小试牛刀。特赠送两只玉瓯，作为范兄的寿礼。

◎ 一句钟情

　　"千古风流今在此，万里功名莫放休。"

　　此句是通篇的神来之笔，作者提出自古英雄之所以能够名垂青史，是因为他们懂得以大局为重，为国效命且屡建功勋。劝导范如山切莫因官小而不去作为，不要计较个人的名利与得失。作者不忘在开篇借用两个典故，来支撑这一观点。

　　"掷地刘郎玉斗"，鸿门宴上，刘邦让张良把玉斗献给范增。但范增因项羽不杀刘邦，留下后患，怒火中烧，愤将玉斗摔在地上，用剑将其撞碎。

　　"挂帆西子扁舟"，春秋战国时期，吴越相争，范蠡为国效命，帮助越国灭了吴国。但谢绝了越王封赏，带着西施泛舟五湖。

　　作者有意以范增与范蠡为例，二人与范如山同姓，且都是胆识过人的谋士，是再好不过的对比。

◎ 诗歌故事

"千古风流"，是很多人的鸿鹄之志，是理想中的远方，而"今在此"恰如其分地点出我们尚未到达。"万里功名"回答了如何才能"千古风流"，表达出，当我们不计较个人得失，愿意为国效力，建立功勋时，离"千古风流"便不远了。

随着互联网时代的发展，越来越多想"千古风流"的人，初尝坐拥百万粉丝的成就感。他们开始自视甚高，把自己当成神一样膜拜。慢慢的，他们开始挑事情做，坚决不做微不足道的事情，认为他们与生俱来就是干大事的人。

但是小事不做，又怎么能做得来大事，我们不可能一口气吃掉一个胖子。有时想得很美好，想得到更多，还想着自由，却懒得行动，最后就剩下空想。儿时，我有位好玩伴，她的父母都是美术老师。我一直认为，她长大后也会从事与美术相关的工作。

她也是这么认为的。上高中时，她几乎不学其他学科，就专攻美术，还认为她的美术天赋是与生俱来的，无须耗费过多的力气去学习。让人觉得可惜的，是她接连几年参加艺考，均以失败告终。尽管后来她成为一名设计师，也没能得到很好的发展，缺乏优质作品的积累。

因为她认为自己足够优秀，本就是可以做大事的人，未在高中时代夯实基础，最终发现自己缺乏艺术创作的天赋，也很难另辟蹊径，难以找到更合适自己去发展的道路：

后来，每当我失意时，或者见到身边有人深陷迷茫，我都会把这句词送给他们，也当作自我勉励。"千古风流今在此，万里功名莫放休。"想要成为做大事的人，具有极强的影响力，我们先要心怀理想，继而脚踏实地前行，以"万里功名"，实现"千古风流"。

无障碍阅读

掷地刘郎玉斗：据《史记·项羽本纪》记载，刘邦赴鸿门宴，范增因项羽不杀刘邦，留有后患，怒将玉斗撞碎。

挂帆西子扁舟：吴越争战时期，越国大臣范蠡助越王灭掉吴国后，带着西施泛舟五湖。

牛刀：指做大事的人，有才能的人，这里比喻大材小用。

玉瓯：玉制酒杯。

佳句背囊

"不积跬步无以至千里，不积小流无以成江河。"出自荀子《劝学篇》，阐述积累的重要性。没有一步半步的积累，就没有办法到达千里的地方；不汇聚细小的河流，就没有办法汇成江河。恰与"千古风流今在此，万里功名莫放休"有共通之处。

本文作者

玩视不恭，低调的小说作家，喜欢在娱乐中拾欢，过上有态度的人生，撰写耐人寻味的好文章。

一笑出门去，千里落花风

水调歌头·我饮不须劝

（南宋）辛弃疾

淳熙丁酉，自江陵移帅隆兴，到官之三月被召，司马监、赵卿、王漕饯别。司马赋《水调歌头》，席间次韵。时王公明枢密薨，坐客终夕为兴门户之叹，故前章及之。

我饮不须劝，正怕酒樽空。

别离亦复何恨？此别恨匆匆。

头上貂蝉贵客，苑外麒麟高冢，人世竟谁雄？

一笑出门去，千里落花风。

孙刘辈，能使我，不为公。

余发种种如是，此事付渠侬。

但觉平生湖海，除了醉吟风月，此外百无功。

毫发皆帝力，更乞鉴湖东。

◎ 诗临其境

淳熙丁酉年冬天，辛弃疾从江陵调任隆兴，次年的三月份又被召为大理寺卿，当时的同僚及好友司马监、赵卿、王漕等人为他饯别。席间，司马监作《水调歌头》词，本词为和词。

不必劝我酒，我想借酒浇愁正怕没酒。别离又有何惧？只是太过匆匆。君不见当时头戴貂蝉人上人（王炎），今已苑外麒麟高冢中，试问人世间，谁是英雄？人生海海，争名夺利有何用？不如，一声长笑出门去，千里长风带落花。

三国时，辛毗因不向宠臣刘放、孙资折腰，未能位列三公。如今我华发已生，类似的事情也就随他们去吧！只是觉得枉费平生豪侠气，却除了醉酒吟诵些风花雪月，便一事无成。反正我的一切都是属于朝廷的，既然我如此老不中用，就让我学习贺知章，请求陛下放我归隐吧。

◎ 一句钟情

"一笑出门去，千里落花风。"

潇洒！是这句诗给人的第一印象。与李白"仰天大笑出门去"的豪放、张狂不同，辛弃疾这"一笑"似是不屑，似是轻蔑，还有坦荡、侠气。出门去之后呢？过去的就过去吧！迎接我的，有长风吹起，千里落花。

辛弃疾的词，是英雄词，但豪情中也有细腻柔情，好比"心有猛虎，细嗅蔷薇"。辛弃疾作此诗时，已经38岁了，人到中年，但看到这句诗，仍带给人少年感。是什么样的心境才能写出这样一句美丽的诗句？

或许，正是源自英雄出少年那光芒万丈的自信。

一笑出门去，遗世而独立。千里落花风，清醒而坚定。且不论辛弃疾一生武能定沙场，文能开词境，光凭这份笃定的心性，也已凌驾于无数人之上。

人的一生就如海上的波浪，有时起，有时伏，得意时可快马扬鞭，失意时，也不要怀疑，坚信自己，做好自己，在内心给自己留一方天地，那里有长风飒飒，千里落花，只为悦己，无关风月。

◎ 诗歌故事

纵观中国历史，辛弃疾是一个特别的存在，有人评他是"文人里面武艺最强，武将里面写词最好"的人。

笔者初一时才读到辛弃疾的第一首词，叫《清平乐·村居》，这是一首清新明快，情趣相宜、天真烂漫的田园风词，初识辛弃疾，还真以为他只是个会写词的乡下人。

然，初三又学到一首《破阵子·为陈同甫赋壮词以寄之》，也是辛弃疾作品："醉里挑灯看剑，梦回吹角连营。八百里分麾下炙，五十弦翻塞外声。沙场秋点兵。马作的卢飞快，弓如霹雳弦惊。了却君王天下事，赢得生前身后名。可怜白发生。"

那个时候不懂研究考证，心里觉得辛弃疾这老头矫情，一个种庄稼的老头，想象力可真丰富，什么"挑灯看剑""沙场点兵"，词写得是不错，但人可能有点神道。现在看来，我真是太天真了！

辛弃疾虽然自己号"稼轩"，但他可不是什么正经庄稼人！

高宗绍兴三十一年，年仅22岁的辛弃疾就拉起一支2000人的队伍，反抗金朝的残暴统治。后来加入有10万人的起义军首领耿京麾下，任掌书记。其间辛弃疾的朋友义端和尚偷大印出奔，意图通敌，被辛弃疾快马追击斩杀。

后辛弃疾说服耿京与南宋联合，又亲自面见南宋皇帝获得委任。不幸的是，回归途中，大帅耿京就被叛徒张安国杀掉，作了给金国的投名状。辛弃疾暴怒之下，率50人尖锐骑兵奔袭金军5万人大营，生擒张安国，押赴南宋处死。

都是惊心动魄的场面啊！再回想辛词中那些刀光剑影，才知根本不是什么想象，人家那叫回忆！所以，读书时，不要放过任何一个疑点，当时不能明了的，应记下来，及时请教老师，或查资料，彻底解除疑问。不然，就可能贻笑大方了！

无障碍阅读

淳熙丁酉：即宋孝宗淳熙四年，公元1177年。
自江陵移帅隆兴：指这年冬天，辛弃疾由江陵知府兼湖北安抚使调任隆兴（今江西省南昌市）知府兼江西安抚使。
次韵：依次用原唱韵脚的字押韵作和章。
兴门户之叹：为朝中权贵各立门户、互相倾轧而叹息。兴：兴起，产生。

貂蝉贵客：这里实指当朝权贵王炎。貂蝉：即貂蝉冠，三公、亲王在侍奉天子祭祀或参加大朝时穿戴。

苑外麒麟高冢：由杜甫《曲江》"江上小堂巢翡翠，苑边高冢卧麒麟"化出。

渠侬：他们、别人。

湖海：湖海豪气。即豪放的意气。

毫发皆帝力：言自己的一丝一毫都是皇帝恩赐的。

佳句背囊

"仰天大笑出门去，我辈岂是蓬蒿人。"

出自唐代诗人李白的《南陵别儿童入京》，这句诗为我们呈现了诗人狂放的一个画面：仰天大笑走出门去，我可不是草野之人！写这句诗时，李白得皇帝召见，心境自是得意，而辛弃疾化用这句诗时，却处失意之境，但相同的是，二人都有着绝对的自信，可见英雄的共同之处，是有强大的内心。

"一点浩然气，千里快哉风。"

出自宋代文学家苏轼《水调歌头》，意思是一个人只要具备了至大至刚的浩然之气，就能超凡脱俗，刚直不阿，坦然自适，在任何境遇中，都能处之泰然，享受使人感到无穷快意的千里雄风。苏轼乃一代文豪，为人旷达。辛弃疾的"一笑出门去，千里落花风"与苏轼这句词用字如此相似，而意境上，似乎也是一种传承。辛弃疾一生忧国忧民的家国情怀，又何尝不是一种浩然正气呢！

"那知老病浑无用，欲向君王乞镜湖。"

出自宋代苏轼《次韵子由使契丹至涿州见寄四首》（其三）。镜湖是"鉴湖"的原名，相传黄帝铸镜于此而得名。"乞镜湖"是指贺知章晚年为道士，请求朝廷赐其镜湖为放生池，后被文人借指归隐。这句诗自谦地表示自己又老又多病，已经不中用了，希望陛下恩准自己告老还乡。

本文作者 ─────

上官开明，本名王敬，工商管理和汉语言文学专业出身，不时化身为业余写手的资深 HR。

一冬也是堂堂地，岂信人间胜著多

山居杂咏

(清) 黄宗羲

锋镝牢囚取次过，依然不废我弦歌。

死犹未肯输心去，贫亦岂能奈我何！

廿两棉花装破被，三根松木煮空锅。

一冬也是堂堂地，岂信人间胜著多。

◎ **诗临其境**

黄宗羲，明末清初思想家、学者。在清朝军队攻陷南京后，黄宗羲不想看着明王朝灭亡，于是变卖了自己的家产，召集更多的士兵同他一起抵抗清朝的入侵。之后黄宗羲升为左副都御史，冬季，出使日本请求借兵，渡海至长崎岛、萨斯玛岛，未成而归。于是黄宗羲返家隐居，不再入仕。

诗人作此诗以言志：

我曾刀剑加身，也曾深陷牢狱，无论如何险恶，都不能使我停止弹琴放歌。

死亡都不能让我的内心屈服，区区贫穷又能拿我如何？

二十两棉花做的被子，又薄又破；三根松木架起来空空的铁锅，无米无肉。

这般简陋又如何，寒冷的冬天里，我也照样堂堂正正地生活，我就不相信人间还能有什么更厉害的招数，可以让我低头！

◎ 一句钟情

"一冬也是堂堂地，岂信人间胜著多。"

尽管对这一句的解释历来莫衷一是，但人们都承认，这一句体现了诗人坚贞不屈、向生活向权力说"不"的精神，风雪压不垮、拳头打不倒。

现在有句话是"生活对我下了手"，而在诗人这里，无论生活对他怎么下手，有什么厉害的招数，他都敢视若蔑如，堂堂正正地挺住。

◎ 诗歌故事

中华民族是一个有气节、有信念的民族。说到民族气节、信念的"代言人"，我首先想到的便是同黄宗羲一样坚定信念不愿侍奉新朝，同样具有气节的文天祥。

文天祥是宋末政治家、文学家以及著名爱国诗人，但可惜他虽有一腔热血，满心报国情，奈何当朝统治者昏庸，奸臣当道，得不到重用。

1274年，临安告急之时，文天祥散尽家财组织义军，驰援临安，苦战不敌。当朝统治者执意投降，派他与元朝谈判，不料被元朝扣留，逃脱后他继续领兵抗元，最后兵败被俘。

当时元朝统治者搜求有才能的南宋官员，得知文天祥是有才之士后，派人传达圣旨想要招降。文天祥却说："国家亡了，我只能一死报国。"

在之后元朝统治者再一次召见文天祥时问道："你还有什么愿望？"文天祥坚定地回答："天祥深受宋朝的恩德，身为宰相，哪能侍奉二姓，愿赐我一死就满足了"。

当文天祥走上刑场时，向南面跪拜，以表对南宋的忠心。

一个人无论经历了什么，气节都不可以被放下，要始终坚定信念，保有一颗坚定不屈的心，或许这正是"一冬也是堂堂地，岂信人间胜著多"要告诉我们的道理吧。

无障碍阅读

锋镝 (dí)：箭的尖头。泛指兵器。

弦歌：出自《庄子·秋水》："孔子游于匡，宋人围之数匝，而弦歌不辍。"孔子游学到匡地时，被暴徒围困，断粮三日，但孔子和其弟子们照样读书，照样弹琴放歌。

输心：交出真心，此指内心屈服。

黄宗羲（1610—1695），字太冲，一字德冰，号南雷，别号梨洲老人、梨洲山人、古藏室史臣等，学者称"梨洲先生"；浙江余姚人，明末清初经学家、史学家、思想家、地理学家、天文历算学家、教育家。"东林七君子"之一黄尊素长子。黄宗羲与顾炎武、王夫之并称"明末清初三大思想家"，与顾炎武、方以智、王夫之、朱舜水并称为"明末清初五大家"，与陕西李颙、直隶容城孙奇逢并称"海内三大鸿儒"，亦有"中国思想启蒙之父"之誉。著述多至50余种，最为重要的有《明儒学案》《宋元学案》《明夷待访录》《孟子师说》。

佳句
背囊

"粉骨碎身浑不怕，要留清白在人间。"
出自明代诗人于谦《石灰吟》，其中"粉骨碎身浑不怕，要留清白在人间"两句，与"一冬也是堂堂地，岂信人间胜著多"所表达的情感有共通之处：诗人直抒情怀，即使粉身碎骨也毫不惧怕，只要把高尚气节留在人世间，立志要做纯洁清白的人。

本文作者

任国利，网络新闻与传播专业"00后"大学生，新媒体运营，头条号优质历史领域创作者。

一箫一剑平生意，负尽狂名十五年

漫感

（清）龚自珍

绝域从军计惘然，东南幽恨满词笺。

一箫一剑平生意，负尽狂名十五年。

◎ 诗临其境

龚自珍是清代著名诗人，写这首诗的时候，他 32 岁，第四次参加会试落榜。

当时的国家形势内忧外患日益深重，西北边疆以张格尔为首的叛乱暂时平息，但他逃亡国外酝酿着更大的阴谋；东南沿海地区，国门大开，外国侵略者走私鸦片，残害中国人民的身体、意志，国家经济受到严重侵害，国力日渐衰弱。

面对这样的国情，龚自珍忧心如焚，他想上阵杀敌却不能如愿，会试的屡次失败也让他无法做官为国出力，他满腔的爱国激情无处宣泄，便只能全部倾注于诗文当中，于是就有了这首诗。

这首诗的大意是：

从军疆场的壮志难酬令人怅惘，只能将对东南形势的忧虑情怀注满诗行。

赋诗抒怀和仗剑抗敌是我平生志愿，如今十五年过去，白白辜负了"狂士"声名。

◎ 一句钟情

"一箫一剑平生意，负尽狂名十五年。"

这句诗中的"箫"代表文才，"剑"代表武功，一箫一剑，即一文一武。前者指作者赋诗抒怀，忧心国家之意；后者是指作者仗剑驰骋，报效国家的雄心壮志。

龚自珍自幼研习诗文，才华横溢，又喜好交友，与被称为"狂士"的著名诗人王昙结为忘年交，到写这首诗的时候前后正好十五年。

作者自负"狂名"，可见他的性情里有一份恃才傲物的不羁，"一箫"和"一剑"分别代表了诗人幽怨和狂放的一面，形成对比，强烈地反映出作者壮志难酬的愤懑和想要报效国家的迫切心情。

◎ 诗歌故事

龚自珍幼年时居住在西子湖畔的祖宅里，父亲不在跟前，由母亲教导启蒙，8 岁就开始研习诗文，15 岁编诗成册，18 岁参加乡试。他闲时常吹箫舞剑结交好友，生活自由惬意，未曾感受过国家离乱和父辈们的沉重期望，所以他的性情中也多了一份年少不知愁的轻狂。

当他长大之后随父亲进京，见识了帝都皇城的恢宏气派和百官的泱泱气度，觉得那才是好男儿读书报国的模样，于是慢慢褪去稚气，心生宏愿，决心入仕。

只是当时的清朝政府闭关锁国，官场颓废腐败，官员们都只想着自保，没人为国家、为百姓着想。

龚自珍试图打破陈规，冲出禁锢，扬改革之风，振兴大清。他在《明良论》中第一次大张旗鼓地表达了自己的政治见解，涉及了为官之道、入仕之规、治国之策以及改良之路。为官多年的祖父看到之后惊喜异常，不仅给予他肯定和鼓励，还亲自批点。

但是，龚自珍的见识和主张在当时并不被人接受，反而因为揭露朝政弊端、触动统治阶级的利益而遭到权贵的排挤和打压。他五次参加会试全部名落孙山，在第六次的时候终于考中进士，他在殿试对策中效仿王安石提出很多有用的改革主张，震动了阅卷的考官，但主持殿试的大学士却给他判了一个"楷法不中程"，将他拒于翰林门外，意思是嫌他字写得丑。为此，龚自珍还让自己的妻女练习书法，以此来抗议朝廷取仕的不良之风。

龚自珍忧心国家形势，却始终在官场上仕途不顺，他把这种壮志未酬的郁闷全部写进了诗文里，至今流传文章 300 多篇，诗词近 800 首，今人辑为《龚自珍全集》。

无障碍阅读

绝域：极遥远的地方或与外界隔绝的地方，此指我国边疆。

惘然：失意的样子，此指从军的愿望未能实现。

词笺：写诗词的纸，也可以当作是"诗词"来看。

作家介绍

龚自珍（1792—1841），字璱人，号定盦（一作定庵），浙江临安（今杭州）人。晚年居住昆山羽琌山馆，又号羽琌山民。清代思想家、诗人、文学家和改良主义的先驱者。主张革除弊政，抵制外国侵略，曾全力支持林则徐禁除鸦片。48 岁辞官南归，途中写成著名的《己亥杂诗》，共 315 首。被柳亚子誉为"三百年来第一流"。著有《定盦文集》。

佳句背囊

"平生塞北江南，归来华发苍颜。布被秋宵梦觉，眼前万里江山。"

这两句诗出自辛弃疾的《清平乐·独宿博山王氏庵》，作者游览博山时借宿在别人家里，长夜无眠，回想过往所作。辛弃疾一生志在恢复大业，到头来还是壮志未酬、一事无成，只是徒增了华发，独居破屋之中。

但也正是这样的画面反衬出了作者对祖国大好山河的热爱，即使半生坎坷磨难，依然心怀家国、不坠壮志，梦醒之后眼前浮现的依旧是祖国的万里河山。

"桃李春风一杯酒，江湖夜雨十年灯。"

出自北宋文学家黄庭坚《寄黄几复》一诗。黄几复是作者的好朋友，年少时曾一起"仗剑走天涯"。作者在雨夜中写下此诗，表达对友人的思念。这两句的意思是：想起过去，桃李下，春风中，我们曾一起共饮美酒，畅游江湖；一转眼已是十年，如今我听着夜雨，对着孤灯，思念着你。

本文作者

绾卿，爱读书，爱分享，人情冷暖付于笔端，世间繁华藏进书中。

拼将十万头颅血，须把乾坤力挽回

黄海舟中日人索句并见日俄战争地图

（近代）秋瑾

万里乘风去复来，只身东海挟春雷。

忍看图画移颜色，肯使江山付劫灰。

浊酒不销忧国泪，救时应仗出群才。

拼将十万头颅血，须把乾坤力挽回。

◎ 诗临其境

秋瑾，是中国近现代历史上最为著名的女性之一，她是一个无畏的革命家，勇敢的民主战士，也是一个才华横溢的女诗人。

1904 年，沙皇俄国为了和日本争夺对中国辽东半岛的殖民权，悍然在今中国东北境内发动了帝国主义争霸战争。这场名为日俄战争的资本主义列强之间的战争，表面上看似与中国毫无关联，但其实质却是为了争夺原本属于中国的领土，确定辽东半岛的归属权！辽东半岛自古以来就是中国神圣不可侵犯的主权领土。而今却任由日俄两国肆意争夺。这使得关心时事与救亡图存的仁人志士愤慨不已！

秋瑾女士在看到日俄战争形势图时，满怀悲愤地感叹道：

千里万里远途，我像乘风一样去了又回，在独自一人的往返中相伴滚滚春雷。

不忍心眼睁睁地看着祖国的领土，划入别国的地图。怎么能让这一片大好山河，遭受敌人侵略的炮火？

一杯浊酒，只能消得了我心中无限的忧愁，看着满目疮痍的河山，不由自主地洒下愤怒的热泪。救亡图存人人有责，已是刻不容缓。

就算十万将士抛头颅洒热血，也一定要破除旧乾坤，再造新天地。

◎ 一句钟情

"拼将十万头颅血，须把乾坤力挽回。"

读这句诗，笔者常常不由自主地联想到两宋之交著名女作家李清照的名句："至今思项羽，不肯过江东。"如果不是知道李清照和秋瑾是女性，真以为这两句诗，应该出自大丈夫之口。可事实证明：在拯救民族危亡，挽救国家的道路上，女性同样可以像男子一般报效国家。

顾炎武说："天下兴亡，匹夫有责。"爱国从来都不是一个空泛高大的"虚词"，而是每一个有国之人必备的优秀品质。

"拼将十万头颅血，须把乾坤力挽回。"秋瑾女士是这样说的，更是这样做的。光绪三十三年（1907），秋瑾在浙江绍兴起义，失败后不幸被捕，在绍兴轩亭口英勇就义，她以自己的热血履行了自己的誓言。

◎ 诗歌故事

清末民初，是中国历史上一个重大转折关头，无数仁人志士前赴后继、杀身成仁，留下了许多可歌可泣的故事。

1898 年，光绪皇帝决定变法，谭嗣同成了主要助手。不料慈禧太后发动了政变，囚禁了皇帝，下令逮捕维新人士。康有为等人逃走了。谭嗣同没有跑，他说："各国的变法，没有不流血而能成功的。现在中国还没有人为变法而流血，这是国家不能强盛的原因。如果要有人流血，就从我开始吧！"

谭嗣同被捕以后，毫无惧色，在监狱中写下诗句："我自横刀向天笑，去留肝胆两昆仑。"他被押到刑场受刑前，大声喊着："有心杀贼，无力回天。死得其所，快哉快哉！"

这位笑迎死亡的义士，心里装着祖国。他自动走向死亡，因为他知道自己的死，有多大价值。

我们中华民族之所以至今仍然屹立于世界民族之林，正是因为有谭嗣同、秋瑾这样的仁人志士为我们抛头颅，洒热血。纪念英雄，缅怀先烈。他们的精神是鼓舞我们永续前行的动力。

无障碍阅读

乘风：即乘风而行的意思。此用列子乘风的典故，兼用宗悫"愿乘长风破万里浪"的典故（见《宋史·宗悫传》）。

去复来：往返来去。指往返于祖国与日本之间。

只身东海：指独自乘船渡海。

挟春雷：形容胸怀革命理想，为使祖国获得新生而奔走。春雷，春天的雷声可使万物苏醒，故此处有唤醒民众之意。

佳句背囊

"一年三百六十日，多是横戈马上行。"出自明代著名军事家戚继光的《马上作》。一年三百六十日，我都是带着兵器骑着战马在疆场上度过的。在爱国情怀的表现上，与"拼将十万头颅血，须把乾坤力挽回"一样极富感染力。

本文作者

旧人旧事历史说，文史爱好者，连载有长篇历史架空小说《千秋帝业》。

赠言篇

一口气读懂诗词名句

天下谁人不识君

将进酒·黄 主编

SPM 南方传媒 | 岭南美术出版社

中国·广州

图书在版编目（CIP）数据

天下谁人不识君 / 将进酒·黄主编. —广州：岭南美术
出版社，2023.8
（一口气读懂诗词名句）
ISBN 978-7-5362-7750-2

Ⅰ.①天… Ⅱ.①将… Ⅲ.①古典诗歌—诗歌欣赏—
中国—通俗读物 Ⅳ.①I207.2-49

中国国家版本馆CIP数据核字(2023)第120009号

责任编辑：黄小良　黄海龙
责任技编：许伟群
封面设计：极宇林

一口气读懂诗词名句
YIKOUQI DUDONG SHICI MINGJU

天下谁人不识君
TIANXIA SHUI REN BUSHI JUN

出版、总发行：岭南美术出版社（网址：www.lnysw.net）
（广州市天河区海安路19号14楼 邮编：510627）

| 经　　销：全国新华书店 |
| 印　　刷：湛江市新民印刷有限公司 |
| 版　　次：2023年8月第1版 |
| 印　　次：2023年8月第1次印刷 |
| 开　　本：880 mm×1230 mm　1/32 |
| 印　　张：5 |
| 字　　数：99千字 |
| 印　　数：1—10000册 |

ISBN 978-7-5362-7750-2

定　　价：29.80元

临别赠君一句诗，万千言语在其中

学诗要融入生活，在琐碎的人间岁月里随手拈来。

本册的主题是"寄赠"，所选都是适合题词赠语的诗句。

赠亲人、赠友人、赠师长、赠爱人；怀人寄远，惜别盼归，表达仰慕、赞誉、祝福、慰藉……没有什么事情是一句诗表达不了的，如果有，那就两句诗好了。

月光皎洁动人，爸妈一定又在想我了吧：想得家中夜深坐，还应说着远行人。

归家时却不忍与父母诉说在外漂泊的苦楚：低徊愧人子，不敢叹风尘。

教师节，赠给老师一张贺卡：因君树桃李，此地忽芳菲。

友人离别去往远方：莫愁前路无知己，天下谁人不识君！

昔日伙伴而今天各一方：共看明月应垂泪，一夜乡心五处同。

好朋友，我想你了：秋风吹渭水，落叶满长安。一个"想"字都没有，却饱含着思念。

那就写封短信吧：其中字数无多少，只是相思秋复春。

思恋无限，不知你何日归来：柳条折尽花飞尽，借问行人归不归？

我却惆怅不知何时可以出发：君问归期未有期。

一个人出门在外，要好好照顾自己：风花有句凭谁赏，寒暖无人要自知。

自从你离开之后：从此无心爱良夜，任他明月下西楼。

人生路上聚散离合，有些人走着走着便散了：渐行渐远渐无书，水阔鱼沉何处问。

送你的时候我哭了：平生不下泪，于此泣无穷。春风知别苦，不遣柳条青。

春天采下一朵花，赠给谁：采之欲遗谁？所思在远道。

拍一张故乡的风景，慰你的思念：江南无所有，聊赠一枝春。

成长的烦恼啊：欲将心事付瑶琴。知音少，弦断有谁听？

些许事情，过去很久以后才觉得遗憾：当时只道是寻常……

临别赠君一句诗，千言万语，深情厚谊，于字里行间，你细细品味。限于"情怀"，本册所选诗句偏"婉约"，激情豪放的则编在另一册"励志篇"里，可以"味道"调和地读。

来吧，开启你的题词赠语之旅吧！

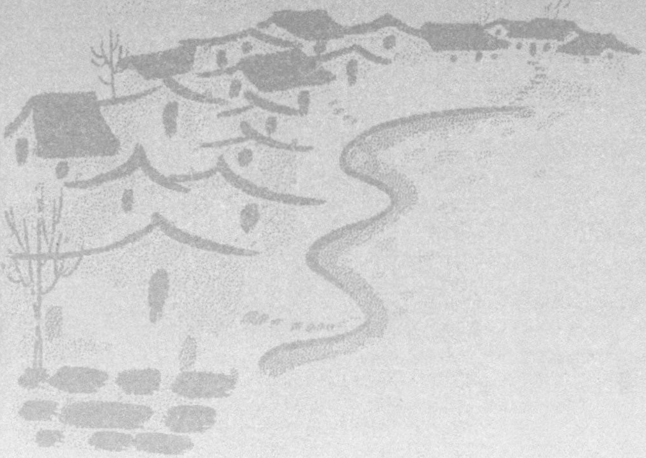

第二辑　难得知己

第三辑 相思意浓

血脉亲情

人生在世，让人牵肠挂肚的总是亲情，慈母手中线、别时妻子语、兄弟杯中酒，那些挂念我们的人，也是我们心中最不舍的牵挂。南奔北漂，茫茫人海，几许别离、几许挂念、几许回忆，化作眼中泪、杯中酒、话中诗。

低徊愧人子，不敢叹风尘

岁暮到家

（清）蒋士铨

爱子心无尽，归家喜及辰。

寒衣针线密，家信墨痕新。

见面怜清瘦，呼儿问苦辛。

低徊愧人子，不敢叹风尘。

◎ **诗临其境**

清乾隆十年（1745），四处漂泊的诗人蒋士铨终于在除夕之前赶到家中和母亲团圆。

因为不想让母亲担心，所以蒋士铨没有将自己受的苦告诉母亲。

他将自己的所思所想写在诗中：

作为母亲，对于自己孩子的疼爱像大海一样无穷无尽。

对于母亲来说，最高兴的事情就是看到孩子平安归来。

母爱是寒衣上密密麻麻的针脚，母爱不会随着时光的流逝变淡，只会变得更加深刻，现在看母亲曾经带我写的字，字上面的墨痕还如同新的一样。

我外出游历，母亲最担心，见我回来，感觉我瘦了，眼里含着泪花，问我途中吃得好不好，穿得暖不暖，路途难不难。

作为儿子没有报答您，承欢膝下，还让您担忧，这让我十分愧疚，又怎么忍心告诉您，孩子在外经历的苦难和漂泊的惆怅，让母亲更加伤心呢？

◎ 一句钟情

"低徊愧人子，不敢叹风尘。"

十个字，既无奈，又内敛，更是愧疚于心。

历经沧桑，漂泊在外，所有的苦都想对最亲近的母亲说，可是说了会让母亲更加担忧，在外的酸楚只能自己承受，那是母亲，是他亲爱的、在乎的母亲，宁愿自己受苦也不想再看见母亲眼里有泪花。

母亲一生勤劳付出，成家的自己本应该尽心赡养母亲，让她能颐养天年，可现在还是让她承受牵挂和担心，惭愧之情溢于言表，又如何能够报答如春天和阳光般温暖的母爱呢？这份心意要如何偿还啊。

子女的孝心如水滴，母爱的付出是大海，如何都不能相抵了。

孔子曾说过："天地之性，人为贵，人之行，莫大于孝。"

自己不孝，取得再大的成就又有什么用呢？

◎ 诗歌故事

　　蒋士铨从小努力读书，渴望通过读书改变命运，做官造福百姓。等他实现梦想之后，真的做到了自己承诺的。

　　一天，蒋士铨去郊外散心，当他走到一座水碓旁时，看到一些百姓很着急，就走过去想着帮忙。一打听才知道，原来是县官老爷给这些乡亲出了一个上联，让他们对下联，对出来有奖励，对不出来就要每人罚一担谷。

　　这些乡亲都是春米的，一担谷罚出去，一家人都要饿肚子了。乡亲们看到蒋士铨是个书生模样，就向他寻求帮助，蒋士铨当然会伸出援手，就想着怎么帮助他们，从乡亲口中得知县官出的上联是：水打轮，轮打碓，春谷春米春稻糠。

　　蒋士铨问乡亲，县官是坐轿子来的还是骑马来的，乡亲回答是坐轿子来的。很快蒋士铨就想出下联，然后告诉乡亲们：人抬轿，轿抬人，扛猪扛狗扛死人。

　　说完答案，蒋士铨就走了。

　　蒋士铨离开之后没多久，县官就回来了，以为这些百姓对不上来，直接就要收他们的谷子，没想到这些百姓念出了答案。县官一听他们在骂他，十分生气，指着百姓说道："你们这些刁民！"县官愤怒地离开了，乡亲们十分开心，还对着县官的轿子喊下联。

蒋士铨对母亲孝顺，对朝廷忠心，对百姓仁爱，即使做官也没有忘记自己做官的初心，是一个令人尊敬的人！

无障碍阅读

及辰：及时，此处的意思是在过年之前到家。
低徊：迟疑徘徊，反躬自问。
风尘：此处指在外的旅途劳顿。

作家介绍

蒋士铨（1725—1785），字心馀、苕生、藁生，号藏园、清容居士，晚年号定甫。江西铅山人，清代著名的戏曲家、文学家。和汪轫、杨垕、赵由仪并称为"江西四才子"，在诗歌方面，和袁枚、赵翼共称为"江右三大家"。著有《忠雅堂诗集》和戏曲《红雪楼九种曲》等。

佳句背囊

"惨惨柴门风雪夜，此时有子不如无。"
这句诗出自清朝诗人黄景仁的《别老母》，这两句中，"此时有子不如无"和"低徊愧人子"相呼应，都体现出身为子女不能孝顺母亲，还让母亲担心，内心十分愧疚。

本文作者 ——

赵悦辉，一名来自长春的"95后"作者。

雨中黄叶树，灯下白头人

喜外弟卢纶见宿

（唐）司空曙

静夜四无邻，荒居旧业贫。

雨中黄叶树，灯下白头人。

以我独沉久，愧君相见频。

平生自有分，况是蔡家亲。

◎ 诗临其境

司空曙生活在唐代宗时期，他在长安为官时，常与卢纶、李端、钱起等一起吟诗作赋。但司空曙为人"性耿介"，在仕途上并不顺利，多次被贬谪。到了晚年，甚至到了家境清贫、境遇凄苦的地步。

卢纶是司空曙的表弟，与司空曙同为"大历十才子"。卢纶来看望司空曙时，司空曙因有亲人来访既高兴感激，又因自己过得不如人意，感到心酸惭愧。

于是写下了这首《喜外弟卢纶见宿》：

夜里寂静无声，周围都没有邻居；我居住在这荒野之中，是因为家境清贫。

雨中，大树枯黄的树叶纷纷飘零；就如同这灯下白发老人的命运一般，同是萧瑟凄苦。

这长久的落寞孤寂、沉沦不遇的处境，使我十分惭愧，辜负了你频繁的慰问和看望。

因诗歌文学而结缘，我们原本就有着深厚的情意；更何况，你我是表兄弟，又多了一份亲情。

◎ 一句钟情

"雨中黄叶树，灯下白头人。"

"黄叶树"犹如"白头人"，暮年老矣，却是自然常态，萧瑟但不凄苦。

"雨中黄叶树"比喻"灯下白头人"，带入了情境，雨中黄叶飘零，灯下老人自怜，多了一份恓惶。

恰到好处的比喻，使"悲"的情绪跃然纸上。

"雨中黄叶树"简单的五个字，却将人带进了大雨纷飞、黄叶飘零的场景里。当你感受到萧瑟的氛围时，作者又说"灯下白头人"，此时的"灯"不免让人觉得是昏黄的，"人"也不免是凄苦的。

这就不仅是景象的悲凉，也是气氛的悲凉了。

喜欢这句诗，也因为它哀而不怨、悲而不伤。自然之景、人生常态，虽不免让人悲凉恓惶，作者写下这句诗时，却也是一种对生命的了然。

◎ 诗歌故事

古往今来，或许每个人的生命里，都少不了悲凉的时刻。境遇不可强求，但心境全凭自己选择，悲而不伤、哀而不怨，却是我们自己营造的另一种境地。

有这样一个故事：唐代一位僧人辛辛苦苦地捕鱼，却连续好几天一无所获。正当他忍不住沮丧抱怨时，抬头却看到了浩渺天空、皎皎明月。僧人被眼前的景致打动，随口作了一首诗："千尺丝纶直下垂，一波才动万波随。夜静水寒鱼不食，满船空载月明归。"

僧人在失望时，看到了明月的宁静。而司空曙在感慨人生境遇时，也珍惜和喜悦与卢纶的情意。境遇不顺时，他们却能看到另一番美好的景致，而呈现给我们的悲凉，却又成了另一种旷达。生活中有许多悲凉，却不必悲伤。

这首《喜外弟卢纶见宿》悲中有喜、喜中有情，诗人所表达的情感也就有了层次，所抒发的情怀也就更深刻了。

"雨中黄叶树，灯下白头人。"看似平平无奇的语句，却像一块丢进池塘的小石子，早在读者心里荡起了一圈圈的涟漪，久久不能平息。

见宿：留下住宿。

分：情谊。

蔡家亲：晋羊祜为蔡邕外孙，这里借指两家是表亲。

作家介绍

司空曙，生卒年不详，字文初，一作文明，广平府（今河北永年）人，唐朝诗人，约唐代宗大历初在世。司空曙是"大历十才子"之一。他的诗多幽凄情调，多描写安史之乱后的感伤。

佳句背囊

"窗里人将老，门前树已秋。"

出自唐代诗人韦应物《淮上遇洛阳李主簿》，窗里的人渐渐老去，就像门前的树木正衰落逢秋。人与树相互映衬，比喻恰到好处，不仅描绘了凄凉的景致，也抒发了怅然的情怀。这句诗与"雨中黄叶树，灯下白头人"有异曲同工之妙。诗句不仅描绘了具有带入感的眼前之景，还将诗人的情绪融汇其中，诗人难以表达的情怀也形象地跃然纸上。

本文作者

田童：爱听动听的故事，更爱把生活里的酸甜苦辣、平安喜乐讲给你听。

空床卧听南窗雨，谁复挑灯夜补衣

鹧鸪天

（北宋）贺铸

重过阊门万事非。同来何事不同归。

梧桐半死清霜后，头白鸳鸯失伴飞。

原上草，露初晞。旧栖新垅两依依。

空床卧听南窗雨，谁复挑灯夜补衣。

◎ 诗临其境

贺铸一生名气很大，官职却很小，沉于下僚而奔波于各地，郁郁不得志。其妻赵氏，为宋宗室济国公赵克彰之女，勤劳贤惠。贺铸曾有《问内》诗，描写赵氏冒着酷暑，为他缝补冬衣的情景。

创作此词时，贺铸年近五十，闲居苏州已是三年，其间，妻子与他甘苦与共。

宋徽宗建中靖国元年（1101），赵氏已经亡故，作者从北方回到江南苏州，重游故地，物是人非。此时的诗人已知天命，谈事业——官位不入流，论家庭——与妻子阴阳两隔，唏嘘满怀，难免睹物思人，作词悼念亡妻：

我又来到苏州，但深感万事皆非。曾与我同来的你（妻子）为什么不与我一同回呢？我如同被霜打后的梧桐，半死半生；又像白头的鸳鸯失伴单飞。

原野草上的露珠刚刚被晒干，我驻足于昔日同住的屋子，垄上的新坟也令人徘徊。我躺在空落落的床上，听着南窗外的风雨，愁绪纷飞。往后还有谁再为我在深夜里挑灯补衣呢？

◎ 一句钟情

"空床卧听南窗雨，谁复挑灯夜补衣。"

这句词，平常之景、平常之事，却又于平常中饱含深情。

作者借助空床、南窗、雨、灯、衣，几个简单的景物，以及用卧、听、挑、补四个动作，便将抽象的失落感转化为具体的画面，给读者塑造出一个失去妻子、事业无成的中年男子的落寞形象。

◎ 诗歌故事

"空床卧听南窗雨，谁复挑灯夜补衣"这句词让我明白，对因爱而结合的两个人而言，"执子之手，与子偕老"看似平淡，却弥足珍贵。既是相爱，自然是希望能相伴相守到老，但事与愿违，天不遂人愿，当相爱相守已经成为一种习惯，一个人先离开，剩下来的那个，因为思念，会生不如死。

因为曾经的点滴，不论是抽象的幸福感受，还是具体的一屋一床，一桌一椅……任一旧物均能将思绪拉回昨天。

然而，纵然万般不舍，生老病死是人之常事，终究有一个人要先走。

电视剧《安家》中，江奶奶和宋爷爷是一对极其恩爱的夫妻。为了让身患绝症的宋爷爷出国治病，江奶奶不惜贱卖房子，不料亲人横加阻挠卖房不顺，结果在卖房期间宋爷爷病情加剧，房子还没卖掉，就离开了人世。江奶奶料理完后事，随后几天的一个夜里也与世长辞。她认为只要对方有一口气，她就有个伴，她的生活才有意义。无疑是爱人的离开，带走了江奶奶继续活下去的希望。

两情若是久长时，又岂在朝朝暮暮。

因相爱而结合的两个灵魂，确实应该坚守"执子之手，与子偕老"的承诺，并把它当成美好的愿望去实现。

然而，世事难料，如若有一个先离开，留下的那个可以睹物思人，追忆往昔，偶尔感慨"空床卧听南窗雨，谁复挑灯夜补衣"，但却不宜沉溺于昨天。

"天上有月月月缺，人间有情情情残"，对人生不得已的遗憾，要学会接受、释然。更何况，拥有之时珍惜，已然不算遗憾了。

鹧鸪天：词牌名。

阊门：苏州城西门，代指苏州。

梧桐半死：汉代辞赋家枚乘《七发》中有："龙门之桐……其根半死半生。"这里用以形容丧偶之痛。

晞：干。

作家介绍

贺铸（1052—1125），字方回，人称"贺梅子"，自号"庆湖遗老"。出生于卫州（今河南卫辉）。北宋词人，宋太祖贺皇后族孙。相貌奇丑，有才气，词作风格多样，兼有豪放、婉约二派之长，能够锤炼语言，并善于融化前人成句。代表作有《青玉案·凌波不过横塘路》《鹧鸪天·重过阊门万事非》等。

佳句背囊

"游尘掩虚座，孤帐覆空床。"

出自南朝梁文学家沈约《悼亡诗》，其中"游尘掩虚座，孤帐覆空床"这两句相互衬托出一个空荡的意境，与"空床卧听南窗雨，谁复挑灯夜补衣"有相似之处，均表达曾经的爱妻不再，屋内尽空，空座、空床等凸显凄凉。

本文作者

我是伍月，喜欢通过文字，去读、去写、去发现这个很大的世界。

生当复来归，死当长相思

留别妻

（西汉）苏武

结发为夫妻，恩爱两不疑。

欢娱在今夕，嫌婉及良时。

征夫怀远路，起视夜何其？

参辰皆已没，去去从此辞。

行役在战场，相见未有期。

握手一长叹，泪为生别滋。

努力爱春华，莫忘欢乐时。

生当复来归，死当长相思。

◎ 诗临其境

苏武，字子卿，杜陵人，西汉时期大臣。汉武帝天汉元年
（前100），40岁的苏武为了国家社稷，不得不舍小家为大家，
奉命出使匈奴。

想着新婚不久的妻子，好不容易才得到的幸福，就要匆匆

放下启程远方。在那个汉匈交战且交通不畅的年代，再相见就不知道是何时，所以他就写下了这首五言诗：

你与我结发成夫妻，恩恩爱爱、不相猜疑。

短暂的欢乐只在今夜，两情欢合只得趁着这美好时光。

即将出征的丈夫心里总惦记着出行的事，夜里无数次起来看看是什么时候了。

天上的星星都已经没了，离别时刻也差不多到了。

上了战场，再相见就不知道是什么时候了。

握握手一声长叹，为了离别不知流下多少泪。

努力珍惜生命，不要忘记曾经的幸福。

如果有幸活着我定当回来，如果不幸死了，也会把你铭刻于心。

◎ 一句钟情

"生当复来归，死当长相思。"

这是丈夫对妻子最后的誓言，虽然没有"山无陵，天地合，乃敢与君绝"的轰轰烈烈，但苏武诗歌中对爱情的矢志不渝却丝毫不减。

或许正是这份执着才让他在匈奴的19年时间里，不论遇到什么样的问题，多么艰难的环境，都顽强地挺了过来。

　　汉武帝时期汉朝与匈奴之间关系紧张，双方曾多次派使节进行谈判，并扣留对方使节相要挟，从而就形成了元鼎至太初十余年间打打谈谈的局面。在这样的背景之下，天汉元年，40岁的苏武奉命出使匈奴。

　　即便心中对妻子有太多的不舍，可君命难违，没有国家的安定，又何来小家的幸福？

　　刚到匈奴不久，苏武就因为匈奴缑王谋划劫持单于母亲阏氏，归顺汉朝而受到牵连。匈奴为逼迫苏武投降，将其幽禁。可苏武即便饥饿到吃雪和毡毛充饥也决不投降。为了让苏武屈服，单于把他弄到极为偏远的北海，让他放牧公羊，说等到小羊诞生的时候，他便可以回到汉朝。

　　到了北海，单于把苏武的部下及其随从分别安置在不同的地方，还断绝了他的粮食供应，唯一与苏武做伴的，就是那根代表汉朝的使节和一群公羊。为了生存，他只能掘取野鼠们储备的粮食，即便如此，他也未曾有过投降的念头，依然想尽办法活下去。

　　大概五六年后，单于的弟弟於軒王到北海打猎，遇到了苏武，苏武因为善于修理弓和弩，而得到了於軒王的器重。匈奴给他供吃供喝，只可惜，这样的日子只维持了三年，於軒王就得病去世，苏武又一次陷入了穷困当中。

　　就这样苏武在北海整整牧羊19年，19年后当初下令囚禁他的单于已经去世，汉武帝也死了，汉武帝的儿子汉昭帝继位。公元前85年，匈奴起了内讧，实力大减，便派遣使者前来与汉求和。汉昭帝便派使者来到匈奴，要求放苏武、常惠等人回汉。匈奴单于却骗说苏武已经死了。

之后，汉朝再一次派了使者前往匈奴，这次常惠买通了看守他的人，秘密见了汉使，他告诉他们苏武并没有死，并让他们见到单于时说："汉昭帝在上林苑打猎时，射到了一只鸿雁，鸿雁的腿上系着一块帛书，上面说苏武还活着。"

汉使大喜，见单于时，便按照常惠的话质问单于，单于一副惊讶的表情，连连向汉使道歉表示："苏武等人的确还活着。"

终于，昭帝始元六年（前81），苏武回到了牵挂已久的长安，这一走就是19年，但他从未忘记临行前对妻子"生当复来归，死当长相思"的承诺。只可惜，自己回来得太晚，妻子从别人嘴里得到消息，以为他早就死了，所以已经改嫁。

结局虽然有些不够完美，但这就是生活，不如意之事，十有八九，即便未来充满各种未知，我们依然要热爱生活。就像苏武一样，因为心中有爱，有希望，就能在苦难中坚持下来，从不绝望。

无障碍阅读

结发：指男女成年时。古代男子20岁束发加冠，

作家介绍

苏武（前 140—前 60），字子卿，杜陵（今陕西西安）人，西汉时期杰出的外交家。汉武帝天汉元年奉命出使匈奴，被扣留。遭受威胁利诱，坚贞不屈，被迁到北海（今贝加尔湖地区）牧羊。苏武历尽艰辛，羁留匈奴十九年，持节不屈。直到汉昭帝始元六年，才获释回汉。汉宣帝将苏武列为麒麟阁十一功臣之一，褒赞他爱国忠贞的节操。

佳句背囊

"深知身在情长在，怅望江头江水声。"
出自唐朝诗人李商隐的《暮秋独游曲江》，无论时间过了多久，只要还活着，对你的感情便从未变过，多少惆怅，都付与那奔流不断的江水，让它随涛声而去。和苏武《留别妻》中的"生当复来归，死当长相思"一句，都写出诗人的惆怅之情，这或许就是古人最直白的情话。

本文作者 ————

贝诚南，一位"80后"自媒体人。

香雾云鬟湿，清辉玉臂寒

月夜

（唐）杜甫

今夜鄜州月，闺中只独看。

遥怜小儿女，未解忆长安。

香雾云鬟湿，清辉玉臂寒。

何时倚虚幌，双照泪痕干。

◎ 诗临其境

天宝十五载（756）八月，杜甫只身一人困于长安。这一夜圆月当空，光洁如水，杜甫想念家中的妻子，写下千古名篇。

杜甫困在长安，仰见明月，月是同一个月，人却分两地。可能妻子此刻也在月下看月吧。孩子小，不懂思念父亲，暗示出妻子此时的孤寂。儿女未解，正是写妻子知解，夫妻之间的深情跃然纸上。

月光之下，妻子的头发被露水打湿，玉臂变凉，可见她站立已久。她的头发在月色中像泛起烟雾，手臂反衬月光也发出淡淡清辉。

作者对家人的思念已经极致，所以急切发问，何时能见到妻子，在月光下擦去她眼角的泪痕？

◎ 一句钟情

"香雾云鬟湿，清辉玉臂寒。"

一句写得唯美动人。杜甫漫步在月光下，思念在家乡照顾孩子的妻子，想象她在月光下伫立，痴痴地看着秋月伤怀。她的鬟发如云雾般蓬松，由于长久地伫立，露水都打湿了她的衣裙和头发，清冷的月光下，妻子的手臂如玉石般光洁，她似乎禁受不住秋风的寒凉，但在月光下不愿意离开。

杜甫很少在诗中写妻子的容貌，但是这一句却写得细腻动人，妻子的美丽和善良也尽在其中。

◎ 诗歌故事

诗圣杜甫在古代算是晚婚。据考证，他在 30 岁才结婚，娶的是弘农杨氏之女，她父亲是当朝司农寺少卿杨怡。弘农杨氏是世家大族，在唐朝也是声名显赫，杜甫的妻子杨夫人出身书香门第，接受过良好的教育。

杨夫人任劳任怨，在杜甫漂泊的日子里，都是她在照顾孩子，承担起家中的一切，杜甫曾经写诗感念说"世乱怜渠小，家贫仰母慈"，是她的坚强维系着贫苦的家庭。她一生尽全力供养这一家人。

在《江村》中有一句"老妻画纸为棋局，稚子敲针作钓钩"，这是多么美的一幅"合家欢"！杨夫人陪伴着杜甫在花间下棋，孩子拿出母亲的针线做鱼钩钓鱼。春日阳光温暖，微风和畅，燕子已经开始筑巢，水中的鸥鸟依依相守，这或许是杨夫人对家庭美满最大的渴求吧。

杨夫人有时候比杜甫还坚强，在杜甫从秦州出发去四川成都时，杜甫就曾发出感叹："叹息谓妻子，我何随汝曹。"他对妻子有愧疚也有伤感，似乎不是他在养活妻子，反而是妻子在照顾他，带领他渡过生活的艰难。

杜甫和妻子的感情非常好，据记载"杜甫每朋友至，引见妻子"。每有朋友到访，杜甫必然引妻子与朋友相见，其中有尊重，更有感激和骄傲吧。

杨夫人不仅跟他共度生活的艰难，其实也有着相同的志趣，杨夫人对杜甫给予了最大的理解和包容。

据元稹为杜甫所写的墓志铭记载，杨夫人活了 49 岁，杜甫病故于湘江的小船上后，杨夫人将丈夫的灵柩置厝在岳州，然后带着儿女们回到洛阳偃师陆浑山庄，不久便去世了。

就是这样一个女人，历史上没留下多少记载，却在杜甫诗中熠熠生辉，她给杜甫带来温暖，承担着生活带来的磨难，却并无怨言，一直都在为丈夫默默付出，想来杜甫在九泉之下，也应该感激这位伟大的女性吧。

鄜（fū）州：今陕西富县，安史之乱爆发后，杜甫曾将家搬至鄜州城北的羌村。

云鬟：泛指乌黑秀美的头发。

虚幌：指透光的窗帘或帷幔。

作家介绍

杜甫（712—770），字子美，原籍湖北襄阳，生于河南巩县。自号少陵野老，是唐代伟大的现实主义诗人，与诗仙李白合称"李杜"。杜甫在中国古典诗歌中的影响非常深远，被后人称为"诗圣"，他的诗被称为"诗史"。后世称其杜拾遗、杜工部，也称他杜少陵、杜草堂。

佳句背囊

"枕边暮雨离魂结，镜里秋霜客路生。"

出自明朝诗人徐熥的《驿亭夜坐书怀寄内》。上句写妻子因思念自己而愁肠百结，在黄昏暮雨之时，更让人爱怜不已。下句写自己漂泊在外，每次照镜子，都看到头发花白，写出宦途漂泊的孤独寂寥。这一句与思念妻子的杜甫，如出一辙，对看更有感触。

本文作者

六不和尚，自称"王和尚"，河南郑州人，"85后"诗词爱好者，学诗15年，最喜杜甫诗。自称：看多世态须沉醉，吟入天真或解愁。拥有个人公众号"六不和尚"。

当时只道是寻常

浣溪沙

（清）纳兰性德

谁念西风独自凉，萧萧黄叶闭疏窗，沉思往事立残阳。
被酒莫惊春睡重，赌书消得泼茶香，当时只道是寻常。

◎ 诗临其境

纳兰性德的妻子卢氏，多才多艺，可惜的是结婚三年后，便因难产而亡故。这首词就是纳兰性德为悼念亡妻卢氏所作，词中不仅道出了今日的酸苦，还有那些寻常的往事不能再现，亡妻不可复生，心灵之创痛也永无平复之日的复杂情感。其中，有怀恋，有追悔，有悲哀，有惆怅，蕴藏了复杂的感情。

是谁独自在西风中感慨悲凉，不忍见萧萧黄叶而闭上轩窗。独立屋中任夕阳斜照，沉浸在往事回忆中。酒后小睡，春日好景正长，闺中赌赛，衣襟满带茶香。曾经美好快乐的记忆，当时只觉得最寻常不过，而今却物是人非。

◎ 一句钟情

"被酒莫惊春睡重，赌书消得泼茶香，当时只道是寻常。"

这一句，读来总感觉到淡淡的忧伤。

从前我们以为的最普通、最平凡的日子，在后来的回忆中，却是最弥足珍贵的，只可惜当时没有好好把握住！

我们的人生没有彩排，世事也永远不可能推倒重来。过往的青春与美好不再，比起日后去后悔、惋惜，不如从现在开始，就好好珍惜当下的每一分、每一秒。即使不能做到尽善尽美，也要让自己不后悔，至少此后，我们不是在悔恨中度过。

一生所幸，不过知足常乐而已！

◎ 诗歌故事

纳兰性德原本有一个青梅竹马的恋人——表妹雪梅，却被父亲拆散，两人从此天涯相隔。

他在还未走出第一段情殇的时候，便在家族的安排下，迎娶了两广总督卢兴祖之女——卢氏。那是一个婉约雅致，柔情似水的女子，"生而婉娈，性本端庄"，她对纳兰性德的感情润物无声，让他干涸枯萎的心又重新泛起了涟漪。

那时的卢氏整日与纳兰性德相伴，也温柔了他过往的许多时光。

有一天纳兰性德喝酒喝得多了，睡梦沉沉，而妻子怕扰了他的好梦，动作说话都轻轻的，不敢惊动他；还有在某一天下午，夫妻两人以茶赌书，互相指出某事出在某书某页某行，谁说得准就举杯饮茶为乐，以至乐得茶泼了一地，满室洋溢着茶香。

这些回忆都是极美好的日常，可都成为过往云烟。卢氏生前，纳兰性德沉浸在人生最大的幸福之中，但他却毫不觉察，一直陷在第一段爱情中，苦苦无法自拔。以至于直到卢氏难产而亡时，才惊觉他自己早已离不开卢氏，悔不当初！

就如同《大话西游》里所说的："曾经有一份真诚的爱情摆在我的面前，我却没有珍惜，等到失去的时候才追悔莫及，人世间最痛苦的事情莫过于此。"

在纳兰性德终于发现自己对卢氏的爱意时，已经永远失去了她，夫妻两人已是阴阳相隔。明知无法挽回一切，可他仍割舍不下这份情感，伤心的纳兰性德只能把所有的哀思与无奈，化作一句"当时只道是寻常"。这七个字，读来更是字字皆血泪。

无障碍阅读

疏窗：刻有花纹的窗户。

赌书：此处为李清照和赵明诚的典故。清照《金石录后序》云："余性偶强记，每饭罢，坐归来堂，烹茶，指堆积书史，言某事在某书某卷第几页第几行，以中否角胜负，为饮茶先后。中即举杯大笑，至茶倾覆怀中，反不得饮而起，甘心老是乡矣！故虽处忧患困穷而志不屈。"

作家介绍

纳兰性德（1655—1685），满洲正黄旗人，叶赫那拉氏，字容若，号楞伽山人，大学士明珠长子，母为英亲王阿济格第五女爱新觉罗氏。深受康熙皇帝赏识，授一等侍卫衔，多次随驾出巡。是清代最著名的词人之一。"纳兰词"题材涵盖爱情、边塞、悼亡，等等，其中爱情、悼亡和乡思的题材最为凄婉动人，在清代以至整个中国词坛上都享有很高的声誉，在中国文学史上也留下了浓墨重彩的一笔。著有《通志堂集》《侧帽集》《饮水词》等。

佳句背囊

"此情可待成追忆，只是当时已惘然。"

出自唐代诗人李商隐的《锦瑟》，"此情可待成追忆，只是当时已惘然"一句，与"当时只道是寻常"有共通之处。回首往昔，旧时的美好时光总是容易被我们所忽略，等到回过神来，却不知那段幸福时光早已远去，徒叹惋惜！

本文作者 ———————————————

吹灭读书灯，一身都是月。大家好，我是明月长照！

浓香吹尽有谁知，暖风迟日也，别到杏花肥

临江仙·梅

（宋）李清照

庭院深深深几许，云窗雾阁春迟。

为谁憔悴损芳姿，夜来清梦好，应是发南枝。

玉瘦檀轻无限恨，南楼羌管休吹。

浓香吹尽有谁知，暖风迟日也，别到杏花肥。

◎ **诗临其境**

李清照生活在文学世家，才华过人，早期生活优越。但好景不长，金人的金戈铁马踏碎故园春梦，她开启了颠沛流离的生活。

在乱世飘零中，她并没有停止诗歌创作，反而把这种前后对比强烈的生活，融入她的诗作中，在诗词中表达了国破家亡后，自己孤独生活的凄苦和悲惨，以及对故国旧人的深切思念之情。

她不是直接地表达自己悲欢离合的情绪，而是借用自然风

光巧妙地化用，抒发自己的情感。

当她看到庭院中的景象时，她由景联想到与她已经分离的丈夫赵明诚，于是发出感叹：

只看到庭院里、阁楼的窗户四周弥漫着一层又一层的雾气，春天的气息却迟迟让人感受不到。

思念的情绪让我容颜憔悴，只有在梦中才能跟思念的人长相厮守，向阳的梅枝也到了发芽的时节。

梅花姿态清瘦，颜色浅红，南楼之上，请不要再吹起哀怨的笛曲。

浓浓香味的梅花在风中飘零，即便花儿被风吹尽，又有谁知晓？春日的暖风，别一下就把时间吹到了杏花盛开的时节。

◎ 一句钟情

"浓香吹尽有谁知，暖风迟日也，别到杏花肥。"

这句话既起到了承上启下的作用，又与上文的内容形成了鲜明的对比。

上文中提到姿态清瘦的梅花，这句话就点到了被风吹落的带有浓浓香味的梅花，意境层层叠加，从绽放到被风吹落的这个过程，诗人积攒了多少惆怅和无奈的情绪在里面，令人唏嘘不已。

在这层层叠加的意境中，诗人还别出心裁地捕捉词语的反衬。上文中梅花的"瘦"与下文中杏花的"肥"巧妙地形成对比，以梅花之清冷来衬托红杏之艳丽。

从梅花的瘦点到了杏花的肥，诗人所见的这一个转变，何尝不是在表明时间的流逝呢？然而随着时间的流逝，诗人脑海里思念的那个人依旧没有归来。

庭院中的春色、花开花落，诗人只能独自一人对着景色。诗人把自己的感情融入景物当中，以景抒情，令人倍感凄凉。

等待诗人的，还有多少个这样的轮回呢？

◎ 诗歌故事

月有阴晴圆缺，人有悲欢离合。我们每个人这一生注定都与这一句诗词脱离不了关系，毕竟人是有情感的物种。我们都得经历各种情感，相信每个人在不同的阶段，都能体会到别样的滋味。

李清照在面对各种景物的时候，都能够联想到她的丈夫。

从李清照"浓香吹尽有谁知，暖风迟日也，别到杏花肥"这一句词当中，你们读到的可能是悲，但我却有另一番感受，想到的是要倍加珍惜眼前人。

李清照对亲人的那一番思念之情，像极了小时候的自己，也像极了夜深人静的时候在客厅等待父亲的妈妈。我的父亲是警察，逢年过节，父亲的身影很少出现在家里，总是坚守在岗位上。

每逢过节，我和老妈总会上演一段对话：

"老妈，我们好像习惯了过节爸爸去上班的生活。"

"是啊，你出生的时候他都没有办法赶回来。不过，他穿制服的样子真的好帅。"

每当妈妈说这句话的时候，我总会泪目。因为我知道，妈妈的心里还是有一丝丝的遗憾，但是她总会不断地安慰自己去面对父亲逢年过节不在家的生活，然后自己一人承担起照顾我们的重任。

现在，父亲逢年过节都会在家，跟着我们一起过节，虽然看起来只是平平淡淡的幸福。但我知道在妈妈的心底里，她无比珍惜这样的日子，而我又何尝不是呢？

珍惜眼前拥有的一切，一家人团聚在一起，这便是最简单也最难能可贵的幸福了。我想这也是"浓香吹尽有谁知，暖风迟日也，别到杏花肥"教会我的道理吧。

无障碍阅读

南枝：向南，亦即朝阳的梅枝。

玉瘦檀轻：谓梅花姿态清瘦，颜色浅红。

羌管休吹：指不要吹奏音调哀怨的笛曲《梅花落》。

李清照（1084—约1155），号易安居士，齐州章丘（今山东济南章丘）人。宋代女词人，婉约词派代表，有"千古第一才女"之称。创作理论上，提出词"别是一家"之说；作品独树一帜，被称为"易安体"；有《漱玉词》。代表作品如《一剪梅·红藕香残玉簟秋》《如梦令·昨夜雨疏风骤》《如梦令·常记溪亭日暮》《声声慢·寻寻觅觅》《武陵春·风住尘香花已尽》《渔家傲·天接云涛连晓雾》等。

"羌笛何须怨杨柳，春风不度玉门关。"

出自唐代王之涣的《凉州词二首·其一》，这句与"浓香吹尽有谁知，暖风迟日也，别到杏花肥"有共通之处，都是以景结情，诗意的表现很有张力，字里行间表达出深深的思念之情。

本文作者 ————————————

没有感情的情感：喜欢沉浸在文字的世界里，让文字爱上我。

此物何足贵，但感别经时

庭中有奇树

佚名

庭中有奇树，绿叶发华滋。

攀条折其荣，将以遗所思。

馨香盈怀袖，路远莫致之。

此物何足贵，但感别经时。

◎ **诗临其境**

本诗出自南朝萧统所辑的《古诗十九首》，作者不详。诗歌的大意是：

庭院中有一株珍奇的树，在满树绿叶的衬托下开了茂密的花朵，显得生机勃勃，春意盎然。我攀着枝条，折下了最好看的一枝花，要把它赠送给思念的亲人。花香充盈着我的衣襟和衣袖，可是天遥地远，花儿不可能送到亲人的手中。我任凭花香在庭院四溢而无可奈何。这花有什么珍贵呢，只是伤感离别太久，想借着花儿表达思念之情罢了。

◎ 一句钟情

"此物何足贵，但感别经时。"

这句诗，平淡又饱含深情。

诗人看惯了满园春色的芳华，知道这些花儿随着春风轻抚而盛放，也随着秋风呼啸而零落，就算是诗人将它们聚集在庭院中，也是要遵循着大自然的规律，花开花落皆有时，没有什么别异于野外花树的地方。

然而诗人又触景生情，看着庭院的良辰美景，想与亲人分享美丽的时光，可亲人在远方，久久不能归，睹物思人却物是人非，就连眼前的美景都没有异乡的亲人那般让诗人挂念。

"此物何足贵"是全诗的转折之处，庭院中美丽芳香的花树在诗人的眼里仿佛不值一提，与诗中前面部分对花树的赞美可谓是大转折，而随后的一句"但感别经时"，却是先抑后扬，道出了全诗的主题——相思怀念，诗人随手折下一枝花束，只是慰藉心中对远在他乡的亲人的思念。

王维写诗《相思》"红豆生南国，春来发几枝。愿君多采撷，此物最相思"，红豆就如同庭院中的花树一样，都是人们睹物思人，将心中的情感寄托在美好的事物上。

◎ 诗歌故事

世人都喜欢美好的事物，也希望与亲人们一起共度美好的时光。但要实现理想，往往却不得不与亲人离别，去远方打拼、去守护心中的美好。

"此物何足贵，但感别经时。"一篇关于抗疫烈士的新闻，让我对这句诗有了更深的感悟。

2020年初，突发的新冠肺炎疫情让人们猝不及防，病毒传播速度快而且危害大，国家极其重视对病毒的防护工作，大量的医护人员投身伟大的全民防疫工作，彭银华也是其中之一，他是武汉市江夏区第一人民医院呼吸与危重症科医生。2017年11月，彭银华与妻子领证结婚，由于工作的原因并没有举办婚礼，他想在大年初八为妻子补上一场婚礼。春节前，夫妻俩忙碌于试婚纱、发请柬。却没想到疫情打乱了原本计划。为了心中的守护，彭银华告别了怀有6个月身孕的妻子，主动请缨，走上了抗疫前线。他不幸在接诊病人的工作中感染新冠肺炎，于2020年2月20日医治无效以身殉职。

烈士牺牲102天后，他的妻子生下了女儿，在春暖花开的时候，妻子看着病房的花束，不禁睹物思人，孩子的爸爸啊，你可看到你的女儿？你是为了守护她、守护我、守护千千万万的人而牺牲的，我会告诉孩子，爸爸是个英雄！

看到新闻的报道，我无比缅怀彭银华和像他一样的抗疫烈士们，他们的死，是为了我们更好地活下去。

活在当下、珍惜眼前人，或许是"此物何足贵，但感别经时"真正的含义吧。

无障碍阅读

奇树：犹"嘉木"，佳美的树木。

发华滋：花开繁盛。华，同"花"。滋，繁盛。

遗（wèi）：赠送，赠予。

馨（xīn）香：香气。

盈：充盈，充积。

致：送到。

别经时：离别之后所经历的时光。

佳句背囊

"愿君多采撷，此物最相思。"

出自唐代诗人王维《相思》，"愿君多采撷，此物最相思"为点睛之处，与"此物何足贵，但感别经时"有异曲同工之妙，都是睹物思人，以物寄托思念之情，更是警醒世人，去珍惜眼前人。

本文作者

江城落花生，喜欢阅读，希望通过阅读，观史知今，当思进退；读书明志，可识春秋。

想得家中夜深坐，还应说着远行人

邯郸冬至夜思家

（唐）白居易

邯郸驿里逢冬至，抱膝灯前影伴身。

想得家中夜深坐，还应说着远行人。

◎ **诗临其境**

唐德宗贞元二十年（804）岁末，白居易33岁，正值壮年，任秘书省校书郎。

这天是冬至，天气异常寒冷，白居易宦游在外，在邯郸城外的驿站，于路途中歇息。

冬至是一个传统的节日，古代的这一天官员休假，民间也有仪式庆祝冬至的到来。人们穿上过冬的新衣，准备好丰盛的美食，全家团聚，亲朋好友们相互祝福。

晚上，旅途中住在驿站的白居易，一个人孤坐在房间里，倍感寂寥，思念起了远方的家人，于是写下了这首诗：

冬至这一天，我在邯郸驿站里度过。

我抱着膝盖，独坐在灯烛之下，只有孤单的影子陪伴着我。

想起家中的亲人今天会相聚到深夜，

他们应该在谈论着我这个离家在外的人吧。

◎ 一句钟情

"想得家中夜深坐，还应说着远行人。"

这句诗没有绚丽的辞藻，没有浮华的修辞，但却饱含深情。没写一个"思"字，却把思念之情化作平凡之句，即不平凡。

"想得家中夜深坐"，自己一个人在夜晚孤坐，思念却飞到了远方，想象家人们夜晚聚在一起的样子。

"还应说着远行人"，意思是家人们坐在一起应该讨论着我这个离家在外的人，在这样的佳节里，诗人离家在外，家中亲人在过节的时候会很担心他，家人团聚，就少诗人一人，因为心生遗憾。作者用想象的手法，把我思人的情绪，折射为人思我的想象，将人人心中都有，却难以表达的情感，用朴素而直接的方式表达出来。

◎ 诗歌故事

想念一个人的感觉是甜蜜的，有想念的人，说明曾被人珍重地爱过；想念一个人的感觉是酸苦的，那个人就在你的心中，却不在你的眼前、身边，你不知道他（她）过得好不好，这种感觉让人辗转反侧，寝食难安。

小时候，每次爸爸出差回来，都会把我抱在怀里，问我想不想他。

我每次都说想，但实际上，由于小孩子的思想很简单，我一直都在想着玩游戏，根本没有想爸爸。

后来我上了大学，去了另一座城市。有一天冬至，我从图书馆回到寝室，忽然收到了爸爸的微信："冬至吃饺子了吗？"

我反问："你吃了吗？"

爸爸："单位加班，还没吃饭。你兜里零花钱还够吗？"

我说："钱够。"

爸爸："不够跟爸说，今天过节一定要吃顿好的！"

看到父亲的回复，我忽然想起往年冬至，我都是在家过的。北方冬至的习俗是吃饺子，我们家那天，无论爸爸多晚下班，都会等他回来一起吃饺子。

爸爸因为惦念我，所以问我有没有吃饺子，怕我背井离乡，冬至吃不到饺子，不习惯。

爸爸是一个性格非常沉默的人，很少主动找我说话，往日和往家里打电话，也是妈妈接电话和我聊天，爸爸在旁边听着。如果哪天是爸爸接了，爸爸就会说："你妈做饭呢！电话给你妈？"

爸爸就是这样一个人，这样的一个人在过节的那天主动联系我了。

那天，我和室友们晚上出去聚餐吃饺子的时候，我看到桌上饺子又大又白，忽然想起了妈妈做的小小黄黄的荞面饺子，忽然想起了爸爸妈妈。

妈妈一个人在等爸爸下班吗？

爸爸下班了吗？

爸爸妈妈吃饺子了吗？

我不在家他们吃饺子的时候会不会感觉到难过？

"想得家中夜深坐，还应说着远行人。"原来，最高级的想念，不是我想你，而是我不在你身边，我担心你在想我时会不快乐。

无障碍阅读

邯郸：地名，今河北省邯郸市。

驿：驿站，古代传递公文，转运官物或出差官员途中歇息的地方。

影伴身：影子与其相伴。

远行人：离家在外的人，这里指作者自己。

作家介绍

白居易（772—846），字乐天，号香山居士，又号醉吟先生。祖籍太原，出生于河南新郑。唐代著名的现实主义诗人，与元稹一起倡导新乐府运动，号称"元白"。曾担任杭州刺史、太子左庶子等官。诗歌题材广泛，形式多样，语言平易通俗，有"诗魔"和"诗王"之称。

代表诗作有《长恨歌》《卖炭翁》《琵琶行》等，有《白氏长庆集》传世。

佳句背囊

"遥知兄弟登高处，遍插茱萸少一人。"

出自唐代王维的《九月九日忆山东兄弟》，这两句诗与"想得家中夜深坐，还应说着远行人"有着共通之处，都通过描写家人对自己的想念，表达自己对家人的思念：远远想到兄弟们身上佩戴着茱萸登上高处，想起少了我一人而感到遗憾的心情。

本文作者

幻禾。东方卫视"笑傲江湖"第一季冠军刘亮的编剧，番茄小说《你是医我的药》的作者。

共看明月应垂泪，一夜乡心五处同

望月有感

(唐) 白居易

自河南经乱，关内阻饥，兄弟离散，各在一处。因望月有感，聊书所怀，寄上浮梁大兄、於潜七兄、乌江十五兄，兼示符离及下邽弟妹。

时难年荒世业空，弟兄羁旅各西东。

田园寥落干戈后，骨肉流离道路中。

吊影分为千里雁，辞根散作九秋蓬。

共看明月应垂泪，一夜乡心五处同。

◎ 诗临其境

公元 799 年春二月，河南境内接连发生叛乱，朝廷派兵平叛。战争规模较大，时间较长，致使漕运不畅，"关内阻饥"，田园荒芜，骨肉离散。

在此兵荒马乱时，诗人孤身飘零，举头望月，不免忧国思亲，伤乱悲离。

于是，诗人笔尖蘸满思念，以诗寄情，写给离散在各地（五处）的兄弟姊妹们：

战乱灾荒，使祖先产业荡然一空；弟兄漂泊，寄居他乡各自西东。

战乱过后，田园荒芜寥落；逃亡途中，骨肉同胞流落离散。

顾影自怜，好似离群的孤雁；行踪不定，如同无根的秋蓬。

同看明月，分散的亲人都会伤心落泪；一夜思乡，心情五地都相同。

◎ 一句钟情

"共看明月应垂泪，一夜乡心五处同。"

这句诗，有妙句天成之感：亲人五个，天各一方分居五处，彼此怀着共同的思念，正是"一夜乡心五处同"！

诗人感叹时局纷乱，业荒人散，举头望月，不禁悲从中来；虽孤苦难耐，尚有可思之人，可念之情，以慰吾心。

如果暂且抛开大义，世间之情，无外乎亲情、友情、爱情。然而，亲情当为最重：骨血相连，一脉相承，茫茫人海，又有几人？这种偶然之中的必然，值得我们永久地互珍互惜。

◎ 诗歌故事

话说宋朝有个叫李廷彦的人，写过两句诗——舍弟江南殁，家兄塞北亡。乍一看，这两句诗不加修饰，对仗工整，而且凄凄惨惨（毕竟"弟殁兄亡"），也算上乘之作！可后来，他的一段自白，却让人大跌眼镜：诗句里的"舍弟江南殁"确有其事。下一句他实在找不到对应，只好让健在的哥哥做替死鬼，让他暂时"死"在塞北。

为了给文造情，为了对仗工整，这位"诗人"竟然把自家兄弟全部写死，以至于闹出了笑话。

而白居易的这首《望月有感》，却是从真实情景中来，是真正有感而发，极富感染力，极能打动人心。

公元772年正月，白居易出生于一个儒学世家。他自幼聪慧过人，读书刻苦，时时手不释卷，致使口舌生疮，手有厚茧，年纪轻轻，头发全都白了。

然而，他读书的安稳日子并没有过多久。

唐德宗时期，削藩举措失当，致使国家动荡，四方多难。

在他9岁时，唐王朝爆发了藩镇"二帝四王之乱"，狼烟四起，民不聊生。他被迫跟随家人，从河南郑州迁移到了安徽符离，在此度过了自己的童年时光。符离也成为白居易的第二故乡。

唐德宗贞元十五年（799），白居易27岁，河南境内的藩镇又相继叛乱，即诗题所言"河南经乱"。

次年，白居易科举中进士，授秘书省校书郎，回乡省亲途中，看到经过战乱的地方满目疮痍，饥荒四起，民生凋敝，白居易由"景"及人，想到了苦难的流民；又由人及己，想起了还在离散中的兄妹。

白居易的一生，仕途不是很顺利，几经沉浮，但他忧国忧民，重情重义，读其诗句，其情可褒，其心可嘉。

无障碍阅读

河南：唐时河南道，指现在的河南省大部和山东、江苏、安徽三省的部分地区。

关内：唐时关内道，指现在的陕西大部及甘肃、宁夏、内蒙古的部分地区。

吊影：孤身一人，形影相伴，没有伴侣。

辞根：草木离开根部，比喻兄弟们各自背井离乡。

九秋蓬：深秋时节随风飘转的蓬草，比喻游子在异乡漂泊。九秋指秋天。

佳句背囊

"露从今夜白，月是故乡明。"

出自唐代诗人杜甫的《月夜忆舍弟》。其中的"露从今夜白，月是故乡明"两句，与"共看明月应垂泪，一夜乡心五处同"有共通之处：闻戍鼓，听雁声，见寒露，望明月，思乡思亲，想到兄弟离散，生死未卜，不由伤心断肠，凄楚哀愁。

本文作者

高飞，一个爱好文学，爱好爬格子的小小文化人！

第二辑

难得知己

高山流水觅知音，若无知音，人生再精彩，也终究是曲高和寡；若有知己，就不愁前路难行，因为走得再远，前方也有朋友相伴。让我们与朋友互相祝福吧！

世情已逐浮云散，离恨空随江水长

巴陵夜别王八员外

（唐）贾至

柳絮飞时别洛阳，梅花发后到三湘。

世情已逐浮云散，离恨空随江水长。

◎ 诗临其境

贾至，唐玄宗开元年间礼部尚书贾曾之子。他是唐朝中后期著名的朝廷重臣，一生为国家的安定而奔走，以诗人、儒学大师闻名于世。

安史之乱时期，贾至被贬为岳州司马，这时又恰逢友人王八员外（姓王行八官居员外郎）被贬长沙，于是便作下此诗。国值乱世，他和友人空有一腔报国之心，却怀才不遇，无处施展自己的才华。

我们仿佛看到，诗人惜别洛阳，眺望四方，目光深邃，心神间想象着江山社稷，为君分忧，为民造福。但现实却是与友人一同被贬，便作此诗与友人共勉。

于是诗人说：

在一个柳絮纷飞的时节，我告别了故乡洛阳，经过千里跋涉，在梅花开放的寒冬到了三湘。

人世间的悲欢离合，盛衰荣辱，如同浮云一样，都是过眼云烟；可是，依依离情，却像那悠长的江水一样，绵绵不绝。

◎ 一句钟情

"世情已逐浮云散，离恨空随江水长。"

前一句是诗人站在广袤而深邃的天地之间、悠长而短暂的时间中，洞察世间的悲欢离合、盛衰荣辱。后一句则转而情深，突出自己与王员外如绵绵长江水的深厚友谊。

在这里"浮云散"与"江水长"遥相呼应。

"浮云散"写出了世间万物都随着时间的消逝成为过往云烟；"江水长"则写出了虽然世间的一切都成了过眼云烟，但我和友人的情谊却如同江水一样绵绵不绝，成为这世间最宝贵的财富。

◎ 诗歌故事

友情也是时间最宝贵的东西之一。

友情无须血缘，是最真诚且无价的东西。在社会上想要成就一番事业，光凭自己的一己之力是无法获得成功的。俗话说：

"多个朋友多条路""在家靠父母在外靠朋友"。从谚语中我们可以体会到友情是多么重要。出门在外有朋友的帮助，可以达到事半功倍的效果，而当今有些人则不重视朋友之间的友谊，认为朋友之间的友谊是无足轻重的，甚至只是相互利用，这样便失去了人间宝贵的一项财富，这是得不偿失的。

刘备，三国时期蜀国君主。他的一生以兴复汉室为至高理想。刘备本身没高强的武艺和发家的本钱，但他为什么能成为三足鼎立的霸主之一呢？

其中最主要的原因就是：友情。桃园结义让他收获了最珍贵的财富：关羽和张飞一起为自己的宏图霸业打拼，而关羽和张飞则心甘情愿地为刘备成就一番事业。当刘备三顾茅庐去请诸葛亮出山的时候，诸葛亮被刘备的执着深深地打动，并以《隆中对》献计刘备，刘备以此开启了自己的兴复汉室之路。在刘备死后，诸葛亮鞠躬尽瘁、尽心尽力地辅佐后主刘禅，并使蜀国在此后的几十年间巍然屹立。

刘备的例子告诉我们：一个人没有朋友的帮助是万万不行的，仅凭自己的一己之力是无法成就一番事业的。所以我们要珍惜自己的友情，珍爱自己的朋友；与朋友以诚相待，开诚布公，这样才能使友谊永葆。

永远保持一颗谦虚、热情、待人真诚的初心，并且珍视自己的友情。这便是"世情已逐浮云散，离恨空随江水长"要告诉我们的意义吧。

巴陵：即岳州。
三湘：一说潇湘、资湘、沅湘。这里泛指湘江流域，洞庭湖南北一带。
逐：随，跟随。

**作家
介绍**

　贾至（718—772），字幼邻，唐代长乐郡信都县（今河北衡水）人，生于洛阳。进士，做过中书舍人、京兆尹、御史大夫等，谥号"文"。诗作有《早朝大明宫》等，有文集。

**佳句
背囊**

"桃花潭水深千尺，不及汪伦送我情。"
出自唐朝诗人李白《赠汪伦》，诗意上形成鲜明对比，与"世情已逐浮云散，离恨空随江水长"有异曲同工之妙：看那桃花潭水，纵然深有千尺，怎能及汪伦送我之情！

本文作者

黄铭铭，1999 年出生，山东第一医科大学在读医学学士；历史文学类作家；木叶文学签约作者；今日头条优质历史领域创作者；百家号校园计划历史达人。

秋风吹渭水，落叶满长安

忆江上吴处士

（唐）贾岛

闽国扬帆去，蟾蜍亏复圆。

秋风吹渭水，落叶满长安。

此地聚会夕，当时雷雨寒。

兰桡殊未返，消息海云端。

◎ **诗临其境**

　　唐代诗人贾岛家境贫寒，早年曾经出家为僧，后来还俗，因为家庭贫困，再加上寺庙里青灯古佛的生活，使得贾岛性格孤僻古怪，朋友不多。《唐才子传》记载他"所交悉尘外之士"。

　　贾岛在长安时认识了一位好朋友吴处士，后来吴处士离开长安去了福建。诗人非常思念他，就写下了两首诗，这是其中的一首。

　　诗中写道：

　　自从你扬帆去了福建，月亮已经几度圆缺了。秋风吹着渭水，落叶飘满长安。记得我们在这里聚会的那个夜晚，雷雨交加，令人生寒。你乘坐的船还没有返回，你的消息也远在海云边。

透过这首诗，我们仿佛看到了诗人站在渭水河边，站在当年送别好友的地方，思绪万千的样子。诗人想到了当时送别的情景，想到了好友至今也没有坐船返回，音信渺茫，诗人也只能借助诗篇抒发自己的思念之情。

◎ 一句钟情

"秋风吹渭水，落叶满长安。"

字句简洁，并没有华丽的辞藻，但是对仗工整、妙语天成，意境苍凉又深邃。我们仿佛能够感到，秋风迎面吹来，丝丝凉意、阵阵萧瑟。仿佛能够看到处处落叶的长安城和被秋风吹动的渭水河。这首诗中传唱最多的就是这一句。

在这里，秋风落叶相互呼应，既是写景又是诗人内心的写照。诗人是最多情的人种，而贾岛又是一位另类多情的诗人。因为思念，诗人的内心很是悲凉。

◎ 诗歌故事

据说诗人是先写出了"落叶满长安"这一句，而"秋风吹渭水"是之后写出来的。相传，因为这两句，诗人还被关进了大牢，在监狱中度过了一晚。

据唐末的逸事小说《唐摭言》记载，贾岛喜欢骑着驴在街上逛。一年秋天，贾岛又骑着驴在长安街上行走，看到街上铺满了黄叶，随口吟出一句"落叶满长安"，却怎么也想不好上一句。贾岛骑着驴只顾思考，不小心撞上了京兆尹刘栖楚。刘栖楚很生气，把贾岛抓进了监狱，关了一夜才放出来。这时贾岛终于想出了他的另一句——"秋风吹渭水。"

贾岛作诗非常刻苦努力，一句话，一个字，经常反复琢磨很久，被称为"苦吟诗人"，"推敲"一词就来源于贾岛辛苦作诗的故事。

有一天，贾岛骑驴走在长安街上，随口吟成一首诗，其中有两句："鸟宿池边树，僧敲月下门。"吟完之后又觉得"僧推月下门"也不错，到底是用"推"还是用"敲"？贾岛反复琢磨了起来，一边琢磨一边还用手比画着推门敲门的姿势。这时韩愈的车马正好路过，贾岛不知不觉误入韩愈的车队，被左右侍卫带到了韩愈面前。韩愈问明缘由，沉思后说道："还是敲比较好。"贾岛连连拜谢，把诗句定为"僧敲月下门"。

无障碍阅读

处士：指隐居林泉不入仕的人。

闽国：指今福建省一带地方。

蟾蜍（chánchú）：即癞蛤蟆。神话传说中月里有蟾蜍，所以这里用它指代月亮。

渭水：渭河，发源于甘肃渭源县，横贯陕西，东
至潼关入黄河。

此地：指渭水边分别之地。

兰桡（ráo）：以木兰树做的船桨，这里代指船。

殊：犹。

作家 介绍 贾岛（779—843），字阆（làng）仙，幽州范阳（今
河北涿州）人，早年出家为僧，号无本，自号"碣石山人"，
唐代诗人，人称"诗奴"；与孟郊齐名，苏轼称他们为"郊
寒岛瘦"。

佳句 背囊 "故人西辞黄鹤楼，烟花三月下扬州。"
出自李白《送孟浩然之广陵》，和"秋风吹渭水，落
叶满长安"有异曲同工之妙，抒发了对好友的思念之
情：好友在黄鹤楼与我作别，在柳絮纷飞、繁花似锦
的三月扬帆去了扬州。

本文作者 ———————————————————

杜建新，喜欢写作的管理者。

冠盖满京华，斯人独憔悴

梦李白二首（其二）

（唐）杜甫

浮云终日行，游子久不至。

三夜频梦君，情亲见君意。

告归常局促，苦道来不易。

江湖多风波，舟楫恐失坠。

出门搔白首，若负平生志。

冠盖满京华，斯人独憔悴。

孰云网恢恢，将老身反累。

千秋万岁名，寂寞身后事。

◎ **诗临其境**

公元 757 年，安史之乱爆发第三年，李白卷入永王李璘的叛乱，遭下狱治罪，后被判流放夜郎。

此时杜甫则滞留北方，他与李白已时隔十多年未曾见面，但当他得知李白被治罪时，仍冒着极大风险，为好友仗义执言并写下多首诗篇。《梦李白二首》便写于这一背景下，本诗是其中的第二首。

全诗可分作梦前、梦中、梦醒三段来看，前四句属"梦前"阶段：杜甫以比兴手法领起全文"天上的浮云终日飘来飘去，远游的故人却久久未归"，对李白的思念之情溢于言表，由此又引出三、四句"李白一连三夜入我梦中，足见对我情亲意厚"，这是杜甫推己及人，抒写自己对故人的一片友谊之情。

中六句属"梦中"阶段：主要描写李白在梦中的言行、神态，五、六句称"每当梦别之时，李白总是局促不安，不愿离去，并且再三苦苦诉说：'来一趟多么不易啊！'"七、八句借李白之口自述"江湖上航行多险风恶浪，担心船被掀翻沉没"，以表达杜甫对他流放到夜郎路途坎坷的担忧之情；九、十句写李白出门的神态，"他出门时搔着满头的白发，悔恨辜负自己平生之志"。李白的愁苦惨淡之状，通过此六句令人感怀于心、历历在目。

后六句属"梦醒"阶段，杜甫为李白的遭遇坎坷表达不平之意："在京都长安城里，到处是高冠华盖的达官权贵，你才华盖世却容颜憔悴、困顿不堪，谁能说这是天网恢恢、公道正义之事？你甚至要在年老之时反受无辜牵累。"最后又说："即使李白会有千秋万世的美名，但他生前遭遇如此，去世后人已寂寞无知，又有何用！"在这沉重的嗟叹之中，寄托着对李白的崇高评价和深厚同情，也包含着杜甫对自己命运遭遇的感叹。

◎ 一句钟情

"冠盖满京华，斯人独憔悴。"

吟罢此句，一股悲凉、孤独、寂寞、愤慨之意涌上心头！

纵然你是天上谪仙下凡，才华横溢、名满天下，但无人理你、懂你、知你，世界再繁华与你何干？人间再锦绣关你何事？

你只是一个人穿行其间，悲苦伶仃，无人搭理！

一边是冠盖满京，一边是孤独憔悴；

任你才高八斗又如何，不依然是困顿失意吗？

两者形成鲜明的对比，这偌大的长安城，难道竟无你一席之地，这合理吗？

绝不合理！韩愈说"大凡物不得其平则鸣"，当人遇到不公正、不公平的待遇时就要勇敢发出自己的声音，如果你不能、不便发声，那么就让我替你发出呐喊，我要让世人都知道你的才华和故事，让你得享千秋万世的美名，也让你不再独享孤独和寂寞！

这就是友谊，总在你最失意落魄的时候出现；这就是知己，让你不再觉得世间只有你自己。

◎ 诗歌故事

公元743年，唐玄宗天宝二年，李白被唐玄宗封为翰林供奉，时年42岁的他在仕途和声望上达到了人生巅峰，酒后让高力士脱靴的故事就发生在此时期。但仅仅一年后，恃才傲物的李白遭人排挤，被唐玄宗"赐金放还"，也就是给点钱打发走这位"谪仙人"。失意之下的李白只得出走离开繁华的长安城，他一路游历来到洛阳，在这里他却意外结识了杜甫。

杜甫当时才刚三十出头，他此前已参加过一次科举考试，但并未取中，不过年轻的杜甫并没有太多挂怀，反而在科考之后游历泰山时，写下了"会当凌绝顶，一览众山小"这一千古名句。

744年，当失意落魄的中年李白，遇上朝气昂扬的青年杜甫，闻一多先生曾评价道："这是自老子遇见孔子之后，中国文学史上最令人心跳的相遇。"

李白当时名满天下，杜甫初在文坛崭露头角，两者又相差11岁，却一见如故，均有相见恨晚之意，李白视杜甫为忘年小友，杜甫则成为偶像李白一生的忠实"小迷弟"。随后两年间，李、杜共同游历了梁宋齐鲁等地的名山大川，二人一起痛饮赋诗，纵论天下大事，畅谈理想抱负，结下了深厚友谊。

人生聚散苦匆匆，短短两年内李、杜三次相聚，但终须有一别。745年冬，二人于山东兖州石门分别，李白临别赠诗予杜甫，其中一句"何时石门路，重有金樽开"，他还期待着能再次与杜甫相见把酒言欢，可惜造化弄人世事无常，二人这一别竟是永别。

此后由于各人际遇不同，再加上交通、信息不便，又逢安史之乱，二人之间不仅没有见过面，就是连书信都少有来往。

但真正的友谊不会因联系少而变得生疏，反而会随着时间的沉淀而历久弥香。

756年，永王李璘在江南叛乱，旋即被平定，李白因在永王幕府任职，事后被定为"叛逆"，朝廷中许多人对李白是避之唯恐不及，但分别十一年又远在西北的杜甫得知消息后，不仅没有避嫌，反而上书朝廷并为李白写下一首240字的辩驳长诗。

杜甫当时的处境也并不顺利，人生遭遇十分坎坷，但他仍时常牵挂着好友的境况，三年后他得知将近60岁的李白要被流放到"蛮荒瘴疠"的夜郎，为此他连续三天梦到李白，在梦里，二人终于重逢，却经历生离死别的痛苦。

已人到中年的杜甫仕途失意，饱尝人间冷暖、世态炎凉，在这一刻他突然明白了李白当年的心境，也真正懂得了当年以恃才傲物、狂歌痛饮形象面对世人的李白，内心多么孤单，所以才有了"冠盖满京华，斯人独憔悴""千秋万岁名，寂寞身后事"这样的句子。

一曲肝肠断，天涯何处觅知音？李白生平多有困苦不幸，但幸运的是他还有杜甫这样一位文学上的知己，心灵上的知音！他们虽然生前天各一方，但并不孤单！

无障碍阅读

"浮云""游子"：李白曾在《送友人》一诗中，写有"浮云游子意，落日故人情"，杜甫以比兴手法在此指代李白。

冠盖：指代达官贵人。

京华：指唐朝都城长安城。

网恢恢：《老子》中说"天网恢恢，疏而不失"，天网宽疏，不会放过一个坏人，但是对李白这样一个无辜之人，"天网"却太过严苛细密了。

佳句背囊

"君埋泉下泥销骨，我寄人间雪满头。"唐朝是个令人心驰神往的时代，在光芒万丈的"李杜"之后，紧接着又出现了不逊风采的"元白"——白居易与元稹，二人的友谊同李杜一般都是中国文学史上的佳话！此句源于白居易的《梦微之》，"微之"是元稹的字，这是元稹去世第九年，白居易在梦中见到元稹，醒来后写下的悼亡诗，其中对元稹的思念之情，发自肺腑，令人不禁潸然泪下。杜甫与李白，白居易与元稹，诚如鲁迅先生所言："人生得一知己足矣，斯世当以同怀视之！"

本文作者

木辰文史：一个爱好读书的中年大叔，现居中部十八线小县城，喜欢与人分享阅读观点和其中的快乐，愿每个人都能做不一样的烟火。

春风知别苦，不遣柳条青

劳劳亭

（唐）李白

天下伤心处，劳劳送客亭。

春风知别苦，不遣柳条青。

◎ **诗临其境**

诗仙李白文如其人，潇洒自若，放浪形骸。詹锳《李白诗文系年》认为该诗"为去朝以后所作，姑系于此（天宝八载）"，即公元749年所作。

我们仿佛看到：诗人漫无目的地游荡，不知不觉来到了著名的离别胜地——劳劳亭。

天下最让人伤心的地方，独此一处，就是这送别的劳劳亭。即使没有要送别的人，没有具体送别的事，只要来到这里，就会无比伤感。这里的一切景象已经自带"离别"滤镜，一草一木都让人无比怜惜。这里的春风无比善解人意，早已会意离别的痛苦，不忍心早早地催杨柳枝叶发青，以免会有离别之人折柳送别，伤感伤怀。

◎ 一句钟情

"春风知别苦，不遣柳条青。"

设想当时李白眼前场景，正值早春二月，江南春景刚刚复苏，河边柳条却还未泛一丝青色。让人不禁联想，不见春意的柳枝，是因为春风不忍催其发芽变绿吗？万物皆是情，满腹不舍的未青杨柳和设法挽留的善心春风，造就了经典诗篇，也丰富了人间的离情别恨。

乾隆皇帝曾评价该诗："字字刺骨。"可见李白在轻描淡写间直抵内心，引发共鸣。

◎ 诗歌故事

《劳劳亭》所作时间大约在天宝八载（749），彼时李白48岁，经历了出世入世的起起伏伏，得意与失意间，与风华正茂的杜甫的相识、相惜，两人结下深厚的友谊，但无奈每次相聚后总是要面临别离。

有人考证说，《劳劳亭》是一首遣兴之作。李白并不是真的去劳劳亭送别友人，不过是某天慕名来到此地，看到这个古往今来送走了无数游子的所在，从而有感而发，便提笔写下了"天下伤心处，劳劳送客亭"。这也是诗中并没有具体送别的人和场景的原因。劳劳亭建在大道之旁，流水之畔，行客至此，或登车，或上船，挥手告别，很是方便，劳劳亭也因此成为离别胜地。

无障碍阅读

劳劳亭：在今南京市西南，古新亭南，据说始建于三国东吴时期，是古代著名的送别之所。它的别名有很多，包括劳楼、劳劳楼、望远楼、望远亭、远望楼、临沧观等。

作家介绍

李白（701—762），字太白，号青莲居士，唐代伟大的浪漫主义诗人，被后人誉为"诗仙"。与杜甫并称"李杜"。代表作有《望庐山瀑布》《行路难》《蜀道难》《将进酒》《早发白帝城》等。

佳句背囊

王之涣《送别》："杨柳东风树，青青夹御河。近来攀折苦，应为别离多。"看到树上的柳枝被折去不少，想到这都是那些多情的送行者所为，离别之情跃然纸上。与《劳劳亭》有异曲同工之妙。

本文作者

沫沫生灰 123。点点成飞沫，沫沫又生灰。飞起丝丝烟，直达九云天。

我寄愁心与明月，随风直到夜郎西

闻王昌龄左迁龙标遥有此寄

（唐）李白

杨花落尽子规啼，闻道龙标过五溪。

我寄愁心与明月，随风直到夜郎西。

◎ **诗临其境**

　　"七绝圣手"王昌龄为人很正直，在官场因这性格频频吃瘪，一再被贬到偏远地方工作。也因为正直，他收获了一帮可贵的朋友。这次王昌龄被贬去龙标，他收到了远在扬州的朋友李白的来信——《闻王昌龄左迁龙标遥有此寄》。

　　李白在信里说：

　　本来就是伤春的季节，漫天飞舞的柳絮刚刚落尽，杜鹃凄婉的啼声又响起。夜深人静，月上枝头，我李白今晚没去低头思故乡，我想起白天听说：王昌龄老友，你又被贬了，要去当龙标尉。我举头望明月，仿佛看见了跋山涉水，途经五溪，正去龙标的王昌龄的身影。我真的为你担忧呀。

我与你相隔两地，寂静的夜里，明月当空，唯能与君千里共婵娟。我拜托明月，带上我心中的挂念与安慰，伴着缕缕清风，送到老友的心上。

◎ 一句钟情

"我寄愁心与明月，随风直到夜郎西。"

此刻这个月亮是知心的、温柔的，她懂得诗人的心意，接受了诗人的委托，不远万里，把情谊送去安抚正处于人生低谷的朋友。"此时相望不相闻，愿逐月华流照君。"

我喜爱月亮，它是我们中华文化里特有的"诗意月亮"。仅看李白笔下，月亮就在千变万化。

月亮连着故乡，"举头望明月，低头思故乡"；

月亮连着边关，"明月出天山，苍茫云海间"；

月亮连着寂寞，"举杯邀明月，对影成三人"；

月亮连着童年，"小时不识月，呼作白玉盘"；

月亮连着惆怅，"今人不见古时月，今月曾经照古人"；

月亮连着豪情，"俱怀逸兴壮思飞，欲上青天揽明月"。

◎ 诗歌故事

从前的日色变得慢，车、马、邮件都慢。

从前的友情也很真，诗、词、歌赋都真。

来看一看王昌龄的朋友圈。

王昌龄要去岭南了，写过"春眠不觉晓，处处闻啼鸟"的孟浩然为他饯行，并送上《送王昌龄之岭南》，"意气今何在，相思望斗牛"，表达别后对老友会无尽相思。

王昌龄要去江宁了，写过"忽如一夜春风来，千树万树梨花开"的岑参为他饯行，并送上《送王大昌龄赴江宁》，"潜虬且深蟠，黄鹄举未晚。惜君青云器，努力加餐饭"，鼓励老友不要沮丧，将来还有机会再展宏图，青云直上。

王昌龄要去金陵了，写过"今为羌笛出塞声，使我三军泪如雨"的李颀为他饯行，并奉上《送王昌龄》，"夜来莲花界，梦里金陵城"，叹息着此次离别，期待着故人入梦。

王昌龄既被朋友送别，也忙着送别朋友。

"洛阳亲友如相问，一片冰心在玉壶"，王昌龄在长江边的芙蓉楼上，送别了要去洛阳的辛渐。

"青山一道同云雨，明月何曾是两乡"，王昌龄在龙标，送别了要去武冈的柴侍御。

"忆君遥在潇湘月，愁听清猿梦里长"，王昌龄在橘柚飘香的江楼上，送别了要去潇湘的魏二。

在诗词的世界里，以心相交的朋友，是"江南无所有，聊赠一枝春"，是"晚来天欲雪，能饮一杯无"，是"莫愁前路无知己，天下谁人不识君"，是"我寄愁心与明月，随风直到夜郎西"！

无障碍阅读

五溪：是武溪、巫溪、酉溪、沅溪、辰溪的总称，在今湖南省西部，在唐代，这一带还是荒僻边远的不毛之地。

龙标：标题中的"龙标"是地名；"闻道龙标过五溪"的"龙标"是指王昌龄，古人常用官职或任官之地的州县名来称呼一个人。

佳句背囊

"此时相望不相闻，愿逐月华流照君。"出自唐代诗人张若虚的《春江花月夜》。意思是：此时此刻，月色也照着远方的爱人，我们共同望着月亮，却无法听到彼此的声音，我真希望随着月光流去照耀着您，明月遥寄相思。这句与"我寄愁心与明月，随风直到夜郎西"意境相似。

本文作者

有女如玉书中寻，今日头条优质文化领域创作者。

柳条折尽花飞尽，借问行人归不归

送别诗

佚名

杨柳青青着地垂，杨花漫漫搅天飞。

柳条折尽花飞尽，借问行人归不归？

◎ 诗临其境

　　"杨柳"是中国古代诗歌中经常出现的一种意象，和当代"杨柳"的释义不同，在古代多指柳树。这首以柳为题材的送别诗出自隋朝，古代信息不发达，传递信息较慢，分离之后常常需要忍受空间隔离的相思之苦。虽然本诗作者已无从考究，但诗人通过丝丝垂柳所表达的对远行人的缕缕思念之情，却成为中国古代送别诗中的经典之作。

　　在风和日暖的暮春时节，青翠的柳条绵长而低垂，细细的柳丝似人的情思。微风拂过，漫天的杨花纷纷扬扬，无依无傍，无边无际，就像诗人的离愁别绪，弥漫于整个空间。

　　万条柳丝，又怎堪折，杨花再多，终归飞尽。春归已久，而远行人却又何时归来！对远行人的思念之情便寄托在条条柳丝中。

◎ 一句钟情

"柳条折尽花飞尽，借问行人归不归？"

这句诗紧承前两句中的"杨柳"和"杨花"，采用了夸张的手法，借"折尽柳条""飞尽杨花"深刻表达了对远行人的不舍。

我们仿佛看到两位将要离别的人儿，手挽手走在杨柳依依的小河边，似乎有说不完的离别话。折一枝杨柳送给远行人，心里满满的全是不舍，还在送人出发，嘴上已经在问你什么时候回来，哀怨中充满着无限的期盼。

◎ 诗歌故事

"折柳送别"始于汉而盛于唐。那么折柳是如何与送别产生关联的呢？一是"柳"和"留"谐音，借"柳"表示挽留之意。二是柳树适应能力强，就像《增广贤文》中所说"有心栽花花不发，无心插柳柳成荫"。一株柳枝随便插到哪里，只要有水土就能生长，古人借柳表达了美好的期许。三是柳条细且长，很容易和离别的愁绪联系起来。《送别诗》开篇就写柳，很好地照应了主题。

去过陕西的朋友们应该知道，"灞柳风雪"是陕西的著名民间俗景"关中八景"之一。西安市境内东有灞水，灞水两岸多植柳树，每年到春天，灞水两岸绿柳覆荫，柳絮漫天，飘飘扬扬，恰似春日里的一场雪，像极了《送别诗》的一、二句"杨柳青青着地垂，杨花漫漫搅天飞"描绘的极美场景。

而灞水上的灞桥是西安东去的必经之路，汉唐以来，不知道有多少文人墨客东出灞桥。据史书记载，古人送客至此桥，折柳赠别，已成风俗，蔚为壮观。

如今，这座横跨灞河170余年的灞桥老桥被拆除，建起了现代化的钢筋混凝土桥。虽然曾经折柳赠别的灞桥已经不见踪影，但它仍然保留在文献里，浮现在人们的想象中。那些"柳条折尽花飞尽，借问行人归不归"的送别场景似乎也从未远离，万千柔情化作河边摇曳生姿的柳树，一直在传递着尘世间悲欢离合的故事。

无障碍阅读

着地：碰到地。
杨花：又名柳絮，指晚春时杨柳所结籽上的白色茸毛。
搅：乱。
行人：出行在外的人。

"近来攀折苦，应为别离多。"

出自唐代诗人王之涣的《送别》，意思为"最近攀折起来不是那么方便，应该是因为离别的人儿太多"。

这句和"柳条折尽花飞尽，借问行人归不归"有着异曲同工之妙，均表达了离别之苦，意味深长。

本文作者 ————————

深沉的海，驾一叶扁舟，游浩瀚书海，享诗意生活。

欲将心事付瑶琴。知音少，弦断有谁听

小重山

（南宋）岳飞

昨夜寒蛩不住鸣。惊回千里梦，已三更。

起来独自绕阶行。人悄悄，帘外月胧明。

白首为功名。旧山松竹老，阻归程。

欲将心事付瑶琴。知音少，弦断有谁听？

◎ **诗临其境**

  读惯了慷慨激昂的《满江红》，再看这首《小重山》，许多人会产生错觉：如此缠绵悱恻，还是那个叱咤风云的大英雄岳飞吗？其实苏轼之后，许多大词人都是豪放与婉约兼而有之，对岳飞来讲，这首词的背后，也隐含着难以言说的心路历程。岳飞率"岳家军"挥师北上，准备直捣黄龙府，收复中原，迎请被金人俘虏的"二圣"南归。但当朝皇帝宋高宗赵构为了个人私利，明里暗里并不支持这种行动，起用"主和派"秦桧当宰相，大肆迫害"主战派"，岳飞极度郁闷，极度愤慨，但却无可奈何。在这种形势与背景之下，岳飞写下这首词，这一内心独白，表达了词人强烈的家国情怀。

静悄悄的夜晚，蟋蟀鸣叫惊醒梦中人，起床绕阶漫步，朦胧月光，映照满头白发，故乡难回，大志难伸，没人能懂此刻的心情。

词中情景交融、含蓄委婉、抑扬顿挫，曲折道出心事，有很强的艺术感染力。全词短小而隽永，一咏而三叹，词人忧国忧民的高大形象跃然纸上。

◎ 一句钟情

"欲将心事付瑶琴。知音少，弦断有谁听？"

这句词扣人心扉，催人泪下。想把满腹心事付与瑶琴，可高山流水，知音难觅，纵然琴弦弹断，又有谁来听？

我们都替岳飞难过：朝廷里奸臣当道，连皇帝都是主和派，壮志凌云的"还我河山"，谁又能听得懂？

伤感的词句、孤独的身影、悲凉的境地，倾诉的是岳飞壮志难酬、苦闷落寞的心情，这与"壮志饥餐胡虏肉，笑谈渴饮匈奴血"的豪气冲天迥然有别。人生多舛，世事多艰，大英雄有时也无力回天，让人生出撕心裂肺的慨叹，别有一番滋味在心头。人生不如意事常八九，每个人都会有迷茫与逆境，岳飞值得我们学习的地方，在于他的落寞不是儿女情长，不是个人得失，而是家国情怀。

◎ 诗歌故事

备受百姓支持爱戴的英雄岳飞，其实一直是个政治上的失意青年。"靖康之难"后，软弱的宋高宗准备避战南迁，25 岁的岳飞不顾官职低微，向赵构"上书数千言"：请皇帝恩准，愿率军北伐，收复失地！然而，精忠报国的一片赤诚之心，不但换来"小臣越职，非所宜言"的批语，还被革除了军职。岳飞如遭当头一棒，宋高宗根本就不明白他的一片苦心，也或许是假装不明白。但是，这并未动摇岳飞的志向，他先后投军张所和宗泽。宗泽一连上24道奏折，未能实现报国宏愿，含恨去世，北伐夭折，岳飞再度失意。后来，岳飞率"岳家军"收复建康、襄阳六郡，重创金军。眼看收复山河有望，宋高宗却宁愿对金人卑躬屈膝，也不愿看到胜利的结果，连下十二道金牌，令岳飞班师回朝。岳飞失望至极，痛苦万分：十年之力，毁于一旦。公元 1142 年，宋高宗、秦桧为与金人议和，杀死 39 岁的岳飞，他的供状上只留着四个大字：天日昭昭！

无障碍阅读

小重山：词牌名。一名《小冲山》《柳色新》《小重山令》。

寒蛩（qióng）：秋天的蟋蟀。

千里梦：指赴千里外杀敌报国的梦。

月胧明：月光不明。胧，朦胧。

功名：此指为驱逐金兵的入侵，收复失地而建功立业。

作家介绍

岳飞（1103—1142），字鹏举，相州汤阴（今河南汤阴）人。南宋抗金名将、军事家、战略家、书法家、诗人，位列南宋"中兴四将"之首。岳飞一生征战，后被诬陷入狱，含冤而死。宋孝宗时岳飞冤狱昭雪，追谥"武穆"，后又追谥"忠武"，封鄂王。

佳句背囊

"把吴钩看了，栏杆拍遍，无人会，登临意。"

出自南宋文学家辛弃疾《水龙吟·登建康赏心亭》，全词围绕登临所，情景交融，激昂慷慨，辛词豪放之风尽显。这三句直抒胸臆，淋漓尽致地抒发了壮志难酬的悲愤心情，慨叹空有抱负，无人领会，知音难觅。

本文作者 ——————

军墨史说，三十年军旅，五十载人生，投枪捉笔，书写胸中上下五千年。

平生不下泪，于此泣无穷

江夏别宋之悌

（唐）李白

楚水清若空，遥将碧海通。

人分千里外，兴在一杯中。

谷鸟吟晴日，江猿啸晚风。

平生不下泪，于此泣无穷。

◎ 诗临其境

公元734年，好友宋之悌因事被贬到交趾，李白在江夏为其送行。

我们仿佛看到诗人和好友举起酒杯互道珍重，他一句句叮咛着好友要好生保重，希望他日能够再相聚。

想着好友垂暮之年，还要千里奔波到穷山恶水的边地去，诗人压抑不住心中的伤感，转身看向周围的山水想转移一下注意力。可看着眼前奔腾的长江，听着江边山林里传来的鸟鸣声，他心中的不舍越发浓郁，向来洒脱的他也不禁鼻子一酸，泪流不止。

于是诗人说：

楚江清澈见底，好似空无一物，奔腾向前与远方的大海相连。
这次分别，我们将要相隔千里，情义就在眼前的这杯酒中了。
山间的鸟雀在晴空下欢快地叫着，林中的猿猴在晚风中哀号。
从不曾流泪的我，今天却泪流不止。

◎ 一句钟情

"平生不下泪，于此泣无穷。"

这句诗弥漫着浓郁的悲怆，让人动容，特别是对李白而言，
这种情绪更是少见。

李白是一个仗剑走天涯的侠客，胸腹之间常怀豪迈之气。
他喜欢游历名山大川，结交朋友。

从二十多岁离开蜀地开启游历模式，每个时期都有志同道
合的好友一起谈天论地，但没人能一直陪在他身边，分别于他
而言是常有的事。他从来都是一个洒脱的人，即使心中不舍，
也不曾哭泣。

但如今面对即将远谪交趾的宋之悌，胸中迸发出无尽的哀
伤让他泣涕不止。平生从不哭泣的人，却鼻涕一把泪一把，正
是"男儿有泪不轻弹，只是未到伤心处"啊！

一句"平生不下泪，于此泣无穷"，就把对宋之悌的同情

与不舍之情表达得淋漓尽致，只因里面饱含着他最真挚的情感。

◎ **诗歌故事**

　　734 年，李白到江夏游玩，听说宋之悌因事被贬交趾将要经过江夏，决定要见见他。

　　宋之悌留在江夏的日子，李白每天都要找他聊天，虽然宋之悌比他大很多，但两人一见如故，相谈甚欢。对志趣相投的人来说，年龄从来都不是问题，两个人聊人生，聊志向，有说不完的话题。

　　日子在不经意间溜走，到了宋之悌离开的日子，李白忍着心中的不舍为其送行，还写下了《江夏别宋之悌》。

　　多年之后，李白因为永王案被牵连下狱，在绝望之时，一个让他意想不到的人伸出了援助之手，那个人是时任御史中丞的宋若思。在宋若思的奋力营救下他才免遭杀头之祸，而他和宋若思并没有什么交情，于他而言，宋若思只是好友宋之悌的儿子。想来当年宋之悌对和李白的情义也是感念至深，也曾多次告诉自己的儿子，这才有了宋若思的营救之举。

　　李白和宋之悌相处的日子很短，但彼此之间的情义却很长，无论是李白留下的这首《江夏别宋之悌》，还是后来宋若思对李白的倾力营救，都让我们对这段友情感到欣慰、羡慕。人生能有这样一个知己难道不值得高兴吗？别说你不羡慕这样的友谊，不想有这样的朋友啊，我不信。

无障碍阅读

江夏：唐县名，在今湖北武汉武昌市。

宋之悌：李白友人。

楚水：指汉水汇入之后的一段长江水。

将：与。

兴：兴致，兴会。

谷鸟：山间或水间的鸟。

佳句背囊

"海内存知己，天涯若比邻。无为在歧路，儿女共沾巾。"出自唐代王勃的《送杜少府之任蜀州》，其中"无为在歧路，儿女共沾巾"与"平生不下泪，于此泣无穷"有共通之处：面对离别，即使洒脱如诗人也禁不住流下眼泪，但还想着去宽慰友人。

本文作者

一然有态度。历人生百态，看世事沧桑，依然有自己的态度。

江南无所有，聊赠一枝春

赠范晔

(南北朝) 陆凯

折花逢驿使，寄与陇头人。

江南无所有，聊赠一枝春。

◎ 诗临其境

南北朝时期，陆凯和范晔是一对好朋友，尽管因为在不同国家，两人立场不同，但没有影响到他们两人纯粹的友谊。

陆凯在行军途中登上梅岭，此时梅花怒放，他置身在梅花丛中，向北方看去，想起了在陇头的好友范晔，很遗憾此番美景，却不能和好友共赏，于是写下此诗：

我在率兵的路上遇见了要去北朝的驿使，于是登上梅岭折了这怒放的梅花，托驿使带给在陇头那边的你。

江南好东西很多，但都没办法表达我的祝福，那就送一枝梅花过去当作报春的礼物吧。

◎ 一句钟情

"江南无所有，聊赠一枝春。"

实际上，江南怎么可能一无所有呢？相反，江南一度是古代文人的理想之地，陆凯有太多想要和范晔一起分享的东西了，只可惜范晔不在身旁，那这一切的景色只能独赏，对于诗人来说，这种遗憾显得江南景色失色了；而对于范晔来说，江南最珍贵的，不是这怒放的梅花，也不是那繁华的江南景象，实际上是和诗人这份诚挚的友情。

"一枝春"也用得很贴切，梅花虽然开于冬季，却有报春的意思，代表了春天也代表了希望，诗人对友人的祝福，都倾注在这一枝来自梅岭的小小的梅花上。在诗人的想象里，这不是一枝梅花，这是江南的整个春天。

◎ 诗歌故事

诗的主人公范晔是南朝著名史学家、文学家，也是《后汉书》的作者，他和本诗的作者陆凯是好朋友，但在古代，山长水远，朋友想要见面是很难的事情。

他们俩一个在江南，一个在陕西，相隔万重山，就经常通过书信交流，而他们所处的是南北朝分裂时代，南朝和北朝是敌对状态。

陆凯是鲜卑人，也算是一个官二代，他的祖父陆俟是北魏的大将军，父亲和哥哥也身居要职，一家人都是北魏红人。在这样的家庭长大，他自己也很争气，15岁的时候就凭借自身才学成为黄门侍郎，此后多年，也是皇帝十分信任和重用的近臣。

根据记载，陆凯性格正直，有文人的才学，又有武将的忠义。他终身效力于北朝，而这首诗的主角，他的好友范晔却是汉人，居住在陕西，是南朝的臣子，这也让他们的友谊显得格外不易，很长一段时间里，陆凯与范晔通信都只能躲着其他人，让他们的友谊显得格外珍贵和纯粹。

陆凯的这首诗，和当时其他诗有很大区别，在这首诗里就只有两个友人的纯粹情感，这一刻，他们消除了国家和民族的阻碍，只是两个故人。

在往后的千年里，这件事都被传为佳话，在当时的环境背景下，南北两朝的文人都是在写文章互相争论，这首诗传开之后，南北两方的文人也十分动容，对两人的友谊表示钦佩和尊重，在之后很长一段时间里，两朝的文人都搁置民族争论，文坛出现了短暂的平和。也是在这之后，"一枝春"开始成为梅花的象征，越来越多以咏梅寄托离别的诗出现，也让"一枝春"成了一个新的词牌名。

这首诗有一个争议点，在史书里，并没有记载范晔在陇山任职过，而且范晔在南朝，按照诗的内容也应该是他给陆凯寄梅花，所以有一种说法是：此诗是范晔赠给陆凯的。因为古代信息和文化交流都很不方便，诗歌的传播主要靠人们口口相传以及抄录，难免会存在一些失误，所以也不排除这种可能性。

无障碍阅读

范晔（yè）：南朝宋顺阳（现在湖北光化）人，史学家，著有《后汉书》。

逢：遇到。

驿使：古时传递公文的人。

陇头人：即陇山人，在北方的朋友，指范晔。陇山，在今陕西陇县西北。

聊：姑且。

一枝春：此处代指一枝花。

作家介绍

陆凯（？—504），字智君，代郡（今山西代县）人，鲜卑族。出身贵族，北魏大臣、文学家。谨而好学，历任通直散骑侍郎、太子庶子、给事黄门侍郎，后来出任正平太守，治理有方，是一位良吏。支持孝文帝元宏改革。谥号"惠"。

佳句背囊

"近来攀折苦，应为离别多。"

这句出自唐代王之涣的《送别》，陆凯折梅花相赠，寄托的是对友人的思念，而在王之涣这首诗里，用"柳"谐音"留"，同样是借物来表达感情，也同样代表的是春天和希望的象征。

在古代，男子话别不可能一直说：贤弟，早点回来呀。而这枝折柳，就和陆凯的"一枝春"一样，恰如其分地把这种不舍和祝福表达了出来。

"春风知别苦，不遣柳条青。"

出自唐代诗人李白的《劳劳亭》。诗歌借景抒情，以写劳劳亭来表达人间的离别之苦。这两句的意思是：

"春风也明白离别的痛苦，所以才不催这柳条发青。"

这是移情于景，托物言情，构思想象都非常奇特。

本文作者 ———————————————————

长生酒。

第三辑

相思意浓

爱情是世界上最美妙的东西，它妙不可言，有时却苦不堪言。让人痴、让人醉、让人魂牵梦绕、让人至死方休。易求无价宝，难得有情人。相聚朝朝暮暮、如胶似漆，别时执手相看泪眼，山盟海誓，爱情是诗歌永恒的主题。

身无彩凤双飞翼，心有灵犀一点通

无题

（唐）李商隐

昨夜星辰昨夜风，画楼西畔桂堂东。

身无彩凤双飞翼，心有灵犀一点通。

隔座送钩春酒暖，分曹射覆蜡灯红。

嗟余听鼓应官去，走马兰台类转蓬。

◎ 诗临其境

李商隐的一生，不论官场还是情场，都屡屡失意，他的性格多愁善感，使他的诗充满了悲观黯淡的氛围。

李商隐的"无题"诗，是他对唐诗最大的贡献。这些诗事象繁复、意境迷离，不易得出确切的解释，但从中能捕捉到诗人内心独特的风景。

上面的这首无题诗哀怨缠绵，是一首求而不得的情诗，从中表露出李商隐的爱情观。

下面让我们看看这首诗描绘的情境：

月色微寒，显得意兴阑珊。星子疏落，在寂寥的天幕上举着冷冷的光焰。今夜，注定是一个凄清的夜晚。

不似昨夜，有软风醉人的良辰，有星夜璀璨的美景，有红烛高照的盛宴，有觥筹交错的喧闹。

还有你。昨日相见，惊鸿一瞥。那盈盈欲笑的眼波、似有若无的暗香，令我沉吟至今。

今夜，是一个相思的夜晚。

还记得昨夜，宾客间玩着"猜钩""射覆"的游戏，语笑喧阗。春酒入腹，暖意融融，恰似爱情的微醺。酒尚不能令人醉，情意却让我醉了。我睁着迷蒙的醉眼望去，烛火鲜红欲滴，烛火照影的你，娇美犹胜往昔。

我不止一次地痴想，如果能化身彩凤，我定要与你比翼双飞，如今劳燕分飞，我也只好安慰自己，幸好你我情意相通。

可叹啊，五更的鼓点声声，惊扰了相思的绮梦。我不得不换上板正的朝服，策马赶到兰台，像一株随风的飘蓬。

◎ 一句钟情

"身无彩凤双飞翼，心有灵犀一点通。"

此联对仗精工。彩凤比翼双飞，象征美好的爱情；灵犀双角上有白纹，从角端直通大脑，比喻两人心灵相通。

诗的前半句，诗人隐晦地暗示，有情人在现实中无法结合，这固然是一种遗憾。

但心有灵犀一点通，又将爱情升华到更高的层次。

爱情的距离，实际上是心灵的距离。唐朝李治在《八至诗》中写道："至亲至疏夫妻。"意思是夫妻是世界上最亲密而又最疏远的关系。如果心离得远，哪怕朝夕相对，中间也隔着千山万水。同理，如果心有灵犀，哪怕天各一方，也是一种无言的安慰。

在这里，无法长相厮守却心心相印的爱情，与那些朝夕相处却同床异梦的夫妻，形成多么鲜明的对比！

◎ 诗歌故事

在爱情中，人们往往渴望朝朝暮暮相守，似乎只有在身边、在眼前，才能时刻感知爱情炙热的温度。

然而人生不如意事十之八九。苏轼曾在《水调歌头》中感慨道："人有悲欢离合，月有阴晴圆缺，此事古难全。"明月亦不能夜夜长圆，人生又岂能事事顺遂呢？

但"心有灵犀一点通"为我们展现出爱情的另一种可能：互为知音。

我何尝不想与你朝暮相守，但总有责任在身，令我顾不上儿女情长，好在你我感情息息相通，你懂我的感情，你也懂我的无奈。

再结合李商隐的感情经历，能更深地理解他对精神共鸣的追求。李商隐情路坎坷，他爱慕的对象，多数无法在现实中结为伴侣，只能遥相思念。及至婚后，他和妻子感情甚笃，却因为仕途、家族原因不得不四处奔波，两人聚少离多，但时常书信往来。

当下社会中，也不乏追求精神契合的灵魂伴侣。

2020年新冠病毒忽然来袭，73岁的李兰娟院士不顾自己年事已高，执意奔赴抗疫第一线，而她的丈夫郑树森院士默默地支持她的决定。

当李兰娟院士团队返回杭州时，郑树森院士早早等候在停机坪。飞机降落后，潇潇春雨中，郑树森院士打着伞穿越人海，紧紧牵住李兰娟院士的手。这一幕，让我们在残酷的疫情中，看到了美好的爱情。

郑树森和李兰娟是科学界少有的几对院士夫妻之一。两人忙于事业，在一起的时间不多，早餐是两人一天中唯一在一起吃的一顿饭。为支援湖北，李兰娟院士冒着生命危险赶赴前线，稍有不慎，这对夫妻面临的就是诀别。但为了人民，为了责任，两人不得不冒这份险。

当问到夫妻间最理想的状态时，李兰娟的回答是："志同道合，相互扶持。"细品之下，与"身无彩凤双飞翼，心有灵犀一点通"有异曲同工之妙。

长相厮守，固然是爱情的面貌之一，而"心有灵犀"，同样也是爱情最美的模样。

无障碍阅读

画楼、桂堂：比喻富贵人家的屋舍。
送钩：又名"藏钩"，古代腊日的一种游戏。
分曹：分组。
射覆：在覆器下放着东西，令别人猜。
鼓：更鼓。
应官：上班。

佳句背囊

"同是天涯沦落人，相逢何必曾相识。"
此句出自唐朝诗人白居易《琵琶行》：彼此都是飘零天涯之人，自然可互为知己，又何必在乎曾经是否相识呢？细读下，与"身无彩凤双飞翼，心有灵犀一点通"颇有相近处。

本文作者 ————————————————

情茧。左手诗词，右手琴筝。

两情若是久长时，又岂在朝朝暮暮

鹊桥仙

（北宋）秦观

纤云弄巧，飞星传恨，银汉迢迢暗度。金风玉露一相逢，便胜却人间无数。

柔情似水，佳期如梦，忍顾鹊桥归路！两情若是久长时，又岂在朝朝暮暮。

◎ 诗临其境

农历七月初七是我国传统的"七夕节"，传说每年的这一天，是天上的织女和牛郎在鹊桥相会的日子。因此凡间的女子便在这一夜向织女乞求智慧和巧艺，或乞求美满的爱情婚姻。《鹊桥仙》中所描写的即是此情此景。

纤薄的云缕在空中随风灵巧穿梭，飞逝的流星在传递别离的愁绪，那遥远的银河啊，你们要悄悄越过。相逢如同金色的秋风和玲珑剔透的玉露会合，那就胜过人世间无数凡人的卿卿我我。

温柔的痴情流水般绵绵不断，未来的欢聚依然如梦似幻，那相聚的鹊桥啊，不忍心回头再看。两颗心若是在乎天长地久，又怎么会贪恋于每天早晚相处。

◎ 一句钟情

"两情若是久长时，又岂在朝朝暮暮。"

青春年少，但责任在肩。在追求功名前程的道路上，人生难免经常要分别，留下痴情的人儿独守空房。此去经年，路途遥远，面对离别和爱人的眼泪，拿什么来安慰两颗多情不舍的灵魂？是重温花前月下的山盟海誓，还是未来如花似锦的光耀前程？也许，在追求前程的大道上，这样直露而又富于哲理的告白是最好的安慰。人生百年，长路漫漫，把彼此永远存在心中，愿意在天长地久的期盼中等待和守望，也是一种长情的告白。

◎ 诗歌故事

我国古代传统社会，是一个男耕女织的农耕社会。男主外女主内是最主要的社会和家庭模式。隋唐科举制度的建立和完善，打破了魏晋以来士族门阀把持上流社会的局面，让很多寒门子弟看到了阶层跃升的希望。因此，自隋唐以来，耕读传家成了一种光荣和风尚。因为求取功名，"父母在，不远游"的传统被打破，忠孝不能两全成为新的现象。因为交通和通信的落后，古代社会又是一个慢社会。从读书到游学，再到参加科举，有志之士们注定要将生命注入读书、游学的漫长岁月和遥远的路途中。这意味着那些相爱的男女之间注定要忍受长期别离的痛苦。因此，古代诗歌中便多有望月怀人、羁旅孤愁的抒发篇章。但这首《鹊桥仙》却借写农历七月初七牛郎织女的一次鹊桥相会，表达了一种超越了普通人认识的爱情观。在作者看来，因为一年只有一次，这样的相聚就显得特别珍贵，非"金风玉露一相逢"不可称谓。既然两情相悦，矢志不渝，志在天长地久，那么这份情感就不必囿于朝朝暮暮的卿卿我我。此词豁达乐观，积极向上，抒发了一种超越了时代的高洁永恒的爱情观，令人耳目一新。

无障碍阅读

飞星：流星。
银汉：银河，天河。
鹊桥：民间神话传说，每年农历七月初七日（七夕节）晚，喜鹊在天河搭桥，让牛郎织女夫妻二人相见。

作家介绍

秦观（1049—1100），字太虚，后改字少游，号淮海居士、邢沟居士，北宋扬州高邮（今江苏）人。家境贫寒，少年时天资聪颖，勤于学习，博览群书，但科举不顺，接连落第。三十六岁才考中进士；经常与黄庭坚、晁补之、张耒品诗论文，颇受老师苏轼的赏识和推介，时人称四人为"苏门四学士"。秦观擅长诗、文、词，尤以词名最盛，被推崇为"婉约之宗"，著有《淮海集》《淮海居士长短句》。

佳句背囊

秦观写愁，别具一格，可谓高手。《浣溪沙·漠漠轻寒上小楼》写闲情别愁是"自在飞花轻似梦，无边丝雨细如愁"。紧扣"轻""细"二字，把梦与飞花，愁与细雨糅合在一起，化抽象为形象，独具耐人寻味的意境美。《千秋岁·水边沙外》写被贬处州后的悲恨，是"日边清梦断，镜里朱颜改。春去也，飞红万点愁如海"。借景抒情，以暮春飞花万点的景象写哀情，写得清新凄美，读来令人为之动容。

本文作者

杨成伟，男，甘肃省康乐县第一中学高级语文教师。头条公众号"陇右频道"作者。

似此星辰非昨夜，为谁风露立中宵

绮怀（其十五）

（清）黄景仁

几回花下坐吹箫，银汉红墙入望遥。

似此星辰非昨夜，为谁风露立中宵。

缠绵思尽抽残茧，宛转心伤剥后蕉。

三五年时三五月，可怜杯酒不曾消。

◎ **诗临其境**

在清代的诗坛上，黄景仁是一个天才，也是一个异数。他四岁时就成为孤儿，一生颠沛流离、穷困潦倒，34 岁时便英年早逝。

他一生困顿，但又个性倔强，不愿向世俗低头，所以他笔下的诗作，有很多是抒发寂寞、哀愁、低沉的情调。他留下的十六首《绮怀》诗，堪称爱情诗中的经典之作，音律婉转、情调朦胧、意象优美，可以说直接承接了李商隐"无题诗"的遗韵。

《绮怀》诗第十五首向来为人传诵，在这首七言律诗里，黄景仁用哀婉的笔调，讲述了一个没有结果的爱情故事：

多少次我花下独坐，吹奏着长箫，只见那红墙就像天边的银河一样遥不可及。

那些璀璨的星辰已经不再是昨夜的了，我是为了谁在这风露中站了一整夜呢？

缠绵的相思如同抽尽的残茧，心上曲折蜿蜒的伤痕就像是被剥过的芭蕉。

回忆起十五岁时那一轮十五的月亮，那刻骨铭心的记忆又岂是几杯酒所能消退呢？

◎ 一句钟情

"似此星辰非昨夜，为谁风露立中宵。"

这句诗巧妙地运用了时间与空间的对比：时间无情地流逝了，人却依然独自站在那里。一种惆怅的情绪，就在这动与不动之间流露出来。

试想，一个人独自站在夜空之下，眼睁睁地看着星辰变幻、时间流逝，自己整夜等着一个不会出现的人，哪怕风露沾湿衣襟，却依然抱着那一线希望，一种昨日能够重现的希望，这是多么刻骨铭心的深情。

慧极必伤，情深不寿，这句话很不幸地应验在了黄景仁的身上。

◎ 诗歌故事

据说，黄景仁17岁时离家求学，住在姑母家里。当时姑母家有一个表妹，年方15，两人青梅竹马、两情相悦。可是后来，因为种种原因，两人没有走到一起。他的表妹在分别之后，姑母家为生计所迫，将其送入杭州观察使府中做歌伎，后又将她嫁作商人妇。黄景仁则在母亲的安排下，娶了赵氏为妻，两人从此毕生再未相见。

在26岁的时候，他偶然听闻表妹已育有一子，不禁黯然神伤。他追忆过往，模仿李商隐的"无题诗"，写下组诗《绮怀》十六首，来抒发物是人非的感慨。

无障碍阅读

银汉红墙：银汉，指银河。此句为化用李商隐《代应》诗句：本来银汉是红墙。

思：谐音"丝"；心，谐音"芯"。皆为双关语。

三五：指十五。三五年，指十五岁，应为其表妹与其初识的年龄；三五月，指农历十五日的月亮，此时月亮最圆。

作家介绍 黄景仁（1749—1783），字汉镛，一字仲则，号鹿菲子，常州府武进县（今江苏常州武进）人，清代诗人。其诗学李白、李商隐，所作多抒发穷愁不遇、寂寞凄怆之情怀，也有愤世嫉俗的篇章，七言诗极有特色，亦能词。著有《两当轩集》《西蠡印稿》。

佳句背囊

"别梦依依到谢家，小廊回合曲阑斜。多情只有春庭月，犹为离人照落花。"

出自唐代诗人张泌《寄人》，写诗人与情人梦中重聚，难舍难分，而今离人不见，唯有月光照射在落花之上。其意境、修辞手法均与黄景仁这首《绮怀》诗有异曲同工之妙。

本文作者 ———

罗熠，蜀中人氏，生于 80 年代前期，现居成都，四川省诗词协会会员。头条号"巴蜀风物志"。

从此无心爱良夜，任他明月下西楼

写情

（唐）李益

水纹珍簟思悠悠，千里佳期一夕休。

从此无心爱良夜，任他明月下西楼。

◎ **诗临其境**

　　李益，中唐诗人，也是著名的边塞诗人。在文学史上，他以著名的唐传奇《霍小玉传》的人物原型的身份出现，也为这位边塞诗人雄奇、壮丽的色彩之外加上了一重婉约色彩。《写情》就是这样一首有着细腻情感的爱情诗。

　　这首诗的第一句里，诗人就使用了两个意象——"水纹""珍簟"。"簟"即竹席，"珍簟"也就是珍贵的竹席，"水纹"形容的则是竹席上纹路的形状。这句诗的意思就是诗人躺在漂亮的、有着水波一样纹路的席子上想事情。他想的是什么事情呢？诗人马上就告诉了你，很简单，只有七个字，就是"千里佳期一夕休"。

相思已久的恋人，远隔千里，可却再也没有相见的机会。终止他们之间的关系需要多久？李益告诉你，"一夕"而已。

在诗句里，诗人再没有告诉任何人"休"的原因、内容，我们甚至不知道他所思念的女性是谁。但正是这种留白，让更多有过相似经历的人感到了同样的心碎——无论你多么思念那个人，终究还是错过了。明明相恋了那么长的时间，但结束却是在一刹那发生的。顷刻之间，就连回忆都变成了虚幻的泡影。

◎ 一句钟情

"从此无心爱良夜，任他明月下西楼。"

月亮明明是最浪漫的代表，而黑夜又正是一个人最感性的时刻。若是关系还得继续，诗人明明可以在夜晚一边对月饮酒，一边思念远处的佳人。但现在，一切的浪漫都失去了意义。原本供他来欣赏、把玩、吟唱的一切意象，都失去了原本的价值。月亮升起又落下，落下又升起，月光皎洁如水，月亮柔和的光照在我的身上，也照在远处的人身上。这些在一个沉浸在愁绪的诗人眼中都失去了意义。

如果说在普通人眼中，自然意象只是"陈列"在自己的生活中，他们生活在日复一日的重复里，不会关注到自然的美。那么诗人应当是最为敏感的存在，诗人们能够捕捉到日常生活中的美感，并通过"陌生化"的方式将它们呈现在文学之中。

"任他明月下西楼"一句最巧妙的地方就在于，一般的诗人是将"月亮"的意象从日常生活中"陌生化"了出来，这句话的意思是，在普通人眼里月亮就是月亮，一个在夜晚发光的球体罢了；但在诗人眼里，月光像水一样温柔波动，月光也像刀子一样照在路人的身上。将熟悉的意象，进行不熟悉的组合，便是诗歌的"陌生化"效果。但李益的"任他明月下西楼"则更有意思，因为这句诗将一般诗人常用的"陌生化"的手段给进一步"陌生化"了。普通的诗人可能会在酒阑之时，独上高楼，看到月亮升起，感慨似乎月亮也和自己一样孤独地爬上高楼。但是在李益笔下，他抛弃了这种文人熟悉的雅趣。随月亮去吧，谁要管你在哪里。这样看似"不浪漫"的心理，实际上正是另一层次的显现——他无心顾及其他闲情逸致了，而将自己的情绪全部投入了对往日、对故人的思念之上。

◎ 诗歌故事

李益是唐朝诗人，但他在后世的普通人的眼里却总被唾弃。原因大约就是相传在著名的唐传奇《霍小玉传》里，李益成了一个"负心汉"。

霍小玉是名妓，容貌动人。而彼时的李益是京城中一个名诗人。李益以写边塞诗而闻名，霍小玉也曾经受战乱之苦，两人相识相爱，情投意合。在一个中秋之夜，两人定下生死之约，发誓此生要永远在一起。却不料老家的母亲早已给李益定下表妹卢氏之亲。李益不敢推却母亲的命令，便同意了这门婚事。

于是，李益草草定下了定会归来的诺言，便离开了霍小玉。但是李益却一直推托归期，霍小玉孤独憔悴，终于忧患成疾，卧倒病床。最终含恨而死。

在传奇《霍小玉传》中，作者想象了这样一个情景：李益终于看到了病入膏肓的小玉，小玉见到李益，侧身坐起，将一杯酒掷在地上，高声痛哭，然后气绝身亡。但是从这首《写情》我们可以推测，这首诗或许写于李益听闻霍小玉死讯之后。李益怎能是一个负心汉呢？他与霍小玉也不过是"一双蝴蝶可怜虫"，迫于压力而无法相见的恋人罢了。

作家介绍

李益（746—829），字君虞，陇西狄道（今甘肃临洮）人，后迁河南郑州，唐代著名的边塞诗人，尤擅七言绝句，代表作《塞下曲三首》《夜上受降城闻笛》。

佳句背囊

"感时花溅泪，恨别鸟惊心。"
出自唐代杜甫的《春望》，可以说是文艺作品中"移情"的最经典案例。花本无心，但正因为人有"感"，于是花同人一起"溅泪"；鸟亦本无情，却由于人之"恨"（遗憾），而倍感"惊心"。

"连天衰草，望断归来路。"
出自宋朝李清照的《点绛唇·闺思》，借用"连天衰草"的意象，来思念比蔓延天际的芳草还要遥远的游子。

将愁思寄托于芳草之上。

"离恨恰如春草，更行更远还生。"
出自五代南唐后主李煜的《清平乐》。全词写思念远方之人的感情。这两句的意思是："离别的愁恨正像春天的野草，越走越远它越是繁茂生长。"用动态写出离恨随人而远的情态，非常生动。

本文作者

May：热爱美、艺术和政治，试图在文化的碰撞中找寻混沌自身的立足点。

在天愿作比翼鸟，在地愿为连理枝

长恨歌（节选）

（唐）白居易

临别殷勤重寄词，词中有誓两心知。

七月七日长生殿，夜半无人私语时。

在天愿作比翼鸟，在地愿为连理枝。

天长地久有时尽，此恨绵绵无绝期。

◎ 诗临其境

作为白居易的代表作，《长恨歌》这首脍炙人口的长篇叙事诗作于元和元年（806），全诗形象地描述了唐玄宗和杨贵妃的爱情悲剧。读《长恨歌》，脑中展开了一个气势恢宏的场景，一段荡气回肠的爱情。诗的主题是"长恨"，这是一段千古爱情的最后回音。

民间有个传说：在有一年的农历七月初七，华清宫的长生殿内，玄宗与贵妃二人避开了侍卫随从，双双跪地，仰望牛郎织女星发下了誓言："人寿难期，愿我们生生世世，永做夫妻！

过了今生，还有来世。"在诗人的笔下，两位男女的这段爱情誓言获得了更具诗意的表达："在天愿作比翼鸟，在地愿为连理枝。"我愿和你做那天空中比翼双飞的鸟儿，我愿与你做那地里根连着根、枝依着枝的树木。

◎ 一句钟情

"在天愿作比翼鸟，在地愿为连理枝。"

脍炙人口的诗，流传千古的倾城绝恋，每一句都恰到好处，增之一分则太长，减之一分则太短。

"在天愿作比翼鸟，在地愿为连理枝。"这是生生世世的爱情，无关生死，只因为纯粹的爱情愿景，也成为我们现在很多相恋的人对彼此最美的誓言。

◎ 诗歌故事

开元二十五年（737），唐玄宗的宠妃武惠妃去世，老皇帝每天相思郁结，宦官高力士出宫为皇帝搜罗美女，在寿王府上见到了当时已是寿王妃的杨玉环，并惊为天人，遂回宫立即禀报给了唐玄宗。

开元二十八年（740）十月，二人第一次相见，温泉水滑洗凝脂。从此开启了这段千古恋情。此时，唐玄宗 56 岁，杨玉环 22 岁。

后宫佳丽三千人，三千宠爱在一身，是最真实的写照，唐玄宗开始经常不上朝听政，任用外戚杨国忠，荒废政务，最终导致政治腐败，安禄山乘机发动叛乱，贵妃身死马嵬坡，玄宗皇帝日夜思念，心力交瘁。后被白居易写为《长恨歌》，这段爱情悲剧得以千古流传。

爱情每天都在发生，为什么他们的爱情却成为千古绝唱而其他的都没有流传呢？是因为男主角是君王吗？是因为安史之乱，女色误国吗？

两个人的爱情，出现问题，一定不是一个人的问题。女人也不能成为误国、乱国的替罪羊。

我想他们两个人的问题应该是：只是爱了，而忘乎所以，忘了其他的，该负的责任，该管理的国家……任何时候不能因为爱情而荒废了其他，大到一个国家，小到一个家庭。一个国家如果有一个不谙政事的领导，那么国家迟早要亡，一个家庭如果不能勤于正事的话家迟早要散。

爱一个人应该是两个人一同成长，一起承担，同风雨，共进步，一同去承担责任，去做好自己该做的事情，而不是只贪图享乐，玩物丧志。

就像舒婷在《致橡树》里面写的那样：

我们分担寒潮、风雷、霹雳；

我们共享雾霭、流岚、虹霓。

现在的年轻人更应该知道，爱情应该是神圣的，爱人应该是一路同行的伴侣。两个人在一起不仅是有爱，还要有共同进步共担风险的决心。在合适的年龄做合适的事情，就是孔子说的："吾十有五而志于学，三十而立，四十而不惑，五十而知天命，六十而耳顺，七十而从心所欲，不逾矩。"

佳句背囊

"我欲与君相知，长命无绝衰。山无陵，江水为竭，冬雷震震，夏雨雪，天地合，乃敢与君绝！"

出自汉乐府民歌《上邪》。都是对爱情的忠贞不渝。与"在天愿作比翼鸟，在地愿为连理枝"有异曲同工之妙。

本文作者 —————————

清泉韵，头条原创加 V 作者，化工贸易公司法人，热心公益的"80 后"东北宝妈。

春心莫共花争发，一寸相思一寸灰

无题

（唐）李商隐

飒飒东风细雨来，芙蓉塘外有轻雷。

金蟾啮锁烧香入，玉虎牵丝汲井回。

贾氏窥帘韩掾少，宓妃留枕魏王才。

春心莫共花争发，一寸相思一寸灰！

◎ 诗临其境

深闺中的女子正值花样年华，望着窗外盛开的花朵，她多么想像那恣意争春的花儿，可以自由地绽放自己的美丽，去吸引那慕名而来的彩蝶和觅香寻踪的蜜蜂。

就像深闺中的自己和爱慕她的情郎一般，可以在这春光里自由地相爱。然而此念转瞬即逝，取而代之的是压抑着正常情愫的封建礼教，让她渐渐掐熄了这爱的火苗，努力让自己化相思成灰。

李商隐看到闺中女子的愁苦，便写下了这首《无题》：

飒飒的东风伴着蒙蒙细雨，雷声从荷花塘外传来，阵阵香气从金蟾香炉中飘出，那氤氲的烟气仿佛井边似玉虎的辘轳，牵引着绳索，缓缓地把水里的井水源源不断地牵引出来。而这井中的水啊，仿佛女子心底的相思，被这春色牵引。

古有钦慕韩寿英俊而偷窥的贾女，更有与曹植互相爱慕的甄宓，那珍贵的金缕玉带枕啊，就是鉴证他们之间爱情的信物。而春心荡漾的闺中女子啊，也莫要和那春花争艳吧，不然亦落得相思成灰，肝肠寸断。

◎ 一句钟情

"春心莫共花争发，一寸相思一寸灰。"

这句诗是"伤春"的点睛之笔，不仅阐明了全诗的悲剧之美，更把女子那种渴望爱情而又无助的痛苦写得淋漓尽致。悲苦凄凉的现实打碎了一个怀春的少女梦，她告诫自己不要和花朵一起萌动春心，免得所有的热情和希望随着相思之苦化为灰烬。

◎ 诗歌背后的故事

《世说新语》记载，韩寿一表人才，玉树临风，是西汉开国元勋韩信的后人。有一天，他到上司贾充家去聚餐，上司待字闺中的二小姐隔着帘子看上了他。聚餐结束后，二小姐每天魂不守舍，茶不思饭不想，每天写情诗倾诉相思之苦。

婢女最懂小姐心思，于是就给韩寿转达小姐的爱慕之情，并夸赞小姐长得楚楚动人才貌双全。韩寿听后大喜，脸上愉悦的神情掩饰不住，心想这么美好的事情岂能错过，况且自己还是单身狗一枚。

二人一见倾心，瞒着双方家长幽会，二小姐把老爹的珍贵香料送给了韩寿，并私定了终身。

直到有一天，贾充再次请下属聚餐，嗅到了一股香味，是韩寿身上散发出来的。这种香料是西域进贡给朝廷的，不仅香味醇厚，而且味道经久不散，晋武帝赏赐给了他，他送给了女儿用。

贾充心想这个臭小子不可能有这种朝廷贡品的！此时他已心知肚明。于是，回家严审婢女，婢女只好把事情的前因后果说了出来。无奈女儿痴情，对韩寿死心塌地，今生非他不嫁。当老爹的看韩寿也是可塑之才，只好顺从女儿，同意这门亲事。这便是"韩寿偷香"的由来。

曹植的《洛神赋》，原名《感甄赋》。曹丕的皇后甄氏，也就是曹植的嫂嫂。相传曹植和自己的嫂嫂甄氏本来是一对恋人，甄氏阴差阳错嫁给了曹丕，但她心里一直爱着曹植。这一切都是老爹曹操乱点鸳鸯谱，让两个相爱的人爱而不得。

甄氏死后，曹丕把她的遗物金缕玉带枕送给曹植。有一天，曹植离京途经洛水，梦见嫂嫂说把玉枕留给他做纪念。曹植醒后，对昔日恋人有感而发作赋一首，便是《感甄赋》。

李商隐的仕途并不顺当，一生困顿不得志，他把这一生的坎坷、失意、爱而不得以及对美好生活的向往都融进了诗里，在相思成灰的感慨中彰显他与众不同的才华与魅力。

无障碍阅读

玉虎：用玉石作装饰的井上辘轳，形如虎状。

丝：井绳。

金蟾：蟾蜍，也叫蛤蟆。

韩掾：指韩寿。韩寿曾为贾充的掾属，也就是下属。

宓（fú）妃：古代传说，伏羲氏之女名宓妃，溺死于洛水上，成为洛神。这里指三国时曹丕的皇后甄氏。

魏王：魏东阿王曹植。

佳句背囊

"花自飘零水自流。一种相思，两处闲愁。"出自李清照的词《一剪梅·红藕香残玉簟（diàn）秋》。表达出了恋人或夫妻离别后的相思之愁，剪不断理还乱。花自顾自地飘零，水自顾自地流。看似写景，其实是写作者无处安放的相思之情。自从分别后，彼此都在思念对方，可又无处诉衷情，只好天各一方独自承受这份闲愁带来的痛苦。

本文作者

薇耘，一个灵魂散发香气的"80后"女子。

多情只有春庭月，犹为离人照落花

寄人

（唐）张泌

别梦依依到谢家，小廊回合曲阑斜。

多情只有春庭月，犹为离人照落花。

◎ **诗临其境**

这首诗的背后是一段没来得及开始就已经结束的遗憾。

清代笔记《词坛纪事》一书中，记录了这个有点心酸的故事。张泌曾与浣衣女相恋，只是种种原因，两人异地后再也没有遇见。一天晚上，张泌梦到了浣衣女，写下这首七绝。

"寄人"是指写给浣衣女一封信，诗人借此剖白自己的心意，这是古代文人用诗传情的常用之法。

自离别后，诗人梦中回到曾经的恋人的家。"谢家"原指东晋咏絮才女谢道韫的家，在诗人的心目中，心上人是个如谢道韫般的灵秀人儿。

院中风景依旧，雕梁画栋还在，场景是那样熟悉。

四面小廊依稀留有二人互诉衷肠的浪漫，残存相互依偎过的温度，唯独见不到爱人的倩影。

诗人的梦魂绕遍回廊，倚尽阑干，只有明月还有情，不忍弃落花而去，似乎还没忘记曾经的爱侣在这里许下的海誓山盟。

诗前两句由相思入梦，是在向对方倾诉自己对她的思念；后两句点出多情的明月仍眷念落花，是对双方渐渐疏远的惋惜。

◎ 一句钟情

"多情只有春庭月，犹为离人照落花。"

这句诗，说不出的缠绵情意，道不尽的相思深深，一直作为千古名句为后人称道，唯美深情，令人心醉。

花落了，离人泪，但春庭明月所蕴含的情不变，诗人言外之意，是希望彼此重修旧好。

月光怜惜诗人的一片真心，为场景铺上一层柔柔的梦幻色彩，深知身在情长在，来日亦方长。在一场无疾而终的感情桥段里，令人伤感的正是时间无情，爱慢慢消逝在风中，让我与你握别，把祝福别在襟上，明日，明日又隔天涯。

古人对待感情往往是含蓄的，诗人只通过小廊曲阑、庭前花月的旧景来表达自己对这段感情的印象深刻，即使在梦中依然留恋不舍，无须过多抒发，却更具有动人心弦的力量。

人们常说，相濡以沫不如相忘于江湖，拥有的时候不觉得，失去了才倍感珍惜；过去的爱人就此生分、音信不通，若还有情则更加按捺不住心中的想念。世间有多少爱，便有多少相思，轻轻挥别天边的云彩，光阴就成了往事；多年后偶然入梦，岁月便化作了风景。

情真之人，难解相思之苦，任时光流转，阻止不了心中的思念生长，便凝成了唯美诗句，刻进了岁月深深里。

张泌是唐末诗人，他是典型的诗红人不红。这首《寄人》以"梦"为依托，充满浪漫主义色彩，意境凄迷朦胧，情真意真，虽含蓄委婉但不缺唯美独特，被后世传为经典。

我们总是很任性地对待时间，忙着长大匆匆离开家，掠过父母担忧的目光；忙着看完一本书，却忽略了慢慢思考；只顾着埋头前进，错过了周边风景，那些生命里珍贵的人，一转身，终再难寻。

人生路只有这一次，认真地看待，用心地体会，只有经历风风雨雨，方知真诚无价，无论亲情、友情、爱情，都需要认真经营与细心呵护。

无障碍阅读

谢家：东晋有名才女谢道韫的家，诗中指曾经的爱人的家。

回合：诗中指四面走廊环绕。

阑：栏杆。

离人：这里指诗人与曾经的爱人分隔两地。

作家介绍

张泌，唐末诗人，字子澄，生卒年不详。张泌诗中的情感非常细腻，独特清新，《全唐诗》中保存了他的诗作。

佳句背囊

"人面不知何处去，桃花依旧笑春风。"

出自唐代崔护的《题都城南庄》，这一句与"多情只有春庭月，犹为离人照落花"有异曲同工之妙。诗人曾经偶遇一位令自己怦然心动的女子，想回到故地再寻，却发现女子早已不在，只剩下桃红春色，不能慰藉诗人的惋惜之情，其中物是人非不免令人扼腕叹息。

"相思"是古诗词中经久不衰的主题，崔护与张泌的诗中对回忆的把控十分独到，景物描写显得新颖别致，往日欢情，别后相思，全在不言中。

本文作者 ————

蒋文静，一个有文学理想的理工科女孩，有趣有梦。

我梳白发添新恨，君扫青蛾减旧容

逢旧（其一）

（唐）白居易

我梳白发添新恨，君扫青蛾减旧容。

应被傍人怪惆怅，少年离别老相逢。

◎ **诗临其境**

乐天诗名天下传。相比之下，这首《逢旧》意境谈不上高远，用词算不得讲究，意思略显粗浅，实在算不得其经典之作。但这首古诗是作者白居易内心最真挚、最私密情感的表达，仔细品味，我们总会为那些人心、人性和人情所深深地感动。在风云变幻面前，我们谁又不是个平凡人呢？我们关心时代的风起云涌，也同样关注个人的酸甜苦辣、喜怒和悲欢。

已经步入中年的白居易，在贬往江州赴任的途中，意外重逢少时的恋人湘灵，情难自禁写下了这首《逢旧》：

你我对坐当面，可叹我白发苍苍又生新的遗憾，心痛你的眉宇间多了无数的沧桑，少了几分当年俊秀的容颜。

周围的人都在大惊小怪我们为什么如此惆怅伤感，只因为他们不知道我们很小的时候就分开，很老的时候却再得以相见啊！

◎ 一句钟情

"我梳白发添新恨，君扫青蛾减旧容。"

人经常说，时间是治疗心灵伤痛的最好良药，痛苦终究会慢慢化解。可人生路上，总有些人，总有些事，总有些情，总是执拗地违反着这样的规律，平日里或许会躲在心灵深处的某个角落，可每到午夜时分，又会浮上心头萦绕心间，让人辗转反侧，难以忘怀。随着时间的推移，那些人、那些事、那些情，甚至那些思念和痛苦都变成了自己心灵的一部分，至死都无法割舍。

对于白居易来说，那个叫湘灵的女子曾是他一生的牵挂。

"我梳白发添新恨，君扫青蛾减旧容。"这句诗，充满了痛惜，充满了回忆，充满了藏在心底、无法表露却难以掩饰的深情和爱，含蓄内敛又深情无限，藏了太多不可言说、无法言说的心事。

时光如水，总是无言，不是无话可说，而只是不知从何说起。彼此沧桑与寂寞相对，执手相看泪眼，满腔的深情堵在喉间，情深处，口不能言。

四季轮回，可光阴一秒一刻都不可追。

昔日旧时光中小儿女心心相印的温暖，情深义重的盈盈笑脸，俊俏的容颜，仿佛就在眼前，可转眼之间，一人已白发垂肩，一人已素装清减。新增的白发，抵不过无数新增的遗憾；旧日的时光、美丽的容颜，都如穿心的利剑，令人痛断肝肠。

其心可鉴，其情可感，其悲可悯，斯人可叹！

◎ 诗歌故事

公元 772 年，唐代宗大历七年正月，白居易出生于河南新郑一个"世敦儒业"的中小官僚家庭。因躲避战乱，举家迁居宿州符离。李白有诗云："郎骑竹马来，绕床弄青梅。同居长干里，两小无嫌猜。"在符离，白居易碰到了他一生最心爱的女子，她的名字叫湘灵。

湘灵小白居易 4 岁，在白居易 19 岁时，两人曾私定终身，直到 27 岁的白居易离开符离，开始考学踏入社会。临行时，23 岁的湘灵亭亭玉立，送给他一双鞋子为念。

郎有情，妾有意，当时的两人会对未来抱着多么美好的期待呢？

可现实就是这样残酷，金榜题名不仅没能让两人在一起，反而成了两人必须分离的理由。白居易 29 岁高中进士，回到符离向母亲恳切地要求和湘灵结婚，却被母亲以门第有别为由严词拒绝。

在坚持了八年后,在母亲以死相逼下,他只好屈从另娶他人。可他幸福吗?有诗为证:

"我有所念人,隔在远远乡。我有所感事,结在深深肠。乡远去不得,无日不瞻望。肠深解不得,无夕不思量……"

本以为从此相见无期,却不料命运弄人。白居易44岁,被贬江州(今九江市)。路上偶遇依旧未嫁的湘灵,白居易感伤不已,写下《逢旧》两首。其二是:

久别偶相逢,俱疑是梦中。
即今欢乐事,放盏又成空。

久别重逢,本是意外惊喜,谁料这一别即成永诀!

八年后,白居易特意去符离探望湘灵,伊人却已不见,这对有情人,从此再无相见之时。

时间已经过去千年,可诗中字字句句依然惊心动魄,强力叩击着心扉,让人心生感慨:伊人何在,那些动人心魄的时光又已何往?一对恋人在行色匆匆中意外重逢,转身又要饮一杯离别苦酒,未及欣喜,便已彷徨,这又是怎样的残忍……

读一首诗,念一段情,千载之后,共话凄凉。

恨：遗憾。

青蛾：青黛画的眉毛；美人的眉毛。借指少女、美人。

旧容：以前年轻貌美的妆容。

怪：奇怪、好奇。

佳句背囊

"从别后，忆相逢，几回魂梦与君同。今宵剩把银釭照，犹恐相逢是梦中。"

出自北宋著名词人晏几道的《鹧鸪天》。这两句诗虽有昔日分别的伤感，但更有重逢的喜悦，生动描写了一对有情人分别日久相思情深，极度渴望重逢的迫切心情，将他们一朝相见惊喜莫名，却又患得患失的心理描写得淋漓尽致。

本文作者

船长读书和情感（头条号），红尘修行者，传播国学智慧，品读豁达人生。

空怀白首约，江上早归航

送别

（南朝）范云

东风柳线长，送郎上河梁。

未尽樽前酒，妾泪已千行。

不愁书难寄，但恐鬓将霜。

空怀白首约，江上早归航。

◎ **诗临其境**

范云，南朝梁大臣，一位可以靠地位取胜却偏偏靠才华的文学家。

《送别》是他的一首五言诗，写女子送丈夫远行：

在东风袅袅，柳絮渐长的春天，我送你到河桥。

还没有喝完杯中的酒，我的泪已落千行。

不担心书信难以寄达，只怕两鬓将变白，由于别离迅速衰老。

心中满怀着你我白头到老的约定，我在江边等待着你的航船早日归来。

朴实无华的笔调，颇有民歌之风。

◎ 一句钟情

"空怀白首约，江上早归航。"

这句诗深得我心，既写出了爱情的甜蜜，又写出了爱情的艰辛。

我仿佛看见女子与丈夫站在人群熙攘的河桥上，忘却眼前周遭的事物，眼里满是对方，心中只存誓约的场景。

一回眸便沧海桑田，留下女子，独自在岸边等待，丈夫归来遥遥无期。

在这里，"归航"写出了女子对丈夫的依恋，人未离开，先说归来。

"白首约"则暗示夫妻感情之深，海誓山盟，山河可鉴，不免让人联想到他们昔日的甜蜜生活。

与前面的"泪千行"相呼应，更是凸显出女子用情之深、分别之痛的情感。

◎ 诗歌故事

相遇的那一刻，也是告别的开始。"天下没有不散的筵席"，天黑了，都会各自回家，没有谁能陪伴你走到终点，除了你自己。

道理谁都明白，却总会在分别时刻掉链子，这显然不是人生的大智慧。

一看到"空怀白首约，江上早归航"这句诗，我就联想到了杨绛先生。

我们都知道，杨绛先生与丈夫钱锺书两人的感情很好，他们曾一起到国外留学，学成之后又一起回国教学。钱锺书先生评价自己的妻子杨绛先生说："她是最贤的妻，最才的女。"

一个女人要获得男人的爱慕，这并不是很难，但一个女人要同时获得男人的钦佩、尊重和依赖，这绝非易事，杨绛先生做到了，可见他们夫妻感情之深。

然而，天妒英才，上天早早地就将钱锺书先生带离了杨绛先生的身边，连同他们可爱的女儿也一并带走，留下杨绛先生一个人在思念《我们仨》。

昔日的欢声笑语，诗歌对唱，一去不复返，唯有冷清的屋子和满墙的书卷相伴。但杨绛先生却从不气馁，她依旧热爱着生活，养了一只猫，做着喜欢的翻译工作，独自活了105岁。这，就是人生的最高境界。

永远保持一颗热爱生活的心，即使爱人不在身边，也要开心、快乐，这样爱你的那个他，才不会担心。或许这正是"空怀白首约，江上早归航"所要告诉我们的道理吧！

无障碍阅读

河梁：河桥。

樽：酒杯。

但恐：只怕。

鬓将霜：两鬓将变白。

空怀白首约：希望你心中存有白头到老的约定。

作家介绍

范云（451—503），字彦龙，南乡舞阴（今河南泌阳县西北）人。范缜从弟，南朝齐、梁文学家，与萧衍、沈约、谢朓、王融、任昉、萧琛、陆倕合称为"竟陵八友。"

佳句背囊

"过尽千帆皆不是，斜晖脉脉水悠悠。"

出自唐代诗人温庭筠的《忆江南》，女子独坐桥头，盼望丈夫航船归来的场景，与"江上早归航"一句不谋而合，都是痴情女子。

本文作者

裘雪妮，一枚不爱美食，只钟情于诗画的中文系女孩！

采之欲遗谁？所思在远道

涉江采芙蓉

佚名

涉江采芙蓉，兰泽多芳草。

采之欲遗谁？所思在远道。

还顾望旧乡，长路漫浩浩。

同心而离居，忧伤以终老。

◎ **诗临其境**

这是一首远方游子思念家乡心上人的诗歌。

闲暇的夏日里，诗人划船至江中采得娇艳欲滴的荷花和芬芳幽香的兰草。

郊游采花本是一件让人开心的事情，可是忽然想起所采的花草无法和远在家乡的心上人分享时，情绪就瞬间低沉。

回望家乡长路漫漫，心上人和我虽然情投意合却因天各一方无法长相厮守，只能在无尽的思念中度此一生。

◎ 一句钟情

"采之欲遗谁？所思在远道。"

每逢读到这一句时，我眼前不由得会浮现出两幅画面，好似电影的蒙太奇手法一般。画面一端是一位相貌清秀的白衣书生在江边手持荷花怅然若失遥望远方，另一端是一位蛾眉紧蹙的少女依窗远眺，愁绪万千。

这句诗看似诗人在自言自语，不经意间却散发出诗人满怀的愁绪和相思无处可寄的落寞。

情绪这东西就像孩子的脸，说变就变，让你猝不及防瞬间崩溃。

世间唯情字难解，情不知所起，一往而深。

◎ 诗歌故事

读了"采之欲遗谁？所思在远道"，发现诗人用最浪漫的场景把漂泊异乡的游子对故乡的思念和回不去的遗憾刻画得入木三分。

其实孤独和遗憾本来就是人生常态，就像一部电影《乡关何处》中所表达的现代人越来越多都逃不出"到不了的是远方，回不去的是故乡"这句话的魔咒。

影片中大学毕业意气风发的李朝阳怀揣梦想加入"北漂一族"，然而年过三十"北漂"的他依然一事无成，还欠了一身外债。事业的失败让这个郁郁不得志的男人身心疲惫，打算离开北京回乡创业。

家乡依旧，昔日的发小、同学也已成家立业。接风洗尘寒暄过后，大家各自回归自己的生活轨道，只有李朝阳显得和周围环境格格不入。他踌躇满志开婚庆公司的想法，除了已嫁为人妻的初恋陈静外没有一个人支持，可陈静最后也选择了离开，李朝阳无奈最后又踏上了返京之路……

李朝阳以为家乡如同港湾，无论远航的船儿何时靠岸，都会为它遮风挡寒。却不料家乡早已不能安放肉身，也容纳不下他的灵魂。他注定了还要漂泊！

正如诗人所惆怅的一样："采之欲遗谁？所思在远道。"

漂泊异乡尤其是一个人，那种对故乡如影随形的思念和孤独常常让人无处安放，欲言难说，莫名失落。孤独和思念是一种病，无药可医只能在心里搁浅。

谁的人生不孤独？谁的人生无遗憾？

既然孤独是人生常态，那就坦然面对，最不济也和它握手言和。既然人生终有遗憾，那就索性遵从内心做好自己，让遗憾不要再变成人生的羁绊！

无障碍阅读

芙蓉：荷花的别名。
兰泽：生有兰草的沼泽。

遗（wèi）：赠送。

还顾：回顾，回头看。

漫浩浩：形容路途遥远没有尽头。

同心：指夫妻。古代婚礼的一种仪式，新郎新娘用彩缎结同心相挽而行。

佳句背囊

"采采卷耳，不盈顷筐。嗟我怀人，寘彼周行。"出自《诗经·周南·卷耳》，是一首思妇诗，描写一个野外采卷耳的女子，因为思念丈夫无心劳作索性放下筐子，到路口张望盼夫归的情景。和"采之欲遗谁？所思在远道"有异曲同工之效，以景触情，生动形象地刻画出了恋人间的思念之情。

本文作者

凌若尘，曾经梦想仗剑天涯的小女子，如今筑梦桃源，以梦为马，以笔为剑，写尽流年。

言辞雅措风流足，举止低回秀媚多

赠刘采春

(唐)元稹

新妆巧样画双蛾，谩裹常州透额罗。

正面偷匀光滑笏，缓行轻踏破纹波。

言辞雅措风流足，举止低回秀媚多。

更有恼人肠断处，选词能唱望夫歌。

◎ 诗临其境

元稹是唐代著名诗人，这首诗是他写给红颜知己刘采春的。

元稹担任越州（今绍兴）刺史、浙东观察使时，认识了年轻的女诗人刘采春，二人一见钟情。

刘采春的美丽，还有她美妙的歌声，都让元稹倾慕不已。面对爱人，他发出了深情的歌唱：

她画着大唐最新潮的妆容，那双弯弯的眉毛，就像是天边的新月；她美丽的额头，裹的是常州出产的最时髦的透额罗纱。

她的脸颊细腻洁白，比我手中的玉笏还要光滑；她走起路来，就像是漂在水面的凌波仙子。

她的言语是那样的雅致风流，她的行为是那样的娟秀娇媚。

她还有一处让人牵挂不已的地方，因为她能用甜美的嗓音演唱那动人的《望夫歌》。

◎ 一句钟情

"言辞雅措风流足，举止低回秀媚多。"

这句诗，写出了元稹对刘采春文采和仪表的赞赏和喜爱。

雅措就是雅致。刘采春虽然出身低微，却是一位文采风流的女诗人，她说的每一句话，在元稹看来，都是雅致天成，韵味十足。

低回就是徘徊。她的举手投足，一举一动，都娇媚无比。在诗人的心中，她就像曹植心目中"凌波微步，罗袜生尘"的洛神，怎不让人欣赏赞美！

刘采春的美，不仅是外貌的艳丽，更是因为她腹有才华，气质优雅。

◎ 诗歌故事

刘采春和鱼玄机、薛涛、李冶并称为唐朝的四大女诗人，但她在历史上留下的印记并不多。在大唐诗人璀璨的夜空中，她就像是一颗一闪而过的流星，最闪光的时刻，就是和大诗人元稹的一段恋情。

由于家境贫寒，刘采春很年轻时就成了一个出演"参军戏"（参军戏是一种滑稽戏，有点像今天的相声，在唐代非常盛行）的伶人，但她很快成了大唐"最红的明星"。

刘采春到处演出，名噪一时。而且，她的歌唱得特别好，据说她的嗓子像夜莺一样，每当演唱自己所作的《望夫歌》时，"歌声彻云"，"余音绕梁，三日不绝"。

她每次演出一定会唱歌，她的歌声感动了无数人，许多妇女，还有过路的行人，听了她的歌声，总会感动得流下眼泪。

元稹在绍兴做官时，正好刘采春来到绍兴演出。几场演出之后，整个绍兴城都轰动了，元稹也亲自去观看。一见面，元稹就被她的青春和才华吸引了，二人很快进入了热恋之中。

有一次，元稹酒后诗兴大发，题诗道："因循未归得，不是恋鲈鱼。"意思是说我滞留此间，不是为了喜欢这里的鲈鱼，言外之意，是为了喜欢刘采春才长时间在此做官的。

可惜的是，好梦由来最易醒，这段美好的爱情并没有等到应有的结果，元稹和刘采春最终还是分开了。不过，刘采春这位美丽而充满才情的女子，因为元稹的这一首诗，而形象更加饱满，千百年后依然让人记忆。

佳句背囊

"云想衣裳花想容，春风拂槛露华浓。若非群玉山头见，会向瑶台月下逢。"

出自唐代诗人李白的《清平调词三首》，这几句诗写杨贵妃的美貌，和元稹赞美刘采春的诗句有异曲同工之妙。

看见云就想到她华美的衣裳，看见花就想到她娇丽的容颜；这样的天姿国色，不是群玉山头的飘飘仙子，就是瑶台殿前月光下的神女。

本文作者

冯振兴：中学语文教师，热爱读书写作；今日头条号、微信公众号：万卷纵横眼欲枯。

枝上柳绵吹又少，天涯何处无芳草

蝶恋花·春景

（北宋）苏轼

花褪残红青杏小。燕子飞时，绿水人家绕。

枝上柳绵吹又少，天涯何处无芳草！

墙里秋千墙外道。墙外行人，墙里佳人笑。

笑渐不闻声渐悄，多情却被无情恼。

◎ 诗临其境

这是文豪苏轼的作品，大意是：

暮春时节，杏花伴着如酥的细雨，零落成泥。青杏小小，枝头上挂。

清澈的河水，宛如轻薄的丝绸，柔柔地绕着村落人家，缓缓流淌。水中倒映着的，是低飞的燕子的影子。

风儿轻轻拂过，枝上柳絮寥寥。春色将尽，那又何妨？天涯辽阔，芳草连天时候，又会是一番新的风景。

白墙黑瓦，绿柳周垂。春光明媚中，有翩翩公子在墙外走过，忽听得墙里荡秋千的少女的银铃般的笑声。

缓步轻移，渐渐地，动听的笑声消失在风里。执扇轻摇，轻轻一叹，仿佛自己的多情，被佳人的无情所伤。

◎ 一句钟情

"枝上柳绵吹又少，天涯何处无芳草！"

柳絮飘飞，又是一年春尽时，伤与悲与燕伴舞。

但不用过度伤感，芳草青绿的季节，又会是另一番境界。这句诗，将词人旷达的心胸表现得淋漓尽致。

漫天的柳絮，随风飘散到天涯。像极了被远谪的词人，已是晚年，已到海角。故乡远望，心有感伤。

不过，伤感不是苏轼的作风，旷达才是。

于是，"天涯何处无芳草"一句来了。春尽处，芳草青青，又该是怎样的风景呢？

不为逝去的美好春光而伤感，而向往即将到来的季节，以及不同季节带来的不一样的境界。不自困于一时的不得志，坚信前方一定还有更多的精彩等着自己，砥砺前行。

而这，又何尝不是我们该要有的心境呢？

◎ 诗歌故事

苏轼年少得志，才华横溢，虽进士及第，但仕途却不顺利，屡遭贬谪。

本词因未编年，具体作于何时已不可考。主要有四个观点，或作于密州，或作于惠州，或作于黄州，以及或作于谪知英州启程南下时。

具体如何，颇有争议。但能够确定的是，本词作于东坡不得意时。

中国历史上，有不少仕途不得意的诗人，他们面对人生困境，有不同的心态。

于李白，他高歌一曲"长风破浪会有时，直挂云帆济沧海"，尽显豪迈之情。

于柳永，"奉旨填词"的柳三变，也有着"何须论得丧？才子词人，自是白衣卿相"的狂放不羁。

其时，苏轼被贬谪，满腔抱负无法施展，心中想必是有愁闷之苦的。

花褪残红，柳絮寥寥，暮春将尽，伤感之情油然而发，多情却被无情恼。

这里的"情"，常被解释为爱情。不过以苏轼的格局，应该不仅仅止于此才对。

可否引申为思乡之情、对韶华易逝的感慨之情以及报国之情呢？我想，应该是可以的。

怀才不遇的词人，春光即逝的时节，墙里佳人浅浅笑，渐行渐远渐悄悄，难免令人生出"多情却被无情恼"的感慨。

但他终究是"老夫聊发少年狂，左牵黄，右擎苍""大江东去，浪淘尽，千古风流人物"的苏轼。

虽心有伤感，但却不会沉湎于此。

尽管身处人生困境，但天高地远，宇宙浩渺，处处是风景，没必要受困于一时的不得意。

新冠肺炎疫情期间，堂姐所在企业经营状况不好，她薪资被下调。堂姐也抱怨过，但很快调整心态，继续全身心投入工作，她相信困难总会过去。用她很喜欢的一句歌词来说就是，阳光总在风雨后。

困境是厚厚的云层，阳光总会穿透而来，将明亮的光洒满每一个角落，驱散阴霾。

困境过后，一定会有不一样的风景在等着我们。那风景，正是值得我们期待的未来。

此所谓，天涯何处无芳草。

无障碍阅读

蝶恋花：词牌名。又名"凤栖梧""鹊踏枝"等。双调，六十字，上下片各四仄韵。

花褪残红青杏小：指杏花刚刚凋谢，青色的小杏正在成形。褪（tuì）：萎谢。

柳绵：即柳絮。

天涯何处无芳草：指春暖大地，处处长满了芳草。

渐悄：渐渐没有声音。

多情：指旅途行人过分多情。

无情：指墙内荡秋千的佳人毫无觉察。

佳句背囊

"天涯何处无芳草"一句，化自战国时期楚国诗人屈原《离骚》："何所独无芳草兮，尔何怀乎故宇。"意思是世间什么地方没有芳草，你又何必眷恋着故地？这两句诗表面意思都差不多，但结合写作背景来看，东坡一句体现了他旷达的心境，而屈原的诗则表现出他想要离开却又不舍得的矛盾心理。

本文作者 ————

廖炯忠，一个喜欢文字的"95后"。

十年青鸟音尘断，往事不胜思

少年游

（清）纳兰性德

算来好景只如斯，惟许有情知。

寻常风月，等闲谈笑，称意即相宜。

十年青鸟音尘断，往事不胜思。

一钩残照，半帘飞絮，总是恼人时。

◎ **诗临其境**

这首词是作者悼念亡妻卢氏的作品。

那是一个春日的夜晚，纳兰看着窗外的一钩残月，突然情难自禁，再次想起了已逝的爱妻。于是他说：

细细想来，人生中的好景色都是在知心人眼前才能出现的。那些有你的日子，即使风景是稀松平常的，在我们的谈笑间，一切也能变得异常美好。

我已经好多年都没有收到你的音信了，我现在已经变得不忍心去回想往事了。然而，看着一弯残月下，飞絮扑打门帘的景象，我还是忍不住想你，忍不住伤心了。

短短一首词，一个深情而又软弱的纳兰公子跃然纸上，撩拨起我们心上的疼痛。他就像是一个受伤的孩子一般，碎碎念着对妻子的思念。可是，再多思念又如何？

◎ 一句钟情

"十年青鸟音尘断，往事不胜思。"

这里的十年是一个虚数，代指多年。青鸟是传信的信使。

斯人已逝，杳无音信，情难再寄，一切往事变得不堪回首。这是怎样一幅荒凉的图景？纳兰又是怀着怎样的心情写下这一扎心之句的？

我们都知道，越是需要刻意告诉自己不去想的，才越是内心深处最不能抗拒的。

纳兰看似明白了"十年青鸟音尘断"的事实，做出了"往事不胜思"的正确反应。

然而，若是真的不思，又何来此词？

事实上，恰恰是这句词暴露了纳兰性德对妻子相思成疾的事实。恰恰是这句词将他思念而不得的荒凉心境描绘得淋漓尽致。所以，我们在读这一句时才会有一种黯然销魂的感觉。

◎ **诗歌故事**

纳兰性德是清词三大家之一。他的词以情取胜，被国学大师王国维盛赞为"北宋以来，一人而已"。

纳兰出身高贵，是大学士明珠的长子，曾担任过康熙皇帝的御前侍卫。他风度翩翩、文武兼修、才华横溢，妥妥一枚高富帅。

然而，本该令人惊羡的纳兰公子却没能活成世人想象中的模样，反而沦为了千古第一伤心人！

纳兰性德与两广总督卢兴祖之女卢氏成婚。这段婚姻虽为包办婚姻，夫妻二人却是郎才女貌、佳偶天成。于是，他们在婚后过上了风花雪月的浪漫生活。他们一起吟诗作对、弹琴下棋、赌书泼茶，羡煞所有人。

然而好景不长，卢氏因难产而意外去世了。现实就是这般残忍，从前琴瑟和鸣的生活有多幸福，如今形单影只的生活就有多凄凉。痛失挚爱后的纳兰性德就此跌落谷底，相思成疾，一生没有再被治愈。

在卢氏去世后的那些年里，纳兰性德始终不能够真正从这段爱情里走出来。他不再是那个潇洒的翩翩公子，而是在爱情里将自己画地为牢，苦苦煎熬。

他走过很多地方，看过很多地方的美景，然而他却只爱过一个卢氏。那些没有卢氏的日子，他终究是待不惯的。他做梦都想下辈子再遇见卢氏。

在这样的煎熬之下，本就多病的纳兰，身体更是每况愈下。

最终，纳兰性德在经历病痛后永远地闭上了自己深情的双眼。

无障碍阅读

少年游：词牌名，又名"小阑干""玉腊梅枝"等。
青鸟：神话传说中为西王母传信的神鸟。后用来代指信使。
残照：指残月的光辉。

佳句背囊

"十年生死两茫茫，不思量，自难忘。"
出自宋代文学家苏轼的《江城子·乙卯正月二十日夜记梦》。这是苏轼为悼念亡妻王弗所作，意思是：你我夫妻诀别已经整整十年，强忍不去思念，可终究难以忘记。这句与"十年青鸟音尘断，往事不胜思"所表达的感情十分相似。

本文作者 ————————————————

青鸟诉音尘，做一只青鸟，诉尘世之音。

渐行渐远渐无书，水阔鱼沉何处问

玉楼春

（北宋）欧阳修

别后不知君远近。触目凄凉多少闷。

渐行渐远渐无书，水阔鱼沉何处问。

夜深风竹敲秋韵。万叶千声皆是恨。

故欹单枕梦中寻，梦又不成灯又烬。

◎ **诗临其境**

　　欧阳修出生于绵州（今四川绵阳），他早期的词作，一方面深受晚唐、五代以来主要流行于蜀地的"花间词"的影响，以清婉的笔触抒发闺阁之情；另一方面又突破了原来贵族化的审美趣味，更多地表达大众的情感。

　　这首欧阳修早期所作的《玉楼春》，便从女性视角抒发了对久别不归的心上人从深沉的思念到无穷的哀怨之情。作者说：

　　自从分别以来，不知你我距离是近是远。因为见不到你，我看什么都觉得凄凉、烦闷。你越走越远，远到我连你的书信也收不到了。大江虽然广阔，鱼却沉游水底，我上哪里去打听你的消息呢？

深夜里，秋风敲打竹叶沙沙作响，那本是属于秋的韵律；然而在我听来，万千竹叶发出的声音，都是对你久别不归的怨念！我孤独地靠在枕头上，想要在梦里追寻你；可是梦没还做成，灯却已经燃尽了。

◎ 一句钟情

"渐行渐远渐无书，水阔鱼沉何处问"这句，深刻地表达了女子对于心上人离开日久且不知所终的担心，以及想要打听对方的消息，却毫无门路的无奈与无助。

古时候不如现在这样方便，人不在一起时，只要有网络，就随时可以电话、微信、视频，甚至"打个飞的"直接出现在对方面前。那时候的人们分别以后，只能靠鸿雁传书来解相思之苦。一旦书信断了，就从此人海两茫茫，像手中断了线的风筝一样再难联系了。

但话说回来，即使在联络方式层出不穷的今天，"渐行渐远"的故事也依然在不断上演。儿时的旧友、分手的情侣，乃至天各一方的夫妻、观念相左的父子……曾经的美好谢幕之后，每当我们怀念时，便只能独自回忆；随着时间的流逝，回忆的频率也越来越低。很多人，都是默默地"躺"在我们的各种通信录里，却不曾说一句"hello"，只要换了头像和昵称，就成了妥妥的陌生人。

其实，人生又何尝不是一场渐行渐远的旅行呢？我们每个人都在单向度的时间线上一路向前，走着走着就与过去的自己越来越远，甚至判若两人。在浩渺的宇宙当中，又有几人能始终把握住自己、不至于迷失呢？"役于物，得失患；役于情，不超然"，情与物虽然难以超脱，但若能不忘初衷，守住本心，也不至于有朝一日沦落到"水阔鱼沉何处问"的境地了。

◎ 诗歌故事

对于古代的夫妻而言，如果丈夫远走他乡、杳无音信，妻子必将面临多方面的困境。这种困境既包括物质上的无助，更有精神上的相思引起的折磨和摧残。这首词虽然作于宋代，但古往今来，妻子对于外出的丈夫的牵挂之情却是相通的，尤其在战乱年代，往往还会平添几分身不由己的恐惧。

比如唐代诗人韩翃和妻子柳氏在长安成婚的第二年，韩翃考中进士，要回故乡昌黎（今河北秦皇岛境内）省亲，因为不打算在家乡久留，便没有带妻子同去。结果韩翃离开长安不久，标志唐朝由盛转衰的安史之乱就爆发了。从长安到河北一路上战火四起，长安的达官贵人甚至皇帝都携家带口逃亡了。柳氏怕丈夫回来找不到自己，一直坚守在长安的家中。家里的开销用完后，柳氏先靠变卖自己的妆奁首饰勉强度日，后又剪发易容，隐居在法灵寺中。

兵荒马乱的年代，对于独自等待丈夫归来的女子而言，除了物质生活无依无靠的艰辛，精神上更是无时不经受煎熬。战乱平息后，已成为军官秘书的韩翃派人回长安秘密寻访妻子，送去一袋碎金和一封家书。柳氏捧着书信悲恸不已，含泪给丈夫回了一首诗："杨柳枝，芳菲节，所恨年年赠离别。一叶随风忽报秋，纵使君来岂堪折！"

一个"恨"字，诉说着柳氏这些年的委屈、无助和担惊受怕，与欧阳修的"万叶千声皆是恨"有异曲同工之意。柳氏在等待丈夫书信的过程中，想必也历尽了"水阔鱼沉何处问"的无奈，和想在梦中追寻却又难以成梦的痛苦。万幸的是，在历经长久的等待和妻子被抢的风波之后，夫妻二人终究是团聚了。

无障碍阅读

玉楼春：词牌名。
书：书信。
鱼沉：鱼沉在水底，指不传书信。
攲（yǐ）：通"倚"，斜靠。
单枕：孤枕。

作家介绍

欧阳修（1007—1072），字永叔，号醉翁，晚号六一居士，江西庐陵（今江西吉安）人，北宋政治家、文学家，谥号"文忠"，世称欧阳文忠公。他领导了北宋诗文革新运动，继承并发展了韩愈的古文理论，开创了一代文风，与韩愈、柳宗元、苏轼、苏洵、苏辙、王安石、曾巩合称"唐宋八大家"，并与韩愈、柳宗元、苏轼合称"千古文章四大家"；主修《新唐书》，独撰《新五代史》。有《欧阳文忠公文集》传世。

佳句背囊

无独有偶，欧阳修的同乡兼老师晏殊的《蝶恋花·槛菊愁烟兰泣露》，就表达了与《玉楼春·别后不知君远近》类似的情感，其中"欲寄彩笺兼尺素，山长水阔知何处"一句，便是说想给心上人寄一封信，但高山连绵，碧水悠长，根本不知信该寄往何处的痛苦和无奈之情。同时，无奈背后，诗人对心上人深沉的思念也体现得淋漓尽致。

本文作者

佳山，"80后"女子一枚，哲学硕士，自媒体从业者。

相思相见知何日？此时此夜难为情

秋风词

（唐）李白

秋风清，秋月明，

落叶聚还散，寒鸦栖复惊。

相思相见知何日？此时此夜难为情！

入我相思门，知我相思苦，

长相思兮长相忆，短相思兮无穷极，

早知如此绊人心，何如当初莫相识。

◎ **诗临其境**

这是一首杂言诗，但在形式上却更像一首音乐小词。这首诗出自唐代诗人李白之手。李白写诗大多诗风豪迈奔放，唯有这首诗却幽怨绵长，饱含相思！

李白这样表达相思之情：

秋风是如此冷清和凄凉，秋月是如此皎洁明亮。落叶被风吹得聚了又散，散了又聚，乌鸦们一次次被寒夜惊醒。我太思念你了，也不知何时才能见到你？此时此刻，对你的思念涌上心头，教我情何以堪！

永远的相思，永远的回忆，短暂的相思，苦却没有止境。早知相思如此羁绊人心，当初我们就不要相识。

◎ 一句钟情

"相思相见知何日？此时此夜难为情！"

首先诗人借"秋风""秋月""落叶""寒鸦"等意象，营造一种凄凉冷清的氛围。后面"相思相见知何日？此时此夜难为情"这句是作者情绪集中的爆发点。

情感表达上，作者直接表达。此手法符合李白直抒胸臆的风格。

"秋风""秋月""落叶""寒鸦"等意象为情绪做铺垫，不会削弱诗歌的感染力，反而让相思之情一泻千里。

◎ 诗歌故事

我第一次了解"相思相见知何日？此时此夜难为情"这句诗，是在读金庸的小说《神雕侠侣》时。金庸在《神雕侠侣》全书末尾"华山之巅"一章中，曾引用李白的《秋风词》。

却听得杨过朗声说道："今番良晤，豪兴不浅，他日江湖相逢，再当杯酒言欢。咱们就此别过。"说着袍袖一拂，携着小龙女之手，与神雕并肩下山。

其时明月在天，清风吹叶，树巅乌鸦呀啊而鸣，郭襄再也忍耐不住，泪珠夺眶而出。

正是："秋风清，秋月明；落叶聚还散，寒鸦栖复惊。相思相见知何日，此时此夜难为情。"

郭襄16岁那年，在风陵渡口偶遇杨过，瞬间被杨过的大侠气概吸引。离别前，杨过给郭襄3支玉蜂针，可满足她3个愿望。

郭襄刚拿到玉蜂针，就向杨过许了两个愿望。一是让杨过摘下面具，二是求杨过陪她过16岁生日。两个愿望杨过都帮她实现了，也让郭襄对杨过产生了爱的情愫。

第三个愿望是郭襄为杨过而许。那日，杨过寻找小龙女无果，伤心欲绝，从绝情谷上跳下自尽。郭襄见状，也随杨过跳下。她愿意陪着大哥哥一起死。但二人命大，得以幸存。

郭襄哭着拿出最后一支玉蜂针，求杨过好好活着。这是16岁少女对爱间接隐晦的表达。可当时的杨过满脑子都是小龙女，并没有感受到郭襄的爱。

华山之巅，杨过和小龙女终成眷属，要一起离开江湖。可谁又懂郭襄心里的相思之苦呢？有人用一首诗表达了对郭襄的惋惜："风陵渡口初相遇，一见杨过误终身。只恨我生君已老，断肠崖前忆故人。"

郭襄钟爱杨过误了终身，但杨过深爱的却是小龙女。郭襄终生未嫁，把这份相思守了一辈子。李白这句"相思相见知何日？此时此夜难为情"正是郭襄相思之苦的写照。

无障碍阅读

落叶聚还（huán）散：写落叶在风中时而聚集时而扬散的情景。
绊（bàn）：牵绊，牵扯，牵挂。

佳句背囊

"日日思君不见君，共饮长江水。"
出自宋代词人李之仪的《卜算子·我住长江头》。这句词在表达主人公相思之情上与"相思相见知何日？此时此夜难为情"有异曲同工之妙。

本文作者

木易无忧，"90后"法律人，一个孤独的情感漂流瓶！

议论篇

● 一口气读懂诗词名句 ●

将进酒·黄 主编

良言一句
三冬暖

SPM 南方传媒 | 岭南美术出版社

中国·广州

图书在版编目（CIP）数据

良言一句三冬暖 / 将进酒・黄主编. —广州：岭南美术
出版社，2023.8
（一口气读懂诗词名句）
ISBN 978-7-5362-7752-6

Ⅰ.①良… Ⅱ.①将… Ⅲ.①古典诗歌—诗歌欣赏—
中国—通俗读物 Ⅳ.①I207.2-49

中国国家版本馆CIP数据核字(2023)第120008号

责任编辑：黄小良　黄海龙
责任技编：许伟群
封面设计：极宇林

一口气读懂诗词名句
YIKOUQI DUDONG SHICI MINGJU

良言一句三冬暖
LIANGYAN YIJU SAN DONG NUAN

出版、总发行：岭南美术出版社（网址：www.lnysw.net）
（广州市天河区海安路19号14楼 邮编：510627）

经　销	全国新华书店
印　刷	湛江市新民印刷有限公司
版　次	2023年8月第1版
印　次	2023年8月第1次印刷
开　本	880 mm×1230 mm　1/32
印　张	5
字　数	99千字
印　数	1—10000册

ISBN 978-7-5362-7752-6

定　价：29.80元

触碰古文之美，给孩子一份"美文书单"

这不是一本文言文学习读物。

更准确地说，我们不提供课本式的文言文辅导，学习虚词、实词的用法，了解倒装等句式。我们提供的是初次领略古文之美的捷径，去触碰、感受那些名篇名句，并掌握它；以及我有一个私心，我希望给小读者提供一份"美文书单"，以我们数十年的阅读经验告诉读者，这些古书，即使对你的考试没有任何用处，也非常值得翻一翻。

这本书里推荐的篇目或书籍，我把它们视为中国先贤留给我们的传家宝，也是我们身为中国人、生活在汉语言文化圈应该掌握的基本功。

在名篇名句的选择上，我们试图与语文课本上有所区别，同时参考了《古文观止》。这部分主要从作家入手，先选出古文名家，再选其代表性作品。既有语文课本上出现过的，如屈原、李斯、丘迟、吴均、苏轼、王安石、归有光；也有我们补充的，如庾信、魏徵、李白、范仲淹、张载。所选句子，或者文字之美足以动人，或者意境深远足堪琢磨、回味。

　　在美文书单（即"名著名言"）的选择上，更显我们的用心。除了基本典籍如《论语》《老子》《庄子》《孟子》等之外，我们尤其提倡"美的阅读"，别出心裁地推荐了一些"小而美"的书，或者文字妙不可言，或者故事深沉有趣，有如古代典籍中的"俏佳人"，读了便是赚到。如《世说新语》《淮南子》《文心雕龙》《荣枯鉴》《陶庵梦忆》《鹤林玉露》《闲情偶寄》《浮生六记》，当然还有一些值得推荐但此次错过了的好书，如《古今谭概》《随园诗话》，以及更多明清小品文集。

　　另外，我们也补充了一部分诗句，如"关关雎鸠，在河之洲"，如"青青子衿，悠悠我心"，如"同学少年多不贱"……这些诗句在传播过程中，意思已经发生了变化，如今已成为常用典故。

　　内容上，本书一如既往地重视对句的解读和运用。以句为突破口，是学习古诗文的方便门径，熟练掌握名句，在说话和作文中轻松地化为己用才是把语文真正学到了手。

　　现在，开启你的美文之旅吧！

第一辑

名篇名句

第三辑　名句名典

名篇名句

这些名篇名句，有中学语文课本上出现过的，更多则是课本之外读到后，不分享出来便以为心中憾事的好句。或者文字之美足以动人，或者意境深远足堪琢磨、回味，让人爱不释手。

路漫漫其修远兮，吾将上下而求索

朝发轫于苍梧兮，夕余至乎县圃。

欲少留此灵琐兮，日忽忽其将暮。

吾令羲和弭节兮，望崦嵫而勿迫。

路漫漫其修远兮，吾将上下而求索。

——（战国）屈原《离骚》（节选）

◎ 诗临其境

屈原，想必诸位都不陌生。他在文学上开辟了新的诗歌体裁"楚辞"，被称为浪漫主义的奠基人。

楚王不能明辨是非，受奸臣谗言影响，将屈原流放。而著名的《离骚》，就写于屈原流放期间。

如果是一般人，有如此冤枉的遭遇，定会意志消沉，心灰意懒。但屈原并未如此，他悲愤之余，依旧没有忘记自己的初心，用诗歌来表明自己的志向。穿越千年的时空，我们仿若看到诗人一边在流放的路上行走，一边在说：

早晨我从南方的苍梧出发，傍晚便到达昆仑山上。

我本想在灵琐停留休息，可是夕阳西下，四处暮色茫茫。

我命令羲和（传说中的太阳神）慢一点走啊，别叫太阳迫近崦嵫山旁。

前面的道路啊，又远又长，我将不弃不舍地去求索。

◎ 一句钟情

"路漫漫其修远兮，吾将上下而求索。"

这是《离骚》中广为流传的诗句。表面意思看似简单，实则意蕴深重。

孩提时，机缘巧合之下读到《离骚》。较多的生僻字令我望而生畏，未能通读全篇。但此句诗，字词易懂，语句通俗，故而一见不忘。只是对其内在意思却不甚了解。那时，我肤浅地认为，路仅仅指脚下的路。而求索，则只是指应该探寻去走哪条路。

随着年岁渐长，阅历增加，再见此句时，感受又加深许多。

每当我在人生路上遭遇挫折，感到迷茫时，脑海中都会想起这句诗。它总有一种力量，鼓励着我不畏艰辛，奋勇前行，在人生之路上求索真理。

◎ 诗歌故事

学而优则仕，在中国古代，读书人最高的理想，就是入仕为官。而做官的目的，绝非为一己之私，而是要通过执政，来实现自己的政治理想。

在春秋时期，人们普遍都讲究仁义。两个国家进行战争，都要先约好一个地方，双方摆好阵势以后再短兵相接。战胜的一方，也会优待俘虏。

而屈原所生活的时代，是战国时期。这时候相比春秋时期，社会已经有了剧烈的变化。以前齐桓公称霸时，还要"尊王攘夷"，起码在明面上还是做足了功夫。而到了战国，周王彻底成了傀儡，各诸侯国连基本的道德都不讲了，公开撕破脸皮。谁强大，谁就是道理；谁弱小，谁就要挨打。

在这种情况下，只有让自己国家变强，才是生存下去的唯一办法。

屈原作为楚国官员，自然更明白这个道理。但变法革新之事，历来是阻碍重重。既然是变法，肯定要拿旧势力开刀，这股势力根植已久，盘根错节，牵一发而动全身。而且变法也存在着风险，并不能确保百分百成功。就算是变法成功，主导变法的人，也不一定有好结果。秦国的商鞅就是鲜明的例子。

屈原不是不知道这样做的后果，但作为一名有理想有抱负的人，他认为做官就应如此，哪能只管个人得失？如果只顾着自己的一亩三分地，又何必在朝为官呢？所以，当楚怀王有初步的想法时，屈原毅然决然接手这一任务，开始变法图强。

关于此次变法的具体内容，《史记》等正史的记载非常简单，几乎都是一句概括。但我们还是能从屈原自己的作品之中，探究一二。

屈原在《九章·惜往日》中这样说道："奉先功以照下兮，明法度之嫌疑。国富强而法立兮，属贞臣而日娭。"

从这段话就可以看出，屈原在变法的具体实施阶段，注重古为今用，把以前好的一面继承下来。同时又根据实际情况，与时俱进，不断完善各项制度。君主要避免独断专权，要广泛任用贤臣治理国家。只有定下规矩，然后有条不紊地执行，国家才能稳步迈向富强。

变法在短时间内取得了良好效果，但好景不长，屈原定下的这些法令措施触犯了当权者的利益，无意间得罪了许多达官贵族。他们自是不满，蛰伏在朝廷之中，只要一有机会，就向楚王进谗言。

一个人说，楚王还不在意。但多人说，楚王就有些动摇了，这就是三人成虎的威力。屈原终究还是被流放了。

流放并不代表着人生的终结，反而成就了屈原在文学上的杰出地位。但他的文学也是反映"美政"思想，而非无病呻吟之作。即使打上浪漫主义的标签，也仍对现实有着积极的指导意义。

"路漫漫其修远兮，吾将上下而求索。"屈原这一辈子，亦如此诗句所言。不管前路如何，都矢志不渝追寻自己心中的理想。

无障碍阅读

发轫（rèn）：出发。

苍梧：舜所葬之地。

县圃（pǔ）：传说中的神山，在昆仑山之上。

弭（mǐ）节：指驻节，停车。

崦嵫（yān zī）：山名，神话中太阳落下的地方。

漫漫：路遥远的样子。

作家介绍

屈原（约前340—约前278），战国时期爱国主义诗人、政治家。中国浪漫主义文学的奠基人，"楚辞"的创立者和代表作家。

佳句背囊

"亦余心之所善兮，虽九死其犹未悔。"

出自屈原的《离骚》。这句诗和"路漫漫其修远兮，吾将上下而求索"可谓是殊途同归，都表达为了理想、信念，不怕千难万险，而终生奋斗的意思。但在具体的表达上略有不同，前者是说不管遭遇怎样的后果，都应当坚持美好的初心，不后悔自己的所作所为。而后者则是表明在路途中，即使迷茫困惑，也要勇往直前，追寻梦想。

本文作者

没人要的洋芋：湖南益阳人。身无半职，仍心忧天下的文史爱好者。

泰山不让土壤，故能成其大；
河海不择细流，故能就其深

臣闻地广者粟多，国大者人众，兵强则士勇。是以泰山不让土壤，故能成其大；河海不择细流，故能就其深；王者不却众庶，故能明其德。

—— （秦）李斯《谏逐客书》（节选）

◎ 诗临其境

秦王政十年，在秦国主持兴修水利工程的郑国（人名），被发现是韩国间谍，秦王震怒，立即把郑国关进监狱。同时在宗室贵族的建议下，驱逐一切非秦国士人，以维护秦国国家利益。

客卿李斯入秦业已十年，满腔的抱负还没有施展，就遇到偌大的职场危机。李斯无奈之下奋笔疾书，在离开秦国之前写就宏文一篇，这就是《谏逐客书》。

李斯深刻洞悉秦王嬴政吞并天下的雄心，于是将秦国逐步强大的原因做了分析，着重强调了山东各国对于秦国的巨大贡献，并且预言，如果山东之客尽数被驱逐，那么秦国的结局就是"内自虚而外树怨于诸侯"，"求国无危，不可得也"。

嬴政收到李斯的上书，顿时如醍醐灌顶，立即终止了驱逐客卿的命令，开始对李斯颇为倚重。借着《谏逐客书》，李斯在秦国崭露头角，拥有了指点江山的政治基础。

节选部分的意思是：

我听说田地广就粮食多，国家大就人口多，武器精良将士就骁勇。因此，泰山不拒绝泥土，所以能成就它的高大；江河湖海不舍弃细流，所以能成就它的深邃；有志建立王业的人不嫌弃民众，所以能彰明他的德行。

◎ 一句钟情

"泰山不让土壤，故能成其大；河海不择细流，故能就其深。"

《谏逐客书》通篇言语流畅，朗朗上口，辞藻朴实，论据分明，是千古名篇。其中"泰山不让土壤，故能成其大；河海不择细流，故能就其深"一句，不断被引用，促人视野开阔、胸怀舒张，所以秦王很快被打动。

李斯借用自然现象的规律，引申到了君王的执政方式，采用比兴的手法，一唱三叹，将"汇聚"这一词语推向了高潮。正是因为有了汇聚，有了包容，才有了泰山的高大，才有了河海的浩瀚，才有了君王德被天下的伟业。

对于贤才的渴求，自古以来有美谈无数，商朝的伊尹，周朝的姜子牙，春秋的管仲，都谱写出一段段的动人故事。可是，将人才政策说得这么朴实简练的，首推李斯。

《谏逐客书》全篇的结论都凝聚在这一句上。李斯体察到了嬴政吞并天下的野心，前文中反复提到兼收并蓄的好处，在文章的最后直指关键。以泰山、江海为例，延伸到了君王的帝王伟业，一句话就给嬴政下了决心，要想天下归心，断然离不开百川汇海。

这句话朴实却不普通，既是后世帝王恪守的名言，也是很多人为人处世的警世格言，到了今天依然历历如新。

◎ 诗歌故事

李斯是楚国人，年轻时就心怀抱负，志在纵横天下。

在楚国做掌管文书的小吏时，李斯观察了厕所里和粮仓中老鼠的表现，得出了自己的看法，他认为人所处的环境，会对未来的发展有决定性作用，就如同厕所老鼠猥琐不堪，粮仓老鼠趾高气扬一般。

于是，李斯舍弃了小吏的身份，去往齐国拜名士荀卿为老师，学习"帝王之术"。学成之后，李斯西行进入了秦国，成为秦相吕不韦的门客，并且有机会向秦王兜售治国之术，此时的嬴政虽然年轻，却也知道李斯人才难得，于是拜李斯为客卿。

前途光明的李斯没想到，疾风骤雨即将来临。

郑国的间谍身份被揭露，秦人举国汹汹，要求驱逐包藏祸心的一切山东之客，李斯当然也在其中。这道逐客诏令雷厉风行，毫无缓和可能，这也催生了一篇千古经典。

李斯的文学名篇《谏逐客书》横空出世。

秦王嬴政读过李斯上书后，顿时惊出一身冷汗，立马派人收回了诏命，拦截离秦的士子，同时开始重用李斯。李斯的临危一搏，终于给自己打开了一扇通往光辉未来的大门。

写就《谏逐客书》之后，李斯以廷尉的身份入主中枢，开始为嬴政谋划统一天下的大政方针，秦帝国建立时，李斯位居大秦丞相，权力达到了一生的巅峰。

从强化内政削弱六国，到逐鹿天下域内混一，再到建立秦帝国，创立三公九卿的中枢政治格局，施行郡县制，书同文，车同轨，统一度量衡，等等，震古烁今的皇皇功业，都离不开李斯的绝世天才。

《谏逐客书》给了李斯一个天大的机会，给了秦始皇一个创造帝国的理由，更给了中国历史一个丰富多彩的开始。

可惜，秦始皇去世后，李斯在政治方向上犯了错误，被赵高给算计了，最后落得个身死家破的结局，呜呼哀哉！晚节不保的李斯，一世功名也留下了抹不去的污点，太史公司马迁说："不然，斯之功且与周、召列矣。"

无障碍阅读

作家介绍

李斯（？—前208），汝南上蔡（今河南上蔡）人，秦朝著名政治家、文学家和书法家；辅佐秦始皇统一六国，奠定后世几千年政治制度基础；《谏逐客书》是其散文代表作，另有碑铭书法等作品。

佳句背囊

"海纳百川，有容乃大。"

林则徐在两广总督任上时，在官署门口挂了一副对联："海纳百川有容乃大，壁立千仞无欲则刚。"这副对联立意高远，气魄极大，直指人的内心修养。海有汇川之能，人有容物之量，才造就了天地间博大广阔的情怀。林则徐用此句自勉，我辈更当仿效先贤。

本文作者

子牛谈古今：本名牛斌，山西吕梁人，一个身在电力行业，却钟情文学历史的暖男。

暮春三月，江南草长，杂花生树，群莺乱飞

暮春三月，江南草长，杂花生树，群莺乱飞。见故国之旗鼓，感平生于畴日，抚弦登陴，岂不怆恨！

所以廉公之思赵将，吴子之泣西河，人之情也，将军独无情哉？想早励良规，自求多福。

——（南朝梁）丘迟《与陈伯之书》（节选）

◎ 诗临其境

《与陈伯之书》是南北朝时期梁朝的丘迟写给已经投敌的将领陈伯之的一封劝降书信。

书信中既有对陈伯之叛国行为的谴责，也有梁朝既往不咎的宽大政策的申明，但在国家大义和个人利害之外，作者更多的是以情动人。

故国之恩、思乡之情，往往具有摇曳心灵的感召力量。因此，"伯之得书，乃于寿阳拥兵八千归降"。

此处所选的这一段，是此文的精华所在，也是最能打动人

心的段落。

　　暮春三月，在故乡江南，草木已经蓬勃地生长了起来，各种各样的花朵也竞相开放，一群一群的黄莺在振翅高飞。如今将军你却和故国的军队对垒，每当你登上城墙，手抚弓弦，远望故国军队的军旗、战鼓的时候，能不回忆起往日在故国的生活吗，内心难道不会感到悲伤吗？

　　这就是赵国廉颇流亡到魏国后仍然想着回到故国，做赵国的将帅的原因；这就是战国时期魏国大将吴起曾望着西河哭泣的原因。人对故国的感情，都是这样，难道唯独将军你没有吗？希望你能早早定下良策，弃暗投明，自求多福。

◎ 一句钟情

　　"暮春三月，江南草长，杂花生树，群莺乱飞。"

　　暮春三月，江南芳草遍地，树上鲜花丛生，黄莺四处飞舞。这几句描绘了春回大地，万物复苏的景象，是描写江南风景的千古名句。

　　白居易在《与元九书》里说："感人心者，莫先乎情。"

　　丘迟的《与陈伯之书》，为的是劝降陈伯之。为了打动他，丘迟晓之以义，陈之以利害，动之以情。尤其是动之以情方面，作者所描绘出的江南的动人风光，起到了巨大的作用。

　　这几句写活了暮春江南的迷人风光，历来受到人们的赞赏。

陈伯之投降北魏后，远离了故乡，这种"杂花生树，群莺乱飞"的醉人春景，定然会勾起他对家乡的许多美好回忆。因为无论是什么人，眷恋故土的感情总是渗入血液、灵魂最深处的。

晚唐诗人钱珝（xǔ）有一首七绝《春恨》，对陈伯之此刻的思想解析得颇为到位："负罪将军在北朝，秦淮芳草绿迢迢。高台爱妾魂消尽，始得丘迟为一招。"

丘迟对症下药，切中了陈伯之心灵深处最易触动的思绪，于是便叩开了叛将的心扉，使得他重新归顺。

◎ 诗歌故事

丘迟的《与陈伯之书》以一封书信劝降了敌方大将，是古代有名的"劝降书"成功的范例。

丘迟和陈伯之本来都是南朝大臣。

陈伯之年轻时就膂力过人，但他游手好闲，不愿干活，喜欢舞刀弄剑。长大后沦落为海盗，后来投奔同乡车骑将军王广之，因作战勇敢，屡立战功，逐渐升迁为冠军将军、骠骑司马。

在南朝齐朝末年，陈伯之担任江州刺史，抗击过梁武帝萧衍。后来他虽然投降了梁武帝，但一直害怕梁武帝怨恨他，就又于天监元年（502）投降了北魏，被封为平南将军。

天监四年（505）冬天，梁武帝命令他的弟弟临川王萧宏带兵北伐。陈伯之屯兵寿阳，和梁军对抗。

这时，丘迟正在萧宏军中任咨议参军，萧宏就让丘迟以个人名义写信劝降陈伯之。第二年三月，丘迟写下了这篇优美的骈体书信。全文饱含着作者的爱国热情，以及挽救故人的拳拳深情，具有荡气回肠的感人力量。

陈伯之收到这封劝降信后，不久就率兵八千投降。

无障碍阅读

畴日：昔日。

陴（pí）：城上女墙。

怆恨（chuàng liàng）：悲伤。

励：勉励，引申为作出。

良规：妥善的安排。

作家介绍

丘迟（464—508），字希范，吴兴乌程（今浙江湖州）人，南朝梁代著名文学家。南齐太中大夫、知名文人丘灵鞠之子。据说他八岁时就能写文章，最初出仕南齐，官至殿中郎、车骑录事参军。后来投入了梁武帝萧衍的幕府，凭借文才被梁武帝所器重，官至永嘉太守、司空从事中郎。丘迟诗文传世不多，明代张溥辑有《丘司空集》，收入《汉魏六朝百三家集》。

佳句背囊

"风烟俱净，天山共色。从流飘荡，任意东西。"出自南朝梁代文学家吴均的《与朱元思书》。

这是一篇著名的山水小品，是吴均写给好友朱元思（一作宋元思，字玉山，生平不详）的信中的一个片段。这几句被后人视为骈文中写景的精品，可以和丘迟的名句"暮春三月，江南草长，杂花生树，群莺乱飞"相提并论。

风烟都消散了，天和山变成了相同的颜色。我乘着船随着江流漂荡，随意地向东或向西漂流。

这几句描述了作者乘船从桐庐到富阳途中，富春江上的山光水色，创造出了一种清新自然的意境，使人读后不禁悠然神往，仿佛也亲身领略了其间的山水之美。

本文作者

冯振兴：中学语文教师，热爱读书写作。有今日头条号、微信公众号"万卷纵横眼欲枯"。

舟楫路穷，星汉非乘槎可上；
风飙道阻，蓬莱无可到之期

山岳崩颓，既履危亡之运；春秋迭代，必有去故之悲。天意人事，可以凄怆伤心者矣！况复舟楫路穷，星汉非乘槎可上；风飙道阻，蓬莱无可到之期。穷者欲达其言，劳者须歌其事。陆士衡闻而抚掌，是所甘心；张平子见而陋之，固其宜矣。

—— （南北朝）庾信《哀江南赋序》（节选）

◎ 诗临其境

公元 578 年，庾信升任骠骑大将军，这是北周武将的最高官衔，可越是位高权重，庾信越是感到羞愧难当。

庾信是南朝梁国人，梁被西魏灭国，庾信却被扣押在敌国的宫廷，还在敌国的继任国中得到重用。仕途如意，却国破家亡，庾信带着羞愧的心情思念故国，于是写下了《哀江南赋》，在序中，他写道：

山川崩塌，已经遭遇国家衰亡的命运；时间流转，必然有远离故土的悲切。上天的旨意和遭遇的变故，实在让人悲伤又难过！何况没有船只也没有通行的道路，银河也不是乘船就可以到达的；狂风阻道，永远不会有到达蓬莱仙山的那天。颠沛流离的人想要抒发肺腑之言，辛劳的人想赞美自己做过的事。我写下这篇文章，陆士衡听到了会拍着手嘲笑我，我心甘情愿；张平子见到了会鄙视我，我也觉得理所应当。

◎ 一句钟情

"舟楫路穷，星汉非乘槎可上；风飙道阻，蓬莱无可到之期。"

这句话知名度极高，意思是没有船只，道路也走到了尽头，银河不是乘船就能到达的；狂风阻道，永远不会有到达蓬莱仙山的那天。

这句话中，"银汉"和"蓬莱"是神话传说中的仙境，本来就无法到达，可作者偏偏连借助的工具都没有，作者这里是用仙境比喻自己永远回不去的故国家乡。

◎ 诗歌故事

古时候，读书人的理想无非是入朝为官、施展抱负和报效国家。

庾信出身书香世家，15岁入宫为太子侍读，19岁担任太子东宫的文官，因为才华出众，庾信和同样为官的父亲备受皇室恩宠，就这样，庾信一路顺风顺水地升迁到了东宫学士。

可是，宫闱中吟诗作对的好日子并没有维持太久。

公元554年，41岁的庾信奉命出使西魏。就在庾信到达西魏都城长安时，西魏大军攻破江陵，大梁皇帝被杀，庾信也被西魏扣留在长安。

公元557年，宇文护废除西魏恭帝，立宇文觉为皇帝，改国号为周。北周继任了西魏的统治，也接收了西魏的部分朝臣，其中就有庾信。

南朝梁被灭国后，新崛起的陈国接管了大梁的故土。北周时期，陈国与北周交好，很多因为战乱客居北方的南方才子得以重回故乡，陈国也请求北周释放以庾信为代表的江南才子。可北周还了大部分前梁朝人自由，独独扣下了庾信。

大批南方人浩浩荡荡地离开北方，重回江南，只有庾信，被留在了异国他乡。为了留住庾信，北周宇文一族赐他爵位，从郡守升任骠骑大将军、开府仪同三司、司宪中大夫，不久后，又升庾信为洛州刺史。加之北周皇帝爱好文学，庾信的文采亦让他赢得了帝王的看重和礼遇。

身处异国，庾信身居高位。政绩出众，皇帝赞赏他；才学过人，文人崇拜他。庾信名利双收，却依然难以释怀。

他忘不了大梁的故土，忘不了诗词歌赋的建康城，那里有他的青春，也有他的故乡。读书人的梦想是入仕为官报效国家，可是他庾信报效的却不是自己的国家。官位越高，庾信越觉得愧对大梁,同乡们纷纷返回南方之后,这种思乡之情也愈加强烈。

公元 578 年,庾信 63 岁了,他大概知道,自己这辈子再也回不了家了。

回想自己的一生,年少时春风得意,中年时却遭遇国破家亡流落他乡的厄运,晚年虽然重获富贵荣华,建康却成了他永远去不了的"星汉""蓬莱"。

又是一个新年,北周的百姓已经合家团聚了,遥想千里之外的建康,和自己不得不周旋于北周宫闱贵族间的境遇,庾信不禁感慨"舟楫路穷,星汉非乘槎可上;风飙道阻,蓬莱无可到之期"。

无障碍阅读

陆士衡闻而抚掌:陆士衡即陆机,西晋著名文学家,官至平原内史;抚掌:拍手。《晋书·左思传》记载,左思作《三都赋》,陆机刚到洛阳时也想写这样的赋,听说这件事后,"抚掌而笑",和弟弟陆云嘲笑左思;等到左思赋成,陆机叹服,于是自己辍笔。

张平子见而陋之:张平子即张衡,东汉著名的文学家、科学家,才德出众,官至国相。陋:轻视。据记载,班固先作《两都赋》,"张平子薄而陋之",又作《二京赋》。

庾信（513—581），字子山，小字兰成，南阳新野（今属河南）人。出生于南朝梁，天资聪颖，15 岁就入朝为官，深受皇室喜爱。后来梁被西魏灭国，几经辗转，庾信成为北周朝堂重臣。身处异国，身居高位，故国旧土成为庾信的心结，因此其晚年作品中，多流露着浓郁的思乡之情。杜甫曾有诗说"庾信文章老更成"，对庾信晚年的诗作给予了高度评价。

**佳句
背囊**

"楚歌非取乐之方，鲁酒无忘忧之用。"
同出自庾信的《哀江南赋序》，这两句的意思是，楚地的歌曲再优美也不是取乐的好方法，鲁地的美酒再香也难以让人忘记忧愁。这里楚地的歌曲和鲁地的酒都是指非家乡江南的事物，这些事物纵使再美好，也无法缓解羁旅客的乡愁。
"楚歌非取乐之方，鲁酒无忘忧之用"与"舟楫路穷，星汉非乘槎可上；风飙道阻，蓬莱无可到之期"都表达了作者的思乡之情，前者是以眼前的乐景衬托心中的哀情，后者是以神话比拟无法重归故土的悲切遗憾，从思乡到再也回不去故乡，情感上层层递进，更凸显了作者的感伤。

本文作者 ————————————————

不香：码字为生的资深少女，八级闲书爱好者。

求木之长者，必固其根本；
欲流之远者，必浚其泉源

求木之长者，必固其根本；欲流之远者，必浚其泉源；思国之安者，必积其德义。

——（唐）魏徵《谏太宗十思疏》（节选）

◎ 诗临其境

唐太宗即位后，励精图治，使社会生产得到了很快发展，开启了"贞观之治"的时代。

取得了一些成绩之后，唐太宗开始自满、骄奢了，出于个人享乐目的，役使民众修建亭台宫殿。面对这种劳民伤财的行为，魏徵深为忧虑，对唐太宗多次直言谏止，《谏太宗十思疏》便是其中著名的一篇奏疏。

在这篇奏疏中，魏徵开头并没有直接陈说唐太宗的过失，而是以木之根本、水之源流这样的生动形象作比，透过树木长青必须固其根脉、水流长远必须疏浚源头的自然哲理，阐释国家安定必须行以道德仁义之政的治国道理。

◎ 一句钟情

"求木之长者，必固其根本；欲流之远者，必浚其泉源。"

在人生成长过程中，品格的塑造应是最重要的，一个人的精神品质，决定了人生道路的前进方向与高度。正如参天的树木需要一年年深扎于地底的根脉，长远的河流需要连绵不断的源头活水，一个人取得突出的成绩，也一定需要优秀的精神品质作为最有力的内在支撑。

要想成为一个优秀的人，也需要良好品行的积累过程，积跬步才能至千里，汇细流方能成瀚海，从点滴做起，持之以恒，方能使自己脚下的道路越来越宽广、头顶的天空越来越高远。

◎ 诗歌故事

唐太宗看到魏徵递上来的奏疏，深受触动，虚心承认了自己的过失，亲自书写诏书予以答复，对魏徵的直言上谏精神深为嘉赞。

唐太宗还命人将此谏书放在案头，以时时警醒自己，可见魏徵之言的影响力。唐太宗曾经与长孙无忌说："在我即位之初，有很多人上书。有的人说，一国之君必须大权独揽，不能将重权交与下面；有的人说，要展示大唐兵威，靠武力震慑四方蛮夷。只有魏徵劝我，要减少战事，兴盛文化，广布仁德恩惠，国内安定稳固，边远各族自然顺服。我听从魏徵此言去执行，天下百姓生活安宁。连非常偏远的部族君主都来朝贡，驿道之上的远族使者往来不绝。这些成就，都是魏徵的功劳啊！"

魏徵行事刚直，敢于犯颜直谏，每次向唐太宗上谏时，只要是唐太宗没有接受意见，他就不答应，直到唐太宗接受为止。有时因为魏徵屡屡在朝堂上对唐太宗揭短，搞得唐太宗很是下不来台，大为生气，甚至发狠道："魏徵总是顶着我干，让我颜面何存？我早晚要杀了他！"但冷静下来之后，反而对魏徵更加信任。

唐太宗私下对魏徵说："你在朝堂上可以当时应承一下，以顾及一下我的面子；退朝之后，你再私下向我提意见，这样难道不行吗？"魏徵答道："皇上言行有不对之处，我才直言上谏，如果明知皇上言行有失，我还要一味顺从，岂不是失去了进谏的初衷了吗？而且，舜也曾告诫群臣，不要当面顺从我，而背后又讲另一套，这不是忠臣的做法。"唐太宗对魏徵的观点深为认同。

魏徵和唐太宗相处近二十年，一个以敢于直言上谏著称，一个以虚心纳谏闻名，这样的君臣在历史上是不多见的。在以魏徵为代表的谏臣带动下，在贞观年间，出现了群臣争相进谏的特别现象，朝堂上下呈现出一片风清气正的局面。

贞观十七年，魏徵去世，唐太宗悲恸至极，说了一句流传至今的话："以铜为镜，可以正衣冠；以史为镜，可以知兴替；以人为镜，可以明得失。今魏徵逝，亡一镜矣。"

浚（jùn）：疏通。

作家介绍

魏徵（580—643），字玄成，唐代名相，任谏议大夫、左光禄大夫，封郑国公；尽心尽责辅佐唐太宗李世民，为开创贞观盛世起到了不可忽视的作用。《谏太宗十思疏》被收录在《古文观止》一书里。

佳句背囊

"源不深而望流之远，根不固而求木之长，德不厚而思国之安，臣虽下愚，知其不可，而况于明哲乎？"

魏徵在《谏太宗十思疏》中，进一步形象地指出一国之君施行德政的首要价值：正如源头没有深蓄，却期望河流远长；根脉不能深固，却想要枝繁叶茂；不能积累厚德，却妄思国家安定，这都是不可能的。

作为执政者，加强自身的品德修养，以仁义之心治理天下，对于一个国家的安定久长，是何等重要！

本文作者

王福利：今日头条号"月皎"，出版《〈诗经〉是一本故事书》《〈楚辞〉是一本故事书》等著作，获冰心散文奖等奖项。

天地者，万物之逆旅；
光阴者，百代之过客

　　夫天地者，万物之逆旅也；光阴者，百代之过客也。而浮生若梦，为欢几何？古人秉烛夜游，良有以也。况阳春召我以烟景，大块假我以文章。会桃花之芳园，序天伦之乐事。群季俊秀，皆为惠连；吾人咏歌，独惭康乐。幽赏未已，高谈转清。开琼筵以坐花，飞羽觞而醉月。不有佳咏，何伸雅怀？如诗不成，罚依金谷酒数。

　　　　　　　　——（唐）李白《春夜宴从弟桃花园序》

◎ 诗临其境

　　李白以诗名世，散文同样清新俊逸，这篇《春夜宴从弟桃花园序》是他的散文代表作，全文仅一百一十九字，紧扣题目，没有虚言，层层递进，富有音乐的美感，简直就是一曲潇洒流动的乐章！

　　且让我们先欣赏译文：

天地是万物的客舍，时间是古往今来的过客。短暂的人生就像是一场梦，其中又有多少欢乐时光呢！古人夜间拿着火烛游玩，实在是有道理啊！

春天温煦的艳丽景色召唤着我们，大自然将最美好的文章提供给我们。于是，相会于美丽的桃李园里，共叙兄弟团聚的快乐。弟弟们都英俊优秀，个个都有谢惠连那样的才华，而我作诗吟唱，却惭愧不如谢灵运。清雅的赏玩不曾停止，高谈阔论又转向清雅。坐在花丛里摆开筵席，迅速地传递着酒杯，醉倒在月光里。

没有好诗，怎能抒发高雅的情怀？倘若作诗不成，就要按照当年石崇在金谷园宴客赋诗的先例，罚酒三杯。

◎ 一句钟情

"夫天地者，万物之逆旅也；光阴者，百代之过客也。"

这一句，短短十九字，却将整个宇宙人生的所有事，都笼罩其中。

天地是万事万物的旅舍，光阴是古往今来的过客。只一句，将时间、空间、人生都写进其中，潇洒高明。

这一句，让我想起了陈子昂的《登幽州台歌》："前不见古人，后不见来者。念天地之悠悠，独怆然而涕下！"

二者都是抒写时间、空间的大场面，不过一则以喜，一则以悲。

陈子昂悲的是天地悠悠，人生匆匆，短短几十年真如白驹过隙，将人生放在整个历史长河，或者放在更深远的宇宙生灭的时空里，真是太短了，怎能不让人悲怆！读之顿有悲壮苍凉之气。而李白则不同，虽有"浮生若梦，为欢几何"的感叹，但更多的是花间摆酒，潇洒欢快的人生乐事，抒发了对于大自然的热爱，对于生活的热爱。

◎ 诗歌故事

这首诗的背景是开元盛世。

唐玄宗统治前期，励精图治，不事奢侈，任用贤相姚崇、宋璟等人，一时间政局稳定，天下太平，成就了我国古代少有的盛世。李白有幸生活其间，在这盛世里纵情发挥。

公元727年，也就是开元十五年，李白一剑一马，来到安陆。

在这里，他娶故相许圉师的孙女为妻，一对儿女相继出生；他纵马西到长安，东游江浙，南泛洞庭，北到山西，豪情飘逸，留下诸多千古名篇。

七年后，也即公元733年，在一个春风吹拂的夜晚，李白和诸从弟一起在桃花园欣赏美景，边高谈清论，边饮酒作诗。

古今中外，莫不在他们的谈论之中，唱和到高兴处，真是笼天地于形内，挫万物于笔端，文采风流与美酒琼浆齐飞，又潇洒又热闹，非常尽兴。

李白本身就是豪放之人，向来有斗酒诗百篇的美名。这时肯定是喝了很多酒，醉眼蒙眬，但这并不妨碍他写作。

也唯有如此，才能激发他的绝世才华，写下脍炙人口的《春夜宴从弟桃花园序》。

在桃李芬芳的季节，诗人眼中是无限的春光，大自然的景色就是最美丽的文章。众人谈笑风生，花间设筵，席间各赋新诗，作不出诗的罚酒三杯。

一时间笑声盈盈，确是人生一大乐事！

整篇文章充满蓬勃旺盛的春的气息，把天地、人生、景物和感悟，用转折自如的笔势融为一体，把寻常的聚会写得大开大合，充满了诗情画意，真是只有诗仙这般的人才方能做到。

全文仅百余字，却光明洞彻，行云流水，把生活提升到诗的高度，潇洒飘逸地表达了李白热爱生活、热爱生命的人生追求和积极乐观的人生态度。

无障碍阅读

从弟：堂弟。

烟景：春天气候温润，景色似含烟雾。

大块：大自然。

假：借，此处是提供、赐予的意思。

文章：绚丽的文采。

序：通"叙"，叙说。

天伦：指父子、兄弟等亲属关系。这里专指兄弟。

群季：诸弟。季指同辈排行最小的弟弟。

惠连：谢惠连，南朝诗人，早慧。这里以惠连来称赞诸弟的文才。

康乐：南朝山水诗人谢灵运，袭封康乐公，世称谢康乐。

羽觞（shāng）：古代一种酒器，有头尾羽翼，如鸟雀状。

金谷酒数：金谷，园名，西晋石崇于金谷涧（在今河南洛阳西北）中所筑，他常在这里宴请宾客。后泛指宴会上罚酒三杯的常例。

作家介绍

李白（701—762），字太白，号青莲居士，唐朝浪漫主义诗人，被后人誉为"诗仙"。蜀郡绵州昌隆县（今四川江油青莲）人。李白存世诗文千余篇，有《李太白集》传世。

佳句背囊

"星垂平野阔，月涌大江流。"

出自唐代诗人杜甫的《旅夜书怀》，是古诗写景的名篇。意思是星辰垂在天际，平野显得宽阔；月光随波涌动，大江滚滚东流。仅十个字，便塑造了一幅宏阔非凡的江边夜景，虽不似李白"天地者，万物之逆旅也；光阴者，百代之过客也"深远，但读来仍让人心胸随之开阔。

本文作者

高三青云老师：原名李士臣，高中历史教师，不想过一眼望到尽头的人生。好风凭借力，送我上青云！

生不用封万户侯，但愿一识韩荆州

　　白闻天下谈士相聚而言曰："生不用封万户侯，但愿一识韩荆州。"何令人之景慕，一至于此耶？岂不以周公之风，躬吐握之事。使海内豪俊，奔走而归之。一登龙门，则声价十倍。所以龙蟠凤逸之士，皆欲收名定价于君侯；君侯不以富贵而骄之，寒贱而忽之，则三千之中有毛遂，使白得颖脱而出，即其人焉。

　　　　　　　　——（唐）李白《与韩荆州书》（节选）

◎ 诗临其境

　　开元二十二年（734），李白向时任荆州长史兼襄州刺史的韩朝宗，呈上了一封自我推荐书。

　　韩朝宗，因在荆州为官，故尊称为韩荆州。韩朝宗素有识拔人才的盛名，李白很希望通过韩朝宗的推荐走上仕途。因此这封《与韩荆州书》写得激情澎湃，历来广为传诵。

　　节选这部分大意为：

我听说天下谈士聚在一起议论道："人生不用封为万户侯，只希望结识一下韩荆州。"您为什么令人景仰到这样的程度呢？难道不是因为您有周公那样的作风，亲自践行吐哺握发之事，因而使海内的豪杰俊士都奔走而归于您的门下。士人一旦被您赏识，便如跳进了龙门，声誉立即提高了十倍。所以藏龙卧虎待机而动的人士，都想从您这里获得声誉和肯定的评价。希望君侯您不因为自己的富贵而对他们骄傲，也不因为他们寒贱而轻忽他们。那么您众多的宾客中便会有毛遂那样的奇才，假使我能有脱颖而出的机会，我就是那样的人啊。

◎ 一句钟情

"生不用封万户侯，但愿一识韩荆州。"

这句话知名度极高，意思是我经常听天下士人说，这辈子比封侯更重要的事情，就是认识韩朝宗。韩朝宗是何许人，能让人敬仰到如此地步呢？就是您啊，怪不得天下人都要投奔您。

言外之意，这顶高帽不是我李白要给你戴，是你自己早就有的。天下人都这么说，这高帽如泰山压顶一般，推都推不掉，这才是对人表达敬仰的境界。

李白这夸人夸的，不愧为诗仙。这句话也因此常被后人引用，来向人表达仰慕。

◎ 诗歌故事

读书人的理想，从来都是齐家治国平天下，诗词歌赋只是消遣咏怀。唐代科举刚起步，仍有汉魏时期的荐举遗风。因此在唐代，科举和荐举是并行不悖的。拜谒权贵并得到赏识的诱惑力极大，所以唐代干谒之风极盛。著名的初唐四杰，后来的王维、孟浩然等名人，初出茅庐时都干谒过达官显贵。

李白立志"申管晏之谈，谋帝王之术，奋其智能，愿为辅弼，使寰区大定，海县清一"（《代寿山答孟少府移文书》），只可惜在韩朝宗看来，李白性格张扬，锋芒太露。这性格做诗仙固然再好不过，入朝为官就难免四处树敌，步履艰难。因此韩朝宗只用沉默回应了李白。

虽然韩朝宗并没有提拔李白，但李白声名太盛，终于还是传到了唐玄宗的耳朵里。杜甫说李白"天子呼来不上船，自称臣是酒中仙"，其实李白哪敢不上船。天宝元年，唐玄宗召李白入京，李白高兴得浑身似乎都轻了几两："会稽愚妇轻买臣，余亦辞家西入秦。仰天大笑出门去，我辈岂是蓬蒿人！"（《南陵别儿童入京》）

天宝年间的唐玄宗沉溺于享乐，渐有昏君之象。贺知章举荐说李白诗词写得不错，唐玄宗就把李白叫过来填词取乐而已。李白应诏入京两年，只奉旨写了不少《清平调》《宫中行乐词》之类的诗词。胸中抱负无处施展，因此一直闷闷不乐。这种郁闷积压起来，令李白更加放荡不羁。因此李白在长安没少得罪人。官场上可不管李白是不是诗仙，人人忌恨，纷纷向唐玄宗进谗言诋毁。唐玄宗因此对李白逐渐疏远，最终李白在长安做了两年御用文人，什么政治抱负都没施展，就被赐金放还了。临行前李白郁郁寡欢地留下了那首传诵千古的《行路难》：

> 金樽清酒斗十千，玉盘珍羞直万钱。
>
> 停杯投箸不能食，拔剑四顾心茫然。
>
> 欲渡黄河冰塞川，将登太行雪满山。
>
> 闲来垂钓碧溪上，忽复乘舟梦日边。
>
> 行路难，行路难，多歧路，今安在？
>
> 长风破浪会有时，直挂云帆济沧海。

韩朝宗对李白的判断是准确的，这位大诗人锋芒太盛，若是举荐他来做官，肯定要得罪不少人，举荐人自己也难免麻烦。李白那一顶世间顶级的高帽，在韩朝宗这里没起什么作用，只能说韩朝宗确实有识人之明，免生后事。

无障碍阅读

景慕：景仰爱慕。

岂不以周公之风，躬吐握之事：周公，指周武王姬发的弟弟姬旦；吐握，指吐出口中的食物，握住头发。周公自称"我一沐三握发，一饭三吐哺，犹恐失天下之贤人"（《史记·鲁世家》），意思是洗一次头与吃一顿饭要停顿多次，生怕怠慢了客人。后世因此以吐握形容礼贤下士。曹操《短歌行》中有"周公吐哺，天下归心"。

龙蟠凤逸：意思是如龙盘曲，如凤深藏。比喻有才能而没有人赏识的人。

佳句背囊

"近水楼台先得月，向阳花木易为春。"

出自宋代诗人苏麟《断句》。苏麟，北宋诗人，曾在杭州的外县担任"巡检"一职。范仲淹任杭州知府时，对城中文武官员多有推荐提拔。苏麟因为在外县，很少与范仲淹见面，所以没有得到什么照顾。有一次，苏麟因事到杭州来见范仲淹，公事完毕后，献诗一首，其中有两句道："近水楼台先得月，向阳花木易为春。"诗句中将范仲淹比作日月，恭敬之情、自荐之心跃然纸上。范仲淹看了，心中会意，对苏麟也加以照顾提拔。

"近水楼台先得月，向阳花木易为春"与李白的"生不用封万户侯，但愿一识韩荆州"颇有相通之处。虽然是干谒权贵，并将对方大大地吹捧，但作者自重身份，遣词用句不卑不亢，毫无媚骨，历来为世人所传颂。

本文作者 ————————————

闫燎原：文史爱好者。以独特视角解读历史，多次获得历史领域"青云计划"奖。

江流有声，断岸千尺；
山高月小，水落石出

> 江流有声，断岸千尺；山高月小，水落石出。曾日月之几何，而江山不可复识矣。
>
> ——（北宋）苏轼《后赤壁赋》（节选）

◎ 诗临其境

在今天的长江、汉水流域，被称作"赤壁"的共有五处，分别在湖北的蒲圻、嘉鱼、汉阳、黄冈、武昌。经过专家学者考证，一般认为三国时赤壁之战的古战场当在今天的湖北嘉鱼县境内。

然而在历史上，乃至今天，湖北黄冈的"赤鼻矶"有着更大的名声和更高的人气。这一切都得归功于苏轼和他的"赤壁三绝"。

公元1082年，也就是宋神宗元丰五年，苏轼因"乌台诗案"被贬黄州（今湖北黄冈）已经两年多了。这一年他已经有了一个新的名号——苏东坡。这一年，也是他文学创作的丰收之年。

是年三月初，一场突如其来的春雨让这位大诗人留下了千古佳作——《定风波·莫听穿林打叶声》。仅此一首《定风波》已足以让"元丰五年"永载史册。

但，不仅如此，在同年的七月十六日和十月十五日，苏轼两次和朋友月夜泛舟赤壁之下，并写下了两篇著名的文赋——《赤壁赋》和《后赤壁赋》。

一直以来，"清风徐来，水波不兴"（《赤壁赋》）和"山高月小，水落石出"都被誉为描写秋、冬之景的典范。

十月十五日，已入初冬季节，苏轼与客泛舟复游赤壁，眼前所见之景与壬戌之秋已大不相同：

长江的流水缓缓流淌发出声响，江岸笔直陡峭，高达千尺。岸上山峦高耸，月亮显得很小，江流水位降低，部分礁石已经露出。

◎ 一句钟情

"江流有声，断岸千尺；山高月小，水落石出。"

《后赤壁赋》不同于前篇，以记游为主。此句是文中唯一纯粹写景的四句文字。

虽然只有短短十六字，却生动刻画出初冬之时赤壁的绝美风光：江岸陡峭山峦高耸，夜空澄明小月高悬；水位降低礁石裸露，长江缓流击石有声。

有动有静、有远有近、有虚有实，毫无雕琢痕迹，自然天成。

可谓字字精彩，句句如画。读罢，让人恍若身临其境。

值得一提的是，后人也用"水落石出"四个字代表"真相大白"。

但文中苏轼纯粹为写景而已。

◎ 诗歌故事

元丰二年（1079）十二月二十八日，距离新年仅剩三日。当天，从北宋朝廷的御史台走出一位特殊的犯人，他就是当世第一诗人，原湖州太守苏轼。从八月十八日入狱至今，他在御史台监狱度过了一百多天。

在这一百多天里，有人挖空心思罗织罪名欲将其置于死地，也有人前后奔走想尽办法欲救他出乌台（乌台，即御史台，因周围遍植柏树，乌鸦终年栖息于上，故称乌台）。

现在，他终于被放出来了，但他却不是回到湖州做太守，而是被贬谪黄州做团练副使，且不得签书公事。没错，苏轼实际上是以犯官的身份被看管在黄州。

但，你看他后来在黄州的生活和创作，哪有半点像犯官呢，分明是黄州的主人家。而历史上的黄州，尤其是黄州赤壁确乎因为苏轼而名垂青史。

贬谪黄州期间，苏轼的仕途陷入低谷，然而却迎来创作的巅峰。

元丰四年（1081），苏轼躬耕黄州东坡，他亦自号"东坡居士"，从此"苏东坡"便成为中国文化中无法更替的一个符号、一种色彩、一座丰碑。

元丰五年（1082）七月十六日，苏东坡与客人泛舟游于赤壁之下。当时，正处秋季，只见——清风徐来，水波不兴。白露横江，水光接天。

苏东坡与客人对答酬唱，最终得出"盖将自其变者而观之，则天地曾不能以一瞬；自其不变者而观之，则物与我皆无尽也，而又何羡乎"的超脱之见。

于是苏东坡作《赤壁赋》记之。

又过了三个月，十月十五日，适逢客人"薄暮得鱼，状似松江之鲈"，又东坡之妻王闰之有珍藏好酒，于是携酒与鱼，复游于赤壁之下。

此时，已是初冬时节，眼前之景与秋日已大不相同——江流有声，断岸千尺；山高月小，水落石出。

同前次一样，苏东坡作文记之，是为《后赤壁赋》。

至此，"赤壁三绝"横亘千古，光照千秋。

面对逆境挫折，有的人意志消沉，一蹶不振。苏轼却始终保持积极乐观的人生态度，微笑面对风雨坎坷，在人生的低谷，奏出最美妙的乐章。

 苏轼（1037—1101），字子瞻、和仲，号铁冠道人、东坡居士，眉州眉山（今四川眉山）人。北宋著名文学家、书法家、画家、诗人。与父苏洵、弟苏辙合称"三苏"；诗与黄庭坚并称"苏黄"；词与辛弃疾同是豪放派代表，并称"苏辛"；散文与欧阳修并称"欧苏"，同为"唐宋八大家"之一。书法与黄庭坚、米芾和蔡襄合称"宋四家"。擅长文人画，尤擅墨竹、怪石、枯木等。

佳句背囊

"清风徐来，水波不兴。"

出自苏轼《赤壁赋》，作为《后赤壁赋》的姊妹篇，《赤壁赋》显然有着更高的知名度。

但历来，人们将"清风徐来，水波不兴"和"山高月小，水落石出"等而视之，誉为描写秋、冬之景的典范。

一样的赤壁，时节不同，诗人所见之景也截然不同。

"清风徐来，水波不兴。"诗人抓住秋日赤壁山水的特征，描绘出一幅壮美的秋夜江景图。字字句句美不胜收，宛如与苏轼同舟而游。

本文作者

丁十二：喜诗词，偶有拙作；好读书，不求甚解；苏轼的众多仰慕追随者之一。

清风有意难留我，明月无心自照人

清风有意难留我，明月无心自照人。

——（清）王夫之自撰联

◎ 诗临其境

这是中国明末清初思想家、哲学家王夫之 71 岁时写的一副对联。

王夫之，字而农，又称"船山先生"。他的思想对后世影响很大，他与顾炎武、黄宗羲合称"明末清初三大思想家"。

王夫之一生孤高耿介。青年时期面对山河破碎，毅然投笔从戎积极参加反清斗争。明朝灭亡以后，他就隐遁到石船山，专心写书立著，以思想照亮万物。

山中的生活清苦困顿，连纸和笔都要靠朋友周济。清廷有意示好，派官员备上厚礼毕恭毕敬地前来拜访。王夫之虽然穷困潦倒，但是既不见人，也不接受礼物，还写下这副千古名联，以示自己的节操。

◎ 一句钟情

"清风有意难留我，明月无心自照人"，这本是一个明朝遗老面对家国破碎、身世飘零的悲鸣，却饱含着高傲与洒脱。心中有日月，万钟于我何加焉？我又怎会为那稻粱谋而折腰？清廷，你也太小看我坚守的内心了。

抛开厚重的历史不谈，单从诗意的角度去看这副对联，也是非常清新明丽的。

清风明月本是世间美好的风物，"明月映秋窗，清风入幽梦""清风明月本无价，近水遥山皆有情"，它们占据着"风花雪月"的两端，装点着世人的门庭。

清风飘逸灵动，解识春意，殷勤探看；明月清辉万里，皎洁高朗，兀自孤独。清风固然有意，但是面对无心之人，也很难心意相通。而一个"自"字又写尽了多少孤芳自赏，拒人于千里之外。

道不同，"自"是不相为谋。

想起苏轼的"墙外行人，墙里佳人笑。笑渐不闻声渐悄，多情却被无情恼"，红尘俗世中尚且有诸多的不解与隔阂，更何况清风和明月，一个是地面上游走的俗物，一个是天空中高悬的仙人，又如何能携手相容？

◎ 诗歌故事

王夫之生活在王朝更迭的动荡时代，他对明月心向往之，自然可以坚定地对清风说不。而我们生活中更多遇到的是左手清风、右手明月，坚守还是顺应，确实需要勇气和智慧。

2012年，中国的互联网产业经过数年的发展，已经如铜墙铁壁一般牢不可破。开始人生第四次创业的张一鸣，就面临着两难的选择。是在传统的行业中深耕去分一杯羹，还是另辟蹊径，寻找小众但是更艰难的方向？最终，他选择了明月，用崭新的算法定义了移动互联的新时代，也让今日头条、抖音成为大家耳熟能详的名字，深深地影响了我们身处的时代。

此时清风必然有意，那些唾手可得的成功会让人沉醉。然而心中的朗朗明月才是指引他迈向人生更高阶梯的光亮。虽然高处不胜寒，但是成功以后俯瞰自己清辉笼罩下的世界，真的很好。

我们的学子们，也不应该被身边的清风所羁绊。感觉清风环绕、通体舒适的时候，多抬头看看天上的月亮。人间万事，明月山川，那些高远的理想总是能让我们精神抖擞。王夫之做到了，我们也一定可以做到。

作家介绍

王夫之（1619—1692），字而农，号姜斋，又号夕堂，今湖南衡阳人，他与顾炎武、黄宗羲并称明清之际三大思想家。著有《周易外传》《黄书》《尚书引义》《永历实录》《噩梦》《读通鉴论》《宋论》等书。

佳句背囊

"倚天照海花无数，流水高山心自知。"

这是曾国藩集前人诗句所作的对联。上联出自苏轼《和蔡景繁海州石室芙蓉仙人（石曼卿也）旧游》，下联出自王安石《伯牙》。

站在高处看海，阳光照在海面上，浪花无数。但在这种壮观的景象面前，作者的内心却犹如这流水高山，不为所动。

此联也表达了独守操守岿然不动的风范，与王夫之的对联有异曲同工之妙。

本文作者

蒋宇：工科硕士，文化领域优秀创作者。喜欢文学和摄影。
头条号：生之絮语。

第二辑

名著名言

这些『小而美』的书，或者文字妙不可言，或者故事深沉有趣，是我们一生中一定要去打开的书。开阔眼界，温养心灵，领略性灵之美。

二人同心，其利断金；
同心之言，其臭如兰

君子之道，或出或处，或默或语。

二人同心，其利断金；同心之言，其臭如兰。

——《周易·系辞》

◎ 诗临其境

在武侠小说或者古装影视剧中，常有这样的桥段：原本没有血缘关系的几个人，因为情投意合，焚香歃（shà）血拜了把子，从此结为异性兄弟（姐妹），这便是所谓的"义结金兰"，又称"金兰之好"。像《三国演义》中刘关张桃园三结义，《射雕英雄传》里郭靖和周伯通在桃花岛上结为兄弟，都是如此。

那么，这"金兰之好"究竟有什么含义，又典出何处呢？

在古老的《周易》中有这样一段话："君子之道，或出或处，或默或语。二人同心，其利断金；同心之言，其臭如兰。"

这段话翻译过来，其实也很直白：

君子的为人处世之道，有时需要挺身而出兼济天下，有时也要安居自处独善其身，有时要甘于沉默，有时也要勇于发声。（当我们做事时）如果两个人能够同心协力，爆发出来的能量，就像利刃可以斩断金属；（当我们发声时）如果两个人心意相投，那说出来的话就像兰蕙的芬芳，令人身心愉悦。

　　原句中的"利断金""臭如兰"，都有一个共同的前提，那就是君子的行事和发声之道：志同道合、精诚团结、一心为公，此后就演化出一个典故"义结金兰"，这也是一则汉语成语。

　　因此在古代，人们结拜兄弟姊妹、生死之交等行为，就被统称为"金兰之好"，成为社会的一种交际习俗。唐代以后，尤其是明清时期，结金兰甚至要写一份书契，登记本人姓名、籍贯、家世等信息，称为"金兰谱"或者"金兰同契"。

◎ 一句钟情

　　在很多人的印象中，《周易》是东方神秘文化的代表，天书一般的存在。实际上，它可以看作是一系列古典文献的汇编。除了收录上古占卜的卜辞之外，也有许多体现古代哲学、伦理学、政治学等思想的独立文献，把它看作是古典文化的百科全书，也无不可。

　　"二人同心，其利断金。"

　　这一句豪言，出自《周易》中一篇独立的文献《系辞》。《系辞》是《周易》哲学思想的集中阐述，在中国思想史上也有重要地位，全文充满了名言警句，字字珠玑。

两人同心协力，是否一定就能"断金"？这不重要，重要的是把这股志同道合的力量描述出来，直指"断金"这种万难之事，说来干脆有力、掷地有声，从此成为朗朗上口的经典。还有诸如"兄弟同心，其利断金""夫妻同心，其利断金"之类的衍生品，至今也是汉语中惯用的俗语。

文后又紧跟一句"同心之言，其臭如兰"，含义相同，却一刚一柔，反差强烈，更令人过目不忘，是一种很好的写作技巧。

◎ 诗歌故事

严格来讲，若只说"二人同心，其利断金"，还是有一点瑕疵的。

比如三国时期著名的"二士争功"。邓艾和钟会率军伐蜀，二人都想建功立业、功成名就，不可谓不"同心"。同心之利也很有效，钟会在正面牵制蜀军姜维主力，邓艾从侧翼偷渡阴平小道，一路打到成都，迫降了蜀后主刘禅。

但此后的事就有点变味了，二人都想争头功，邓艾居功自傲口无遮拦，还擅自主张对蜀汉降臣大肆封赏；钟会抓住口实，密奏诬陷邓艾谋反，引得朝廷下诏，将其押送回京。过后，钟会反而野心膨胀，密谋造反，结果事情败露引起兵变，他和邓艾都被兵士所杀。

在这里，钟、邓二人的同心之利，非但没断金，还反戕自身，作为灭蜀的大功臣，竟丢了性命。究其原因，还在于《周易》原文中，"二人同心"前面的那句话："君子之道，或出或处，或默或语"。

同心同意，首先是行"君子之道"，不然只讲义气，结交品行不端的人，不但有隐患，还可能触犯法律。其次，众人共同发力，可能是在拉纤，但也有可能像"二士争功"那般，变成拔河。因此，君子之间的同心协力，要有"出"也有"处"，当"默"则默，当"语"则语，方可"其臭如兰"。

历史上著名的"房谋杜断"，就是这样一个正例。

唐太宗贞观初年，房玄龄和杜如晦分别担任尚书左右仆射，是皇帝身边的肱股重臣。房玄龄善于谋略，对军国大事总能拿出精当的参考意见或解决方案，但因为生性犹豫，往往不能最终决策；杜如晦较少参与房玄龄的谋划，但大局观好，关键时刻敢下决心，拿到方案后，善于取舍决断。史载，二人之间配合协作，如同"笙磬同音"，开创了贞观之治的大好局面。这便是所谓"房谋杜断"的由来。

房、杜二人同心协力，但却不是一二一齐步走，更不像钟、邓二士争功，而是"或出或处，或默或语"，共写了一篇千古佳话。

无障碍阅读

臭（xiù）：通"嗅"，即气味的意思。

作家介绍

《周易》：上古至秦汉时期的文献汇编，分为《易经》和《易传》两部分。《易经》是上古占卜用的六十四卦的卦象和对应的卜辞，文字简约古朴。《易传》是后世对于《易经》的注解和诠释，二者大致相当于教辅书和教科书的关系。《易传》包含七大类文献：《彖辞》《象辞》《系辞》《说卦》《序卦》《文言》《杂卦》；其中，《彖辞》《象辞》《系辞》又分为上下两篇，因此《易传》共有七类十篇，被称为"十翼"，相传是由孔子最终审定的。

《周易》的成书过程历时千年，具体的著者和编者已不可考。有一种传说是"三圣治易"，说它是创于伏羲，经周文王修订扩充，由孔子编辑审定完成。也有的考证认为，《易传》中有一些章节，是出自西汉初年的儒生之手，这应当就是周易成书年代的下限。

佳句背囊

"一阴一阳之谓道。"

这是《系辞》中的名句。事物都有对立统一的两个方面，《周易》中称为"阴阳"。古语说"独阳不生，孤阴不长"，为人处世，必须考虑阴阳两个方面的对立统一，配合协同，才能成"道"。就如孔子所言，"或出或处，或默或语"，两个人才能"其利断金"，这其实也是阴阳之道。

"阖户谓之坤，辟户谓之乾，一阖一辟谓之变，往来不穷谓之通。"
出自《系辞》，是通过比喻来说明乾坤阴阳之道。这里的"阖""辟"，就是关门、开门的意思，分别对应坤之道、乾之道。关起门户来，就像君子自处，保持沉默，独善其身；打开门户，则象征君子积极入世，发声做事。这一关一开的变化，便是对立统一的阴阳之理，善用阴阳之道，自然处世通达。

本文作者

齐文刀：一个中国文化和历史的爱好者与传播者，爱美刀，也爱齐刀，愿与你一起，不辞苟且，坐看远方。

知人者智，自知者明；
胜人者有力，自胜者强

知人者智，自知者明；胜人者有力，自胜者强；知足者富，强行者有志；不失其所者久，死而不亡者寿。

—— （春秋）老子《道德经》第三十三章

◎ 诗临其境

老子是一位特别有智慧的人，《道德经》（《老子》）是一部充满智慧的书。这段话中，老子阐述了自己的见解：

能了解、认清他人是一种智慧，能了解、认清自己可称作明智。能战胜别人，是有力量，能战胜自己，才算真正强大。知道满足的人内心是富有的，坚持力行、努力不懈的就是有志。不迷失自我的人可长久不衰，身死而"道"不消的，才算真正的长寿。

◎ 一句钟情

"知人者智，自知者明；胜人者有力，自胜者强。"我们了解别人有很多的感官渠道，比如看、听、闻、触、问……关于知人，人们还从实践中进行总结，形成了专门的学问，比如古时候的相术，如今的各种人才测评技术等。能够练就一身"知人"的本领的人，可以说是"人情练达即文章"，很了不起了。然而人生于世，不仅要能活在人群中，当夜深人静，灯火阑珊，独自一人坐照自观时，我们是否能够回答：我是谁，我从哪儿来，要到哪儿去？能给出肯定、坚定的回答并不容易。不同于了解别人的"眼观六路，耳听八方"，我们要了解自己，就只能"眼观鼻，鼻观口，口观心"了，没有足够的定力，还真不好做到。所以知人虽智，自知更明。

关于"胜人者有力，自胜者强"，我首先想到的是周处的故事。周处少年时"凶强侠气"，与当地的水中蛟、山中虎并称"三害"，周处为"三害"之首。乡人恨周处，故意挑唆他去杀虎斩蛟，希望"三害"火并。结果周处三下五除二干掉了老虎，又下水与蛟搏斗。经历了三天三夜的苦战，周处终于上岸，却发现乡亲们正在欢庆"三害"的覆灭。周处这才明白自己竟然也是大家心中的一大祸害。痛定思痛下，周处改过自新，最终成长为一代名臣。

周处杀虎斩蛟演绎了什么叫"胜人者有力"，其勇猛固然可叹，但他敢于面对自己过去的不堪，战胜自己，洗心革面，华丽逆袭，更彰显了人格的强大，人性的美好，人品的高尚，千百年来，带给了世人无数的感动和激励，完美诠释了什么叫"自胜者强"。

◎ 诗歌故事

大约公元前 551 年，老子出生于一个周朝的官吏之家，少时从师于商容。大约在 20 岁时，他被推荐入周王室任守藏室史，相当于皇家图书馆管理员。老子在图书馆一边工作，一边静心读书，一干就是十六年。老子 36 岁那年，得罪了当时的甘国当权者甘简公，被免了职务。

失业后，老子也没一蹶不振，而是利用自己的学识、专长，自主创业，比如说接一些帮别人主持葬礼的订单。在这个过程中，老子还结识了一些有潜力的后辈，比如在鲁国开展业务时，曾经辅导过少年时的孔子。

就这样，老子优哉游哉地过了五年逍遥的日子，以为人生就这样了。不承想，甘国内部发生了一系列政变，原先看不惯老子的甘简公一派势力被反对党甘成公一派取代，本着敌人的敌人就是朋友的原则，新任甘国领导甘平公将老子召回，将他官复原职。

老子也没二话，本来这份工作自己也是喜欢的，那就继续干吧！

公元前 520 年到公元前 516 年，周王室很不太平。当时周的太子王子寿英年早逝，周景王宠爱庶长子王子朝，有意册立，然未及成事，自己就驾鹤归西了。朝中权贵拥立了嫡长子王子猛，但是，没多久王子猛竟离奇暴毙——据说是被王子朝干掉的。王子猛死后，王子朝自立为王。权贵们怎肯作罢，又立另一位王子匄为周敬王。如此二王并存的局面持续了四年之久。

最终，在晋国的帮助下，周敬王打败了王子朝。

王子朝只能逃往楚国，重点来了，他带走了周王室的全部典籍——包括夏、商、周三代的无数重要文献！这些典籍本来是由谁保管的呢？正是我们的老子先生！

我们无法得知老子当时的政治取向，但是，典籍没保住，这是无可争辩的事实。老子的工作肯定是保不住了。怎么办，走吧！

这时，老子已经55岁了，是真正意义上的老先生了。他赶了一头青牛，晃晃悠悠地出城了。他没有去往家乡楚国苦县，而是走向了函谷关。为什么他要去往函谷关方向，是历史上一个不解之谜。

在此，我想做个假设，作为一位三十年工龄的资深图书管理员，竟然丢失了全部的图书资料，老子真的能够无动于衷吗？如果不能，那他失业后的人生使命，有没有可能与找回典籍有关？

出关后，老子遇到了一个成就他万世声名的人。

这个人，就是尹喜。

遇到老子之前，尹喜已非凡人。据说他自幼遍览典籍，精通历法，善观天文，习占星之术，能知前古而见未来。

传说某天时任大散关令的尹喜夜观天象，见夜空紫气东来，知有圣人将至。便请任函谷关令，并命人沿途洒扫，焚香供应。

不久老子驾青牛至函谷关，尹喜请以师事。

百日后，尹喜以疾辞官，迎老子归楼观本宅，斋戒问道，并请老子著书讲经，以惠后世。于是老子写就《道德经》五千言，离开前与尹喜约定，如能领会道德要义，千日后可于楚国某地（今四川地界）相会。

尹喜便辞掉工作，潜心攻读，千日后，悉臻其妙，还写出了《关尹子》九篇作为毕业论文。于是如约赴楚与老子相见，据说师徒二人还曾一起云游四方。

后人皆知老子为道教始祖，但实际上老子本人并没有创立任何教派。老子能以一部仅五千言的《道德经》光耀千年，尹喜的"知人"厥功至伟。

正所谓知人者智，自知者明，老子和尹喜，无疑都是智慧超群之人。

无障碍阅读

不失其所者久：其所，根本，这里指称"道"。意谓不丧失道这个根本的人就能长久。

死而不亡者寿：寿，寿者、长生。意谓身死但精神不死的人才叫长寿。喻指大道永远存在，充分反映了老子对自己的"道""德"理念终将大行于天下，为人们普遍接受的乐观主义精神。

老子：李耳，字伯阳（或曰谥伯阳），又字聃，春秋末期人，生卒年不详，籍贯也多有争议。一般认为他生于楚国苦县厉乡曲仁里（今河南鹿邑），做过周朝的"守藏室之史"（管理藏书的史官），是伟大的思想家、哲学家、文学家和史学家；著有《道德经》（又名《老子》），被尊为道教始祖，称"太上老君"。作为道家主要代表人物，与黄帝并称"黄老"，与庄子并称"老庄"。在唐代，因李为国姓，老子被追认为唐朝皇家的始祖，多有追封。

佳句背囊

"上士闻道，勤而行之；中士闻道，若存若亡；下士闻道，大笑之。不笑不足以为道。"出自《道德经》第四十一章。理解为：优秀的人听到一个道理，就勤快地实践它；平庸的人听到一个道理，对它半信半疑；愚钝的人听到一个道理，只是对它哈哈大笑。不被无知妄人嘲笑，就不足以称为道。

本文作者 ————————

上官开明，本名王敬，工商管理和汉语言文学专业出身，不时化身为业余写手的资深 HR。

君子之交淡若水，小人之交甘若醴； 君子淡以亲，小人甘以绝

夫以利合者，迫穷祸患害相弃也。以天属者，迫穷祸患害相收也。夫相收之与相弃亦远矣。

且君子之交淡若水，小人之交甘若醴；君子淡以亲，小人甘以绝。彼无故以合者，则无故以离。

——（战国）庄子《庄子·山木》（节选）

◎ 诗临其境

孔子周游列国时，受到来自各个方面的打压和排挤，而且，他的一些朋友和弟子也渐渐地离他而去。

内忧外困，孔子非常难过，就去向隐士子桑雽请教。

于是，子桑雽就给孔子讲了一个"弃璧负子"的故事。然后告诉他：

如果人与人之间只是以利益相结合，那么遇到困难时就会互相抛弃。你的一些朋友和弟子都是为了利才来亲近你的，你

现在处在困顿中，于他们而言无利可图，他们自然就会离开你，这并不奇怪。你只有待他们就像自己的骨肉至亲一样，和他们建立起难以割舍的感情，他们自然就不会离开你了。

以利益相结合的是小人之间的交情，虽然甘甜得像甜酒一样，却利断义绝。

以天性相连的是君子之间的交谊，虽然淡泊得像清水一样，却心地亲近。

◎ 一句钟情

"君子之交淡若水，小人之交甘若醴；君子淡以亲，小人甘以绝。"

千百年来，子桑雽的这句话已经成了至理名言，它是检验友谊真伪的试金石，而且屡试不爽。

因为，以利益为前提的关系终是无法长久，而且很容易因为外在的原因而导致分裂。

真正的朋友就是虽然不经常在一起，可是在你需要的时候，他总是会及时地出现在你的面前，也许，不一定有实质性的帮助，但是，只要有他在就足够了，不是吗？

锦上添花的不一定是真朋友，雪中送炭的一定是真友情。

君子之交淡如水，愿我们都能拥有这样真挚的友谊，虽然淡泊，但是心地亲近。

◎ 诗歌故事

孔子是我国古代伟大的思想家、政治家、教育家，儒家学派的创始人。

公元前 496 年，孔子带领弟子开始周游列国，向各个诸侯宣传他的治国理念和政治主张。

可是，这并不是一个顺利的过程，所到之处，他不仅没有受到热烈的欢迎，还经常遭受来自各个方面的打压和排挤，真是屡屡碰壁处处受阻。

无奈之下，心灰意冷的孔子只好回到鲁国。这时，他发现原来一些要好的老朋友见他一事无成，都有意地疏远了他，就连他的一些弟子也先后离他而去，孔子伤心极了。

这天，郁闷的孔子去拜见隐士子桑雽，向他请教其中的原因。于是，子桑雽就给孔子讲了一个假国人林回弃璧负子的故事。

假国是一个国力弱小的诸侯国，有一次它被强大的晋国围攻，城中的百姓见势不好纷纷逃难。

林回怀揣价值连城的白璧玉，背着自己刚满周岁的儿子，气喘吁吁地跟在逃难的人群中，没跑多远就累得走不动了。

于是，他果断地抛弃了怀中的白璧玉，然后背着孩子继续奔跑。

见状，有人不解，就对他说："首先，对于逃难的人来说，最重要的是财宝，因为它能保证你以后的生活；其次，对于逃难的人来说，累赘越少越好。可是，你却宁愿舍弃价值千金的白璧玉，背着这个累赘一样的孩子逃难，为什么呢？"

对于路人的质疑，林回说："彼以利和，此以天属也。"我和白璧玉只是利益的结合，而这个孩子却是我的亲生骨肉，我和他血肉相连，有着天然的割舍不断的亲情，这是任何奇珍异宝都无法取代的。

子桑雽认为，以利益相结合的，遇到困难就会互相抛弃。以"天属"相结合的，遇到困难会互相收容。人之间的相处，要以君子的方式，不要以小人的方式。孔子听了恍然大悟，从此以后，就按照子桑雽的教导去身体力行。

他抛开了经书，不再对弟子们进行严肃的说教，也不再苛刻地让弟子们每日都对自己行揖拜的礼节，而是像对待自己的骨肉至亲那样去亲近他们，和他们日渐培养起了深厚的感情。

果然，弟子们对他的爱戴和尊敬之情与日俱增，再也没有离开过他，他也收到了意想不到的效果。

无障碍阅读

子桑雽（hù）：人名，子桑为复姓。

迫：碰到，遇到。

醴（lǐ）：甜酒，甘甜的泉水。

淡以亲：淡泊却心地亲近。

甘以绝：虽然甘甜却利断义绝。

作家介绍

庄子(约前369—前286),姓庄,名周,战国时期宋国人。战国中期道家学派代表人物,思想家、哲学家、文学家,与老子并称"老庄"。其文想象丰富奇特,语言运用自如,灵活多变,能把微妙难言的哲理说得引人入胜,被称为"文学的哲学,哲学的文学"。著有《庄子》,其中名篇有《逍遥游》《齐物论》《养生主》等。

佳句背囊

"天时不如地利,地利不如人和。"
出自《孟子·公孙丑》。人心齐,泰山移。天时,地利,人和,归根结底还是人的因素占据主导地位,因为,得人心者得天下。

本文作者

掩卷茶当酒,隔帘雨打窗,我是刘玲子 candy,期待在文字中遇见更好的自己。

夏虫不可以语于冰者，笃于时也

井蛙不可以语于海者，拘于虚也；夏虫不可以语于冰者，笃于时也；曲士不可以语于道者，束于教也。

—— （战国）庄子《庄子·秋水》（节选）

◎ 诗临其境

《庄子·秋水》里有个故事，讲的是秋水来临，黄河水量充足，黄河水神河伯欣然自喜，以为天下最美的就是黄河了。结果黄河流入北海，河伯看到了北海的无边无际，才明白自己的浅薄。

北海水神若于是就对河伯说：

井底的青蛙不可以与它谈论大海，这是因为其眼界受到狭小居处的局限；生命只能维持一夏天的虫子不可以与它谈论关于冰雪的事情，是因为其眼界受到时令的制约；对于见识浅薄的人不可与他谈论大道理，因为其眼界受到其所受教育的束缚。

河伯一开始认为自己是最美的，等见识过北海之大又觉得北海就是最大最美的了，其实北海水神若告诉他，四海在天地之间也不过是水泽中的一个洞罢了。

◎ 一句钟情

"夏虫不可以语于冰者，笃于时也。"

这句话归根结底讲的是一个认知范围的问题。无论是"拘于虚""笃于时"还是"束于教"，都是人认知局限的体现。"拘于虚"说的是空间的局限，"笃于时"说的是时间的局限，而"束于教"则说的是人的固有知识体系对自己的局限。前两者说的是客观局限，而"束于教"说的是人的主观局限。

夏虫不可语于冰，是因为由于时间的限制，虫子的生命只有一个夏天，是根本见不到冬天的冰的。正是由于这种时间上的客观限制，夏虫永远理解不了冰这个概念。我们平时与人沟通的时候，往往也有这种情况，有时候双方发生冲突，并不是谁对谁错，而是一方所讲的事情超出了另一方的认知，双方根本没有在一个认知层面上对话，最终导致鸡同鸭讲，谁都没有理解对方的意思。

明白了每个人都有其认知局限这件事，也许我们就更容易懂得什么叫作同理心，更容易站在对方角度看待问题，也就更加理解对方基于他的认知所做出的一些行为。

◎ 诗歌故事

"夏虫不可以语于冰"核心就是两个词：夏虫和冰。

第一个是"夏虫"。"夏"是什么，这里它代表了时间的力量，代表了所有的生命都有时间的局限。对于一个虫子来说，夏就代表它一生的时间。而时间的局限也让人们不断努力去试图突破它。我们人类的发展历程中，人均寿命的不断延长，就是代表着人类不断去冲击生命的时间局限。

那么这里的"虫"呢？虫代表认知局限。而"冰"代表着一些超出我们认知范围的知识。想象一下：如果我们自己是夏虫，难道我们真的不想知道冰是什么吗？难道我们就只想接受夏天的酷暑，不愿接受春天的生机、秋天的收获和冬天的萧索了吗？难道因为我们生命短暂，对于我们认知圈之外的知识，我们就选择放弃吗？

我们人类在宇宙之中，也不过就是一个虫子。正因为生命短暂，对于短暂生命之外的事情，我们才有好奇心去了解。只要生命没有熄灭，我们就总是希望能够知道一些新的东西。我们的认知是一个圈子，很多人的圈子拓展到一定阶段就停止了。然后依靠着这些自己认知圈内的知识度过余生。他的认知过程停滞了，再也不会学习新的东西了，他失去了最宝贵的东西——好奇心。

这是一种死亡——认知能力的死亡。

只要我们生命没有停止，我们都应该不断去拓展自己的边界，让自己看得更远，想得更远。人类之所以能够一路发展到今天，不就是我们能够越想越远，然后脚踏实地地去实现吗？所以孔子才会有那一句名言："朝闻道，夕死可矣。"只要还没有死，人类就始终要走在去寻找"道"的路上。

写到这里，我想起了加拿大音乐人莱昂纳德·科恩的一句名言："万物皆有裂痕，那是光照进来的地方。"我想：我们是不是把我们的认知范围关得太死，以至于无法让光照进来呢？我们是不是给自己太多限制，从而让我们的认知能力濒临死亡呢？我们是不是一只认命的"夏虫"，不能不想也不敢去了解那些"冰"呢？

"夏虫不可语于冰？"不，即使我们是"夏虫"，我们也希望知道，在我们生命周期之外，"冰"到底是什么？你好，我是一只"夏虫"，请你跟我谈谈"冰"的话题好吗？

> **无障碍阅读**
>
> 虚：同"墟"，这里指居住的地方。
> 笃（dǔ）：牢固，这里引申为束缚、限制。
> 曲士：孤陋寡闻的人。

《庄子》是我国古代最重要的典籍之一，主要反映了庄子的哲学思想。汉代以后尊庄子为南华真人，所以《庄子》又名《南华经》。《庄子》一书除思想性外，其想象力丰富奇特，文笔汪洋恣肆，具有极高的文学价值。鲁迅评价说："其文则汪洋辟阖，仪态万方，晚周诸子之作，莫能先也。"

佳句背囊

"吾将曳尾于涂中。"

出自《庄子·秋水》。楚王派人请庄子入朝为官，庄子问楚王的使者："听说楚国有个神龟，已经死了三千多年了，大王在宗庙里珍藏着它。你说这只龟，是愿意死去而留下遗骸显示其尊贵呢？还是愿意活在泥水里拖着尾巴呢？"使者说："愿意拖着尾巴在泥水里活着。"庄子就说："你们走吧，我也想拖着尾巴在泥水里活着（吾将曳尾于涂中）。"庄子眼中，荣华富贵对于他就像那只被珍藏在宗庙的神龟一样，让他倍感束缚，生不如死。倒不如享受自己的自由，哪怕是在泥水中，也有生命的蓬勃和逍遥。

本文作者

懒龙说：今日头条历史领域优质创作者。满脑子没有必要，一肚子杂七杂八。

穷则独善其身，达则兼善天下

孟子谓宋勾践曰："子好游乎？吾语子游。人知之，亦嚣嚣；人不知，亦嚣嚣。"

曰："何如斯可以嚣嚣矣？"

曰："尊德乐义，则可以嚣嚣矣。故士穷不失义，达不离道。穷不失义，故士得己焉；达不离道，故民不失望焉。古之人，得志，泽加于民；不得志，修身见于世。穷则独善其身，达则兼善天下。"

—— （战国）孟子《孟子·尽心上》（节选）

◎ 诗临其境

孟子一生继承和发展了孔子的学说，致力于将儒家的思想、理论转化为具体的国家治理主张。为了实现自己的人生抱负，孟子也同孔子一般周游列国，向诸侯君主们推行他的政治主张。

晚年孟子回到家乡，主要从事教育和著述事业，并作《孟子》一书，"穷则独善其身，达则兼善天下"一句就出自其中《尽心上》一章，这是他与一名叫宋勾践的人讨论时说的话，语句虽短，却集中体现了孟子的"穷达"思想。

孟子对宋勾践说："你喜欢游说各国的君主吗？我告诉你游说的态度，别人理解，我安详自得无所求，别人不理解，我也安详自得无所求。"

宋勾践问："怎样才能做到你这样安详自得无所求的境界呢？"

孟子说："崇尚德，爱好义，就可以安详自得了。所以士人不得志时不可失去仁义之心，显达时不要背离道德标准。不得志时不失去仁义之心，因此可以保持自己的操守；显达时不背离道德标准，因此不会使百姓失望。以前的君子，得志时恩惠施于百姓；不得志时修养自身品德立于世间。不得志时要保持自身的善性，显达时要使天下人保持善性。"

◎ 一句钟情

"穷则独善其身，达则兼善天下。"

此处的"穷"与"达"并非狭隘地指物质上的穷困和发达，更多强调的是一个人的理想、抱负是否能够实现，也就是我们通常理解的不得志与得志。

有人认为，人在穷困落魄之时，约束好自己也就是做好自己就够了；到了显达的时候，再来为社会奉献不迟，这种想法不仅片面而且有一定的错误性。

儒家思想，一直以来都讲求积极进取、奋发向上，鼓励世人实现理想、造福社会，虽然追求理想的路，不会一帆风顺，但当你不得志之时，理想抱负一时不能实现，不要自暴自弃，而是要坚持自身的道德修养，修身以立于现世；当你得志之时，有了机会和平台能够大显身手，就更要有兼善天下为世人尽力的博大情怀。

人的一生通常都会经历平凡无闻的时候，甚至是逆境低谷时期，在这些时候，我们就要放弃努力、放弃原则吗？当然不是，我们仍要锐意进取，以严格的标准要求自己、完善自己，仰不愧天俯不怍人，从一言一行做起，从小事小善着手，到了可以通达四方之时，也不要忘了初心，关心社会、造福社会，让世间变得更美好。

◎ 诗歌故事

孟子所处的战国时代，诸侯之间合纵连横、混战不休，人民饱受战乱之苦，为了争夺更大的权力和地位，诸侯们大力招贤纳士，这也是当时思想文化上出现百家争鸣的原因之一，面对社会大变革的局面，有识之士纷纷提出自己的学说和主张，供诸侯君主和世人选择施用。

孔子的主张在百家争鸣之中受到了严重的威胁和挑战，孟子以光复和发扬儒家思想为己任，面对当时的社会现实，孟子认为要想改变社会纷争的局面，必须从提高人的道德修养开始，让人重新认识自己所担负的社会责任。他以性善论为前提和基础，继承和发展了儒家思想内部的理论，又在与其他派别进行论战的同时，吸收了其他学派的合理成分，如"达则兼善天下"就有墨家的"兼爱"思想影响，正因为其理论既精专又博采众家之长，孟子的思想表现出极大的生命力和感召力，他也因此被后世儒者尊称为"亚圣"。

孟子自中年起，奔走于诸侯国二十多年，他虽然也热心于仕宦之途，但更大的目的是借诸侯之手来实现其兼善天下的抱负。他在齐国游说时，受到齐宣王的优待和尊重，然而孟子主张的"仁政"在齐国却一直未能推行下去，齐宣王只是将他作为招牌，高高地供奉起来，当孟子看清了齐宣王的态度准备离开齐国时，齐宣王派人挽留孟子，并称愿给孟子最好的房子和万钟粟来养他的门生学徒，但孟子选择拒绝，他并非为了财物入仕。

孟子在仕途上是有原则的，即要以平静之心对待仕途上的穷达和显贵，不能因穷而失去自己的追求，不能因显达而忘乎所以。在他看来，一个人如果穷困时不顾道义、胡作非为，富贵时张狂一世，这个人就不能算是具有独立意志的人。因此他要求自己的行为要始终以仁和义为标准，得志时，就偕同老百姓一起循着大道前进；不得志时，也要坚持自己的道义原则。

在人生道路上，人生得志与否是多方面的因素造成的，不是人力所能随心所欲把握的。人能把握的就是无论穷困、显达都始终坚持自己的理想与信仰，以不变的心志应对万变的世事。

作家介绍

孟子（约前372—前289），名轲（kē），字子舆，邹国（今山东邹城东南）人。战国时期哲学家、思想家、政治家、教育家，儒家学派的代表人物之一，孟子宣扬"仁政"，最早提出"民贵君轻"的思想，与孔子并称"孔孟"。

《孟子》一书是孟子晚年时，在家乡与弟子万章等人共同汇编完成，主要记录了孟子的言行、政治观点和治国策略等，属儒家经典著作。

佳句背囊

"可以仕则仕，可以止则止，可以久则久，可以速则速，孔子也。"

这句话出自《孟子·公孙丑上》。意思是：应该做官就去做官，应该辞职就赶紧辞职，应该长久留下就长久留下，应该快速离去就快速离去，这是圣人孔子的作风。

在孟子看来，这些品格就如同"穷则独善其身，达则兼善天下"一样，展示了一种伟岸的人格力量和生命气节，是一种从容的人生态度。

本文作者

木辰文史：一个爱好读书的中年大叔，现居中部十八线小县城，喜欢与人分享阅读观点和其中的快乐，愿每个人都能做不一样的烟火。

与人善言，暖于布帛。
伤人以言，深于矛戟

与人善言，暖于布帛。伤人以言，深于矛戟。

——（战国）荀子《荀子·荣辱》（节选）

◎ 诗临其境

荀子是一位儒家大师，同时对法家的思想也很精通。在荀子眼里，人性本恶。也就是在荀子看来，人一出生就带着饥欲饱、寒欲暖、耳好声、目好色的特点。人是在成长中学会克制，才慢慢地学会了礼仪。

荀子一生好学，他不但自己坚持学习，还愿意劝人学习，在教育理念上与众不同，是第一个注重"尊师重教"的价值观念取向的人。荀子坚信一个人的好坏不是命中注定的，而是家庭和环境等多重因素作用的结果。

荀子这段话的意思是：

赠人美好的言辞，让人感觉比穿上布帛还温暖。

恶语伤人，让人感觉比长矛利戟刺身更加痛苦。

◎ 一句钟情

"与人善言，暖于布帛。伤人以言，深于矛戟。"

这句话用了比喻的手法，形象生动地将难以描述的情绪具体化，表达了人在听到好话和恶言时的心理感受，便于人们理解，并在情感上产生共鸣。

这句话很具生活哲理，可谓劝世良言。"善言"并不是胡乱夸人，更不是阿谀奉承，而是正面表扬、鼓励、安慰；而后一句尤其耐人寻味，难听的话好比软刀子，对人造成的精神伤害，其后果有时更超过肉体上的伤害。

生活中有一种人，以"刀子嘴，豆腐心"自许，其实这种人的做法很不对，对人对己都不好。因为人们在感受到你的"豆腐心"之前，可能已经被你的"刀子嘴"割得遍体鳞伤、不堪其重。

谨记荀子这句话吧。

◎ 诗歌故事

随着互联网的到来，5G 时代的发展，微信、QQ、抖音侵占了我们的生活。如今我们的沟通越来越便捷，我们学会了各种时髦的"网络沟通方式"。想找你聊天，微信"拍一拍"；想和你分享，在抖音上有趣视频下的评论区里 @ 你，甚至连恋爱到分手整个过程都会选择在网上。

当语音变成文字，当聊天的距离变得可以任意拉长，我们可以越来越自由地表达情感，包括自己的不喜欢，以及对对方的攻击。可是有些话一旦说出来了，就是往对方的心窝上扎了一刀，即使道歉了，拔出刀，那里也会留下伤害。

其实，有些话，如果你当着面，看着对方的眼睛，你根本无法忍心说出口。但是网络，给了我们伤人的机会。

韩国明星崔雪莉因为网络暴力自杀，中国艺人乔任梁因为网络恶言放弃了自己的生命……当他们去世后，曾经的黑粉愧疚地评论"不知道会给他们带来这么大的伤害"，可是他们已经看不到道歉了，他们再也回不来了。

还记得崔雪莉自杀前曾经在个人博客上发过一段文字，内容是："请疼爱我吧。"那个时候，崔雪莉可能已经身心俱疲，不堪重负了，所以她主动向世界呼唤善意的言辞，可惜最后她点开评论，看到的还是成千上万的谩骂和侮辱。然后，灾难发生了。我们大胆地试想一下，如果当时大家多一点善意，悲剧是不是就不会发生？

所以，下次当你想口出恶言，让自己舒爽的时候，不妨默念一遍"与人善言，暖于布帛。伤人以言，深于矛戟"，然后想象一下，和你有过愉快时光的她，满脸泪水站在你面前的样子。

无障碍阅读

善言：有益的话，好话。

布帛：布和帛。棉、麻、丝等纺织品的总称。

矛戟：矛和戟。亦用以泛称兵器。

作家介绍

荀子（约前313—前238），名况，战国后期赵国人，时人尊称为荀卿，汉时避汉宣帝刘询讳称为孙卿。著名思想家、文学家、政治家，继承并发展了儒学，主张性恶论。《荀子》是战国后期儒家学派的重要著作，集中体现了荀子的思想主张。

佳句背囊

"良言一句三冬暖，恶语伤人六月寒。"

这是一句俗语，出自明代的《增广贤文》，作者佚名。这句话与"与人善言，暖于布帛。伤人以言，深于矛戟"有着共通之处，都通过具体的比喻，表达自己的精神感受。这句俗语的意思是：一句善意的话，会让人在寒冷的冬天感觉到温暖；一句恶意的伤害人心的话，即使在炎热的六月天也会让人感觉到寒冷。

本文作者

幻禾：东方卫视"笑傲江湖"第一季冠军刘亮的编剧，番茄小说《你是医我的药》作者。

兰生幽谷，不为莫服而不芳

兰生幽谷，不为莫服而不芳。

舟行江海，不为莫乘而不浮。

君子行义，不为莫知而止休。

——（西汉）刘安《淮南子·说山训》（节选）

◎ 诗临其境

《淮南子》全书共有二十个篇章，在《说山训》这一章中，先是通过"魂"与"魄"的对话引出"无"的哲思，以此细说人生的"小觉悟"和治世的"大智慧"，而后通过各种事例，以对比的形式和比喻的修辞，引出全篇的主题思想，即：无为而治的人，思想上信奉"无"，行动上施"无为"，最终才能达到纯粹的精神道德境界。因此，我们每每思考"无为而治"的处世哲学，便忍不住会想到：

淡雅的兰花生长在无人的幽谷之中，不会因为没人看到而停止散发芳香；

一艘船行驶在江河之上，不会因为没人乘坐就不浮在水面；
君子但凡做了好事，不会因为没人知道便停止不做。

◎ 一句钟情

"兰生幽谷，不为莫服而不芳。舟行江海，不为莫乘而不浮。
君子行义，不为莫知而止休。"

前面举兰草和舟船的例子，是一种比兴手法，其实作者的
目的是推出后面的"君子"。

不求名、不避宠的正人君子，低调地行仁义之事，不会因
为想让别人知道而去做，也不会因为别人不知道而不做，"行"
与"不行"只是出于一片本心而已。

因此《淮南子》中写道："夫玉润泽而有光，其声舒扬，
涣乎其有似也。无内无外，不匿瑕秽。近之而濡，望之而隧。"
这一段是对"君子行义，不为莫知而止休"这一句的详细阐述：
美玉润泽有光彩，发出的声音舒缓且柔和，其鲜明光亮的外表
与君子正大光明的秉性极为相似。美玉无论内外，都不藏匿瑕
疵污垢，靠近它会觉得柔润，远望它又显得深邃。因此，"温
润如玉"恰恰就是对谦谦君子高洁品性的最好诠释。

◎ 诗歌故事

《说山训》以"夹叙夹议"的写作手法，将"道"的思想
融合于人生和社会的各个领域。"道"作为天地万物的本源，

最终与政治相融合，为当时的朝廷寻求"治国之道"，这也是《淮南子》成书的根本意图。

我们在《说山训》中看到了众多精彩的故事，比如詹何垂钓的技术高超，即便是千年的鲤鱼精都无法逃脱；曾子攀伏在亲人的柩车上痛哭流涕，令拉灵车的人感动得停止了脚步；瓠巴奏瑟，使得江中的游鱼不禁引颈倾听；伯牙鼓琴，就连马匹闻之都仰头嘶笑；介子推唱龙蛇之歌，令晋文公重耳听后也为之流泪。这些事例让我们感受到了"精诚所至"的力量，同时也向世人阐述了"道"的本质即是"无为"。

《淮南子》的著书目的是"纪纲道德，经纬人事"，因此书中有人性剖析，也有政治伦理。

比如"求美则不得美，不求美则美矣；求丑则不得丑，求不丑则有丑矣；不求美又不求丑，则无美无丑矣，是谓玄同"这一句是说不美却要追求美是得不到美的，人美不用追求美自然也是美；人不丑却要丑化是肯定丑化不了的，人丑却要说不丑终归还是丑的；不刻意追求美也不刻意追求丑，那么就没有所谓的美和丑，这才叫作与天道和合。这同时也是《说山训》的主旨：为人处世只有顺应天性才能达到"道"与"德"的最高境界。

再比如"楚王亡其猿，而林木为之残；宋君亡其珠，池鱼为之殚；故泽失火而林忧"，翻译过来就是：楚庄王养的猿猴走失了，逃进了树林里，楚庄王为了寻找它，将这片树林砍伐得乱七八糟；宋国君的珍珠掉进了池塘里，宋国君为了找到珍珠，又搅得池塘里的鱼不得安生。这些"上之所好，下尤甚焉"的做法是与天道人心相悖的，君主必须以"无为"的姿态彰显自己的仁德，"从天之道"且"循理受顺"，积善成德才能达到治国的最高境界。

《说山训》有类似"水广者鱼大，山高者木修"这样朴实易懂的语言，也有"见窾木浮而知为舟，见飞蓬转而知为车，见鸟迹而知著书"这类晦涩难解的文字。

同时，《说山训》还创造了如"百舌之声""掘室求鼠""亡羊得牛""援鳖失龟""发屋求狸""鹤知夜半""一叶知秋""终而复始""众议成林"等成语。

由此可见，《说山训》不仅具有可读性和指导性，还具有独特的文学价值。

作家介绍

刘安（前179—前122），西汉文学家、思想家。他是汉高祖刘邦的孙子，汉文帝时被封为淮南王。他爱好文学，喜读诗书，手下能人汇聚。刘安组织门客编著了《淮南子》一书。后因谋反案发而自杀。

《淮南子》又称《淮南鸿烈》或《刘安子》，在继承先秦道家思想的基础上，糅合了阴阳、墨家、法家和部分儒家思想而成，具有重要的文史价值。其博奥深宏的内容蕴含着丰富的哲学、史学、文学等各个领域的思想文化资源，对于处世哲学、人生参悟有着重要的指导意义。

佳句背囊

"美之所在，虽污辱，世不能贱；恶之所在，虽高隆，世不能贵。"

出自《淮南子·说山训》。意思是美好的事物，就算受到玷污辱没，也不会变得低贱；丑恶的事物，就算有人鼓噪吹捧，抬高其身价，也不会变得尊贵。

"苟利于民，不必法古；苟周于事，不必循俗。"

出于《淮南子·氾论训》。如果对民众有利，就没有必要效法古制；如果适合实际情况，也不必遵循旧俗。

本文作者

雪忆柔：自媒体创作者，一个喜欢在书海和光影世界感知世间美好的文学爱好者。

与善人居，如入芝兰之室

孔子曰："吾死之后，则商也日益，赐也日损。"曾子曰："何谓也？"子曰："商也好与贤己者处，赐也好说不若己者。不知其子视其父，不知其人视其友，不知其君视其所使，不知其地视其草木。故曰：与善人居，如入芝兰之室，久而不闻其香，即与之化矣。与不善人居，如入鲍鱼之肆，久而不闻其臭，亦与之化矣。"

——《孔子家语·六本》（节选）

◎ 诗临其境

《孔子家语》是一部记载孔子及孔门弟子言论的著作，保存了原始可靠的史料，影响深远，有学者称其为"儒学第一书"。全书共分四十四篇，《六本》主要谈君子立身行事的六大根本，即立身、丧纪、战阵、治政、居国、生财六个方面的根本要求，故以"六本"名篇。

孔子重视立身处世中的君子之道，讲求自我的不断完善，希望弟子们能日日进益，自然就强调环境和择友的重要性。上述节选文段中，孔子与弟子曾子展开了一段发人深省的对话：

孔子说："我死去后，子夏能不断进步，而子贡只会不断退步。"

曾子诧异地问："老师为何这么说？"

孔子答道："子夏喜欢和强过自己的人相处，子贡喜欢取悦不如自己的人。如果想了解儿子的为人，看他的父亲就知道了；如果要了解某个人的品行，看他的朋友就知道了；如果想了解一位国君，就要看他任用的大臣；如果想了解一块土地是否肥沃，就要观察其上生长的草木。所以说和君子交往，就像走进满是香草的房间，日久而不闻其香，因为已经被同化了。和小人交往，就像走入卖鲍鱼的市场，日久而不闻其臭，因为已经被同化了。"

◎ 一句钟情

"与善人居，如入芝兰之室，久而不闻其香，即与之化矣；与不善人居，如入鲍鱼之肆，久而不闻其臭，亦与之化矣。"这句话语言优美、述理精辟，至今依然被广泛引用。

语言优美，是指孔子用两个精妙而贴切的譬喻，生动形象地揭示了环境对人的影响，不仅使抽象的道理变得浅显易懂，更给人以鲜明、深刻的印象。

述理精辟，是指这句话对为人、处世、择友、自我完善等方面有教育作用，还包含了实用的方法论。从这句话可以看出，孔子十分强调学习和进步，不论出身如何、天赋几许，只要始终保持向善的心，并付诸努力，就合乎君子之道。

只要活着，就要自强不息，使自己越来越美好，这个理念适用于世界上的任何人，具有普适价值。那么如何才能不断进步呢？孔子给出了自己的方法：那就是寻找一个良好的环境，和比自己强的人朝夕相处，久而久之，眼界、见识、能力、品行都自然有所提高。

◎ 诗歌故事

子贡和子夏，都是孔门弟子中的杰出人才，名列"孔门十哲"，为宣扬儒家学说做出了极大的贡献。

子贡是孔子的早期弟子，跟随孔子的时间很长。他头脑灵活，善于经商，在孔子弟子中最为富有。子贡的口才也很好，外交才能突出，齐国准备侵略鲁国时，孔子让子贡出使别国请救兵，子贡接连拜见了齐国大夫陈常、吴王夫差、越王勾践和晋国君主，他结合多方利益分析利弊，仅凭一张巧嘴，不仅拯救了鲁国，甚至推动了吴越争霸和田氏代齐等重大事件，改变了春秋末年的政治格局。

子贡虽然思维敏捷、能言善辩，却爱在背后评论别人。孔子听到后，批评道："子贡，你很贤明吗？我就没时间做这些无聊的事情。"在《论语》和《孔子家语》中，我们经常能看到孔子训诫子贡，说子贡不如颜回聪明，不如子夏善于择友等。

他评价子贡为"瑚琏"，固然是夸赞他有安邦定国之才，但终究只是个有用的器物，算不上君子。

孔子批评子贡，只是出于师者的关怀，希望他把精力放在提高学问上。子贡也理解老师的良苦用心，两人的感情很深。孔子晚年生病，子贡去探望他，孔子说："赐啊，你怎么才来啊？"语气就像一个老人埋怨久未归家的孩子。孔子去世后，只有子贡一人为老师服了六年丧，可见两人的感情深厚胜似父子。

子贡以言语见长，而子夏则以文学著称。这里的文学并非当今文学的含义，而是指历史文献、典章制度。与子贡轻视学问的态度不同，子夏十分重视学习，他不是一味地死读书，而主张把阅读、思考和实践结合起来，这也正是孔子为学的主张，因此孔子特别欣赏子夏。子夏在治学中注重细节，有时缺乏对学问的整体把握，论述具体而细微是他为学的主要特点，除此之外，子夏对礼仪也十分熟悉和推崇，颇得孔子真传。

孔子去世后，孔门集团内部分歧明显，最终分崩离析。子夏离开鲁国，回到魏国设帐收徒，除了短期的从政生涯外，他大部分精力都放在儒学思想的学习和传授上。

当我们今天再回头看孔子对子贡和子夏的评价，就能发现孔子在识人方面确有独到之处，子贡的经商、政治和外交才能都很突出，的确有安邦定国的才干，但子夏对儒家思想的传播功劳极大，对后世影响更为深远。

作家介绍

《孔子家语》又名《孔氏家语》，或简称《家语》。儒家类著作。《孔子家语》原书早佚，今传本为三国时期魏国王肃作注，附有王肃序和汉儒孔安国后序。书中记录了孔子及孔门弟子的思想言行，还记载了中国历史上重大的思想文化事件，如孔子世系、从政、周游、问礼老子，有关礼乐制度、历史自然的论述、孔门七十二弟子事迹等，对于展示早期儒家整体形象、解读三代历史等方面，具有很高的价值。

佳句背囊

"随风潜入夜，润物细无声。"

出自唐朝杜甫的《春夜喜雨》，大致含义是春雨随春风在夜里悄悄落下，悄无声息地滋润大地万物，表达出一种事物对另一种事物产生影响，而且这种影响是潜移默化、自然而然的，和《家语》中"与善人居，如入芝兰之室，久而不闻其香，即与之化矣；与不善人居，如入鲍鱼之肆，久而不闻其臭，亦与之化矣"有共通之处，都表达了事物之间的关联和悄无声息的渗透。不同的是，杜甫这句诗主要体现积极的、正向的影响。

本文作者

曹翘楚：左手诗词，右手琴筝。

我与我周旋久，宁作我

桓公少与殷侯齐名，常有竞心。

桓问殷："卿何如我？"

殷云："我与我周旋久，宁作我！"

——（南朝宋）刘义庆《世说新语·品藻》（节选）

◎ 诗临其境

故事的主角桓温和殷浩，都是东晋响当当的人物，是一对"共骑竹马"的好朋友。

桓温为人直爽，容貌伟岸，风姿不凡，勇猛果敢，颇有领导风范。因此被晋明帝招为驸马。

而殷浩"识度清远"，少有美名，尤其擅长清谈玄理，小小年纪便有很深的见解和造诣，因此深受当时风流辩士们的极力推崇。

永和三年（347），桓温领兵消灭成汉政权，实力雄厚，连当朝者也要忌惮三分；与此同时，殷浩数次北伐，却屡战屡败，成为众矢之的，被贬为平民。

一个志得意满，一个跌落泥泞。

桓温问殷浩："你和我相比，谁更厉害些？"

殷浩回答："我跟我自己相处了很久，宁愿做我自己！"

◎ 一句钟情

"我与我周旋久，宁作我！"

桓温的问题咄咄逼人，而殷浩的回答更铿锵有力。

大教育家孔子有言："三军可夺帅也，匹夫不可夺志也。"尽管处境艰难，殷浩还是依旧铿锵有力、义正词严地回击了桓温的挑衅。

或许你权势滔天、不可一世，而我卑微到尘埃里，但我就是我，决不屈志于人，天下只有一个我！

◎ 诗歌故事

桓温军事才能突出，被封为徐州刺史，总理青、徐、兖三州军事。很快，桓温又出镇荆州，都督六州军事，至此已经完全掌握了整个东晋在长江上游的兵权，堪称名副其实的"人生赢家"。

而殷浩最初隐居山林，避世不出，整整十年，王孙贵胄前来征召他出山，他都不为所动，潜心研究玄理，时人都认为"奇货可居"。

因此才有了"深源（殷浩的字）不起，当如苍生何"的说法，殷浩被众人比作当代的管仲、诸葛亮。

最终，在当时辅政大臣司马昱言辞恳切的感召下，殷浩终于决定出山，成为司马昱心腹。朝廷上下都对他心服口服，只有一人除外，那就是殷浩儿时的好友，同样风头正劲的桓温。

永和三年（347），桓温溯江而上，消灭长江上游的成汉政权，权势、声望空前强盛，连朝廷也要忌惮他三分。

司马昱为了抑制桓温，令此时担任扬州刺史的殷浩与之抗衡。

于是，这对老朋友变成了瑜亮，明争暗斗，形成朝廷两股水火不容的势力。

桓温毕竟更老练、毒辣，又是军事奇才，善于用兵，极富军事谋略，常战常胜，论起作战，文臣殷浩根本不是他的对手。此后几年，殷浩数次北伐，屡战屡败，军力眼看就被消耗殆尽。

桓温巧妙地利用群臣的怨恨和嫉妒心理，上奏指斥殷浩罪状，司马昱也无计可施，只能忍痛将殷浩削官为民，流放边疆。

殷浩已除，东晋正式进入桓温北伐的时代。

于是就有了上面这则流传千古的对话。

虽然处于逆境，受尽嘲笑和冷落，但殷浩的这一回答，千百年后，犹如雷声响在耳边。

无论发生什么或将要发生什么，我们每个人都是无价之宝，生命的价值不在于我们有何成就、结交哪些人，而是取决于我们本身。

"我与我周旋久，宁作我！"——因为我就是我，千金不换。

无障碍阅读

殷浩（303—356），字深源，陈郡长平县（今河南西华）人，豫章太守、光禄勋殷羡之子，东晋时期大臣、将领、清谈家。

桓温（312—373），字元子，谯国龙亢（今安徽怀远）人。东晋政治家、军事家、权臣，谯国桓氏代表人物，东汉名儒桓荣之后，宣城内史桓彝长子。

作家介绍

刘义庆（403—444），字季伯，徐州彭城（今江苏徐州）人。南朝宋时期文学家，宋武帝刘裕之侄，长沙王刘道怜之子。过继叔父刘道规，袭封临川王。历任尚书左仆射，出为荆州、江州、南兖州刺史，加位开府仪同三司。编有《世说新语》《幽明录》等。

《世说新语》是一部文言志人小说集，主要记载东汉后期到魏晋间一些名士的言行与逸事，具有较高的文学价值和一定的史料价值。

"天生我材必有用，千金散尽还复来。"

出自唐朝诗人李白《将进酒》，诗人用乐观好强的口吻肯定人生，肯定自我："天生我材必有用"，令人击节赞叹。"有用"而且是"必"，何等自信！"我"是大写的，勾勒出一个豪迈直率、对未来憧憬不已的诗人形象。

这两句诗表明诗人尽管政治上受到挫折，但仍对自己充满信心，对未来也持乐观态度。正是"长风破浪会有时"，应为这样的未来痛饮高歌，破费又算得了什么！

本文作者

井井有聊：每天一篇走心好文，品味古今人生百态，为亲爱的你赋能。

操千曲而后晓声，观千剑而后识器

凡操千曲而后晓声，观千剑而后识器。故圆照之象，务先博观。阅乔岳以形培塿，酌沧波以喻畎浍。

——（南朝梁）刘勰《文心雕龙·知音》（节选）

◎ 诗临其境

刘勰是南朝梁代的文学评论家，他的文学理论著作《文心雕龙》对后世影响很大。这一篇名为《知音》，论述了如何进行文学鉴赏。

刘勰意识到，当时在文学评论领域，很多评论家"贱同而思古"，轻视同时代的，而仰慕前代的；贱近而思远，轻视身边的，而推崇远方的。真应了《鬼谷子》中的这句话："日进前而不御，遥闻声而相思"。

刘勰还看到：楚国人见到色彩鲜艳的野鸡就把它当作凤凰，魏国老百姓捡到块美玉却说是奇怪的石头。那么一定也会有人在文学评论中，把"野鸡"当"凤凰"，把"美玉"当"石头"。

怎样才能在文学鉴赏中，避免认知偏差呢？刘勰在《知音》

篇中提出了做好文学鉴赏的方法："操千曲而后晓声，观千剑而后识器。"

节选这段的大意是：

只有演奏过千首好曲，才能理解音乐；只有观摩过千口宝剑，才能懂得武器。因此，全面客观鉴赏评价文学作品的方法，就是多读多看多思考。看过高峰，就更明白小山丘；见过大海，就更明白小沟渠。

◎ 一句钟情

"操千曲而后晓声，观千剑而后识器。"这句话原意虽然是用来阐述文学鉴赏的方法，但它传递的内涵，却是与修身的传统文化一脉相承："读书百遍，其义自见""读书破万卷，下笔如有神""冰冻三尺，非一日之寒""读万卷书，行万里路"……如此这般，我们才能成为有见识的人。

有见识对人生有多重要？曾国藩说："凡办大事者，以识为主，以才为辅。"想做大事的人，首要是有见识，再以才能为辅助。

没见识会给人生带来哪些麻烦？弘一法师说："识不足则多虑。"有时候，感到生活惶恐不安，并不是外界带给我们的，仅仅是自身见识太少。

据说，杨绛先生曾给一位满怀人生困惑的高中生回信，犀利地指出："你的问题主要在于读书不多，而想得太多。"荀子在《劝学》中也给出了解决这样困惑的一种办法："吾尝终日而思矣，不如须臾之所学也。"

"操千曲而后晓声，观千剑而后识器"这句话总在提醒着人们：远离夸夸其谈，远离无尽的困惑，去经历、去体验，哪怕在小错中摸索正确的道路，哪怕在头破血流后幡然醒悟！

"操千曲""观千剑"之后，成为有见识的人。于是，不会对着碌碌无为的人生高歌平凡可贵，不会受限于一段扭曲的感情，不会沉没在某一段低谷，不会迷失在某一个巅峰，会理解世界，会明白自己的方向。你现在的气质里，藏着你走过的路、读过的书和爱过的人。

◎ 诗歌故事

在文学鉴赏与评论中，就算是历史上的"大明星"，也都各有各的局限性。

战国韩非子的《储说》刚刚传出时，秦始皇恨不得立刻见到韩非子，与他推心置腹促膝而谈；可是后来终于相见了，韩非子却被下狱了。秦始皇是有政治建树的大人物，却也有着"贵远贱近"的局限。

魏文帝曹丕说："文人相轻，自古而然。"曹丕在《典论》中讲了个故事，班固和傅毅曾是太学同学，又同朝为官，他俩的文章水平也是不分伯仲的。可是班固却看不起傅毅，还讥笑傅毅"写起文章就停不下来"。班固是才华卓越的大人物，却也有着"崇己抑人"的局限。

东晋政治家谢安，刘禹锡的名句"旧时王谢堂前燕，飞入寻常百姓家"中的"谢"就是指谢安。有一次家庭聚会，谢安问子侄："《诗经》中哪句最好？"侄子谢遏答："昔我往矣，杨柳依依；今我来思，雨雪霏霏。"谢安则说："讦谟定命，远猷辰告。"谢安认为这句话偏有"雅人深致"。谢遏所喜爱的诗句出自《诗经·小雅·采薇》篇，是一首戍边战士的歌谣。谢安所喜爱的诗句则出自《诗经·大雅·抑》篇，大意是用远大谋划来确定政令。谢遏欣赏诗句的意境美，而谢安作为一名政治家，欣赏诗句的政治观点，他俩的评价在各自的视角下都公正，却也有着"立场视野"的局限。

文学鉴赏如此，人生鉴赏亦如此。唯有增长见识，提升眼界，"操千曲而后晓声，观千剑而后识器"，方能对物、对人、对己，做到眼神清澈、豁然开朗。

无障碍阅读

培塿（péi lǒu）：小土山。
畎浍（quǎn kuài）：田间小沟。

刘勰（约465—约520），字彦和。南朝梁时期为官，著名的文学理论家、文学批评家。刘勰幼年成孤儿，家境贫困，好学奋进，到京城定林寺与僧人一起生活十余年，跟随僧人学习佛经和儒家经典。著有《文心雕龙》。《文心雕龙》全书共50篇，近4万字，是中国文学理论史上第一部有严密体系的、"体大而虑周"的文学理论专著。南朝流行骈文，因此《文心雕龙》这部理论书也采用骈文形式，语言非常优美。但是，《文心雕龙》在当时并未受到重视，直到唐代以后，逐步开始为人称道，晚唐文学家陆龟蒙称赞它"虽非倚天剑，亦是囊中锥"。

佳句
背囊

"登山则情满于山，观海则意溢于海"，出自《文心雕龙·神思》，文中谈论创作构思，此句说的是：写作者构思时，一想到登山，脑中便充满着山的秀色；一想到观海，心里便洋溢着海的奇景。

这与"操千曲而后晓声，观千剑而后识器"有异曲同工之妙。因为要想做到构思时，脑海里想到山与海，心里眼里就充满了生动的山与海——这一切都是缘于认真学习、倾心经历，人生中有了丰厚的体验与积累，有着曾经"操千曲""观千剑"的见识。

本文作者

有女如玉书中寻："今日头条"的"文化领域优质创作者"。

君子不党，其祸无援也；小人利交，其利人助也

君子不党，其祸无援也；小人利交，其利人助也。

道义失之无惩，祸无解处必困，君子莫能改之，小人或可谅矣。

——（五代）冯道《荣枯鉴》（节选）

◎ 诗临其境

问世间何为君子，何又为小人？人人都喜欢君子，做君子者却少之又少；人人都讨厌小人，做小人者却多之又多。为什么君子少而小人多，人们为什么喜欢"君子"却选择了做"小人"？冯道道出了其中真谛：

所谓"君子"，就是一群自我存在感很强、自我价值感很高的人。他们的精神是高度独立和自由的，不愿攀附别人，也不愿被人攀附，因此在遭遇打击的时候，他们总是孤立无援，最终往往容易将自己陷入无解的困境。

所谓"小人"，他们是一群对俗世生活、对人的需求有更深了解的人，他们用利益来实现与人的交往，用利益来吸引人为其做事。

在现实当中，做事情失去道义的小人往往得不到惩罚，只有那些孤立无援的人才总会遭受到无可避免的重大打击。在这样的社会中，精神独立孤傲的君子并不能改变什么，而与人利益相交的小人却更可能会得到人们的理解和支持。

◎ 一句钟情

"君子不党，其祸无援也；小人利交，其利人助也。"

人类是群居动物，每个人身上都有着强烈的、无可摆脱的社会属性。人类千万年的进化史无不证明，人类要想生存、发展，就必须依靠集体的智慧。

古代先贤荀子在《劝学》中说："君子生非异也，善假于物也。"一言以蔽之，真正的君子，是一群善于利用智慧、利用外物的人，而社会上的各色人等，就是君子要实现人生梦想、追求人生价值最好的"外物"。

《大明王朝1566》中，司礼监掌印太监吕方教导日后权倾朝野的冯保身在官场要"思危、思退、思变"，就是要冯保思考自己与社会之间的关系，进而知道利害得失，从而可以进退有据。

换言之，不能与社会形成广泛合作，不能团结人心、不能汇聚力量的人，并不是真正的智慧君子，他们总是会将自己陷入孤立无援、一事无成的境地，让人倍感遗憾；而只有知道利害得失的人，才知道如何和别人实现合作，这样的人即使是小人，也总能在众多人的帮衬下成事，成为现实的成功者。

◎ 诗歌故事

冯道，生逢乱世，却能安然立足在那个城头变幻大王旗血火纷飞的时代，仕唐晋汉周四朝，相六帝，为当世英雄豪杰所认可，这足以说明冯道绝对不是可以用一个简单的"君子"或者"小人"标签就能说清楚的人。

"父子之国"，何出此言？

冯道曾被后晋高祖石敬瑭封宰相。而说起石敬瑭，这是历史上一个臭名昭著的皇帝。

他以出卖燕云十六州为代价换取契丹人的支持，灭亡后唐，定都汴梁，建立后晋，自称契丹的"儿皇帝"。他的这一行径，直接造成中原王朝宋朝没了北部边境屏障，千里中原沃土无以抵御契丹铁蹄，间接导致靖康之耻、北宋灭亡。

天福二年（937），契丹皇帝耶律德光遣使到汴梁，为后晋高祖加徽号。

后晋高祖也为耶律德光献徽号，遣使契丹。这是一个极度羞耻也极度危险的工作，当时无人敢去也无人愿去，而冯道去了。在契丹期间，皇帝耶律德光特别赏识冯道，有意将他留在契丹。冯道道："晋朝与契丹是父子之国。我在两国都是臣子，在哪都一样。"

本是奇耻大辱的称谓，却被冯道拿来作为挡箭牌，仅这句话就足以被无数人用来指责冯道是一个货真价实的小人。

"仁义，帝王之宝！"

后唐明宗年间，连年丰收，朝廷无事。唐明宗得到一个玉杯，上写"传国宝万岁杯"，并给冯道观看。冯道说："这是前朝的有形之宝，王者有无形之宝。仁义便是帝王之宝，因此有'大宝曰位，何以守位曰仁'的说法。"唐明宗出身武夫，没听懂他的意思，等冯道走后，他又问侍臣，这才知道冯道是劝谏他身为帝王，要靠仁义治理天下。

在皇帝喜欢宝物的兴头儿上泼冷水，这绝对不是小人的做法，从这句正大光明的劝谏上，我们又能看到冯道心怀天下的仁义精神和身为朝臣的责任担当。

仔细研究冯道的一生，不难发现他是一个从来不受礼教束缚的人，他心里自有一杆秤，自有做事的原则和方法，他不会为了君子的虚名而去沽名钓誉，也不会因为别人的辱骂斥责就改变什么。

他是一个做事的人，是一个敬事的人，是一个心里有天下却无意无能去争霸天下的人，这样一个能人，有哪个英雄豪杰不喜欢重用呢？

作家介绍

冯道（882—954），字可道，号长乐老，瀛洲景城（今河北沧州西北）人，一生仕唐晋汉周四朝，相六帝，在历史上极具争议。宋代欧阳修骂他"不知廉耻"，司马光更是斥其为"奸臣之尤"，但他主政期间经世济民、提携贤良，在五代时期有"当世之士无贤愚，皆仰道为元老，而喜为之称誉"的声望。

《荣枯鉴》在宋朝以来的各种艺文志及书目中均未提及，疑是后人托名伪作，但这丝毫不妨碍《荣枯鉴》成为一本经典的谋略著作。

曾国藩曾经这样点评："一部《荣枯鉴》，道尽小人之秘技，人生之荣枯，它使小人汗颜，君子惊悚……"这部书提供给人们审视小人一个独特的视角，至于如何定义小人，如何防范小人并最终战胜小人，读者自然是仁者见仁，智者见智。

本文作者

船长读书和情感（头条号）。红尘修行者，传播国学智慧，品读豁达人生。

一愿识尽天下好人，二愿读尽世间好书，三愿看尽世间好山水

一愿识尽天下好人，二愿读尽世间好书，三愿看尽世间好山水。

——（宋）罗大经《鹤林玉露》（节选）

◎ 诗临其境

人生在世，所在意者甚多，所欲求者亦不少。

但是高层次的人都懂得理智地进行取舍，只留下最为重要的心愿，并倾尽一生去实现。

一愿识尽天下好人，何为"好人"？

李敖说："真正的好人，必须是大智大仁大勇的，狂狷的，特立独行的，举世而誉之而不加劝，举世而非之而不加沮的，虽万人吾往矣的。"

所谓好人，仁善当先，智勇随后；所谓好人，不困于誉，不困于议；所谓好人，不是趋利逐名之辈，而是同道中人。

好人应该经得起生死的考验，好人还要受得住岁月的熬煎。

二愿读尽世间好书。

苏轼有言："腹有诗书气自华"，"读书万卷始通神"。

读一本好书，是为气质加码；读一本好书，是与高尚者谈心。

三愿看尽世间好山水。

心灵层次高的人，不会沉溺于灯红酒绿，也不会深陷于声色犬马。他们心系山河，热爱生活。

歌德说：人之所以爱旅行，不是为了抵达目的地，而是为了享受旅途当中的乐趣。

看尽世间好山水，同样是人生的一大幸事。

至圣先师孔子也感慨：智者乐水，仁者乐山。

人观水，故学水，上善若水，而人则学水之至善。

人看山，故学山，山不辞土，而人之学山之至容。

高层次的人，愿以天地为师，愿以自然为朋。

学于天地，学于自然。

◎ 诗歌故事

"一愿识尽天下好人，二愿读尽世间好书，三愿看尽世间好山水。"罗大经的这三句话，给了我们很多启示。

心灵层次高的人，他们渴望结识更多的同道中人，谈天，谈地，谈理想，谈情怀。

常言道："与智者同行，与高人为伍。"

与好人相识，是一生志趣之所在，与好人相交，是一生幸福之所归。

"永贞革新"失败后，刘禹锡被贬至安徽和县。

被贬谪后的刘禹锡，不汲汲于权位，不念念于前途。

他还是保持着内心中最本真的愿望："谈笑有鸿儒，往来无白丁。"

如果刘禹锡愿意退一步，结交地方上的蝇营狗苟之辈，或许他的日子会好过很多。

然而，他没有。他在处于人生低谷时，最大的心愿不是重回名利场的巅峰，而是在世间寻找更多的知己，结识更多的"好人"。

这样的人还敢于表明自己的态度，摒弃无意义社交。敢于划清相交的界限，过滤自己的交际圈。

"一愿识尽天下好人"，强调的不仅是交友，更是严于律己的表现。

鲁迅年少时生活极其辛酸，家道中落的艰辛让他尝遍人间冷暖。他在巧合间阅读了《山海经》。《山海经》中精怪离奇的情节与文字如彩笔一样，为鲁迅单调枯白的人生添色。

读一本好书充实了鲁迅的生活，更点燃了他读书、痴书的热情。

鲁迅不爱权，不恋名，不重利。

若说心愿，唯读书尔。

心灵层次高的人，不痴迷花哨精巧的游戏，不纠缠无意义的社交，不在意人世间的倾轧。

他们的愿望如此简单：读尽世间好书，让灵魂在文字中恣意徜徉。

三毛说："最好的状态莫过于白天看人，晚上看书。"

读一本好书，是为心灵助力。

读尽世间好书，是与仁人志士共谈。

不拘泥眼前生活的苟且，而是向往精神的自由与广博。

在经历过长期的登山培训后，万科集团创始人王石连续11次登上了珠峰。

在谈及珠峰给他带来的改变时，他说："正因为我有登山的经历，谈判时我往那一坐就有优越感，无论从意志还是体力上你都磨不过我。"

如果说与人相识是丰富人生情趣，与书相伴是追寻简单的生存状态，那么与山水相遇则是锻造自我生命里的韧性，丰富自我对生命的感知。

心灵层次高的人，愿看尽世间好山水，于山水中看自己，于山水中品众生。

作家介绍

罗大经（1196—1252后），字景纶，号儒林，又号鹤林，南宋吉州吉水（今江西吉水）人。宝庆二年(1226)进士，历仕容州法曹、辰州判官、抚州推官。因矛盾纠纷被株连，弹劾罢官。此后再未重返仕途，闭门专事著作。所著《鹤林玉露》是南宋时期最为重要的笔记著作之一。

佳句背囊

"父母俱存，兄弟无故，一乐也；仰不愧于天，俯不怍于人，二乐也；得天下英才而教育之，三乐也。"此为"君子三乐"，出自《孟子·尽心上》。君子的一生中，有三大乐事。看似简单朴素的快乐，却正是回归了"人"的根本。

本文作者

李响：吉林大学文学院硕士研究生。

人无癖不可与交，以其无深情也

人无癖不可与交，以其无深情也；人无疵不可与交，以其无真气也。余友祁止祥有书画癖，有蹴鞠癖，有鼓钹癖，有鬼戏癖，有梨园癖。壬午，至南都，止祥出阿宝示余，余谓："此西方迦陵鸟，何处得来？"……乙酉，南都失守，止祥奔归，遇土贼，刀剑加颈，性命可倾，阿宝是宝。丙戌，以监军驻台州，乱民卤掠，止祥囊箧都尽，阿宝沿途唱曲，以膳主人。及归，刚半月，又挟之远去。止祥去妻子如脱屣耳，独以娈童崽子为性命，其癖如此。

——（明）张岱《陶庵梦忆》卷四（节选）

◎ 诗临其境

祁止祥，应该是作者张岱晚年的一位朋友。

他喜欢书画，喜欢蹴鞠，喜欢鼓钹，喜欢鬼戏，还喜欢梨园戏曲。

一次，张岱与祁止祥见面，祁止祥将自己的宝贝"阿宝"领出来给张岱看，张岱亦很惊奇，脱口而出道："这简直是西方的迦陵鸟呀，你是从哪里弄来的？"

后来，阿宝成为祁止祥一生难舍的癖好。

乙酉年，都城失守，祁止祥在奔逃回乡的路上遇到了土贼，明晃晃的刀剑横在脖子上，性命的倾覆只在一瞬间，祁止祥也不舍得把阿宝交出去。后来又碰到乱民掳掠，祁止祥所有的身家都被抢劫一空，只剩下阿宝，一路上靠阿宝唱曲养活，也活着到了家。刚到家半个月，就又带着阿宝出门远游了。

故事的最后，是张岱的一句感叹："止祥离开他的妻子儿女就像脱鞋一样简单，却独独把娈童视作自己的命根子，这正是其癖好的表现吧。"

◎ 一句钟情

"人无癖不可与交，以其无深情也；人无疵不可与交，以其无真气也。"

没有癖好的人不交，因为他没有深情；没有瑕疵的人不交，因为他没有真气。

刘慈欣的《球状闪电》中说过，人过一辈子最简单的方式，就是找一个尚未解决的领域难题，研究一生。

言下之意与张岱这句话一样，人活在世界上，需要一种寄托，需要一个能够让你倾注全部心血，奋斗一生的"题"。

所谓寄托，最直观的表现就是癖好。有癖好的人在常人看来，往往有个性，有脾气，有傲世刺世的锋芒，有与众不同的追求。

他们行事古怪，有自己的原则和处世方针，可以为了一件在世人看来并不重要的事情而奋不顾身。

虽然看上去不好相处，但是和他们交朋友，其实是一件很快乐、很舒服的事情。

首先，人生中有寄托，意味着他们自身是有深情的，只要认定的事情就会执着到底，认定的朋友也不会半途离弃。所以你可以放心和他们交朋友，不用担心疏远，或者背叛。

有寄托的人往往都单纯善良，有一颗赤子之心，这是因为他们活得真实，知世故而不世故。活在世界上，有一件事可以让你一心一意去做，剩下的所谓人情世故，也就不再关心了。与这群人交往的时候，你也可以脱去在世人面前穿着的人情世故的壳，感受到生命的真实。

◎ 诗歌故事

张岱为什么会喜欢这种人，那是因为他自己就是其中的一员。

在《自为墓志铭》中，他自称："少为纨绔子弟，极爱繁华。好精舍，好美婢，好娈童，好鲜衣，好美食，好骏马，好华灯，好烟火，好梨园，好鼓吹，好古董，好花鸟。"

正是因为他所沉溺的东西比谁都多，他对于癖好才有着更为深刻的理解。

有癖好、有瑕疵的人之所以值得交往，其实并不在于他的癖好是什么，而在于癖好赋予他的人生态度：真实地活着。

因为对一件事情有特别的喜欢，除此之外的事情都可以不顾，所以渐渐形成一套自己的处世法则。与世界的格格不入，并不是故意展露个性，而是本性的自然流露，这就是所谓"真实"，"真"这个概念最早属于老庄道家的哲学范畴，在中国文学史的发展中影响深远。

关于真实地活着，自古至今已经涌现出无数的"有癖好者"给我们作榜样。

远至魏晋南北朝时期的"竹林七贤"和陶渊明，面对黑暗的政治和乱世流离的现实，他们不愿意同流合污，丧失自己的天性。"竹林七贤"笑傲竹林之间，纵酒，高歌，长啸，清谈，践行着自己的"癖好"；陶渊明前半生辗转政治集团，在隐居与出仕之间徘徊不定，最终因"不能为五斗米折腰，拳拳事乡里小人"而挂印回家，写下了流传千古的《归去来兮辞》，在隐居的日子里，躬耕自乐，开创田园诗流派，实现了自己的人生追求。

正因为追求真实地活着，才有了嵇琴、阮啸的激昂恣肆，才有了"采菊东篱下"的悠然自得。

近至现代一批批特立独行的人，不知道大家看没看《乐队的夏天》这档综艺，里边玩乐队的音乐人都有自己的个性，尤其是老乐队，更是无所顾忌。他们的特点就是真实，不会因为上了节目就克制自己，有什么说什么。因为音乐是他们的"癖好"，是"深情"之所倾。

你会不想和这样的人交朋友吗?

袁宏道在《与潘景升书》中说:"世人但有殊癖,终身不易,便是名士。"与张岱的思想基本一致。

有癖好之人,才有深情、有真气,才有为一件事情奋斗一生的动力,这样的人才可交,才可为挚友,甚至知音。

无障碍阅读

迦陵鸟:迦陵频伽的省称。此鸟鸣声清脆悦耳。佛经谓常在极乐净土。

脱屣(xǐ):比喻看得很轻,无所顾恋,犹如脱掉鞋子。

娈(luán)童:指为达官贵人服务的美少年。出自南朝梁简文帝《娈童》。

作家介绍 张岱(1597—1679),又名维城,字宗子,又字石公,号陶庵、天孙,别号蝶庵居士,晚号六休居士,浙江山阴(今浙江绍兴)人。寓居杭州。出身世家,少为富贵公子,精于茶艺鉴赏,爱繁华,好山水,晓音乐、戏曲,明亡后不仕,入山著书以终。张岱为明末清初文学家、史学家,最擅长散文,著有《琅嬛文集》《陶庵梦忆》《西湖梦寻》《三不朽图赞》《夜航船》等文学名著。

佳句背囊

"林下漏月光，疏疏如残雪。"

出自《陶庵梦忆》。静谧深沉的树林里，漏下一片片的白月光，萧疏散漫地铺在各处，如一片片的残雪。单看这句，是一句很美丽的景色描写，可是结合全篇来看，这其实是一场闹剧的开始。张岱半夜乘舟途经金山寺，悄悄走了进去，到大殿之中，万籁俱寂。张岱与同行人在大殿中"盛张灯火"，"锣鼓喧阗"，"唱韩蕲王金山及长江大战诸剧"，把整个寺庙的人都吓醒了。戏唱完，天已经快亮了，于是上船，过江。僧人们自半夜醒来，到早晨目送他们离去，竟没有一人出口问他们，估计连他们是人是怪还是鬼都不知道。张岱之"癖"与"疵"，于此可见一斑。

本文作者

顾无：一位热爱诗词和写作的大学生。

胜我者，我师之；类我者，我友之

文章者，天下之公器，非我之所能私；是非者，千古之定评，岂人之所能倒？不若出我所有，公之于人，收天下后世之名贤，悉为同调。胜我者，我师之，仍不失为起予之高足；类我者，我友之，亦不愧为攻玉之他山。

——（清）李渔《闲情偶寄》（节选）

◎ 诗临其境

康熙年间，60 岁的李渔大概觉得：世界虽大，真正会生活的人太少了，于是他写了一部《闲情偶寄》。世人说："好看的皮囊千篇一律，有趣的灵魂万里挑一。"透过这部书，我们总能身临其境地感受到李渔那万里挑一的有趣灵魂。

《闲情偶寄》的《词曲部》之"结构第一"篇中，李渔在谈戏曲创作时，写出了颇有胸襟的风流佳句："胜我者，我师之，仍不失为起予之高足；类我者，我友之，亦不愧为攻玉之他山。"这句话是因何而成的呢？

李渔看到，他所在的时代，在戏曲创作上，想与明代汤显祖并驾齐驱的人很多，可是真正的创作者和绝佳作品却很少。其他的文体，总有一些教创作方法和规则技巧的书籍，偏偏戏曲创作上，只有前人的作品可以借鉴，却没有现成的教科书。

为什么当时缺乏戏曲创作的理论指导呢？一方面是戏曲创作自身的复杂性和多样性，与诗词格律相比，可谓变化无常；更多的原因是如今擅长戏曲创作的人，自己在黑暗中费了九牛二虎之力才摸索出了一些诀窍以谋生，更愿意将"秘籍"藏在肚中，免得被"后浪"拍在沙滩上！

于是，李渔发出了以上这段肺腑之言：

文章写出来就是给天下人看的呀，咱不能当成私货藏着；是与非，终究是由历史评定的，不要担心被别人误解、被别人往沙滩上猛拍。不如把咱的戏曲创作经验毫无保留地向世人公开，来吸引天下后世志趣相投的名士贤者！那些比我厉害的人，我把他当老师，我就成为他的得意门生；那些和我相当的人，我把他当朋友，我从他那儿得到借鉴、提升。

◎ 一句钟情

"胜我者，我师之，仍不失为起予之高足；类我者，我友之，亦不愧为攻玉之他山。"我喜爱这句话里包含的胸襟、呈现的格局。它不仅是创作者的法宝，更是大众的生活智慧。

"胜我者，我师之"，追求见贤思齐，"择其善者而从之"；"类我者，我友之"，拒绝同行相忌，互为友、互为镜、互为他山之石，以便发现不善者而改之。

正视自己不如人，不易；喊声"师父"，虚心地向其学习，更难；做到了，这就是有胸襟。与自己旗鼓相当的人，不明争暗斗、不轻贱拆台，不易；进而亲之友之，携手并进，更难；做到了，这就是有胸襟。

胸襟，是一个人的胸怀、气度、抱负。曾国藩说："自古圣贤豪杰、文人才士，其志事不同，而其豁达光明之胸襟大略相同。"而人生的意趣是建筑在胸襟之上，有了豁达光明的胸襟，便能享受恬淡冲融的生活意趣。

李渔有着有趣的灵魂，正是由于文如其人，他在生活中有豁达胸襟。他居金陵二十年，以文会友，以戏会友，交往的朋友，上至宰相、尚书、大学士，下至三教九流，如他在《交友箴》中所写："饮酒须饮醇，结交须结真。"

◎ 诗歌故事

"胜我者，我师之。"鸦片战争以后，魏源写成《海国图志》，书中提出了"师夷长技以制夷"的著名主张，对付外国侵略者，不能"舍其长，甘其害"，而必须"塞其害，师其长"，而"夷之长技三：一战舰，二火器，三养兵练兵之法"。魏源通过对鸦片战争失败原因的反省，既认识到了中国的落后，承认西方列强有其"长技"，同时又不失抵抗列强侵略的勇气。

"类我者，我友之。"京剧的四大名旦：梅兰芳、程砚秋、尚小云、荀慧生，那真是演艺界的榜样。梅兰芳大师身体力行地推动"同行相亲"，梅先生早年成名后，曾反串小生为同行配戏。后来四大名旦齐名时，梅兰芳和程砚秋、尚小云、荀慧生同台演出《六五花洞》，四大旦角同场争艳，这在中国戏曲发展史上极为罕见，成为艺坛佳话。

无障碍阅读

师：以……为师。

友：以……为友。

作家介绍

　　李渔（1611—1680），原名仙侣，中年改名渔，字谪凡，号笠翁；籍贯金华兰溪（今属浙江），出生于南直隶雉皋（今江苏如皋）；明末清初戏剧家、戏剧理论家、美学家。一生著述甚多，除了戏曲理论著作《闲情偶寄》，还写有启蒙读物《笠翁对韵》，另有《笠翁十种曲》等。

佳句背囊

　　"吾谓技无大小，贵在能精；才乏纤洪，利于善用。能精善用，虽寸长尺短，亦可成名。"出自李渔的《闲情偶寄》之《词曲部》的"结构第一"篇。

　　戏曲创作，在李渔所处的时代是不入流的，被认为是"文人之末技"。而李渔这位休闲文化倡导者和创作者却不妄自菲薄，用这句话，为戏曲创作者鼓劲儿。李渔说：

技艺不论大小，贵在能够精通；才能不论多少，贵在善于运用。只要能够精通和善于运用一门技艺，哪怕是雕虫小技，也可以成名的。

《闲情偶寄》中很多佳句，如写芙蕖（荷花）："有风既作飘摇之态，无风亦呈袅娜之姿。"

本文作者 ————————————————————

有女如玉书中寻：今日头条"文化领域优质创作者"。

情之所钟，虽丑不嫌

芸曰："妾作狗久矣，屈君试尝之。"以箸强塞余口。余掩鼻咀嚼之，似觉脆美，开鼻再嚼，竟成异味，从此亦喜食。芸以麻油加白糖少许拌卤腐，亦鲜美；以卤瓜捣烂拌卤腐，名之曰双鲜酱，有异味。余曰："始恶而终好之，理之不可解也。"芸曰："情之所钟，虽丑不嫌。"

——（清）沈复《浮生六记》（节选）

◎ 诗临其境

现代作家林语堂说，芸娘是中国文学史上最可爱的女人。

芸娘的事迹见于其丈夫沈复的著名作品《浮生六记》。在沈复笔下，芸娘灵动可爱，温厚善良，两人自由恋爱后缔结连理，在生活上相互扶持，在文学上志趣相投。

芸娘喜欢吃臭豆腐乳和卤瓜，沈复却非常讨厌这两样东西，甚至认为是"狗食"。

芸娘便笑称："妾作狗已久，委屈郎君也试尝一下吧！"

说完便用筷子夹起卤瓜，强塞到他口中。

他掩着鼻子细细咀嚼，觉得卤瓜清脆爽口，松开鼻子再嚼，居然品尝到了味美之处，从此也开始喜欢吃卤瓜了。

芸娘用麻油加少许白糖拌臭豆腐乳，味道也非常鲜美；将卤瓜捣烂用来拌臭豆腐乳，起名叫"双鲜酱"，竟然也别有风味。

沈复深感为奇："这些东西开始厌恶，后来却变为喜欢，想来真是不可理解。"

芸娘回答："情之所钟，虽丑不嫌。"

◎ 一句钟情

"情之所钟，虽丑不嫌。"

面对沈复的前后转变，芸娘浪漫揭秘："这就好比钟情于人，即使貌丑也不会嫌弃。"

情之所钟具有理性与感性的双重韵致，既钟情于臭豆腐乳与卤瓜，虽然其貌不扬，但内在的味道深入人心；又钟情于心爱之人，无论何种模样，喜欢就是喜欢，初心不改。

沈复一生清贫，清粥咸菜已是家常便饭。他将凡世的这份平淡与真情，闲适与思念，细致描摹，在《浮生六记》中绘制出一幅恬淡浪漫的生活图景，展现布衣蔬食的平凡之美，庭园小家的生活美学。

◎ 诗歌故事

沈复，既有文人风雅，亦有赤子之心，一生颠沛，却与妻子芸娘将潦倒生活过成了一首诗。这是沈复与芸娘在生活中的小确幸与时代中的大无奈。

乾隆四十五年（1780），沈复与芸娘成亲。他们两情相悦，志趣相投，一起研习书卷、赏花望月、携手共看夕阳，将日常生活琐趣勾勒成丰富多彩的画卷，回归自由、随性、本真的生活态势。

夫妻恩爱，平等尊重，固然是好事，但在那个男尊女卑的年代，就显得有些不伦不类。沈复与芸娘的无奈，就来源于个性自由与封建礼法的冲突，小家庭和大家庭的矛盾。

古代讲究"女子无才便是德""三从四德"，而芸娘却反其道而行之，识文断字、才情一流，在公婆眼中，她并不是传统意义上的好妻子形象。

回归现实之中的沈复，也不过是一位辗转各地的幕僚而已，在经济上仍依附于大家庭。一旦离开家族，失去庇护，他便只能卖画糊口，入不敷出。

时代的局限与经济的困窘，始终是横在夫妻二人头上的一把刀，所以当芸娘与公婆生了嫌隙，沈复亦是无力维护之时，两人顺理成章地被赶出家门，开始颠沛流离的生活。

虽然生活困顿，但二人的真性情尚未消磨尽，内心依旧充盈。他们烹雨煮茶，吟诗作对，把酒言欢，在生命感喟中重铸对生活的审美态度，自然流露出本真的人格与超越的精神品质。

莎士比亚说："人应该生活，而非仅仅为了生存而活着。"

生活不是固化的生存模式，不要为了生存而活着，而是要在平凡的日常中，活出生命的滋味，找回生活的态度。毕竟，真正的幸福，就在于我们生活中的点点滴滴。

而沈复与芸娘则是用一生去践行这句话。这大概也是他们的"情之所钟，虽丑不嫌"，钟情于生活，即使生活清贫颠沛也不嫌弃。

这也是生活的另一种艺术。

无障碍阅读

箸（zhù）：筷子。

作家介绍

沈复（1763—1832？），字三白，号梅逸，江苏苏州人，清代文学家。19岁入幕，流转于各地。46岁时有感于苏东坡云"事如春梦了无痕"，遂以笔墨记之，乃作《浮生六记》。

《浮生六记》是一部自传体散文小说，原书六卷，后两记遗失，现仅存四卷。书中记录作者与妻子芸娘布衣蔬食、伉俪情深的平凡生活，被称为"晚清小红楼梦"。中国白话诗创作的先驱者之一俞平伯，一生钟爱《浮生六记》，称赞它"俨如一块纯美的水晶，只见明莹，不见衬露明莹的颜色；只见精微，不见制作精微的痕迹。"

林语堂也高度评价道："读沈复的书每使我感到这安乐的奥妙，远超乎尘俗之压迫与人身之痛苦。"

佳句背囊

"布衣菜饭，可乐终身。"

粗茶淡饭，一生淡泊名利。沈复与芸娘一生钟情于布衣蔬食、不问世事的生活，虽然生活清苦，但他们以苦为乐，善于发现平凡生活中的乐趣，既是心之所往，亦是人生的豁达、精神的富足。

"布衣菜饭，可乐终身"与"情之所钟，虽丑不嫌"，皆出自沈复的《浮生六记》。在人生回顾之间，寻找快节奏生活下对情感本质的追求与回归，把平凡无奇的日子过成精彩纷呈的一生。

本文作者 ————————————————————

冬月：认认真真码字，踏踏实实生活，身体与灵魂总有一个在路上。

名句名典

有一些诗句，人们反复引用，在引用中又不断推陈出新，最初的意思已经发生变化，成为有趣的典故。

关关雎鸠，在河之洲。
窈窕淑女，君子好逑

诗经·周南·关雎

关关雎鸠，在河之洲。窈窕淑女，君子好逑。

参差荇菜，左右流之。窈窕淑女，寤寐求之。

求之不得，寤寐思服。悠哉悠哉，辗转反侧。

参差荇菜，左右采之。窈窕淑女，琴瑟友之。

参差荇菜，左右芼之。窈窕淑女，钟鼓乐之。

◎ 诗临其境

《关雎》写的是先秦时期的爱情故事，这是一场发生在河边的美丽邂逅，君子对淑女一见钟情，美丽的淑女让他魂牵梦绕，最后两人结婚了。《关雎》之所以被世人称赞，是因为文字中的爱情非常美丽动人：

关关鸣叫的雎鸠，停在河中的小洲，美丽娴静的姑娘，是君子的好配偶。

或长或短的荇菜，或左或右把它采。美丽娴静的姑娘，梦中也在追求她。

追求得不到回应，日日夜夜都思念。绵绵情思长又长，翻来覆去难入眠。

或长或短的荇菜，或左或右把它采。美丽娴静的姑娘，弹琴鼓瑟亲近她。

或长或短的荇菜，或左或右把它采。美丽娴静的姑娘，敲起钟鼓取悦她。

◎ 一句钟情

"关关雎鸠，在河之洲。窈窕淑女，君子好逑。"

小小的雎鸠鸟，叫声连续不断、悦耳动听。黄河中有小洲，水流弯曲，流速缓慢，水里还有长得参差不齐的水草。君子便是在这样的环境下邂逅了正在采摘荇菜的淑女。

一见钟情，是刹那间的怦然心动，最符合爱情的本质。一见钟情需要满足两个条件：一是陌生人，二是对方符合自己的标准。君子这里是指贵族子弟。而淑女呢，"窈窕"概括出了她亭亭玉立的美好形象。在君子眼中，淑女是非常完美的结婚对象。

君子与淑女的相遇极美，富有诗情画意。

◎ 诗歌故事

《关雎》是《诗经》中的第一篇作品。在艺术手法上，《关雎》极富美感，具体表现在环境美、人物美、情感美三个方面。

首先，《关雎》描绘的环境如图画般秀丽。雎鸠鸟叫声婉转，连绵不断。河水清澈，水里的荇菜参差不齐。君子在河边邂逅了采摘荇菜的淑女。

其次，《关雎》所描写的君子与淑女，他们不仅具有外在美，还具有内在美。君子对淑女一见钟情，他用音乐来传达爱意。在西周时期，琴瑟、钟鼓都是贵族才能使用的乐器，可见，君子是有一定身份地位，且有品位的人。诗歌里描写了淑女采摘荇菜的动作，她不仅外貌美丽，还勤劳能干。

最后，《关雎》描写的爱情也是极美的。君子与淑女的相遇是刹那间的怦然心动。君子用情专一，同时又饱受爱情煎熬，他用琴瑟打动对方，这个追求的过程也是美的。最后，君子和淑女喜结连理，结局美好、幸福。

《关雎》营造了富有浪漫气息的氛围，也体现了人们对于美好爱情的期许。诗歌在韵律上具有复沓之美，使得这场河边的美丽邂逅流传千古。

无障碍阅读

关关：水鸟雎鸠的叫声。

雎鸠（jū jiū）：一种水鸟。

窈窕（yǎo tiǎo）：娴静漂亮。

淑女：贤德的女子。

好逑（hǎo qiú）：好的配偶。逑，配偶。

参差（cēn cī）：长短不齐。

荇（xìng）菜：多年水生植物，叶圆形，叶背紫色。

左右流之：时而向左、时而向右地采摘荇菜。流，求取。之，指荇菜。

寤寐（wù mèi）：醒和睡，指日夜。寤，醒着。寐，睡着。

思服：思念。

悠哉（yōu zāi）悠哉：意为"悠悠"，就是长。这句是说思念绵绵不断。

辗转反侧：形容由于思念很深，躺在床上翻来覆去地睡不着。

琴瑟友之：弹琴鼓瑟来亲近她。琴、瑟，都是弦乐器。琴五或七弦，瑟二十五或五十弦。友，用作动词，此处有亲近之意。

芼（mào）：挑选。

钟鼓乐之：用奏乐来使她快乐。乐，使动用法，使……快乐。

作家介绍

《诗经》原名《诗》，汉代被奉为经典，故被称为《诗经》。《诗经》是我国古代第一部诗歌总集，收录了西周初年至春秋中叶（公元前 11 世纪至公元前 6 世纪）的诗歌，现存 305 篇（另外有 6 篇笙诗，有目无辞），以四言为主，分为《风》《雅》《颂》三部分，常用的表现手法为赋、比、兴。因距今年代久远，《诗经》的作者绝大部分已经无法考证。

佳句
背囊

"蒹葭苍苍，白露为霜。所谓伊人，在水一方。"出自《诗经·国风·秦风·蒹葭》。这两句诗写的是：河边的芦苇一片苍茫，深秋的清晨，露水结成了霜，苦苦思念的意中人，就在河水的那一方。

《蒹葭》与《关雎》相似，开头用到了"兴"的写作手法。"兴"就是即物起兴，"先言他物以引起所咏之辞"（朱熹《诗集传》），是《诗经》常用的表现手法之一。"蒹葭苍苍，白露为霜"是以植物起兴，接着视角转移到人，而"关关雎鸠，在河之洲"则是以动物起兴，接着视角转到了君子与淑女身上。

本文作者 ————————————————————

夏阳皙煜；热爱传统文化的汉服小姐姐。

青青子衿，悠悠我心。
但为君故，沉吟至今

短歌行

（东汉）曹操

对酒当歌，人生几何！

譬如朝露，去日苦多。

慨当以慷，忧思难忘。

何以解忧？唯有杜康。

青青子衿，悠悠我心。

但为君故，沉吟至今。

呦呦鹿鸣，食野之苹。

我有嘉宾，鼓瑟吹笙。

明明如月，何时可掇？

忧从中来，不可断绝。

越陌度阡，枉用相存。

契阔谈讌，心念旧恩。

月明星稀，乌鹊南飞。

绕树三匝，何枝可依？

山不厌高，海不厌深。

周公吐哺，天下归心。

◎ 诗临其境

魏武帝曹操，既是一代枭雄，也是一位出色的文学家。

他的这首《短歌行》是壮年之后的作品。当他看到国家分裂、人民流离失所，而自己年岁渐高，功业未成，心情沉重之下，写下此诗。

诗人感慨说：

一边喝酒一边高歌，人生短促日月如梭。

好比晨露转瞬即逝，失去的时日实在太多！

席上歌声激昂慷慨，忧郁长久填满心窝。

靠什么来排解忧闷？唯有狂饮方可解脱。

那穿着青领的士子哟，你们令我朝夕思慕。

是因为您的缘故，让我沉痛吟诵至今。

阳光下鹿群呦呦欢鸣，悠然自得啃食在绿坡。

一旦四方贤才光临舍下，我将奏瑟吹笙宴请嘉宾。

当空悬挂的皓月哟，什么时候才可以拾到；

我久蓄于怀的忧愤哟，突然喷涌而出汇成长河。

远方宾客踏着田间小路，一个个屈驾前来探望我。

彼此久别重逢谈心宴饮，争着将往日的情谊诉说。

月光明亮星光稀疏，一群寻巢乌鸦向南飞去。

绕树飞了三周却没敛翅，哪里才有它们栖身之所？

高山不辞土石才见巍峨，大海不弃涓流才见壮阔。

我愿如周公一般礼贤下士，愿天下的英杰真心归顺于我。

全诗虽长，但曹操的意思概括起来其实就是两句话：一句话是，我想建功立业，但人生苦短，我很着急；另一句话是，天下优秀的人才呀，我很想念你们，你们快跳进我的锅里来吧。感情真挚而浓烈地表达了作者渴望建功立业以及求贤若渴的心情。

◎ 一句钟情

"青青子衿，悠悠我心。"

这句诗其实出自《诗经》：

青青子衿，悠悠我心。纵我不往，子宁不嗣音？

青青子佩，悠悠我思。纵我不往，子宁不来？

挑兮达兮，在城阙兮。一日不见，如三月兮。

一位女子在城楼上，久等心上人而不见他来，女子心情焦灼，抱怨说："就算我不去找你，你就不能来找我吗？"

"青青子衿，悠悠我心"，因其优美而深情，被历代传唱。

"衿""佩"，是恋人的衣裳和佩饰，借指恋人。曹操引用这两句并说"但为君故，沉吟至今"，是借用《诗经》中的名句，来表达自己渴慕天下贤才的心情。

◎ **诗歌故事**

"周公吐哺"，是一个很有名的典故，用来形容在位者礼贤下士。

据说周公曾自言，"吾文王之子，武王之弟，成王之叔父；又相天下，吾与天下亦不轻贱矣。然一沐三握发，一饭三吐哺，起以待士，恐失天下之贤人。"

意思是，周公礼贤天下之士，每逢有人才来访，他都立即放下手中的事情来接待。因为来访的人多，所以有时洗一次头，吃一次饭，都要中断数次。

这种传说当然有些夸张，但充分说明了周公对人才的尊重。

曹操引用这个典故，意思与前面的"青青子衿，悠悠我心。但为君故，沉吟至今"一脉相承，就是表达了自己求贤若渴的心情。曹操自己也有一个"忘履相迎"的典故：谋士许攸原本在曹操的对手袁绍手下，但不受礼遇，因此来投奔曹操。曹操正在睡觉，听说许攸来降，高兴至极，鞋子也顾不上穿就跑出来迎接。

曹操的这一举动也赢得了天下贤士的心，人才纷纷来投奔他。也正因为这样，三国鼎立时期，曹魏才能傲视群雄。

就连关羽这样的蜀国忠臣名将，曹操都有意收归自己所用，可见曹操对人才的渴求。

无障碍阅读

朝露：表达年华易逝。

杜康：这里代指酒。

沉吟：原指小声叨念和思索，这里指对贤人的思念和倾慕。

"呦呦"四句：出自《诗经·小雅·鹿鸣》。呦（yōu）呦，鹿叫的声音。苹，艾蒿。鼓，弹。

掇（duō）：拾取，摘取。一说掇通"辍"，即停止。

越陌度阡：穿过纵横交错的小路。陌，东西向田间小路。阡，南北向的小路。

枉用相存：屈驾来访。枉，这里是"枉驾"的意思。用，以。存，问候，思念。

契阔：契是投合，阔是疏远，这里是偏义复词，偏用"契"的意义。

讌（yàn）：通"宴"，宴饮。

三匝（zā）：三周。匝，周，圈。

吐哺：正吃着饭，就要吐出口中的饭。这里是指周公对人才的重视。

曹操（155—220），字孟德，小字阿瞒，沛国谯县（今安徽亳州）人。东汉末年杰出的政治家、军事家、文学家、书法家，三国中曹魏政权的奠基人和主要缔造者，后为魏王，其子曹丕称帝后，追尊为魏武帝。许劭评价曹操："治世之能臣，乱世之枭雄。"也是建安文学的代表。

佳句背囊

"山有木兮木有枝，心悦君兮君不知。"
出自先秦《越人歌》。意思是：山上有树木啊树木有丫枝，心中喜欢你啊你却不知此事。

"只愿君心似我心，定不负相思意。"
出自宋代李之仪的《卜算子·我住长江头》。意思是：只要你的心思和我一样，我定不离不弃。你若不离不弃，我定生死相依。
上述两首佳句和"青青子衿，悠悠我心"都是描写对恋人的爱恋和相思之情，有异曲同工之处。都是热切等待着恋人的到来，却迟迟未见来。

本文作者

头条号"萌萌说感情"，目前加入头条刚刚半年时间，获得多篇青云计划，致力于自媒体的创作，在创作领域还是新兵小白一枚，还需继续努力。

笑杀陶渊明，不饮杯中酒

嘲王历阳不肯饮酒

（唐）李白

地白风色寒，雪花大如手。

笑杀陶渊明，不饮杯中酒。

浪抚一张琴，虚栽五株柳。

空负头上巾，吾于尔何有。

◎ 诗临其境

俗话说："无酒不成诗，无诗不成酒。"酒是历代文人墨客的情感寄托。李白被称为"诗仙"，又被称为"酒仙"，把这两项都发挥到了极致。

千年后的今天，我们来看李白的诗歌，无数名句让人感慨，最多的还是和"酒"有关。

李白爱酒可谓尽人皆知，流传下来关于写酒的诗也太多了。

斗酒诗百篇，唯有李太白。

李白写了很多关于酒的诗，你知道哪一首是劝酒的诗吗?

这首《嘲王历阳不肯饮酒》便是。

李白在诗中是这样劝酒的：

大地一片白色苍茫，风色寒厉，雪花纷纷扬扬从天而降，片片如大手。

王县丞，你看天气这么冷，雪花像巴掌那么大，你还不赶紧把杯中的酒喝掉？

王县丞，你还说你崇拜陶渊明呢，你一点也没有陶渊明的气派，你真是浪抚了一张素琴，虚栽了五株翠柳，连酒都不能喝，你这不是要笑死陶渊明吗？你看你装模作样的，你都对不起你学陶渊明头上戴的那头巾，不喝酒，你拿我当什么？我对你来说意味着什么？

◎ 一句钟情

"笑杀陶渊明，不饮杯中酒。"

这句诗像大白话一样说出来，但是语气却是豪气冲天。不得不说，李白这句诗真的是太狠了，这王县丞听了这句话，估计不喝都不行。

王县丞学习陶渊明的高洁志趣，头戴葛巾，家里有无弦琴，屋外有五柳树，但是没有陶渊明喝酒的本领。李白这里以"笑杀"两字修饰"陶渊明"，诗中反讽的意味可想而知。

不难看出李白这句诗的言外之意：不喝酒，你还喜欢陶渊明？不喝酒，我李白和陶渊明一起笑话你。感情深，一口闷，杯杯都是真感情，你赶紧吧，赶紧乖乖地把杯中的酒喝了……

这句诗写得很巧妙，李白劝酒、王县丞为难的情景仿佛就在眼前，令人忍俊不禁。

◎ 诗歌故事

诗中的王历阳是指一位历阳姓王的县丞。

一日大雪纷飞，李白来到了历阳县。王县丞久仰其大名，设宴招待李白，心想李白不是号称"斗酒诗百篇"嘛，他赶紧把家里的好酒全搬了出来。

有了酒，可是李白却不高兴了。为啥？因为没有人陪他喝酒，太不尽兴了！

这个王县丞也是很有意思，他不能喝酒，才华不咋的，也不能吹牛胡侃，还要会一会名扬天下的李白，使劲往李白身边凑一凑。而且他还处处学陶渊明，又是抚琴，又是栽柳，但却没人家陶渊明喝酒的本事。大雪纷飞，天公作美，这么多美酒却没有人陪着喝，李白能不急吗？于是他在席中赋诗《嘲王历阳不肯饮酒》，以激将法来劝酒，真的是豪气冲天。这也就是李白这样的高手，才能把一首劝酒诗写得这么有趣。看起来是鸡毛蒜皮的生活小事，写出来却这么生动，让读者产生深深的情感共鸣：既为不会喝酒的王县丞着急，也因李白的至性直情、幽默有趣而欢喜。

无障碍阅读

王历阳：指当时历阳县一位姓王的县丞。

一张琴、五株柳：陶渊明有无弦琴一张，每逢饮酒聚会，便抚弄一番来表达其中情趣。后以此为典，有闲适归隐之意。陶渊明的宅边有五棵柳树，自号五柳先生。

空负头上巾：语出陶渊明诗"若复不快饮，空负头上巾"。陶渊明好酒，以至用头巾滤酒，滤后又照旧戴上，后用滤酒葛巾、葛巾漉酒等形容爱酒成癖，嗜酒为荣，赞羡真率超脱。

佳句背囊

与李白这首豪放的劝酒诗对比，最温馨的劝酒诗莫过于白居易的《问刘十九》了："绿蚁新醅酒，红泥小火炉。晚来天欲雪，能饮一杯无？"

同样是雪天，同样是劝酒，豪气派的李白和文艺范儿的白居易写出来意境却不尽相同。

本文作者

头条号：竹影伴月。头条优质情感领域创作者，喜欢文学，爱好古诗词。用文字写出情感，让文字触动人心，让文字更有灵魂。

扫眉才子于今少，管领春风总不如

寄蜀中薛涛校书

（唐）王建

万里桥边女校书，枇杷花里闭门居。

扫眉才子于今少，管领春风总不如。

◎ **诗临其境**

这首诗，是唐代诗人王建对薛涛的评价：

万里桥边，住着曾为"女校书"的薛涛，枇杷环绕，闭门深居。像薛涛那样的才女，真的很少；即便是那些引领一时风骚的文人，也有不及薛涛的地方。

◎ **一句钟情**

"扫眉才子于今少，管领春风总不如。"

这是诗中最为人称道的一句。"扫眉才子"就是有文采的女子。因为古代只有女性才画眉，故用"扫眉"代指女性。"春风"代指文采风流，"管领春风"的意思是指那些引领一时风骚的文人。

在古代，女子地位不高，能够以才华称世的寥寥无几。但是薛涛这个传奇啊，不仅在女子中出类拔萃，就算是那些引领一时风骚的文人，也有不及薛涛的地方。

◎ 诗歌故事

薛涛的才气担得起这个评价，更担得起这个评价的，是薛涛传奇的一生。

偶像才女初长成

薛涛是史上唯一的女校书，唐朝四大才女之一，蜀中四大才女之一，出身于官宦之家，十三岁以前都一帆风顺。九岁时还因写出了"枝迎南北鸟，叶送往来风"而名噪一时。天真可爱又小有才气的她，活脱脱一个"小童星"。

薛涛十三岁时，父亲意外逝世，家道中落。之后薛涛不得不为自己和母亲的生存低下身段，选择成为一名专门为官宦和士子唱歌跳舞、吟诗作对的官伎。就这样，她"出道"了。

薛涛实在是太有话题性了。她姿容生仙、身材婀娜，又才气动人、擅长诗词歌赋，还写得一手好字。很快，她就名动川蜀，文人官家以见她一面为殊荣，也不知道有多少单相思的男子在长夜叹息憧憬。

薛涛火了，一如她最爱的红色衣裙，热烈明艳。

韦皋时任节度使，尤其喜欢薛涛，甚至还推荐薛涛为"校书郎"，专门校对诗歌。韦皋府上有一只孔雀，初见一袭红衣的薛涛，就为其开屏，而其他容貌再美的女人，也没有这个待遇，所以也有人称薛涛为"大唐孔雀"。

浮沉起伏的人生

韦皋的恩宠，众人的追捧，连孔雀都喜欢她。面对众人的欣赏和赞誉，薛涛有些飘了，毕竟是未满二十的小姑娘。在节度府的那段时间，薛涛经常自作主张帮韦皋收礼，还屡教不改。

韦皋一怒之下，将薛涛流放松州。

薛涛也后悔了。于是写了《十离诗》给韦皋，把自己的姿态放得很低很低，说自己离开了成都，离开了韦皋，就像犬离开了主人，笔离开了手，马离开了马厩……她未必是这么想的，但是在她想先逃离这个恐怖的地方再说。

自古英雄难过美人关，韦皋心软了，将薛涛召了回来，理由是"没有薛涛，孔雀不开屏"。

回都不久，薛涛辞去官籍，脱离"官伎"的身份，开了家纸馆，发明了"薛涛笺"。这纸可不得了，"其形制精巧适度、图案新颖典雅、色彩绚丽、经济实用"，一时间风靡全城，薛涛又一次火了。后来，这纸甚至传到了江南乃至全国。

失落的爱情，断绝红尘意

薛涛在二十来岁的时候，和时任刺史郑佶也有过一段爱情，却因郑佶去世而终。后来，在四十来岁的时候，薛涛和三十出头的元稹恋爱了。

薛涛和元稹是度过了一段快乐的日子的，只是这分别来得太快。薛涛深知，自己比元稹年长许多，又曾经是风尘女子，怕是对元稹的仕途有所影响。爱一个人，总要为他考虑的。而且元稹其实也是个多情的人，他对薛涛的情其实没有那么坚贞不渝。最终他们的爱情，随着元稹的调任无疾而终了。

薛涛就此看破红尘，不再着红衣，而是在浣花溪旁以诗筑道，青灯书册度余生，活到了七十三岁，留给了后世这许多故事。

作家介绍

王建（768—835），字仲初，颍川（今河南许昌）人，唐朝诗人，出身贫寒。早期从军，46岁入仕。擅长写乐府诗，与张籍友善，乐府与张籍齐名，世称"张王乐府"。代表作《水夫谣》《十五夜望月寄杜郎中》（名句"今夜月明人尽望，不知秋思落谁家"出自此诗）等。

本文作者

字里行间渡，毕业于华南理工大学，硕士，现职业互联网产品经理一枚，爱好阅读、写作。

同学少年多不贱，五陵衣马自轻肥

秋兴八首（其三）

（唐）杜甫

千家山郭静朝晖，日日江楼坐翠微。

信宿渔人还泛泛，清秋燕子故飞飞。

匡衡抗疏功名薄，刘向传经心事违。

同学少年多不贱，五陵衣马自轻肥。

◎ 诗临其境

这首诗是杜甫寓居四川夔州时所作《秋兴八首》中的第三首，这组以遥望长安为主题的组诗，是杜甫七言律诗的代表作。

杜甫创作《秋兴八首》时虽然安史之乱已经结束，但其对整个国家的摧毁式的影响却难以抚平。此时的唐王朝内忧外患、民生凋敝，诗人此时弃官多年，流徙各地且穷困潦倒，恰逢秋意阑珊，诗人感物伤怀，通过诗句抒发家国难继、壮志未酬的抑郁情怀：

千家万户浸没在静谧的朝晖之中，我每天坐在江边的楼台上，望向那些青翠微茫的山峦。那些在船上过夜的捕鱼人还在江水中悠游地漂流着，清秋时节的燕子也仍旧自在地飞来飞去。我想到当初匡衡淡泊名利直言进谏，刘向苦心传授经学却总是事与愿违。观照此时，与我年少时一起读书求学的同学大多已发达富贵，他们在都城附近的五陵，乘肥马衣轻裘，志得意满，而我却天涯沦落，报国无门……

◎ 一句钟情

"同学少年多不贱，五陵衣马自轻肥。"

这句诗，是整首诗的中心，也是重心。诗人首先描写了山河、村郭、渔人、飞燕的静谧祥和，然而水村山郭的清净可爱却也反衬着萎靡不振的国事，诗人继而在空旷辽远的景色中生发怀古之情，追忆着匡衡和刘向的事迹与遭遇，又想到与自己一起长大的同侪友伴大都亨通发达，对比自己穷困窘迫的现状，不免心中一阵凄凉。

同学少年多不贱，此句或者含有几分艳羡，但比较诗人的情怀和境况，在这里面更多的则是一种对于国运破败的忧虑以及自己无力匡扶的失落。

已是暮年的杜甫贫病交加，辗转流徙中目睹山河破碎的乱世景象，在秋色凄清中不免将自己的困窘与国运相联结，心中块垒郁结难宣，然而老则老矣，诗人自知前途无望，虽然心中热血难凉，却又无可奈何，此中滋味欲语还休——五陵衣马自轻肥，夔州天凉好个秋！

◎ 诗歌故事

杜甫七岁学诗，少年扬名，终身抱持"奉儒守官"的出世观念。"安史之乱"爆发后，杜甫投奔肃宗，不料中途被叛军所俘，其后潜逃，辗转各方，数度参军报国，无奈时局混乱难有功绩。

诗中引用了"匡衡抗疏"和"刘向传经"的典故：汉元帝时长安一带发生日食、地震等灾变，匡衡乘机上书劝谏，受到元帝赏识，晋升太子少傅，其后又代为丞相，一时位极人臣；刘向在汉宣帝时讲论五经于石渠，汉成帝即位后，又任命刘向领校五经秘书，终成经学大家。

而杜甫曾于天宝十载在长安献《三大礼赋》，但并未得重用，只做到参军之类的小官；杜甫任左拾遗时，曾上疏救房琯，不料触怒肃宗，险遭杀身之祸。杜甫借用"匡衡抗疏"和"刘向传经"的故事写出自己一生中两次重大遭遇，对比匡衡和刘向，对自己的人生遭际表达了无限的悲慨与喟叹。

无障碍阅读

翠微：青色的山。
信宿：再宿。这里有一天又一天的意思。
泛泛：形容小舟在水中漂浮，无所归依的样子。

飞飞：上下翻飞。

抗疏：指臣子对君命或廷议有不同意见，上疏进谏。

轻肥：即轻裘肥马。《论语·雍也》："赤之适齐也，乘肥马，衣轻裘。"

作家介绍

杜甫（712—770），字子美，原籍湖北襄阳，生于河南巩县。自号少陵野老，是唐代伟大的现实主义诗人，与诗仙李白合称"李杜"。为了与另两位诗人李商隐与杜牧即"小李杜"区别，杜甫与李白又合称"大李杜"，杜甫也常被称为"老杜"。杜甫在中国古典诗歌中的影响非常深远，被后人称为"诗圣"，他的诗被称为"诗史"。后世称其杜拾遗、杜工部，也称他杜少陵、杜草堂。

佳句背囊

"关河梦断何处，尘暗旧貂裘。"

出自南宋诗人陆游的《诉衷情·当年万里觅封侯》。同为现实主义爱国诗人，陆游的身世与杜甫几多相似，都有为国为民之壮志，却都赍志没世忧愤而终。陆游自叹关河梦断，空余戎装尘封，"此生谁料，心在天山，身老沧洲"，此中块垒难舒正与杜甫诗句暗合。

本文作者

刘未：原名孙江华，临淄人，作品散见各类报刊及网络平台，出版诗集《时间的信仰》。

度尽劫波兄弟在，相逢一笑泯恩仇

题三义塔

（近代）鲁迅

奔霆飞熛歼人子，败井残垣剩饿鸠。

偶值大心离火宅，终遗高塔念瀛洲。

精禽梦觉仍衔石，斗士诚坚共抗流。

度尽劫波兄弟在，相逢一笑泯恩仇。

◎ 诗临其境

这首诗，还有序和跋。序介绍了"三义塔"名字的由来："三义塔者，中国上海闸北三义里遗鸠埋骨之塔也，在日本，农人共建。"

跋则详细介绍了诗歌的创作背景："西村博士于上海战后得丧家之鸠，持归养之，初亦相安，而终化去。建塔以藏，且征题咏，率成一律，聊答遐情云尔。"

抗日战争时期，日本生物学家西村真琴博士怀着人道主义医护救援的目的来到中国。一次，他在上海郊外三义里的战后废墟里，救下了一只鸽子，取名"三义"，带回日本饲养。

鸽子是和平的使者，西村真琴此举表达了对中日和平、友好的期望。但是很不幸，鸽子遭黄鼠狼袭击，意外身亡，西村真琴非常难过，为鸽子立下坟冢，垒石为塔，即"三义塔"。

西村真琴与鲁迅是朋友，他把自己画的鸽子图画寄给鲁迅。鲁迅便写下了这首诗：

战火夺去了人的性命，废墟中剩下一只饥饿的鸽子。鸽子遇到好心人，得以脱离火坑，不料却意外身死，埋骨他乡，留下一座三义塔。死去的鸽子如果重新活过来，它一定会感同身受人们的心意，以精卫填海的精神来努力消除战争种下的仇恨。但愿灾难过后，幸存着的热爱和平的人们能够相逢一笑，化干戈为玉帛。

◎ 一句钟情

"度尽劫波兄弟在，相逢一笑泯恩仇。"

这两句意境深远，常为人们所引用。

在这首诗中，鲁迅表达了和西村真琴博士一样的心理：放下战争和仇恨，实现和平。

但"度尽劫波"又清晰地传达出一种沉痛：要经历多少苦难，两国人民才会感受到和平的可贵，才会如兄弟般携手，让往事随风，让恩仇泯于相逢一笑之中！

◎ 诗歌故事

中日两国是一衣带水的邻居，两国交往的历史悠久。这首诗让我想起了唐代的鉴真和尚东渡日本。大唐鉴真和尚东渡，是因为当时日本佛教戒律尚不完备，鉴真受日本僧人的邀请，去日本传授佛教戒律。然而鉴真和尚东渡的过程并不顺利，一共六次才顺利东渡，到达彼岸。

在第一次东渡之前，鉴真和尚的弟子和另一位和尚开玩笑，这个玩笑激怒了这个和尚，于是他诬告鉴真，此行造船的目的是与海盗勾结。这件事引起了官府的重视，抓捕了所有的和尚。因此第一次东渡宣告失败。

然而鉴真和尚一心为了弘扬佛法，不惧艰难险阻。此后他又历经了五次劫难，才到达日本。而在第五次东渡的时候，鉴真和尚已年逾六十，船队在航海途中，遇到了三次重大的海上风浪袭击，他们不得不沿途停泊，拖延了航行的时间，最后只能靠吃生米、喝海水在海上生存。此次艰难的东渡过程，使鉴真不幸染病，双目失明。

但是功夫不负有心人，终于在最后一次，鉴真和尚历尽劫难到达了日本。从此鉴真和尚作为中国弘扬佛法的高僧，留在了日本，直至去世。

"鉴真东渡"是中日交往史上的一段佳话，但两国之间除了友谊，也有对抗乃至战争。20世纪中叶，日本军国主义者悍然发动侵华战争，给中国人民造成了巨大的伤害。"度尽劫波兄弟在，相逢一笑泯恩仇"这一目标对两国热爱和平的人们来说，仍然任重而道远。

作家介绍 鲁迅(1881—1936)，原名周树人，字豫才，浙江绍兴人，曾留学日本从医，后回国弃医从文。鲁迅是我国著名文学家、思想家、革命家、民主战士，五四新文化运动的重要参与者，中国现代文学的奠基人。

佳句背囊 "如烟往事俱忘却，心底无私天地宽。"出自陶铸的《赠曾志》，该句与鲁迅的"度尽劫波兄弟在，相逢一笑泯恩仇"有着异曲同工之妙。

本文作者

非朱非墨：今日头条自媒体撰稿人，多家报纸杂志撰稿人。一个自由散漫的灵魂写手，在别人的故事里构建自己的人设，在自己的命运中寻找人性的共振。